汉代文学思想史

程千帆 署

中国断代专题文学史丛刊

汉代文学思想史

许 结 著

人民文学出版社

图书在版编目(CIP)数据

汉代文学思想史/许结著.—北京:人民文学出版社,2019
(中国断代专题文学史丛刊)
ISBN 978-7-02-015482-1

Ⅰ.①汉… Ⅱ.①许… Ⅲ.①中国文学—古典文学—文学思想史—汉代 Ⅳ.①I209.34

中国版本图书馆 CIP 数据核字(2019)第 209588 号

责任编辑　胡文骏
责任印制　徐　冉

出版发行　人民文学出版社
社　　址　北京市朝内大街166号
邮政编码　100705
网　　址　http://www.rw-cn.com

印　　刷　三河市宏盛印务有限公司
经　　销　全国新华书店等

字　　数　310千字
开　　本　880毫米×1230毫米　1/32
印　　张　13　插页2
印　　数　1—4000
版　　次　2010年12月北京第1版
印　　次　2019年12月第1次印刷

书　　号　978-7-02-015482-1
定　　价　45.00元

如有印装质量问题,请与本社图书销售中心调换。电话:010-65233595

代　　序

大汉天声远,文运岁月长。
推衍风骚统,汇通南北航。
陆贾著新语,黜霸在崇王。
贾谊善政论,法度正典章。
绵延黄老学,儒道合流芳。
仲舒推一尊,天人感应忙。
百家如百卉,各各吐馨香。
齐鲁韩毛诗,今古文垒张。
赫赫武皇帝,群说尽包藏。
民风入乐府,佳人来金堂。
国威震殊俗,韵事粲琳琅。
史赋双司马,彩笔并天光。
余波犹绮丽,觉醒共腾骧。
学术云霞蔚,长空百鸟翔。
大赋张雄略,首席列班扬。
余子深含蕴,异苑各擅场。
辐辏大文化,千载示周行。
上宏周殷夏,下启魏晋唐。
譬如雨露降,泽惠溥万方。
人文均称汉,举世引领望。
粤予早推服,颇欲究玄黄。

沉潜复涵泳,屡罢不能忘。
撰此思想史,幽眇思张皇。
力薄知任重,还期大雅匡!

      许结　于南京大学中文系

目　录

代　序 …………………………………………………… 1

绪　论 …………………………………………………… 1

第一章　肇造期 ………………………………………… 25
　第一节　楚声兴隆与衍解 …………………………… 26
　第二节　黄老之学与汉初文风 ……………………… 36
　第三节　论说文的政教思想 ………………………… 46
　第四节　《诗》学的微言大义及其致用精神 ……… 52
　第五节　《淮南子》对汉初文学思想的推阐 ……… 63

第二章　鼎盛期 ………………………………………… 76
　第一节　藩国地域文学向宫廷统一文学转化 ……… 78
　第二节　囊括天人的大文化态势 …………………… 87
　第三节　义尚光大的赋体文学观 …………………… 108
　第四节　缘事而发的乐府诗学观 …………………… 127
　第五节　实录与爱奇：《史记》文学思想的一对命题 … 141
　第六节　《毛诗序》与汉代诗学批评形态 ………… 156

第三章　转折期 ………………………………………… 171
　第一节　经学思潮与摹拟文风 ……………………… 172
　第二节　文化衰变对文学思想转化的促进 ………… 179
　第三节　以扬雄为代表的两汉之际文学变革思潮 … 192
　第四节　汉赋流变与儒道思想 ……………………… 222

1

第四章　中兴期 ……………………………………………… 231
第一节　儒士文化与文学的复兴 ……………………………… 232
第二节　谶纬氛围中神学与文学之关系 ……………………… 245
第三节　疾虚求真：《论衡》文学思想的主旨 ………………… 255
第四节　班固论文尚雅崇实的理论建树 ……………………… 278

第五章　衍变期 ……………………………………………… 294
第一节　儒道绌补催发文学观的衍变 ………………………… 295
第二节　王逸与汉代楚辞学 …………………………………… 311
第三节　政治、宗教对文学思想的影响 ……………………… 325

第六章　觉醒期 ……………………………………………… 336
第一节　文士的兴起与文风的扭转 …………………………… 337
第二节　社会批判思潮下的文学倾斜意识 …………………… 357
第三节　诗学的会通与拓展 …………………………………… 367
第四节　汉末诗潮的情感表现 ………………………………… 378
第五节　建安文学——汉代文学思想的终结 ………………… 389

参考书目 ……………………………………………………… 395

原版后记 ……………………………………………………… 408
重版后记 ……………………………………………………… 410

绪　　论

历时四百二十六年的汉王朝,以雄张的国力、壮盛的气势占驻了我国历史之辉煌一页,其延续秦代又发生巨变的社会组织与文化形态,奠定了中国封建社会的文化基础。而作为人类心灵之表现的文学以及其所体示的思想,亦因包孕于这一时代心理而显现其历史意义和审美价值。

一

汉代文学思想作为中国文学思想史的一个阶段,既具历史的承传性,又有时代的独立性。

在纵向的承传意义上,汉代文学思想所显示的意义最明显、亦最抽象地表现于汉人对"文"的认识和理解。汉人论"文",有"文学""文章"之分。其言"文学",基本延承先秦儒家"文学"等同"学问"之意。①《汉书·董仲舒传》载仲舒对策:"秦继其后,独不能改,又益重之,重禁文学,不得挟书。"《武帝纪》载元朔元年冬十一月诏云:"故旅耆老,复孝敬,选豪俊,讲文学。""文学"实等同学问或经学。对此,颜师古注《汉书·西域传下》"乃者以缚马书遍视丞相御史二千石诸大夫为文学者"云:"为文学,谓学经书之

---

① 《论语·先进》:"德行:颜渊、闵子骞、冉伯牛、仲弓。言语:宰我、子贡。政事:冉有、季路。文学:子游、子夏。"《荀子·王制》:"虽庶人之子孙也,积文学,正身行,能属于礼义,则归之卿相士大夫。"

人",阐释甚明。汉代官吏登用科目有"贤良文学"一项,亦取此意。这充分反映了汉代文学与经学紧密联系和文学政教意识极端强烈的历史状况。虽然,"文学"观念的转化,即由与经学同义向意味着以诗文为中心之创作的转化至汉魏交变之际方迹象明显,①但在汉人对"文"的理解中已蕴涵着这种企向,其突出表现于汉人的"文章"概念。在历史上,"文章"一词本义是指采色或花纹,《诗·小雅·裳裳者华》"我觏之子,维其有章",即此意向。乃至春秋末孔门言述,"文章"又多泛指"六经"或"礼乐制度",②所谓"华靡""言辞"之文,尚幽隐难辨。到了汉代,"文章"之意在承袭先人思想的同时已有向语言表现之文追求的明显突破。司马迁《史记·儒林列传序》引公孙弘议奏:"臣谨案诏书律令下者,明天人分际,通古今之谊,文章尔雅,训辞深厚,恩施甚美。"这里的"文章尔雅",既有同于经术的一面,也有包含语言表现之准确完美的意义。后一种倾向到班固笔下更为鲜明。《汉书·公孙弘卜式儿宽传赞》:"汉之得人,于兹为盛。儒雅则公孙弘、董仲舒、儿宽……文章则司马迁、相如。……孝宣承统,纂修洪业,亦讲论六艺,招选茂异。而萧望之、梁丘贺、夏侯胜、韦玄成、严彭祖、尹更始以儒术进,刘向、王褒以文章显。"再《地理志下》:"及司马相如游宦京师诸侯,以文辞显于世,乡党慕循其迹。后有王褒、严遵、扬雄之徒,文章冠天下。"又《扬雄传》:"雄从至射熊馆,还,上《长杨赋》,聊因笔墨之成文章。"均属专指。略长于班固的王充在其《论衡》中亦屡用"文章"一词,如"学士有文章,犹丝帛之有五色之巧

---

① 《三国志·魏志·文帝纪》:"帝好文学,以著述为务,自所勒成垂百篇。"又《王粲传》:"始文帝为五官将,及平原侯植皆好文学。"
② 《论语·公冶长》:"子贡曰:'夫子之文章,可得而闻也。'"何晏集解:"章,明也。文彩形质著见。"邢昺疏:"夫子之述作威仪礼法有文彩,形质著明。"朱熹集注:"文章,德之见乎外者,威仪文辞皆是也。"

也"(《量知》);"汉世文章之徒,陆贾、司马迁、刘子政、扬子云,其材能若奇,其称不由人"(《书解》),皆包举汉世文体,突出语言表现,开启魏晋六朝"文章"之意。刘歆《七略》、班固《汉志》专设《诗赋略》,正此观念转化之一象征;而从汉宣帝论赋"大者与古诗同义,小者辩丽可喜"(《汉书·王褒传》引)的双重作用到曹丕"诗赋欲丽"(《典论·论文》)的审美追求,又为其文脉源流演进之理论现象。

总观汉人有关"文"的论说,既是先秦广义之"文学"的传承,又是后世纯文学观念形成之肇端,而正确理解这两层意义的互补和作用,势必落点于这一特定的时代范围与其文学思想的构成。

二

从历史的线索鸟瞰源远流长的中国文学思潮,汉代是第一个波澜壮阔的时期。可以说,是汉代使产生于先秦以"文"统摄一切人文艺术活动的主文精神得到总结和发扬,也是汉代使笼含于人文艺术活动之"文"在连续与破裂中逐渐诞育出以诗赋为主的相对独立的文学观念。在总体趋向上,汉代文学沿着诗、骚两大传统演进,而在具体意义上,这种演进又首先决定于汉代文化真正结束战国纷争、"道术将为天下裂"(《庄子·天下》)局面而形成的兼融统一态势。

汉代大一统文化的形成,一方面是对先秦地域文化的兼综,这里包括邹鲁、荆楚、燕齐、秦晋、巴蜀、吴越文化和远通异方引入的西域文化等;而究其大势,是南北文化的融通。一方面是对先秦产生于地域文化的学派文化的兼综,如司马谈所论"六家"(道、儒、墨、法、名、阴阳)、董仲舒以尊儒为主兼取众家之思想体系的形成,为其征象;而究其主流,又是儒、道思想的融通。而在这种文化机制中,代表北方文化的儒家思想与代表南方文化的道家思想的绌补,决定了以"教化"为中心的儒家审美和以"自然"为旨归的道家审美成为通贯汉代文学观的两大思潮。

儒家审美思潮是推动汉代文学思想发展的主要精神。它以政治的、伦理的、道德的力量紧扣汉世文人的心弦,又以道德与艺术合一的观念成为汉代文学思想的基调。在汉代,文学思想的变迁与儒家经学的盛衰有密切关联,尽管这种关联并非一成不变,而是随着社会政治的递嬗兴废有所更化,然在汉人思想中"儒经—文学"的理论模式,却具有相对的稳定性。这种理论模式的思想核心,是汉人遵循的符合社会意志的文学教化意识,它突出表现于这样三点:一是以仁义为本寻求文学之性情;二是以礼乐制度规定文学之审美范围;三是以致用精神倡扬文学之美刺功用。据此思想范畴和基本情态,儒家审美思潮无论在汉初黄老之学统治期陆贾论文"称《诗》、《书》"(《新语·道基》),在汉代文化鼎盛期董仲舒所谓"因天地之性情""利五味,盛五色,调五音""以感动其心"(《春秋繁露·保位权》),还是在汉末社会批判风潮下文学对社会的载刺,都能于不同的视角推阐其一贯的精神。

与之相比,道家审美思潮对汉代文学思想的渗透显出时代的疲弱、衰落特征,这一则与道家文化哲学观起于乱世的历史渊源有关,一则因道家思想对汉代文学思想的影响是以儒经文化群体意识衰颓为前提的。缘此,在汉代文学思想中道家审美相对集中体现于西汉初年、两汉之际和东汉后期,即由汉初崇尚自然、真朴的文风发展到两汉之际儒家文为经世、翼教明道的精神与道家崇尚自然、淡泊自守的精神构成互为矛盾、互为影响的双重主旋律的出现,再到汉末文人在对文学教化观有负重感的心境中其审美趣味已企向于老庄遗风的变化,形成一条清晰的线索。尤其是汉末文人处衰乱之世为排解命途坎壈的困惑,或心冀玄远,颐养天年;或抽身远骞,潇洒游适;或缘情求性,旷怀惬心,皆受道家审美之临照浸染。这对汉世纯文学观之成立殊为重要。

由于儒、道哲学均追求有限的自我超越,以体悟心灵的无限崇高的状态,孔子、孟子所谓的"仁",老子、庄子所谓的"道",正此境界。而孔子说"逝者如斯,不舍昼夜",老子说"譬道之在天下,犹川谷之于江海",庄子说"唯达者知通为一",又是以一贯通无限的境界来容纳万千气象,此亦汉人融合儒、道审美的心灵超拔。同样,孔子所赞美的"浴乎沂,风乎舞雩,咏而归"的精神风范和老子所倡扬的"得至美而游乎至乐"①的人生乐处,亦为汉人追寻的审美理想。但是,也因为汉儒积极参与建构国力雄张、物质繁盛的外部世界,致使那种在强烈功利思想支配下的外王倾向掩盖了人生品格的内塑,因此,随着国力的几度衰萎,士子为了寻找人生与自我,道家思想作为一种反拨与补充则起着越来越大的功用。②

明乎此,方能进一步探究汉代文学思想之内涵。

三

汉人的学问因建立在对先秦典籍整理、研究的基础上,故其文学思想也就表现出对历史文化的解释特征,先秦诗、骚传统在汉代的影响、消释,以及汉人对诗、骚文学的理解、诠评,构成汉文学思想的主要范畴。

同时,汉代又是文学蓬勃发展的时代,刘熙载说"西汉文无体

---

① 《庄子·田子方》载:孔子问老聃何谓"游心于物之初",老聃答曰:"夫得是,至美至乐也。得至美而游乎至乐,谓之至人。"
② 冯友兰《中国哲学简史》云:"中国思想中的两个主要趋势道家和儒家的根源,它们是彼此不同的两极,但又是同一轴杆的两极。……中国哲学的这两种趋势,约略相当于西方思想中古典主义和浪漫主义这两种传统。"(北京大学出版社1985年版)由此亦可见楚骚审美在汉代文学思想中的突出现象,与道家审美不仅有地域文化(同出于南方)渊源联系,亦具艺术精神的同一性。

不备",所谓"纯粹、旁礴、窈眇、昭晰、雍容"(《艺概·文概》);刘师培说"文章各体,至东汉而大备"(《中国中古文学史》),两说稍异,然兼述文体、文风之繁茂,亦可见汉代文学地位之隆盛。① 因此,认识汉代文学思想的内涵,又必须重视汉人的创作审美经验,从而于其作品创作、鉴赏抽象提炼其理论精神。

有关汉代文学创作的实绩,昔人谓"词赋竞爽,而吟咏靡闻"(钟嵘《诗品序》),说明了诗歌艺术在汉代相对沉寂的原因。但是,倘若结合汉代诗歌理论与诗歌创作两方面加以考虑,汉代文学思想又是以诗学为核心的。

汉代诗学是汉文学思想之实用、审美的标本。这在社会文化现象上,表现为《诗》在汉代"五经"中最先尊为"经",立有博士,其地位在汉文化鼎盛时的武帝朝被无限提升;在文学思想内涵上,《诗》之"美刺"与"讽谏",成为衡量汉代文学价值的基本准则。程廷祚认为:"汉儒言诗,不过美刺两端。"(《青溪集》卷二《诗论十三·再论刺诗》)此于汉初齐、鲁、韩三家诗已见端倪。王先谦《诗三家义集疏序例》云:"《诗》有美有刺,而刺诗各自为体:有直言以刺者,有微词以讽者,亦有全篇皆美而实刺者。"这种"美刺""讽谏"在理论上遥契孔子"无邪"诗旨,在方法上直承孟子言诗"以意逆志",以标明所推作者之"意"与所逆诗人之"志"的思想指向。② 汉代诗学之美刺,至《毛诗序》的理论演化大其堂庑。其云:"诗者,志之所之也,在心为志,发言为诗。"所谓"志",既关国家之治乱,又怀一己之穷通;其中"正得失,动天地,感鬼神","经

---

① 任昉《文章缘起》举诗文体八十四类,缘起于汉代有六十四类。明人陈懋仁作《续文章缘起》,又历述千年诗文体七十类,汉代独创二十五类。
② 陈乔枞《韩诗遗说考序》评韩诗:"上推天人性理,明皆有仁义礼智顺善之心;下究万物情状,多识于鸟兽草木之名;考《风》《雅》之正变,知王道之兴衰,固天命性道之蕴而古今得失之林。"此系对诗学"仁心"的阐发。

夫妇,成孝敬,厚人伦,美教化,移风俗"的政教作用和由此生发的对《诗》之"风""雅""颂"的诠释,奠定了汉代诗学批评的基本形态。到了汉末,郑玄于时代制高点上会通和发展汉代诗教理论,他一则认同《毛诗序》对"风""雅""颂"的解释,一则又补充了对"赋""比""兴"的阐述:"赋之言铺,直铺陈今之政教善恶;比,见今之失,不敢斥言,取比类以言之;兴,见今之美,嫌于媚谀,取善事以喻劝之"(《周礼·春官·大师注》),从而完成了汉儒的政教诗学体系。而此诗学的"美刺""讽谏"辐射于汉代文学批评,又形成了具有更广泛意义的时代文化特征。

在汉代,诗歌创作思想基本上是围绕《诗》学观这一中心轴的。但作为创作,诗歌又是抒心写意感发情怀的艺术,所以它呈示的审美经验和由此汲取的理论精义,显然又有自身的思维定势和建设意义,并与汉代《诗》学相辅相成。从创作形态上来看,汉代诗歌在继承《诗三百篇》"四言""杂言"的形式外,又有"五言""六言""七言""八言"等创制,①特别是渊源于民间歌谣的五言诗经乐府的演化向文人诗的升进而在汉世的兴起,②展现了汉代诗歌创作审美世界。因此,探考汉代诗歌创作思想,西汉盛世之"乐府"(经乐府机关加工的民歌)与东汉末世之"五言"(以《古诗十九首》为代表),为两大重镇。乐府诗的基本创作思想是"感于哀乐,缘事而发"(《汉书·艺文志》)。因于"感于哀乐",揭示诗人之"志";因于"缘事而发",展露诗人之"情"。

---

① 《汉书·东方朔传》载朔有"八言七言上下"。又,《后汉书·班固传》:"固所著《典引》、《宾戏》、《应讥》、诗、赋……六言,在者凡四十一篇。"按:汉世云"六言""七言""八言"同"诗"别立,然其实质仍为诗,此前人已有定论。

② 按:汉代七言诗虽已较早出现,但因入乐府较五言晚,故未光大。关于七言诗的起源,有"楚辞""歌谣"两说。余冠英《七言诗起源新论》(见《古代文学杂论》中华书局1987年版)主"民间歌谣"说,论之甚详。程千帆《先唐文学源流论略·乐府歌谣与五七言诗之成立》(武汉大学学报1981年第3期)兼溯五、七言诗之源皆出于"民间歌谣,率以当时入乐而得流传后世","故兹欲溯五七言诗之缘起,当先知乐府之概况"。较为全面。

这种"志"与"情"虽然是通过作者主观感受的介入而再现现实生活和表现人生情感,显出与汉代《诗》学研究的距离,但是,如果我们打破时间的隔膜,将汉代《诗》学对象"三百篇"的创作真情与乐府诗的创作真情衔接起来认识,又可见其"出诸里巷妇女之口者,情词婉曲"(李开先《词谑》)的情感特征正同汉代立乐府之制以"泄导人情","观风俗,知薄厚"的政教意识切合,乐府之"怨"与风诗之"刺"是不同时代的同一思想产物。而汉代诗歌创作发展到汉末,出现了《古诗十九首》这样的人生情感的大曝光。这种由东汉中叶以降文人之个性情感意识从潜滋暗长到汪洋恣肆的汉末诗潮,一则与汉儒说诗的政教思想发生更大的偏差,形成了初具规模的以"情"为主体的表现理论,一则又以其社会人生的强烈愤情与汉代《诗》学之"美刺"主旨有着不可分割的精神默契。可以认为,正是从乐府歌诗之"缘事"到汉末古诗之"缘情"的连续演进,使我们感受到汉诗创作与《诗》学理论的某种悬隔,但也正因为这种悬隔的存在,又使我们于两种表象不同的文学现象产生于同一文化机制这一事实,去反思和体悟一代诗学思想之整体的通贯性和深层意蕴。对此,我以为有两点应着重提出:

其一,汉代诗学表现的是时代整体精神,而这种精神随着时代逐阶段的变迁又呈示出相对的流动性。试以《毛诗序》为例,它的理论一方面继承了汉初三家诗的讽谏传统,一方面又拓宽了汉初诗学的美刺思想,而显示盛汉大文化之征象。这种理论的内涵主要表现出三点:一是倡"变风""变雅"说,确定了"刺"诗是汉代诗学的主导精神;二是将诗学中灌注了盛汉"言天下之事,形四方之风"的时代气息;[1]三是通过对"风""雅""颂"的诠释使政教诗论

---

[1] 孔颖达《毛诗正义》卷一疏解《毛诗序》"是以一国之事,系一人之本"等句云:"一人者其作诗之人,其作诗者道己一人之心耳。要所言一人之心,乃是一国之心。诗人览一国之意以为己心,故一国之事系此一人使言之也。……言天下之事,亦谓一人言之。诗人总天下之心、四方风俗以为己意,而咏歌王政。"

系统化。理解了《毛诗序》在汉代诗学中的划时代意义,也就可以理解武帝朝广泛搜采民歌入乐府所表现的感于哀乐之情和有助教化之用的时代统一性。同样的道理,由《毛诗序》确立的"发乎情,止乎礼义"的诗论思想经汉文化的解体,其重"礼"的一面受到汉末诗潮之"情"的冲击,而这种冲击在当时维护儒家诗教传统的郑玄诗学中也留下深刻的印记,其突出表现于他对"刺"诗的理解由"哀"而"伤",由"怨"而"怒"的发展,对诗歌抒情性(诗长人情)、形象性(假象兴意)的高度重视。这又是汉末文士个性自觉的时代思潮使然。

其二,汉代诗学阐发的是人的性情,这种性情虽随着时代逐阶段的变迁出现不同的表现形态,然其思想本质却显出相对的稳定性。关于这一点,钱穆有段精辟论述:"学者于诗,对天地间鸟兽草木之名能多熟识,此小言之也。若大言之,则俯仰之间,万物一体,鸢飞鱼跃,道无不在,可以渐跻于化境,而岂止多识其名而已哉。孔子教人多识于鸟兽草木之名者,乃所以广大其心,导达其仁,诗教本于性情,不徒务于多识也。"①所谓"大言"之"性情",具体而言便是学者以民为本假《诗》言理的精神。这种不"枉道以从势"(《孟子·滕文公下》)的精神在先秦儒家诗论中已有诸多表述,而至汉代,除一些"曲学以阿世"的利禄之辈外,实一灯相传,为诗学之神髓。陆贾"《诗》以仁义存亡"(《新语·道基》);贾山"以直谏主,不避死亡之诛"(《至言》);董仲舒明孔子作《春秋》用意"以为天下仪表,贬天子,退诸侯,讨大夫,以达王事"(《史记·太史公自序》引);郑众注《周礼》谓"讽诵诗""以刺君过";郑玄《六艺论》指出"作诗者以诵其美而讥其过",虽或随时随意发挥,

---

① 钱穆《论语新解》,巴蜀书社1985年版第15页。

而不追寻诗之本义,但以《诗》为"谏书",①既为汉代诗学之一核心,又衍射于汉代楚辞学、汉赋学的理论。

四

与诗传统并称的楚骚传统对汉代文学思想形成的影响,这既表现于汉人大量的拟骚诗赋的创作,又表现于汉人对屈原与楚辞的评价。如果说汉代诗学承先秦遗义所表现的"诗言志"文学观偏重于关心国家治乱的致用思想,那么,楚骚艺术对汉代文学观的影响则偏向于"发愤以抒情"(《九章·惜诵》)的自我情绪,汉人所云"屈平之作《离骚》,盖自怨生"(《史记·屈原贾生列传》);"春秋之后,周道寖坏,聘问歌咏不行于列国,学《诗》之士逸在布衣,而贤人失志之赋作"(《汉书·艺文志》),为其理论概述。

在汉人拟骚创作和楚辞研究中,存在着这样的复杂现象:一是借悼屈以抒怀,通过楚骚长于复沓咏叹的形式和内含的悲剧心绪以发泄文人失意之情,然而也正是这类直接拟骚作品偏偏缺少屈骚那种博大的心胸和震撼心灵的力量,相反,屈原的浪漫精神却在颂扬大汉江山宏丽的创作中得以复现。二是汉人将对屈原的评价和对楚辞的研究纳入诗教系统,这就使他们于推崇屈原与《离骚》之时往往掩盖了屈骚的悲世怨情,而屈原的社会批判精神又是在汉代政教松弛的文化衰落期得以宣现。征此两种现象,可见诗、骚传统在汉代文学观念中的消长绌补。而从汉代文学思想自身的建设来看,楚骚审美伴随汉代历史进程又显出以下四种现象:

---

① 《汉书·儒林传》载王式语:"臣以《诗》三百五篇朝夕授王,至于忠臣孝子之篇,未尝不为王反复诵之也;至于危亡失道之君,未尝不为王深陈之也。臣以三百五篇谏,是以亡谏书。"

第一种现象是汉初楚声的兴隆。这种现象的形成有多重文化原因,而其中最重要的一是汉初立国君臣多楚人,表现出对故乡地舆文学之热情浪漫、苍凉激越特色的追忆和倾慕,二是楚文化的艺术精神与汉初思想的符契,这充分表现为汉人一方面试图通过楚文化浪漫神奇的艺术想象来把握蓦然呈现眼前的地广物厚、生灵汇聚的现实世界,一方面又从楚人发抒浪漫情思间所寄寓的对大自然的惊愕与恐惧心态中接受了一种永恒忧患,并将此忧患意识从自然转向汉初战乱方息的满目疮痍、隐难未尽的现实社会。缘此两重原因,足可理解屈子激情与荆楚悲剧在汉初仍有震人心魄的力量和独占文坛的殊绝地位。

第二种现象是楚声在西汉盛期文学中的衍解。所谓衍解,是指汉初文艺之主体精神的"楚风"在新的文化机制中的衍化融解。这一点在西汉盛世从多方面表现出来。从赋体文学观来看,司马相如等大赋作手创建的新的文学格局,标明了汉大赋的体物征实、文辞繁富的文章风格,雄奇开合、经世致用的创作思想,和与经学汇通而为王朝政治服务的社会现实,已非楚骚审美所能包容。从乐府诗学观来看,也一改汉初延习"楚声","乃立乐府,采诗夜诵,有赵、代、秦、楚之讴"(《汉书·艺文志》),其社会作用和审美意趣已不停留于个人情思,而是表现"人函天地阴阳之气,有喜怒哀乐之情。……故象天地而制礼乐,所以通神明,立人伦,正情性,节万事"(《汉书·礼乐志》)的壮阔气概。楚声衍解于汉音之际,能够发扬屈骚传统的是司马迁的文学思想。在《史记》中,司马迁深切地体悟到屈原的悲愤情感和抗争精神:"屈平疾王听之不聪也,谗谄之蔽明也,邪曲之害公也,方正之不容也,故忧愁幽思而作《离骚》。"(《屈原贾生列传》)因此,他在史传文学创作中灌注以炽热的情感生命,通过对历史"畸人"的描述刻画显出"爱奇"的梦想,而与现实之专制政体对人的压抑对抗,鲜明地继承了屈原"舒愤懑"的文学观。然而,如果将司马迁的愤思置于时代氛围,我们又同样可以看到他的思想中的美刺基调仍是受汉文化浸染的儒家文学教化意识和不拘于一己之穷通的人文精神。他在充分肯定屈原崇高品格时扬弃其凄恻哀怨的整体情绪,表现的是他文学观中亢奋的时代气息,这于其对诸多建功扬名之"英雄"的赞讴中可窥其奥。综此可见,真正的汉文学并非楚文学的延续,而是对其艺术精神的包容。

第三种现象是屈骚文学通贯两汉的审美积淀。这种积淀既渗合于汉文学显出浪漫的激情和遒劲的气势,又或转向反面,在汉文化之礼乐制度的稳定系数中使楚骚积极精神泪没。王褒《九怀》的思索,刘向《九叹》的哀怨,扬雄《反骚》的隐痛,梁竦《悼骚》的自伤,都是对浊世厌恶的忧患表现,其中不乏超脱现实、因缘命遇的悲观企向。① 班固从不同的角度对屈原人生行事的批评,既显出他所处时代的竞争意识,又因其与屈骚文学的时代隔阂,而出现对楚骚情趣的消极理解。

第四种现象是楚骚艺术精神的复兴。这种复兴现象不同于汉初楚声之兴隆,而是以王逸楚辞评论为标志的东汉后期文学思潮的趋向。倘谓汉初楚骚余绪作为主体审美意识只是汉文学思想体系形成的前奏,则此时楚骚复兴却表现了汉文学思想的变革,而楚骚审美本身正是通过与儒家审美思潮、道家审美思潮的积极结合方生复兴绩效的。王逸楚辞评论在思想上"依诗立义"、"依诗取兴",以重振楚骚的现实致用性;在审美上对屈原的人格、文采高度赞美,以扬举其个性与情感。从这两方面考虑,儒学与楚骚的结合不仅意味着文士的个性情感对僵化的儒经文化模式的冲击,而

---

① 当然,这种悲观企向中也有抗争的积极性,此中暗含着的个性情感,实系扬雄颂赞楚辞之美的内在因素,也是挚虞《文章流别论》所谓"楚辞之赋,赋之善者也。故扬雄称赋莫深于《离骚》"的理论依据。

且决定楚骚重新被认知为一种积极的精神参与文学致用思想的建设。同时,道家与楚骚的关系至此又表现于庄、骚审美的结合。陈继儒《文奇豹斑》云:"古今文章无首尾者,独庄、骚两家。盖屈原、庄周皆哀乐过人者也。哀者比于阴,故《离骚》孤沉而深往;乐者比于阳,故《南华》奔放而飘飞。"这说明了庄、骚所具有的自由浪漫的审美情趣引起的瑰奇玄远的文学意境,正与汉末人的个性自觉和文的自立意识合拍,是促进文学思想衍变的重要因素。

上述四种现象说明的楚骚审美在汉代文学思想中的作用具有动态的发展过程。假如在对汉人文学观念的整体把握中发掘楚骚审美,又可归纳于两点:第一,荆楚远古的巫术神话文化特色经屈骚的呼唤发扬,直接影响着汉人的文化心理建构,尤其是这种文化特色与齐(阴阳五行)鲁(仁义礼智)文化特色的结合,形成了汉人辞赋文学创作和墓葬壁画艺术中那种人神交欢、生死同域的审美模式,以及神话与历史、现实与想象相激相荡的气概。第二,在悲剧意识中的个性塑造和自我发现,派生于楚人惊诧自然的原始观念而发挥于屈骚的创造,这种精神意态延续于汉人,既是心存幽怨的艺术渊薮,又成为超脱世俗、完善人格的内省智慧。

五

以宏衍博丽为形式、义尚光大为内容的汉大赋的崛起,意味着汉代文学兼融先秦南北文学、诗骚审美的完成。而此"一代之文学"的隆盛与旁衍,又为汉代文学思想增添了具有时代特色的丰富的内涵。

汉赋具有浓缩一代文化形态的特征。旧传司马相如答盛览问作赋谓"赋家之心,苞括宇宙,总览人物"(《西京杂记》卷二),非心胸褊狭、偏执一隅者能道。王世贞说:"作赋之法,已尽长卿数语,大抵须包蓄千古之材,牢笼宇宙之态。其变幻之极,如沧溟开晦;绚烂之至,如霞锦照灼,然后徐而约之,使指有所在。"(《艺苑卮言》卷一)是将汉代文化精神与赋体文学特征结合考虑的。因汉赋艺术思想之繁富汪秽,其艺术手法亦显示多元。祝尧《古赋辩体》卷三论大赋"取天地百神之奇怪,使其词夸;取风云山川之形态,使其词媚;取鸟兽草木之名物,使其词赡;取金璧彩缋之容色,使其词藻;取宫室城阙之制度,使其词庄",正由此着眼。① 这些都使赋家创作一改先秦、汉初骚体徘徊循咀之婉美,而为盛汉"天人合应,以发皇明"、"文锦千尺,丝理秩然"的时代审美情态。

　　如果从汉赋创作中提炼其主体精神,我认为关键在于"讽谏"与"尚美"的矛盾。汉赋形成伊始,就具备了"讽谏"与"尚美"的双重使命。赋体文学的"讽谏"功用,是继承了《诗经》"国风好色而不淫,小雅怨诽而不乱"和《楚辞》"作辞以讽谏,连类以争义"之思绪,而在特定的时代文化氛围中通过侈丽繁富的铺排渲染表现出来。这一思想在有关赋序中"作赋以风""上赋以劝"的表述和赋作的"说教尾巴"有明确的印证。而在汉大赋形成的同一文化机制中,董仲舒于《春秋繁露》中以文学夸张手法铺写历史故事而达到正谏时君的艺术效果;被称为"滑稽之雄"的东方朔也以铺陈的方式、诙谐的意趣和隐曲的言谈达到讽谏目的,皆与司马相如"多虚辞滥说。然其要归引之节俭"的思想完全一致。

　　然而,汉代赋体文学之形成所以不同于先秦《诗》《骚》或汉初《诗》学与仿骚创作,关键在它于主"讽谏"作用的同时亦主"尚美"的致用意义。汉赋之"尚美"落实于创作思想上,是起着与"通讽喻"对衬的"宣上德"的作用。这种以"宏衍巨丽"之文"润色鸿

---

① 刘熙载《艺概·赋概》云:"赋起于情事杂沓,诗不能驭,故为赋以铺陈之。斯于千态万状,层见迭出者,吐无不畅,畅无或竭。"也说明汉大赋体丰繁之物,陈阔大之志的结构美特征。

业"的"尚美"观,正是在汉代大文化背景下产生的。班固《两都赋序》记云:"武、宣之世,乃崇礼官,考文章,内设金马、石渠之署,外兴乐府协律之事,以兴废继绝,润色鸿业;是以众庶悦豫,福应尤盛。……故言语侍从之臣,若司马相如、吾丘寿王、东方朔、枚皋、王褒、刘向之属,朝夕论思,日月献纳。"这既是汉赋崛兴的文化背景,也是汉赋内含丰富的文化机制。因为现实需求尚美,故汉赋作家推崇"博丽"、"崇丽"、"华丽"之"丽",这种"丽"不仅指外表的华美,而且是其时风行的有丰富内涵的审美范畴。可以认为,相如赋之所以能够"惊汉主",既非仅因思想内容之"讽谏",亦非徒有华美外表,而是具有致用价值和鉴赏价值合一的"尚美"(丽)的整体表现力和感染力。

汉赋是人对自然事物作对象化审美观照和人对外部世界整体性审美观照的艺术,所以主要表现于外在感官的视觉美与涂饰美。这既增添了"尚美"的光彩,又种下了"尚美"与"讽谏"矛盾的基因。这种矛盾在汉代文化环境中,无论于《诗》学研究还是诗歌创作,无论于政论散文还是史传散文,均有不同程度的表现。

汉赋文学作为一种新文体,其在我国古代文学由不自觉到自觉的历程中之作用,又与产生它的文化意向龃龉。因为在汉赋艺术,其蕴涵于创造中的文学觉醒正以汉代大文化解体为代价(当然,这种"觉醒"因素同样潜藏蕴蓄于汉赋文化的多元机制中)。也就是说,汉赋以描绘性文体特征对自然、现实的摹写、再现,以及对环境事物淋漓尽致的刻画,强化了一种文学技艺美;但在赋体文学创建之际,这种技艺美是出于政治的需要。[①] 因此其文学意识只有在此政治使命意识在文学家心中淡退后才真正发扬光大。东汉后期抒情小赋的崛起,也意味了这一点。换言之,相如等大

[①] 刘勰《文心雕龙·时序》:"孝武崇儒,润色鸿业,礼乐争辉,辞藻竞骛。"

赋作家的审美观在消释了"通讽谏"之大义和"宣上德"之颂美意义后，留予后世"铺采摛文"、"极丽靡之辞"的文采美，才出现文学观念追求形式美的重心转移。而由此汉赋审美价值观的历史迁流，又可看出汉代政治与文学，文学与经学同构而又矛盾的复杂关系。

六

欲明汉代文学思想之结构，势必了解笼罩汉代文化学术之天人观念；而欲进一步探明汉文学思想结构中出现的一系列理论现象，又须认清中国民族文艺之表现性特征同样显现于汉代文学创作与批评领域。

应该注意，由于汉人之于文学受到大一统政治意识的制约和先秦文化之历史意识的超额影响，形成了以"经学"规范诗赋艺术思想的风气，从而在文学思想史上汉代被视为缺少文学创见而介乎先秦、魏晋的过渡时期。这是一种误解，关键在误解了汉人通过研究"五经"提升的天人观念与文学的关系。

天人理论的产生同文学无关，它源于敬畏原始的天人惊恐与和谐，并通过老、庄"自然"之学和孔、孟"心性"之学完成了或以自我精神的游弋沟通天人，或以自我品格的修养调协天人的思想境界。这种思想境界垂延于汉代，不仅有了明显的改变，而且派衍于文学观念。一方面，汉人继承了屈骚借用远古巫术神话的魅力，将对天命的崇拜与怀疑弥漫于激情浪漫之文学创造中的精神，为帝国政治灌注了自由想象；另一方面，时代品格对汉人生命力的激发，使他们在以新奇的眼光发现现象世界生生不息、变动不居的无限时感受到需要一种符合时代品格、历史心绪和副称帝国的文化精神，这便是汉代艺术化的天人观念。而汉代文学之表现与天人观念之想象正在此意层上贯通。

　　汉人对天人关系的认识,首先是人类心胸阔大的表现。许慎《说文解字》释"大"云:"天大,地大,人亦大。"而于"三才"之中,"人"是核心。所以《说文》又释"立"云:"从大,在一之上。"段玉裁注引徐铉说:"大,人也。一,地也。"由此字义诠释观照董仲舒天人合一观,其"为人君者其法取象于天"、"为人臣者其法取象于地"(《春秋繁露·天地之行》)思想旨趣却在"举归之以奉人",达到"仁之美"的作用。在此天人关系中,从人心的褊狭提升到天心之坦荡这层意义考虑,汉赋文学由蕞尔小邦到蔚成大国,其以图物写貌、汇聚生灵的描绘所展示的横轹古今、旷古未有的阔大气势,是以文学形式表现的时代品格。即使反对天人合一、主张天人相分的王充,对班固辞赋"鸿文"亦作尽情赞美,以表现其以大为美的时代精神。而从天心的虚无落实于人心之实际价值这层意义上考虑,汉代文学创作的重镇虽在于为润色鸿业之政治需要的磅礴巨制,但在京殿游猎、声色犬马的大赋描绘之中,在符合经学文化大系统的《诗》学阐释之中,仍能使人感受到直面人生的自我表现。所以,"情以物兴","物以情观"(《文心雕龙·诠赋》),才是汉代文学夸张形容、比兴取义的根本。①

　　不可否认,汉代天人观的最大悖谬在于自心设立大天,又以大天矫治自心,极典型而又形象地揭破我国传统文化以人文精神为核心,然又恰恰缺乏自我地位的荒诞之谜。柳宗元《贞符》于驳斥董仲舒天命观、目的论后谓:"何独仲舒尔!自司马相如、刘向、扬雄、班彪、彪子固,皆沿袭嗤嗤,推古瑞物以配受命,其言类淫巫瞽史,诳乱后代。"其说虽未尽是,然针砭汉代天人观中神学

---

① 章学诚《文史通义·易教下》指出:"有天地自然之象,有人心营构之象","人累于天地之间,不能不受阴阳之消息;心之营构,则情之变易为之也。"文学亦"人心营构",乃"情之变易为之",论汉代文学思想之本,当作如是观。

之淫妄,殊为刻挚。尽管如此,我认为汉代文学思想并不因天人观念之悖谬而窒息,汉代文人也并未沉醉于神人以和的酣梦与神人悬惑的迷茫,而是不断地为获得人的尊严和思想的自由奋进、觉醒。由此可见,衡量汉代文学所表现的价值观念和主体精神,不必拘守于那些已成为伦理或哲学教义的典籍信条、行为规范,而应追寻其千变万化、衍演不息、与芸芸众生休戚相关的社会情绪和心灵波澜。

由于汉代文学体示了天人思想,在汉代派生于天人观念的有关人生哲学之形、神观亦潜渡于文艺理论领域。刘安《淮南子》创立了艺术审美之"君形者"说,以其重视文艺创造之内在情感成为东汉王充"真美"观和魏晋以后"传神写照"审美观的理论滥觞。这种形、神关系的调协与矛盾,于汉代辞赋创作和理论中也有突出表现。汉赋艺术以"体物为妙,功在密附",并达到了"巧为形似之言"、"期穷形而尽相"的审美效果。在汉赋创建之初,如此形似之美无疑为作家创作精神提供了宽广的空间,而当作家一味追求形似而造成文风之沿习时,文学创作也就失去了"形恃神以立"(嵇康《养生论》)的主体性,这与汉代天人观念成熟后"人"的失落有同构联系。缘此,司马迁文学思想之"意有所郁结"的情感发现,扬雄对大赋形似之美的反思和在创作中抒发的愤郁之情、玄远之情,均是找回人本之自我价值观的文学表现。这种在文学中包含"人"之主体精神的形神理论,贯串了汉代文学思想发展的曲折道路。汉人文学观中有关重质轻文、文质副称、重文轻质的复杂现象,亦由此衍生。

由于天人关系的矛盾,汉人在人格塑造方面,始终存在以开放之心涵摄万物成就其"大我"和以自我为中心排拒外物以成就其"小我"的冲突。这种"大我"与"小我"在汉代文学观中的同存,又集中体现于廊庙文学与隐逸文学两类创作思想。汉代廊庙文学是在大文化之宣启与积极事功精神催促下兴起的,其特征是将作家自我嵌入"崇论宏议,创业垂统。驰骛乎兼容并包,而勤思乎参天贰地"(司马相如《难蜀父老》)的文化氛围,发为铺张扬厉、讴歌颂美之章。在这里,作家的进取心态是通过文学所描绘之万象景观达致"大我"境界的。但是,廊庙文学在汉代的兴盛,既是一统文化的产物,又是在"王制"与"霸道"下集权政治的产物,因而众多士人于发扬"自我"而为"大我"时受到专制的挑战和压抑,使"大我"转换为集权制度的附庸,消弭了"自我"。在此难以维系的集权制度与士大夫阶层双向适应的文化调节机制中,文士为保证相对独立的人格,其所创作的隐逸文学正是通过出与处、仕与隐的人生矛盾表现其感情意志的。在盛汉,董仲舒一方面创建为大一统政治服务的理论体系,一方面又受到专制的压迫,写下《士不遇赋》以发泄"牢愁狷狭之意"(鲁迅语),正此原因。而东方朔提倡"避世于朝廷"(《史记·滑稽列传》)也是在集权制度下保全自我人格的调节方式。假如说在汉代专制压力强大的情形下表现于隐逸文学的文人心态倾向于隐忍中的抗争,那么到专制压力缓松的时期,隐逸文学中的自我排拒外物成就"小我"的特点则更为明显:张衡"于焉逍遥,聊以娱情"(《归田赋》)的归隐之志,仲长统"安神闺房,思老氏之玄虚;呼吸精和,求至人之仿佛"(《乐志论》)的人格修养,正经历了由抗争到超升的转化。可以这样认为,因为廊庙文学与隐逸文学的并存,汉代主要文学家的创作几乎同在努力为王朝服务而歌功颂美之际,又均写下了蹇滞困顿、情调悲郁的篇章;这种直接派生于天人之本体矛盾、形神之艺术矛盾的情感矛盾,构成了汉代文学思想整体形态中既雄浑壮阔,又怨思悱恻的双重音响。而与人生境界俱来的文学审美境界,亦于此矛盾的调协、自律、变化中逐渐显示其主体自由。

七

　　一代文学思想的出现，基本上经历了萌发、兴盛以至衰落的过程，这是就文学符合时代文化形态之主体精神而言的。倘将一个时代之文学思想置于不拘一朝一代之历史发展流程中考察，我觉得又很难以一坐标衡其终极价值。即如汉代，从文学反映时代精神观之，西汉盛期之气势堪称代表；从文学融通于经学之关系观之，东汉初期之醇雅又臻至境；从文学自立意识观之，东汉永元以降之文学因社会心理、文化思潮的衍变而趋向于觉醒。因此，我将汉代文学思想划分为肇造、鼎盛、转折、中兴、衍变、觉醒六个阶段，其意亦在兼顾一代文学与文学思想之整体发展，而做出的相对性的理解或阐释。然而，这种理解或阐释又必须注重汉文学思想自身的盛衰通变规律，并寻求符合这一时代文学思想特征的参照范畴。

　　首先，文化气象与人文意志的关系，是决定汉代文学思想发展的重要理论范畴。汉代的文化气象，是经过汉初六十余年艰难肇造而至武帝朝形成的显示国力昌盛的一统态势，其中也包括了文学之体制、风格、表现方法等五色斑斓的多元情态。而所谓人文意志，又是汉人一以贯之的以广泛人文精神为基础的性情之本。调协或整合这二者的关系，是汉代文人创作力求表现的主题，也是研究汉代文学思想的一个难点。从汉人的创作审美经验来看，文化气象与人文意志的调协于西汉盛期较完美。其时大赋作家张扬大汉声威，并将时代之"大美"形象从物质世界投影于创作心理，表现了"尚美"中的"引之节俭"的民本思想。繁盛于时的乐府诗以"雅"（宫廷采诗之制）与"俗"（采自民间各地歌谣）的交融为特征，其感于哀乐之情，是人文意志的反映；而博采"赵、代之讴，秦、楚之风"以"观风俗",又是大文化气象的表现。这种关系的调协延续至东汉前期,构成了汉代文学思想鼎盛期与中兴期的文化联系。当然,如前所述,在汉代文学鼎盛期的武、宣之世,群体之"大我"意识与个性之"小我"意识已发生冲突,这种体现于文化气象与人文意志的矛盾,正是司马相如托怨情于《长门》,司马迁寄悲愤于"畸人"的文化心理。而沿此矛盾之深化,汉人对其人文意志的追寻在文学创作与理论中的映示,又正是汉文学思想至两汉之际转折、东汉中期衍变和末年觉醒的心灵轨迹。

其二,道德自律与文学自立的关系,是纠缠于对汉文学思想评价的关键问题。当汉人劈开时代的荒莽榛棘,以儒学思想为统帅去体味大文化之真谛时,即表现出道德观念与文学性灵的渗融、矛盾。就渗融而言,汉人追求的道德与文艺合璧的中和之美,是为最高境界。这实际上产生于先秦儒家的审美境界在汉代的定型以及对中国民族文学观念形成之影响,应是无可争议的。汉人诸多创作既充满文学的想象,又符契于仁义道德之规范,是这种理想的实践。然而,道德自律现象在伴随着文学思潮演进时,又明显地表现出对汉代文学自立意识的捆束。在创作上,汉代虽出现过如相如赋之狂谲奇诡,史迁文之狷介沉酣,①但毕竟凤毛麟角;而在理论上更多地充斥着"美教化、移风俗"(《毛诗序》)、"不合先王之法,君子不法"(《法言·吾子》)、"宣上德而尽忠孝"(《两都赋序》)、"褒颂纪载,鸿德乃彰"(《论衡·须颂》)的说教。这是在文艺领域中强化道德自律的结果。不过,这种道德自律也不可能长期束缚汉人的情感和文学自身的发展,所以在汉代,文学创作出现了极端为政教服务和极度表现虚诞夸饰之浪漫气息的矛盾。文学理论

---

① 李贽《藏书》卷三十二《儒臣传》云:"汉氏两司马,一在前可称狂,一在后可称狷。"

出现了道德之理与艺术之情的矛盾。也正因此矛盾,汉人才不断从屈骚的浪漫激情和老、庄的自由人格中汲取营养,以补充和改造日趋僵化的儒家道德、艺术合一模式。而通过汉代道德与文艺矛盾的现象观照扬雄文学中"散发昆仑"的狂态、"玄静中谷"的神情和张衡文学中之"逍遥"意境、仲长统文学中之"超升"企盼,又显而易见在汉代文学之道德艺术观念中有一条自觉或不自觉地发扬文学自立意识的线索。特别是在汉末社会倾颓、道德观念支离的情况下,有的文士挺然而起作自我抗争,有的文士潜入痴醉迷狂的境界自守自珍,虽未能出现如魏晋中人思想之超越道德人格的艺术自律现象,然其个性与文学的自觉,已隐现于他们的道德人格之中。

其三,因袭复古与变革创新的关系,是明辨汉代文学思想演进的审察标准。从现象上看,汉代文学有着浓厚的因袭复古之风,此与整个汉代以五经为祖祢,以圣贤为准则,和重师法传承、章句治经的学术风气有关。这也就造成了后世一些文学史家批评汉代文学的双向模式,即儒家正统思想支配下的教化文学观是复古保守的,道家异端思想支配下的自然文学观是创新进取的。事实上,就文化观而言,汉代儒学并非先秦儒学的重复,而是一种适应时代需求的新的文化建构,这种文化思想沾溉于文人创作,开启了一代文学之胜。而只是这种文化新气象于西汉宣、元以降的衰弱,文学创作才因思想的空虚出现了句摹字劓、陶鸡瓦犬的摹拟复古文风。也恰是在这股复古思潮中,出现了扬雄这样的兼因创于一身的文学家。在他的创作审美和理论构想中,既表现出摹拟复古,又表现出变革创新;而在东汉文学思潮兴起后,王充、张衡、仲长统等人正是抛弃扬雄思想中摹拟复古而扬举其创新精神以推动文学理论之发展的。因此,在汉代文学整体形态上,于复古中蜕变是其思想本质,究其蜕变,既与儒家审美思潮相始终,又与道家审美思潮的互渗切切相关。而对其由文学之蜕变意识出现的不断创新精神,当于文化气象与人文意志之关系,特别是人文意志之发展中求之;亦当于道德自律与文艺自立之关系,特别是文艺自立之发展中求之;这样,才能体认汉代文学思想在各阶段的过渡性质和理论建树。

以上列举的三方面思想参照系统,既可纳入文学范畴包含于汉文学思想结构之中,又可视为一代文化之特征,有助于对汉代文学观念演变规律的把握。

八

昔人评汉代文学,或谓两汉文衰,①或倡文必秦汉,②褒贬轩轾,其偏颇均在传统思维方式对文学的认识是追求终极之真、至上之善、最高之美。而以现代哲学提供的辩证思维方式观之,任何一代文学都在历史的流程中显示出相对之真、善、美,并符合特定时代之文学在致知、价值、审美取向上的实际当量。对汉代文学思想的认识和评价亦应如此。就是说,汉代文学思想只是中国文学思想发展长河中的一段流程,它的审美价值取向不仅在于这一流程中所激起之浪花的斑斓色彩,而更重要的是在广远的历史的精神流动中建构起的价值体系。德国理论批评家伽达默尔在《真理与方法》中指出:"艺术的万神庙并不是一个向纯粹审美意识呈现出

---

① 柳宗元《两汉文类序》:"殷周以前,文简而野,魏晋以降,则荡而靡,得其中者为汉氏,汉氏之东也,则既衰矣。"此东汉文衰说;苏轼《答王庠书》:"西汉以来,以文设科,而文始衰。"此西汉文衰说;陈师道《后山诗话》:"余以古文为三等,周上,七国次之,汉为下。……东汉而下无取焉。"此两汉文衰而后世尤不复取说。

② "文必秦汉"系明代前后七子所倡,代表当时的文学复古思潮。《明史·李梦阳传》载清人王鸿绪评梦阳:"倡言文必秦汉,诗必盛唐,非是者不道。"而其理论之滥觞,又是前人的"尊汉"文学观。又,袁宏道《序小修诗》批驳其说云:"文则必欲准于秦汉,诗则必欲准于盛唐,剽袭模拟,影响步趋。"

来的永恒的现在,而是某个历史地积累和汇聚着的精神活动。"这种不存在的"永恒的现在"和汇聚着的"精神活动",似可借鉴于我们对汉代文学审美价值的相对性理解。从另一角度,清代文论家方东树以"水"喻"文",指明"古水今水""是二非一"和"是一非二"的辩证关系,以窥探"古今之水不同,同者湿性;古今之文不同,同者气脉"(《仪卫轩文集》卷七《答叶溥求论古文书》)的内在规律,也同样启迪我们对汉代文学思想之发展进行共时和历时的综合分析。

将汉代文学思想视为一段流程,并不意味淡退其时代性,相反,正是通过对汉代文风之因革推移,悉由渐进的历史作用的认知,才能标明其时代的"自我形象",以避免"不知有汉,无论魏晋"的迷惘。

第一章 肇 造 期

（高祖初至景帝末）

公元前206年,汉高祖刘邦经多年征战,结束了秦汉之际群雄纷争的局面,建立起统一的汉王朝。在此时代变革中,政治、文化经历着由乱而治的转化。然而,文化学术的转化在汉初建国伊始,即面临双重困境,并造成后世对汉初文学思想评价的双重迷惘,即秦世无文与高祖诋儒。秦世无文反映的是秦统治者实行思想禁锢政策的史实,但其出于政治需要而非全然毁弃文化,又显而易见。明人张燧指出:"始皇之初,非不好士,亦未尝恶书。观其读李斯逐客书,则亟毁初禁,开关以纳之;读韩非说难,则抚髀愿识其人,其动乎下士,溺于好文如是。……二世召博士诸儒生问故,皆引春秋之义以对。……后叔孙通降汉时,有弟子百余人,齐鲁之风,固未尝替。"(《千百年眼》卷四《秦不绝儒生与经籍》)可见自周至汉,秦文化虽为低谷,然文脉未断。[①] 汉初文运转盛,是文化复苏,并非崛起;真正汉文化的崛起是数十年后才出现的。刘邦诋儒行为,载诸史乘,然亦未可概论其余。观刘邦一生,在戎马倥偬之际,无暇染翰,甚侮儒行,然天下方定,即受叔孙通定朝仪之请,始开文治气象;居位十二年,有田何传齐《易》于关中,伏胜授《尚书》于

[①] 章学诚《校雠通义·汉志六艺第十三》述司马迁《史记》论汉初学术云:"观其叙述,战国、秦汉之间,著书诸人之列传,未尝不于学术渊源,文词流别,反复而论次焉。"此战国秦汉学术未断裂例。又,焦竑《焦氏笔乘》卷三"秦不绝儒学"条亦有论列,可参照。

齐、鲁,盖公言黄老于齐地,高堂伯述《礼》于鲁中,张苍明习天下图书,陆贾上书倡导儒术,齐、鲁、楚、燕、吴、越文风并起,不无盛景。而自此至景帝末,其间或有政治、文化之变,①却已奠定汉初文化基础。

　　汉初文学思想的形态具草创期的博杂性,从地域文化特色来看,既有荆楚文化的浪漫情绪,燕齐文化的诡异神采,又有邹鲁文化的精谨肃穆;从学术思想对文学的影响而言,既有黄老之学的清静无为,儒教遗存的美刺大义,又有阴阳、刑名的精神意态。汉初文学思想的发展状况以南方楚文化传入北国而引起的楚声兴隆为突出表征。而以齐、楚文化为背景,盛行于秦汉之际的黄老学派从学术领域向文学思想渗透,并于文景之世达到高峰,决定了汉初文风趋向。同时,汉初政论散文所表现的政教文学观与《诗》学所倡导的文学致用精神,又潜乎其间,形成汉初文学思想另一特色。成书于景武间的《淮南子》是以黄老道家思想为主,兼综众家思想而成,意味着对汉初文学思想主导倾向的理论推阐与总结。总之,汉初既有南方文学的空想、冥思,表现出浪漫主义的优游逸乐倾向,又具北方文学的现实、理智,表现出功利主义的质实敦朴倾向,尽管这两种倾向未能高度融通,然其所展示的由博采趋向统一的文化态势,又是其时代价值所在。

第一节　楚声兴隆与衍解

　　荆楚文学在汉初的兴隆,有多重文化因素。如其悠久的历史

---

① 苏轼《策问》言汉代政治"六变",汉初居三:一、高祖时韩、彭、英、卢四王之乱;二、吕氏之祸;三、文帝时吴、楚之忧。可供参考。

传统、神奇的地舆条件①、兴盛的作家队伍(汉初立国君臣多楚人),皆为重要原因;然楚文学艺术精神正适应于汉初文化氛围的孕育、发展,又是其兴隆的关键。

一 楚声兴汉与南北文化大势

楚文学以古老宗教神话和老庄自然哲学为基础,其所显示的汪洋恣肆、动宕开合的主观感情与诡谲离奇、意象丰盈的自由联想,对中国文学表现特征的形成有极重要的审美意义。刘师培《南北文学不同论》云:"荆楚之地,僻处南方。故老子之书,其说杳冥而深远。及庄、列之徒承之,其旨远,其义隐,其为文也,纵而后反;寓实于虚,肆以荒唐谲怪之词,渊乎其有思,茫乎其不可测矣。屈平之文,音涉哀思,矢耿介,慕灵脩,芳草美人,托词喻物,志洁行芳,符于二南之比兴。而叙事纪游,遗尘超物,荒唐谲怪,复与庄、列相同。"其"杳冥深远"、"旨远义隐"、"托词喻物"、"荒唐谲怪",实为楚文风格。然若追溯其源,似有更久远深邃的渊薮。据《史记·楚世家》记载,楚国先祖出自黄帝后裔,殷时为伯侯,周时鬻熊之子事文王,成王又"封熊绎于楚蛮"。殷商之后,我国主流文化分为二支,一为北方周文化,一为南方楚宋文化;春秋时,楚文化地位日隆,仅《左传》一书,便记述楚人赋诗多例,②战国间屈原楚骚的产生,揭开了楚文化占驻我国文坛重要地位之序幕。关于这一点,文学史家多注重春秋时楚人赋诗是对北方文化的汲取,战国时屈骚的出现只是"诗之变";殊不知代表北方中原文化的《诗》

---

① 刘勰《文心雕龙·物色》:"若乃山林皋壤,实文思之奥府。……屈平所以能洞鉴《风》《骚》之情者,抑亦江山之助乎!"
② 《左传》记述楚人赋诗,如宣公十二年楚子引《周颂·时迈》及《武》;成公二年子重引《大雅·文王》;襄公二十七年楚薳罢如晋赋《既醉》;昭公三年楚子享郑伯赋《吉日》等例。

三百篇早已融入荆楚文化思想,而屈骚对北方诗文化的汲取在一定意义上是对古老荆楚文化于更高层次的复现。对此,昔人曾有异同之见,兹择两则如下。其一,王应麟《困学纪闻》卷三载:"艾轩谓诗之萌芽,自楚人发之,故云江汉之域。诗一变而为楚辞,屈原为之唱,是文章鼓吹,多出于楚也。"翁元圻注云:"《通志·昆虫草木略序》曰:周为河洛,召南为雍岐,河洛之南濒江,雍岐之南濒汉,江汉之间,二南之地,诗之所起在于此。屈宋以来,骚人辞客,多生江汉,故仲尼以二南之地为作诗之始。"其二,祝尧《古赋辩体》卷一《楚骚体上》:"屈原为《骚》时,江汉皆楚地。盖自文王之化行乎南国,《汉广》、《江有汜》诸诗已列于二南,十五国风之先。其民被先王之泽也深。风雅既变,而楚狂《凤兮》之歌、《沧浪》孺子清兮浊兮之歌,莫不发乎情,止乎礼义,而犹有诗人之六义,故动吾夫子之听。但其歌稍变于诗之本体,又以'兮'字为读,楚声萌蘖久矣。原最后出,本《诗》之义以为骚。"①以上两说,虽或以诗萌于楚,或以楚声入诗是"王化行乎南国"的结果,但其均认为二南为楚声,且居诗先又是相同的。根据前说的思路,屈骚是楚声的发展;根据后说的思路,屈骚只是诗之变体。② 其实,通观楚文化的演变和先秦整体文化的发展,楚声是我国文化最早的发祥地之一,屈骚的兴起既渊源于楚声,又兼融北方诗文化,显示了战国时期南北文化的交汇,是确乎无疑的。③

---

① 刘师培《南北文学不同论》亦云:"故二南之诗,感物兴怀,引辞表旨,譬物连类。比兴二体,厥制益繁,构造虚词,不标实迹,与二雅迥殊。至于哀窈窕而思贤才,咏《汉广》而思游女,屈、宋之作,于此起源。"
② 陆侃如、冯沅君《中国诗史》认为:"南的起来大约在东迁以后,因为长江流域之渐渐开发,是前八世纪以后的事。"此又反对二南为风诗之首说。
③ 王国维《屈子文学之精神》论屈原融先秦南北文化云:"北方人之感情诗歌的也,以不得想象之助,故其所遂止于小篇;南方人之想象亦诗歌的也,以无深邃之感情之后援,故其想象亦散漫而无所丽,是以无纯粹之诗歌。而大诗歌之出必须俟北方人之感情与南方人之想象合而为一,即必通南北驿骑而后可,斯即屈子其人也。"

汉初南北文化的交融为什么最突出地表现于楚声兴隆,这既有楚声在先秦文化交汇过程中重要的历史地位和刘邦作为楚人定鼎中原的人为作用,①而更为重要的是楚文化的艺术精神与汉初思想的冥符默契。可以说,汉代政治思想处于承秦制与惩秦训的矛盾中,而文学思想则处于承楚声而变楚声的发展中,从汉初特定的历史阶段来看,汉文学又正是在楚文学的基础上发展壮大起来的。② 首先,作为我国文学之源的《诗经》,其重要的艺术特征是诗、乐、舞的统一,而楚地自原始的巫文化到屈骚的长篇巨制,正集中体现了这一特征。从尚存资料看,战国时楚国的音乐水平已卓异非凡,其制乐器,数量众多,种类齐全,工艺精良;演奏音乐,阵容庞大,和谐动听;而其音乐与诗、舞的结合在楚骚上的表现,尤臻高超之境。③ 汉初惩于秦世废诗乐之弊,重振朝纲,发扬文采,故以楚声补充雅乐,制礼定乐,兴起朝野载歌载舞、自由和谐的文学思潮。其次,诗歌与绘画的统一所表现的空间艺术在楚文化中的神奇展示,切合于汉初经疆土割裂的征战达和平一统局面的文化要求。楚文化的空间艺术表现于一些出土墓葬帛画和《楚辞》诗歌

---

① 《史记·项羽本纪》:"项王军壁垓下……夜闻汉军四面皆楚歌。楚王乃大惊曰:'汉皆已得楚乎?是何楚人之多也?'"按:实际上汉兵及诸侯兵多楚人。又,《史记·高祖本纪》载刘邦谓沛中父兄曰:"游子悲故乡,吾虽都关中,万岁后,吾魂魄犹乐思沛。"可为证。

② 刘永济《元人散曲选·序论》说:"史称秦灭诸侯,楚最无罪。楚民疾秦之甚,可于南公三户之谣见之。屈子乃以忠义之情,发为激越之调,楚人读之,其悲愤不平之状,盖亦不难想象得之。况陈涉、吴广、项梁、刘邦之初起,皆必假楚后相号召,固史实之昭然邪!至项羽'拔山'之歌,汉高'大风'之诗,皆为楚声。此则文学潜移默化之功、固有不期然而然者。"(上海古籍出版社,1980年版)颇有见地。

③ 按:随着诗歌艺术的发展,诗、乐综合艺术逐渐解体,然《楚辞》歌诗之音乐性仍为后世诵习。《汉书·王褒传》:"征能为《楚辞》,九江被公召见诵读。"沈钦韩《汉书艺文志补注》:"《楚辞》至隋时,有释道骞善读之,能为楚声,音韵清切,至今传《楚辞》者皆祖骞公之音。"

中,其主旨是"通过神话跟历史、现实和神、人与兽同台演出的丰满的形象画面,极有气魄地展示了一个五彩缤纷、琳琅满目的世界"(李泽厚《美的历程·楚汉浪漫主义》)。汉初的空间艺术虽不及楚之奇谲波澜,但对其艺术特色的猎取,却为汉文艺鼎盛期的到来作出贡献。其三,迷离的宗教神话色彩与天真狂放的浪漫情感代表着楚文学的深层审美意识,而其对汉初文学思想的影响又在两个方面:一方面是汉人试图通过楚文化浪漫神奇的艺术想象来把握蓦然呈示在眼前的地广物厚的现实世界,从而展现雄阔的心胸和气势;而另一方面,汉人又从楚人发抒浪漫情思间所寄寓的对大自然的惊愕与恐惧心态中接受了一种永恒忧患,并将此忧患意识从自然转向汉初战乱方息时满目疮痍、隐难未尽的现实社会,以发抒怨思与愤懑;这是汉初兴楚声的双重意蕴,也影响了汉初文学思想中两种音响的反复出现。

二 楚声洋溢中的创作思想

汉初诗歌创作重楚声,这在项羽《垓下歌》和刘邦《大风歌》初见端倪。两诗皆为骚体楚歌,而一婉曲悲壮,一气势飞扬,①又为二人境遇之不同而楚汉之际风尚之相同使然。自此数十年中,民间楚声竞入汉廷,蔚然成风。《史记·留侯世家》载:刘邦欲废吕后子,另立戚夫人子赵王如意,后因群臣反对未果,而宽慰戚夫人曰:"为我楚舞,我为若楚歌。"这便是传世的《鸿鹄歌》。然其词意哀怨凄悲,又一改汉初民间楚歌激昂之声而为宫廷缠绵之曲。这一风格在戚夫人复作之《春歌》、赵王刘友对吕后摄政唎怨之悲歌中极为显明。随楚文化的传播,汉初声歌乐曲,亦多属楚声。《汉书·礼乐志》:"房中祠乐,高祖唐山夫人所作也。周有《房中乐》,

---

① 王世贞《艺苑卮言》卷二:"《大风》三言,气笼宇宙,张千古帝王赤帜。"

至秦名曰《寿人》。……高祖乐楚声,故《房中乐》楚声也。"此《房中乐》楚声之证。又"(武帝)乃立乐府,采诗夜诵,有赵、代、秦、楚之讴",李延年作乐,司马相如等配诗,成《郊祀歌》。此《郊祀歌》有楚声之证。又《相和歌》中有《楚调》,其他乐调在汉亦为楚声。① 由此可见,无论抒情写意,安邦定国,楚声之盛,于斯造极。楚声"为汉诗祖祢"(费锡璜《汉诗总说》),其反映于汉初文学思想,又集中于以下几点:第一,汉初刘邦等倡导楚声兼得柔婉慷慨之意,显示出北方文化对南方文化的冲击,而立国之后,楚声复趋缠绵,歌诗寄哀,又是楚声演变的一个过程。第二,楚声激越汉初,并促进了祭祀雅歌的新变和舞曲乐歌的兴盛,但由于汉初诗歌对楚声的借取多限"声乐",故在思想上并无新变,这反映了楚声兴隆作为重要文化现象伴随汉初文学思想走完其过渡性路程。第三,楚声在汉初诗歌中兴隆的同时已逐渐衍解,这不仅是汉初文化思想随着帝国统一的进程向兼容众家发展,而更为重要的是楚声在促进声乐新变时很大程度成为宫廷制乐定礼的工具,而缺乏一种内在精神的灌注;因为汉代制乐定礼的思想旨归是人文教化,所以在此过程中,楚声也逐渐丧失了原有的勃郁活力和浪漫神采。而这种活力与神采的复兴,则已是被汉文化消融了的楚文化的审美因子。

汉初辞赋创作延承《楚辞》,更具文学抒情色彩。《汉书·艺文志·诗赋略》将赋分为屈原、陆贾、荀卿、杂赋四类,广而言之,前三类(主要部分)均与楚文化有关。② 而根据今存汉初骚体赋

---

① 《通志·乐五》:"《平调》、《清调》、《瑟调》,皆周房中之遗声也,汉代谓之三调。"按:汉代房中乐为楚声,《楚调》与此三调总称《相和歌》,故皆楚声。

② 按:屈原类之外,陆贾亦楚人,见《史记》、《汉书》本传。又,荀卿赵人,游学于齐,后适楚,终兰陵令。其所作《赋篇》五篇,《佹诗》一篇,《成相》四篇,多为晚岁居楚之作,深受屈骚及楚地音乐文学之影响。

创作所表现的文学思想，尤可见楚声之作用。对首占汉初赋坛之骚体现象，昔人多因"诗—骚—赋"这一纵向观照方式考察其文体流变，泯合了汉初骚体与大赋的区别，得出汉赋整体为"骚之变"的结论。如刘勰《文心雕龙》"汉之赋颂，影写楚世"（《通变》），"大抵所归，祖述楚辞。灵均余影，于是乎在"（《时序》）；晁补之"汉而下赋皆祖屈原"（《鸡肋集》卷三十六《变离骚序上》）；刘熙载"骚为赋之祖"（《艺概·赋概》）诸论，不免失于疏略。① 事实上，汉赋发展初期的骚体与汉赋发展成熟期的大赋思想、风格迥殊，至于后来汉代赋坛骚体绵延不绝，时或兴盛，这与学术、文学思潮的演变有关；其沿习旧制，且因时代隔膜又与楚骚精神疏远。

汉初骚体赋今存有贾谊的《鹏鸟赋》、《旱云赋》、《吊屈原赋》，严忌的《哀时命》，淮南小山的《招隐士》等。这些赋作多通过骚体的句式、音节牵系悲情，宣泄怨思，有"凄欷紧絭，使人情事欲绝，涕泣横集"（《楚辞集注》李维桢"杨鹤刊本"序）的悲剧意识。而这种"郁伊而易感"、"怆怏而难怀"、"朗丽以哀志"、"靡妙以伤情"的骚体在汉初的表现又是多方面的。贾谊《鹏鸟赋》之"至人遗物兮独与道俱，众人惑惑兮好恶积亿；真人恬漠兮独与道息，释智遗形兮超然自丧"，表现的是失志者困踬落拓的情怀；《旱云赋》之"忧疆畔之遇害兮，痛皇天之靡惠；惜稚稼之旱夭兮，离天灾而不遂"，表现的是不平者忧惧愤懑的怨思；《吊屈原赋》之"凤漂漂其高逝兮，固自引而远去；袭九渊之神龙兮，沕深潜以自珍"，表现的是伤今者览物吊古的深意；严忌《哀时命》之"身既不容于浊世

---

① 孙梅《四六丛话·叙》论赋之变迁云："西汉以来，斯道为盛，承学之士，专精于此。……又有骚赋，源出灵均，幽情藻思，一往而深，则骚之真也。"此说颇重骚体与楚辞的艺术联系，然亦仅就"汉赋二体"之"骚体"而言，并未接触到汉初骚体与文化氛围的横向关系。

兮,不知进退之宜当","摡尘垢之枉攘兮,除秽累而反真",表现的是愤世者捐累反真的愿望;而淮南小山《招隐士》之"王孙游兮不归,春草生兮萋萋,岁暮兮不自聊,蟪蛄鸣兮啾啾",又表现出一种凄清冷寂、幽美孤独的境界。如果说在汉初诗歌创作中尚有如《大风歌》类的磅礴气势以复现楚文化的浪漫情绪,那么,汉初骚体赋则更集中地表现了楚文化的深层忧患意识,以"伤情"主题接受了屈骚艺术之内在精神的心灵传递。唐顺之《东川子诗集序》曾谓:"读楚骚诸篇,其言郁纡而忉怛,则愀然有登山临水,羁臣弃妇之思。"(《荆川先生文集》卷十),正从内心情感体验楚声,这同样适应对汉初骚体艺术情感的认识。从汉初社会看伤情文艺心理的形成,可见汉统治者以显赫功业建立中国封建社会上第一个强大王朝时,同样有着不断产生悲剧的历史,这在汉初尤为明显。《汉书·食货志》记载汉初循秦制,使"富者田连阡陌,贫者无立锥之地","耕豪民之田,见税什伍,故贫民常衣牛马之衣,而食犬彘之食"之情形,而诸侯割据造成的频仍战祸和朝廷施行的吏治刻深、赋敛无度的困民政策,正是楚骚悲剧情结发酵的社会文化基础。如贾谊制"骚赋词清而理哀"(张溥《汉魏六朝百三家集·贾长沙集题辞》),正因他有同于屈原"以命世之器,不竟其用"的遭际,"故其见于文也,声多类骚,有屈氏之遗风"(程廷祚《骚赋论》)。然而,贾谊创作之心虽被屈骚深情攫住,生发出"焕乎若望舒耀景而焯群星,矫乎若翔鸾拊翼而逸宇宙"(庾阐《吊贾生文》)的悲壮气势,但其炽热情绪中却涂上一层对祸福、死生、名利的旷达色彩,如《鵩鸟赋》之"祸兮福所倚,福兮祸所伏,忧喜聚门兮,吉凶同域;……天地为炉兮,造化为工;阴阳为炭兮,万物为铜;……忽然为人兮,何足控抟?化为异物兮,又何足患",又是贾谊拟屈变屈,渗合当时黄老道家思想的原因。许学夷《诗源辩体》卷三论汉代骚体云:"屈宋《楚辞》,本千古辞赋之宗,而汉人模仿盗袭,不胜餍饫。"此说虽不免笼统,然却从一个角度说明了后世骚体偏于形式的摹拟因袭,加快了这种文学样式存在价值的解体。①

回顾由楚声衍化而来的骚体对汉初文学思想的贡献,大略有两点:其一,骚体作家在继承楚声而对现实世界抒发志向的同时,加强了对内心情感的挖掘,许多作品复沓重叠、兴寄不一,表现出情意缠绵、深婉动人的风格,②成为汉世抒情文学的滥觞。其二,楚声与道家的会通,产生了于深情中求寻超脱,于忧患中寄思玄远的审美意识,又为汉世文学观中庄骚合美思想奠定了初基。

三 楚声兴隆与衍解的历史意义

汉初统治者虽不重视文学,但因统一局面的形成,出现了非人为意志决定的多种文化因子的聚合与繁荣。这时不仅有南方楚骚文化与北方诗经文化的交融,而且有燕齐方士代表的东方文化与秦地四畤和陈宝祠宗教代表的西方文化的会通;然从汉初文化实际考察,显然诗、骚影响为主,其中楚声尤盛。日人青木正儿《中国文学思想史》对此有论述道:"姑不论周初楚人之物质情形如何,唯其在文艺方面所显示,则似有难于忽视之文化。此种文化日后汇集于《楚辞》之中,而予汉代文学以极大影响。"(台湾开明书店1977年版中译本)而刘师培《论文杂记》中有关中国词章产生渊源的一段话尤值引录:

> 诗篇以降,有屈、宋《楚词》,为辞赋家之鼻祖。然自吾观

---

① 按:参考刘永济《屈赋释词》关于汉人袭用《离骚》语句的统计数目。又,汉初骚体作品亦成为汉代摹拟的对象,如《九思·逢尤》摹拟《招隐士》,《九怀·怨思》摹拟《吊屈原赋》等,不胜枚举。
② 裴子野《雕虫论》云:"若悱恻芳芬,楚骚为之祖。"王世贞《艺苑卮言》卷一论骚体与情感关系云:"骚辞所以总杂重复,兴寄不一者,大抵忠臣怨夫恻怛深至,不暇致诠,亦故乱其叙,使同声者自寻,修隙者难摘耳"。

之,《离骚》、《九章》,音涉哀思,矢耿介,慕灵修,伤中路之夷犹,怨美人之迟暮,托哀吟于芳草,验吉占于灵茅,窈窕善怀,婵娟太息,诗歌比兴之遗也。《九歌》、《招魂》,指物类象,冠剑陆离,舆旂纷错,以及灵旗星盖,鳞屋龙堂,土伯神君,壶蜂雁虺,辨名物之瑰奇,助文章之侈丽,史篇记载之遗也。是《楚词》一编,隐含二体。秦、汉之世,赋体渐兴,溯其渊源,亦为《楚词》之别派:忧深虑远,《幽通》、《思元》,出于《骚经》者也;《甘泉》、《藉田》,愉容典则,出于《东皇》、《司命》者也;《洛神》、《长门》,其音哀思,出于《湘君》、《湘夫人》者也;《感旧》、《叹逝》,悲怨凄凉,出于《山鬼》、《国殇》者也;《西征》、《北征》,叙事记游,出于《涉江》、《远游》者也;《鹏鸟》、《鹦鹉》,生叹不辰,出于《怀沙》者也;……《七发》乃《九辩》之遗,《解嘲》即《渔父》之意:渊源所自,岂可诬乎!

这里从词章与文体角度入手,注重《楚辞》艺术对先秦诗文化之比兴与史官文化之载事两种风格的继承,并通过此文化现象提出汉代文学的主体精神,显然是精到的。① 但是,如前所述,这种具有代表性的观点又往往囿于文化现象的观照,而缺乏对汉代文化整体的把握。因为真正的汉代文化绝不是楚文化的延续,而是对楚文化的包容。自汉初歌谣楚声激越到西汉中期立乐府之制,广采各地民歌(包括楚)入宫廷,显示的是汉初楚声在诗歌领域兴隆而衍解的过程;自汉初骚赋楚声悱恻到西汉中期体物大赋的形成,显示的也是汉初楚声在辞赋领域兴隆而衍解的过程。

---

① 汉文化与楚声的联系以及由此与三代、秦文化的区别,邓以蛰《辛巳病余录》有段话亦颇精到,转录如次:"世人多言秦汉,殊不知秦所以结束三代文化,故凡秦之文献,虽至始皇力求变革,终属于周之系统也。至汉则焕然一新,迥然与周异趣者,孰使之然?吾敢断言其受楚风之影响无疑。汉赋源于楚骚,汉画亦莫不源于楚风也。"

在汉代文学思想整体建构中,楚声兴隆只是一个过程,而就此过程之阶段性意义而言,这一现象又具有独立的思想价值。首先,汉初文人将楚文化中浪漫色彩和丰富想象的理想图景与疆域辽阔的现实社会结合起来,促进了汉代文学思想鼎盛期兼综浪漫与现实,既雄浑壮阔、又气韵生动之风貌的形成。其二,楚人宇宙观中怀疑精神触发了汉初文人对天命与人事的双重疑问,揭示出汉初士子境遇冷落的深心悲哀;而此悲剧意识又始终潜藏于汉代文学中。其三,汉初文人对楚贤风韵的追慕、缅怀,实质上是对当时社会不平的愤慨,而其在文学创作中表现的批判性虽然随着王朝政治、经济的稳定繁荣淡退,但在其低落衰败期又会重新复现,这又说明其精神的内在活力。其四,汉初文学的深情与个性渊源于楚骚,发扬于当世,并对汉代文学教化观起着冲击和补充作用;这种个性与情感所蕴含的文学缘情因素,对汉代文学自立意识有着肇始之功。

楚声在经过汉初六十六年历程步入汉代文学盛世的衍解,并不意味着楚声的没落,相反,这正是楚文学精神在新的文化机制中得到了新的生命。对楚文学来说,这是历史的归宿;而对汉文学来说,它能进入黄炎同尊、龙凤呈祥的时代,又与楚文学精神的启迪不可分割。

第二节　黄老之学与汉初文风

文学乃一代之治之学所系,占汉初数十年政治、学术支配地位的黄老之学对其时文风的形成,又至为重要。这不仅表现为黄老道家学说中的宇宙观、人生观、政治观对文学思想的影响,而且黄老之学与楚骚特色在同一社会背景的相对结合,又显出汉初两种思潮对文学思想的共建作用。

一　黄老学派与文学思想状况

　　黄老学派形成于战国中期齐国的稷下学宫。① 据有关史料和马王堆汉墓出土之《黄帝四经》《老子》甲、乙本内容,可见这一学派的主张是以黄老刑名思想为主为社会政治服务,并以黄帝时代为背景,构造理想中的统一形势之图景的。② 追溯黄老之源,因为属两种学术的汇合,决定了黄学与老学的矛盾;然从战国到秦汉黄老汇合之过程看,又显示出二者共有的道法自然的宇宙观、养生保真的人生观和"柔能制刚,弱能制强"、"无为而无不为"的政治思想,③这正是这一学术在汉初兴盛的社会文化之内在机缘。

　　汉初统治者惩于秦政苛暴和秦汉之际行政松弛,亟需一种既强化法制、又以德安民的统一平和的文化思想,黄老之学以其内严外宽的优势取得了这一地位。从秦汉之际到汉武帝朝,治黄老大家有毛翕公、盖公、曹参、黄生、司马谈等二十余人,其学术思想遍及朝野,风行焰炽。高祖时,陈平"本好黄帝、老子之术"(《史记·陈丞相世家》),丞相萧何,亦取黄老无为之意。而黄老大盛,又是齐相曹参倡导所致。《史记·曹相国世家》载:曹参为齐相,拜"善治黄老言"的胶西盖公为师,取"盖公为言治道贵清静而民自定"为施政纲领,使齐大治。后曹参为丞相,确立了黄老思想在汉初之指导地位。文、景之世,黄老刑名尤重,景帝时发生了黄老派黄生

---

① 徐干《中论·亡国》记载的"齐桓公立稷下之官(宫),设大夫之号,招致贤人而尊宠之",是当时黄老学派形成的情况。
② 详参《淮南子·览冥训》中有关"昔者黄帝治天下"的一段记载。
③ 按:黄学、老学所表现的自然宇宙观兼有齐文化之阴阳思想和楚文化的神奇色彩,这在黄老之学形成于齐与老子系楚人的史实中可得证明。又,黄老之学重刑名法制,论者多认为乃黄学特色,其实,老子也重刑法权诈之术,与名家亦有源流联系。江瑔《读子卮言》云:"道家之言,半涉玄虚。老、庄、列、文之书,皆寄想于无何有之乡,神游于窅窅寥廓之地,眇然而莫得其朕,名家宗之。"

与儒学派辕固生争论汤武"受命"事,结果是辕固生因贬低老子书而触怒窦太后,几乎丧命。这种崇尚黄老的局面一直到武帝朝窦太后死后,田蚡为丞相"绌黄老刑名百家之言,延文学儒者数百人"(《史记·儒林列传》),才有改变。在汉初思想家中,陆贾、贾谊、晁错、韩婴、刘安等虽非黄老学派中人,然其思想又无不受其浸染。陆贾《新语》是部以倡导儒家仁义德治思想为主的政论著作,而书中言"道",则持"君子握道而治,依德而行;……虚无寂寞,通动无量"(《道基》)、"夫道莫大于无为"(《无为》)的"虚无寂寞""无为"观,与黄老一致。贾谊思想有儒、道并存倾向,但对天道、人道的理解,仍偏重于黄老之学。他认为"道者,无形、平和而神",并由此派生"德"之"六理""六美"(《新书·道德说》)。又云:"道者所从接物也,其本者谓之虚,其末者谓之术。虚者,言其精微也,平素而无设储也;术也者,所从制物也,动静之数也。凡此皆道也。"(《新书·道术》)显然是黄老刑名思想的映示。韩婴素被认为是汉初大儒,而在他仅存的《韩诗外传》中却将儒家思想与黄老道家之"道德""逍遥"观叠合起来:"孔子抱圣人之心,彷徨乎道德之域,逍遥乎无形之乡,倚天理,观人情,明终始,知得失。"这种学术风尚到黄老学者司马谈达到登峰造极之境。其《论六家要指》批评了阴阳、儒、墨、法、名五家之弊端,而谓"道家使人精神专一,动合无形,澹足万物。其为术也,因阴阳之大顺,采儒墨之善,撮明法之要,与时迁徙,应物变化,立俗施事,无所不宜",使黄老之学俯仰于天地之间,超升于诸学之上。然而,司马谈之说亦仅是"渔歌唱晚",其对黄老扬举之时,正是其学派衰落之日,这又是学术思潮演进过程中所表现的历史辩证法。①

---

① 司马谈作此文正值武帝颁布"罢黜百家,独尊儒术"文化政策之际;而司马谈所极度赞誉的黄老思想,经过汉代的衰落到魏晋又在新的文化环境中回归,葛洪《抱朴子》内篇《明本》谓"道者,儒之本也;儒者,道之末也",道家"包儒墨之善,总名法之要"云云,是为代表。此亦学术思潮演进过程中的历史辩证法。

文学思潮的演进发展也是如此。

由于受时代学术思想的影响,汉初文学创作、文学理论皆烙上了黄老学术的印记。从文学创作来看,汉初诗赋虽以楚声为主,但其创作思想之主真朴、任自然,尤近于黄老。人谓贾谊有经世之才,有文章风采,而其所称"皆列御寇,庄周之常言"①。所谓庄、列之言,在汉初正是黄老思想的一个侧影。② 而以贾谊《鹏鸟赋》、严忌《哀时命》为代表的汉初辞赋创作,尤为楚文化精神与黄老道家思想在文学领域的有机结合,其"本道家之言"(何焯评贾谊语)的自然心态与特殊的抒情形式,构成了汉初黄老道家文艺观的重要方面。如果说汉初文学创作内含的黄老清静无为思想皆由激越的楚声冲出,而其主流仍是楚文化的余绪,那么,从汉初文学理论的总体倾向考察,其体现的又是黄老之学的内在精神。

二 崇尚自然的审美观

"道法自然"是老子兼天道与人道的宇宙观、人生观之最高命题,也是汉初黄老之学的思想旨归。由于对自然的崇尚,汉初审美特别讲求天性,反对人为雕凿。从自然观辨识"美"与"丑"的本始形态,是汉初文学思想家的基本认识。陆贾认为"好者不必同色而皆美,丑者不必同状而皆恶,天地之数,斯命之象也"(《新语·思务》);刘安认为"求美则不得美,不求美则美矣。求丑则不得丑,求不丑则有丑矣。不求美又不求丑,则无美无丑矣,是谓玄同"(《淮南子·说山训》);此将"美""丑"置于自然大造中审视,以达到无美与无丑(内含大美)境界,与汉初政治思想之"无为"

---

① 引自魏庆之《诗人玉屑》卷十三"晦庵论贾谊"条。
② 此仅就汉初思想而言,若追溯本源,道家似又出于黄、老。王应麟《困学纪闻》卷二十翁元圻注引苏轼《上清储祥宫碑》:"道家者流,本出于黄帝、老子,其道以清静无为为宗,以虚无应物为用,以慈俭不争为行,如是而已。"

（内含无不为）是同构的。缘此自然美，《淮南子》在形、神问题上提出了"君形者"的理论，在文、质问题上提出了"羽翼美者伤骨骸，枝叶美者害根茎"（《诠言训》）的认识，在文、气问题上提出了"五色乱目，使目不明；五音哗耳，使耳不聪；五味乱口，使口爽伤；趣合滑心，使行飞扬"（《精神训》）的思想。

汉初文人创作思想往往寄思渺邈，绝俗遗尘。这种自然美思想在贾谊"齐死生，等荣辱，以遣忧累"（《西京杂记》卷五）的《鵩鸟赋》中，有曲折表现。《史记》本传引赋序云："谊为长沙王傅三年，有鵩鸟飞入谊舍，止于坐隅。鵩似鸮，不祥鸟也。谊既以谪居长沙，长沙卑湿，谊自伤悼，以为寿不得长，乃为赋以自广。"如果从身心体验该赋创作情绪，有一种愁肠千转，凄戚惆怅之悲；如果再于此体验之上作理性思考，又可在悲情怨思的深层窥见潜藏着的黄老天道、人生观。可以说，《鵩鸟赋》是在"天地为炉兮造化为工，阴阳为炭兮万物为铜；合散消息兮安有常则，千变万化兮未始有极"的宇宙观支配下转向"忽然为人兮何足控抟"的人生，从而表现其"德人无累，知命不忧"的达生意识的。与《鵩鸟赋》相仿佛的《惜誓》，表达了作者在"惜余年老而日衰兮，岁忽忽而不反"的悲哀氛围中意托"黄鹄""一举兮知山川之纡曲，再举兮睹天地之圜方"，与仙灵穷极翱游并乐，这又是通过奇想妙趣而抒发心怀，以达到自然美境界的。假如说《鵩鸟赋》的宇宙、人生观以自然变化之"道"为表现主体，更多地汲取了黄老之学中原始老学所代表的楚文化精神，则《惜誓》以"仙游"阐发道家自然审美观尤接近在汉初黄老学术中起共建作用的齐地方术飞升变化的文化特征。这是一个问题的两个方面，然其统摄于汉初文化思潮，又是一致的。汉初文学思想缠绕着由士子的悲哀而产生出屈辱性的悲剧感，而这种悲剧感在文学作品中又常通过"柔弱胜刚强"的心理转换，得到超升与解脱。或可说，退处隐曜的心灵自省和飘举神游的躯体

飞升,正是汉初文学思想在黄老道家自然心态支配下的矛盾统一体。《淮南子》论证以"自然之应"喻文艺精神云:

> 故耳目之察,不足以分物理;心意之论,不足以定是非。故以智为治者;难以持国,唯通于太和,而持自然之应者,为能有之。(《览冥训》)

此以"自然之应"为人间大美本根之论。又谓精意所致,上通九天云:

> 昔者师旷奏《白雪》之音,而神物为之下降,……夫瞽师庶女,位贱尚菜,权轻飞羽,然而专精厉意,委务积神,上通九天,激厉至精。(《览冥训》)

则以专精之喻,表达"神化为贵,至精为神","窈窈冥冥,不知为之者谁,而功自成"(《主术训》)的思想。这是代表汉初特征的深入于人生之心灵而应化天宇之自然的文学审美观念。

三 简朴守真的文章风格

清人刘大櫆《论文偶记》云:"文贵简。凡文笔老则简,意真则简,辞切则简,理当则简,味淡则简,气蕴则简,品贵则简,神远而含藏不尽则简,故简为文章尽境。"汉初文章风格之简,关键在于"意真",并与黄老之学有着亲缘关系。在老子哲学思想中,多次出现"五色令人目盲;五音令人耳聋;五味令人口爽;驰骋田猎令人心发狂;难得之货令人行妨","见素抱朴,少思寡欲","常德乃足,复归于朴"[①]的人生要求和审美见解。其以"赤子"之心反对声色之炫,而倡扬真诚、简朴、淡远的本色美,是后世文学尚简求真的思想源头之一。作为与老学相配而又有区别的黄学,

---

① 分见《老子》十二章、十九章、二十八章。

其人生观同以贵柔守雌,崇尚俭朴为宗旨。① 因此,汉初黄老之学思想本质是崇尚真朴、反对华藻。这被执政者利用,成为排除异己、巩固统治的手段,如窦太后反礼教繁缛,以"儒者文多质少"(《史记·万石张叔列传》)黜儒,即为一例;而反映到文学创作思想中,则构成"质美"特色。

黄老之学自然思想是由人生的体验而来,所以他们的自然观之终极仍是人生问题,而汉初文学思想突出表现的又正是这种自然化的人格本体,其含真淳、质朴的审美情态。如陆贾论事,讲求明实,其论"仁义"则云:"阳气以仁生,阴节以义降。《鹿鸣》以仁求其解,《关雎》以义鸣其雄。《春秋》以仁义贬绝,《诗》以仁义存亡"(《新语·道基》),言简意赅,殊无赘复;论"道与诗"云:"故隐之则为道,布之则为文。诗在心为志,出口为辞"(《新语·慎微》),阐发诗心,明本昭隐。这种"绝恬美之味,疏嗌呕之情","美言似信,听之者惑"的扬弃虚繁美,标举真简美的文学观,代表了汉初无为政治环境中的时代风尚。贾谊为文"其心切,其愤深,其词隐而丽,其藻伤而雅"(皮日休《悼贾》),以情真、意真,为汉初骚坛之翘楚。他的文章有纵横气势,然其论事却能于骋词中得"昭晰"(刘熙载评贾文语)之义。如《治安策》开篇揭橥大义:"臣窃惟事执,可为痛哭者一,可为流涕者二,可为长太息者六。"继而层层铺叙,段段精炼,王葆心评曰"无句不简"(《古文辞通义》卷七),甚能于隐丽中探其真蕴。再如《过秦论》,行气明快,词锋雄阔,然在上篇痛陈秦之兴亡后,仅以"仁义不施,而攻守之势异也"一语收束,而真情激荡。刘勰

---

① 如帛书《黄帝四经》之《经法》篇云:"以刚为柔者活,以柔为刚者伐。重柔者吉,重刚者灭。"《称》篇云:"嗜欲无穷死";《十大经》篇云:"言之壹,行之壹,得而勿失。"这些皆与《老子》思想相同。

称"贾生俊发,故文洁而体清"(《文心雕龙·体性》);柳宗元说"明如贾谊"(《与杨京兆凭书》),①颇具慧心。贾谊《新书·道术》论辞令云:"辞令就得谓之雅,反雅为陋;论物明辩谓之辩,反辩为讷;纤微皆审谓之察,反察为旄;……凡此品也,善之体也,所谓道也。"以此与其文风参证,可见贾谊无论是深情曲绘的辞赋,还是纵横排奡的散文,其思想之表现,均是具有生命价值的本色美。与贾谊文章相比,晁错的《言兵事疏》、《守边备塞疏》,显出政治家之文的朴实疏直;邹阳的《上吴王书》、《狱中上梁王书》,又显出辞赋家之文的神采隽气;然观其基本格调,还是不出汉初同一文化氛围之尚简思想。如晁错《言兵事疏》,其对汉兴以来边患之频作精辟论析,对朝廷荒怠、武备不修、民气破伤现实的痛切陈说,深识镌刻,真情卓现。又如邹阳《狱中上梁王书》,兼述历史事件与自身境遇,疏直激昂。其云"昔玉人献宝,楚王诛之,李斯竭忠,胡亥极刑,是以箕子佯狂,接舆避世,恐遭此患";"臣闻比干剖心,子胥鸱夷,臣始不信,乃今知之";"今欲使天下恢廓之士,诱于威重之权,胁于位势之贵,回面汙行,以事谄谀之人",可谓悲凄之中,真情流注。值得注意,汉初文士是汲取黄老之学自然真朴的思想,以揭露统治者在黄老无为思想掩盖下的酷虐,而此揭露本身,又促成了汉初崇尚自然、简朴守真的文风。②

四 进取与幽怨的双重心态

汉初文学没有独立的地位,间或有帝王诏贤良文学之举,其

---

① 刘熙载《艺概·文概》云:"柳子厚《与杨京兆凭书》云:'明如贾谊。'—'明'字体用俱见。"
② 在汉初简朴守真的文风中,贾谊文章已渐繁穰,出现素朴浑厚、简明犀利与深婉纤浓、藻丽富赡风格并存状,前者代表汉初文风的主要特征,后者又预示了文风演进的趋向。

"文学"亦泛指经世之学,故辞章之士多以经世之学为尚,他们的文章才华皆托附帝国的政治与命运。① 缘此,汉初文人始终存在着进取与幽怨的心态矛盾:因其进取,表现出一种激切的悲壮之情;因其幽怨,又表现出一种感伤的凄恻之情。

汉初黄老"无为"政治"持以道德,辅以仁义",提倡在自然经济基础上的亲族血缘的伦理道德观念,同时减免赋税,发展生产,休生养息,取得了社会稳定、经济恢复、民心夷和的成效。对此,汉初文章之士是从接受和倡导两方面对待黄老之学,并为社会政治服务的。他们讴歌社会安定,期待经济繁荣,将希望寄托在一种偏于理想的盛世图景之中。但是,当这种盛世图景遭到人为的毁坏和现实的嘲弄,他们又出于历史的负重感和现实的责任感,转讴歌为批判,表现出刚正不阿的直谏精神。这种由进取心态而产生的补衮[2]意识,在汉初作家笔下主要表现在三方面:首先,通过对秦王朝暴政的抨击,由历史反讽现实,陈词激切,宏肆动人。贾山所谓"昔者秦政力并万国,富有天下,破六国以为郡县,筑长城以为关塞……然而兵破于陈涉,地夺于刘氏者,何也?秦王贪狼暴虐,残贼天下,穷困万民,以适其欲也"(《至言》)。是假秦论汉,突出"暴虐"二字,寓示教训。同样,贾谊斥秦政之"仁义不施,而攻守之势异也",亦针对现实,旨归仁义,表现其直谏精神。其二,通过对帝王奢侈行为的针砭直谏,以显示其质朴为美的思想。陆贾以为"圣人贵宽而世人贱众,五谷养性而弃之于地,珠玉无用而宝之于身。故舜弃黄金于崭岩之山,禹捐珠玉于五湖之渊,将以杜淫邪之欲,绝琦玮之情"(《新语·术事》);刘安所谓"圣人不以人滑

---

① 朱熹《楚辞集注》盛赞贾谊文词"于西京为最高",其《惜誓》"瑰异奇伟",《鵩鸟》《吊屈》"尤精"。然总论其人,则云:"有经世之才,文章盖其余事耳。"
② 《诗经·烝民》:"衮职有阙,维仲山甫补之。"《毛传》:"有衮冕者,君之上服也。仲山甫补之、善补过也。""补衮"即取此意。

天,不以欲乱情,不谋而当,不言而信,不虑而得,不为而成"(《淮南子·原道训》),皆以反奢归朴为美。其三,通过对上古盛世与先贤圣哲的企仰,喻指现实。这在贾山《至言》有关"古之贤君"的一段论述,刘安《淮南子·览冥训》有关"昔者黄帝治天下而力牧"的一段构想中十分明显。在这里,企仰之心并不仅是一种理想的回归和自我的隐遁,而是以进取心态对现实的一种隐谏。

如果说汉初作家对社会政治的颂扬与补衮(直谏)是出于进取心态的两个方面,那么,幽怨心态的产生又缘于补衮意识的消退与转化。换言之,正是进取心态支配下行为的受挫与蹈虚,才转向发抒自我情感的痛苦消释:幽怨感伤。再以贾谊为例。他以"不遇"垂名,后世对其原因虽有多种解释,①然其文章之幽怨情怀,却正由其少年进取而来,不遇只是进取与幽怨的中介。因其不遇的身世,贾谊才有"意不自得,及度湘水,为赋以吊屈原。……因以自喻"(《汉书》本传)之举;因其不遇压抑着进取心,贾谊才有《吊屈原赋》中"呜呼哀哉,逢时不祥","贤圣逆曳","方正倒植"的悲世之愤;因其不遇带来的心理转换,贾谊才有如《鵩鸟赋》中那般的遭谗离尤,伤情幽怨,如《惜誓》中那般的超举游仙,淡然自乐。而从贾谊的不遇透视汉初文士的幽怨心态,又可概括为三方面:一是士子不遇的悲哀。这种悲哀虽是我国文学思想中一永恒主题,甚至处于汉代政治、文化盛期的文士亦难免此忧,但在汉初社会有为与无为之矛盾中,这种悲哀情感在文学中表现得尤为凄切。二是生命无常的悲哀。这同样是我国文人共有的一种情感,然其在

---

① 《汉书·贾谊传赞》引刘向说贾谊"为庸臣所害,甚可悼痛",此"庸臣所害"不遇说;《汉书》本传班固赞云"孝文玄默躬行,以移风俗,谊之所陈略施行矣。……谊亦天年早终,虽不及公卿,未为不遇也",此"早终"非不遇说;李贽《藏书·德业儒臣后论》云:"汉文,无为之圣人也;……然则贾生虽一痛哭二流涕六太息,何益乎?"此汉文无为贾生有为而不遇说。

汉初的出现,又具特定时代意义,这便是黄老之学的自然观通过社会贫乏、人生坎坷的折变在文士心间的投影。严忌《哀时命》之返真求静,贾谊《鵩鸟赋》之旨归老庄,比较集中地揭示了这一点。三是离群异俗的思想。《隋书·经籍志》载:"汉时,曹参始荐盖公能言黄老,文帝宗之,自是相传,道家众矣。下士为之,不推其本,苟以异俗为高,狂狷为尚,迂诞谲怪而失其真。"此从现象上阐述了时风"异俗"与汉初黄老的关系。然其表现于文学思想,又有两点值得注意:其一,汉初文学依附政治,故文士对黄老多求治国之"本",而与民间"下士"黄老道家之风不同,此亦其异俗高蹈意识不强烈之因;其二,在文士社会政治责任感受挫后,必然引起他们对黄老之"本"之"真"有所怀疑,因此在不遇的逆境中自然产生"异俗"情怀,由幽怨心态引发出高蹈之思,这又与"下士"黄老道家思想吻合,此亦汉代隐逸文学出现之因。

第三节 论说文的政教思想

汉代有着多元文化,在黄老之学支配汉初思想时,先秦儒家思想也在此阶段复起,并以儒法融合的特征与黄老学派之刑德思想相辅相成。而儒学中政教思想表现于文学理论领域,除在《诗》学研究上较明显,则主要凸现于汉初论说文。

一 汉初文学政教思想辨析

我国散文艺术中的论说文至汉初政论文的出现而成熟,然其内在思想,又以儒家政教观为旨。《汉书·艺文志》列汉初论说文有"高祖传十三篇"、"陆贾二十三篇"、"刘敬三篇"、"孝文传十一篇"、"贾山八篇"、"孔臧十篇"、"贾谊五十八篇"等入"儒家类"。在此儒家思想笼罩汉初政论文学的定论中,亦不无疑窦。刘勰

《文心雕龙·诸子》有云:"若夫陆贾《典语》,①贾谊《新书》,扬雄《法言》,刘向《说苑》,王符《潜夫》,崔寔《政论》,仲长《昌言》,杜夷《幽求》,或叙经典,或名政术,虽标论名,归乎诸子。何者? 博明万事为子,适辨一理为论,彼皆蔓延杂说,故入诸子之流。"②由此可推知汉初论说文大家如陆贾、贾谊辈,又非仅拘儒教而自成家数。陆贾《新语·术事》云:"制事者因其则,服药者因其良,书不必起仲尼之门,药不必出扁鹊之方。合之善可以为法,因世而权行。"合善为法,因世权行,正是汉初文学政教思想的内在精神。这种内在精神虽然以儒学仁义德治思想为主导,但在汉初社会却有广泛的文化原因。

汉初学术形态中齐鲁文化的发展与融合,促进了当时文学政教思想的形成。追溯齐鲁文化之源,二者在先秦是独立相异的文化形态。具体说,鲁文化导源于周公旦在周初制定的礼乐制度,这在《史记·鲁周公世家》关于伯禽治鲁并融合周文化与东方文化建立"礼义之邦"的记载和在春秋时期"学在官府"制度破坏、私家讲学之风兴起后出现的以孔子为代表的儒家学派之主张中,③均可窥探鲁文化本于礼乐、好古敏求、质朴务实、无意标新的思想实质。与此不同,齐文化源于齐国开国侯王吕尚所施行的一系列改革措施。《史记·齐太公世家》云:"太公至国,修政,因其俗,简其礼,通工商之业,便鱼盐之利,而人民多归之,齐为大国。"缘此因俗简礼和"修道术,尊贤智,赏有功"(《汉书·地理志》)政治思想

---

① 黄侃《文心雕龙札记》卷十二:"按典当作新。……彦和盖偶误记也。"
② 按:刘勰将陆、贾文归子家,虽有卓识,然观其《新语》《新书》析理之精,又与彦和《论说》篇旨相符,将其排出论说之列亦未必妥帖。
③ 如《论语·为政》:"殷因于夏礼,所损益可知也;周因于殷礼,所损益可知也。"其说主要讲求传承。又《汉书·地理志》载鲁地生活:"地狭民众,颇有桑麻之业,亡林泽之饶,俗俭啬爱财……丧祭之礼,文备实寡,然其好学,犹愈于他俗。"此亦礼繁文备之证。

的形成,使齐国在学术形式方面,于战国初期孕育出"百家争鸣"的稷下学派和具有奇异色彩的邹衍"大九洲"、"五德终始"学说;在学术思想方面,则表现出不拘传统,富于创造,兼收并蓄,通变活泼的特征。这两种大相径庭的文化形态在战国时期就已经出现了初步融合的情形,而在汉初统一社会政治大势下"齐学""鲁学"在新层次上的流变融汇,又占极重要地位。① 这在很大程度上决定了汉初论说文既重仁义礼制,又重因俗简礼;既企慕前贤而表现出恪守传统的色彩,又面视现实而倡导因世权行的变革;从而会通于合善为法的当世精神的特色。

  如果进一步拓宽视野,汉初政论文的兴盛又不仅限于齐鲁文化的融汇,而具有战国诸子学复兴的意义。战国时王道崩坏,礼乐弛废,"道术将为天下裂"(《庄子·天下》);秦王横扫六合,归于一统,在结束战国政治纷争的同时通过禁学焚书结束其学术纷争;汉初诸子学正是从此禁锢中复兴的。而汉初政论文的诸子学色彩又不限于刘勰所谓"博明万事"、"蔓延杂说"(《文心雕龙·诸子》),其关键是发扬了战国诸子学与统治思想争锋的精神。这种精神无论在陆贾的《新语》、贾谊的《新书》,还是在贾山的《至言》、晁错的《论贵粟疏》中,都有极明显的表现。也正因为有此争锋精神,汉初论说文虽旨归于"明于国家大体"的政教思想,但与汉代中期论说文相比,则尤具强烈的个性和炽热的情感,这一点直至汉末社会批判思潮兴起时的论说文中才重新出现。

  由汉初论说文的文化基础进观艺术特征,能更切实地体悟其文学政教思想。

  论点集中,富于变化,是汉初论说文艺术特征之一。陆贾《新

---

① 刘师培《国学发微》云:"近代学者知汉代经学有今文家、古文家之分,吾谓西汉学派只有两端:一曰齐学,一曰鲁学。"

语》博明万事,旁搜远绍,其中心论点不出"秦所以失天下",汉"所以得天下"的道理。贾山《至言》、贾谊《过秦》,有纵横铺陈,广采博喻,蔓延杂说之风,然以变革的愿望求仁政礼教的实施,又是统一而集中的观点。但是,汉初论说文政教思想的表现方式并非僵化的说教,而是受到诸子学风影响,卓然己见而富于变化。如贾谊《过秦》,文首不言秦"过",反言秦"功",而由"功"到"过",由"过"而"亡",显示了秦王朝处于变动中的历史演进轨迹。文章明于"仁义",又不拘于"仁义",如论秦之败亡云:"秦离战国而王天下,其道不易,其政不改,是其所以取之守之者异也。孤独而有之,故其亡可立而待。借使秦王计上世之事,并殷周之迹,以制御其政,后虽有淫骄之主,而未有倾覆之患也。"此又明"变"重"势",思理豁通。

论证精严,形象生动,是汉初论说文艺术特征之二。在汉初论说文中,为强化政教意识,论证精辟严密;然观其艺术风格,又有战国游说之辞,论述事理,多喻以形象。譬如贾谊《新书》,运用比喻方法阐解事理处约八十余处,如《俗激》篇以"是犹渡江河无维楫,中流而遇风波也,船必覆矣",喻社会之忧患;《数宁》篇以"抱火措之积薪之下而寝其上,火未及燃(燃),因谓之安,偷安者也",喻形势之危殆;皆生动活泼。而晁错之《论贵粟疏》,全文以"务农贵粟"为基本论点,递进拓开,逻辑严明;而其论述之中,又纵横排合,驰骋跌宕,寓理性于形象,遣词洒脱,运思精深,得战国诸子文采风韵。

具有强烈的感情色彩,是汉初论说文艺术特征之三。汉初论说文之政教思想多通过作者之感情予以表达,故感人入深。而究其感情强烈之因,又是汉初文士以其个性敢与朝廷争锋之气势使然。贾谊之《陈政事疏》、晁错之《言兵事疏》、邹阳之《狱中上书自明》,或言辞慷慨,或痛彻反思,其陈述事理之弛张,又皆系于作者情绪之低昂。这种以情感之马驱驱理性之车,则使汉初文学政教思想与人心契合甚密,而鲜有理性与情感的隔膜。

二 治世之言与痛世之悲

汉初论说文的政教思想以"治世"与"痛世"为两个支撑点,这表现于作家创作思想的两个方面的冲突与转化,深刻地揭示其文学的当世精神。苏轼《晁错论》云:"天下之患最不可为者,名为治平无事而其实有不测之忧。坐观其变而不为之所则,恐至于不可救起而强为之,则天下狃于治平之安而不吾信,唯仁人君子豪杰之士为能出身为天下犯大难,以求成大功,此固非勉强朞月之间而苟以求名者之所能也。"此赞错悲错,实能窥破汉初貌似治平而内患深忧之现实和仁人志士欲治世又反痛世的矛盾心声。如果说汉初文士创作心态主要表现于进取与幽怨两方面,而前者偏重在论说文创作,后者偏重在辞赋创作,那么,治世与痛世又是一种新的组合,即同在进取心态支配下的两个方面。虽然痛世思想可以充当由进取到幽怨的媒介,但在论说文中,痛世所表现的是悲壮,而幽怨之情只有经作家的心理转换于其他文体(辞赋)中才出现。因此,治世与痛世的统一集中表现着汉初论说文的政教思想和作家的进取心态。

通观汉初论说文,无非治世之言,无非痛世之悲,治世之言是因有痛于世而发,痛世之悲是因欲治其世而生。陆贾之倡"仁义",是痛世之道德崩毁;贾谊之倡"礼治",是痛世之礼乐废弛;晁错之倡"治本",是痛世之本末倒置;邹阳之倡"亲贤",是痛世之晚节末路。鲁迅评贾谊、晁错的文章说:"为文皆疏直激切,尽所欲言。"(《汉文学史纲要·贾谊与晁错》)甚得其精神。这种治世与痛世的整合,仍可以贾谊文章为典则。贾谊文章风格是素朴浑厚而含悲壮之情,切实求真而有驰骤之势,方孝孺谓之"深笃有谋,悲壮矫讦"(《张彦辉文集序》),正从对贾文的鉴赏中体悟到那种深谋治世、悲壮痛世的双重意义。① 而贾谊论说文之文采、气势,又多由其痛世之悲而来,其治世之政教思想亦由悲壮之情深层体现。苏轼为文宏肆,自称作文"如万斛泉源,不择地而出"(《文说》),而于贾谊文则钦慕效法;茅坤评苏文《上皇帝书》"指陈利害似贾谊"(《古文辞类纂》卷十八引),刘熙载谓"东坡文,亦孟子,亦贾长沙"(《艺概·文概》),已注意到苏文与贾文治世痛世思想风格之相同处。

从汉初政论之创作审美经验看其文学思想价值,又可通过以下多侧面展示。

由文源论观之,汉初论说文的当世精神显示了文学源于现实生活的思想。贾谊《新书·大政上》论言行曰:"夫言与行者,知愚之表也,贤不肖之别也。"此以言行表现生活之本相,与其文章创造表现生活之哲理相同。而在先秦、两汉文学批评中,人们多重诗、乐之文源思想,如"凡音之起,由人心生也。人心之动,物使之然也。感于物而动,故形于声"(《礼记·乐记》);"乐者,音之所由生也,其本在人心感于物也"(《史记·乐书》)。其实,论说文在当时的创作经验,同样对汉代文源论的形成有很大的肇始意义。

由因革论观之,汉初论说文创作中强调的"仁"与"势"的关系,以及向统治者直谏表现的变革心理,又表明了文随时变的思想。陆贾所称圣人"能统物通变,治情性,显仁义"(《新语·道基》)和贾谊所称"择其所乐,必先有习,乃得为之"(《陈政事疏》),反映了创作重情性之本又能观时而变的思想。这与《乐记》

---

① 桓谭《新论·求辅》谓"贾谊不左迁失志,则文采不发",是因其遭际而偏于痛世一面而言。

论乐之"治世"、"乱世"、"亡国"之音的文艺观实异曲同工。

由文用论观之,汉初论说文集中表现了政教思想。这种"隐之则为道,布之则为文"(《新语·慎微》),"《书》者,著德之理于竹帛而陈之,令人观焉以著所从事"(《新书·道德说》)的作用,继承了先秦"观乎天文,以察时变;观乎人文,以化成天下"(《周易·贲·象》),"博学于文,约之以礼,亦可以弗畔矣夫"(《论语·雍也》)的文章教化观。当然,由于汉初论说文政教思想中的个性与情感,以及治世和痛世的双重意蕴,又使这种教化观表现出引人注目的独特意义。

由创作论观之,汉初论说文作家又以求真写实为标的,迸泄出激切的感情。他们感受与提倡的"美言似信,听之者惑"(《新语·辅政》)的真美、质美,既远承先秦文艺思想中儒家之"修辞立其诚"(《周易·乾·文言》),道家之"信言不美,美言不信"(《老子》八十一章)的观念,又具有汉初多种文化交汇于当世精神的意义。这种求真思想在汉代不仅激励了诸多士子的抗争精神,尤其在文学发展中成为驱散神学迷障的武器,并对东汉王充文学真美观有历史的启迪作用。

第四节 《诗》学的微言大义及其致用精神

诗三百篇在汉初的传播、诵习,鲁诗首出,齐诗、韩诗继起,毛诗为后,故论汉初《诗》学,应先明鲁、齐、韩三家义。《汉书·艺文志》记载诗传至三家及毛诗事略云:

《书》曰:"诗言志,歌咏言。"故哀乐之心感,而歌咏之声发。诵其言谓之诗,咏其声谓之歌。故古有采诗之官,王者所以观风俗,知得失,自考正也。孔子纯取周诗,上采殷,下取鲁,凡三百五篇,遭秦而全者,以其讽诵,不独在竹帛故也。汉兴,鲁申公为《诗》训故,而齐辕固、燕韩生皆为之传。或取《春秋》,采杂说,咸非其本义。与不得已,鲁最为近之。① 三家皆列于学官。又有毛公之学,自谓子夏所传,而河间献王好之,未得立。

三家诗虽同出汉初,但因"以其讽诵"而传,故又有异。② 鲁诗是鲁人申培所传。《汉书·儒林传》言其受诗于荀卿弟子浮丘伯,著有《鲁故》二十五卷、《鲁说》二十八卷。后鲁诗又分为"韦氏学"、"许氏学"、"张、唐、褚氏学"诸派,于武帝时立学官。鲁诗亡于西晋,遗说散见《史记》、《记苑》、《新序》、《列女传》诸书中。齐诗是齐人辕固所传。《汉书·儒林传》载:"诸齐以《诗》显贵,皆固之弟子。"齐诗立学官后又分为"翼氏学"、"匡氏学"、"师氏学"、"伏氏学"诸派。齐诗亡于魏,遗说散见于《汉书》、《仪礼》、《礼记》、《盐铁论》诸书中。韩诗为燕人韩婴所传。《汉书·儒林传》言其"孝文时为博士,景帝时至常山太傅。婴推诗人之意,而作内、外传数万言,其语颇与齐、鲁间殊,然归一也"。韩诗于西汉立学官,亡于宋。现存的《韩诗外传》、《文选注》及各种类书所引,多是《韩诗》学说。与三家相比,赵人毛公治诗属私学,不及三家显,然流传民间,其意又与三家异同。所以,后世论汉初《诗》学,又多合四家而言。

---

① 师古曰:"与不得已者,言皆不得也。三家(者)〔皆〕不得其真,而鲁最近之。"结按:"鲁最为近之"语,指鲁诗释义较平实,近孔子言诗之义。又,班固家传齐诗,"非其本义"语宜录刘向父子(刘氏习鲁诗)语,殆非己出。
② 钱穆《两汉经学今古文平议·两汉博士家法考》认为:"诗分齐鲁韩三家,其说亦起后起,故司马迁为《史记》,尚无齐诗、鲁诗、韩诗之名。……至班氏《汉书》则确谓之鲁诗、齐诗、韩诗焉。是三家诗之派分,亦属后起。"按:三家诗名虽属后起,然考其诗学遗意,实有同有异,班氏以师法理论分之,亦非妄断。

由于汉代诗学之经学化和汉儒言诗之功利主义色彩,①在极大程度上掩盖了"诗"的文学性。但是,如果我们针对西汉经学与文学难以分割的关系,正视《诗经》作为诗歌艺术所饱含着的先民之欢乐与悲哀,以及汉代《诗》学研究者对其情感的心领体悟,又不难看到经学中的文学思想。

一　三家诗遗意述略

魏源《诗古微》云:"汉兴,《诗》始萌芽。齐、鲁、韩三家盛行,毛最后出,未立博士。盖自东京中叶以前,博士弟子所诵习,朝野群儒所称引,咸于是乎在。与施、孟、梁、邱之《易》,欧阳、夏侯之《书》,公羊、穀梁之《春秋》,并旁薄世宙者几四百年。末造而古文之学渐兴,力刜博士今文之学。"汉初盛行三家之学,直至东汉今(三家诗)古(毛诗)文之争剧烈,才出现后世毛诗兴而三家微的局面。然三家遗意,尚可于汉代旧籍与后代之辑佚、研究中得之。②

三家与毛诗的不同,主要表现于卷数、文字、诗旨解释三方面,从文学思想考虑,其关键又在诗旨解释方面,而于此,三家诗之间亦有异同。③ 大体上三家诗因文字基本相同其解诗释义亦多相似,如《诗·召南·甘棠》,鲁说云:

---

① 闻一多《匡斋尺牍》之六说:"汉人功利观念太深,把《三百篇》做了政治课本。"可谓一语破的。

② 宋王应麟作《诗考》辑三家佚诗,搜采未备,却有筚路蓝缕之功。清代学者致力于三家诗辑佚研究工作甚多,成就亦巨。其中马国翰《玉函山房辑佚书》收入《鲁诗故》、《齐诗传》、《韩诗故》、《齐诗翼氏学》、《韩诗内传》、《韩诗章句》等书,颇见辑佚之勤。陈寿祺编著之《三家诗遗说考》,其子陈乔枞继成《鲁诗遗说考》、《齐诗遗说考》、《韩诗遗说考》、《齐诗翼氏说疏正》、《鲁齐韩毛四家诗异文考》等著作,用功尤深。至清末王先谦著《诗三家义集疏》,属集成之作。

③ 郑樵《通志·总序》云:"汉立齐鲁韩毛四家博士,各以义言诗,遂使声歌之道日微。"以义言诗,实汉代诗学之特色。

> 召公之治西方,甚得兆民和。召公巡行乡邑,有棠树,决狱政事其下。自侯伯庶人各得其所,无失职者。召公卒,而民人思召公之政,怀甘棠不敢伐,歌咏之,作《甘棠》之诗。

齐说云:

> 召公,贤者也,明不能与圣人分职,常战慄恐惧,故舍于树下而听断焉。劳身苦体,然后乃与圣人齐,是故《周南》无美而《召南》有之。

韩说云:

> 昔者周道之盛,召伯在朝,有司请营召以居。……召伯暴处远野,庐于树下,百姓大悦,耕桑者倍力以劝。于是岁大稔,家给人足。其后在位者骄奢,不恤元元,税赋繁数,百姓困乏,耕桑失时。于是诗人见召伯之所休息树下,美而歌之。

三家说中,韩说兼取刺时之意,但美召公行皆同。又如《诗·郑风·野有蔓草》,三家诗皆推求"思遇贤人"意,唯毛诗视为男女之词,颇生异趣。

细绎三家诗旨,又是同中有异。如居三百篇首的《关雎》,三家题解各取己义。鲁说云:

> 周道缺,诗人本之衽席,《关雎》作。

齐说云:

> 孔子论《诗》,以《关雎》为始。言太上者民之父母,后夫人之行不侔乎天地,则无以奉神灵之统而理万物之宜,故《诗》曰:'窈窕淑女,君子好仇。'[①]言能致其贞淑,不贰其操,

---

[①] 按:"君子好仇",一作逑;鲁、齐诗"逑"作"仇"。鲁说:"言贤女能为君子和好众妾也。"

情欲之感无介乎容仪,宴私之意不形乎动静,夫然后可以配至尊而为宗庙主。

韩说云:

诗人言雎鸠贞洁慎匹,以声相求,隐蔽于无人之处,故人君退朝入于私宫,后妃御见有度,应门击柝,鼓人上堂,退反宴处,体安志明。今时大人内倾于色,贤人见其萌,故咏《关雎》,说淑女,正容仪以刺时。

而毛说云:

后妃之德也。风之始也,所以风天下而正夫妇也。故用之乡人焉,用之邦国焉。

由此可见,鲁说力主"刺诗",齐说重"美"的一面,韩说先"美"后"刺",至毛说虽以"风(讽)"立论,则反归敦厚之意。再如《诗·小雅·鹿鸣》,三家诠释亦异。鲁说"仁义陵迟,《鹿鸣》刺焉。"而齐、韩说则与《毛序》"燕群臣嘉宾也。……忠臣嘉宾得尽其心矣"说相契,与鲁说异旨。①

汉初《诗》学异同,三家与毛诗因官学、私学之异,文学释义之异较易辨别,唯三家因立学官同和文字基本相同,其间相异又易淆忽;故考索三家之异,当注重两点:一是师法传统,一是地域文化。

师法是汉初承先秦"以其讽诵,不独在竹帛"的传经方式而逐渐形成的。这种由传经方式到传经内容的演化,决定了诸家言经歧义与一家说经思想之系统化。如果说这种师法传统在西汉的发展已成为"说经者传先师之言,非从己出,相得相让,相让则道不

---

① 唐晏《两汉三国学案》卷五云:"《诗》家自子夏以来所传之大义,如《关雎》、《鹿鸣》皆为刺诗,《行露》之出于申女,《驺虞》之出于邵女,《黍离》之出于伋寿,《大车》之出于息夫人,皆鲁义之异乎三家者。"

明"(鲁丕《上疏论说经》)的学派争锋工具,并因固守陈见受到后世通儒的斥责、扬弃,那么,其法在汉初虽争锋之势已萌,但却留给后世研究家两点借鉴:其一,可以通过各家诗整理之异以考求本真;其二,可以通过各家诗解说之异观照汉初文化大势。由于师法传授,三家诗在汉代有着各自相对独立的地位。鲁诗倡自申培,在汉代传习鲁诗的思想家、文学家有王臧、孔安国、褚少孙、韦孟、司马迁、刘向、鲁丕、李咸、王逸、蔡邕、王符、徐幹等。虽然这种传习本身就是诗学参融、演化、发展的过程,但鲁诗的微言大义却或多或少存留于传诗者论述中。陈乔枞《鲁诗遗说考序》云:"三家之学,鲁最先出,其传亦最广。……终汉之世,三家并立学官,而鲁学为极盛焉。"所谓鲁学极盛,既是一学派形式构成之状况,而且说明了作为一种《诗》学思想之情形。同样,齐诗倡自辕固,终汉之世受其影响的思想家、文学家有董仲舒、翼奉、匡衡、桓宽、马援、班固诸人;韩诗由韩婴导之,汉世受其影响的思想家、文学家又有王吉、郅恽、梁商、王阜诸人。陈乔枞《齐诗遗说考序》云:"三家《诗》之失传,齐为最早",然"汉时经师,以齐、鲁为两大宗……要皆各守师法,持之弗失",而"不逞私臆之见,不为附会之语,祈于实事求是而已。"又《韩诗遗说考序》云:"韩《诗》虽最后亡,持其业者盖寡……其仅有存者,《外传》十篇而已",而"观《外传》之文,记夫子之绪论与《春秋》杂说,或引《诗》以证事,或引事以明《诗》,使为法者章显,为戒者著明,虽非专于解经之作,要其触类引伸,断章取义,皆有合于圣门商赐言《诗》之意也。"此亦就师法传授而求其说《诗》解义之理。

　　观三家诗之渊源流变,韩诗晚出,且盛行于东汉,所以从表现地域文化特征来看,汉初首推齐、鲁二家。司马迁曾讲业齐、鲁之都,其作《史记·鲁周公世家》谓"洙泗之间,龂龂如也";《齐太公世家》谓"洋洋乎固大国之风也";一以"龂龂"言其拘谨,一以"洋洋"状其恢奇,甚得两地文化之异旨。缘于地域不同,鲁诗传授得洙泗遗风,解经述诗重圣人遗化,其特色在于潜心咏诵,谙习典章,不越规矩,谨守礼义。《汉志》所载"最为近之",正是鲁诗拘守先贤遗说之证。而此返古求真之谨守学风,影响了整个鲁诗思想系统。《汉书·儒林传》载:王式习鲁诗,弟子"问经数篇,式谢曰:'闻之于师具是矣,自润色之。'不肯复授。唐生、褚生应博士弟子选,诣博士,抠衣登堂,颂礼甚严,试诵说,有法,疑者丘盖不言。"①即为一例。因为鲁诗限于地域文化而表现出好古敏求、迂谨精慎的特点,其对文学思想的影响随着时代文化思潮的演变,在西汉中叶已不及齐诗对汉文化建构所起的作用,至东汉被韩诗取代。齐诗与鲁诗不同,其因有齐地文化特有的尊贤赏功、好奇创意的思想积素,故阐理时有奇创,渐至恢诡,推衍出以灾异说、阴阳五行说言诗的文化现象。如治齐诗的董仲舒与翼奉,即一倡灾异之说,一纯以阴阳五行说诗;这种由阐释诗理而发挥出的新意,推动了汉代天人之学的形成。陈乔枞云:"齐诗之学,宗旨有三,曰四始,曰五际,曰六情,皆以明天地阴阳终始之理,考人事盛衰得失之原,言王道治乱安危之故。"(《齐诗遗说考序》)唐晏云:"夫《齐诗》,齐学也。齐人当战国时,驺衍之学最胜。衍之学盖阴阳五行家言,故齐之儒者多承其绪余,其末流遂至以变孔门之真相。"(《两汉三国学案》卷六)或褒或贬,然皆能提挈出齐诗特色。韩诗与"齐鲁间殊",然其大义,言仁义顺善之心,多与鲁合;言灾异推步之术,又与齐同;而其《外传》推诗人之意,又具特立的理论建树。

---

① 苏林曰:"丘盖不言,不知之意也。"如淳曰:"齐俗以不知为丘。"颜师古曰:"二说皆非也。《论语》载孔子曰:'盖有不知而作之者,我无是也。'欲遵此意,故效孔子自称丘耳。盖者,发语之词。"又杨树达《汉书窥管》卷九引吴承仕说:"丘盖二字义同,此乃双声连语。"树达按:"吴说是也。"可见原语仅在疑者不言而已。此亦可证鲁诗迂谨之风。

宋大樽《茗香诗话》云："汉诗之于二南，犹春秋时之鲁魏，犹齐陶诗，犹汉之文帝虽不用成周礼乐，尚时时有其遗意。"若反转其意而言之，汉诗虽有二南遗意，汉文帝制礼虽有成周遗意，但毕竟已是汉诗、汉礼；同于此理，三家诗虽因师法统绪而具先秦时代产生的地域色彩，但毕竟在汉初有文化共建意义，因此，在其具有歧义的同时亦有普遍的会通。这种会通表现于诗之作用，则为美刺教化。王先谦《诗三家义集疏序例》云："《诗》有美有刺，而刺诗各自为体：有直言以刺者，有微词以讽者，亦有全篇皆美而实刺者。美一也，时与事不伦，则知其为刺矣。""教化"观渊源孔子，[①] "美刺"说却出自汉初。表现于论诗方法，则为"以意逆志"。《孟子·万章篇》云："故说诗者，不以文害辞，不以辞害志。以意逆志，是为得之。""以意逆志"是说诗者深入作者之心而索取其创作之志的方法，汉初《诗》学正以此方法求取诗人美刺大义。这种方法偏于主观索解和心灵体悟而使解诗者有"断章取义"之嫌，但汉人自有解说，如董仲舒谓"《诗》无达诂"，刘向谓"《诗》无通故"，是为托词。这也说明了汉人言诗诗借古喻今所表现的致用精神。表现于《诗》学目的，即为经世致用。陈乔枞评韩诗"微言大义，往往而有，上推天人性理，明皆有仁义礼智顺善之心，下究万物情状，多识于鸟兽草木之名；考《风》《雅》之正变，知王道之兴衰，固天命性道之蕴而古今得失之林邪"（《韩诗遗说考序》），实能概述汉初诗学大义。因为，汉初诗学正是通过《诗》中"王道之兴衰"情状而针对现实王道得失阐发其"仁义"之心的。综此作用、方法、目的，关键

[①] 《礼记·经解》："孔子曰：入其国，其教可知也。其为人也，温柔敦厚，诗教也。"孔颖达疏："温，谓颜色温润；柔，谓性情和柔；诗依违讽谏，不指切事情，故云：温柔敦厚是诗教也。"

在于致用。

二　美刺与致用

朱自清《诗言志辨》云："风、赋、比、兴、雅、颂似乎原来都是乐歌的名称,合言'六诗',①正是以声为用。《诗大序》改为'六义',便是以义为用了。"如果说"以声为用"是先秦言《诗》致用的方式,"以义为用"是汉代言《诗》致用的方式,则汉初"美刺"言《诗》正是由"声"向"义"转变过程中"以义为用"的开端。严格地说,汉初"美刺"是由先秦之"比兴"演变而来。

程廷祚说"汉儒言诗,不过美刺两端"(《青溪集》卷二《诗论十三》),实于汉初已基本展示。② 如《诗·国风·硕鼠》,鲁说云："履亩税而《硕鼠》作。"齐说云："周之末涂,德惠塞而耆欲众,君奢侈而上求多,民困于下,怠于公事,是以有履亩之税,《硕鼠》之诗是也。"《毛序》："刺重敛也。"韩说同此。四家诗说皆借硕鼠贪婪之形象把握周衰重敛、民困于下的时代特征,以逆诗人创作之志。而结合汉初同样存在着的"赋敛无度"现象,也就不难看出治诗者的解《诗》大义和致用目的。又如《诗·大雅·公刘》,《毛序》："召康公戒成王也。成王将涖政,戒以民事,美公刘之厚于民,而献是诗也。"《易林·家人之临》存齐说："节情省欲,赋敛有度,家人给足,公刘以富。"韩说与齐说同。鲁说以此诗专美公刘,不关戒成王,亦不言召公作(详《史记·周本纪·索隐》),与《毛序》略异。然诸家共存美公刘之德意,又契合于汉初德政未兴之现实。

---

① 《周礼·太师》："教六诗:曰风,曰赋,曰比,曰兴,曰雅,曰颂。"
② 据王先谦《诗三家义集疏》,如《郑风》21首,毛诗标美诗1,刺诗15。在此16首中,仅《清人》《溱洧》两篇齐说、韩说与毛诗略异,余则"无异义"。又,毛诗《国风》160首,标刺诗78,美诗19;《小雅》74首,标刺诗44,美诗7;《大雅》31首,标刺诗9,美诗9。

当然,汉初"以意逆志"解诗,亦颇多妄断臆测,穿凿乖谬。① 清崔述《读风偶识》曾论《关雎》云:"细玩此篇,乃君子自求良配,而他人代写其哀乐之情耳,盖先儒误以夫妇之情为私,是以曲为之解。不知情之所发,五伦为最。五伦始于夫妇,故十五国风中,男女夫妇之言尤多。"崔说甚得诗旨,且对汉儒说诗强加以道德政治观念而伤其诗情,殊为切中肯綮之批评。尽管如此,汉初《诗》学旨归于致用,仍不失为一种当世精神的表现。②

美刺致用不限于四家言诗,而是渗透于汉初文化机制的文学政教意识的普遍反映。陆贾《新语·慎微》:"诗在心为志,出口为辞,矫以邪僻,砥砺钝才,雕琢文邪,抑定狐疑,通塞理顺,分别然否。"贾谊《新书·道德说》:"《诗》者,志德之理而明其指,令人缘之以自成也。"皆出自心志的感发而寻求诗人之性情,美刺时政,实为止境。潘德舆在《养一斋诗话》中解说三百篇之"神理意境",概括出"关系寄托"、"直抒己见"、"纯任天机"、"言有尽而意无穷"四种表现方法,而前两种正属汉初美刺言诗的方法,这又突出表现了当时论诗重刺之实用价值。

从"直抒己见"来看,汉初解诗学者与政论作家同具刚正而不阿谀,刺世而求治世的精神。他们以《诗》为现实谏书,"彰君子之志,劝美惩恶"(裴子野《雕虫论》),甚至不惜危及身体发肤、名誉

---

① 顾颉刚曾批评孟子"以意逆志"法将鞭挞"君子"尸位素餐的《伐檀》歪曲为赞扬,开"汉儒信口开河"之先声。(详《古史辨·论〈诗经〉经历及〈老子〉与道家书》)
② 再以《关雎》为例。据冯国翰《玉函山房辑佚书》所辑,申培《鲁诗故》云:"后夫人鸡鸣佩玉去君所,周康后不然,诗人叹而伤之。"后苍《齐诗传》云:"周室将衰,康王晏起,毕公喟然,深思古道,感彼关雎,德不双侣,愿得周公妃,以窈窕防微渐,讽喻君父。"薛汉《韩诗章句》云:"诗人言关雎贞洁慎匹,以声相求,必于河之洲,隐蔽于无人之处。故人君退朝,入于私宫,后妃御见,去留有度,应门击柝,鼓人上堂,退反晏处,体安志明。今时大人内倾于色,贤人见其萌,故咏关雎,说淑女,正容仪,以刺时也。"可见其美刺之寓意。

地位。如传鲁诗的王式以诗进谏,及至"刑余"亦不渝其志。而在治鲁诗的韦孟的创作中,这种积极意义又化成一首直接批评楚王孙刘戊荒淫不遵道的《讽谏诗》。诗中云:"不思守保,不唯履冰。以继祖考,邦事是废。逸游是娱,犬马繇繇。是放是驱,务彼鸟兽。忽此稼苗,烝民以匮。……唯囿是恢,唯谀是信。"激烈陈词,舍身取义。① 《淮南子·说山训》高诱注云:"夫理情性,动天地,感鬼神,莫近于诗乐。风者,上以风化下,下以风刺上,故曰风。"《诗纬·含神雾》谓:"诗者,持也,在于敦厚之教自持其心,讽刺之道可以扶持邦家者也。"②二说进一步推阐了"以意逆志"方法达到通经致用目的之道理。

然而,汉初《诗》学是通过对旧籍的研究表达思想的,所以研究也就具备了《诗》本身的"依迷讽谏"、"主文谲谏"的艺术功能,亦即汉初《诗》学"关系寄托"、"隐言美刺"(惠周惕《诗说》卷上)的理论风格。汉初《诗》学之"美""刺"以及"规"、"诲"、"戒"、"疾"、"乐"类的分析中,显示了这种不同于"直抒己见"的隐喻寄托之表现力量。可是,正是这种委婉之风在汉代诗学发展中出现了因"温柔敦厚"而失去"讽谏"内核,以至"谄谀取容"的现象,这又是文学落拓于政治窠臼的一大悲剧。因此,尽管"不务胜人而务感人"(焦循《毛诗郑氏集》)的谲谏艺术在文学审美取向上有较高价值,但在汉初,美刺致用思想仍以直陈为主流。

由汉初奠定的美刺言诗文学观直接影响着汉代《诗》学思想。在西汉,董仲舒之"诗道志,故长于质"(《春秋繁露·玉杯》),司马迁之"周道缺,诗人本之衽席,《关雎》作。仁义陵迟,《鹿鸣》刺焉"(《史记·十二诸侯表》),扬雄之"周康之时,颂声作乎下,《关

---

① 陆时雍《诗镜总论》评曰:"韦孟《讽谏》,恺直有余,深婉不足。"此亦汉初诗风特色。
② 据陈乔枞《三家诗遗说考》,高诱注《淮南子》采鲁诗说,《诗纬》采齐诗说。

雎》作乎上……伤始乱也"(《法言·孝至》)诸说;在东汉,王充之"周衰而诗作,盖康王时也,康王德缺于房,大臣刺晏,故诗作"(《论衡·谢短》),班固之"周道缺而刺诗作"(《汉书·艺文志》),张衡之"伟《关雎》之戒女也"(《思玄赋》)诸说,致用思想因时而异,美刺之说则一脉相传。这对我国文学思想中"以诗补察时政"、"以歌泄导人情"(白居易《与元九书》)的政教理论体系的形成具有重要的意义。

第五节 《淮南子》对汉初文学思想的推阐

《淮南子》(又名《淮南鸿烈》,以下征引仅举篇名)是西汉王室贵族淮南王刘安招门客集体撰著而成。①《汉书·艺文志》谓其"兼儒墨,合名法";高诱《叙目》谓其"近老子淡泊无为,蹈虚守静",莫衷一是。由于《淮南子》学术思想繁富驳杂,后世对其文艺思想之价值取向,亦存轩轾现象。我以为,作为一种理论现象,《淮南子》是汉初文学思想的推阐,同时也意味着汉初文化思想的终结。

一 自然和谐、恬愉虚静的文道观

《淮南子》的文学思想首先表现于展示文艺本体意识到文道观方面。从与文学思想的联系看,其对"道"的诠释有两点值得注意:其一,"道"是宇宙的原始自然状态,由此化生天地万物,显出

---

① 《汉书·淮南衡山济北王传》:"淮南王安为人好书,鼓琴,不喜弋猎狗马驰骋,亦欲以行阴德拊循百姓,流名誉。招致宾客方术之士数千人,作为《内书》二十一篇,《外书》甚众,又有《中篇》八卷,言神仙黄白之术,亦二十余万言。"按:今存即《内书》。又,高诱在注释《叙目》中称:刘安与苏飞、李尚、左吴、田由、雷被、毛被、伍被、晋昌等八人及儒生大山、小山等"共讲论道德,总统仁义而著此书"。

和谐的自然美图景;其二,"道"是事物运行变化的规律,于无形而又实有的变化中显出人工美作用。

对"道"的认知,《淮南子》是从本体意义上探求的。《原道训》云:"太上之道,生万物而不有,成化象而弗宰。""其全也纯兮若朴;其散也混兮若浊。……万物之总,皆阅一孔;百事之根,皆出一门。"《天文训》云:"道始于一①,一而不生,故分而为阴阳,阴阳合和而万物生。故曰一生二,二生三,三生万物。"这完全承袭了《老子》"道生一"的宇宙生成论与"众门之妙"的宇宙本体论思想。这种理论落实到文学思想上,则表现出一种玄漠夷和的天然美。对此,《原道训》又指出:

> 夫无形者,物之大祖也。无音者,声之大宗也。……无形而有形生焉,无声而五音鸣焉,无味而五味和焉,无色而五色成焉。

这种由《老子》"大音希声"派生的"大乐必易"、"大乐无怨"(《诠言训》)的审美观,同样蕴涵了道家的直觉审美方式和虚静审美心态。而其所倡导无美之美绝非弃美,而是人类心灵中返归自然态的最本质的美。《坠形训》云:

> 东方之美者,有医毋闾之珣玗琪焉;东南方之美者,有会稽之竹箭焉;南方之美者,有梁山之犀象焉;西南方之美者,有华山之金石焉;西方之美者,有霍山之珠玉焉;西北方之美者,有昆仑之球琳琅玕焉;北方之美者,有幽都之筋角焉;东北方之美者,有斥山之文皮焉;中央之美者,有岱岳以生五谷桑麻,鱼盐出焉。

如此众美的汇聚,集中反映了《淮南子》天工美思想,而这种无形

---

① 原文"道"字后有"曰规"二字,据王念孙说删。

天工(在自然意义上的同一)与实有形象(东南西北众美的相异)的统一,又使《淮南子》对美的认识在自然性、客观性的基础上显示出相对性、多样性。然其主线,仍是派生于"道"而旨归于"自然"的审美意识。自然美落实于人生,又具有纯真素朴的性质。《俶真训》云:

> 至德之世,甘瞑于溷涊之域,而徙倚于汗漫之宇,提挈天地而委万物,以鸿濛为景柱,而浮扬乎无畛崖之际。……当此之时,莫之领理决离,隐密而自成。浑浑苍苍,纯朴未散,旁薄为一,而万物大优。
>
> 当此之时,万民猖狂,不知东西,含哺而游,鼓腹而熙,交被天和,食于地德,不以曲故。是非相尤,茫茫沈沈,是谓大治。

以此返古意识揭示素朴大美,本义是针对现实之繁文缛节倡扬自然纯真。这基本上代表了在黄老之学支配下的汉初文学思想理论形态。

由于《淮南子》对"道"的认知含有变动不居的发展意义,强调"圣人制礼乐,而不制于礼乐"(《汜论训》),故对文道关系的理解能够在"无声而五音鸣"、"无色而五色成"的基调上认识到人工技巧和文采修饰的作用。如其论文与情云:"文者所以接物也,情系于中,而欲发外者也。以文灭情,则失情;以情灭文,则失文;文情理通,则凤麟极矣。"(《缪称训》)即主文情并重说,超越了先秦道家"灭文章,散五采"(《庄子·胠箧》)的颓废思想。至谓"清醠之美,始于耒耜,黼黻之美,在于杼轴"(《说林训》),又改变了先秦道家自然美之虚无而赞扬了人工对美的创造。虽如此,《淮南子》的最高审美准则还是那种"虚无寂寞,萧条霄霓"(《俶真训》)、"夫静漠者,神明之定也;虚无者,道之所居也"(《精神训》)的自然本体;而由自然审美本体转向人格审美本体,又是"以无应有,必究其理;以虚受实,必穷其节。恬愉虚静,以终其命"之"圣人"和"性合于道"、"有而若无,实而若虚"、"形若槁木,心若死灰"、"其动无形,其静无体"之"真人"的性情。只有这类"圣人""真人"的"游心于虚""通性于辽廓"(《俶真训》)的审美心态,才能达致"静漠恬淡,所以养性"、"和愉虚无,所以养德"的"玄同"境界。

二 文不胜质、素朴尚用的文用论

《淮南子》能于道家自然、质朴之美中表现出汉初积极入世的思想,并由此宣泄出强烈的文学致用精神。

首先,《淮南子》对文质问题的认识是基于对文艺功能的探讨。《泰族训》云:"六艺异科,而皆同道。温惠柔良者,《诗》之风也;淳庞敦厚者,《书》之教也;清明条达者,《易》之义也;恭俭尊让者,《礼》之为也;宽裕简易者,《乐》之化也;刺几辩义者,《春秋》之靡也。"此以六艺为致用之书,显然接收了儒家的诗教、乐教思想。[①] 然对"乐"之本质,《淮南子》提出了"夫歌者,乐之征也"(《修务训》);"愚夫蠢妇,皆有流连之心,凄惨之志,乃使始为之撞大钟、击鸣鼓、吹竽笙、弹琴瑟,失乐之本矣"(《本经训》);民"有喜乐之性,故有钟鼓管弦之音"(《泰族训》)的系列命题,说明了"乐"为"通先圣之遗教"(《氾论训》)文治服务所应表现的至情。这一方面概括了汉初文学尚用的作用,一方面又因这一思想在理论上的定型,消解了汉初如陆贾、贾谊、晁错等人为求取"文治"而抗颜直谏的精神。

其次,《淮南子》将文与质对立起来,从表象上看是受到老子

[①] 《淮南子》虽反对儒、墨"博学以疑圣,华诬以胁众,弦歌鼓舞,缘饰《诗》、《书》,以买名誉于天下"(《俶真训》),然其对儒家文学致用观却多有汲取。

的大巧若拙、庄子的残璞不为美思想的影响,而其内容却是对文学尚用观的推阐。《诠言训》指出:

> 饰其外者伤其内,扶其情者害其神,见其文者蔽其质。无须臾忘为质者,必困于性;百步之中,不忘其容者,必累其形。故羽翼美者伤骨骸,枝叶美者害根茎:能两美者,天下无之也。

在"两美"不可兼得的困境中,《淮南子》抛弃了儒家"文质彬彬"的理想,而偏向于道家主张,提出"美珠不文,质有余也"的重质轻文和"必有其质,乃为之文"的先质后文思想。关于先质后文,《本经训》有段论述:

> 凡人之性,心和欲得则乐,乐斯动,动斯蹈,蹈斯荡,荡斯歌,歌斯舞,歌舞节则禽兽跳矣。人之性,心有忧丧则悲,悲则哀,哀斯愤,愤斯怒,怒斯动,动则手足不静。人之性,有侵犯则怒,怒则血充,血充则气激,气激则发怒,发怒则有所释憾矣。故钟鼓管箫,干戚羽旄,所以饰喜也;衰绖苴杖,哭踊有节,所以饰哀也;兵革羽旄,金鼓斧钺,所以饰怒也。必有其质,乃为之文。

这显示了《淮南子》通过"载哀"与"载乐"对鉴赏主体情感差异和美感差异的深切体悟,其思想之本,仍通过"质"(人之性)与"文"(喜怒哀乐的表现形态)的关系来揭示人之性情感发于内、宣泄于外的致用意义。因此,紧接"必有其质,乃为之文",作者又指出:"古之圣人在上,政教平,仁爱洽,上下同心,群臣缉睦,衣食有余,家给人足",进一步阐发了重质观念的内涵与其经世致用的思想。所以,在《淮南子》书中,有些重文的论述也是在"质美"的基础上讲求"文饰",其"文饰"本身又起着使"质美"外现,裨益于世的作用。

再次,《淮南子》的适宜为美思想,也是文学尚用观的一种表现。这种适宜为美提法源于《淮南子》"中和"的哲学思想。《本经训》云:"太清之始也,和顺以寂寞。质真而素朴,闲静而不躁……同精于阴阳,一和于四时,明照于日月,与造化者相雌雄。"透过"静漠恬淡"、"和愉虚无"的哲学层次,《淮南子》作者在"因天地之资,而与之同和"(《主术训》)的社会人生和谐之境中又寄寓了"治国则不然。言事者必究于法,而为行者必治于官。上操其名,以责其实;臣守其业,以致其功"(《主术训》)的"有为"思想。再透过《淮南子》虚静神思的审美层次,《淮南子》作者所倡导的适宜之美已非一种"无为"的和谐之境,或美所处和谐之境的"恰当"位置,①而是必须符合于客观事物规律和有益于世的尚用条件。符合客观规律而有用于世,则如"�在颊则好"(《说林训》),反之,则如"贯甲胄而入宗庙,被罗纨而从军旅"(《主术训》),无济世用,是为不美。因此,从美学的观点看待"各用之于其所适,施之于其所宜"(《齐俗训》)的提法,是意识到了美和合目的性与合规律性的统一;若就文学思想而言,则美与适宜的联系属于文用论范畴,这也正是"美人者非必西施之种,通士者不必孔墨之类"(《修务训》)的思想深意之所在。

由此可见,《淮南子》的文用论之返朴归真思想,派生于自然文道观,而其中包含的社会、人生之致用精神,又正是汉初文人汲汲进取的共识。②

三 愤中形外、以神为主的艺境

被美学史家视为我国美学"形神"理论滥觞的《淮南子》的形

---

① 参见李泽厚、刘纲纪《中国美学史》第一卷关于《淮南子》"适宜为美"不等于《大希庇阿斯篇》所讲之"恰当"的说法。
② 在社会政治思想方面,《淮南子》对"无为"的理解与"法""势"的认识,以及关于惩秦敝的论述,均与汉初黄老思想一致;但是,由于受到藩国地域文化的限制,与汉初政论家相比,《淮南子》又较多消极性,尤其是在其致用思想的深层,潜藏着与汉文化统一大势相悖的因素。

神观,在渊源上与先秦诸子从哲学观和养生观探讨形神问题有密切联系。①

从哲学的意义上看,《淮南子》首先视形神关系为自然之道向人生之道衍化的整体结构。《原道训》云:

> 夫形者,生之舍也;气者,生之充也;神者,生之制也。一失位则三者伤也。是故圣人使人各处其位,守其职,而不得相干也。

就是说,只有按照自然之道中"形神气志,各居其宜,以随天地之所为"的原则而落实于人生,才不致造成"形者,非其所安者也,而处之则废;气不当其所充,而用之则泄;神非其所宜,而行之则昧"的境地。进言之,如果能调协好形、气、神三者的关系,则能如"今人之所以眭然能视,荧然能听,形体能抗,而百节可屈伸,察能分白黑、视美丑,而知能别同异,明是非者"。究其原因,又在于"气为之充,而神为之使也"。由此又可以看出,《淮南子》对形神的认识是从自然哲学向人生哲学转化,并升华到艺术论层次上的。

《淮南子》形神观落实于人生,具有这样两层意义:其一,人的精神与形体的关系。如谓"精神盛而气不散"(《精神训》);"神贵于形也,故神制则形从,形胜则神伤"(《诠言训》),这与司马谈《论六家要指》"凡人所生者神也,所托者形也……神者生之本,形者生之具"的形神观相同,表现出以精神主使形体、形体受制精神的意向。其二,缘于以上这层关系,形神问题本身也就是文质问题,即表现出内质外文的意向。如《氾论训》言善歌者"愤于志,积

---

① 如《管子·内业》"凡人之生也,天出其精,地出其形";《庄子·大宗师》"形残而神全",《德充符》"非爱其形也,爱使其形者也";《荀子·天论》"形具而神生";《周易·系辞上》"阴阳不测之谓神","知几其神乎","至诚如神"等说皆是。

于内,盈而发音,则莫不比于律,而和于人心",《修务训》论歌哭"愤于中形于外,故在所以感",都是"内有所动,则外有所现","必有其质,乃为之文"(《本经训》)的内质行外成文的结果。这种精神贵于形体,内质决定外文的观点反映在文艺思想上,就是《淮南子》的"君形者"说。

纵观《淮南子》形神观,有着由天道到人生再到艺术的发展过程。不过,如果我们逆转思维,通过从《淮南子》形神艺术论本身到形神艺术兼容人生哲理再到融会于自然天道的线索予以观照,则易于体悟和把握"君形者"说的丰富内涵与其所创造的艺境。

就"君形者"说文艺思想而言,《淮南子》首次揭橥文艺创作重在传神的主张。《说山训》云:

> 画西施之面,美而不可悦;规孟贲之目,大而不可畏,君形者亡焉。

对此,《览冥训》还借历史故事做了这样的形象而生动的描述:

> 昔雍门子以哭见于孟尝君,己而陈辞通意,抚心发声,孟尝君为之增欷歔唈(呜咽),流涕狼戾不可止,精神形于内而外谕哀于人心,此不传之道。使俗人不得其君形者而效其容,必为人笑。

"君形者"即为主宰艺术之"形"的艺术之"神"。倘若失去神,则徒存形骸,以致面美而"不可悦",目大而"不可畏";反之,艺术创造具备了这种神,则形体生动,情深意远,犹如"雍门子以哭见于孟尝君",心灵交通,神情晤会,以其强烈的感染力表现其主体精神。同样,对艺术的追求如果限于皮相貌取的"效容",又"必为人笑",这也是徒肖"形似"至于"使但吹竽,使氏厌窍,虽中节而不可听,无其君形者"(《说林训》)的道理。

仅视"君形者"为艺术之"传神"并不全面,因为从其艺术理论与人生哲学的有机联系来看,"君形者"之"神"同样包含着文用论思想。《淮南子》提出的形、气、神三位结构,其中神是人的感觉、情绪、意志、思维等一切内在力量的整体体现。因此,这种艺术之神能够产生以及作用于形的表现,正内涵着一种丰富的社会人生意蕴的致用精神。《精神训》云:"心者形之主也,神者心之宝也";《本经训》云:"心与神处,形与性调";均从人类生理学观念看待"神"与"心"的关系。而对此以"心"(神)主"形"的意义和价值,《原道训》又指出:

> 夫心者,五藏之主也,所以制使四支,流行血气,驰骋于是非之境,而出入于百事之门户者也。是故不得于心而有经天下之气,是犹无耳而欲调钟鼓,无目而欲喜文章也,亦必不胜其任矣。

这里,"心"之所存、所主、所用,以及其失"心"而无主、无用,实通过"心"在人体的意义喻示"神"在社会、人生、艺术中的意义,充分显示其"致用"价值。这个道理与其《人间训》论文辞之功用所云"繁称文辞,无益于说。审其所由而已矣"是相同的。《淮南子》极为重视神的作用,所谓"神与化游,以抚四方"(《原道训》)、"以神为主者,形从而利"(同上)、"聪明虽用,必反诸神"(《诠言训》),也同样是揭示神的实用性和教谕意义。

《淮南子》之神经"愤于中而形于外"的过程,达到一种艺境,这又是艺术之"君形者"与自然天道冥乎默契的结果。换言之,通过人能够"分黑白,视美丑"全在于"气为之冲而神为之使"(《原道训》)的道理,我们可以进一步认识到只有产生于或同化于"道始于虚霩(空),虚霩生宇宙,宇宙生气,气有涯垠"(《天文训》)之大自然的"君形者",才能有"志与心变,神与形化"(《俶真训》)、"神托于秋毫之末,而大宇宙之总"(《原道训》)的神奇作用和"身处江海之上,而神游魏阙之下"(《俶真训》),"一身之中,神之分离剖判,六合之内,一举千万里"(《览冥训》)的艺术境界。

可以说,由自然之道到人生之理再到艺术之神,是《淮南子》形神思想的派生结构图式,而从艺术之"君形者"经人与神关系的传递再达到神化艺境,又是《淮南子》形神思想具有丰富内涵的艺术结构图式;在此结构图式中,最易为人忽略而又最不应忽略的是自然与艺术的中介,那种"无为"之中包含着"有为"的人生意识。

四　中有本主、游心无穷的情感

文情关系在《淮南子》中是与文质关系、形神关系并列而又相通的理论范畴。

关于文情关系,《淮南子》强调"文之所以接物也,情系于中,而欲发于外者也"(《缪称训》),把文艺创作的根本特征归于"发乎词,本乎情"(《泰族训》),以突出文学思想中的"至情"观。所谓"至情",《缪称训》描述云:

> 宁戚击牛角而歌,桓公举以大政;雍门子以哭见,孟尝君涕流沾缨。歌哭,众人之所能也,一发声,入人耳,感人心,情之至者也。

可见文艺创作之感人力量在于主体情感的孕发。在《淮南子》中,无论是"情发于中而声应于外"(《齐俗训》)的发声说、"愤于中则应于外,故在所以感"(《修务训》)的乐感说,还是"古之为金石管弦者,所以宣乐也……此皆有充于内而成像于外"(《主术训》)的成像说,无不本乎"至情";而"至情"的外化所产生之声、乐、像,又与形神理论之艺术思想结构相埒,同具内质外文的倾向。

对情感主体性的研究,《淮南子》的作者亦颇有创思。《氾论训》云:

> 譬犹不知音者之歌也,浊之则郁而无转,清之则燋而不讴。及至韩娥、秦青、薛谈之讴,侯同曼声之歌,愤于志,积于内,盈而发音,则莫不比于律,而和于人心。何则?中有本主,以定清浊,不受于外,而自为仪表也。

这种"中有本主"的情感意识与"自为仪表"的艺术独创意识属因果关系,构成情感理论的有机整体。因而其对文情关系的审美观照已不限于先秦儒家的"物感"说(产生节情观)和先秦道家的"自然"说(产生去情观),为文学艺术寻求到符合时代精神的情感主体。《齐俗训》云:

> 夫工匠之为连机运开,阴闭眩错,入于冥冥之眇,神调之极,游乎心手众虚之间,而莫与物为际者,父不能以教子。

如果说这段记述偏重于对主体情感产生之创造技能的描摹,而赞扬其"神调"之功,那么,在《原道训》中有关"大丈夫恬然无思,淡然无虑","乘云陵霄,与造化者俱,纵志舒节,以驰大区","上游于霄雿之野,下出于无垠之门","执道要之柄,而游于无穷之地"的渲染与《俶真训》中有关"圣人论其神于灵府,而归于万物之初,视于冥冥,听于无声,冥冥之中,独见晓焉;寂漠之中,独有照焉"的刻画,则无疑显示出由"至情"所达致的自由境界。

从文学的"至情"到自由的境界,反映了《淮南子》的自然之道的本体意义,人之作用的中介意义和文艺自身的审美特征。然若探求其文化根源,则又必须认识到与汉初楚声兴隆的关系。

就文化背景而言,淮南封国古属楚地,迨至汉初,淮南之地仍受到楚文化的历史影响,而表现出与邹鲁、燕齐不同的文化风貌。故其在哲学上,受老、庄之学歌颂自然、虚静人生思想浸润尤深;在文学上，又偏重对神话传说①、辞章文采的嗜好，尤其是对屈原作品追寻自然之至情和郁纡忉怛之深情的崇尚。宋高似孙《子略》卷四评《淮南子》云："淮南之奇，出于《离骚》；淮南之放，得于庄、列；淮南之议论，错于不韦之流。"可见淮南虽"杂"，然受道家与楚辞之影响，最为明豁。此外，淮南与楚辞相同之处还表现于自然天象的记录、方言词语的运用、历史人物的品评、政治思想和治世理想的一致，尤其二者关于神话描述之相同，又显出与东方蓬莱神话相异的南方昆仑神话系统的特色。

就个人的文学素养而言，《淮南子》的主撰者刘安就是一个酷嗜《楚辞》而极有建树的人物。《汉书》本传载：

> 时武帝方好艺文，以安属为诸父，辩博善为文辞，甚尊重之。……初，安入朝，献所作《内篇》，新出，上爱秘之。使为《离骚传》，旦受诏，日食时上。

从这节记载中可以看出：第一，武帝因好艺文而重刘安，刘安"善为文辞"之创作虽因资料亡佚而不可知，然从仅存的淮南小山《招隐士》全属楚声似可窥一斑。第二，武帝使刘安为《离骚传》，既表现了武帝明了淮南楚地之文化特征，又可从"旦受诏，日食时上"看出刘安对楚辞文学的熟谙。《离骚传》虽丧失，但从其它资料中尚能见其隐约。据王逸《楚辞章句》录班固《〈离骚〉序》所考，司马迁《史记·屈原贾生列传》中对屈原的一段评价即引自刘安《离骚传》。② 其云：

> 《国风》好色而不淫，《小雅》怨诽而不乱。若《离骚》者，

---

① 按：《淮南子》被后世视为与《山海经》、《楚辞》、《庄子》有同等重要意义的原始神话资料宝库，这里又主要反映了古代神话与楚文化的关系。
② 有关记载尚见荀悦《汉纪》、高诱《淮南子解叙》、刘勰《文心雕龙·辨骚》、《隋书·经籍志》等文籍。

可谓兼之矣。上称帝喾,下道齐桓,中述汤武,以刺世事。明道德之广崇,治乱之条贯,靡不毕见。其文约,其辞微,其志洁,其行廉,其称文小而其指极大,举类迩而见义远。其志洁,故其称物芳。其行廉,故死而不容自疏。濯淖汙泥之中,蝉蜕于浊秽,以浮游尘埃之外,不获世之滋垢,皭然泥而不滓者也。推此志也,虽与日月同光可也。

其对屈原志向、心性、文采的赞美,正是《淮南子》愤中形外,积内盈发之至情的表现。而屈原代表的楚骚文学既是这种至情的创作范例,又是这种至情理论的文化渊源;司马迁"圣贤发愤之所为作"的文学思想,亦可谓既得屈赋之启迪,又受到刘安重主体情感之至情说的影响。

刘安楚声洋溢的文辞已消逝在历史的烟波浩渺之中,①然其因承的楚文化精神却保存于《淮南子》的情感理论;放言之,这种理论化的深沉、刻挚、内在的"至情",正是汉初创作中楚声兴隆的总结。

《淮南子》文学思想表现出兼综博采的时代特征,其中很多艺术精见在我国文学艺术理论时空中光采熠熠。然而,总淮南之成,其文艺观本质又属于汉初特定时期,而在它出现的同时,一个大文化时代的帷幕正在开启。②

---

① 刘勰《文心雕龙》中有云"淮南终朝而赋骚"(《神思》)、"昔汉武爱骚而淮南作传"(《辨骚》),似意兼创作、理论。又,王逸《〈招隐士〉序》云:"昔淮南王博雅好古,招致天下俊伟之士,自八公之徒咸慕其德而归其仁。各竭才智著作篇章,分造辞赋。"可见其时淮南王国已是《楚辞》创作、研究中心。
② 按:淮南王刘安于武帝建元二年入朝,献《淮南子》;而董仲舒于其时上天人三策,黜刑名,崇儒学,并完成其春秋公羊学之专著《春秋繁露》。概述二著特征,皆兼综博采,然分述其作用,则前者总结历史,后者肇启新声。

第二章 鼎 盛 期

（武帝建元初至元帝初元初）

武帝初年，董仲舒上《天人三策》，废刑名，兴太学，罢黜百家，独尊儒术，①开启了汉代文化的新篇章。

这是一个政权稳固、军事强大的时期。在政治上，经汉初数十年夷和安定，武帝继文、景之治，施行了"不行黜陟而藩国自析"（《汉书·诸侯王表序》）的内政方针，并广土斥境、提封万里而完成了大一统帝国格局。在军事上，武帝时爆发了历时三十九年的反匈奴侵扰战争，铁马雄风，关山雷动，不仅募民十万徙于朔方，而且赢得了多次战役的胜利和较长时间的和平。尽管汉武帝内穷侈靡、外攘夷狄留下了无穷后患，然在当时，确实表现了一种生龙活虎的英雄主义精神和展示了一个宏伟壮丽的辉煌时代。

这是一个经济繁荣、文化昌盛的时期。经汉初休生养息，农业秩序的调整与农业经济的回升，关中和北方的原野上出现了一派生机；而手工业的兴起，又给汉代商业经济增添了活力。经济充裕，文化事业也出现了"兴太学，修郊祀，改正朔，定历数，协音律，作诗乐，号令文章，焕焉可述"（《汉书·武帝纪》）的兴盛景况。在此情形下，董仲舒"罢黜百家，独尊儒术"的思想绝非狭义的儒术

---

① 史学界对董仲舒对策年代颇有异议；一为建元元年（前140年），《通鉴》系于此年，近人翦伯赞、范文澜主此说；一为元光元年（前134年），《汉书·武帝纪》有载，王先谦《补注》以此为是，近人郭沫若主此说；又王氏《补注》引齐召南说，以为在建元五年（前136年）。

独尊,而是在汉初文化汇聚基础上以儒学为主兼综众家的政治一统思想,并建构起适应强大帝国行政需要的大文化图式。在历史发展意义上,这是先秦文化终结,汉文化的真正形成。

这一时期的文学思想与丰富的文学创作活动联系在一起,以其所表现的心胸、气势、情采,汇入了汉文化的汹涌巨潮。从文学思想发展趋向看,武帝时藩国地域文学向宫廷统一文学的转化,喻示了在政治一统情势下汉文学博采地域文学色彩而自立体系的完成。从文学思想形态看,地域文化的兼综,南北文化的交融,中外文化的交流于其时掀开新页,董仲舒天人合一思想的形成,正此大文化态势的展露。而代表有汉一代文学的散体大赋,又以其体国经野的气势,铺张扬厉的风格,形象地表明了文学思想的雄风壮采。同时,广泛采自民间的乐府诗,则以感于哀乐、缘事而发的情感特征沟通了宫廷与民间的文学交往,开拓了盛汉文学的思想视野。在此时期,司马迁《史记》创作思想之实录与爱奇的两种倾向,反映的正是汉文化兼融性审美特征,而其"发愤著书"说的形成,又从一个侧面揭示了强大帝国的阴影和士子的悲哀。《毛诗序》的出现虽有一传承与润色过程,但从其对诗歌内容与艺术的总结,并由此奠定了汉代诗学批评理论的基本形态,又显然是兼综汉初诗学的鼎盛期文学思想现象。

这时的文学尽管有崇尚自然的审美,有简朴守真的风格,有楚骚的浪漫激情,有体物的征实面貌,有坦诚的致用精神,有感伤的幽怨心理,然而这一切均已非极端表现,而是汇融于以统一文化为背景、以写实与浪漫相结合的、具有广泛人文精神的文学政教意识之中。

阮元云:"大汉文章,炳焉与三代同风"(《揅经室三集》卷二《与友人论古文书》);于慎行云:"两汉文章,莫盛于武帝时"(《穀山笔麈》卷八《诗文》);前说明于汉代文章之独立,后说明于汉代文章之盛况,合此二说,正是我们对汉代鼎盛期文学的理论总括。

第一节 藩国地域文学向宫廷统一文学转化

从藩国文学之盛衰到宫廷文学之兴起,犹如一条纽带,连结了汉代文学思想肇造与鼎盛两个时期。而藩国文学的地域特点,宫廷文学的统一趋向,又显示了两个时期文学思想的差异。

一 藩国地域文学

汉初分封诸侯,藩国并起。《汉书·诸侯王表》载:

> 汉兴之初,海内新定,同姓寡少,惩戒亡秦孤立之败,于是剖裂疆土,立二等之爵。功臣侯者百有余邑,尊王子弟,大启九国。自雁门以东,尽辽阳,为燕、代。常山以南,太行左转,度河、济,渐于海,为齐、赵。穀、泗以往,奄有龟、蒙,为梁、楚。东带江、湖、薄会稽,为荆、吴。北界淮濒,略庐、衡,为淮南。波汉之阳,亘九嶷,为长沙。……而藩国大者夸(跨)州兼郡,连城数十。

这种分封之势,潜伏了侯国横逆自主危机,尽管文帝时灭异姓王,武帝时又用主父偃之计,下推恩之令,使藩国自析,然在文、武之间,刘姓诸侯王国却有一段政治势力强大,文化思想独立,文学艺术灿烂的时期。这也就是汉初以地域文学为特征的诸多区域性的藩国文化圈。

在诸多藩国文化圈中,楚、吴、梁、淮南文术尤盛。《汉书·楚元王传》载:元王刘交"多书,多材艺。少时尝与鲁穆生、白生、申公俱受《诗》于浮丘伯"。他自作诗传,号《元王诗》,使其藩国成为汉初《诗》学研究中心之一。吴王刘濞,亦通文术,聚集大批纵横游说之士,其中有邹阳、严忌、枚乘等兼擅文词,使吴地文学兴盛一时。后因吴王挫败,文士游附梁王,藩国文风终致转兴于梁。①《汉书·文三王传》载:七国叛后,梁拒吴、楚有功,遂为大国,招延四方豪杰,有丁宽传《易》,成、施、孟、梁丘三家之学;有羊胜、公孙诡、韩安国以辩智著称;有吴客归梁文士,骋才竞技,掩压众国。与梁媲美的有淮南王国。其时,河间献王刘德也好书博学,求寻先秦典籍,立《毛诗》、《左传》,山东诸儒,多从附游,甚邀时誉。合观诸藩文学,可以说武帝朝统一文学的形成,在很大程度上是汇合众藩之结果,而其中淮南、梁国文学思潮盛势,尤具过渡性质。

汉初形成之藩国文学有三个特征:其一,划地封疆决定了藩国文学因承先秦文化的地域特点;其二,战国养士之风的复起,出现了以藩国政治文化为中心的作家队伍;其三,由于汉初诸侯国设置不尽按先秦古国旧址,其文士多具战国纵横家游说之风,故其作家与文学又表现出流动性。由此藩国文学形成之三大特征,又可窥探其向统一文学思想转化的三层次过渡性意义。

第一层次是藩国文学既远绍先秦地域文化特征,又具有时代的新祈向,以构成先秦文学向汉文学过渡的渐变阶段。如淮南封国古属楚地,故其文学思想以楚文化为主,崇尚"抱素守精,蝉蜕蛇解,游于太清,轻举独往,忽然入冥"(《淮南子·本经训》)的自然审美;但是,从地理方位与文学来看,淮南国又不限于荆楚文化范围,而是以"疆土千里"之势向东北延伸,兼取燕齐方士文化特色,②因而其文学思想又出现了兼综而又独立的艺术情态。

---

① 有关梁孝王聚文士之盛况,可参《西京杂记》卷四"梁孝王游于忘忧之馆,集诸游士,各使为赋"一段记载。
② 《汉书·淮南衡山济北王传》载淮南王招方术之士作"《中篇》八卷,言神仙黄白之事";《景十三王传》载:"是时,宣帝循武帝故事……复兴神仙方术之士,而淮南有《枕中鸿宝秘书》,书言神仙使鬼物为金之术,及邹衍重道延命方,世人莫见。"例可为证。

第二层次是作家队伍的相对集中,决定了藩国文学兴盛,而其流动,又决定了藩国文学的更替、衍变。吴、梁文学之关系即为一例。《汉书·贾邹枚路传》载:"吴王濞招致四方游士,(邹)阳与吴严忌、枚乘等俱仕吴,皆以文辩著名。……是时,景帝少弟梁孝王贵盛,亦待士。于是邹阳、枚乘、严忌知吴不可说,皆去之梁,从孝王游。"由此可见当时藩国文学由吴向梁转移,实为文士流动之力,而文士流动本身,既渊承战国时期世卿制度衰落、客卿制度流行的风气,又说明了文士自我意识的增长在不断冲击着藩国文学的地域限囿。

第三层次是藩国间的交互和藩国与宫廷间的交互,加速了藩国文学的解体。《汉书·地理志》载:"汉兴,高祖王兄子濞于吴招致天下娱游子弟,枚乘、邹阳、严夫子之徒,兴于文、景之际。而淮南王安亦都寿春,招宾客著书。而吴有严助、朱买臣,贵显汉朝,文辞并发,故世传《楚辞》。"这里通过对汉初《楚辞》学的考定,在客观上揭示了藩国与藩国,藩国与宫廷的文学交互。就《楚辞》在汉初文学中的地位而言,它既属藩国文学,又属宫廷文学,而二者间的相异在于对《楚辞》艺术的接受方式之不同:藩国地域文化圈偏重于继承,宫廷统一文化圈则偏重于包容;前者摆脱不了旧文体,后者于融会中产生新文体。

汉初藩国文学的盛衰虽已暗含过渡性的转化倾向,但在时代进程中却留下了文学思想的历史价值。归纳起来有以下四点:

一是为藩国的侯王政治服务。汉初朝廷与藩国间的政治始终处于一种相互利用、制约、抗衡的微妙状态,藩国政权也在依附于朝廷而又相对独立的情况下生存;因此,侯王招客养士既有巩固藩国地位(甚至有取代朝廷的野心)的目的,又有粉饰清平、消遣娱乐的作用。《汉书·文三王传》载:梁孝王刘武趁七国叛乱之机,赢取朝廷信任,得以"居天下膏腴地",受"赏赐不可胜道";以至

"筑东苑,广三百余里,广睢阳城七十里,大治宫室,为复道,自宫连属于平台三十余里。得赐天子旌旗,从千乘万骑,出称警,入言趋,拟于天子"。而孝王"招延四方豪杰"与文士邹阳、严忌、枚乘和司马相如附梁、游梁,正与此政治情势有关。枚乘之《七发》,假设楚太子有疾而讽谏当权,恐其侈游纵欲,荒政致败,是以文学干预政治和为藩国政治服务的典型。

二是文学的地域观念。在统一的汉王朝走上巩固,国家幅员辽阔,民族众多的情形下,宫廷与藩国对待地域文化见解迥异。立足宫廷的人多主张以大文化包容地域文化,而立足于藩国的人则主张珍重地域文化,不可以气势冒然干犯,如淮南文士集团的主张便属后者。《淮南子·齐俗训》云:"胡人弹骨,越人契臂,中国歃血,所由各异,其于信一也;……三苗髽首,羌人括领,中国冠笄,越人劗鬋,其于服一也;……故四夷之礼不同,皆尊其主而爱其亲,敬其兄。"这种以不齐为齐的文化意识,正是地域文学以各自特色见长的理论依据。

三是有较强的个性情感。这种主要来源于藩国的政治忧患意识的情感,又突出表出于三个方面:其一,在宫廷势力日益强大的现实面前,藩国侯王在感受到强大政治压力时文士也受到巨大的文化压力,产生了"夫忧患之来撄人心也,非直蜂虿之螫毒而蚊虻之惨怛也,而欲静漠虚无,奈之何哉"(《淮南子·俶真训》)的难以自守的苦痛和因文见情的人生烦忧之悲哀。其二,在侯王昏昏然醉心于藩国势力膨胀的现实中,文士清醒地认识到盛极必衰的危机,这是邹阳上书吴王,又上书梁王的痛陈肺腑之言的深心所在,也是藩国文人因侯王"欲乘累卵之危"(邹阳《上书谏吴王》)激起的具有普遍性的藩国盛衰的悲剧情感。其三,通过文学作品发抒志士屈承藩国荫庇下的不遇之悲,严忌《哀时命》之"夫何予生之不遘时"的疑问和退隐求仙的托词,实缘于此。

四是注重渊承,而缺乏开创。这一点不仅在汉初文学创作与文学理论中有清晰展示,而且可在藩国文学之解体、宫廷文学之兴起的大文化氛围中得到证明。

二　宫廷统一文学

宫廷文学经汉初数十年之消长,至武帝朝才定型、成熟,成为统摄全国的中心。武帝初年淮南王刘安献书奏传,河间献王刘德献雅乐贡奉朝廷,藩国文士如严助、朱买臣、吾丘寿王、司马相如、徐乐、严安等会聚朝中,说明宫廷文学中心的形成是对当时藩国文学的会通。然探考这种转化现象之实质,又殊非藩国文学之数的相加,而是一种质的变革,董仲舒倡导之"春秋大一统"、王吉上疏所谓"春秋所以大一统者,六合同风,九州共贯",从根本上概述了这种转化的时代要求。

从大一统文化与地域文化的区别看宫廷文学与藩国文学之思想异同,十分明显。而宫廷统一文学之新气象亦于此比较中崭然呈露。

(一)为大一统政治服务,是宫廷文学的重要特征。这种由为藩国文学服务到为宫廷文学服务的转化,是经历了汉初文学之演变和诸多文士努力以至失败的教训(如贾谊之不遇,晁错之殒身)而完成的。至司马相如的大赋创作,则已是为大一统政治服务的典范。从相如的生平来看,他自经杨得意举荐侍武帝侧,便开始了积极为王朝服务的生涯。他继《子虚》奏《上林》,娱悦圣心,"天子以为郎";为郎数年,干禄求进,为武帝安抚巴蜀民心,大倡"人臣之道"、"人臣之节"(《喻巴蜀檄》),[①]成为得力谋

[①] 李充《翰林论》称司马相如《喻巴蜀檄》为"德音",即指其为王朝政治服务的积极作用。

臣,旋拜中郎将。出使蜀地,作《难蜀父老》,为武帝开脱罪愆。后奏较《上林》"尚有靡者"的《大人赋》,更使"天子大说(悦),飘飘有凌云之气,似游天地之间意"(《史记·司马相如传》)。从相如在梁国所作《子虚赋》与在宫廷所作之《上林赋》的比较来看,又明显表现出为宫廷统一政治服务是其思想之旨归。在《子虚赋》中,相如从楚国的子虚先生向齐国的乌有先生夸言楚云梦泽落笔,铺陈壮势;继述齐国海滨苑囿之"吞若云梦者八九于胸中",视野恢阔。如果说上述所描述的楚、齐二地之美限于地域景观,且代表藩国文学特征,那么《上林赋》中"亡是公"的出现,以言压楚、齐之势,恢宏天子上林之"巨丽"物态,正表现出大一统的宫廷文学风采。在这幅上林巨丽图景面前,代表楚、齐的子虚、乌有皆"愀然改容,超然若失",而代表天子的亡是公纵横骋谈,以颂扬大汉一统的天声大美。

(二)在文化大传统中表现出开放性态势,是宫廷文学兴盛的重要原因。在中国文化史上,很早就以"雅"与"俗"两层意义代表大、小两种文化传统的分野。而这两种文化传统在交互过程中形成一定的模式并产生开放的大文化气象,则在西汉武帝朝最为明显。《汉书·艺文志》载"自孝武立乐府而采歌谣,于是有代、赵之讴,秦、楚之风,皆感于哀乐,缘事而发,亦可以观风俗,知厚薄"云云,兼含双重文化交融,即朝廷与民间、宫廷与藩国的文化交融。这是其时文化在大传统范围内对民间文学进行"雅化"而形成的开放性体系的第一层次。在此意义上,西汉中叶学术思想也改变了汉初的限囿,[①]出现了以政治大一统思想兼容先秦儒、道、墨、名、法、阴阳六大思想流派的态势,完成了学术思想新构架。尽管

[①] 应劭《风俗通义》卷二《正失》指摘汉文帝:"修黄老之言,不甚好儒术,其治尚清净无为,以故礼乐庠序未修,民俗未能大化。"即批评其专崇黄老。

这种学术包容是以儒学为核心,然又因非"醇儒",①故儒学亦以革新的精神融入汉文化之熔炉,孔孟心性之学在这里的变化,荀子儒法思想在这里的扬举,其中心任务都在于建设一个新的文化秩序。作为大文化的分支,这时文学思想也呈多层次、多元性的开放态势,因此,与藩国文学相比,宫廷文学的思想突出于"一"与"多"的统一。由"多"观之,这里既有为王朝政治服务的教化目的,又有本乎人情制礼作乐的意义;既有想象丰盈的奇思,又有庄严肃穆的典雅;既有抒心言志的才情,又有体物揽胜的胸怀;既有寓意刻挚的讽谏,又有热情洋溢的颂美;既有宛曲深邃的心绪,又有骋思纵游的神幻……而这多元的创作思想与审美心态,又集中反映了一统文化的时代精神。

(三)广博宏丽、气势磅礴,是宫廷文学有别于藩国文学的主要风格。在宫廷文学中,那种藩国文学所具有的个性情感和忧患明显淡化,而代之以对江山宏伟、物产丰饶、人物气派、歌舞欢快之盛世景象的描绘;那种藩国文学所具有的内容与形式中和统一的审美问题被提升到天地之美、天人之美的高度,而表现一种纵览古今、俯瞰万类的心胸。这时文士的艺术才华在创作上的显现,则表现出雄壮玮奇、广博宏丽的风格;在理论上的显现,则表现于董仲舒哲理文学观之"天人副称"、司马迁史传文学观之"究天人之际,通古今之变"、司马相如赋体文学观之"赋家之心,苞括宇宙"的审美理想。

三 对文学转化的几点思考

藩国文学向宫廷文学的转化,是在汉初社会向西汉鼎盛期社

---

① 《汉书·元帝本纪》引汉宣帝语云:"汉家自有制度,本以霸王道杂之,奈何纯任德教,用周政乎?"

会转化的时代大背景下进行的。而考论其转化的具体原因，又有五点：

其一，政治思想的影响。汉初政治中一个重要矛盾就是宫廷与藩国间的矛盾，缘于这层矛盾，数十年内出现了如七国反叛，淮南谋逆、梁孝王骄纵等事件和朝廷平叛的一系列措施，至武帝朝中期方完成其政治统一进程。《汉书·诸侯王表》记录了这一进程情势：

> 诸侯原本以大，末流滥以致溢，小者淫荒越法，大者睽孤横逆，以害身丧国。故文帝采贾生之议分齐、赵，景帝用晁错之计削吴、楚。武帝施主父之册，下推恩之令，使诸侯王得分户邑以封子弟，不行黜陟，而藩国自析。自此以来，齐分为七，赵分为六，梁分为五，淮南分为三。皇子始立者，大国不过十余城。长沙、燕、代虽有旧名，皆亡南北边矣。景遭七国之难，抑损诸侯，减黜其官。武有衡山、淮南之谋，作左官之律，设附益之法，诸侯唯得衣食税租，不与政事。

这种因藩国的解体而导致的藩国政治的转移、宫廷一统政治的形成，正与藩国文学的转移、宫廷一统文学的形成同步，前者是因，后者是果。

其二，文化思想演进的大势所趋。汉代循吏制度对政治教化、文化传播的重要作用即为一例。武帝时"奉法循理"的循吏如"江都相董仲舒、内史公孙弘、倪宽，居官可纪。三人皆儒者，通于世务，明习文法，以经术润饰吏事，天子器之"（《汉书·循吏传》）；可见他们不仅肩负着养民、教民，传播文化的任务，而且还"以经术润饰吏事"，为大一统政治服务。与之相应，"伉直酷烈"的酷吏以强化法制为能事，从表象上看其与循吏之教化政策走相反的道路，但就其政治实质，却同为中央集权政治服务，是从另一面为大文化形成与巩固作贡献。当然,从对文化统一之贡献而言,循吏的作用更大。《汉书·循吏文翁传》载:文翁于"景帝末为蜀郡守,仁爱好教化",数年后,蜀地"大化","学于京师者比齐、鲁","至武帝时乃令天下郡国皆立学校官,自文翁为之始云。文翁终于蜀,吏民为立祠堂,岁时祭祀不绝。至今巴蜀好文雅,文翁之化也"。文翁化蜀,正是以宫廷统一文化去化解地域文化的例证,后来司马相如为武帝安抚巴蜀民心,也是继承了循吏教化的文化传统。从宫廷文化的自身建设来说,武帝于建元元年诏举贤良方正直言极谏之士,招纳了大批文章之士;五年,置五经博士,确立了以经学为基础的文化思想;元光元年,董仲舒与鲍敞论阴阳,又诏举贤良文学之士,诏问对策,制定并完成了以宫廷为中心的兼包并容的大文化体系。这种文化的演进大势,无疑决定了文学由藩国向宫廷转化的形成。

其三,帝王对文学的干预。以君主的崇尚与爱好为重要原因的文学重心之转移,已作为一种文化因素渗入藩国文学先盛于吴、后盛于梁的现象中;而武帝朝宫廷文学取代藩国文学开启有汉一代文学之盛,又与武帝个人对文学的偏嗜而形成之强大干预力有关。以司马相如为例,他早岁事景帝,"会景帝不好辞赋,是时梁孝王来朝,从游说之士齐人邹阳、淮阴枚乘、吴严忌夫子之徒,相如见而说(悦)之,因病免,客游梁,得与诸侯游士"(《汉书》本传)。可见相如游梁,是缘于景帝不好文术之故;而他重返宫廷,又是"兴太学""作诗乐"的武帝推崇文术的结果。这也是相如能够不师故辙、自抒妙才、开一代文学气象的一个重要原因。

其四,文人的心理取向。从地域文学向统一文学的进展,符合当时文人心理的共同取向。这不仅表现于身居朝廷的文士,就连身居藩国的文士,如当时客游吴楚诸国的邹阳、严忌、枚乘等,在其心理深层亦有归附宫廷的取向。邹阳上书直谏,虽出于回护吴王的心理,但其反对分裂的意识又与一统文化发展同趋。枚乘终身未仕朝廷,却心向往之,①这在他的《上书谏吴王》文中尤见其"腹心";而其子枚皋以文章显赫于宫廷,又成为这种未落实之心理取向的补偿,此亦当时文人与文学的必然归宿。

其五,文学自身发展的规律。刘熙载《艺概·文概》云:"汉家制度,王霸杂用;汉家文采,周、秦并法。唯董仲舒一路无秦气。"所谓董仲舒"无秦气",只是从个例揭示武帝朝宫廷文学更化前人之革新意义。从汉代文学重镇辞赋创作来看,汉初基本上拘守楚骚情境,这种文学的延续本身,一方面说明了文学思想的委顿,一方面又预示着文学思想的变革。汉代散体大赋在武宣之世的崛兴,正是文学(包括文思、文体)在发展中变革的必然。

第二节 囊括天人的大文化态势

徐复观于《两汉思想史·自序》中写道:"两汉思想,对先秦思想而言,实系一种大的演变。演变的根源,应当求之于政治、社会。尤以大一统的一人专制政治的确立,及平民氏姓的完成,为我国尔后历史演变的重大关键,亦为把握我国两千年历史问题的重大关键。"(台湾学生书局1985年版)李泽厚在《秦汉思想简议》一文中也指出,"处在先秦和魏晋两大哲学高峰之间,以董仲舒为重要代表的秦汉思想""在构成中国的文化心理结构方面"起了巨大作用,其"形成与大一统帝国要求新的上层建筑相关"(《中国社会科学》1984年第2期)。二说涵盖面稍异,然指明汉代思想迥异于先秦,真正形成于大一统的武帝朝则一致。对大一统政治思想下之文学,昔人评述龃龉。如唐冯万石《对文词雅丽策》云:"臣闻四时

---

① 《汉书·枚乘传》载:"武帝自为太子闻乘名,及即位,乘年老,乃以安车蒲轮征乘,道死。"可见枚乘未仕武帝,纯属机遇问题。

武德,制之以周王;五行文始,本之于汉帝。"宋洪迈《容斋五笔》卷四云:"至于武帝,田蚡为丞相,黜黄老刑名百家之言,延文学儒者以百数,帝详延天下多闻之士,咸登诸朝,令礼官劝学,讲义洽闻,举遗兴礼。"可谓仅述其事。唐李华《质文论》云:"汉高除秦项烦苛,至孝文元默仁俭,断狱几措,及武帝修三代之法,而天下荒耗,则文不如质明矣。"元王构《修辞鉴衡》引张文潜语云:"汉高祖纪,诏令雄健;孝文纪,诏令温润;去秦古书未远,后世不能及。至孝武纪诏令,始事文采,文亦寖衰矣。"殊多贬意。而宋欧阳修《代人上王枢密求先集序书》云:"汉之盛时,有贾谊、董仲舒、司马相如、扬雄能文,其文辞以传。"杨时《送吴子正序》云:"自秦焚诗书,坑术士,六艺残缺。汉儒收拾补缀,至建元之间,文辞粲如也。若贾谊、董仲舒、司马迁、相如、扬雄之徒,继武而出,雄文大笔,驰骋古今,沛然如决江汉,浩无津涯。"又为褒词。诸说纷纭轩轾,但汉代文学兴盛于武帝时代之史实,已彰明昭著。由文学创作的兴盛推及对文学思想的确认,这一时期文风隆烈,威镇百年,实呈有汉一代鼎盛气象。然因当时文学有依附经学的特点,尤其是汉武帝"罢黜百家,独尊儒术"的文化专制政策的施行,为后世的研究蒙上一层厚重的迷障,因此,只有出入经学,才能省察其时蕴含于大文化思想结构中的文学思想特征。

一 大文化中的政治、艺术、文学

以宫廷文化为中心的大文化圈的形成,意味着先秦南北文化、众家学术思潮和汉初藩国思想的三重意义的组合。而此组合本身,又以大一统思想为凝聚核心,这又是考察其时政治、艺术文学之特征的关键。

政治思想理论之一统与帝国实践行为之一统辅成相应,构成汉代盛世罕见的两极拓展现象:一方面充分显示一人专制的威力,一方面充分表现兼容并包的气势;前者被视为文化专制,后者被视为文化开放。我以为,这大一统局面形成的两个方面,正是政治思想在变化、差异和对立统一中的和谐。因为在当时,只有以高度的中央集权(一人专制)才能完成汉王朝统一大业(如削藩、巩固封建宗法制等);又只有以兼容并包的开放思想,才能在强权基础上保证王朝统一大业的形成、稳固、延续。缘此,董仲舒所倡导的、汉武帝所推行的"罢黜百家,独尊儒术"的文化政策,亦出此需要。①在学术上,所谓"罢黜",实质是对"百家"旧学的兼综扬弃;所谓"独尊",又是依托先秦六艺文化树立新儒思想。公孙弘《请为博士置弟子员议》倡"明天人分际,通古今之义,文章尔雅,训辞深厚,恩泽甚美";孔安国《古文孝经训传序》称"省万邦之风,以知其盛衰","云集而龙兴,虎啸而风起……胡笳吟动,马蹀而悲;黄老之弹,婴儿起舞。庶民之愚,愈于胡马与婴儿也。何为不可以乐化之";皆取文化兼容之势。同时,武帝朝伐匈奴、通西域、平两越、击朝鲜等重大的政治、军事举动,拓开了地理屏障:诸如匈奴休屠王金碑附汉,渐启外族南下交易方物、献乐玩艺之风;张骞出使西域,遂开西方商旅之路;而中西人员之频繁交往,各族语言之密切交流,以及外来宗教、语言、艺术、乐器一时充斥汉廷,均为汉代外向型文化的形成作出贡献。

  从政治看艺术,汉代艺术思想成熟期那种既粗犷雄劲,又俊逸明快的特色,也是与国力、文化不可分割的。这一点在代表汉代艺术的画像艺术中有鲜明表现。缘于疆域的拓张,汉代画像能够兼

---

① 董仲舒的建议被武帝采纳,关键在于他的政治思想正适应汉代政治大一统局面形成的需要。任继愈主编《中国哲学发展史》(秦汉卷)指出武帝采纳董仲舒而不采纳刘安建议的三点原因:其一,巩固封建宗法制,道家不及儒家;其二,武帝时国力强盛,政权巩固,统治者转而好大喜功,谋求宏业,故《淮南子》君道无为说不合其口味;其三,董仲舒主张君权下的大一统,刘安则赞成分封。

括南北艺术风格。如以秦岭和长江中下游为界的北方,因"高上气力,以射猎为先"和"其俗夸奢、上气力、好商贾渔猎,藏匿难制御"(《汉书·地理志》),故画像题材多战争、狩猎等尚武内容,体现了雄浑豪放,刚健有力的北方艺术风格;四川江浙一带的南方,则由于"土地肥美、有江水沃野、山林竹木疏食果实之饶……民食稻鱼,亡凶年忧,俗不愁苦"(《汉书·地理志》),故画像题材又多生产劳作、宴乐出巡等内容,体现了情采俊秀、笔意流韵的南方风格;合此二者,又充分说明了汉画艺术以大一统政治思想为背景,兼容南北艺术的结果。在创作构思方面,汉画艺术又表现出囊括天人的气势,这一点除了与南方文化之神话巫术思想有关,还与当时方士文化和阴阳五行学说的兴盛有重要联系。史载:汉武帝曾命人画云气车"各以胜日驾车,辟恶鬼"。这种神怪思想已广泛渗透于壁画和陶器、铜器雕刻艺术之中,使汉画艺术达致一激越飞动、跨越时空境界。汉代画像艺术风格或以古朴粗犷逞势,或以蟠屈隐约见趣,或以巧妙构思抒情,或以技法娴熟为美;然其间最深层的主题,却是来自生活的写实精神和发自幻想的人神模式,构成现实浪漫交互的二重组合的艺术世界。而从汉代画像艺术风格的演变观其成就,这一艺术虽经西汉中、后期发展而至东汉时代达致高峰,但其所展示的汉文化特征又显然发轫于武帝时期完成的天人合一、形神合一的理论思想。

汉代文学思想与汉代艺术思想在大文化背景下的特征是一致的。刘熙载《艺概·文概》云:"西汉文无体不备,言大道则董仲舒,该百家则《淮南子》,叙事则司马迁,论事则贾谊,辞章则司马相如。人知数子之文,纯粹、旁礴、窈眇、昭晰、雍容,各有所至。"此就文体而言,且兼涉汉初作家,然其重点亦在武帝时期。而文体的并兴,文风的多样,又是文化包容开放的结果。在这一时期的作家与理论家中,虽然董仲舒素被后人目之为以经术显称的代表,①但其所倡导之政治思想、学术思想对当时文学思想的形成发展,却具有非凡的威力,起了划时代的推动作用。

二　董仲舒文学思想概述

董仲舒是以强烈的政治目的建立其学术体系,并影响他的文学思想的。在政治思想方面,董仲舒既肯定大一统专制的合理性,又为这一政治制度的完成建构起囊括天人的学术思想大体系。②正因为董仲舒政治思想是配合封建社会进程中出现的高度集权的一人专制和兼包并容的开放态势之需要,所以他在维护专制之主至尊无上地位的同时,并不肯定"家天下",相反,却赞成禅让和征诛两种政权转换方式,表现出"天下为公"的政治思想。由此,董仲舒文学思想亦非持为一人专制服务之主张,而是以发扬汉初人文精神,建立新的礼乐秩序为目的。

在董仲舒文学思想的基本精神中表现出目的论色彩,在他看来文学具有工具的性质,是通过人的主观性有目地为现实政治服务的。他指出:"《诗》无达诂,《易》无达占,《春秋》无达辞"(《春秋繁露·精华》,以下引此书仅举篇名),显然具有对先秦典籍作适应时代需要之新解释的意蕴。他推阐"《春秋》无达辞"云:

> 古之人有言曰:不知来,视诸往。今《春秋》之为学也,

---

① 汪藻《鲍吏部钦止集序》:"汉公孙弘、董仲舒、萧望之、匡衡,以经术显者也;司马迁、相如、枚乘、王褒以文章著者也。当是时,已不能合而为一,况陵夷至于后世,流别而为六七,靡靡然人于流连光景之文哉? 其去经也远矣!"
② 董仲舒的政治思想对汉初具有巨大的变革意义。据《汉书》本传及有关文献记载,他的政治变革思想是多方面的,如更称号,改正朔,易服色;限民名田,塞并兼之路;省徭役,薄赋敛,实民力;盐铁归于民;去奴婢,除专杀之威;罢黜百家,独尊儒术等,均起着为大一统政治的形成服务之作用。

> 道往而明来者也。然而其辞体天之微,故难知也。弗能察,寂若无;能察之,无物不在。是故为《春秋》者,得一端而多连之,见一空而博贯之。

可见"察"《春秋》之辞"得一端而多连之"的思想,是富有创造性意味的;而这种创造性又必须限定在一定历史与现实的范围为政治服务的。同于此理,他对《诗》也作了符合功利目的之解说:

> 圣人事明义,以炤耀其所闻,故民不陷。《诗》云:"示我显德行。"此之谓也。先王显德以示民,民乐而歌之以为诗,说而化之以为俗。(《身之养重于义》)

董仲舒一面强调《诗》的显德意义,一面又重视《诗》之刺政功用。如其《举贤良对策》云:"及至周室之衰,其卿大夫缓于谊而急于利,亡推让之风,而有争田之讼,故诗人疾而刺之曰:'节彼南山,惟石岩岩。赫赫师尹,民具尔瞻。'"这虽直接继承了汉初《诗》学的微言大义,其因为大一统政治目的而旁涉兼容,显然又较汉初说诗通倪。

董仲舒文学思想并不拘守旧有礼法,而是以其雄阔辽远的心胸顾瞻天地间之大美,他提出"天地之行美也"(《天地之行》)的思想,是试图以天地运行规律规范社会人生。如其论"天":

> 天高其位而下其施,藏其形而见其光,序列星而近至精,考阴阳而降霜露。高其位所以为尊也,下其施所以为仁也,藏其形所以为神也,见其光所以为明也,序列星所以相承也,近至精所以为刚也,考阴阳所以成岁也,降霜露所以生杀也。为人君者,其法取象于天也。(《天地之行》)

论"地":

> 地卑其位而上其气,暴其形而著其情,受其死而献其生,

成其事而归其功。卑其位所以事天也,上其气所以养阳也,暴其形所以为忠也,著其情所以为信也,受其死所以藏终也,献其生所以助明也,成其事所以助化也,归其功所以致义也。为人臣者,其法取象于地。(同上)

此以"天"之"为尊"、"为仁"、"为神"、"为明"、"相承"、"为刚"、"成岁"、"生杀"之"美",与"地"之"事天"、"养阳"、"为忠"、"为信"、"藏终"、"助明"、"助化"、"致义"之"美",通过"其法取象"之异质同构的联系,比喻"君"与"臣"之"美",其中虽不乏比附而显得荒诞不经,但这反映董氏的大美思想却是现实的。这种天地之美落实于人生,又是一种"仁之美"的表现。

在董仲舒眼中,人生修养所必需、文学创作所表现的中和美思想是"循天之道"而来的"仁美",具有至德养民的政治理想色彩和以中和理天下的现实政治目的。其解释中和云:

中者,天下之终始也;而和者,天地之所生存也。夫德莫大于和,而道莫正于中。中者,天地之美达理也,圣人之所保守也。……和者,天(地)之正也,阴阳之平也,其气最良,物之所生也。……中者天之用也,和者天之功也,举天地之道而美于和。(《循天之道》)

此说推阐了《礼记·中庸》"中也者,天下之大本也;和也者,天下之达道也。致中和,天地位焉,万物育焉"的观点,并结合于阴阳五行学说而表现出较先儒更庞大、更完密的审美体系。如其将天地和美落实于社会人生,则谓"世治而民和……世乱而民乖"(《天地阴阳》);将和美落实于容貌衣着,则谓"衣服容貌者,所以悦目也。……故君子衣服中而容貌恭,则目悦矣"(《为人者天》)。他如对宫室建筑、音乐歌舞等艺术的中和要求,都是由天地之美落实于人生现实的。董仲舒仁美观的另一面人格美的形成也有深刻的历史根源。《汉书》本传载，董仲舒既是一个"进退容止，非礼不行"的谨肃方正之人，又是一个"三年不窥园"的勤勉学者。因此，他在"武帝即位，举贤良文学之士，前后百数，而仲舒以贤良对策"，使其学大行之际，却受到两次政治和人生的厄难：一次是"仲舒以（公孙）弘为从谀，弘嫉之"而将其排出中央政府，相胶西王；一次是仲舒因言辽东高庙长陵高园殿灾异，为主父偃所窃奏，下狱，当死，后诏赦之。这种不幸遭际并没有迫使董氏对其大一统思想怀疑，而只是在大一统思想中灌注以人格精神。可以认为，董仲舒赋予天地运行的人格之美是企望通过"天"的威势和品性来抵制与约束在大一统政治进程中无限膨胀的君权，同时，以"天地"作为人格修炼之典范，又是对世人阿君媚俗行径的鞭笞。明乎此，才能完整理解董仲舒一方面是"遭汉承秦灭学之后，《六经》离析；下帷发愤，潜心大业，令后学有所统一，为群儒首"（《汉书》本传）的大一统政治的鼓吹者和大文化的设计者，一方面又是提倡"众强弗能入，蜩蜕浊秽之中，含得命施之理，与万物迁徙而不自失者，圣人之心也"（《天道施》）和自诩为"嗟天下之偕违兮，怅无与之偕返。孰若反身于素业兮，莫随世而轮转。虽矫情而获百利兮，复不如正心而归一善"（《士不遇赋》）之孤介清高的隐君子。

在文质问题上，董仲舒不同于《淮南子》崇尚道家质朴为美，并将文与质对立起来，而是主张先质后文，文质统一，将先秦儒家"文质彬彬"的思想纳入大文化范畴而使之体系化。他说：

> 志为质，物为文，文著于质。质不居文，文安施质？质文两备，然后其礼成；文质偏行，不得有我尔之名；俱不能备而偏行之，宁有质而无文。……《春秋》之序道也，先质而后文，右志而左物。（《玉杯》）

"质文两备"是董氏文质观的概况,然二者不能俱备时,他又明确偏向符合仁义道德的思想感情之"质"。但是,董氏先质后文并非弃文,如《举贤良对策》云:"臣闻良玉不琢,资质润美,不待刻琢,此亡异于达巷党人不学而自知也。然则常玉不琢,不成文章;君子不学,不成其德。"即重视文的作用。在董仲舒文学思想结构中,文代表着无数众物(多)和外饰的美,质则代表着一种灌注万物之中的志气、精神(一),而其以质率文,以一统多的观念,是董仲舒经心建构的大文化思想的缩影。

从时代精神看董仲舒文学思想之价值,突出表现于文学性情、礼乐秩序和尚用思想方面,而此三点又与其哲学思想之天人合一、阴阳五行、春秋公羊学精神有着不可分割的联系。

三　天人合一与文学性情

"天人合一"与"天人相分"两个对等的思想命题早已潜藏于我国先民的意识间。这在那种对自然默然无知的朦胧晦昧的状态中、敬畏自然之万物有灵的宗教寄附心理中、幻想战胜自然而提升人格力量的企盼中,揭示了这两种命题随着人与自然关系发展史的步履进入了哲学、美学、艺术、文学领地,成为我国文化史上一大主题。"天人合一"在先秦的表现形态是"天人感应"与"天人和谐",此由原始的对自然神祇敬畏的天人和谐到以孔子"天命"思想、孟子"尽心"、"知性"、"知天"的天人相通思想,至西汉董仲舒体大思精的"天人合一"思想体系的形成,达到高峰。与"天人合一"相悖的"天人相分",由《左传》僖公十六年有关周内史叔对陨石和六鹢退飞之解释"是阴阳之事,非吉凶所生也,吉凶有人"和《易·系辞上》"显诸仁,鼓万物而不与圣人同忧"之思想肇端,而从老子"道法自然"说对"天命"思想的冲击,①到荀子"明于天人之分"的自然哲学,渐臻成熟。这种思想到了东汉思想家王充笔下,又成为批判"天人合一"观的武器。由于董仲舒倡"天人合一"之目的是为了论证"天人感应",所以遭致后世轻诋。其实,董仲舒在先儒"天命"观废墟上重建"天人合一"思想,不是历史学术的重复,而是以儒家基本理论为基础,兼融道、法、刑、名诸家学说,配以阴阳五行之宇宙结构论完成其具有强烈时代针对性、实用性的人文思想图式。

有着自然哲学本体意义的"天人合一"观对文学思想的影响,使董仲舒对文学性情的探求,亦具有了文学发生与创造的本体意义。董仲舒对文学性情的认识关键在寻"大本"即"圣人所欲说,在于说仁义而理之……义出于经,经传,大本也"(《重政》)。这种思想源于先儒以仁学为基础的审美观,但先儒偏于对个体人格的扬举,而董仲舒则将个性消融于"天人合一"的整体思想。在这里,文学所表现的人之性情在表象上是附属于天之性情,但在其思想深层,却是"天意"人格化时使人之性情得以升华,文学性情亦因之而具更广博的意义。

在"天人合一"思想中,天之性格的授予至关重要。董仲舒对天的性格的规定与罗列,主要是出于个人价值观的投射和主观目的论的要求。如先谓"仁,天心,故次以天心"(《俞序》),"仁之美者在于天,天,仁也。……人之受命于天,取仁于天而仁也"(《王道通三》),以仁人之心托附于天,又以天之仁心反降于人。次谓"天积众精以自刚,圣人积众贤以自强。天序日月星辰以自光,圣人序爵禄以自明"(《立元神》)、"天道积众精以为光,圣人积众善以为功"(《考功名》),以天人副称阐扬其仁心。再谓"天高其位

---

① 老、庄为代表的先秦道家虽然倡导自然论思想,而表现出明显的天人相分企向,但他们对"道"本身的理解,亦含有敬畏天常而通过自我意识达到无为的天人和谐。由此可见,在先秦,"天人合一"与"天人相分"也有交互之处。

而下其施;藏其形而见其光。高其位,所以为尊也。下其施,所以为仁也。藏其形,所以为神;见其光,所以为明。故位尊而施仁,藏神而见光者,天之行也。故为人主者法天之行"(《离合根》),以对人君的要求投射于天宇,增强其力量。又谓"恶之属尽为阴,善之属尽为阳;……是故天以阴为权,以阳为经"(《王道通三》),以天地阴阳与人间善恶形成同构联系,来表现大一统政治之经权思想。这些天之人格化思想,正是董仲舒文学性情大本的哲学根据。他指出:"何谓本?曰:天、地、人,万物之本也。"(《立元神》)又认为,圣人"因天地之性情,孔窍之所利,以立尊卑之制,以等贵贱之差。设官府爵禄,利五味,盛五色,调五音以诱其耳目,自令清浊昭然殊体,荣辱踔然相驳,以感动其心,务致民令有所好"(《保位权》)。这种统摄天、地、人,将人世间的"五味""五色""五音"应合于天地性情,使董仲舒探索"六艺"文章精义之本能够落实于伦常事理,达到"声响盛化运于物,散入于理,德在天地,神明休集,并行而不竭,盈于四海而颂声咏"(《正贯》)的隆崇宏阔的审美意境。

与汉初不同,董仲舒有关文学性情中的教化思想也被纳入天人合一的范畴而具更广泛的意义。他在《举贤良对策》中指述乐教云:

> 圣王已没,而子孙长久安宁数百岁,此皆礼乐教化之功也。王者未作乐之时,乃用先王之乐宜于世者,而以深入教化于民。教化之情不得,雅颂之乐不成,故王者功成作乐,乐其德也。乐者,所以变民风,化民俗也;其变民也易,其化人也著。故声发于和而本于情,接于肌肤,臧于骨髓。故王道虽微缺,而管弦之声未衰也。

这种"发于和而本于情"的乐教观与董仲舒在《春秋繁露·天道施》篇中所云"目视正色,耳听正声,口食正味,身行正道。非夺之情也,所以安其情"的重情观,亦派生于先秦儒家审美观。然而不同的是,董仲舒又将此乐政以和的教化思想向天人之际拓展。试举董氏将先秦美学中有关山水道志①的文学政教意识纳入天人图式,从而变强调审美主观条件而为以取喻手法将自然物态之山水人格道德化为例:

> 山则茏苁嵓崔,嶉嵬崒巍,久不崩陷,似夫仁人志士。……水则源泉混混沄沄,昼夜不竭,既似力者;盈科后行,既似持平者;循微赴下,不遗小间,既似察者;循溪谷不迷,或奏万里而必至,既似知者;障防山而能清净,既似知命者;不清而入,洁清而出,既似善化者;赴千仞之壑,入而不疑,既似勇者;物皆因于火,而水独胜之,既似武者;咸得之而生,失之而死,既似有德者。(《山川颂》)

于是观之,仁人志士之性情与山水物态之性情的有机整合,构成了极为广泛的充满道德力量的文学教化意识。②

董仲舒建构天人思想是配合如《举贤良对策》所云"陛下并有

---

① 《孟子·尽心上》载:"孟子曰:'孔子登东山而小鲁,登泰山而小天下。'故观于海者难为水,游于圣人之门者难为言。观水有术,必观其澜。日月有明,容光必照焉。流水之为物也,不盈科不行;君子之志于道也,不成章不达。"又《离娄下》载:"徐子曰:'仲尼亟称于水,曰:"水哉,水哉!"何取于水也。'孟子曰:'原泉混混,不舍昼夜,盈科而后进,放乎四海。有本者如是,是之取尔。苟为无本,七八月之间雨集,沟浍皆盈;其涸也,可立而待也。故声闻过情,君子耻之。'"

② 黑格尔说:"如果我们用我们的语言去表述教化,那么,我们用此所指的同样就是一些更高级的东西,即品性,这种品性从知识以及整个精神和道德所追求之情感出发,和谐地贯彻到了情操和个性之中。"(引自德·H—G·伽达默尔《真理与方法》,辽宁人民出版社1987年中译本)以此教化中之"品性"、"道德"和"情感",比照董仲舒的"性情大本",甚为相似。

天下,海内莫不率服,广览兼听,极群下之知,尽天下之美,至德昭然。施于方外,夜郎康居,殊方万里,说德归谊,此太平之致"的大一统政治的需求,然其天人图式形成之思想方法本身却对汉代以及后世文学思想有以下两方面拓展意义:

一是对文学创作思想空间的拓展。从董氏天人思想方法来看,其由以类相推而达到由类及数"天人一也"观点,有明显的拟人化的审美倾向,并表现出由内(人)(心)向外(天)(物)的直观外推结构。他所谓的"求天数之微,莫若于人"(《官制象天》),"故为人主之道,莫明于在身之与天同者而用之"(《阴阳》),正是以"人"为核心的力证。这种直观类比方法符合当时大文化形成期的放射性思想体系,其对文学创作思想的推动,则是那种"体国经野"、"苞括宇宙"的观念。

二是对文学批评理论范畴的拓展。就天人关系而言,董仲舒在赋予天以人格的同时,表现出以自然形象寄托于人和使自然景物统合于人的心灵意趣,对汉代文学批评中之教化思想、形神理论的形成有较大贡献。就天人方法而言,董仲舒对天人大美的体认所表现出的直观外推方式一因其主观性在与具体事物和行政手段结合时而在一定经验范围内具有强烈的感情色彩,二因经验把握的有限性与虚无缥缈之"天"的无限性连结,对汉代文学思想之人神模式和寓现实于神诡的空灵广袤、朦胧玄妙的趣味也有巨大影响。

四　阴阳五行与礼乐秩序

董仲舒天人思想结构是以古老的阴阳五行学说为形式安排其秩序,而这又是他的礼乐观制度化的特征。

根据早期文献记载,阴阳与五行是两个文化系统:前者根源于阐述宇宙生成问题的生殖文化,后者根源于阐述宇宙结构问题的数理文化；这两种文化系统的结合，是经过《管子》《易传》《吕氏春秋》的推衍而至《淮南子》《春秋繁露》臻于成熟。从直接的传承来说，《淮南子》与《春秋繁露》有关宇宙结构问题的讨论都是《吕览·十二纪》的继续，所不同的是，《淮南子》以自然观为主体，《春秋繁露》以目的论为主体进行这种结构安排，所以后者更偏重人生意识而带有浓厚的政治功利性。可以说，董仲舒在中国传统文化阴阳、五行大系上发明了以木火土金水与仁智信义礼配称的天人思想结构，从而为中央集权的大一统政治提供了一套可行的理论体系。① 这种理论一方面表明董仲舒综合诸子百家，为汉代统一文化作出了努力，一方面又渗透于其思想的各领域，其中最突出的是将文艺形态纳入大一统范围，重建礼乐制度。他认为："天生之以孝悌，地养之以衣食，人成之以礼乐。"（《立元神》）其"天生"、"地养"、"人成"是天地人（三才）通贯的大结构，而人间的礼乐秩序正依此建立。因此，为了配合化民正俗的政治需求，他对六艺之文也做了定性规范和结构安排。他说：

> 《诗》《书》序其志，《礼》《乐》纯其养，《易》《春秋》明其知。六学皆大，而各有所长。《诗》道志，故长于质；《礼》制节，故长于文；《乐》咏德，故长于风；《书》著功，故长于事；《易》本天地，故长于数；《春秋》正是非，故长于治人。（《玉杯》）

---

① 《春秋繁露》将天、地、人、阴阳、五行组成因素分为十项："天有十端，十端而止已。天为一端，地为一端，阴为一端，阳为一端，火为一端，金为一端，木为一端，水为一端，土为一端，人为一端，凡十端而毕，天之数也。"（《官制象天》）又将十大因素组成四时、五行："天地之气，合而为一，分为阴阳，判为四时，列为五行。"（《五行相生》）有此宇宙结构，董仲舒又将五行通过与司行之官（司农、司马、司营、司徒、司寇）的比附，使木、火、土、金、水与仁、智、信、义、礼沟通、类比、合一，形成完整的道德思想结构与政治思想结构。

董仲舒对"六艺"的尊崇集中表现了他的"王道"、"仁政"、"德治"理想。虽然在致用意义上,六艺的多方功能均统合于社会教化思想,但从其发挥六艺各自所长而互相配称,又显出教化思想的多面性、系统性。譬如"《乐》咏德,故长于风",其中内含的"养德"思想是与"《诗》道志"之"志"一致,反映了文学性情大本;而就《乐》"长于风"的特色说,又具独立意义。首先"风"有风化之意,所谓"乐者,所以变民风,化民俗也"(《举贤良对策》),表现了"乐"异乎寻常的声感效果,且与武帝立乐府、观民风的大文化思想符契;再者,"风"有"讽喻"之意,这又使六艺之"乐"与采自民间之"乐"起相连意,反过来制约君权,规劝君失,《春秋繁露·王道》通过对桀纣"骄溢妄行,侈宫室,广苑囿……极饰材之工,困野兽之足"的批评以讽时君,正是"风"的深层意蕴。可见董仲舒对六艺特点的认定,是从大文化的全方位阐释其教化思想的。

西方现代哲学文艺学结构主义学说认为,外在现实和人的内心世界都存在着一定的结构,结构是由许多成分(因素、元素)组成,这些成分之间的关系的总和就是"结构";而认识结构的方法,则需要通过理性思维进行冷静的分析,用模式去认识对象的结构。① 在董仲舒文学思想中,由于"天"的人格化与"人"取象于"天",已将"天"(外在现实)与"人"(内心世界)许多成分之关系协同起来,组成"结构",而此"结构"既是先验的,又是客观的,因此经验无法完全把握,就势必借助模式去认知,这便是取用阴阳五行框架的一重要意义所在。董仲舒明确指出:"天有阴阳,人亦有阴阳。"(《同类相动》)这种天人相通的阴阳生发为天之"四行",人之"四气",构成了符合文学教化目的的礼乐秩序:

---

① 参阅瑞士索绪尔"结构主义语言学"与法国列维·斯特劳斯"结构主义人类学"两大流派的学说及其对文艺思潮的影响。

> 春爱志也,夏乐志也,秋严志也,冬哀志也。故爱而有严,乐而有哀,四时之则也。喜怒之祸,哀乐之义,不独在人,亦在于天,而春夏之阳,秋冬之阴,不独在天,亦在于人。人无春气,何以博爱而容众?人无秋气,何以立严而成功?人无夏气,何以盛养而乐生?人无冬气,何以哀死而恤丧?(《天辨在人》)

缘此协同天人的"四时不同气,气各有所宜,宜之所在,其物代美"(《循天之道》)的合类制宜理论,董仲舒又提出了"美事召美类,恶事召恶类,类之相应而起也"(《同类相动》)的审美观。这里虽有粗糙的"天人感应"迷信思想,但其合类相应之方法,却拓宽了文艺观视野,①为汉代正统礼乐秩序的建立奠定了理论基础。

在董仲舒阴阳五行形式结构中,人仍是其宇宙观的中心,反映于文学思想上,是文学之性情大本和六艺文章多种功用旨归于教化之目的。因此,由文学性情到礼乐秩序的建立,其中包含着极为重要的时代价值:其一,人生与宇宙的一体化,为汉代文学固执性情而又作跨越时空的描写提供了理论依据。这种一体化倾向虽在先秦《易》、《孟》、《荀》理论中已有表述,且与后世文艺思想家呼应,②然董仲舒以此代表汉代文化的崛兴,殊为不可忽略的历史环节。其二,因于阴阳五行结构的整体性决定审美倾向的整体性,是董仲舒构造礼乐秩序并对汉初文学审美单一化倾向有突破意义的理论建树。其三,阴阳的对立统一和五行相生的调协,形成了内含文质、形神、虚实理论的中和美思想,这也是汉代文学思想的一个主要特征。其四,董仲舒的阴阳五行图式与汉代文学思想程式化、

---

① 《春秋繁露·楚庄王》云:"乐者盈于内,而动发于外者也。……天下同乐之,一也,其所同乐之端,不可一也。"亦阐述了文艺之"一"与"多"的关系。
② 刘勰《文心雕龙·物色》云:"写气图貌,既随物以宛转;属采附声,亦与心而徘徊。"孙过庭《书谱》云:"阳舒阴惨,本乎天地之心。"皆类此表述。

规范化趋向有重要联系,这一方面成为缠绕有汉一代文学创造的梦魇,一方面又以其结构化的优势,植根于我国文艺形态之中。

五 《公羊春秋》学与文学尚用

董仲舒的文学尚用思想与汉初诸家不同之处也在于其为大一统政治服务的目的。这一点集中表现于他的《公羊春秋》学之基本精神。①

《公羊春秋》学的基本精神,董仲舒引孔子作《春秋》意,认为"是非二百四十二年之中,以为天下仪表。贬天子,退诸侯,讨大夫,以达王事而已矣"(引自《史记·太史公自序》);这种精神在当世的实现,则是董仲舒针对汉初无为思想下不断滋生的藩国叛乱而倡导的中央集权思想。这也是《公羊春秋》在西汉大一统情势下作为显学立于学官的根本原因。《汉书》本传录董氏对策云:"春秋大一统者,天地之常经,古今之通谊也。今师异道,人异论,百家殊方,指意不同,是以上亡以持一统,法制数变,下不知所守。"由此大一统精神观照其尚用思想,又可以看到董仲舒通过《春秋》之文章的发明。

驱除忧患,吟讴出强国之音,是其尚用思想的表现之一。自《易·系辞下》对《易》之作者创作心理的揣测为"作《易》者其有忧患乎"始,后世多将六艺放入普遍潜藏于中国艺术中之忧患意识的大氛围中加以认识,视之由"蒿目而忧世之患"(《庄子·骈拇》)的仁人之心所出,司马迁说"仲尼厄而作《春秋》",正此观念

---

① 钱谦益《牧斋有学集》卷四十六《跋〈春秋繁露〉》云:"余少而服膺,谓其析理精妙,可以会通孟、荀二家之说,非有宋诸儒可几及也。"凌曙《春秋繁露注序》云:"广川董生,下帷讲诵,实治《公羊》。维时古学未出,《左氏》不传《春秋》,《公羊》为全孔经,而仲舒独得其微义。"李慈铭《越缦堂读书记》同治丙寅(1866)三月初九日记:"董子之学,由《公羊春秋》根极理要,旁通五行,可以见之施用。"皆赞誉之词。

的传扬。董仲舒则不然,他虽然超脱不了历史的深层忧患,但他对《春秋》的解释却是力求摆落个人愁苦的忧患之思而表现出时代雄风的。他指出:"有非力之所能致而自致者,西狩获麟,受命之符是也。然后托乎《春秋》正不正之间,而明改制之义。一统乎天子,而加忧于天下之忧也,务除天下所患。"(《符瑞》)这是董仲舒不限于一己之忧患,强调"加忧于天下之忧"以达到"除天下所患"的大一统政治目的。他在《盟会要》篇中再次阐明了《春秋》"至意虽难喻,盖圣人贵除天下之患"之意,而其暗含的驱除忧患的强国之音,又决定了董仲舒阐解六艺所表现的既美恶判明,又中正和懿的文学思想风格。

　　正名分,以明性情之本,是其尚用思想的表现之二。董仲舒云:"春秋之法,以人随君,以君随天……故屈民而伸君,屈君而伸天,《春秋》之大义也。"(《玉杯》)这里分两个层次言"名分":一为君与民的关系,一为君与天的关系;撇开"天"之形而上层次,仅就社会意义而言,其"尊君"目的显明。然勘进一步,其所尊亦非具体之"君",而是"一国之君,其犹一体之心也"(《天地之行》)的"名分"之"君"。他认为,合此"名分"之"君"意者当尊,反之当黜,这也是他既反"僭越"又倡"改制"的思想要义。据此再观董氏"乐始于本"、"乐亦世异"的理论,尤可见其文学性情的尚用意义。他说:"作乐之法,必反本之所乐。所乐不同事,乐安得不世异。是故舜作《韶》而禹作《夏》,汤作《濩》而文王作《武》,四乐殊名,则各顺其民始乐于己也,吾见其效矣。……当是时,纣为无道,诸侯大乱,民乐文王之怒而咏歌之也。周人德已洽天下,反本以为乐,谓之《大武》,言民所始乐者武也云尔。故凡乐者作之于终,而名之以始,重本之义。由此观之,正朔服色之改,受命应天制礼作乐之异,人心之动也。二者离而复合,所为一也。"(《楚庄王》)很明显,"尊君"思想中内含深层的民本意识。而由"制礼作乐之异"缘于"人心之动","人心之动"复合于天下大治的思想,又是《公羊春秋》学反映于文学思想中的精神。

辨华夷,极言统一功勋,是其尚用思想的表现之三。"尊王攘夷"思想在《公羊春秋》中是正名原则的又一体现,而董仲舒对此思想命题的理解,一则是为武帝北攘匈奴,南服南越,开拓疆土的征伐行动提供了理论依据,一则在于发挥《春秋》有关种族的华夷之辨而为文化的华夷之辨,进而达到泯除华夷之辨,表现出兼综博采的大文化气象。这种气象充分显示于他以"王者爱及四夷"的仁义理想和以"王"为中心的熔铸各族民众、汇聚地域文化于一体的精神。从此意义推衍《公羊春秋》学之辨华夷、赞统一的尚用观,又是其文学性情的发抒和礼乐观念的拓展。

倡名节,塑造社会、人生性格,是其尚用思想的表现之四。董仲舒推崇《公羊春秋》复仇思想,以彰砥砺名节之风,进为其人格美思想。从董仲舒以倡名节阐述《春秋》复仇思想言,不仅代表西汉以文干政的刚勇精神,而且对东汉名节观亦有大影响。然而从特定的历史环境考虑,董仲舒的名节思想同样出自一统政治下的大文化背景,因此他对人格的塑造是对社会、人生之整体性格的塑造,其人的性格与天的性格一致,同具人格神意义。与之不同,东汉后期名节观是产生于社会糜烂、吏治腐败之土壤,有强烈的个性与社会抗争色彩,成为汉代大文化解体的历史特征。因此,反观董仲舒的名节思想,其主流又与其文学思想之性情大本是一致的。

重仁义,企盼教化之实施,是其尚用思想的表现之五。这也是其文学尚用观的旨归。董仲舒于《春秋繁露·俞序》中明确提出:"春秋之道,大得之,则以王,小得之,则以霸……霸王之道,皆本于仁。"而《仁义法》一篇,则是对此观点的精辟解说。他说:"《春秋》之所治,人与我也。所以治人与我者,仁与义也。以仁安人,以义正我。……《诗》云:'饮之食之,教之诲之。'先饮食而后教诲,谓治人也。又曰'坎坎伐辐'、'彼君子兮,不素餐兮',先其事,后其食,谓治身也。《春秋》刺上之过,而矜下之苦……"可见《春秋》大义亦兼括美与刺两方面,此与《诗》道"志"、《乐》咏"德"的内涵一致,同出于"圣人所欲说,在于说仁义而理之"(《重政》)的教化思想。

六　神人以和的深意及其悖谬

董仲舒是汉代大文化的建构者,故其思想之主要组合部分之天人合一、阴阳五行与公羊学精神对汉代文学思想的推进是至为重要的。也正因如此,他的世俗思想向"天"的升进,出现了神人以和的深意与悖谬同存的矛盾,又直接影响着汉代文学思想的发展。①

先看人神关系问题。董仲舒神学正宗思想带着氏族形式的宗教特征,并以神化先王为前提,以天人感应为内容,形成其体系。然而在此虚诞的体系之中,却深刻地表现出"人"的内容,即借神的威力来催化人在现实社会中的作用。缘于人神关系中人的内在作用,董仲舒文学思想中的致用精神代表了汉代文学鼎盛期的大文化特征,其中包括对君权的扬举和抑制的双重作用;缘于董仲舒以神的灵光对儒学的点染,又使其思想与当时文学思潮符应,即在现实体物的基础上显示浪漫神幻的情感。但是,在人神关系的协同中,人毕竟潜藏于神的阴影下,其人格神建立本身即对活生生的人性起了消解作用,因此,董仲舒借助泛神思想倡导的灾异谴告、瑞符改制也陷入了人神矛盾之中。可以说,董仲舒人神思想对汉代学术思想的消极影响是谶纬神学的迷漫,而反映于文学思想则是为封建统治者身上涂饰一层神圣的灵光。

次言天、君、民结构问题。在董仲舒天人论述中存在着一个由

---

① "神人以和"语出《尚书·舜典》,其云:"诗言志,歌永言,声依永,律和声,八音克谐,无相夺伦,神人以和。"按:董仲舒天人思想是此"神人以和"之"乐教"观的发展。

"天""君""民"三元素组成的循环制约结构。其过程分别是：第一，以人（民）格寄托于天宇，使"天"人格化；第二，以人格化的"天"制约君主，亦即从"天"的目的意志中寻找人主所应遵循的实质是"民"所要求的道德法；第三，以代表"天"的意志的君主制约"民"的行为，建立符合封建社会发展期需要的新秩序。由于这一结构的起始点是"人"，所以这一时代的新秩序中仍浸润着普遍的民本意识。董仲舒文学思想中的情志观、人格美均具有这种广泛意义，并影响了整个汉代。但问题的另一面是，这一结构本身具有荒诞不经的环节，即"天"的人格神意义的蹈虚性，因此，在实质意义上"民"对"君"的制约因通过"天"的转折和淡化而显得苍白无力；反之，"君"对"民"制约却显出直接的压抑威势。这样，"民"对"天"的要求在不断消逝，而"天""君""民"结构本身却起着越来越大的现实作用，这必然导致"民"以人格创造了"天"，"天"反过来消解了人格本体的悲剧。这一倾向不仅初现于董仲舒文学思想既重人格情志，又过分强调六艺的政治目的性中，而且在他的文学创作中（如《士不遇赋》）也反映了这种沉压与悲哀。汉代文学隶属政治，以及屈服君权之谄媚文风的出现，在很大程度上是董仲舒倡言"神人以和"之悖谬的延续。①

再述天不变道亦不变问题。董仲舒在《举贤良对策》中提出"天不变道亦不变"的命题，并做了这样的推言："继治世者其道同，继乱世者其道变。"这有两点应注意：其一，从概念术语看，董氏对"天"的诠解是"道之大，原出于天"，因而"天"变与否和"道"变与否一致；其二，从历史氛围看，董氏自诩对策时正值"汉继大乱之后"，因而在逻辑上他是立足于"变"的。而董仲舒"道变"思

---

① 苏轼云："西汉风俗谄媚，不为流俗所移，唯汲长孺耳。"（《东坡志林》卷二）其说虽偏激，然从特定意义阐述当时风气，亦有见地。这种谄媚之风与董仲舒"人格神"的建立，君权的膨胀有重要的历史联系。

想的本质,是在于变战国、秦汉之际学术紊乱状况而建立一个继周文化之汉代大文化体系,所以落实到文学思想,他对性情大本的追寻,对礼乐秩序的要求,无不在"变"的基础上"立",显出时代的生气。然而,由于董仲舒有着"治世者其道同"的思想面层,所以在其思想立足于"变"的同时,又宣露出"不变"的主观企向。换言之,他对变旧学立新学的估价不是放在特定的历史时期,而是在主观上企望继孔子学说而为百世不祧之宗,从而违背了历史的发展规律,这正是董仲舒学说立足于"变",但对后世影响却表现出"不变"的消极意义之主要原因。同于此理,董仲舒文学思想的建构同样是立足于"变"而有建立大文化之功勋,然而随着大文化的完成、停滞、衍解,董仲舒所建立的礼乐秩序又仅存一僵化的模式,束缚着文学的创造性思维,西汉后期之摹拟文风,与此不无思想关联。

第三节 义尚光大的赋体文学观

近代学者王国维阐扬清人焦循一代"有一代之胜"(《易余龠录》卷十五)的观点,以汉赋与楚骚、六朝骈语、唐诗、宋词、元曲并列,肯定了汉赋"一代之文学"(《〈宋元戏曲考〉序》)的地位。王芑孙《读赋卮言·导源》云:"赋家极轨,要当盛汉之隆,而或命骚为的,偏奉东京,岂曰知言者哉!……推寻三代之遗声,综核十家之梗概,[①]讨其义类,西京为上。"此说攫住代表汉赋艺术特色的散

---

① 刘勰《文心雕龙·诠赋》:"观夫荀(卿)结隐语,事数自环;宋(玉)发巧谈,实始淫丽;枚乘《菟园》,举要以会新;相如《上林》,繁类以成艳;贾谊《鵩鸟》,致辨于情理;子渊(王褒)《洞箫》,穷变于声貌;孟坚(班固)《两都》,明绚以雅赡;张衡《二京》,迅发以宏富;子云(扬雄)《甘泉》,构深玮之风;(王)延寿《灵光》,含飞动之势;凡此十家,并辞赋之英杰也。"

体大赋形成的历史关键,强调了"赋家极轨"在"盛汉之隆"和肯定了"西京为上"的成就,同时否定了"命骚为的"的传统评价,是十分精到的。可以认为,代表有汉一代正宗文学的大赋艺术所映示的文学思想,正表现了汉代大文化形成的主要特征。汉大赋的极盛期是武、宣之世,它肇端于枚乘,①完成于司马相如,旁涉作家有董仲舒、司马迁、枚皋、严助、东方朔、王褒等,开一时文风之盛。②

一 赋家之心,苞括宇宙

西汉文学继先秦诗、骚、散文艺术繁荣之后,以辞赋体艺术首占时代鳌头。如果用社会历史批评的观点对待汉赋艺术的兴起,我们就不能仅限于"受命于诗人,拓宇于楚辞"(刘勰语)类的纵向导源,而尤宜重视汉代文学与汉代社会、政治的同构联系,并于此真正显示赋体文学思想的时代价值。

西汉中叶大一统政治思想和兼容并包的学术形态,决定了艺术特有的广阔的心胸,雄浑的气象,粗犷的力势,展示了天人一体的巨幅图景。反映到文学创作,正是汉大赋在内容方面体物颂美,在艺术方面铺陈夸张的特征。在这里,诗人的心志与微言大义被铺张扬厉的描绘拓开,楚辞的情采通过描述性的手法被引向广阔的境界,纵横散文的气势被借取发挥,阴阳五行的框架造就其规模,总之大一统思想情感的萃集与外轹,构成了赋体文学囊括天人的大美形态。若用相传为司马相如对自身创作经验之总结、创作心态之发抒的一段话概述汉赋大美形态,非常适合。《西京杂记》

---

① 枚乘的创作虽属藩国文学,但从汉赋艺术发展现象看,他的作品所表现的思想企向和艺术风格,却是骚体向大赋演变过程中的转折点。对此,陶秋英《汉赋研究》(浙江古籍出版社1986年版)有详析,可参考。
② 班固《两都赋序》称其时奏御赋"千有余篇";又《汉志》注录其时赋家十九人,作品三百二十八篇。按:今存作家七人,作品二十篇。

卷二载：

> 司马相如为《上林》、《子虚》赋，意思萧散，不复与外事相关，控引天地，错综古今，忽然如睡，焕然而兴，①几百日而后成。其友人盛览，字长通，牂牁名士，尝问以作赋。相如曰："合綦组以成文，列锦绣而为质，一经一纬，一宫一商，此赋之迹也。赋家之心，苞括宇宙，总览人物，斯乃得之于内，不可得而传。"

"赋迹"、"赋心"，可谓这一赋学观的有机整合。关于"赋迹"，是论者接受儒家"文"和"质"两个概念，强调"一经一纬，一宫一商"之排比对偶，纵横交织，音声和谐的统一美；关于"赋心"，又正是当时自然哲学（含有神学意味）之天人合一思想在其艺术论中的反映。这里强调的"心"是同宇宙万物对衬的精神世界，它既面向外部世界，又吞容外部世界，将宇宙万物与人类历史均纳入心灵的意象之中。这种由"赋迹"深入"赋心"，又由"赋心"展示"赋迹"的回环演化，与相如大赋创作中铺陈风格与容纳万境的结构完全契合。王世贞《艺苑卮言》卷一云："作赋之法，已尽长卿数语。大抵须包蓄千古之材，牢笼宇宙之态。其变幻之极，如沧溟开晦，绚烂之至，如霞锦照灼，然后徐而约之，使指有所在。"其实，长卿数语，非仅作赋技法，而更重要的是反映了大一统帝国历史风貌与昂扬激越时代精神及其审美需求，②表现出以大为美的风尚和理想。

汉赋文学从汉初骚体狭谷中走出，不再停滞于含蓄渟蕴的个人哀怨情结，而能面视现实，在物质繁荣的基础上展示雄浑壮阔的

---

① "焕"字，商濬《稗海》本作"跃"。
② 按：李贽于《藏书》卷三十七《儒道传》指出："论者以相如词赋为千古之绝。若非遭逢汉武，亦且徒然。"换言之，倘非盛逢汉兴隆，社会思潮与审美风尚的影响，相如也不可能因词赋崛起而垂名千古。

创作思想。以相如为代表的大赋作家，其思想中的阔大之境又不仅在于作品之内容繁富，形式宏整，而且还表现在创作手法与艺术想象诸方面。

在内容上，散体大赋迥异于汉初骚体，表现出既写实尚用，又宏衍巨丽的审美倾向。刘勰《文心雕龙·诠赋》云："赋者，铺也；铺采摛文，体物写志也。"又云："丽词雅义，符采相胜，如组织之品朱紫，画绘之著玄黄，文虽新而有质，色虽糅而有本，此立赋之大体也。"文心诠赋，兼括骚、散，然述其要，却以大赋为正鹄。

铺张扬厉——由抒情向状物的转化，是赋体文学思想的变革之一。汉赋的发端期，辞赋创作存在两种倾向，一是以合韵律的骚体形式抒写作家时命烦扰、人生哀伤的心绪，如贾谊《吊屈》以自伤，严忌《哀时命》之惋叹；二是以韵散相间的小赋形式咏物喻人，缘情托兴，如孔臧《鸮赋》之颐养心志，刘安《屏风》之兼述情理；合此可见汉初偏重作家个人心志的赋风。因于社会文化心理的变化，赋家审美观也发生了相应的变化。如枚乘《梁王菟园赋》已启散体大赋状物之端，其中"西望西山"一节，描景状物，多用散笔，构象造境，得文章舒徐之妙。至其《七发》，述理精密，层层推阐，笔势纵横，尤具散化特征。如果说枚乘创制大赋尚未成熟，《菟园》状物而欠丽采，《七发》铺陈然未状物，那么，到相如笔下则以《子虚》、《上林》为标的，敷采摛文与描景状物已完美结合。相如制赋，突破了传统赋体、韵律的限囿，以散文家的笔法挂起赋艺空间，既思理开阔，经纬交织，又纵横排奡，擒纵自如。其描绘天地山川之美，日月星辰之丽，花草树木之富，飞禽走兽之众，宫室楼台之崇，人物服饰之盛，豪聚宴饮之繁，狩猎巡游之壮，无不透泄出勃郁亢奋、蒸腾昂扬的大文化气息。尽管相如等大赋作家同样继承了楚辞的浪漫精神，但他们以体写盛汉现实为旨的创作和由此表现的时代性，却与楚辞泾渭分流，荡出新声。

议论述怀——由抒发个人心绪向关心国计民生之情志观的转化,是赋体文学思想的变革之二。汉赋主讽谏,为骚体、大赋共有之内容。然从汉赋艺术的发展看,讽谏思想大体经历了由个人心绪的感发向对社会历史的整体忧患的转化。在艺术表现手法上,这种转化显示出从缠绵写志到议论述怀的演变。如贾谊《鹏鸟》,起兴即谓"其生兮若浮,其死兮若休";《吊屈》则强调"自珍"、"自藏",陷于自我氛围。这种情况到枚、马大赋方改观。枚乘《七发》,从"楚太子有疾"发论,至楚太子"涊然汗出,霍然病已"止,中有七段铺述,条理清晰,讽喻适度,而思虑开阔。相如《子虚》《上林》描写诸侯、天子苑囿之美"材极富,辞极丽,而运笔极古雅,精神极流动,意极高"(王世贞《艺苑卮言》卷二),然其讽意甚显。赋中夸饰楚王云梦游猎盛况后,笔锋骤转,假"亡是公"之口批评"子虚""乌有"所代表的诸侯王"不务明君臣之义而正诸侯之礼,徒争于游戏之乐,苑囿之大,欲以奢侈相胜,荒淫相越,此不可扬名发誉,而适足以贬君自损"。在铺排渲染天子狩猎上林壮观后,以天子自悟其奢,下令推墙填堑、罢猎辟地、虚宫馆而实陂池为结果,由此再发抒议论,以归于仁义教化。这种明豁的议论,是汉赋讽谏思想的发展导向,其对后来赋家创作思想影响甚巨。

词伟理雄——由简单问答、感物起兴向宏阔论辩、假物阐理的转化,是赋体文学思想的变革之三。辞赋之问答体,在宋玉《风赋》、《高唐赋》等作品中已形成,而发扬这种体制并以论辩形式表现思想,则为汉代大赋所擅长,这是汉代赋家汲取先秦诸子散文,尤其是《孟》《庄》之理性精神,《国策》之论辩方法的结果。汉赋中,相如《子虚》、《上林》之子虚、乌有、亡是公,扬雄《长杨》之子墨客卿、翰林主人,班固《两都》之西都宾、东都主人,张衡《二京》之凭虚公子、安处先生等人的论辩同《孟子》中孟子与梁惠王、告子的论辩,《庄子》中庄周与惠施的论辩有直接相承关系;同时因受到纵横家文章权事制宜、机锋敏锐风气的影响,汉赋于论辩之中尤得词理兼胜、雄阔犀利之势。相如所设"子虚""乌有"等三人的论争,是欲擒故纵:先遣"子虚""乌有"互言齐、楚之盛,使二人鼓唇摇舌,难分难解之际,"亡是公"出场道:"楚则失矣,齐亦未为得也。……君未睹夫巨丽也,独不闻天子之上林乎?"作者假"亡是公"之口否定齐、楚之事而逗引出天子苑囿万物纷陈、瑰奇峻极之美,再由此深入,于巨丽之景、完美之境中超拔出来,归于讽君恤民、仁义节俭之旨。这里,赋家不是单纯地说教,而是寄庄于谐,通过栩栩生气的艺术形象和娓娓动听的语言表述,使"子虚""乌有"落入"愀然改容,超若自失,逡巡避席"的窘境,以展示赋艺整体的逻辑力量和以理辨之文为华美之赋的审美趣味。假如说汉初骚体多存楚风,有给人徘徊循咀,情事欲绝之美,则汉大赋逞词与论辩的相辅相成和于外表的华美中隐含着深邃的理趣,使人感受到盛汉"天人合应,以发皇明"(班固《西都赋》)之政治需要和文锦千尺、丝理秩然之时代审美的整体情态。

汉赋思想之变所引起的汉赋形式的演变,同样表现了赋体文学观中的大美思想。这种"宏大的形状"的结构之美,又主要表现于以下两方面:

一是包罗繁富,结构谨严。李涂《文章精义》云:"做大文字,须放胸襟如太虚始得。太虚何心哉?轻清之气旋转乎外,而山川之流峙,草木之荣华,禽兽昆虫之飞跃,游乎重浊渣滓之中,而莫觉其所以然之故。"此语论文,得其体制、用心之博奥;若移之评骘汉大赋,似尤为切合。相如有"苞括宇宙"之"心",扬雄倡"不似从人间来"之"神",均须放胸襟于太虚始得,而总览众物之内涵,纵横经纬之形势,又使赋心不流于虚诞。其包罗繁富,结构谨严,体现了汉赋体物翔实而又疏阔旷荡的形式美。再以相如《子虚》《上林》结构布局为例。从局部看,赋中采用并列式结构,东西南北,上下高低，山石之奇，鸟兽之属，给人以群峰对峙，井然整饬之感。从整体看，两赋结构又合为一，其对楚、齐、天子上林的描写又是推进式结构。言楚，则山蔽日月，江绕平原；言齐，则广泽旷视，居山临海；言天子上林，则日月运行，人神交汇，江山壮丽，万物献荣，人文荟萃，气压齐楚；其气势磅礴的多层次描写，既显示其笔力，又拓开了意境。①

二是气势雄健，法度宏整。汉大赋脱离骚体自成新构，一改婉曲回旋之态而为气势雄张、洪流急注之文。清人浦铣云："汉人赋，气骨雄健，自不可及。"（《复小斋赋话》下卷）仅得其汉赋气势，未见其法度宏整。事实上，汉赋气势是逞张于法度之中，而其法度又因气势展开规模。如枚乘、相如、王褒之赋，言一物，必汇聚群象以为烘托；言一事，必纵横逞势以明所指；绘景抒情，往往一气贯注，势急情宕。然论其法度，则字法丝丝入扣，句法工而不滞，章法灵变有度，篇法疏不失整。这种形式之美对汉代大赋作家创作的影响，形成了汉赋法度、气势、论辩、理趣浑然整体的风格。历代赋论所云"物以赋显"（王延寿《鲁灵光殿赋序》）、"敷布其义谓之赋"（刘熙《释名·释书契》）、"赋体物而浏亮"（陆机《文赋》）、"赋起于情事杂沓。诗不能驭，故为赋以铺陈之。斯于千态万状，层见迭出者，吐无不畅，畅无或竭"（刘熙载《艺概·赋概》），确实把握了大赋善于体丰繁之物，言阔大之志的形式美特征。

---

① 李白《大猎赋序》批评司马相如、扬雄大赋胸襟气度与艺术结构云："相如、子云竞夸辞赋，历代以为雄，莫敢诋评。臣谓语其略，窃或褊其用心。《子虚》所言，楚国不过千里，楚泽居其大半，而齐徒吞若八九，三农及禽兽无息肩之地，非诸侯禁淫述职之义也。《上林》云：'左苍梧，右西极。'考其实，地周袤才经数百。……当时以为穷壮极丽，迨今观之，何龊龊之甚也。"此实忽视时代特征的苛求之论。倘合观马、扬赋与李白《大猎赋》，不仅可见汉、唐审美观的差异，而且看到李白是以诗人的天真狂放为赋，故虚而无物，汉赋作手是以结构严密的文笔体物写志，故境随物生，二者有空灵与体物之别。

汉大赋虽然以铺采摛文的方法，达到体物喻志的目的，表现强烈的写实精神，但又不完全拘泥于眼前实景的描写，而能驰骋空灵豁达的神奇想象巧构瑰丽之幻境，以表现大美思想。祝尧《古赋辩体》卷三评大赋云："取天地百神之奇怪，使其词夸；取风云山川之形态，使其词媚；取鸟兽草木之名物，使其词赡；取金璧彩缯之容色，使其词藻；取宫室城阙之制度，使其词庄。"这种艺术效果的取得，是汉赋由体物写实之整体结构向艺术想象之整体结构的升华，其间写实与想象浑然一体。如《七发》写江涛浩渺、天水相连之景观云"秉意乎南山，通望乎东海。虹洞兮苍天，极虑乎崖涘。流揽无穷，归神日母"；相如《上林赋》描绘宫室楼台之雄姿云"俯杳眇而无见，仰攀橑而扪天；奔星更于闺闼，宛虹拖于楯轩。青龙蚴蟉于东箱，象舆婉僤于西清；灵圉燕于闲馆，偓佺之伦暴于南荣"；既有平远寥廓之旷视，又有高耸空际之雄势。这种创造性想象的体现，既是赋家采用的艺术夸张手法之结果，又是其体物写志之笔力所在。[①]由于赋体文学的创作想象，其在现实之境上巧构出神幻之境，展示出具有浪漫情采的大美。而此现象在大赋艺术中的出现，尚有三个原因：一是《楚辞》浪漫精神的影响；二是神话传说的渗透；三是天人合一观念的表现。前两种因素在如贾谊《惜誓》幻想脱离尘俗抽身远骛的描绘中已存在，而以此两种因素溶入第三种原因，则是相如《大人赋》、东方朔《七谏》、王褒《九怀》之巧构幻境的价值取向。如《大人赋》，据《史记·司马相如传》载，是相如奏《上林赋》后以为"未足美也，尚有靡者"[②]之作。从赋中描写看，相如是把《上林赋》"视之无端，察之无涯"的巨丽进一步扩至苞括宇宙的无限世界："世有大人兮，在于中州。宅弥万里兮，曾不足以少留。悲世俗之迫隘

[①] 胡仔《苕溪渔隐丛话》前集·卷二引《雪浪斋日记》云："读退之《南山》诗，颇觉似《上林》《子虚》赋，才力小者不能到。"
[②] 颜师古曰："靡，丽也。"而丽即美，可知相如称《大人赋》之"大美"意。

兮,揭轻举而远游。……下峥嵘而无地兮,上寥廓而无天。视眩泯而亡见兮,听惝恍而亡闻。乘虚无而上遐兮,超无友而独存。"就艺术创造而言,其描写确已超越了儒家文学尚用规范,有着"大象无形"(《老子》四十一章)、"苞裹六极"(《庄子·天运》)的境界;然就现实意义而言,此所表现的又是大文化精神。因为在楚辞和汉初骚体中,虚构幻境是自身心志的表现和内在痛苦的发泄,而这里相如一方面为了迎合帝王奢美的需要,以其"大美"使之"大悦",达"飘飘有凌云之气,似游天地之间"意,一方面又寄寓了具有现实针对性的深沉讽意。正是幻境与现实的相交互叠,才构成了汉大赋繁富、神奇、遒劲、整体的审美图景。可以认为,汉大赋创作表现的"体国经野,义尚光大"的大美和"赋家之心,苞括宇宙"(相如)、"游精宇宙,流目八纮"(冯衍)的理论总结,无不反映出当时社会的物质繁荣状况与雄奇夸饰的审美风尚,[①]而其对后世文学思想的影响,则又衍化为"精骛八极,心游万仞"(陆机)、"思接千载"、"视通万里"(刘勰)的艺术创作理论。

二 "讽谏"与"尚美"

汉大赋形成伊始就具备了"讽谏"与"尚美"的双重风格,这又可视为赋体文学观大美思想的深层意蕴。关于"讽谏"与"尚美"在理论上的矛盾,司马迁论赋之"虚辞滥说"与"《诗》之讽谏"的两面性和扬雄"诗人之赋丽以则,辞人之赋丽以淫""事胜辞则伉,辞胜事则赋,事辞称则经"(《法言·吾子》)的论述中已生疑虑,后世又在此观点上将其归纳为内容"尚用"与形式"爱美"的矛盾。

---

① (日)泷川龟太郎《史记会注考证》卷一百十七云:"余谓上林地本广大,且天子以天下为家,故所叙山谷水泉,统形胜而言之,至于罗陈万物,亦唯麟凤蛟龙一二语为增饰。观《西京杂记》、《三辅黄图》,则奇禽异木,贡自远方,似不全妄。"此说虽对汉赋的艺术夸张估计不足,但其所提出的"体物"本质,可供参考。

我认为,汉赋内容与形式的矛盾是存在的,但如果结合时代文化思潮观照赋体文学的形成,汉赋创作思想"微言大义"之"讽"与"润色鸿业"之"美"又是同在"尚用"范畴内的一对矛盾统一体,并显示文学目的论与鉴赏论的距离。

赋体文学的"讽谏"功用是继承了《诗经》"国风好色而不淫,小雅怨诽而不乱"和《楚辞》"作辞以讽谏,连类以争义"的思想统绪,而在特定时代文化氛围中通过汪秽繁富的铺排渲染表现出来的。自枚乘《七发》始,汉大赋便多以田猎、女乐、宫苑、饮食、音乐、山水之盛美的铺陈,寄托作者对统治者荒淫怠政、昏乱失德的讽谏。如《七发》中关于出舆入辇是"蹷痿之机",洞房清宫为"寒热之媒",皓齿蛾眉乃"伐性之斧",甘脆肥脓实"腐肠之药"的比陈,揭示了赋家内心的讽刺意义。相如《子虚》《上林》虽极侈靡之词描摹游猎之盛、苑囿之大、娱戏之乐,但却归于"终日暴露驰骋,劳神苦形,罢车马之用,抏士卒之精,费府库之财,而无德厚之恩,务在独乐,不顾众庶,忘国家之政,而贪雉兔之获"的政教思想,这不仅使赋中"子虚""乌有"愀然改容,超若自失,也使"天子"有所"自悟"。① 由此可见,汉赋的"讽谏"思想是融汇于其艺术之整体结构的大美之中的。即如《大人赋》这样的使天子飘飘欲仙的不经之作,司马迁于《太史公自序》中亦能窥其"靡丽多夸,然其指风谏"之意。与汉初文学直谏精神相比,这一时期文学的讽谏则显得委婉曲折、隐蕴含蓄。这种风格在董仲舒《春秋繁露》中的表现,是以文学夸张手法铺写历史故事而达到正谏时君的艺术效果;被称为"滑稽之雄"的东方朔,其文学作品又多以铺陈的方式、诙

---

① 何焯《义门读书记》卷四十五评《上林赋》"天子芒然而思"至"遂往而不返"云:"使之自悟,故云谲谏。"

谐的意趣和隐曲的言谈达到讽谏目的。如东方朔的《七谏》，即于夸饰中寄托了他的"正身""正君"的"谬谏"精神。① 他的《非有先生论》，则尤以虚构方法塑造出一个清静节欲、助君教化的形象，此形象既代表大文化背景下"天地和洽，远方怀之"的光明使者，又是对"邪谄之人并进"、"奉雕琢刻镂之好"、"务快耳目之欲"现象进行无情鞭答的极谏之士。《西京杂记》卷二还记载这样一则故事：

> 武帝欲杀乳母，乳母告急于东方朔，朔曰："帝忍而愎，旁人言之，益死之速耳。汝临去，但屡顾我，我当设奇以激之。"乳母如言，朔在帝侧曰："汝宜速去，帝今已大，岂念汝乳哺时恩邪？"帝怆然，遂舍之。②

姑不论此事的曲直是非，仅就方法而言，这是典型的曲谏事例。由此可得这样的启示：在大一统专制政治下臣子对帝王的特殊进谏方式传递出的是士子进取之心被扭曲的深层悲哀。

如果将"讽谏"视之为大赋的唯一思想内容，忽略"尚美"的致用意义，则对扬雄"劝百而讽一"(《汉书·司马相如传赞》引)和程廷祚"至于赋家，则专于侈丽宏衍之词，不必裁以正道，有助于淫靡之思，无益于劝戒之旨，此其所短也"(《骚赋论》下)类的辨析难以理解。其实，汉赋"尚美"风格落实于创作思想上，首先是起着与"通讽喻"对衬的"宣上德"之作用，是汉武帝"多举司马相如

---

① 《汉书·东方朔传赞》所称东方朔"名过实者，以其诙达多端，不名一行，应谐似优，不穷似智，正谏似直，秽德似隐"，是对其人生行事的求全之论。其实东方朔的诙达应谐与匡君正谏常常是统一的，不应视为名过其实。姚振宗《汉书艺文志条理》引《黄氏日钞》"朔固滑稽之士，然未尝有一语导人主于非"语，盖得其真。

② 按：褚少孙补《史记·滑稽列传》谓其事为武帝幸倡郭舍人所为，与《西京杂记》所载人异而事同。

等数十人造为诗赋"(《汉书·礼乐志》)的初衷。这种以"宏衍巨丽"之文"润色鸿业"的尚美观,也是在汉代之大文化背景下产生的。班固《两都赋序》描述其盛况道:

> 武宣之世,乃崇礼官,考文章,内设金马、石渠之署,外兴乐府协律之事,以兴废继绝,润色鸿业;是以众庶悦豫,福应尤盛。……故言语侍从之臣,若司马相如、吾丘寿王、东方朔、枚皋、王褒、刘向之属,朝夕论思,日月献纳。而公卿大臣御史大夫倪宽、太常孔臧、太中大夫董仲舒、宗正刘德、太子太傅萧望之等,时时间作。

现实需求尚美,而汉赋思想之尚美又同合于西汉文士推尊的"博丽"、"崇丽"、"神丽"、"雅丽"、"华丽"之"丽"。这种"丽",不仅指外表的华美,而是具有西汉风行之大美意蕴的审美范畴。据文献记载,当时对"丽"的认识是多方面的:从文词之美出发,有"极丽靡之辞"(《汉书·扬雄传》)、"辞赋大者与古诗同义,小者辩丽可喜"(《汉书·王褒传》引宣帝语)、"心好沉博绝丽之文"(扬雄《答刘歆书》)等,中亦不乏兼涉内容之义。从人物之美出发,有"容貌甚丽"(《汉书·公孙弘传》)、"为人美丽自喜"(《汉书·佞幸传》)等,又具容貌与行为两方面意义。而《汉书·东方朔传》载朔对上之言"以道德为丽,以仁义为准",显然已使靡丽观念包容了丰富的思想内容。扬雄《法言·吾子》论丽云:"诗人之赋丽以则,辞人之赋丽以淫",即以"丽"为赋之审美标准。因此,赋文"丽"美适度,则能起到积极的社会作用;"丽"美泛滥,则会流于形式侈靡而失去致用功效。刘勰所谓"丽词雅义",是"丽以则"思想的遥承;而唐代杜子松《祭司马相如文》之"诵赋而惊汉主",郑少微《悯相如文》之"徒骋辩于说铃",又恰是在思想上从正反两方面

119

理解相如赋之博丽的。而相如赋之所以能够"惊汉主",既不仅因内容之讽谏,亦非徒因外表之华美,而是具有鉴赏价值、致用价值的"尚美"思想的整体表现力和感染力。

汉赋是人对自然事物作对象化审美观照和对外部世界作整体性审美观照的艺术,所以主要表现于外在感官的视觉美与涂饰美,这既增添了"尚美"的光采,又种下了"尚美"与"讽谏"矛盾的原因。倘以求同的观点对待"讽谏"与"尚美",二者在汉赋中有着同一性:前者是针砭积弊以维护其一统形势,后者是颂扬鸿业以再现其雄阔精神。然而,正由于赋家的"尚美"思想,赋作才会出现刻意描绘、着意夸扬、汪秽繁富、琳琅满目的景观;而此景观一则必然包含着的求奢欲念与侈靡行为,一则以其外在感官优势对其"尚美"内在精神的掩没,恰恰又构成了赋体文学观中"讽谏"与"尚美"的深层矛盾。

从作家的创作心态来看,汉赋艺术展示的主要是由作家理想自我与大一统现实局面结合而产生的进取心态和作家社会责任感与专制冲突而产生的补衮心态;[①]这两种心态的互渗,从又一层次揭示了"尚美"与"讽谏"的矛盾。就进取心态而言,相如以理想的自我嵌入盛汉"崇论宏议,创业垂统。驰骛乎兼容并包,而勤思乎参天贰地"(《难蜀父老》)的现实,从而创制出大量铺张扬厉的颂美讴歌之作。在相如作品中,有《子虚》、《上林》那样汪洋宏肆的描摹,有《大人赋》那样诡奇飘逸的抒发,有《美人赋》精艳的绘色,有《长门赋》凄婉的感伤,有《喻巴蜀檄》奔放的文词,虽各有专述,

---

① 关于汉代作家的创作心态,既有共同处,亦有不同处。在汉初,作家的创作心态主要表现于"进取"与"幽怨","补衮"心态是依附于"进取"心态的。至西汉中叶,"补衮"心态已与"进取"心态对峙,而为其主流,并表现出大文化特征。尽管其时仍有"幽怨"心态,但却退居次要地位。

但其歌功颂德之中洋溢着一种勃郁亢奋的精神,突出于他的进取心态。这是时代精神风貌在士大夫心间的投影。值得注意,汉代作家创作心态中的进取与补衮既是并存的,又是矛盾的,因其矛盾性,使文学思想向两种倾向发展:一是由进取为主体的心态趋向于自我抑制意识,一是由补衮为主体的心态趋向于怀旧、隐逸意识;相如创作心态的演化显然属于前者。如上所述,相如在进取心态支配下对大汉功德颂扬溢美之际,对"孝武内穷侈靡,外攘夷狄"(《资治通鉴》卷十六·汉纪八),耗天下财力的危机并非熟视无睹,故其《上林赋》颇有讽意,并奏《哀秦二世赋》以为秉政之鉴。尽管如此,相如在颂美与讽谏的矛盾焦点上,在追求自我与专制统治的冲突中,他选择的是自我抑制的心灵轨迹。① 这种催伤个性所求得的心理平衡,不仅使相如创作浮词日甚,而且给他拓开了平坦的仕途。日人泷川龟太郎《史记会注考证》将相如《大人赋》与屈原《远游》比照论述,指出"然屈子意,在远去世之沉浊,故云:'至清而与太初为邻';长卿则谓:'帝若果然为仙人,即居此无闻无见无友之地,亦胡乐乎此邪!'与屈子语同而意别矣。"深得相如创作心迹之奥赜。相如这种心态演化所出现的讽意潜沉与美词浮溢,成为后世扬弃汉赋艺术的重要因素。挚虞《文章流别论》批评大赋"假象过大,则与类相远;逸辞过壮,则与事相违;辩言过理,则与义相失;丽靡过美,则与情相悖",亦驻思于此。由于专制政治的压抑感,士子在恢宏雄壮的气氛中同样流露出淹塞的感慨,这在相如的《长门赋》、董仲舒的《士不遇赋》、司马迁的《悲士不遇赋》、东方朔的《嗟伯夷》等文学作品中均有不同程度的宣泄。但

---

① 这种心灵抑制反映于汉赋的"讽谏"艺术上,表现出诚如清人魏谦升《赋品·讽谕》所谓"主文风刺,匪直匪愚。听者神耸,言者罪无。转圜从谏,治迈唐虞"的"匪直匪愚","转圜从谏"的方法。

是，这种悲怨情绪在当时文人作品中主要寄寓着一种"不遇"之思，而此"不遇"之思并没有产生像汉初、西汉末年以及东汉后期文学中常有的遁隐意识，①反之，却通过压抑中的愤情表现出强烈的欲求，这又是时代昌盛期文化心理的映示。

三 蕴涵于创造中的文学自立意识

从文化史角度看西汉文学以大赋为代表之极盛期正是学术以儒家经学为代表之独尊期这一历史现象，我认为，汉赋艺术发展成一代文学虽对汉代经学家以文学为附庸思想有突破意义，但在特定的历史氛围和社会文化基础上，辞赋大家与经学大师的思想是基本一致的。在武、宣之世，经学大师董仲舒、萧望之等将哲学神学化、模式化的过程，辞赋大家司马相如、王褒等将思想文学化、艺术化的过程，实与封建王朝君主集权制的进程同步，经学与文学同为大一统政治服务。而在西汉末叶王朝倾斜的历史条件下，哲学家对经学神学化、模式化的冲击、扬弃，辞赋家对大赋艺术的自省、反思，这一过程又与君主集权制的松弛过程相适应，扬雄可谓后一种兼经学、文学于一身的典型。就西汉鼎盛期的文化现象而言，文学与经学思想的相同性是以文学思潮与政治需求为背景的，而赋

---

① 褚少孙补《史记·滑稽列传》载东方朔"行殿中，郎谓之曰：'人皆以先生为狂。'朔曰：'如朔等，所谓避世于朝廷间者也。古之人乃避世于深山中。'"李昉《太平广记》卷一百七十三记故事一则："汉武帝见画伯夷、叔齐形象，问东方朔是何人。朔曰：'古之愚夫。'帝曰：'夫伯夷、叔齐，天下廉士，何谓愚耶？'朔对曰：'臣闻贤者居世，与之推移，不凝滞于物。彼何不升其堂，饮其浆，泛泛如水中之凫，与彼徂游。天子毂下，可以隐居。何自苦于首阳。'上喟然而叹。"此东方朔倡"朝隐"之例。晋人王康琚《反招隐诗》："小隐隐陵薮，大隐隐朝市。""大隐""即"朝隐"意，与隐山林之"小隐"（野隐）迥异。又《汉书》本传："朔尝至太中大夫，后常为郎……久之，朔上书陈农战强国之计，因自讼独不得大官，欲求试用。"由此可见其"朝隐"中的汲汲求进之心。这种思想在当时是具有代表性的。

体文学在特定历史条件下出现以及其所表现出的艺术发展规律，既是当时大文化的产物，又以其文学的创造性而显露自立意识。

汉初数十年的休生养息为封建社会的繁荣建筑了初基，如果说武帝在此基础上好大喜功外攘夷狄的同时客观上促进了我国古代第一次南北文化大融合的完成，那么，以相如为代表的辞赋家创作之"大"（繁类）"丽"（成艳）现象，正集中表现了这种文化繁荣的征象。从文化思潮导向看汉赋新体的确立，可以做出这样两点结论：一是赋体文学观与其他文体或学术思想一样，均起着共建大文化的作用；①而在此共建中，文学类创作之发展也自然与学术性著作产生离异。二是新赋体是在变革旧体的基础上兼综前代文学，尤其是改变了先秦文化从血缘宗族出发认识人类的出发点，而是从统一帝国利益出发，其对自然的认识带有强烈的主客观交融的色彩，因此在兼综的基础上又表现出文学的创造性。

繁缛大赋的产生与统治者的政治需求、个人爱好在主流上是一致的。这也是大赋取代骚体而为汉赋正宗的重要原因。②刘勰《文心雕龙·时序》谓"孝武崇儒，润色鸿业，礼乐争辉，辞藻竞骛"，即兼政治、文学而言。由于文学依附政治，在当时就有人讥讽辞赋家为"俳倡"，③这成为汉世流行语。倘以历史的观点对待这一问题，"俳倡"之说只是中国古代文人普遍存在的幽愤之情与不遇之悲的反映，不能以此做出当时赋家地位极其低下的结论。

---

① 《汉书·公孙弘卜式倪宽传赞》记载了武、宣之世人文之盛，明确将文章（主要是辞赋）抬到与儒术同等的位置，说明其共建大文化的作用。

② 按：汉武帝好大赋，亦好《楚辞》，如庄（严）助、朱买臣皆因言《楚辞》俱幸（见《史记·酷吏列传》、《汉书·朱买臣传》），但从汉代思想与汉代文学发展情况看，仍应以大赋为正体。

③ 《汉书·贾邹枚路传》载：枚皋"不通经术，诙笑类俳倡（师古曰：'俳，杂戏也；倡，乐人也。'），为赋颂，好嫚戏，以故得媟黩贵幸。"按：枚皋自己也有"为赋乃俳，见视如倡"之说。

因为与先秦、汉初相比,武、宣之世辞赋家的地位不仅没有降低,相反,却在不断提高。这主要表现于两点:其一,赋家参与大文化建设,创制出与帝国同呼吸、共命运的宏丽篇章,这在武帝对辞赋的爱好与重视,宣帝关于辞赋"贤于倡优博弈远矣"(《汉书·王褒传》引)的论述中可得到证明。其二,当时"献赋"与"通经"并列,成为文人进入仕途的捷径,许多著名赋家如司马相如、东方朔、枚皋、王褒等皆以辞赋优秀入仕。这一方面使辞赋与"利禄"结合而显示出文学庸俗化趋向,另一方面则是辞赋基本与经学并驾齐驱而展现出日隆的地位;同时,献赋本身又对后世文士的独立和专业作家队伍的出现起着历史性的积极作用。同于对赋家地位的误解,历史上对辞赋艺术的评价亦存在误区,这主要表现于汉人对辞赋"虚辞滥说"、"欲讽反谀"类的认识和视汉赋为经学附庸,而无视其文学价值。随着近年来学术空气的活跃和对历史文学评价的拨正,汉赋艺术得到了应有的肯定;然而在肯定之中,又出现视汉赋为汉代经学对立面的认识,由此确定汉大赋的出现是对汉代经学的冲击,预示了"文学自觉"的来临。这显然也是有失偏颇的。如果我们植思于当时的历史文化氛围,应能看到汉大赋是随时代政治变革俱来的文学变革,它既是文学发展过程中的必然现象,又是汉文化形成的重要组成部分。就文学的发展过程而言,以相如为代表的大赋作家是以其包蓄千古、牢笼百态的治赋思想对前人文学艺术的继承、定型、发扬、集成;①就汉文化的整体结构而言,相如等作家创制大赋作品表现的思想正与强盛的帝国行政模式,

---

① 王芑孙《读赋卮言·导源》云:"相如之徒,敷典摘文,乃从荀法,贾傅以下,湛思渺虑,具有屈心。"一反《汉志》系相如赋于屈赋后之旧例,颇得相如大赋纵横排合之风格旨趣。然"相如善学《楚辞》"(谢榛《四溟诗话》卷二),其"《大人赋》出于《远游》、《长门赋》出于《山鬼》"(刘熙载《艺概·赋概》),又为赋史定论,由此可见相如文学是不拘一家融汇前人而大其堂庑的。

经学家宇宙同人事、阴阳五行同王道政治结合的大一统思想匹配，以其独特的赋家之心建构起宏伟壮丽的艺术殿堂。①

但是，在当时的思想理论中，文学尚未形成游离于学术之外的独立概念，"文学的自觉"或"为艺术而艺术"并非赋家追寻的目标，甚至赋家的尚美和作品的巨丽，也内含着政教意味和功利色彩，因而所谓赋体文学的"自觉"因素，只能在赋艺结构对后世文学发展的影响中去寻找。也就是说，只有将赋体文学置于文学发展的流程中，才能发现其文学自立意识。这种蕴涵于创造中的文学自立意识主要表现在以下两个方面：

一是汉大赋的描绘性文体特征，使它对自然、现实的摹写、再现以及对事物淋漓尽致的刻画，强化了一种文学的技艺美。在我国早期未脱离原始神话影响的文学中，对自然客体的态度多采取主观幻想和情感迷狂的方式去感受；而随着先秦理性精神的崛兴，主观幻想被代之以自我理性为主体的对客体的认识描绘；然而在《诗经》和《楚辞》的描绘中，写景状物仍只是围绕自我理性或自我精神的寄托，因此，描绘性文学只有到汉赋作家笔下，才真正体现出摹写的功力和状物的技巧。葛洪《抱朴子·钧世》谓："毛诗者，华彩之辞也，然不及《上林》《羽猎》《二京》《三都》之汪秽博富也。"很大程度是指大赋的状物技艺。而汉赋技艺美的获得，又具有这样三个原因或三层意义：其一，盛汉现实繁荣的出现，既提供了赋家的描绘对象，又刺激和强化了赋家征服外部世界的信心和欲念；而客观现实世界与主观审美世界通过赋家描绘的复合，表现出技艺美的整体性。其二，汉赋在对现实的描绘中并没有丧失理性精神，而是将自我理性汇入现实巨景，从而使其技艺美又表现出

---

① 钟嵘《诗品序》云："自王、扬、枚、马之徒，词赋竞爽，而吟咏靡闻。"此从一侧面反映了汉赋在两汉文坛之特殊地位。

强烈的目的性。其三,现实生活模式与神话巫术模式的结合,使汉赋描绘往往出现驰骋纵恣、荒诞虚妄的现象,然由于这种描绘最终落实于"状辞可得喻其真"(《文心雕龙·夸饰》),故其技艺美又以想象夸饰的力量显示出对神话巫术原始意象的借取、扬弃。而随着文学创作的发展,那种在更高层次上发扬先秦文学以"人"为描写对象、更善于表现自我人格情感的文体(如小赋、诗歌)的兴起,既是对汉大赋文体形式的否定,又汲取了大赋高超的描绘技艺融入心灵之观照,创造了具有更丰富的内蕴的意象世界。

二是随着西汉大文化的完成、定型、委顿、衰落,汉大赋经历了盛极而衰的过程,而相如等赋家的审美观在消释了"通讽谏"之大义和"宣上德"之颂美意义后,却留给了后世"敷采摛文"、"极丽靡之辞"的文采美。这种内含的将重心转向对形式的追求,在文学创作意义上已潜伏着质的变化。如宣帝时赋家王褒,其《洞箫赋》已开骈俪美文之风,使后世有"西汉自王褒以下,文字专事词藻,不复简古"(王构《修辞鉴衡》引张文潜语)、"西汉之流而东也,其王褒为之导乎?由学者靡而短于思,由才者俳而浅于法"(王世贞《艺苑卮言》卷三)的感叹。① 可以说,当时赋家创作形式与思想的统一性随时代的迁逝而分离,其文采美成为后世文学唯美思潮的回溯目标。正因此,曹丕于汉魏变替之际通过对汉赋文采美的撷取,提出"诗赋欲丽"的审美标准以充实其文学批评理论。

汉赋的技艺美、文采美是在大文化催生下文学摹写现实的产物,然在时代文学的演进过程中,这一现象不仅游离于赖以产生的大赋载体而汇入后世美学新风,而且又以其形式美本身扬弃了汉大赋所表现的"义尚光大"的体物本旨。这是赋体文学观的历史

---

① 《魏书·常景传》载常景《王褒赞》云"王子挺秀质,逸气干青云",又是由对其文采的赞美上升到扬举其人格的。

悲剧,也是潜涵于创造之文学自立意识得以发扬的喜剧;在此意义上,六朝辞赋新声正由汉赋艺术的自省而开启。

第四节　缘事而发的乐府诗学观

汉代乐府诗学观与赋体文学观无霄壤之别,二者的兴盛同决定于西汉大文化思想。若求其相异,则大赋系宫廷文学,乐府诗多具有民间特性,其天真朴拙的艺术魅力,尤能显现中国艺术妙契人文之精神。

一　博采整合的大美思想

中国"乐教"之施行,早在《尚书·舜典》已有详细记载,而《礼记·经解》之"其为人也温柔敦厚,《诗》教也;疏通知远,《书》教也;广博易良,《乐》教也;絜静精微,《易》教也;恭俭庄敬,《礼》教也;属辞比事,《春秋》教也",其政治教化意识已成体系。诗教、乐教思想虽经周、秦、汉初之演变,政失乐亡,古教式微,然至汉武帝立乐府采歌谣,实遗意犹存。① 然而,尽管汉乐府兼取诗、乐遗意,但它勃兴于武帝之后,其教化思想亦非拘于旧的范畴,而是如汉赋一般,表现了具时代大文化精神的诗学大美思

---

① 杜佑《通典》卷一百四十一:"周衰政失,郑卫是兴。秦汉以还,古乐沦缺,代之所存,韶武而已。下不闻振铎,上不达讴谣,俱更其名,示不相袭,知音复寡,罕能制作。而况古雅莫尚,胡乐荐臻,其声怨思,其状促遽,方之郑卫,又何远乎。"此叙古乐之丧甚明,然其谓"古雅莫尚,胡乐荐臻",实为汉代大文化之态势。又,郑樵《通志·总序》:"汉立齐、鲁、韩、毛四家博士,各以义言诗,遂使声歌之道日微,至后汉之末,诗三百仅能传《鹿鸣》、《驺虞》、《伐檀》、《文王》四篇之声而已。太和末又失其三,至于晋室,《鹿鸣》一篇又不传。自《鹿鸣》不传,后世不复闻诗。然诗者,人心之乐也,不以世之兴衰而存亡,继风雅之作者乐府也。"此言声诗渐亡之历程,然其推崇乐府之"继风雅",实谓诗教之遗意。

想。《汉书·礼乐志》载:

> 至武帝定郊祀之礼……乃立乐府,采诗夜诵,有赵、代、秦、楚之讴,以李延年为协律都尉,多举司马相如等数十人造为诗赋,略论律吕,以合八音之调,作十九章之歌。

又《艺文志》载:

> 自孝武立乐府而采歌谣,于是有赵、代之讴,秦、楚之风,皆感于哀乐,缘事而发,亦可以观风俗,知薄厚云。

这两则记录虽在武帝"立乐府"问题上与《史记·乐书》所载龃龉,当为班氏臆断,①然其所阐述的乐府体制在当时的巨大拓展是不谬的。尤其班氏有关制礼作乐和收采民歌的两点记述,不仅概括了乐府机关的任务,也同样说明了乐府诗的重要内涵:"雅"(文化小传统)与"俗"(文化大传统)的结合所表现的文学兼综现象。

从兼综地域文学特征来说,乐府诗并非仅是《诗》《骚》的传承、发展,②而是一种代表大文化气象的新诗体。在政治意义上,汉代采诗入乐府是对秦燔《乐经》,雅音废绝的反拨,并成为移风易俗、教化民情的施政方针。在文化发展趋向上,乐府诗的形成与兴盛,又表现了由地域文学向宫廷文学转化的时代特征。首先,乐府诗是入乐的声诗,其声调之变革突破了诗骚藩篱而别开生面。《汉书·礼乐志》载:"汉兴,乐家有制氏,以雅乐声律,世世在太乐官,但能纪其铿锵鼓舞,而不能言其义。……是时(武帝朝),河间

---

① 王应麟《汉书艺文志考证》曾提出"乐府似非始于武帝"的怀疑。顾炎武《日知录》卷二十六亦谓班书"两收而未贯通"。

② (日)泽田总清《中国韵文史》指出:"乐府因要配合乐器,所以注重节奏。这是和诗不同的地方。和北方所生的《诗经》自然异趣了。"此仅言乐府与《诗经》配乐之别,未及二者内容、形式均有区别。又,费锡璜《汉诗总说》云:"《楚辞》尤为汉诗祖祢。"刘熙载《艺概·诗概》云:"《九歌》,乐府之先声也。"皆单从导源出发,未及乐府诗产生之时代文化背景。

献王有雅材,亦以为治道非礼乐不成,因献所集雅乐,天子下大乐官常存肄之,岁时以备数。"此周代遗声"雅乐"之复兴。次载:"凡乐,乐其所生。礼不忘本,高祖乐楚声,故《房中乐》楚声也。"此楚声在武帝时的余势。又载:"至武帝乃立乐府,有赵、代、秦、楚之讴";《艺文志》录《左冯翊秦歌诗》三篇,《京兆尹秦歌诗》五篇,此秦声洋溢汉廷之证。而宣帝时杨恽以"能为秦声"(《汉书·杨恽传》)见著,亦可见西汉秦声之流行。在"雅乐"、"楚声"、"秦声"众调兼容基础上,北狄西域之"新声"传入中原,是大一统政治下各方文化交流的结果。如果说代表异域之音的"新声"第一次传入是在汉初,且仅限于雄边弋猎时的简单影响,那么到武帝朝第二次传入时,这种"新声"则在形式与内容上都已渗透于汉诗艺术内,显示出对乐府声诗韵律结构的参与、共建。① 这时的"新声"主要有汉初传入的"鼓吹曲"和武帝派张骞出使西域而引入的"横吹曲"。② 其声虽具西域北狄特色,然为汉廷所化,已成观远俗、化远民的政教工具,并在一定意义上构成了新的艺术形态。其次,从舞曲乐歌的角度,汉乐府中众多篇制继先秦"诗、乐、舞"三位一体传统,使源于上古祭歌神话巫术之"舞曲"融入汉帝国包容万邦气势

---

① 《汉书·佞幸传》云:"延年善歌,为新变声。"(《史记》作"为变新声")《外戚传》亦记其"每为新声变曲。"即一例。

② 关于"鼓吹曲",《乐府诗集》引刘瓛《定军礼》:"鼓吹,未知其始也。汉班壹雄朔野而有之矣。"《汉书·叙传》:"始皇之末,班壹避地楼烦……当孝惠、高后时,以财雄边,出入弋猎,旌旗鼓吹。"此"鼓吹"传自汉初之证。又《后汉书·东夷传》:"武帝灭朝鲜,以高句骊为县,使属玄菟,赐鼓吹伎人。"《北堂书钞》卷一三〇引《晋中兴书》:"汉武帝时,南平百越,始置交趾、九真……凡七郡,立交州刺史以统之。以州边远,山越不安,宜加威重,七郡皆假以鼓吹。"此鼓吹盛行之证。关于"横吹曲",崔豹《古今注·音乐》云:"横吹,胡乐也。张博望入西域,传其法于西京,唯得《摩诃》、《兜勒》二曲。李延年因胡曲,更造新声二十八解,乘舆以为武乐。"或有"曲名"异解:《乐府诗集》卷二十一"横吹曲辞"题解:"横吹曲,其始亦谓之鼓吹,马上奏之,盖军中之乐也。"

的文化机制。在乐府诗中,舞曲有雅舞、杂舞、散乐三种。雅舞是"先王乐舞"的传承和再造,主要用于庙堂郊祀;杂舞是"始皆出自方俗,后寝陈于殿庭"(郭茂倩语),主要用于宴会朝飨;散乐之舞则为"野人为乐之善者"(郑玄语)。汉代散乐虽仅存《俳歌》一篇,然其民风乐趣犹存。综合乐舞与声调,可见汉代集权统治者将宗教迷信的憧憬同现实生活的需要连结,将民间乐歌经宫廷的雅化,既起着文艺教化作用,又显示了一统文学思想的壮观。再者,从乐府诗的分类,亦可见统摄万邦的文学思想。最初,《宋书·乐志》载蔡邕为乐府诗分类有四(郊庙神灵、天子享宴、大射辟雍、短箫铙歌),后经沈约分六类(郊庙、燕射、相和、清商、舞曲、鼓吹),吴兢分八类(相和、拂舞、白纻、铙歌、横吹、清商、杂题、琴曲),到郭茂倩收汉至唐乐府诗分为十二大类而赅备。十二类中七类始自汉代,其中有用于祭祀天地、祖先的"郊庙歌辞",有用于朝宴、飨射的"燕射歌辞",有用于朝会道路的"鼓吹曲辞",有用于军旅的"横吹曲辞",有采集民歌入乐的"相和歌辞",有配合舞乐的"舞曲歌辞",其歌辞描绘之内容以及所构成之规模,均为建造汉代礼乐秩序的重要方面。

  乐府诗广泛的内容和宏大的规模固为其大美思想的表征,然其大美思想之内在生命力,却是民间文学对宫廷文学的冲击和渗透。对乐府诗表现的"雅""俗"文学交融现象,古人多从雅乐的政教意识出发,贬抑民歌。如费锡璜《汉诗总说》云:"乐府有三等:《房中》、《郊祀》,典雅宏奥,中学难窥,为最上品;《陌上桑》、《羽林郎》、《东门行》、《西门行》、《妇病行》、《孤儿行》等诗,有情有致,学者有径路可寻,的是诗家正宗,才人鼻祖,为第二品;谣谚等作,词气虽古,未免俚质,为第三品。"费氏对"一品"之誉与对"三品"之弃,显囿封建正统思想而不足取;然视如《陌上桑》之"二品"为乐府正宗,确为的论。因为,属此"有情有致"类型的乐府诗,正是采自民间而经文士加工而成。今存《相和歌辞》的创作，其求实写真的精神，质朴自然的风格，无疑是汉乐府思想的最高成就。可以说，乐府诗在汉代的发展历程，是经过了由民间汇集宫廷，又由宫廷播向民间的演化。缘于前一种变化，形成了兴盛期以民情为大本的政教思想；缘于后一种变化，又引起了后世"其声怨思，其状促遽，方之郑卫，又何远乎"（杜佑《通典》卷一百四十一），"《风》《雅》之道，衰自西京"（陆时雍《诗镜总论》）的叹息，由此又派生出大量汲取民间营养的两汉文人乐府诗。《文心雕龙·乐府》云："武帝崇礼，始立乐府，总赵代之音，撮齐楚之气；延年以曼声协律，朱马以骚体制歌；桂华杂曲，丽而不经；赤雁群篇，靡而非典；……至宣帝雅颂，诗效鹿鸣。迄及元成，稍广淫乐，正音乖俗，其难也如此。"于此可见乐府诗由典雅向靡丽的演进，实自武帝时启之，若究其本，正说明了汉代大文化的形成过程中即已包孕了活泼的民间文学思想因素。从乐府诗之创作现象观其思想风格，其大美征象又主要表现于以下几点。

阔荡的气势，是乐府诗大美思想的表现之一。如《安世房中歌》，是皇帝祭祀祖先、颂扬先德、强调孝道而倡导教化的歌诗乐章，然在汉人口中却出现了"千人唱，万人和"（相如《上林赋》）的磅礴气势，在其笔下，又显出纵横驰骋的宏大规模。再如《郊祀歌》第九章《天马歌》，不仅"锻意刻酷，炼字神奇"（陈绎曾《诗谱》），而且骋思放荡，气象恢宏。其诗云：

> 天马徕，从西极；涉流沙，九夷服。
> 天马徕，出泉水；虎脊两，化若鬼。
> 天马徕，历无草；经千里，循东道。
> 天马徕，执徐时；将摇举，谁与期？
> 天马徕，开远门；竦予身，逝昆仑。
> 天马徕，龙之媒；游阊阖，观玉台。

131

《汉书·武帝纪》载:元鼎四年秋,"马生渥洼水中",作《天马之歌》。可知其为武帝沉迷于神仙方术(同年夏封方士栾大为乐通侯,位上将军)而作,其中"马生渥洼水中"事有诈,①然作者的创作思想显然能在奇幻之中假"神异"之兆予以发挥,展示出大一统形势下的写实精神和雄心壮志。

深远的悲愤,是乐府诗大美思想的表现之二。大一统帝国专制政治上升之时,也是广大士子承受全面沉压之际,因此,形势对人的塑造往往出现截然不同的两种形态,一是建功立业,一是满怀悲愤。这种在宫廷辞赋中鲜有的悲愤,在采自民间的乐府诗中有强烈的宣泄。如《上邪》这首民间情歌,表达思想的方式就极为突出:"上邪!我欲与君相知,长命无绝衰。山无陵,江水为竭,冬雷震震,夏雨雪,天地合,乃敢与君绝!"此以大自然之异象衬托对爱情之矢志不渝的追求;反过来,也正是通过爱心的挣扎,将人间的不平寄寓天地,而展现踏地呼天之悲。这种酷烈深远的大悲愤在《古歌》之"秋风萧萧愁杀人,出亦愁,入亦愁,座中何人,谁不怀忧?令我白头"式的对生命无常的感伤,对人生寥寞的忧恨中也有深切披示,沈德潜《古诗源》评曰"苍莽而来,飘风急雨,不可遏抑",是既明其手法,又得其深意。而在此悲愤之中,最突出的还是大文化氛围中民本意识的广泛显露。

浑沦的意境,是乐府诗大美思想的表现之三。叶燮云:"汉、魏之诗,如画家之落墨于太虚中,初见形象,一幅绢素,度其长短阔狭,先定规模;而远近浓淡,层次脱卸,俱未分明。"(《原诗》卷四)以此概论乐府诗之意境,甚为精到。在乐府诗中,有像《陌上桑》

---

① 颜师古注引李斐曰:"南阳新野有暴利长,当武帝时遭刑,屯田敦煌界,数于此水旁见群野马中有奇(异)者,与凡马(异),来饮此水。利长先作土人,持勒靽于水旁。后马玩习,久之代土人持勒靽收得其马,献之。欲神异此马,云从水中出。"

这样叙写事件而表现其阔大之境的,有像《江南可采莲》这样写景寓情而表现其恬适之境的,有像《怨歌行》这样感人生悲愤而表现其雄奇之境的,有像《步出夏门行》这样描述游仙而表现其神幻之境的;其诗歌艺术整体之"不可句摘"、"落墨太虚"的浑沦大美境界,又正如许学夷《诗源辩体》卷三论汉魏诗引王元美说云"神与境会,忽然而来,浑然而就,无歧级可寻,无色声可指",有着情兴所至,未假琢雕的审美价值。

二　叙事写志的致用观

如果将同是表现汉代大文化气象的赋体与乐府体文学思想做一区分,则汉赋以体物的方法抒写心志,其文学致用观偏于体国经野、义尚光大;汉乐府以叙事的方法抒写心志,其文学致用观偏于感于哀乐、缘事而发。然不管体物还是叙事,二者同属于描绘性文体,又是汉代文学的一个基本特征。

乐府诗采自民间,统治者采诗目的又在观风俗、察时政,故虽然"乐府备诸体",但其内在精神却是一种能反映人民意志要求的人文思想。① 章学诚《文史通义·内篇·妇学》论出自妇女之手或表现妇女形态的乐府诗是"情虽托于儿女,义实本于风人";"虽文藻出于天娴,而范思不逾阃外";"亦不悖于教化者也"。若就所论范围,其说甚是。若推言汉乐府艺术思想,"不悖教化",尚属精警,而"不逾阃外",则颇偏狭。因为,汉代乐府诗的致用思想是体现兼采万邦,融通"雅""俗"之文化思潮的。由于铺陈叙事,使乐府诗较其他诗体更显得描绘细致,述理明晰,

---

① 陈寅恪于《吾国学术之现状及清华之职责》文中说:"吾民族所承受之文化,为一种人文主义之教育。故虽有贤者,势不能不以文学创造为旨归。"(《金明馆丛稿》二编)汉乐府诗表现人文精神,即汉世民俗情感和风化教育,其沾溉后世文学性情之勋绩甚大。

内容繁富。如《郊祀歌》之十《天门》,即是一首形式上气势雄阔,句式变化,音节铿锵,内容上以铺陈颂扬为能事而又寄训诫教化于其间的歌诗。又如《日出入》章,是首祀日神的杂言诗,诗中以铺陈叙事的气势和心灵奇崛的感发,既发出深切的人生慨叹,又表现企望和平安宁的心绪。陈本礼《汉诗统笺》评云:"高唱入云,笔随意转,官止神行,屈骚而外,鲜有其匹。"颇识其雄壮美。为了铺陈叙事的需要,乐府诗发展了《诗经》中已存在的对话形式,如《陌上桑》中"罗敷"同"使君"的对白,即通过描述性文体特征反映故事情节所包含的文化心理,达到"穷情写物"的艺术境地。

乐府诗反映汉代社会现实生活之题材内容是十分广泛的。在这里,有如《妇病行》、《孤儿行》类的对帝王显贵沉醉于田猎巡游声色犬马之中,人民遭受税租盘剥的揭露;有如《战城南》、《十五从军征》类的对战争频仍、徭役酷烈的控诉;有如《陌上桑》、《平陵东》类的对地方官吏卑劣行径的鞭笞;有如《东门行》、《陇西行》类的描写人民流离失所、飘泊无依的悲怨;①尤其是反映婚姻爱情的民歌,既热情奔放,又愤情凄绝,裹挟着人生的大喜悦与大悲哀。试举《有所思》为例:

> 有所思,乃在大海南。何用问遗君?双珠玳瑁簪,用玉绍缭之。闻君有他心,拉杂摧烧之。摧烧之,当风扬其灰。从今以往,勿复相思,相思与君绝。鸡鸣狗吠,兄嫂当知之。妃呼狶!秋风肃肃晨风飔,东方须臾高知之。

---

① 《汉书·夏侯胜传》载夏侯胜评汉武帝功过云:"武帝虽有攘四夷广土斥境之功,然多杀士众,竭民财力,奢泰无度,天下虚耗,百姓流离,物故者半。蝗虫大起,赤地数千里,或人民相食,畜积至今未复。"由此亦可睹采自民间之乐府诗多怨情的社会历史原因。

这是一首因情人心变而激愤决裂的叙事情歌。对此,昔人所谓"此刺淫奔之诗"(李因笃《汉诗音注》),"此逐臣见弃于其君之作"(陈本礼《汉诗统笺》),"此疑藩国之臣,不遇而去,自抒忧愤之词"(陈沆《诗比兴笺》),其索解多流于附会,但从其所云"淫奔""见弃""忧愤"之感情词而言,此中又恰恰不自觉地揭示了采民风与制礼乐的内在矛盾,亦即乐府机关采民歌雅化之本义与民歌情诗对封建礼教冲击之普遍意义的矛盾。从此情诗个例回顾上述乐府诗所反映的多方面的民情,其中有关孤儿、病妇、鳏夫、流民、士卒等痛苦生活的记录,以及美刺郡守的内容,又正是乐府采诗的重点和采风制礼所要达成的体恤鳏寡孤独、考察郡县吏治两大目标。因此,在这层意义上,民风民情与制礼制乐又在大文化中具有深刻的统一性。徐天麟《西汉会要》卷三十八"举贤观风"条载:孝武元狩六年、孝昭始元元年、孝宣元康四年、孝元初元元年、建昭四年分别派遣博士官员"循行天下,存问鳏寡废疾","览观风俗,察吏治得失",可为其采诗制礼一重要目的之佐证。这仅是问题的一个方面。而问题的另一个方面则是随政治强大经济繁荣,出现了帝王内耽侈靡、外攘夷狄,"京师之钱累巨万,贯朽而不可校。太仓之粟陈陈相因,充溢露积于外,至腐败不可食"(《史记·平准书》)和富商勾结权贵"千里遨游,冠盖相望,乘坚策肥,履丝曳缟"(《汉书·食货志》)的事功至腐的局面;而人民所经受的征伐劳顿之苦竟达"父母忧愁,妻子咏叹。愤懑之情发于心,慕思之极痛骨髓"(桓宽《盐铁论》)的地步。由此可见,在大一统社会完成期,统治者已陷入体恤民情施行仁政和好大喜功侈靡享乐的矛盾,这种矛盾反映到汉代乐府机制中,又加深了采民风与制礼乐的矛盾。至此,统治者采风制乐不仅没能发挥民歌特色,相反,却因建立起完整的礼乐制度消解了它的特色;而民间乐府诗的崛起,以及经乐府机关文人加工后仍残存着的民歌气息,又形成对束缚民情的礼乐制度的冲击。这是以反映社会现实为主旨的乐府诗的致用思想对汉代大文化来说既有建设一面、又有毁坏一面的双重结构,而此双重结构之作用,则又会通于以民为本,"缘事而发"的人文精神。

三 感于哀乐的真情观

乐府诗以"感于哀乐"之"真情",①为汉代文学思想灌注了生气。如果说宫廷大赋在尚美思想支配下确因纵横敷采出现了"著文垂辞,辞出溢其真"(王充《论衡·艺增》)的弊病,那么,乐府诗"真率又易晓"(许学夷《诗源辩体》卷三)的艺术特点,正从采集各地风诗而来,表现了民歌的真性情和本色美。虽然,今存西汉民间乐府诗寥寥无几,但其所充溢的人间哀乐真情,却至今撼人心魂。如《薤露》诗:"薤上露,何易晞!露晞明朝更复落,人死一去何时归?"《蒿里》诗:"蒿里谁家地?聚敛魂魄无贤愚。鬼伯一何相催促,人命不得少踟蹰。"所言人命奄忽,皆感于哀情而发,故悲切动人。如《江南》诗:"江南可采莲,莲叶何田田!鱼戏莲叶间。鱼戏莲叶东。鱼戏莲叶西。鱼戏莲叶南。鱼戏莲叶北。"又感于乐情而发,故其恬静、欢愉之情景跃然于画幅之上。② 然无论哀情、乐情,就武帝时采入乐府以资政事这一点看,亦可见人间民情与泄导人情之教化思想的相通处。

乐府诗创作思想之"真",既不同于道家之"信言不美,美言不信"(《老子》八十一章)类的自然质朴,也不仅限于儒家之"进德修业"、"修辞立其诚"(《周易·乾·文言》)类的政教意识,而是一种妇孺人性本始之善的感发,一种快乐之情与忧思之愤不期而

---

① 陈绎曾《诗谱》评汉乐府诗风"真情自然",可谓一语破的。
② 吴兢《乐府古题要解》云:"江南古词,盖美芳辰丽景,嬉游得时。"

至的显现。在乐府诗中,具有政教意味之社会性的真和含有艺术意味之自然境界的真,都是对人性本始意义之真的引申和扩展。明人李开先《词谑》云:"十五国风,出诸里巷妇女之口者,情词婉曲,有非后世诗人墨客操觚染翰,刻骨流血所能及者,以其真尔。"这是对《诗经》中民歌之真情的体认。然"诗无古今,唯其真尔"(尤侗《吴虞升诗序》),乐府诗之真情观既是风诗的延承,又是特定时代民风民情的艺术反映,其思想价值可借用袁宏道《陶孝若枕中呓引》中一语作结:"要以情真而语直,故劳人思妇有时愈于学士大夫。"当然,呈示在我们面前的乐府民歌毕竟是经过了乐府机关的采制和文人的加工,许多作品脱去了民歌本有的粗糙直率,而显出高严的韵格和绚丽的风采;这是"俗"文学的"雅"化。但是,被"雅"化的乐府民歌并不同于宫廷的"雅"文学,即如那些铺陈绘事的巨制长篇,虽展示出雄壮的气势和阔大的意境,然其间却始终激荡着感于哀乐的真情。这种"真情"与"大美"的结合,也同样是汉代大文化中人文精神的一种表现形态。乐府相和歌辞中的名篇《陌上桑》,即为一典型佳构。

四 对《陌上桑》主题思想的阐释

根据现代西方"阐释学"(Hermeneutics)的基本理论,不管其定义是"阐释就是对作品意义的说明"[①],还是"是有当下经验参与的创造过程"[②],阐释作品是文学研究之核心问题,却是统一的。如果据此原理结合阐释学所必须注重的文学作品之文化环境、语言结构和艺术技巧来探讨乐府《陌上桑》的思想主旨,正可见其在帝国政治完成期社会基础上从民间抒情诗游离出来而呈示雅、俗

---

① (美)赫仲(E. D. Hirsch)《阐释的有效性》第129页,纽墨文1967年版。
② (美)(R. E. Palmer)《阐释学》第186页,伊文斯顿1969年版。

文学交融之特征,尤其是诗中涌动着的感于哀乐而发的人文思潮,更典型地展现了文学折射中国道德哲学、伦理哲学的大文化思想。

《陌上桑》初辑录于《玉台新咏》,题为《日出东南隅行》,《宋书·乐志》作《艳歌罗敷行》。沈德潜《古诗源》誉此诗为"诗中之国风也"。这首诗塑造了一个美丽、坚贞而又机智的采桑女形象,揭露和鞭笞了地方官僚的丑恶行径,①不仅有强烈的现实意义,而且以对比方法多层次拓开内涵,具有奇特的艺术感染力。

(一)诗中把自然的"光"和"色"融入画面,形成对比,溶物象于意象,从自然景象中猎取艺术美感。

首先,自然景象之光通照全篇。从"日出东南隅"到"采桑城南隅",罗敷这一人物形象面对光明,日光照射在她面颊上,绸裳上,以及耳垂上的"明月珠",形成反射,汇成光流。这时,在人们眼中,受光体的罗敷仿佛变成光源,发出璀灿夺目的光环。正因如此,诗中所出现的行者、少年、耕锄者才为欣赏这犹如凌波仙子的罗敷而陶醉。同时,以光来烘托罗敷的体态,是为了映衬出采桑女天真的情趣和纯洁的心灵。为了深化主题,使君的出现也借用了"光"。"使君从南来"之"南"对应"日出东南隅"之"南",使罗敷迎着阳光前行,使君背着阳光而来;罗敷有"倭堕髻""明月珠"焕发光彩,使君却"五马踟蹰",向整个画面投下一团杂沓的阴影。对"日出东南隅"之"东南",诸本多注作偏义复词,意指东方。倘如此解,后面"采桑城南"与"使君从南来"之"南"均无着落。这里"东南"应是实指,非偏义复词。而这种运用自然现象原理并驾

---

① 《汉书·韩延寿传》:"延寿在东郡三岁……入宁左冯翊,岁余,不肯出行县。丞掾数白:'宜循行郡中,览观风俗,考长吏治迹。'延寿曰:'县皆有贤令长、督邮,分明善恶,于外行县,恐无所益,重为烦扰。'"可见汉有太守、刺史"行县"之制,名曰"劝课农桑"、"览观民俗",实则扰民。此《陌上桑》之史实依据,亦为乐府风诗美刺吏治的文化背景。

驭其变化来渲染环境,描写人物,又是《陌上桑》的思想深意所在:即光明与黑暗的对比。

其次,色彩美在诗中也起着重要作用:先以显现出罗敷身上的光明与笼罩在使君脸上的黑暗铺出底色,形成黑白分明的对比。在此基色上,经作者精心安排,黑色暗下去,光明的一面却经渲染而生出异彩。"青丝为笼系,桂枝为笼钩","缃绮为下裙,紫绮为上襦"。青紫相调,而着一"缃"字,色美油生。《说文》:"缃,帛浅黄色也。"《尔雅·释名》:"缃,桑也,如桑叶初生之色也。"以一裙之缃色隐示一片桑叶的嫩美,使人联想到采桑女在桑丛间的景象,其色泽波澜,恬豫神奇,堪称开启王昌龄《采莲曲》"荷叶罗裙一色裁,芙蓉向脸两边开"的意境。为了加强色感和加深光明与黑暗的对比,一个具有色美的形象又从罗敷的想象中幻化出来:"东方千余骑,夫婿居上头,何用识夫婿,白马从骊驹,青丝系马尾,黄金络马头","为人洁白晰,鬑鬑颇有须。"洁白的人,洁白的马,青丝系绕,黄金点缀,鲜明的色美进一步比照出使君形象的昏暗,揭示出使君素质的愚蠢。《陌上桑》将色彩美统摄于比较美,以显现色象,勾勒意态,颇具特色。而罗敷想象中的"千余骑"的气势,又是诗中大美的表现。

(二)诗中人物形象是通过叙事对比而使之鲜明且富有个性的,其艺术手法主要表现在直接描写,但同时又较多地采用间接描写。

《陌上桑》除了对罗敷形态的描绘外,尤落笔于铺开社会面,使罗敷所发生的光彩又通过诸多折光镜重新反射到她身上。诗的故事情节是由罗敷在初日曈曈中前往城南采桑开始,并根据罗敷在路上所遇到的各种审美检查而展开的。"行者见罗敷,下担捋髭须","少年见罗敷,脱帽著帩头";寥寥数语,写出了"行者"与"少年"尚美的消魂神态,衬出罗敷美的魅力。下面"耕者忘其犁,锄者忘其锄"又是一道检查：这里通过两个"忘"字，"凝神""专注"的耕锄者为罗敷之美所吸引，以反衬出罗敷之媚；正因为"忘"的缘故，又出现"来归相怨怒，但坐观罗敷"的场景，这把画面上未出现的耕锄者的妻子搜寻出来，使罗敷美丽的形象再次得以折射。使君的出现是诗中一面镜子，其中寓三层比较：其一，见到美人便想攫为己有的无耻的使君，曾经历多少美色，而一见罗敷竟"五马踟蹰"，可谓一比；其二，"使君自有妇"，有妇而另贪，罗敷与使君之妇又作一比；最后由罗敷自设一面镜子，谈夫婿之美，也是自美，且刺使君之丑。全诗以描绘罗敷之美开场，又以罗敷论美结束，寓意尤深。

（三）《陌上桑》的对比还表现在虚实描写方面。陈祚明《采菽堂古诗选》云："写罗敷全须写容貌，今止言服饰之盛耳，偏无一言及其容貌；特于看罗敷者尽情描写，所谓虚处著笔，诚妙手也。"由此可见，它是一首浪漫的情歌，借虚拟放驰着睿智；又是一首现实的叙事诗，再现了社会的生活面。皎然《诗式》云："境象非一，虚实难明……可以偶虚，亦可以偶实。"谢榛《四溟诗话》云："写景述事，宜实而不泥于实。"《陌上桑》中罗敷本是古代美女，汉代女子喜以此命名，诗人借其名而咏其人，本身便含美好意向和虚实相证的意义。诗中写罗敷采桑是实，使君南来也是实，而"东方千余骑"一段却是罗敷构想的虚象。按照罗敷的叙述，夫婿是"十五府小吏，二十朝大夫，三十侍中郎，四十专城居"。"专城居"不过是一城之长，如州牧、太守，地位与使君仿佛。使君（宜指太守）出驾五马是有据的。《汉官仪注》："驷马加左骖右骓，二千石有左骖，以为五马。"《道斋闲览》："汉朝臣出使为太守增一马，故为五马。"而"专城居"的夫婿属虚构，其以"盈盈公府步"的风度，"皆言夫婿殊"的智慧反衬了使君的颠顶愚拙。全诗实处求实，虚处夸张，虚实相间，美丑比较，达到迷离之境，而又具有真实感。

（四）扬善抑恶,是《陌上桑》的主题;而善恶对比,也正是该诗多层对比的思想艺术旨归。关于《陌上桑》主题,尚有异解:或谓罗敷有反抗强暴的一面,又有颂赞富贵之庸俗的一面;或谓诗中塑造了一个劳动妇女的形象。其实,倘从对诗作的阐释本身把握诗的主题,则所谓"庸俗面"或"劳动妇女"说与诗中艺术描绘不甚融洽。可以说,罗敷之所以给人以真实的美感,正因为在她的身上显现出善,①而光色之明媚,形象之美丽,虚实之调协,皆起着映衬作用。反之,使君之所以给人以丑陋之感,则源于他灵魂中的恶,而光色之晦昧,形象之卑猥,虚实之对比,均将其丑恶暴露无遗。《陌上桑》作者正是以铺陈叙事、对比夸饰的艺术手法写出了引人入胜的生活侧影,从而熔铸出歌颂光明,揭露黑暗的思想整体。这反映了道德与艺术合一的观念。

这是一个"雅""俗"文学潜移过程中交融的审美范例,其艺术机制中充溢着民歌的写实精神,艺术形态上表现出大文化的繁富崇丽风采;而它所代表的乐府诗潮,在泱泱大国荣茂的时代,又以广阔的视野和积极的渴望,使"人情"与"教化"在矛盾、交融中一体显现。

第五节 实录与爱奇:《史记》文学思想的一对命题

自扬雄评司马迁《史记》云:"太史迁,曰'实录'"(《法言·重黎》),"仲尼多爱,爱义也;子长多爱,爱奇也"(《法言·君子》),"实录"与"爱奇"即为后世对《史记》价值的双向认识。而从文学

---

① 在先秦,"诗言志","以意逆志"之"志"本身就是"善",而此在汉儒"意""志"思想中仍延承其义,以"善"为其审美的终极价值。

观之,二者又是其文学思想之整体结构中一对重要命题。关于"实录",班固于《汉书·司马迁传赞》中再度推崇"其文直,其事核,不虚美,不隐恶,故谓之实录",历世延承,歧议甚少。唯《史记》"爱奇",多遭责难。如班彪"大敝伤道"(《史记论》)之斥,班固"是非颇缪于圣人"(《汉书·司马迁传赞》)之讥,刘勰"爱奇反经"(《文心雕龙·史传》)之贬,赵匡"好奇多谬"(陆淳《春秋啖赵集传纂例》卷一《赵氏损益议》)之疑;就连反对班固"颇缪于圣人"说的秦观,也认为子长"爱奇"是"不为无过"(《淮海集》卷二十《司马迁论》)的。将"实录"与"爱奇"对立的观点,显然疏于对"《史记》以社会全体为史的中枢"(梁启超《中国历史研究法》)之整体意义的了解,因此,从文学批评看《史记》的文学思想,就必须兼顾这两个方面。

一 畸人的现实之梦

《史记》续《春秋》在形式上完成了"述陶唐以来,至于麟止"的通史和"厥协六经异传,整齐百家杂语"的全史,在思想上发扬了由宗教通向人文之先秦史官文化的精神。因《史记》首创"纪传体",又使其主体结构成为一部人物的专史。① 如果说汉赋以"体物"的特征、汉乐府以"叙事"的特征表现文学的时代精神,则《史记》又是以"写人"的特征展示符合时代精神的文学思想的。

《史记》是通过社会上各种类型人物的塑造显现出形象的历史,而在其所勾画的历史众生相中,最能表现其"不拘于史法,不

---

① 梁启超《要籍解题及其读法》评《史记》的特点是"藉人以明史"。程千帆《先唐文学源流论略》之四指出:"至由文学观论之,则斯体(纪传体)肇兴,始有列传,变前此以事系年,因事成篇之法,而进以人物为中心。……就史学言,纪传一体,乃史体之重心;就文学言,纪传体中以记人为主之列传,又史传文学之重心也。"按:此虽承刘知几《史通·二体篇》之说,然其兼以文学观论之,则尤具卓识。

囿于字句","发于情,肆于心而为文"之审美风格特征的,又集中于鲁迅所说的"畸人"身上。① 正是这些历史上"倜傥非常之人"(《报任安书》)行为的启迪,才使司马迁能够在《史记》中发挥"参差错落,穿插变化为奇,而笔法句法,绝无一律"(吴见思《史记论文·五帝本纪评论》)的神奇创造。凌稚隆《史记评林》引吕祖谦语云:"太史公之书法,岂拘儒曲士所能通其说乎?其指意之深远,寄兴之悠长,微而显,绝而续,正而变,文见于此,而起意在彼,若有鱼龙之变化,不可得其踪迹者矣。"甚得史迁政治理想与艺术思想之妙趣。

司马迁笔下取材于历史的畸人,均有卓异特立的才能,因作者对其功业品节、精料气质的挚爱,这种历史的描绘又往往参合以激越的感情和艺术的夸张。② 在这幅既真实又神奇的历史画卷中,有以弱抗强,显出刚烈气节的人物。如毛遂自荐,侃侃而谈;项羽兵败,垓下高歌;蔺相如在强王面前,智勇双全,昭垂风范;这种以弱克强的抗争精神,皆闪烁出奇异光彩。作者在《刺客列传》中选五个历史人物立传渲染,如荆轲刺秦王一则,其情节曲折如绘,其气势慷慨悲凉,其行为催人堕泪,其结局如奇峰突起,令人感伤;而作者心灵间的崇高美,却通过这场悲剧显现。有一些命途偃蹇,际遇坎坷,然能矢志奋斗,其功克成的人物,亦为司马迁夸饰誉扬。这类人中既有卧薪尝胆的勾践,也有巧言佞色的张仪,但更有叱咤风云、数建奇功的李广和眷恋楚邦、沉吟泽畔的屈原。尤其对屈原的行为遭际,司马迁寄予了最深切的同情与敬仰。他赞同刘安《离骚传》对屈原创作兼得"好色不

---

① 详见鲁迅《汉文学史纲要》的有关论述。
② 熊士鹏《鹄山小隐文集·释言》评《史记》云:"其传一人,写一事,自公卿大夫,以及儒侠医卜佞幸之类,其美恶谲正喜怒笑哭爱恶之情,跃跃楮墨间,如化工因物付物,而无不曲肖。"

淫""怨诽不乱"的评价,关键在于他认为屈原有"正道直行,竭忠尽智"的品节,这也是司马迁的心灵真谛。在众多畸人中,还有那些地位低微的社会下层人物,在无依托势乘的情况下却建立了卓著功业。这类人物的突出代表是滑稽、游侠类的优孟、淳于髡、剧孟、郭解之流。对这些倡优玩偶之徒,以武犯禁之辈,司马迁却一赞其"岂不亦伟哉",一赞其"其言必信,其行必果",①充分显示其不拘一格脱颖而出的人才观和适应大时代精神的建功立业思想。反之,一些身居要津,爵高禄厚的人,若能屈尊就下,敬贤礼士,也属畸人范畴。如"好客自喜"的孟尝君,"翩翩浊世"的平原君,"不耻下交"的信陵君,"且智又明"的春申君;皆在司马迁胸中荡出奇焰,光照后世。《史记》以实录的笔法和爱奇的想象将畸人从历史的云烟中呼唤而来,是具有现实深意的。但是,由于历史与现实的客观距离和现实与历史的主观交错,不仅幻化了历史,而且也虚拟了现实,因此,畸人的出现,亦仅仅是一场现实之梦;而透过这层梦的理想之光,存在的仍然是现实。司马迁文学思想的主张,正是徘徊于理想与现实之间而显其特色的。

  《史记》通过对历史人物群像的塑造,表达了作者文为世用的强烈责任感,同时也形成了作者以儒家思想之进取精神为主体,兼"取各家之长以为我用"的治世思想。缘于囊括众家思想"以为我用"的特征,《史记》在后世恂恂儒者眼中,其"间以俚语,时插杂言"(郑樵《通志·总序》),"不求大体,专搜奥僻"(胡应麟《少室山房笔丛·史记占毕一》),成为嗤点笑柄,殊不知这种"通变化",

----

① 《史记·游侠列传》云:"其行虽不轨于正义,然其言必信,其行必果,已诺必诚,不爱其躯,赴士之厄困,既已存亡死生矣。而不矜其能,羞伐其德,盖亦有足多者焉。"又《滑稽列传》论赞云:"淳于髡仰天大笑,齐威王横行。优孟摇头而歌,负薪者以封。优旃临槛疾呼,陛楯得以半更。岂不亦伟哉!"

"敢乱道"的爱奇，①正是司马迁文学反映社会现实的深刻之处。在文学与现实的关系上，司马迁基本上没有超脱汉代文学鼎盛期的美刺教化思想，这不仅是因为他早年深受古文经学大师孔安国、公羊学家董仲舒的教诲和儒家礼乐观的熏陶，更重要的是他处在汉帝国兴旺昌盛、朝气蓬勃的升腾时代，文学只有通过美刺两方面来体现史官文化的人文精神。在这一点上，司马迁脱离了其父司马谈和刘安以道家思想为主的汉初思潮，进入了武帝时代的大文化圈。② 对当时作为文化新体系之思想基础的《六艺》大典，司马迁首先肯定其为社会生活的反映。他说："周室衰而《关雎》作，幽厉微而礼乐坏，诸侯恣行，政由强国。故孔子闵王路废而邪道兴，于是论次《诗》、《书》，修起礼乐。"(《儒林列传》)由于司马迁认为《六艺》产生于社会生活，故对社会的作用也就不囿于历史而具普遍的现实意义。《太守公自序》论《春秋》云：

> 夫《春秋》，上明三王之道，下辨人事之纪，别嫌疑，明是非，定犹豫，善善恶恶，贤贤贱不肖，存亡国，继绝世，补敝起废，王道之大者也。

所谓"王道"，既是孔子定周礼的历史之"王道"，而且还是作者通过古今之变的理想之"王道"。同于《春秋》之道，"《礼》以节人，《乐》以发和，《书》以道事，《诗》以达意，《易》以道化"，目的都在于"补短移化，助流政教"，达致"天子躬于明堂临观，而万民咸荡涤邪秽，斟酌饱满，以饰厥性"(《乐书》)的中和之美与博大之境。

---

① 章学诚《文史通义·书教》："迁书通变化，而班氏守绳墨。……盖迁书体圆用神，班氏体方用智。"唐庚云："司马迁敢乱道，却好，班固不敢乱道，却不好。"（强幼安述《唐子西文录》）
② 扬雄《法言·君子》云："《淮南》说之用，不如太史公之用也。太史公，圣人将有取焉；《淮南》鲜取焉耳。"甚明史迁思想主旨。

在《礼书》中，司马迁进一步发挥了中和美思想："目好五色，为之黼黻文章以表其能；耳乐钟磬，为之调谐八音以荡其心；口甘五味，为之庶羞酸咸以致其美；情好珍善，为之琢磨圭璧以通其意。"此一则坚持了先秦儒家文论之"乐而不淫，哀而不伤"的文艺教化观，一则又揭示了具有更为广泛意义的"缘人情而制礼，依人性而作仪"的民本意识。由于司马迁以"王道之大"为理想，所以他对现实之大一统进程本着积极进取的精神予以热情洋溢的颂扬。这种颂扬又主要表现在三点：一是通过自身对祖国大好河山的游历，表现出一种阔荡的心胸和英雄主义的企向。可以说，《史记》是司马迁"南游江淮，上会稽，探禹穴，窥九疑，浮于沅湘，北涉汶泗，讲业齐鲁之都"(《太史公自序》)而后成，故其对祖国河山的爱慕反映到书中，便是如《项羽本纪》《高祖本纪》《陈涉世家》《刺客列传》《游侠列传》中的英雄主义精神和理想，而后人读其书，尤能通过作者真挚的情感和跃动的文采而感受到其所表现的郁勃亢奋的时代精神和雄浑有力的社会脉搏。二是对帝王功绩的颂扬。《太史公自序》曾述景、武两纪本旨云："诸侯骄恣，吴首为乱，京师行诛，七国伏辜。天下翕然，大安殷富"；"汉兴五世，隆在建元，外攘夷狄，内修法度"，赞其拨乱统一之功。而对武帝所做反匈奴侵扰、罢黜百家、独尊儒术，由国家铸钱和经营盐铁三件大事，司马迁尤多肯定之词。① 三是对建功立业将领的高度评价。其中如"匈奴不灭，何以家为"(《卫将军骠骑列传》)的霍去病，"足历王庭，垂饵虎口，横挑强胡，抑亿万之师"(《报任安书》)的李陵，特别是多次征战、数立奇功的李广，司马迁都以饱蘸情感之笔，写出激励人心的英雄气概。基于这种认识，我们有充足的理由认明司马迁

---

① 如对反匈奴战争的肯定，《史记·建元以来侯者年表》云："匈奴绝和亲，攻当路塞，闽越擅伐，东瓯请降。二夷交侵，当盛汉之隆。以此知功臣受封侔于祖考矣。"

强调文艺歌功颂德的作用，并不仅限于"宣上德"，则是一种大文化的人文精神的表现。

如果说我国传统文化始终存在着以人文精神为核心，但又恰恰缺乏个人的地位的悖论，则在武帝时代大文化形成期，这种悖论现象尤为明显。在这一时期，政治上的一统显示了拨乱归正的功绩和君临万国的开放态势，但同时因专制的形成、皇权的膨胀，破坏了宰相制度和地方政治，埋下外戚、宦官作乱的祸根，而广土拓境，又导致了国力虚耗。经济上因"廪庾皆满"，"府库余货财"，而催发了"攘四夷""纵嗜欲"的奢心，又衍出"竭民财力"，"百姓流离"的局面。学术文化上独尊儒术是由兼综百家而来，礼乐制度是从遍采民风而立，然而这种具有广泛人文精神的文化体系的形成却起了消解众家思想，压抑人性的作用。也正是处此巨大的历史矛盾中，司马迁文学思想中"人"的地位被凸现出来，才成为时代的鲜明标志。这种"人"的凸现既有神奇的理想色彩，又有强烈的批评精神。

司马迁对历史畸人美德的颂赞，既显示出文学的正义感，又寄托了一种与现实龃龉的理想。如对"其言必信，其行必果"，"不爱其躯，赴士之厄困"，"不矜其能，羞伐其德"之游侠的赞扬，司马迁是针对现实中蠕行畏葸、虚骄矜气的丑恶之辈而发的。又如《史记》因"首难之功"让瓮牖绳枢之子陈涉居然与十六诸侯同列，并通过其口呼出"帝王将相宁有种乎"的雄强之音，让西楚霸王项羽高踞于一代开国之祖的刘邦之上，而突出其面对强秦之主发出"彼可取而代也"的豪言，都是作者心中人格的扬举。同样，司马迁对屈原满腔爱国的热情，坚贞不屈的精神，刚正不阿的性格，泥而不滓的品节予以高度颂扬，也是比照现实中那些"怀道以迷国，佯愚而不言"，"婉娩而顺上，逡巡以避患"之曲士而寄寓的理想主义倾向。总之，司马迁是透过风云激荡的历史环境，搜寻出不同阶层奇异之人的功业心、进取心以融入自己的思想性格之中,形成一具有普遍时代精神的理想环境,容纳现实,观照现实。而在理想与现实之间,我们又可看到《史记》中的畸人群像所表现出的实录与爱奇在审美意义上的深层统一。

对历史和现实的直言批判,不仅加强了司马迁文学反映社会的深刻性,也拉开了理想之"王道"与现实之"王道"的距离。司马迁文学思想中对汉赋"虚辞滥说"的批评,并不意味着他对汉赋艺术的全然否定,因为他的着重点在于不满汉赋因"尚美"消释其"讽谏",所以他更倾向于汉初《诗》学微言大义之"刺"以为暴露丑恶和黑暗的工具。在《史记》中,作者以犀利的批判笔触直接指向那些上层人物,如揭露了骊姬、吕太后阴险歹毒,杀戮无辜的凶狠丑恶嘴脸,揭露了身居高位的统治者宣扬"仁义"的虚伪性,以道破"窃钩者诛,窃国者侯,侯之门仁义存"(《游侠列传》)的黑暗现实。再如《卫将军骠骑列传》文中,作者在颂扬霍去病显赫战功的同时,又暴露其在"仁善退让"的虚伪面纱掩饰下的媚上欺下的丑恶行径。如果将这些"高贵"的丑恶群像与滑稽、游侠中卑微之人相比,已足见作者假托畸人寄托理想的现实深意。

而当畸人的现实之"梦"在形式上停留于"传畸人于千秋"的历史层面上时,在通过畸人之"微言解纷"而达不到规正现实之目的时,我们又可以从新的层次看到实录与爱奇的统一,这就是《史记》文学创作思想的忧患意识:孤愤之情。

二 时代的孤愤之情

"发愤著书"是《史记》创作思想的一个深层主题,也是后世评论家根据司马迁"志思蓄愤"发为文采的创作经验总结出的一条文学创作规律。从《史记》创作的实际情况考察,司马迁之发愤著书有明显的辩证倾向:以为人物立传的创作方式突出人,凸现人格,并以此寄托作者的思想而表现出极具个性特征的孤愤之情;同时,作者又通过历史人物的塑造借喻现实,通过人物群像的组合反映社会,所以其孤愤之情又因具有极为普遍的人文精神而表现了时代的整体风貌。这既为实录,又属爱奇。

在我国古代文学思想理论中,"发愤著书"说的形成有着漫长的历史演进过程,然追溯其源,应是先秦理性精神催发下的人文思潮。① 孔子评《诗》美价值的"兴、观、群、怨"之"怨",孟子所云"困于心,衡于虑,而后作……故知能生于忧患,死于安乐也"(《告子》),荀子倡言"天下不治,请陈佹诗"(《赋》),是先秦"发愤"说的传递,屈原之"惜诵以致愍兮,发愤以抒情"(《惜诵》),又参以特有的楚骚情感。而"太史公之哭泣"(刘鹗《老残游记自序》评《史记》语),既是先秦人文理性的发扬,而更重要的则是其说对时代精神的包容和对社会情绪直抒胸臆、不事依傍的感发。由于《史记》之孤愤反映着特定时代大文化的内涵,所以"发愤说"到司马迁才理论化、系统化。后世论文"志思蓄愤,而咏情性"(刘勰《文心雕龙·情采》),"不得其平则鸣"(韩愈《送孟东野序》),"忧愤怨伤之作,通计古今,什八九焉"(白居易《序洛诗》),"诗穷而后工"(欧阳修《梅圣俞诗集序》),"发狂大叫,流涕恸哭,不能自止"(李贽《焚书·杂说》),虽各有时代内涵和思维定势,然其与"司马子长之深悲,迹符理会"(刘禹锡《上杜司徒书》),实属主要线索。②

司马迁"发愤著书"说是由历史的回顾而旨归现实,由人物孤

---

① 先秦思想无论孔子的"敬鬼神而远之",庄子的"猖狂妄行而蹈乎大方"和荀子的"制天命而用之",都显示了否定天的意志,重视人文价值的理性精神。此亦李泽厚《美的历程》所认为的人们"使情感不导向异化了的神学大厦和偶象符号,而将其抒发和满足在日常心理——伦理的社会人生中。"

② 可参见钱钟书《管锥篇》第三册第二十三条"全汉文卷二六"的记述。

愤情感的表现而阐明人文性情大本的。《太史公自序》概述其意云：

> 夫《诗》《书》隐约者，欲遂其志之思也。昔西伯拘羑里，演《周易》；孔子厄陈、蔡，作《春秋》；屈原放逐，著《离骚》；左丘失明，厥有国语；孙子膑脚，而论兵法；不韦迁蜀，世传《吕览》；韩非囚秦，《说难》《孤愤》；《诗》三百篇，大抵圣贤发愤之所为作也。此人皆意有所郁结，不得通其道也，故述往事，思来者。

从此历史上宣泄孤愤为文传世的事例到司马迁本人蒙受奇耻大辱之"宫刑"的现实遭际，在"肠一日而九回，居则忽忽若有所失，出则不知其所往"的悲哀恍惚中、在"随世浮沉，与时俯仰，以通其狂惑"的人生觉悟中，在"是余之罪也夫"（《报任安书》）的惨怛激愤中完成《史记》的文学奇异现象，无疑可加深对"发愤"说的理解。司马迁自序《史记》创作动机谓"乃如左丘无目，孙子断足，终不可用，退而论书策，以舒其愤，思垂空文以自见"；"欲以究天人之际，通古今之变，成一家之言"；这同样有助于我们将司马迁创作时代与其孤愤之情结合起来，观其超越前人的精深大义。

首先，司马迁对儒家"温柔敦厚"思想的突破，在西汉重颂赞体文学之典硕文风中是非常突出的。如前所述，由孔、孟缔成，发扬于汉儒的诗教思想，有颂的一面，也有怨的一面，且"怨"又不仅限于孔安国所注云"刺上政也"，而是包含了男女失时的忧伤、贤人失志的怨愤等较广泛的社会伦理问题，因此积淀了一定的人文精神。但此诗教之"怨"，又被严格地限定范围，即在"乐而不淫，哀而不伤"（《论语·八佾》）的界限内恪守"中庸"原则，达到"无邪"的要求。《史记》则不然，作者通过对历史的考察和对现实的观照，于社会的不平和人间的虚伪中以激切的情感、分明的爱憎，使主观思想境界中的自我与历史人物中的自我产生了强烈的共鸣。由此,他在《游侠列传》中赞美"匹夫之侠"见义勇为的行动,对"主上所戏弄,倡优所畜,流俗之所轻"(《报任安书》)的文士寄寓同情和宏扬其业,此皆推崇"倜傥非常之人"、"不羁之才"而超越以温柔敦厚为取舍标准的思想。在《老子韩非列传》中,司马迁对庄子"善属书离辞,指事类情,用剽剥儒墨,虽当世宿学不能自解免也。其言洸洋自恣以适己,故自王公大人不能器之"的赞扬言论,与当时及后世"醇儒"相比,确实骇世惊俗。此亦后世批评司马迁爱奇舍义的原因之一。这种爱奇之风反映于文学思想,又意味着司马迁是从个体与社会之矛盾中观察文艺的功用,通过"舒愤懑"的情绪以"遂其志之思",使孤愤之情经心理的转换成为执着的理想追求。这又与当时文化进取精神相契合。

其二,对楚骚思想传统的继承和转化,既表明了司马迁孤愤之情的一个重要来源,又显示其孤愤之情的时代价值。就继承而言,司马迁之愤情在论《诗》中的表现远不及论《骚》时激切,《屈原贾生列传》评《离骚》之作云:

> 屈平疾王听之不聪也,谗谄之蔽明也,邪曲之害公也,方正之不容也。故忧愁幽思而作《离骚》。离骚者,犹离忧也。夫天者,人之始也;父母者,人之本也。人穷则反本,故劳苦倦极,未尝不呼天也;疾痛惨怛,未尝不呼父母也。屈平正道直行,竭忠尽智以事其君,谗人间之,可谓穷矣。信而见疑,忠而被谤,能无怨乎?屈平之作《离骚》,盖自怨生也。

刘勰《文心雕龙·杂文》评对问之文云:"原夫兹文之设,乃发愤以表志,身挫凭乎道胜,时屯寄于情泰。"借此言《史记》论屈,甚为恰当。屈原因"身挫"寄情《离骚》以见人格,因"时屯"而鸣其不平。同此,史迁因"身挫"才深切感受屈原人格之尊美,因"时屯"才与屈子心灵传响,而有怅望千秋的悲哀。在《史记》中,司马迁对方正之士的"身挫"具有广泛同情心,对其"时屯"且能著述传世尤为仰慕。如《平原君虞卿列传》云:"虞卿非穷愁,亦不能著书以自见于后世。"司马贞注曰:"虞卿蹑蹻,兴赏料事,及困魏齐,著书见意。"皆取其意。特别是《史记》通过文学的渲染以屈原为例对美的整体人格的扬举,既产生于作者"深情蓄积于内,奇遇薄射于外"(钱谦益《虞山诗自序》语)的主观情愫和自身遭遇,又与其表现大文化思想之实录与爱奇相统一的文学观一致。由此,我们又可看到司马迁在发扬楚骚审美观时两种思想转化倾向。第一,由楚骚所表现的限于个人的、内向的凄恻哀怨审美倾向转化为表现群体的、外向的积极亢奋的审美倾向。对此,史迁于屈原传论赞中云:"余读《离骚》、《天问》、《招魂》、《哀郢》,悲其志。适长沙,观屈原所自沉渊,未尝不垂涕想见其为人。及见贾生吊之,又怪屈原以彼其材游诸侯,何国不容,而自令若是。读《鵩鸟赋》同死生,轻去就,又爽然自失矣。"这说明司马迁对屈原也有"何国不容,而自令若是"的困惑,此显然是作者所处时代的大文化心态使然;而其对贾谊"同死生,轻去就"的责怪,则又是作者积极致用思想所表现出的不逃避现实的建功立业之理想。第二,由楚骚所具有之清高绝俗的贵族情感转化为同情下层平民的情感。这一思想在《史记》为众多屈身下位的小人物立传,以及赞其品节,怨其遭际,鸣其不平中表现极显。如果说汉乐府诗的出现对汉代文学范围的巨大开拓是通过乐府机关深入民间采风以观风化而取得,且具有文化发展的不自觉性,那么,《史记》则是作者以自主意识带着浓厚的感情描述了下层平民百姓,不仅树立了他们的人格形象,而且映示了时代文学的大传统。

其三,司马迁创作思想显示了文学自身的崇高意义。司马迁文学思想所表现的孤愤之情并非与文艺中和美思想抵牾,相反,却是对盛世和美理想的一种要求。因此,当这种中和美理想与现实相距甚远时,司马迁主张文学面视充满矛盾冲突的现实人生,在正义与邪恶、光明与黑暗之间升腾起崇高的理想境界,显出文学的悲剧美。由于痛苦升华了文学家的人格,司马迁在痛苦的体验中充分显示了文学真诚的威慑力量;由于文学家的痛苦正是社会矛盾的反映,《史记》为下层人物立传是经历了由亲身不幸到体察他人不幸的过程,所谓"身之所历,目之所见,是铁门限"(王夫之《姜斋诗话》),又可见作者的孤愤是"忧劳者易生于善虑"(黄彻《碧溪诗话》卷九)仁人之心所出。同样,被后世诬为"谤书"的《史记》,因作者的愤情而产生的对上层统治的批判和对社会的反抗,并不意味作者心灵与时代的隔膜,相反,正是盛汉时代的昂扬气势和亢奋精神使其有"挫之而气弥雄,激之而业愈精"(宋濂《元杨廉夫墓志铭》)的勇气力量。读史迁之文,确有"如霆,如电,如长风之出谷,如崇山峻崖,如决大川,如奔骐骥"(姚鼐《复鲁絜非书》)之感。

其四,司马迁创作强化了文学情感的表现作用。在本质上,司马迁并没有抛弃文学教化观,他认为"乐者,移风易俗也"(《太史公自序》),其文艺观是隶属政治的。但是,由于司马迁是以孤愤之情宣扬其政教思想,是以具体的人格塑造揭露社会的矛盾和黑暗,因而扩大了文学情感的表现意义。在《史记》中,作者对李陵驰骋疆场之雄风的夸扬以及其兵败陷虏的悲哀,对刘邦还乡酒酣击筑高吟《大风》的描绘,对项羽兵困垓下、苍凉悲壮的渲染,对荆轲入秦赴义的叹息,皆为个性情感的发抒,而其文直事核的客观描写和浪漫夸张的丰富想象之结合,再次说明了司马迁于"实"中求"奇"的文学思想特征。焦竑《笔乘》卷二引程伊川语云:"子长著作,微情妙旨,寄之文字蹊径之外;……读子长文,必越浮言者,始得其意;超文字者,乃解其宗。"戴名世《答伍张两生书》亦云:"文之为文,必有出乎语言文字之外,而居乎行墨蹊径之先。"(《南山集》卷五)①从文学创作的角度看,这种"文字蹊径之外"的"微情妙旨",正是情感的表现艺术。倘从创作心理方面追寻其情感表现之本,又是司马迁创作的"人皆意有所郁结"之愤;这种现实困顿中之愤能激发起一种幻想中的征服力量,不仅补偿了痛苦,而且涵盖了时代现实②。

三 以人体天的文用之本

《史记》的创作纲领是"究天人之际,通古今之变",然从其"见盛观衰"、"承敝易变"的历史观看,司马迁对天人关系的论述又是以"人"体"天"。"人"的凸现不仅是司马迁历史哲学的思想基础,也是其文学创作的思想发轫和旨归。

在司马迁的天人观、历史观中,确实存在着神秘思维与理性思维的冲突、矛盾。③ 就神秘思维而言,《史记》中有关"天子受命"、"人君修德"、"报应"诸说,带有明显的"天人感应"理论色彩。倘若说董仲舒天人观之初衷是借"天"制"君",发扬人文,结果因强化天的意志在客观上压抑、束缚了人,则司马迁正是发扬了董仲舒

---

① 戴钧衡《南山先生文集跋》评戴名世文云:"余读先生之文,见其境象如太空之浮云,变化无迹;又如飞仙御风,莫窥行止……而其气之逸,韵之远,则直入司马子长之室而得其神。"按:戴名世论文以司马迁为标的,戴钧衡论名世文亦谓得司马氏之神,可谓妙机其微。

② 对此,可参阅弗洛伊德《创造性作家与昼梦》、杜威《哲学的改造》中有关"幻想之原动力","行动困顿在理想化想象里得到补偿"的论述。

③ 司马迁《史记》固然发扬了先秦的人文精神,但在我国古代,尤其是先秦两汉,这种人文精神本身就潜存着宗教意识,此二者既矛盾又融通,因此也很难断然分其思想高下。徐复观在《两汉思想史》卷三《原史——由宗教通向人文的史学的成立》中指出:"从宗教转向人文,只是舍掉宗教中非合理的部分,转向于人文合理基础之上,但宗教精神,则系发自人性不容自己的要求,所以在转化中,不知不觉地织入于人文精神之中,进而与其融为一体,以充实人文精神的力量。于是在中国人文精神中含有宗教精神的特色。"其说可参照。

思想初衷,在以人体天的思想结构中透射出人的理性之光。① 一部《史记》正是从各个不同角度突出人以表现时代的。可以说,司马迁在实录历史的基础上,以爱奇的眼光对历史素材中特异情节的选取,对叙事过程中特异性格的描绘,并在艺术表现手法上加强特异的效果,无不是突出人的性情。而这种文学性情在司马迁创作思想中,又焕发出文学的致用精神。

分析司马迁的文学致用观,大略经历了这样三个演变发展过程而构成思想整体。一是文学的颓世变革作用。《太史公自序》记述云:

> 上大夫壶遂曰:"昔孔子何为而作《春秋》哉!"太史公曰:"余闻董生曰:'周道衰废,孔子为(鲁)司寇,诸侯害之,大夫壅之,孔子知言之不用,道之不行也,是非二百四十二年之中,以为天下仪表。贬天子,退诸侯,讨大夫,以达王事而已矣。'子曰:'我欲载之空言,不如见之于行事之深切著明也。'"

此借董仲舒语,明孔子作《春秋》之赈衰意义,隐喻《史记》之草创心态。二是文学的盛世教化作用。《礼书》云:

> 凡作乐者,所以节乐。君子以谦退为礼,以损减为乐,乐其如此也。以为州异国殊,情习不同,故博采风俗,协比声律,以补短移化,助流政教。天子躬于明堂临观,而万民咸荡涤邪秽,斟酌饱满,以饰厥性。

这种文学的盛世教化作用在广度上"总一海内而整齐万民"(《礼书》),在深度上"动荡血脉,通流精神而和正心",构成文学致用观的第三层次,返归于整齐万民、感动人心的性情大本。

---

① 如《史记·伯夷列传》对"天道无亲,常与善人"这一古老命题提出的一系列质疑之见,以阐明天道自然、祸福无常以及人之修善行德的意义,即为一例。

假如说中国的哲学是内省的智慧,其目标在于致力于成就一种伟大的人格,则司马迁文学思想中的人格却由历史的回顾与现实的精神,奇谲飘逸的气势和疏朗豪宕的文采建造、烘托而出,[①]故既有内省的智慧,又显出时代的光采。罗惇曧《文学源流》论司马迁文学地位云:"西京巨子,溯两司马。子长出《左》《国》,俊宕得神;长卿系出《诗》《骚》,丽密其体。别其外貌,未能强同,要其材力冠绝,通闳相征,一为散体之宗,一为骈文之祖。"(引自《中国近代文论选》下)两司马文风之异而文才共呈盛汉气象,又于此可见。

第六节 《毛诗序》与汉代诗学批评形态

在汉代文学思想史上,《毛诗序》(指大序)是一篇完整的诗学批评论文。关于序文作者,为一历史悬案,如《四库全书总目提要》、顾櫰三《补后汉书艺文志》、曾朴《补后汉书艺文志并考》"卫宏毛诗序"条均罗列众说以存疑。近人张西堂《诗经六论》列举历代异说十六种,徐澄宇《诗经学纂要》(中华书局1936年版)、刘光义《汉武帝之用儒及汉儒之说诗》(台湾商务印书馆1967年初版)又归纳出二十四种说法(徐、刘引证略异)。倘删繁就简,其中较有代表性的说法有三种:一是大序子夏作,小序子夏毛苌合作,此说以郑玄《诗谱序》为代表;二是东汉卫宏作,其说出自范晔《后汉书·儒林传》"宏从谢曼卿受学,因作《毛诗序》"语;三是汉儒经师陆续增纂而成,《宋史·艺文志》录曹粹中《放斋诗说》谓:"《毛传》初行之时,犹未有序也。……其后门人互相传授,各记其师

[①] 苏辙《栾城集》卷二十二《上枢密韩太尉书》:"太史公行天下,周览四海名山大川,与燕、赵间豪俊交游,故其文疏荡,颇有奇气。"

说,至宏而遂著之,后人又复增加,殆非成于一人之手。"又晁公武《郡斋读书志》谓序出众手,非子夏、毛公、卫宏所作。① 综此三说,今人多据范书将其著述权归东汉卫宏,殊非信谳。② 就义理而言,《毛诗序》说诗实为汉学《诗经》义疏思想中心,并影响到唐代。直到宋代思辨学风兴起,才有"《诗序》害《诗》"(朱熹《朱子语类》八十一)、"村野妄人所作"(郑樵《诗辨妄》)与"学《诗》而不求《序》,犹入室而不由户也"(吕祖谦《吕氏家塾读诗记》卷一)之争。③ 此后,《毛诗序》之"义理"倍受诟病,至有"凿空武断"令人"捧腹喷饭"(梁启超《要籍解题及其读法》)之讥。我认为,《毛诗序》无论出自一人,或杂纂而成,其主要论点和基本精神,具有盛汉的时代特征。朱熹言其"妄诞其说",系就"乱《诗》本意"而言。事实上,先秦学者解说已渗己意,而《毛诗序》在说诗问题上的新发挥,既表明汉人的基本思维方式,又代表了汉代诗学批评的主体精神。

一 《毛诗序》的文化精神

《毛诗序》存汉人毛苌所撰《诗毛氏传》首篇国风《关雎》题

---

① 关于《毛诗序》是经师增纂还是出自一人之手,争论亦甚烈,如清人范家相《诗沈》谓:"今详其文义,牵合联缀,实杂出于秦汉经师之手,非一人之作也。"俞正燮《癸巳存稿》卷一"毛诗传序一人所作论"条又断言为一人所作,非杂纂而成。
② 清人钱大昕《十驾斋养新录》云:"愚谓宋儒以诗序为卫宏作,故叶石林有是言。然司马相如、班固皆在宏之前,则序不出于宏,已无疑义。"又今人黄焯《毛诗郑笺平议序》云:"郑君明云《序》出子夏,又其笺《诗》,笃守《序》义。果《序》为宏作,郑君去宏仅百年,宁有以宏之言为子夏之言者?"其说可参。
③ 方东树《汉学商兑》卷下引江藩《国朝经师经义著录》:"(于诗)自汉及五代未有不本毛公为别为之说者,有之自欧阳修诗本义始,于经义毫无裨益,专务新奇,首开妄乱之端,于是攻大序小序者,不一其人;毛传郑笺弃于粪土,至于程大昌之诗论,王柏之诗疑,变本加厉,直斥之为异端邪说而已。"

下,这是在传世过程中"大序"与"小序"窜乱的原因。① 仅观全书总序之"大序",其对《诗》的理论研究,无疑表现了独立的文化形成后的文学思想特色。

汉儒言诗,鲁、齐、韩在前,毛诗居后。四家解诗虽有异同,然其采用之方法、手段,并无大异,尤其是汉人特有的功利教化诗学观,为共通之处。朱彝尊认为:"诗之有序,不特毛传为然,说韩诗鲁诗者,亦莫不有序。……夫毛诗虽后出,亦在汉武时,诗必有序而后可授受。韩鲁皆有序,毛诗岂独无序,直至东汉之世,俟宏之序以为序乎?"(《曝书亭集》卷五十九《诗论二》)甚能于毛序之有无辨明其时代意义和价值。

汉初诗论,多限于对《诗》之本事、大义做具体的勾稽,以明美刺作用;而将其零散的微言大义加以整合而理性化,并由此表现出广泛的人文精神,则是《毛诗序》的功绩。从历史文化的传承来看,西汉之儒当其解经述诗之际,在意识上承受着两股力量制约:一是先秦儒家圣贤的说诗言论,一是先秦各阶层于诗的应用。圣贤说诗最早是《尚书》的"诗言志"。围绕这一"开山纲领",先儒做多方面阐释。孔子的"兴观群怨"②"思无邪"(《论语·为政》)的论诗思想,孟子"知人论世"、"以意逆志"(《孟子·万章》)的论诗方法,荀子"百王之道一是"、"诗言是其志也"(《荀子·儒效》)的论诗作用,无非是对"诗言志"之"志"的解说,包含着政治的、伦

---

① 唐陆德明《经典释文》引旧说,认为传本自"《关雎》后妃之德也"到"用之邦国焉"止,称为"小序";自"风,风也"至篇末,称为"大序"。
② 关于孔子"兴观群怨"的诠释甚多,如何晏《论语集解》引孔安国注:"兴,引譬连类。"朱熹《论语集注》释"兴"为"感发意志"。郑玄释"观"为"观风俗之盛衰";朱熹注曰:"考见得失。"孔安国释"群"为"群居相切磋";朱熹注曰:"和而不流。"孔安国释"怨"为"怨刺上政";朱熹注曰:"怨而不怒。"二说略异,然谓兴观群怨皆发源于"志",抑或抒发诗志的方法,则是无庸置疑的。

理的、道德的仁和思想与教化功用。① 这种诗教观经长期的实践到汉世,至《毛诗序》的宏扬而大备。诗的应用在先秦不仅涉及外交、内政大事,而且渗透于日常生活。如《左传·襄公二十七年》"郑伯享赵孟于垂陇,子展、伯有、子西、子产、子大叔、二子石从。赵孟曰:'七子从君,以宠武也,请皆赋(诗),以卒君贶。武亦以观七子之志'"的记载,即春秋时邦交酬酢中牵涉国事之赋诗言志。又《论语·先进》载:"南容三复白圭,孔子以其兄之子妻之。"意谓南容把《诗·大雅·抑》中"白圭之玷,尚可磨也;斯言之玷,不可为也"几句诗再三咏诵,孔子即遣嫁侄女。② 这又是则牵涉日常伦理的赋诗言志之例。这种赋诗言志方法虽日久渐寝,然其出于某种需要断章取义传统延续后世,在汉儒诗说中留下了深深的印记。但是,汉儒说诗毕竟不同于先秦,他们对先秦诗教的效法更多地是方法,而在思想上的发挥所产生的功用(政教的和审美的),无疑具有这一时代的当世文化精神。这是在历史文化与现实文化的交融上的一种文化革新的表现,并集中于汉武帝用儒与汉儒说诗之风盛行的焦点上。③ 西汉自汉初迄孝武,迎来了一个空前富庶、生机勃郁的帝国。帝国形成后所面临的形势是内部诸侯割据之势消失,其政治已由静而动,出简苊繁;外部因四夷势力滋盛,北地匈奴尤弯弓跃跃,虎视中土,其政治方略又一改隐忍羁縻而为图强之策。故而汉初黄老之学的清静无为已失时效,先秦儒家学说中的

---

① 按:《庄子·天下篇》亦有"诗以道志"说,此可证"诗言志"在先秦是一较为广泛的共识。
② 何晏《论语集解》引孔安国说:"南容读诗至此,三反复之,是其心慎言也。"皇侃《论语集解义疏》云:"南容慎言语,读诗至白圭之句,乃三过反复,修玩无已之意也。"
③ 详参刘光义《汉武帝之用儒及汉儒之说诗》(台湾商务印书馆1969年版)中有关论述。

天下为公的政治理想,主张事功的致用精神,建立秩序的礼乐观念正合时需;在武帝的倡导下,现实的需求与历史上儒学结合,构成了新的文化背景。①《毛诗序》在此丕变的政治形态中产生,所以其对古老的"诗言志"命题的阐发有着符合时代需求的价值取向。

《毛诗序》的当世精神首先在于其对先儒"诗言志"教化思想的系统发挥。作者以"上以风化下,下以风刺上"化俗与讽刺相统一的观念阐述《诗》的教化作用,拓开了朝(上)野(下)空间;而"刺上"之"风"又源自"吟咏性情",显出人文本质。《毛诗序》对教化的认识在先儒"用之乡人""用之邦国"的基础上,做出了更为系统的推阐。如其释"雅诗"云:"言天下之事,形四方之风,谓之雅。雅者,正也,言王政之所由废兴也。"梁启超《释四诗名》云:"大小雅所合的音乐,当时谓之正声。"很显然,《毛诗序》是由"雅"乐之"正"引申,以展"言天下之事,形四方之风"的宏图。对诗之教化作用,《毛诗序》的观点又是兼综当时"诗道志"、"诗书序其志"(董仲舒《春秋繁露·玉杯》),"诗以达意"(司马迁《太史公自序》),"王道衰而诗刺彰"(桓宽《盐铁论·诏圣》)思想而成其体系的。《毛诗序》的思想结构严整宏阔,也是大一统时代建构礼乐秩序的文艺特征。如果说董仲舒是通过阴阳五行的宇宙图式在整体上把握"六艺"的职能、特征,而形成链状意识结构,那么,《毛诗序》则是透过对"六艺"之一《诗》的理论探讨,又形成了以《诗》为点,隐现"六艺"的辐射状意识结构。这表现于三点:一是《诗》学美刺观与《春秋》美刺观的相通,《毛诗序》与《春秋繁露》的理论基础虽有古、今文之别,然其对《诗》之发生及美刺致用的认识

---

① 皮锡瑞《经学历史·经学昌明时代》云:"武帝、宣帝皆好刑名,不专重儒。"按:武帝并非不重儒,而是重其所需之儒,他所用儒,也是经过扬弃改造之儒。

殊为一致。① 二是《诗》与《乐》在教化功用上的结合,表现了《毛诗序》诗教观对《乐记》乐教观借取的深意。三是《毛诗序》对《诗》三百篇的分类(四始、六义),不仅扩大了《诗》的教化功能,同时也强化了《诗》与大一统政治的关系。

二　情志合一的诗歌发生说

《诗》三百篇所述,多生活之本相,先儒对诗之发生归于"言志",其中就隐含了缘于哀乐的感发之情。在先秦著述中,"志"含有"意"和"情"义。如《左传·昭公二十五年》载子产曰:"民有好、恶、喜、怒、哀、乐,生于六气。是故审则宜类,以制六志。"孔颖达《正义》谓:"在己为情,情动为志,情志一也。"而情从"志"中分离开来并使之在更高的理论层次上统一,又是《毛诗序》诗歌发生论的重要意义。《毛诗序》云:

> 诗者,志之所之也,在心为志,发言为诗,情动于中而形于言,言之不足故嗟叹之,嗟叹之不足故永歌之,永歌之不足,不知手之舞之、足之蹈之也。

这不仅演绎了虞书说诗之志,续承了《乐记》"诗、乐、舞"三位一体的思想,②而且明确提出了言志与抒情相统一的诗学观。有关"情"的提出与重视,自《荀子·正名》提出"性之好恶喜怒哀乐,谓之情",尔后用于文艺观,首先是论"乐"。如《尹文子》云:"乐者所以和情志";《礼记·乐记》云:"是故情深而文明,气盛而化神,

---

① 按:《春秋公羊传》宣公十五年何休《解诂》谓《诗》是古者"男女有所怨恨,相从而歌。饥者歌其食,劳者歌其事"。此与《毛诗序》"在心为志,发言为诗,情动于中而形于言"说大体一致。
② 《礼记·乐记》:"诗,言其志也;歌,咏其声也;舞,动其容也。三者本于心,然后乐器从之。"又云:"故歌之为言也,长言也;说之故言之,言之不足故长言之,长言之不足故嗟叹之,嗟叹之不足故不知手之舞之、足之蹈之。"

和顺集中,而英华发外";《淮南子·泰族训》云:"夫雅颂之乐皆发于词,本于情",皆持乐本乎情,情志相和的见解。而《毛诗序》以乐论之"情"言诗,非简单移植,而是具有理论深意的。从发生学意义看,《毛诗序》首先提出"诗者,志之所之也"命题,显然不是笼统的以"诗言志"做抽象的阐解,而是反溯于诗产生于人心这一基点,意识到诗具有主体情感意义的发抒作用。而"志之所之"经过"在心为志,发言为诗"和"情动于中而形于言"的双向推阐,又使"志"与"情"形成整体结构。就"志"与"情"相同处言,二者都是存积于中而英华发外的;就其不同言,"志"偏向于理性认识的追求,"情"又偏向于情感意识的表现,而蕴蓄于心中之"志"与萌动于心中之"情"的结合,即构成了《毛诗序》融和着理性精神与感情色彩的诗歌表现艺术特征。

从《毛诗序》情志合一的诗歌发生理论看其对《诗》致用功能的陈述,则易于把握其诗论精神及其历史与现实的双重意向。其由"动于中"的"情"发论云:

> 情发于声,声成文谓之音。治世之音安以乐,其政和;乱世之音怨以怒,其政乖;亡国之音哀以思,其民困。故正得失,动天地,感鬼神,莫近于诗。先王以是经夫妇,成孝敬,厚人伦,美教化,移风俗。

这段话的前部分来自《礼记·乐记》中有关"情动于中,故形于声","声音之道,与政相通"的记载;所不同的是将《乐记》中乐与政通和乐以传情的思想引入诗学,构成诗歌言志传情统一的理论。正因为有这种不易之志与感物之情,《诗》才能产生"动天地,感鬼神"、"美教化、移风俗"的囊括天人的巨大效应。所以,《毛诗序》对诗歌发生之界定本身,也就灌注了盛汉之世"言天下之事,形四方之风"的时代生气。在对诗歌特征的整体把握中,《毛诗序》对诗志的推阐同样表现了封建时代上升期的文化现象。在《诗》学领域中，自先秦到汉代，个性情感始终没有越过理性的栅栏和政教的规范，但也同样未淹没情感的表现因素。这种情感因素经汉初《诗》学解说中对"刺"诗的重视，对音乐感人作用的渲染，尤其是南北文化交融过程中楚骚情思的渗透，发生了巨大变化，此在西汉文学鼎盛期赋体文学体物写志而产生的审美之情，乐府文学叙事写志而产生的哀乐之情，史传文学写人述志而产生的悲愤之情，均有相对统一的表现。作为对古老诗歌的理论总结，《毛诗序》所云之"情"固然与当世文学创作之情有一定距离，然其"情动于中而形于言"、"吟咏情性"的诗歌发生论，又无疑烙下了时代情感的印记。在此意层上，《毛诗序》"发乎情，止乎礼义"内含现实意义的"刺"，不仅表现出时代鼎盛期的人文精神，而且是于"先王之泽"之理想蓝图中具有针对性的理性拓展。清人纳兰性德《渌水亭杂识》卷四云："诗乃心声，性情中事也。发乎情，止乎礼义，故谓之性。"是从人文精神理解的。而当这种内在精神随着时代文化向专制的倾斜而消逝时，"止乎礼义"之"礼义"又成了极现实的政教工具，束缚了人情（民性）。这又是汉儒说诗的历史悲剧。

从《毛诗序》的诗歌发生说看有关古代文学思想的批评，我觉得尚有一值得反思的问题，即文学的人本位与政本位问题。在漫长的封建社会历史上，《毛诗序》被很多人奉为圭臬，并作为文学教化理论的典范，压抑了文学创作的才情、个性，这既是《毛诗序》教化观本身留给后世的病症，也是后世视其为教化工具而丧失了《毛诗序》诗歌发生说中"情动于中而形于言"之"情"的原因。作为对这种重政教意识的文学正统观的反拨，现代有种批评观认为：从《尚书》"诗言志"经孔子到《毛诗序》形成了以儒家社会政治伦理为核心的政本位文学观，反之，以代表先秦道家的《庄子》为发端，到魏晋时代陆机之"诗缘情而绮靡"（《文赋》）、钟嵘之"摇荡性情"(《诗品》)思想的出现,形成了人本位的文学观。固然,儒家文学思想确以社会政治伦理为基础,但是否就因此而扼杀人的个性? 政本位与人本位是否依此两条线断然分开? 似可商讨。首先,所谓人本位文学观,其表现是重个性、重才情,其本质在于不屈于权势的人格的扬举和善心(真情)的发现,而这恰是先秦儒家思想的起点。即如汉儒处专制之朝,亦言政治"欲伸民权之公理",言伦理,"其最精之理约有二端:一曰立个人之人格……二曰明义利之权限。"①因此,以古代学派之主流儒、道二家对文学的影响来看,珍重人之性情的文学思想可溯自两端,一为孟子的性善思想,一为庄子的求真思想,并经汉魏唐宋而贯达明清;其不同只在于前者以人之性情出发而达阐发天下为公之大性情为理想,后者以人之性情出发而达虚无真朴之"大我"为理想。其次,所谓先秦人本位文学观,不可能超越汉代,魏晋所谓的人文自觉也是从汉代人文精神的潜变而来(其中包括裂变)。汉代文学虽然有着浓厚的政治、伦理色彩,然其中个性与专制的抗争,实为一重要情愫;而从另一角度看,个性在帝国强盛期参与大文化的建设而显示出的雄夸心理和腾跃生气,同样不失为一种个体情感的表现。再则言归正题,《毛诗序》情志合一的诗歌发生说本身就内含着人的哀乐之情,这种哀乐之情通过艺术表现而达到美刺作用,又与乐府采风之"下情上达"思想桴鼓相应,形成了《诗》学历史感与现实性的交汇,而其内在精神,又是以民为本之性情。② 所以在诗用论上,陆机"诗缘情"观与《毛诗序》政教思想甚相牴牾,但就诗歌发生而言,二者又不无相通处,在此意义上,《毛诗序》又是先秦"诗言志"

---

① 引自刘师培《两汉学术发微论》中《两汉政治学发微论》、《两汉伦理学发微论》两篇。
② 汤显祖《董解元西厢题词》云:"志也者,情也。先民所谓'发乎情,止乎礼义'者是也。嗟乎,万物之情,各有其志。"可谓导源之论。

到魏晋"诗缘情"思想的中转,具有非常重要的历史意义和时代价值。

三 六义与政教美刺

朱自清《经典常谈·诗经第四》说:"《诗序》有《大序》、《小序》。……《大序》说明诗的教化作用,这种作用似乎建立在风雅颂赋比兴,所谓'六义'上。《大序》只解释了风雅颂。说风是风化(感化)、风刺的意思,雅是正的意思,颂是形容盛德的意思。这都是按着教化作用解释的。"此将《毛诗序》对诗的分类与教化作用结合起来的认识,非常正确。在《毛诗序》中,"六义"的提出和阐释并不出于文艺表现手法的审美角度,而是最切实的致用思想。其云:

> 故诗有六义焉:一曰风,二曰赋,三曰比,四曰兴,五曰雅,六曰颂。

"六义"提法源于《周礼·春官》"(大师掌)教六诗:曰风,曰赋,曰比,曰兴,曰雅,曰颂"之"六诗",经先秦诗学至《毛诗序》而理论化、系统化。①《毛诗序》通过解释"六义"中之风雅颂的不同功用,阐发教化思想。如释"风":"风,风也,教也;风以动之,教以化之。"这不仅是"风"诗教化的定性,也是诗三百篇教化思想的总纲。由此总纲和"风"的"上化""下刺"的双向作用,又推导出"变风变雅"说:"至于王道衰,礼义废,政教失,国异政,家殊俗,而变风变雅作矣。国史明乎得失之迹,伤人伦之废,哀刑政之苛,吟咏

---

① 陈启源《毛诗稽古篇》卷二十五《总诂举要》云:"风、雅、颂之名,其来古矣。不独《大序》言之也;见《周礼》大师之职,又见《乐记》师乙答子贡之言,又见《荀子·儒效》篇,历历可据也。"然其理论阐释,实至《大序》始系统。

情性,以风其上,达于事变而怀其旧俗者也。故变风发乎情,止乎礼义。"其释"雅"云:"是以一国之事,系一人之本,谓之风;言天下之事,形四方之风,谓之雅。雅者,正也,言王政之所由废兴也。政有小大,故有小雅焉,有大雅焉。"又显示了"风""雅"有"一国"与"天下","一人"与"四方"之别。释"颂"则谓:"颂者,美盛德之形容,以其成功告于神明者也。"这里追溯到颂诗的起源,阐明了它与古代祭神庆功之歌舞的关系。如果说"颂"诗具有宗庙文学人神以和的特征,"雅"诗具有宫廷文学王者之风的气象,那么"风"诗则具有民间文学下情上达的作用。于此亦可见《毛诗序》重视"风"诗的意义。

《毛诗序》的政教思想主要表现在文学与政治、社会之关系的系统论述。作者认为,诗虽是一种抒情言志的表现,但毕竟植根于现实生活,诗之美刺作用的产生,决定于社会政治的兴废更替。所以《毛诗序》释"风"兴起变风意,显然针对社会动乱、政治腐败、民生凋敝,此亦构成诗人"吟咏情性"与现实生活"人伦之废"、"刑政之苛"间的有机联系。而观其对"风"诗的具体诠释,其为政治教化服务又有两种形式,一是"上以风化下",二是"下以风刺上"。①关于"上以风化下",是就治世而言,显示出先王"经夫妇,成孝敬,厚人伦,移风俗"的正面教化作用,而这一观点的提出,其现实意义在于《毛诗序》所处时代的化民正俗思想。至于"下以风刺上",是就乱世而言,这里包含了对统治者失败的规谏、讽刺,其现实意义又在于《毛诗序》通过对诗用的理论阐发而表现出向专制政体苛民政策的抗争。通过这两种形式的表现,《毛诗序》政教思想又

---

① 按:这里的"风"非仅"讽刺",而具广泛的"教化"意。孔颖达《毛诗正义》:"志之所适,外物感焉。言悦豫之志,则和乐兴而颂声作;忧愁之志,则哀伤起而怨刺生。"即双重意蕴之教化思想的披示。

有四个特征:其一,诗意通政,是《毛诗序》政教思想的核心,亦为后世争论焦点。如其诠解风、雅、颂和创立"四始"说,①皆附会政治。对此,刘勰赞其"四始彪炳,六义环深"(《文心雕龙·明诗》)。孔颖达疏《诗序》"六义"云:"诗人之四始六义,救药也。"肯定其教化思想。反之,崔述《读风偶识》卷一指责"《诗序》好以诗为刺时刺其君者,无论其词如何,务委曲而归其故于所刺者"。这又是从诗意导源出发对汉儒解诗(包括《毛诗序》观点)予以历史扬弃的。② 其二,诗变通政,是《毛诗序》及汉儒说诗之辨明政教思想的一种方法。《毛诗序》提出"变风变雅"说,认为诗于王道治世,具有"厚人伦,移风俗"的政教意义,而当"王道衰,礼义废,政教失",诗又具有谲谏、讽刺的作用;这种与世推移的诗变说不仅将诗的政教作用与时代紧密联系,而且在新的层次上揭示了诗的情志力量。其三,诗用通政,是《毛诗序》对诗意通政、诗变通政的一种本质性的概括。如其谓"风,风也,教也;风以动之,教以化之",此具普遍意味的教育思想,既"正得失",又"美教化",显示了以教化致用为目的的文艺价值观。③ 程廷祚云:"《序》曰:'上以风化下,下以风刺上。'又曰:'一国之事,系一人之本,谓之风。'此皆论诗者之权衡也。"(《青溪集》卷一《诗论六》)尤奉此政教致用思想为诗论标的。其四,诗美通政。由于诗是内在情志的感发,故常伴随着音声和谐的旋律和委婉谲谏的比兴方法加以表现,起到颂美教化、潜移风俗的作用。焦循谓"夫诗,温柔敦厚者也,不质直言之,而比兴言之,不务胜人而务感人"(《毛诗郑氏集》),似能

---

① 四始,即风、小雅、大雅、颂。陈奂《诗毛氏传疏》:"《关雎》风始,《鹿鸣》小雅始,《文王》大雅始,《清庙》颂始。"
② 宋人章如愚《山堂考索》谓:"《诗序》之坏诗,无异《三传》之坏《春秋》。"是针对汉人诗意通政思想而发的。
③ 皮锡瑞《经学历史·经学昌明时代》:"武、宣之间,经学大昌……以三百五篇当谏书,治一经得一经之益也。"此亦诗用通政之言。

窥破其与诗教俱来的诗歌审美价值。

《毛诗序》强调"风刺"应"主文而谲谏"和"发乎情,止乎礼义","情"与"礼"在现实意义上的冲突决定了诗教观内在思想的矛盾。从"主文而谲谏"看,"主文"或如《毛诗序》所谓"情发于声,声成文谓之音",以讲求诗的音声和美,悦耳动听,富有感染力;而"谲谏"是一种委婉含蓄的寓讽于志的方式,其目的要达到"言之者无罪,闻之者足以戒"之诗教感化的中和美效果。这一点没有疑问。问题的症结在诗是"情动于中而形于言"的产物,"情"又是人的喜怒哀乐之情,这种发自内心的"怒则掣电流虹,哀则凄楚蕴结"(黄宗羲《万贞一诗序》)的"情"与"谲谏"的结合,充分显示了其调和理论中创作思想之内在矛盾。同样,哀乐之情的发泄,却需"止乎礼义",尽管《毛诗序》所云"礼义"并非仅是统治者对人民的伦理规范,而具有"先王之泽"的理想色彩,但其"礼义"概念本身,无疑受"情"的限制,二者的关系只能在调和中陷入矛盾。缘于这层矛盾,后世对其评价亦甚龃龉。如李贽《读律肤说》认为"非情性之外复有礼义可止也"(《焚书》卷三《杂述》),宏扬情性;刘熙载《艺概·诗概》谓"不发乎情,即非礼义,故诗要有乐有哀;发乎情,未必即礼义,故诗要哀乐中节",又将情与礼义统合起来。① 最有趣的批评来自朱熹,他在《诗集传序》中指摘《毛序》②有二失,一是作者"傅会书史,依托名谥,凿空妄语,以诳后

---

① 纪昀《云林诗钞序》云:"《大序》一篇,确有授受,不比诸篇《小序》,为经师递有加增其中。'发乎情','止乎礼义'二语,实探风雅之大原。后人各明一义,渐失其宗。一则知'止乎礼义'而不必其'发乎情',流而为金仁山《濂洛风雅》一派,使严沧浪辈激而为'不涉理路,不落言筌'之论;一则知'发乎情'而不必'止乎礼义',自陆平原缘情一语引入歧途,其究乃至于绘画横陈,不诚已甚欤?"虽多发明,然亦未辨序文情与礼的内在矛盾。
② 按:朱熹指摘的《毛序》虽系篇首《小序》,然其所批评的思想和解诗方法,也同样是《大序》的内容。但又不能忽略,《小序》因是对《诗》具体的诠释,故多穿凿附会,而《大序》是《诗》的理论概括,虽亦由附会而来,却不落于具体,此又二者所不同之处。

人",二是作者"必使无一篇不为美刺时君国政而作,固已不切于情性之自然";因此他认为"凡诗之所谓风者,多出于里巷歌谣之作,所谓男女相与咏歌,各言其情者也"。与《毛诗序》相比,朱说无疑要高明得多。但是,朱熹对《毛序》之批评的旨归并非是扬举人情(使哀乐之"情"不受"礼义"的限囿),相反,却在于"尤有害于温柔敦厚之教"。如果再结合今人对《毛诗序》"止乎礼义"是恪守孔教"温柔敦厚"之旨而扼杀人情的批评看朱说,这又是文学批评中的一个历史悖论。可以说,《毛诗序》在政教意识支配下对诗"情"的限制与《礼记·乐记》"反情以和其志,广乐以成其教"有一致之处,其囿于"礼义"的"谲谏"方法,确实压抑了"风"诗的刺世力量,这种思想在大一统专制政治日益强化的情势下,很容易失去诗教的讽刺内核,而流为徒有"礼义"的邀获帝心、希荣固宠的谄谀取容。① 相反,《毛诗序》所形成之悖论的另一面,却是在专制压抑下的一股"情"的涌动,从而使其理论体系中的主要思想成为对"风"诗的扬举,这是以《毛诗序》为代表的汉儒说诗的光辉之处。这种"吟咏情性,以风其上"理论中的人文思想,不仅为汉代诗教灌注了应有的生气,也为当世或后世正直之士砥砺名节提供了精神力量。②

总之,《毛诗序》"六义"的提出不是《诗》之源,而是《诗》之用。其对"六义"功用的阐释,既是当时"诵诗书负笈,不为有道;

---

① 如汉武帝时,颜异因对白鹿皮币有歧见,招致武帝不悦。有次颜异与客人交谈,客人说"诏令初下,有不便处"。颜异"微反唇",即被酷吏张汤奏以"见令不便,不入言而腹诽,论死"。"自是之后,有腹诽之法,而公卿大夫多谄谀取容矣。"(《史记·平准书》)

② 有关汉代经师(包括诗学)刚正不阿,砥砺名节之人事,可参见全祖望《鲒埼亭集外编》卷三十八《汉经师论》中的记载。又,洪迈《容斋随笔》卷二"汉采众议"条,从统治者纳谏的角度记录了汉代文士无畏的进谏精神;王楙《野客丛书》卷二十二"汉人规戒"条又从汉人交友的角度赞其"不肯阿意顺旨,以陷于非义"的"凛然可喜"之风。

要在安国家,利人民,不苟繁文众辞而已"(桓宽《盐铁论·相刺》)的文学致用思潮的反映,又为后世儒家正统诗学观注入了理性。①至于"六义"思想向文艺表现手法和形式美的升进,这又是后代《诗》学发展所达到的思想新层次。

---

① 如白居易《读张籍古乐府》诗"为诗意如何?六义互铺陈,风雅比兴外,未尝著空文";"上可裨教化,舒之济万民",与《毛诗序》文学思想一脉相承。

第三章 转折期

(元帝初元初至光武建武中)

汉元帝刘奭于公元前48年以"柔仁好儒""优游不断"的性格带着其父宣帝刘询"乱我家者,太子也"(《汉书·元帝纪》)的预言登上帝位,汉代政治、文化自此历经"湛于酒色"的成帝、"飨国不永"的哀帝、"政出莽出"的平帝至新莽移祚,渡过了一段衰变期。此时学术思想虽延续武、宣之世儒学独尊局格,然却失去了那种"霸王道杂之"的内在事功精神和大文化生气;成帝时的兴盛景象,王莽改制后的内外政绩,①只是江河颓浪中的回光返照。值此文化大势,学术思想在由繁荣趋于沉闷的现象中向两方面衰变:一是经学内部阴阳灾异的盛行和谶纬图书的大量出现(如哀平之间的谶纬书八十一种),导致今文经学遭受刘歆,王莽、陈钦等人倡导的古文经学的冲击;一是被汉代大文化包容于儒家思想体系中的道家思想重新出现,显示出汉代正统思想中的离异因素。如果说这时学术思想的特征主要表现在颓衰潜变,则文学思想的衰变更为明显,其主要特征成为西汉文风向东汉文风演进的转折点。

在这一时期,随着经学思潮重师法传统,文学也丧失了鼎盛期的创造性,形成了元、成时代的摹拟文风。但是,在此文风摹拟困境中,大小作家创作虽莫不以摹习为能事,而文学思想却或在摹拟

---

① 有关王莽新朝建立后的政绩及其败亡原因,可参见章太炎《检论》卷七《通法》、钱穆《国史大纲》第三编、第八章《统一政府文治之演进》,以及拙文《〈剧秦美新〉非"谀文"辨》(载《学术月刊》1985年第6期)。

中沉沦,或于摹拟中崛起,前者意味着西汉文学思潮的颓波余脉,后者是对西汉文学的反思变革。刘向、刘歆父子的文学思想已崭露新思,扬雄文学思想则展现了两汉之际文学在摹拟中变革的情态,对东汉文学思潮的形成起着巨大的影响。代表有汉一代文学之主潮的汉赋艺术,至此亦进入转折阶段,其创作思想与学术思想的融通,充分显示出整个汉赋的流变与汉代学术之主流儒、道思想发展的有机联系。日人青木正儿《中国文学思想史》言汉儒治经义之学者有两种,一种是"专讲经书之义理",一种是"儒家而兼文人",至于后者,"西汉末之刘向、扬雄,东汉之桓谭、王充、王符、仲长统、荀悦诸人均为此一新派之臣擘"。此说已窥察到汉代文学思想发展中的一个重要历史起点,这正是我们应从摹拟文风中透视到的汉代文学观念转折的征兆。

第一节 经学思潮与摹拟文风

摹拟复古与变革创新,是通贯我国学术思想的重大理论问题,而此问题在文学思想上的表现,则于汉代尤为突出,严格地讲,是以汉代辞赋创作的摹拟为其滥觞的。刘勰《文心雕龙·通变》说"夸张声貌,则汉初已极;自兹厥后,循环相因;虽轩翥出辙,而终入笼内",即以汉代文学相因为例明其通变因革理论。从汉代文学的发展看,刘勰所说的汉初文采应指景、武之际散体大赋的出现,而在"枚马同其风,王扬骋其势"、"繁积于宣时,校阅于成世"的盛况下,已形成汉赋文学的图案化、模式化倾向,使其繁荣的表象中内含一股不断丧失生气的摹拟思潮。然而,文学的盛衰交互实处于辩证发展规律之中,[①]在西汉后

[①] 清人刘开《与阮芸台宫保论文书》评唐宋八家云:"盖文章之变,至八家齐出而极盛;文章之道,至八家齐出而始衰。"(檗山草堂本《刘孟涂文集》卷四)其论可谓对文学之因革发展情势较中肯的理论概述。

期摹拟文风日显其敝之时,新的变革亦孕育、呈露。

一 经学困境中的摹拟文风

这是在西汉社会大潮汐下显出末世疲惫的时期,其文运之盛衰,又与武、宣以降经学之兴废有紧密联系。

西汉王朝以经学统一文化,又因经学而衰亡,这种情状在汉元帝全面施行儒生政治后最为明显,而个中原因,在经学致用这一关节点上。关于经学致用,在汉代始终缠绕着儒家传统历史观中的两大问题:"天命"和"改命"。汉初黄老之学以刘汉取天下例而倡"改命"之说;至景帝时政权趋稳,又视"改命"为禁区;而到武帝时经董仲舒倡导才确立了在大文化形势下的"天命"观。然而董氏"天命"观是由"五德终始"说和"三统"说组合而成,以期揭示历史发展规律,所以他为了消除"改命"的危机和"天命"的蒙昧,提出了"更张"或"更化"主张,使"天命"观注入"改命"意识,这在当时是不无积极作用的。可是,经武帝晚年巫蛊事件和昭、宣之世霍光废立三主等有关大统继承的变故,尤其是西汉后期政治、经济的衰颓,"改命"思想再次崛起。昭帝时的眭弘以"承顺天命"为名,倡更化改命之实(《汉书·眭弘传》),宣帝时的盖宽饶又公然上书劝宣帝退位让贤(《汉书·盖宽饶传》);尽管二人均未免于死,但其殉道献身精神却显示出当时很多经学之士的进步意识。因于统治者对改命意识的屡次打击,经学致用仅存于学者的主观企向中,而天命思想则成为挽救王朝覆亡的工具。[①]

概观西汉摹拟文风形成之思想实质,正是在此消解致用精神的天命观笼罩下而向两方面转化:一是文学对政治、利禄的依附。

[①] 王应麟《困学纪闻》卷一"魏相以易相汉"条云:"魏相以易相汉,能上阴阳之奏,而不能防戚宦之荫。""匡衡以诗相汉,能陈《关雎》之义,而不能止奄寺之恶。"由此可见经学致用与蹈虚之矛盾实为汉世学术一大现象。

如果说在武、宣之世通经和献赋成为文人踏入仕途的两条捷径,从而焕发起文人驱除哀怨、面视现实的事功精神,并从客观上繁荣了文学创作的话,那么,在元成以后的醇儒政治下,通经与献赋已合而为一(以通经为主),其对政治的依附性和为谋取利禄而治经、治赋,虽然是延承前代,但却失去了这一制度形成期的致用性。据文献记载,元、成、哀、平四朝,沿习金马(武帝时)、石渠(宣帝时)旧事,为经学思潮的发展推波助澜。如元帝初元二年冬,以萧望之道经术功,赐爵关内侯。成帝时召见班伯于宴昵殿,容貌甚丽,诵说有法,拜为中常侍。哀帝时,刘歆请立《左传》,与五经并列学官。平帝元始四年,王莽奏起明堂、辟雍、灵台,为学者筑舍万区,作市常满仓,制度甚盛。诸如此类,均表明了经学思潮在排斥异说的集权思想下渐趋制度化和工具化。这种制度化、工具化倾向本身,就意味着个性与创造性的消逝,而文士的创作为了迎合政治需要,追求虚名利禄,又必须适应制度,充当工具,"文章与政通,而风俗以文移"(裴延翰《樊川文集序》),西汉摹拟文风正在此政治文化背景下愈演愈烈。

二是与政治、利禄联系紧密的经学章句之学的兴起。《汉书·儒林传赞》载,自武帝立《五经》博士以来,"百有余年,传业者浸盛,支叶蕃滋,一经说至百余万言,大师众至千余人,盖禄利之路然也"。这种因师法章句传承所形成的递相祖述、烦琐饾饤的学风,致专骛饰说而蚀其神智,通经致用尤蹈虚域。这种貌似繁盛的背面,却是经学思想的汨没,其中不仅丧失了人在现实社会中的价值,而且也决定了文人创作中支离空洞、摹仿蹈袭的倾向。

经学的附会之习是文风重摹拟的特征形成的重要原因。[①] 然

[①] 详见周勋初《王充与两汉文风》文中有关两汉文风重摹拟的探讨和所列《两汉摹拟作品一览表》(《文史探微》上海古籍出版社1987年版)。

对汉代文学的摹拟,昔人多从其延承先秦余绪这一角度出发。如刘勰《文心雕龙·时序》云:"爰自汉室,迄至成、哀,虽世渐百龄,辞人九变,而大抵所归,祖述楚辞,灵均余影,于是乎在。"章学诚《文史通义·诗教上》云:"《上林》、《羽猎》,安陵之从田,龙阳之同钓也。《客难》、《解嘲》,屈原之《渔父》、《卜居》,庄周之惠施问难也。韩非《储说》,比事征偶,《连珠》之所肇也。"实举隅之见,非求全之论。如前所述,代表大文化风采的汉代文学的崛兴,绝非先秦文学流裔余脉,因此汉代摹拟文风也只在西汉后期经学思潮下辞赋文学创造性衰退现象中才盛行。应该说,在此摹拟文风中,文学思想也非简单的剽窃和复古,而是内涵文学转折期的意蕴。

二　摹拟文风下的消极思想

刘知几《史通·摹拟》云:"盖摹拟之体,厥途有二,一曰貌同而心异,二曰貌异而心同。"又云:"貌异而心同者,摹拟之上也;貌同而心异者,摹拟之下也。"此乃史学摹拟之说。[1] 以史证文,同样适应我国古代文学思想。韩愈《答刘正夫书》载:"或问,为文宜何师?必谨对曰:宜师古圣贤人。曰:古圣贤人所为书具存,辞皆不同,宜何师?必谨对曰:师其意,不师其辞。"这种师辞、师意说又引出师古、师心问题。如赵秉文《答李天英书》谓:"上匠不师绳墨,独自师心。"李兆洛《骈体文钞》卷四又以扬雄《十二州箴》为例,云"子云善仿,所仿必肖,能以气合,不以形似也",亦主"师心"。[2] 王鏊《震泽长语》卷下《文章》云:"为文必师古,使人读之

---

[1] 刘知几于此着重提出"摹拟"之貌同心异、貌异心同两类型,并倡导学古当取心遗貌,从广义上肯定了"摹拟"方法。
[2] 明李维桢《书程长文诗后》论当时诗坛师古、师心之弊云:"师古者排而献笑,涕而无从,甚则学步邯郸矣;师心者冶金自跃,覂驾自骋,甚则驱市人野战、必败矣。"(《大泌山房集》卷一三一)

不知所师,善师古者也。"此师古之论,然其师古之目的,仍在"师其意而不师其词"。尚有脱开师古、师心,视摹拟古人为作文入手方法者,如王壬秋《王志》云:"夫神寄于貌,遗貌何由得神。优孟去其衣冠,直一优孟耳。不学古何能入古乎?古之名篇乃自相袭,由近而远,正有阶梯,譬之临书,当须池水尽墨。至其浑化,在自运耳。"构成了由师辞、师意到自运的文章方法论系列。① 黄侃《文心雕龙·通变篇札记》又从"能变"与"不能变"阐述文学摹拟之道,他认为:"古人之文,有能变者,有不能变者;有须因袭者,有不可因袭者,在人斟酌用之。大抵初学作文,于摹拟昔文,有二事当知:第一,当取古今相同之情事而试序之;……第二,当知古今情事有相殊者,须斟酌而为之。……心于古今同异之理,名实分合之原,旁及训故文律,悉能谙练,然后拟古无优孟之讥,自作无刻楮之诮。"由此理论反思西汉后期文学创作,最大的弊端即在于仿古取貌以至于昧然泥古,而其文学思想的消极面亦缘此产生。

　　复古是这一时期文学思想的重要特征,也是文学创造性消退的现象之一。西汉文学创作,武、宣之世的骚赋已启摹拟之风,至元、成后,这种风气由骚赋扩展到散化大赋及其它文体。这时的文学内容以复古为标,使武、宣之世文学的纵横气势、盎然生趣渐溃于诗教,显出文学对经学的极度依附。由于文人企望走"经明行修"、"经术通明"的仕途,故对式微的国势、困苦的民生已缺乏时代上升期那般的雄心和关爱,而是在深深的忧虑中沉入"古贤"理想消释自我。从积极态度出发,文士多讨论经义,崇尚儒雅,以"览六艺之意,察上世之务,明自然之道"(匡衡《上疏言政治得

---

① 同此意者,如朱熹说:"古人作文作诗,多是模仿前人。……学之既久,自然纯熟。"(《朱子语类》卷一百三十九)姚鼐《刘海峰先生八十寿序》云:"为文章者,有所法而后能,有所变而后大。"曾国藩《鸣原堂论文》云:"以脱胎之法教初学,以不蹈袭教成人。"

失》)、"五经圣人所制,万事靡不毕载……旦夕讲诵,足以正身虞意"(王凤《东平王求子史对》)的古圣贤之文拯世自娱,而与现实的时代产生了隔膜。从消极态度出发,如刘向明经之余,作《九叹》仿骚悲屈,其逢纷之时,离世之情,忧苦之怨,愍命之哀,皆缺乏当世精神,而旨归于思古之境;严遵虽遗弃人寰,不受明经利禄的诱惑,然其《座右铭》寄忧患之思于先秦道家,托荫老子,消声祸福,同样是一种逃避现实之复古思想。这种复古思想在文学创作中的表现,到扬雄辞赋创作而达极致,然新变亦孕育发生于其穷极之境。王充《论衡》批评"俗好珍古不贵今,谓今之文不如古书"(《案书篇》),"俗儒好长古而短今"(《须颂篇》),其对汉代经学思潮的批评,同样包含了对复古文风的针砭。

摹拟文风消蚀着创作个性,这与汉代经学中人被神化的同时,却丧失了人的地位这一特点有关。在西汉鼎盛期,人创造的"天"(人格神)仍具有人的显赫威势,然经西汉后期的发展,"天"所含的人格性情却在专制政治压抑下和历史的颓波中弱化、消逝;其博采人风民俗所建构的礼乐秩序经百十年变迁徒存僵化的形式;尤其是作为一代新文体的大赋,至此亦意趣萧散,貌取旧制,因袭盛汉,实为一时风势。洪迈《容斋随笔》卷七"七发"条云:"枚乘作《七发》,创意造端,丽辞腴旨,上薄骚些,盖文章领袖,故为可喜。其后继之者……规仿太切,了无新意。"又云:"东方朔《答客难》,自是文中杰出,扬雄拟之为《解嘲》,尚有驰骋自得之妙,至于崔骃《达旨》,班固《宾戏》,张衡《应间》,皆屋下架屋,章摹句写。"顾炎武《日知录》卷十九"文人摹仿之病"条批评朱明复古派之文云:"近代文章之病,全在摹仿。即使逼肖古人,已非极诣,况遗其神理而得其皮毛乎!效《楚辞》者必不如《楚辞》,效《七发》者必不如《七发》,盖其意中先有一人在前,既恐失之,而其笔力复不能自遂,此寿陵余子学步邯郸之说也。"这些批评皆针对摹拟之通病而发,而摹拟文风的根本谬误就在违背了"文之为物,自然灵气。恍惚而来,不思而至"(李德裕《文章论》)的情感规律。文学表现情感,是"天地变化与人心之精化交相击发,而文章之变不可胜穷"(钱谦益《复李叔则首》)的艺术,然而在西汉后期,文学对经学的依附也决定其情感的衰微,这同样是文学创造性消退的表现。纵观西汉文章之情感,汉初文学沿习楚骚,多抒个人感伤悱恻之情,然其幽怨之思,却反映出当时的求治世而痛世的致用精神,因此具有较强的创作生命力。而至鼎盛期文学,情感主要表现为振大汉声威的激情,在此激情的背后,又是一种与专制政治相抗争的愤情,均显示了大时代的文学生气。昔人谓"西汉文章雄浑雅健,其气长故也"(惠洪《冷斋夜话》卷一),在很大程度上正是其强国之音下浑茫飞动之才情的宣泄。至西汉后期,文学情感的表现随着大文化的解体似乎又回归到汉初,如息夫躬的《绝命辞》,心结忧思,满纸呜咽;崔篆的《慰志赋》悲昊天不吊,悼人生歼夷,欲远遁幽处,骋六经奥府,皆表现个人的怨情。但是,这种怨情又与汉初文学之怨情不同,其差异主要在于汉初是积极入世的怨情,而这一时期,却显出避世远俗的心态。即如刘向、扬雄这样才气纵横的作家,其文学才情也远不及盛汉风采,他们因文学情感的淡化而产生的对文学自身的困惑,以及由此困惑而产生的痛苦,唯一的宣泄途径是转入深层的哲理的思考。这是文学创造性消退的表征,也预示了文学思想必然衰变。

　　文学"有一变,必有一弊,弊极而变又生焉"(纪昀《冶亭诗介序》)。西汉文学之弊,缘于经学之弊;而弊极生变。文学之变亦缘于经学之变,刘向、刘歆父子至扬雄,桓谭思想的递进,正说明了这一点。而此思想递进之本身,又奏响了摹拟文风中的衰变曲。

第二节　文化衰变对文学思想转化的促进

汉代文化至西汉末叶已危机重重,在经学内部,仅《春秋》一经,即发生了今文经之穀梁学向公羊学夺统,古文经之左氏学与今文学争立学官的事件,①前者以刘向为代表,后者则刘歆为其嚆矢。这由刘氏父子相继掀起的经学之争,同样揭示了这一时期文学思想衰变的征兆。

一　从《穀梁》、《公羊》争统看刘向文学思想倾向

关于刘向在汉代学术史、文学史上的地位,古人多将其与董仲舒媲美。如全祖望在《鲒埼亭集》卷二十九《刘扬优劣论》中颂赞刘向、抑弃扬雄,认为"向之所学甚正,所操甚伟,西京儒者自董仲舒外莫之逮也"。刘熙载《艺概·文概》云:"贾长沙、太史公、淮南子三家文皆有先秦遗意,若董江都、刘中垒,乃汉文本色也。"董、刘学术文风或多相同,然究其思想之主要倾向,却相距甚遥,这首先表现在《公羊》学与《穀梁》学的思想异点上。

董仲舒在武帝时挫败当时治《穀梁》的江公,倡《公羊》之学,大显于世。《公羊》取胜原因甚多,而最要者是其对《春秋》经义的训释迎合了大一统政治的需求。《公羊传》对《春秋》隐公元年首句"元年春王正月"作"何言乎王正月?大一统也"的训释,肯定了大一统专制政治的合理性;又因《公羊传》有"复九世之仇"一语,为武帝雪高祖"平城之围"耻辱而出师匈奴、对外扩张提供了理论依据。特别是《公羊传》再三强调了拨乱世,反诸正,大义灭亲的

---

① 按:用汉代通行的隶书写成的称为"今文经",用先秦东方六国文字写成的称为"古文经",前者在西汉立学官,后者仅在民间流传。

法制思想,尤适应于当时的中央集权制度。然经历史变迁,至汉宣帝召群儒"大议殿中,平《公羊》、《穀梁》同异",《穀梁》取代《公羊》官学地位,而刘向正逢其时,受《穀梁》之文,①大加倡导,至元成时代为独尊之学。《公羊》衰退而《穀梁》盛兴实乃《穀梁》推崇礼治、复苏民本意识使然。概言之,《穀梁传》倡扬的"孝子扬父之美,不扬父之恶,""子以母贵,母以子贵"之贵"礼"观,②与《公羊传》所代表的大一统文化思想比较显然趋于保守、封闭,但用于挽救渐趋末世的经学颓废思潮和日益松散的宗法政治体制,则有一定的时代作用。而这种贵礼思想和民本意识所表现的积极因素反映在刘向文学思想中,则是对西汉正统文学观的离异和初变。

刘向对文学的看法保存于《说苑》《新序》两著。《汉书·楚元王传》载:"向睹俗弥奢淫,……及采传记行事,著《新序》《说苑》凡五十篇奏之。数上疏言得失,陈法戒。书数十上,以助观览,补遗阙。上虽不能尽用,然内嘉其言,常嗟叹之。"据后世考证,两书系刘向整理旧本、重为订正之作,非创自其手;然其时政事荒疏,礼乐崩坏,已可见作者上书之意,况且刘向辑录旧闻,"更造新事"(沈钦韩语),又可见其中不乏刘氏见解。

惩于礼乐弛废之现状,刘向创作之目的在修复礼乐制度,而这正是他取法董仲舒又异于盛汉文学思想之处。对此,刘向先从天人关系中寻找礼乐崩坏的原因,《洪范五行传》集中发挥了他的灾

---

① 《汉书·楚元王传》载:"会初立《穀梁春秋》征更生受《穀梁》,讲论《五经》于石渠。"按:《汉书·宣帝纪》甘露三年三月"诏诸儒讲《五经》同异,太子太傅萧望之等平奏其议,上亲称制临决焉。乃立梁丘《易》、大小夏侯《尚书》、穀梁《春秋》博士。"

② 钟文烝《穀梁补注·论传》云:"《穀梁》多特言君臣父子兄弟夫妇,与夫贵礼贱兵,内夏外夷之旨。"甚得《穀梁》思想之要义。

异思想。① 他在元帝时上封事云:"和气致祥,乖气致异,祥多者其国安,异众者其国危,天地之常经,古今之通义也。"(《汉书》本传)这种观点虽承续董仲舒天人感应的神学世界观,但其引灾异寓美刺的结果只是"阴阳不调"的悲观思虑,已失去盛汉时代通贯天人的气势,而转入对个人言行的要求和对自我心灵的自守。《说苑·谈丛》云:"贤师良友在其侧,诗书礼乐陈于前,弃而为不善者鲜矣。"如何知得礼乐之美,又在于"先观其言而揆其行"。由于刘向贵礼重在"独居乐德,内悦而行"(《说苑·修文》),故在"独居""内悦"的审美心态中,既显出其礼乐思想的内省性,又因其内省显示心灵的智慧。《说苑·修文》融诗、乐、礼于一心之体悟云:

> 凡从外入者,莫深于声音,变人最极。……乐者德之风。《诗》曰:"威仪抑抑,德音秩秩。"谓礼乐也。故君子以礼正外,以乐正内。内须臾离乐,则邪气生矣;外须臾离礼,则慢行起矣。

这种礼乐不可须臾相离的思想所具有的"内心修德,外被礼文"的内外应合结构,决定了刘向继孔子"文质彬彬"说而表现出文质副称的观念。他认为"圣人见人之文,必考其质","虽有外文,必不离内质"(《说苑·反质》),然其在文质"比德"思想前提下,②

---

① 李昉《太平广记》卷一百六十一引王子年《拾遗记》:"汉刘向于成哀之际,校书于天禄阁,专精覃思。夜有老人著黄衣,藜杖扣阁而进。见向暗中独坐诵书,老人乃'吹杖端'烂然火明,因以照向。说开辟以前事。乃授洪范五行之文,向裂衣及绅以记其言,至曙而去。"其说故为小说家言,然其书所言灾异荒诞,以及成书之年代,当无疑异。

② 《说苑·杂言》:"玉有六美,君子贵之:望之温润,近之栗理,声近徐而闻远,折而不挠,阙而不荏,廉而不刿,有瑕必示之于外,是以贵之。望之温润者,君子比德焉;近之栗理者,君子比智焉;声近徐而闻远者,君子比义焉;折而不挠,阙而不荏者,君子比勇焉;廉而不刿者,君子比仁焉;有瑕必见于外者,君子比情焉。"

"文"与"礼"的组合在实质上肯定内在之质时也充实了外在之"文",故能在思想深层平衡文质关系而达到"文质修者谓之君子"的统一。也就是说,刘向文质观之"文"已不仅是外在的华饰,而是注入了礼教含义的充内而现外之美。虽然,"贵礼"观对文学思想的制约必然导致文学依附纲常礼教而丧失性情,但在特定的历史文化条件下,刘向这种"贵礼"文学观与自董仲舒"天人合一"肇端并经演化发展而形成的西汉正统神学思想相比,又或多或少走出"神"的庇荫和"天"的威压,为复苏民本思想和人文精神做出一定的努力。如《说苑·贵德》篇借"晏子饮景公酒"的故事,表达诗乐与民共享的思想;《说苑·修文》篇又以孔子闻《韶》乐之美事畅其所感云:"孔子至彼闻《韶》,三月不知肉味。故乐非独以自乐也,又以乐人;非独以自正也,又以正人矣哉。"此"圣人之所乐也,而可以善民心"、"本之情性,稽之度数,制之礼义"的诗乐观,是兼综继承了《礼记·乐记》"乐教"观及《毛诗序》之"诗教"观而成,具有以民为本,以礼为制的思想。发人深省的是,刘向诗乐观中的民本思想与其"贵礼"思想一样,同是政教松弛、民生凋衰的历史现象的反映。他意识中的"贵礼"包含了礼乐崩毁的文化因素,其贵礼本身即为礼的弱化现象;他所倡导的民本思想,又包含了压抑民心、沦丧民情的文化因素,其强调"民本"之本身即表现了人文精神的低落。因此,在刘向思想中之"贵礼"与"民本"观念的深层,无不显露出一种困乏于外,反求诸心的抑制情态,这反映于文学思想,正是其心感至诚的审美发生思想和曲高和寡的审美鉴赏理论。

刘向认为:"夫诗思然后积,积然后满,满然后发"(《说苑·贵德》),这是他有关文学之蕴中发外的观点。然积于中的文思何以发于外,刘向又以为关键在作者内在心灵的"至诚"。其《新序》卷四《杂事》载"钟子期夜闻击磬声者而悲"故事云:"悲在心也,非在手也,心非木石也,悲于心而木石应之,以至诚故也。"所谓"至诚",即是在发生意义上的文学情志,情志的向外感移,又关键在化民正俗,合乎礼义。而当内在"情志"落陷于礼乐的废墟不复自拯时,刘向又将文艺的致用回收于"曲高和寡"的"自怜""自足"心态中。他以"楚威王问于宋玉",宋玉谈《下里》、《巴人》和《阳春》、《白雪》的故事集中表现了"其曲弥高,其和弥寡"的人格美理想(见《新序》卷一《杂事》)。这种人格美的表现主要有这样几点:其一,刘向《说苑》、《新序》皆取材于历史政事,主题明确,叙议兼美,在简炼出神、富有哲理的情趣中显现人物品德修养,展示其内心世界,从而使历史人格置立于现实之上。其二,刘向对人格的塑造多通过想象方法,或寓言,或神话,使他困锁于心的时代郁闷从虚构的历史渠道宣泄而出,强化了创作的个性力量。其三,刘向《说苑·杂言》发展了先儒智者乐水、仁者乐山的"比德"思想,与董仲舒《春秋繁露·山川颂》有关山水人格道德化的论述构成西汉万物皆承教化的审美思潮;但从具体论述来看,董仲舒之说偏重于教化思想的整体结构,刘向之说则偏重于教化思想的自我人格,此又反映了盛世与衰世的相异之处。

刘向有"忠爱悃悃,义兼诗书"的文化素质和"文辞宏博"的创作成就,然其"子政疾谗,八篇乃显","《九叹》深雅,微逊骚经"(张溥《汉魏六朝百三家集·刘子政集题辞》),亦既见情志,又深陷摹拟之风。同于此理,刘向文学思想是西汉经学思潮冲击下的一股回流,其中有颓势下的衰微,也有衰微中的觉醒,尤其是"贵礼"与"民本"思想对文学创作的要求和影响,以及二者间相反相成的关系,又是这一时期从儒家今文经学内部滋生的变革。

二 刘歆倡导古文经学的思想突破

刘歆继其父"通达能属文辞"的才能,"少以通《诗》《书》能属文召见成帝"。哀帝时,"复领《五经》,卒父前业"。后至莽世大显,被尊奉为"国师公"(《汉书·楚元王传》)。历代对刘歆思想的评价落差尤巨:如洪迈讥之"不忠不孝"(《容斋随笔》卷九);皮锡瑞斥之"经学之大蠹"(《经学历史》);而章太炎则推崇备至,谓:"孔子殁,名实足以抗者,汉之刘歆。"(《检论·订孔》)尽管褒贬轩轾,刘歆在汉世之卓异地位甚明。而于向、歆父子学术之迥殊,尤可见西汉末世文化渊承之变。《汉书》本传载:"父子俱好古,博见强志,过绝于人。歆以为左丘明好恶与圣人同,亲见夫子,而《公羊》《穀梁》在七十子后,传闻之与亲见之,其详略不同。歆数以难向,向不能非间也,然犹自持其《穀梁》义。"由此可见,向、歆之异关键在同对西汉末年颓废的经学思潮,刘向以《穀梁》纠《公羊》之偏,而刘歆则一反官学之今文,倡导《春秋左氏传》等古文经学,开启时代新音。两汉今古经学之争,自刘歆肇端,共发生过四次大争论。① 而歆欲立古文经《左传》、《毛诗》、《逸礼》、《古文尚书》于学官,共有两次:第一次是哀帝时,"歆治《左氏》,引传文以解经,转相发明,由是章句义理备",故作《移让太常博士书》倡立古学,结果引起"诸儒皆怨恨",获"改乱旧章,非毁先帝所立"罪名,遭黜"为河内太守"。第二次是平帝时,王莽摄政,刘歆所倡古文学立为学官,王莽称帝,拜歆为国师,古学又成为托古改制的工具,首次取代了今文经的官学地位。这一学术事件不仅显示出对西汉文化的巨大冲击力,而且促进了两汉之际文学思潮的变革。

对西汉文化中长期形成的宗教迷信思想的冲击,是古文经学的历史作用之一。汉代神学的特点就是宗教迷信与今文经学的携

---

① 这四次今古文之争是:一、西汉哀帝时,刘歆与太常博士争立《左传》、《毛诗》、《古文尚书》及《逸礼》;二、东汉光武时,韩歆、陈元与范升争立《左传》、《费氏易》;三、东汉章帝时,贾逵主《左氏传》与李育主《公羊传》之争;四、东汉末年,郑玄与何休争论《左传》与《公羊》之优劣。

手,逐渐形成谶纬理论。这一线索自董仲舒"治国,以《春秋》灾异之变推阴阳所以错行"(《汉书·董仲舒传》)始,至东汉初,而完成国教化神学体系。而刘歆于此神学经学历史发展过程中议立古文经学,首倡《左传》,并用以传证经的历史方法和历史事实解释《春秋》,打破了今文经学中不乏牵强附会的神话。尽管刘歆本人为助莽成事亦曾借用谶讳迷信之法,但就其立古文经本身而言,却是一种偏于历史的学问。稍后因"不言谶"险遭灭身的古文学家桓谭、郑兴对《左传》的阐扬,①皆继承了刘歆以传证经之历史观。同样,古文经学在东汉几度因传古文之"先师不晓图谶"②被废,而一些古文经学家争取合法地位违心地以"将以媚世"的谶纬之学对《左传》做宗教神学阐释,③又从反面证明了刘歆所倡导之古文经学以反对宗教迷信与今文经学的重大分歧。

对西汉文化中经学传授的门户之见的冲击,是古文经学的历史作用之二。汉代经学传授以今文经学较严密,为倡明"义理",常常繁琐求证,曲解经义,以迎合君主之好恶。晋人范宁云:"废兴由于好恶,盛衰继于辩讷。……武帝好《公羊》而《公羊》之学大兴,宣帝好《穀梁》而《穀梁》之学大盛,非奉朝廷之意旨乎?公孙弘齐人,而祖齐学之《公羊》;韦贤鲁人,而祖鲁学之《穀梁》,非出乡曲之私见乎?"(转引自皮锡瑞《经学通论·春秋》)为其刺谬之见。而刘歆不拘门户,另辟新径起用古学的意义亦在于此。其《移让太常博士书》对当时习今文的"缀学之士""不思废绝之阙","烦言碎辞,学者罢老且不能究其一艺","保残守缺,挟恐见

---

① 桓谭《新论·正经》云:"《左氏传》于经,犹衣之表里相待而成。经而无传,使圣人闭目思之,十年不能相知也。"
② 《后汉书·贾逵传》云:"光武皇帝奋独见之明,兴立《左氏》《穀梁》,会二家先师不晓图谶,故令中道而废。"按:传《穀梁》虽罕见图谶,但其宗教迷信思想却仍甚浓厚,如刘向之倡灾异,胜于《公羊》,即为一例。
③ 详见《春秋左氏传·文公十三年》孔颖达疏。

破之私意,而无从善服义之公心,或怀妒嫉,不考情实,雷同相从,随声是非","党同门,妒道真"的治学风气和本质进行了尖锐批评,表现出信古而求真的倾向。"信古",即珍重历史,"求真",为驱除虚妄。① 这种敢于驱除迷信,突破师法门户之见的精神,对扬雄脱离西汉经学困境、自立学术体系和桓谭、王充的"通儒"思想的形成均有直接的启迪作用。

对西汉文化由天人合一发展至以天(君)抑人(民)的反拨,是古文经学的历史作用之三。如《左传》以史实解经,具有直书无隐、不为尊者讳的优点,因而显出较强的民本思想。譬如昭公二十五年,鲁国君昭公因失民心被逐出境,在外七载,客死他乡,《左传》假史墨之口评云:"天生季氏,以贰鲁侯,为日久矣。民之服焉,不亦宜乎!鲁君世从其失,季氏世修其勤,民忘君矣,虽死于外,其谁矜之。社稷无常奉,君臣无常位,自古以然。"明示了得民心者可为政,失民心者可被放逐的道理。而由此观照刘歆于两汉之际力主左氏、倡民本寓变革之思想,又集中表现于两点:一方面,从文化现象的发展看,这里隐含了西汉由"更化"渐变为"改制"的思想线索,然就文化之本质而言,又是以"改命"观取代"天命"观的飞跃。另一方面,刘歆主古文经学所展露之民本思想,与西汉鼎盛期《公羊》初兴时的人文精神有着内在的历史文化联系,而不同的是,这种民本思想,正是反拨与鼎盛期人文精神俱来的"屈民伸君"(董仲舒语)思想以及这种思想所带来的人性沦丧之结果。当

---

① 如《春秋·桓公五年》载:"秋,蔡人、卫人、陈人从王伐郑。"《左传》明书"王卒大败,祝聃射王,中肩"。而《公羊传》的解说仅是"其言从王伐郑何?从王,正也"。此一主实录,一为尊者讳已判若泾渭。又。《后汉书·陈元传》载陈元驳斥今文学家范升"先帝不以《左传》为经,故不置博士,后主所宜因袭"的观点说:"若先帝所行而后主必行者,则盘庚不当迁于殷,周公不当营洛邑,陛下不当都山东也。……先帝后帝各有所主,不必其相因也。"亦可见古文学家不拘旧说的历史进化观。

然,刘歆的思想进步性也很有限,随着整个汉代经学的没落,古文经学所表现的民本思想又复蹈今文经学之旧辙,坠入封建皇权的泥淖。

从刘歆立古文经学对西汉文化的三点冲击观其推崇《左传》对文学思想转化的影响,又主要表现在"实录"与"尚文"两方面。

第一,《左传》是一种实录文学,具有"和谐"的形上理论和"贵用"的实用精神。在文学表现上,《左传》征引旧事,持之有故,信而可征;阐述义理,严谨郑重,以礼服人;在文学风格上,既谦恭安详,平实典重,又优游不迫,委婉蕴藉。宋人陈骙《文则》"考诸左氏,摘其精华,别为八体":一曰命,婉而当;二曰誓,谨而严;三曰盟,约而信;四曰祷,切而书;五曰谏,和而直;六曰让,辩而正;七曰书,达而法;八曰对,美而敏。① 可谓探骊得珠,甚识左氏文章既"和谐"又"贵用"的精神意趣。而此文章风格和文学思想,正与刘歆"托古改制"的思想企向合拍,成为西汉末叶摹拟风尚中崛起的以复古为变革的理论现象。

第二,《左传》的"尚文"理论表现于美学的和技巧的两方面。就美学的而言,唐人萧颖士《赠韦司业书》谓"于左氏取其文";刘熙载《艺概·文概》谓"左氏尚礼故文",又称其"文赡而义明";章炳麟《国故论衡·文学总略》又释其尚文意云:"孔子曰:'言之无文,行而不远。'盖谓不能行典礼,非谓苟润色也。"可见在此意层上,左氏"尚文"与"尚礼"同义,是表现其合乎礼教规范的和谐之美和实用之美。就技巧的而言,《左传》之"尚文"着重于行文结构及文章风采的创造,并通过"辞顺""慎辞"等技巧理论以及类通的

---

① 刘载《艺概·文概》亦云:"《左传》尚用密……若论字句之精严,则左公允推独步。"又从另一个角度论述了《左传》的文体特征。

表现艺术、象征方法,以烘托其文学的感人力量。这也是《左传》在艺术上压倒纯言"义理"之《公羊》《穀梁》的一个重要原因。东汉《公羊》学家李育诋议左氏,谓"尝读《左氏传》,虽乐文采,然谓不得圣人深意"(《后汉书·儒林列传》),也不得不承认左氏"文采"非凡。而刘歆在汉代首倡《左传》之美,既是针对礼乐崩坏的现实,也为汉代"尚文"理论以及东汉文学"尚文"趋向提供了一份养料。

综上所述,刘歆思想对西汉文化的冲击而波及文学领域,固然有巨大的突破意义,但毕竟是间接的,因此,在他本人的文学创作中,则未受到这种变革思想的支配而仍陷足于摹拟文风未能自拔。

三 《七略》中的诗赋文体观

向、歆父子对汉代学术文化的贡献,还体现于二人相继完成《七略》所取得的目录学之肇始成就;而此成就本身,又充分显现其在汉代文学思想发展过程中的重要作用和地位。

关于《七略》的编纂经过,班固《汉书》记述甚多,如《楚元王传》载:"河平中,(歆)受诏与父向领校秘书,讲六艺、传记、诸子、诗赋、数术、方技,无所不究。"又"向死后,歆复为中垒校尉,(哀帝)即位,复领《五经》,卒父前业。歆乃集六艺群书,种别为《七略》。"《艺文志》记录尤详备:"至成帝时,以书颇散亡……诏光禄大夫刘向校经传诸子诗赋。……向辄条其篇目,撮其指意,录而奏之。会向卒,哀帝复使向子侍中奉东都尉歆卒父业。歆于是总群书而奏其《七略》,故有《辑略》,有《六艺略》,有《诸子略》,有《诗赋略》,有《兵书略》,有《术数略》,有《方技略》。今删其要,以备篇籍。"可见《七略》之成实为刘氏父子共建,其对班固思想亦有重大的影响。① 今《七略》不存,唯于《汉志》窥其梗概。

《七略》有关文学创作的论述,现仅存佚文"诗以言情,情者,性之符也"②一语,因此,探讨《七略》的文学思想,则必须从目录学角度观其诗赋文体观。

首先,《七略》中以"六略"(六艺、诸子、诗赋、兵书、术数、方技)分类,将诗赋体文学与"六艺"并列,已鲜明地表现了汉代文学观的进化。对"文学"的理论界定,在先秦泛指文献与学术之文,至汉代随着散文、辞赋类文学创作的兴盛,文学与学术才逐渐分离,出现了文章之文的概念。但从西汉文学观念出发,这种"文章之文"的提法亦颇模糊,观其大略,则又多将"学术"包含在内,尤其是盛汉时期,把文章之文统合于经学之文(六艺)。如《史记·孝武本纪》:"上乡儒术,招贤良,赵绾、王臧等以文学为公卿","上征文学之士公孙弘等",此以经学取代文学。又《儒林列传》:"于是招方正贤良文学之士","能通一艺以上补文学掌故缺","以文学礼义为官",显然将"文学"意向纳入了"六艺"所代表的文化圈。当然在司马迁笔下,也有偏重文章或文辞的。如"文辞烂然,甚可观也"(《三王世家》),"好辞而以赋见称"(《屈原贾生列传》)等,又着重于词章文采。这种区分到西汉后期日益明显,《汉书·王褒传》中记录的汉宣帝对辞赋价值的评价,扬雄在《法言》《太玄》之文学观中分述学术之文与辞章之文,均为明证。而到东汉,文体

---

① 班固《汉书·楚元王传》"赞曰:《七略》剖判艺文,综百家之绪",其倾心形于楮墨。而其中亦有家学渊源。《汉书·叙传》载:"况生三子:伯、斿、稚。……斿博学有俊材……与刘向校秘书,每奏事。斿以选受诏进读群书,上器其能,赐以秘书之副。时书不布,自东平王以叔父求《太史公》诸子书,大将军白不许。……稚生彪字叔皮,幼与从兄嗣共游学。家有赐书,内足于财,好古之士,自远方至。……有子曰固。"此中班固之伯祖班斿参与刘向校书之史事,亦即班《书》与刘《略》传承中之家学因素。

② 引自《初学记》卷二十一。又见《太平御览》卷六百九十。

滋繁,文章之文既在创作上增多了内涵,又在理论上与学术之文扩大了距离。班固《汉书》中如"以能诵诗书属文闻于郡中"(《贾生传》)、"(司马相如)以文辞显于世"(《地理志下》)、"儒雅则公孙弘、董仲舒、倪宽……文章则司马迁、相如"(《公孙弘卜式倪宽传赞》)、"严彭祖、尹更始以儒术进,刘向,王褒以文章显"(同上)等例,均明示汉代文学观之潜移。对此,清人刘天惠《文笔考》云:"汉尚辞赋,所称能文,必工于赋颂者也。《艺文志》先六经,次诸子,次诗赋,次兵书,次术数,次方技。六经谓之六艺,兵书术数方技亦子也。班氏序诸子曰:'今异家者,各推所长,穷知究虑,以明其指,虽有蔽短,合其要归,亦六经支与流裔。'据此,则西京以经与子为艺,诗赋为文矣。"(引自《学海堂初集》卷七)其说甚明于汉世纯文学观之初现。然而,班《志》实承刘《略》,以"诗赋"与"六艺"并列亦为刘《略》之创见。《七略》别立"诗赋略"的意义,既是西汉文学思想中重词章之文观念的发展,而更为重要的是对西汉繁荣的辞赋文学创作的一次形而上的理论总结。同时,刘《略》将西汉文学创作之诗歌艺术和被视为经学的"六艺"之《诗》加以区分,并与辞赋文学合类,殊为重大的文学思想建树。

其次,《诗赋略》中细目分类,既属其文体观念之细密化,亦可据此窥探汉代文学思想的新发展。有关诗赋分类,班固《汉志》云:"[序]诗赋为五种。"① 然考诸《七略》之遗意,以及班《志》与刘《略》之大同小异,似可见刘、班分类之苦心。仅因每种分类后之叙论无存,故其用意亦泯于后世。对此,章学诚《校雠通义》卷三《汉志·诗赋第十五》之一云:"《汉志》分艺文为六略,每略又各别为数种,每种始叙列为诸家。……大纲细目,互相维系,法至善也。

---

① 杨树达《汉书窥管》卷三记:"钱大昭曰:南雍本、闽本诗赋上并有序字。朱一新曰:汪本有序字。先谦曰:官本有序字。树达按:景祐本有序字。"

每略各有总叙,论辩流别,义至详也。唯诗赋一略,区为五种;而每种之后,更无叙论。不知刘、班之所遗邪?抑流传之脱简邪?今观屈原赋二十五篇以下,共二十家,为一种;陆贾三篇以下,共二十一家,为一种;孙卿赋十篇以下,共二十五家,为一种。各类相同,而区种有别,当日必有其义例。"因此,《汉志》对诗赋的五种分类,尤其是辞赋的四种分类,显示了刘、班从目录学的范畴对文学流别的理论思考。从辞赋的四种分类看,其中除了"杂赋类"系赋总集,则"屈原赋"与"陆贾赋""荀卿赋"三类划分,却分明表现出汉赋正宗、别派的特征。①《七略》载陆贾赋三篇,今皆亡佚,然据刘勰所记陆贾"赋《孟春》而选《典诰》,其辩之富矣"(《文心雕龙·才略篇》),可见陆赋已初现纵横排比的汉文赋特色,此至盛汉而演成散体大赋。"荀卿类"赋意亦与此多类似。而隶属"屈赋"类的汉初作家贾谊,其创作如《吊屈》、《惜誓》、《鹏鸟》,声韵形式多嗣响《楚辞》,内容亦多抒人生理想,沉湎于楚骚情结。这种比较合乎文体渊源与发展规律的分类,无疑表明了作者通过对辞赋文学的体悟而向理论新意的升进。当然,其中亦不无欠妥处,如将司马相如赋归于"屈原类",显然只看到其善学《楚辞》,而忽略相如开一代大赋之风的历史贡献。其说延承千年,至清人王芑孙始反陈见。他说:"相如之徒,敷典摘文,乃从荀法;贾傅以下,湛思渺虑,具有屈心。"(《读赋卮言·导源》)此以相如从荀法,贾谊具屈心,虽未尽是,但却颇得相如与屈赋旨趣相异的纵横之风。诚然,肇自刘《略》定型班《志》之辞赋分类,仍以其不可轻估的文体观对经学气息浓厚的西汉文学思想的扭转与文章之文观念的确立,有着巨大的历史贡献。

就时代的现实意义而言,刘《略》的诗赋文体观同样是一种在

---

① 关于汉赋之正宗、别派以及与汉代思想的关系,详见本章第四节的论述。

西汉文化衰变期文学观的理论觉醒意识,起了两汉文学思想间的传递作用。

第三节　以扬雄为代表的两汉之际文学变革思潮

扬雄在汉代文学中的地位,国内外学者持论略同,认为扬雄乃复古主义的摹拟大师,其文学思想属儒家正统思想范畴,对后世文学的影响是保守、消极的。[①] 这是迄今扬雄研究的主流观点。与此稍异,尚有持折衷见解的,即认为扬雄以儒家思想为主,渗透了道家思想,以摹拟复古为主,间有革新求变思想等,然因其主流,故对后世文学的影响仍是保守、落后的。[②] 此结论又与前说无异。上述这些观点的历史、社会依据是:西汉王朝自文、景、武、昭、宣帝以后,颓势已成,江河日下,至王莽潜移龟鼎,统治者虽事更张,实则扰民愈甚,是以追慕前朝盛景已成当时社会风尚,这种时代惰性对扬雄思想的沉压,正是其复古思想的社会基因。上述观点的时代文化依据是:西汉思想重儒经,儒经传统重师法,代代相传,形成浓厚的复古风气,作为"非圣哲之书不好"(《汉书·扬雄传》)的扬雄,自然是儒门宗经重道的复古派代表。追溯"复古"论之源,当推班固《汉书·扬雄传》之"赞"语:

(雄)实好古而乐道,其意欲求文章成名于后世,以为经

[①] 持此类见解的论文甚多。著作如郭绍虞《中国文学批评史》可为国内之代表;丁思文《中国文学史话·汉代辞赋》可为港、台之代表;(美)康达维(D. R. Knechtges)《扬雄赋之研究》亦举"模仿"(imitate)为扬雄文学最大特点。此可为国外之代表。

[②] 持折衷论者如施昌东,其《汉代美学思想述评·扬雄的美学思想》(中华书局1981年版)在主流上否定扬雄时,对其革新求变思想的肯定评价颇多新见。

莫大于《易》,故作《太玄》;传莫大于《论语》,作《法言》;史篇莫善于《仓颉》,作《训纂》;箴莫善于《虞箴》,作《州箴》;赋莫深于《离骚》,反而广之;辞莫丽于相如,作四赋:皆斟酌其本,相与放(仿)依而驰骋云。

班固写史,多概述历史现象,所以对扬雄一生创作,重普遍性的史学观归纳而忽视特殊性的哲学观思辨,重表象形式的考察而忽视其内在机制的寻绎,后世文学批评家祖述其说而产生的偏见,正缘于对扬雄矛盾的人生、丰富的创作和著述以及深邃的思想缺乏深入的挖掘和分析。如果我们更新理论视角,于两汉之际这一历史转折点的复杂的社会、文化现象中去探索扬雄的特异性,抑或有助于对扬雄文学矛盾性的透视和整体性的把握。

一 两汉之际变革中的文化思想

扬雄的文化思想反映了当时的时代特征。

从社会历史观来看,扬雄一生活动在西汉末年成、哀、平帝淫奢衰飒之际,王莽新朝初建未定之时,社会动乱和政治复杂都影响着他的文化思想。他的文学创作与理论也充满了矛盾。所以他虽曾颂扬成帝早年休明,但对其后期仓廪空虚、国势日沉的情形则丧失信心,尤以哀帝庸孱、平帝内荏、王莽暴虐,更使他对政局有"初安如山,后崩如崖"(《冀州牧箴》)的危机感,对人生遭际也有着"当涂者入青云,失路者委沟渠"(《解嘲》)的惊惧。由于时代之兴替、学术之隆汙对个人心理的影响,扬雄的思想与行事表现出一种矛盾,反映了当时的社会心态,这就是强烈的改变现实的要求和痛苦的逃避现实的思想矛盾;这种矛盾蕴蓄了两种精神,即由使命意识激发出的变革精神,由忧患意识产生的反思精神。

从时代文化观来看,扬雄虽处于两汉文风依附儒经和重摹拟的时代意识之中,但他在当时特定历史时期所起的作用却是具有变革意义的。如果说中国文化思想普遍存在着在复古与回旋中嬗变的演进发展规律,那么扬雄实为一典型。他文化思想中的复古,主要是寄托着先哲的改革愿望和社会理想,而其创作思想中也有着由摹拟到反思,由反思而求变的方法、过程。这种思想方法与过程在扬雄整个文化意识中不乏例证。如宇宙论方面,扬雄由因袭先儒盖天说转而提出"难盖天八事",以立浑天说,开东汉张衡、三国王蕃浑天象理论之先声;[①]哲学观方面,扬雄首以老氏拟易,融合儒、道,建构了以玄为最高境界,万物变生不息的自然观体系;历史观方面,扬雄又以时代变迁论取代不变论,以唯物史观反讥纬神学;治经思想方面,扬雄于今文经学衰退、古文经学初起的历史转轴上作为古学主要倡导者,从今文派"师法"藩篱中超拔出来,由章句之儒向通儒过渡;文学思想方面,扬雄由语言文学口语型向文字型转变,由如好赋到悔赋的变化等,代表了西汉末年社会文化心理平衡的破坏与文艺心理结构变化的特征。如此数端,阐明了扬雄思想中无处不包含着由摹拟到变化的发展现象。而循此现象去寻求扬雄文化思想中的反思、变革精神,又可窥探其较具特色并对后世有较大影响的几方面内容。

(一)扬雄自觉地融合儒、道学说,建立了以"玄"为本体的哲学思想体系。

西汉儒、道融合之过程可分为两个阶段:第一阶段,承《吕氏春秋》杂取儒、道,经淮南王刘安《淮南子》以道为主兼融儒术,到董仲舒《春秋繁露》融合儒,道,并定型于阴阳五行与王道政治相结合的思想模式,从而逐渐表现出学术思想从自由、活跃趋于静止、僵化。第二阶段,由董仲舒思想模式经西汉后期社会霸王政治

---

① 《晋书·天文志》引桓谭《新论·离事》有扬雄前因"盖天",后坏其法从"浑天"的记载。

衰落到刘向父子、严遵、扬雄等学术思想的形成。扬雄思想是以融合儒、道为主,建构了以类同先秦道家之"道"的"玄"为本体的自然哲学思想体系和类同先秦儒家之"道"的"玄"为本体的政治伦理思想体系,代表了西汉末年思想的矛盾性与二元性,并表现出正宗思想的危机和异端思想的萌发。第二阶段思想是对第一阶段思想的反思,也是汉代学术思想的变异。扬雄是我国思想界最早用"玄"的观念取代道家"道"、"气"观念和儒家"道"、"德"观念的人。① 他推阐了《老子》"玄之又玄,众妙之门"的命题和《易经》阴阳变化之神,认为"玄者,神之魁也。天以不见为玄,地以不形为玄,人以心腹为玄"(《太玄·告》),视天、地、人为"三玄",很巧妙地将道家宇宙观与儒家道德观糅合在一起,组成宇宙至人事的结构系统。在扬雄太玄学说中,存有不少矛盾,其间亦含有深邃的社会历史内涵,但其首倡玄学思想本身,却开东汉学者"好玄经"(《后汉书·张衡传》)、"好通《老》《易》"(《后汉书·向长传》)的风气。汤用彤曾谓"溯自扬子云以后,汉代学士文人即间尝企慕玄远"②,殊为知言。

(二)扬雄独立于汉代经师之外,标新立异,自创学术体系。

汉代经学讲求传统,西汉重师法,东汉重家法,这种传授方式影响了汉代摹拟文风的形成。缘此,扬雄创作重摹拟自然就被研究者将其与经学传授联系而予贬弃。固然,扬雄思想不能超脱汉

---

① 扬雄创建《太玄》学说,当世即遭"非圣人而作经"(《汉书·扬雄传》)的呵斥,后世或以为"绝伦",或以为"无用"。仅如《太玄》结构,即有"准《易》","非拟《易》"(详杨慎《丹铅杂录》卷一"太玄非拟易"条);"兼取《老》《易》","全本老子"(详王应麟《困学纪闻》九《历数》)之殊。至于其思想,尤歧异之论轩轾。其实,历代对《太玄》评价不同,正说明其思想的兼融性、矛盾性,尤其是"僭经"之说,恰恰反证出扬雄思想的独立性。

② 汤说见《魏晋玄学论稿·魏晋玄学流别略论》。侯外庐等著《中国思想通史》第二卷谓扬雄思想之异端倾向"一方面开魏晋玄学之风的先河,另一方面在两汉之际也有其独立的贡献",亦持此见。

195

代经学氛围,但将扬雄创作隶属于此则又忽略了一个简单的历史事实,即扬雄学术思想的建立恰在两汉之际师法毁坏、家法未立的时代断裂期。① 他强调的师承是对远圣孔子的继承,而绝非继西汉师法传统;相反,他对西汉儒师师法却痛加贬斥。如《法言·寡见》云:"或曰:谆谆者,天下皆讼也。奚其存。曰:曼是为也。天下之亡圣也久矣。呱呱之子,各识其亲;谆谆之学,各习其师。"为其反俗儒师法一证。这些是针对西汉今文学家三大弊端而发论。第一,扬雄反对西汉经师师法传统以及由此带来的琐屑笺注。第二,扬雄反对为了官禄治经、治经为了"禄利之路"的学术庸俗化倾向。扬雄平生淡泊,虽中岁擢为侍郎,经三世不徙官,至晚年值王莽摄政方迁中散大夫,然观其人生行事主旨,仍是求清静,专著述,企立一家之言。桓谭盛称其"丽文高论"、"才智开通"、"汉兴以来,未有此人"(《新论·闵友》),甚是。第三,扬雄承学于道家严遵,通《易》《老》,撰《太玄》,对其后张衡、王充扬举道家意识以及马融、郑玄以《老》注《易》等都有影响,客观上诊治了两汉经学师法、家法而形成的谶纬神学、烦琐象数学等痼疾。扬雄这种在西汉末年借复古反师法的思想与东汉末年出现的"家弃章句"的社会批评思潮有着潜在联系,同具抉破樊笼的时代意义。

（三）扬雄文化思想中贯串着通变意识,其"好古乐道"在很大程度上是其因革思想的曲折反映。

章学诚《文史通义·说林》云:"所谓好古者,非谓古之必胜乎

---

① 《汉书·儒林传赞》:"自武帝立《五经》博士,开弟子员,设科射策,劝以官禄,迄于元始,百有余年,传业者寖盛,支叶蕃滋,一经说至百余万言,大师众至千余人,盖禄利之路然也。"又《后汉书·儒林传论》:"自光武中年以后,干戈稍戢,专事经学,自是其风笃焉。……编牒不下万人,皆专相传祖……以合一家之说。"此两汉经学师法、家法之说。按:扬雄虽身经"师法"时期,然其学术著作《太玄》成于建平三年,前元始三年;《法言》成于元始二年,可见其思想形成于"师法"崩毁之际,与"家法"更属无缘。

今也,正以今不殊古,而于因革异同,求其折衷也。"扬雄之"好古"确有此意。西汉文化思想发展到武帝朝,以董仲舒为代表的春秋公羊学派建立了强化"天"之意志的新儒学,倡导"道之大原出于天,天不变道亦不变"(《汉书·董仲舒传》引"对策"),以配合中央集权的王霸思想。而随着集权政体的瓦解,不变的思想濒临绝境,扬雄生逢当时,一种时代窒息感与文化穷变心理使他抛弃了占统治地位的今文经学而倡古文经学,①在西汉思想废墟上觉悟到宇宙——人事的无常变化,提出了"可则因,否则变"(《法言·问道》)、"圣人固多变"(《法言·君子》)等一系列变革命题,并包含了自然应化的宇宙哲学观、因革变化的政治历史观、祸福转化的人生观和道可损益的治学观。他的这种通变思想不仅影响了他本人的文学思想和创作,而且对两汉之际文学思潮的变迁也有着不可低估的作用。

(四)扬雄"天道观"中确立了"人"的地位。

扬雄太玄学说以物质的"天道观"反对神学的"天命观",在汉代究天人之际的观念支配下,完成了由"天人合一"(董仲舒"人副天数"说)到"天人分离"(扬雄天地人"三玄"说)的转变,这一转变意味着西汉思想中"神"的没落与"人"的苏醒。扬雄一反"天者,百神之君也"(《春秋繁露·郊义》)的天神造物思想,提出了"天地交,万物生"(《法言·重黎》)的批判态度。正因他在无神论宇宙观、世界观的支配下,所以在否定天神意旨时强调人事的功用,以因人察天之变("圣人以人占天")的新观念,取代了依天占人吉凶("史以天占人")的旧观念。纵览扬雄一生行事,有清虚自守、卑弱自持的一面,也有投身入世、不断抗争的一面,尽管这两面

---

① 扬雄倾向于古文经学,然亦有沿用今文经学的观点,如《法言·孝至》"周康之时,颂声作乎下,关雎作乎上,习治也"语,用齐、鲁诗之说;"齐桓之时,缊而春秋,美邵陵乱也"语,用公羊之说。

的相异性揭示了扬雄矛盾的持身思想和双重人格,但其对生命的珍视(献身或保身),却显示了人的自身价值和本质力量,这种从西汉宗庙殿堂充满神秘气氛的僵化意识中分裂出来的个性意识,是从神学目的论和谶纬宿命论中脱颖而出的人的觉醒的历史前进思想。

二 辞赋创作的三大系列

如同众多研究者对扬雄文化思想的评价,扬雄的文学创作也被历史地定性为"摹拟"、"复古"。就现象观之,这种定性不为无因。如扬雄曾仿《易》作《太玄》、仿《论语》作《法言》、仿相如赋作四赋(《甘泉》、《长扬》、《羽猎》、《河东》),等等。但如果透过现象,从扬雄对前人创作的广泛摹拟去探究其自身的创造,我们则可以看到,扬雄创作至少在两个方面超越西汉诸家:一是因其广泛地摹拟,扩大了题材,表现出创作模式的多元倾向;二是因其广泛地摹拟,引起他对传统文学由怀疑而变异,其作品也反映出由正到变的发展。

扬雄创作兼备众体,涉及了较广泛的领域。为使问题集中,这里仅就扬雄文学创作主流——辞赋创作——做些归纳分析。综而言之,可将它分为三大系列。

第一个系列,可称为骚体系列,其作品包括《反骚》、《广骚》、《畔牢愁》、《天问解》。[①] 今虽仅存《反骚》一篇,但据有关资料,该系列作品的创作倾向和艺术风格一致,代表了扬雄早期的骚体赋创作。

[①] 《汉书·扬雄传》全文著录《反骚》,《广骚》、《畔牢愁》仅存篇名。姚振宗《汉书艺文志拾补》卷三载有扬雄《天问解》条,此据《楚辞章句》卷三《天问叙》:"昔屈原所作凡二十五篇,世相教传,而莫能说《天问》……至于刘向、扬雄援引传记,以解说之。"

《反骚》创作时间,按文中"汉十世之阳朔兮,招摇纪于周正"语考定作于汉成帝阳朔年间(雄年30至33岁之间),当无疑义。关于反骚系列的创作本事与创作情绪,班固记录既有价值又有疑点。《汉书·扬雄传》载:"先是时,蜀有司马相如,作赋甚弘丽温雅,雄心壮之,每作赋,常拟之以为式。又怪屈原文过相如,至不容,作《离骚》,自投江而死,悲其文,读之未尝不流涕也。以为君子得时则大行,不得时则龙蛇,遇不遇命也,何必湛身哉!乃作书,往往摭《离骚》文而反之,自岷山投诸江流以吊屈原,名曰《反离骚》;又旁《离骚》作重一篇,名曰《广骚》;又旁《惜诵》以下至《怀沙》一卷,名曰《畔牢愁》。"这段记载的价值是揭示了扬雄创制《反骚》时的心态、情感,而其疑点则是将雄拟相如赋与《反骚》合论,易混淆扬雄至京师拟相如作四赋是在反骚系列创作十年后(成帝元延年间)这一史实。

　　通观《反骚》之文,扬雄是隐一腔激愤于无穷哀怨之中。他哀屈原如"凤凰羽于蓬陼兮,岂驾鹅之能捷",怨屈原"知众嫭之嫉妒兮,何必飏垒之蛾眉",遗憾其未能"懿神龙之渊潜兮,因时命之所有",认为在混浊之世宜如许由、老聃潜性隐身,而不应效彭咸捐躯。这是《反骚》的主要思想内容,其间含有两层意义:其一,读骚而感于史事,陷入对屈原尊崇、同情以至哀怨的心理矛盾;其二,借史事针砭现实,以屈自况,抒发牢愁。扬雄吊屈,虽承贾谊、董仲舒、司马迁余绪,但更多是属于他个人的对西汉末世衰危的忧患心境(如他洁身自好,对当时外戚专权的愤懑)。对扬雄吊屈之心曲,班固过分看重怨的一面,所以他评屈一反扬雄哀怜之心而责怪屈原"露才扬己",致使后世误认班说出自扬雄,[①]扬雄亦遭"屈原

---

① 刘熙载《艺概·赋概》云,"班固以屈原是露才扬己"是"意本扬雄《反离骚》"。

之罪人"、"《离骚》之谗贼"(朱熹《楚辞集注》)之毁。① 然曲直自有公论,明末异端思想家李贽烛见及此,而予《反骚》以极高评价:

> 《离骚》,离忧也;《反骚》,反其辞,亦其忧也,正为屈子翻愁结耳。彼以世不足愤,其愤世也益甚;以俗为不足嫉,其嫉俗愈深。以神龙之渊潜为懿,则其卑鄙世人,驴骡上下,视屈子为何物,而视世为何等乎?盖深以为可惜,又深以为可怜,痛原转加,而哭世转剧也。(《焚书》卷五《读史·反骚》)

此辩可谓深得扬雄《反骚》真谛。从文体风格看,扬雄反骚系列创作远绍楚风,却能别开新境。后世如唐皮日休《反招魂》、金赵秉文《反小山赋》、明徐祯卿《反反骚》、清汪琬《反招隐》等,皆步其涂辙。《反骚》以激愤之思,比兴之词,达婉转悱恻之情的艺术风格,代表了扬雄早期的创作思想倾向。

第二个系列,可称为大赋系列,其作品包括《蜀都赋》、《甘泉赋》、《河东赋》、《羽猎赋》、《长杨赋》等,是扬雄辞赋创作极盛期的作品。

这一阶段的作品主要是扬雄42岁至京师后所作(唯《蜀都赋》较早作于雄故乡)。《汉书》本传载:"孝成帝时,客有荐雄文似相如者。上方郊祠甘泉泰畤、汾阴后土,以求继嗣,召雄待诏承明之庭。"又载:"初雄年四十余自蜀来至,游京师,大司马车骑将军王音(按:从陆侃如说,王音为王商之误,较妥)奇其文雅,召以为门下史,荐雄待诏。岁余,奏《羽猎赋》,除为郎,给事黄门,与王莽、刘歆并。"可见扬雄因文采似相如被成帝赏识,又因献赋擢升侍郎。关于文采受赏之事,扬雄悔之曰:"少不得学,而心好沉博

---

① 方苞《书朱注楚辞后》云:"(朱子)极诋《反骚》,则于其词指若未详也。吊屈子之文,无若《反骚》之工者;其隐病幽愤,微独东方、刘、王不及也,视贾、严犹若过焉。……雄之言虽反而实痛也。"似能正朱说之误。

绝丽之文。"(《答刘歆书》)至于擢升之荣耀,亦随时间的变移,以三世不徙官而为其政治生涯的羞辱。尽管如此,扬雄所作大赋其中确实存有两种倾向,即在思想内容上表现出积极入世(颂扬和讽谏)的倾向,在艺术风格上表现出宏衍博丽的倾向。对扬雄具有以上两种倾向的大赋,如果从汉赋发展史的观点做求同性考察,无疑是前期辞赋的继承和发展,尤其是继汉大赋成熟期代表作家司马相如创作艺术高峰而起的又一高峰。如果再从汉大赋发展阶段做求异性考察,扬雄大赋又处于变化期而呈示独特风貌。扬雄的大赋创作自云规摹相如,但从其作品内容看,则于铺陈颂美之中更多有讽喻之义,泄露出对身世安危与王朝前途的忧患;从其作品艺术风格看,则于艳词中寄托深思,于瑰奇峻极的美境中显示隽永的理趣;从其作品形式结构看,则显得短小灵活,便于放宽思虑,扩大题材。

归纳起来,扬雄大赋与西汉前期大赋相比,至少有三方面的特色:首先,他献大赋是受积极入世思想支配的投身社会之举,这里含有两重心态:出于对统治者的依附心理,他对王朝予以颂扬;出于对大厦将倾的危惧心理,他加强了讽谏力量和对自身入世的忧患意识;这两重心态的矛盾冲突,导致了他以后"欲讽反谀"的忏悔。其次,他的大赋作品有散化趋向,又有向楚骚复归趋向。这不仅在于其《甘泉赋》等多袭楚骚句式结构,更为明显的是,他的每篇大赋都存有愁肠郁结的情绪和"玄默为神"的思想;从此也可看到扬雄大赋与反骚系列创作之间难以割裂的内在联系。再次,扬雄大赋表现出铺采摛文与隐志沉思统一的特征,这种文中之"志",强化了他的"临川羡鱼,不如归而结网"(《河东赋序》)的自我意识,甚符刘勰所谓"文虽新而有质,色虽糅而有本"的"立赋之大体"(《文心雕龙·诠赋》)。这种"文"与"志"的统一与他后期在《太玄》、《法言》中提出的文质副称的美学思想有着渊源默契,这是不能因其悔赋而忽略的。

第三个系列,可称为太玄系列,其作品包括因其哲学著述而引出的文学作品《解嘲》、《解难》、《太玄赋》,以及与此阶段思想相近的《逐贫赋》。

这一阶段的作品是扬雄处于世界观、人生观急遽冲突变化期的思想、艺术的记录。扬雄一生的思想发展,是儒、道冲突、交融的过程,如果说他在大赋系列创作时是儒家入世思想占上风,其作品有明显的"美刺"功能,那么,在他的太玄系列作品中显然是道家隐世思想占上风,表现出与先秦道家"独与天地精神往来,而不敖倪于万物"(庄子语)相同的荡然肆志、玄静无拘思想境界。然而,他的这种思想境界并非"无我"的超拔,而是"有我"的升华。正因有我,所以这一时期他创作思想的主题就是对倾斜社会的忧患和远身避祸的自尊。《太玄赋》开篇即道:"观大易之损益兮,览老氏之倚伏;省忧喜之共门兮,察吉凶之同域。"此将天象运行之物极必反与人事进展之盛极必衰结合起来,置身自然规律与社会忧患之境。因此,他在《解嘲》中答复客问"何为官之拓落"云"客徒欲朱丹吾毂,不知一跌将赤吾之族也",并发出"当涂者入青云,失路者委沟渠"的概叹。在倾斜的历史社会的困顿中如何自全?他在《逐贫赋》中谓"扬子遁居,离俗独处",认为这样才能于"人皆重蔽,予独露居"的危机中获得"人皆忧惕,予独无虞"的自我完善。由此又可以看到人们通常将扬雄"默然独守吾太玄"(《解嘲》)的做法与其"大味必淡,大音必希"(《解难》)的美学思想仅归于艰涩的创作风格,是甚为偏颇的。因为,这里有丰富的社会内涵和扬举个性的时代价值。

太玄系列作品的艺术价值同样不可低估。其贡献约有两点:第一,它充分发挥了扬雄创作风格中属意深远,理赡辞坚的特点,创建了西汉辞赋中罕见的哲理小赋:如《太玄赋》,以骚体之形式,写深邃之哲理,篇幅虽短,却述理精密,造境开阔。再如《逐贫赋》,首创四字句法,①于整饬形式中骋纵横之气,志隐味浓,开东汉说理小赋之先河。第二,扬雄受道家"玄览"、"虚静"思想启迪,于太玄系列作品中创造了一种"玄静""仙游"的艺术审美境界,其间的自我精神既不同于反骚的哀怨,也不同于大赋的慷慨,而是作者沉浸于"知玄知默"的思虑与浮游于"爱清爱静,游神之廷"(《解嘲》)的玄虚神奇的空间而汲取的一种超拔躯体的灵动。这种境界在《太玄赋》中有详尽描绘:

> 岂若师由聃兮,执玄静于中谷;纳僪禄于江淮兮,揖松乔于华岳;升昆仑以散发兮,踞弱水而濯足。朝发轫于流沙兮,夕翱翔于碣石;忽万里而一顿兮,过列仙以托宿。役青要以承戈兮,舞冯夷以作乐;听素女之清声兮,观宓妃之妙曲。茹芝英以御饥兮,饮玉醴以解渴。排阊阖以窥天庭兮,骑骓駼以踟蹰;载羡门与俪游兮,永览周乎八极。

扬雄这种仙游神境虽仅是对漫长的社会忧患和人生苦痛所作的短暂而变态的艺术抒发,然其创造的美的意境却具永恒性。

以上三个阶段三大系列辞赋作品乃扬雄文学创作之大要,此外,他的《州箴》、《连珠》、《酒赋》、《剧秦美新》等文兼骈散,各具特色。刘勰美之云:"扬雄覃思文阔,业深综述"(《文心雕龙·杂文》)正因其"文阔",故其作品既得骚体缠绵之情,又得大赋博丽之奇;既有骈语流漓之韵,又有散体顿挫之力。这正是扬雄成为汉代文学之一大家的醇深的创作造诣。

鸟瞰汉代文学的发展,扬雄创作"广其资,亦得以参其变"(徐祯卿《谈艺录》论扬雄语),堪称由正而变的转扭。关于文学的正、

---

① 清人浦铣《复小斋赋话》卷下云:"赋四字为句,起于子云《逐贫》,次则中郎《青衣》、子建《蝙蝠》。"按:此指全篇皆用四字句法。

变,须放在时代与文学二者的结合上考察,就汉赋言,则应于文体(辞赋)与时代(刘汉)交接点上认识其正与变。王芑孙《读赋卮言·导源》云"荀正而屈变,马愉而贾戚",以相如从荀卿赋法为正,以贾谊从屈原赋法为变,抓住了文体因素,但忽略了时代因素。从时代发展看汉赋的流变,汉初贾谊等骚赋作家仅承先秦骚体,属汉赋的发端期;而汉赋艺术的独立并成为一代正体文学,是在汉帝国强盛的大一统思想下司马相如等的大赋作品出现才得以完成的,而由相如到扬雄形成一持续期;继以扬雄悔赋(仅悔其大赋)为信号,汉赋艺术进入一变革期,在创作上,扬雄向楚骚复归和小赋的出现意味了这点;在理论上,扬雄受自身多变思想和忧患意识的影响,其创作心理和思维结构处于穷变之中,而汉代文学正以此穷变为过渡,显示了由西汉而东汉的发展轨迹。

三 双重主旨的文学思想体系

扬雄文学思想留下了时代断裂的影痕。在扬雄矛盾性、多元性的文学思想中,集中表现出两种精神:一是儒家文为经世、翼教明道的精神,一是道家轻禄傲贵、淡泊自守的精神;[1]前者决定其文学观宗经、征圣的倾向,后者决定其崇尚自然的倾向。此两种倾向始终交织于扬雄有关文与道、文与质(丽与则、事与辞、华与实)的思想以及赋论中,构成了他具有矛盾内涵的双重主旨的文学思想体系。

宗经征圣与崇尚自然是扬雄文学思想中互为矛盾、互为影响的双重主旋律。扬雄宗经征圣的文学观念,上接孟(轲)荀(卿),下启刘(勰)韩(愈),成为汉代文学理论中最系统的文学明道致用

---

[1] 详拙文《论扬雄融合儒道对其文论的影响》(《学术月刊》1986年第4期)的有关论述。

思想。所谓宗经,扬雄认为"舍五经而济乎道者,末矣"(《法言·吾子》)。他推崇五经,并不仅限于思想,而同样注意到其文理词辩。他说:

> 或问:五经有辩乎?曰:唯五经为辩:说天者莫辩乎《易》,说事者莫辩乎《书》,说体者莫辩乎《礼》,说志者莫辩乎《诗》,说理者莫辩乎《春秋》。(《法言·寡见》)

由于扬雄推崇的是经孔子删定的五经蓝本,而非西汉经师之言,所以其征圣思想也仅推孔、孟。他说:"好书而不要诸仲尼,书肆也;好说而不要诸仲尼,说铃也。……万物纷错,则悬诸天;众言淆乱,则折诸圣。"又说:"山硗之蹊,不可胜由矣;向墙之户,不可胜入矣。曰:恶由入?曰:孔氏。"他以继孔者唯孟,故又"窃自比于孟子"。因此,扬雄对后世经师自居孔门,淆乱五经予以无情揭露:"有人焉曰,云姓孔而字仲尼,入其门,升其堂,伏其几,袭其裳,则可谓仲尼乎?曰:其文是也,其质非也。"(上引皆见《法言·吾子》)这充分说明扬雄提倡的宗经、征圣思想隐含了对社会的强烈不满,他意欲"复三王之田,反五帝之虞",是为使"农不辍耕,工不下机,婚姻以时,男女莫违"(《长杨赋》),并发抒对帝王"田宅无限,与民争利"(《汉书·哀帝纪》)、酷吏"役使数千家"(《汉书·宁成传》)等种种作为的愤慨。这种"托古改制"的文化意识决定其宗经、征圣的"复古"文学观。缘此文学观,扬雄论文重法度,然其法也并非抽象的法则,而是有具体内容与审美要求的。他认为:"圣人以文,其奥也有五:曰元、曰妙、曰包、曰要、曰文。幽深谓之元,理微谓之妙,数博谓之包,辞约谓之要,章成谓之文。"[①]与此"五奥"相应,扬雄还提出为文审美四标准:约、要、浑、沈,以防文

---

① 语见《渊鉴类函·文章》引《法言》逸文。

章之繁散轻浮,此观点是由宗经、征圣的明道思想派生的。

然而,因倡宗经、征圣而被后世奉为"醇儒"的扬雄,在西汉浓重的儒学"师法"氛围中却无师儒之证,相反,他受学于以治《易》《老》著称的严遵,①这一师承关系对扬雄学术思想的形成所起的作用,同样影响了他的文学创作心态,这便是他文学观中崇尚自然的倾向。

关于文学崇尚自然的审美倾向,扬雄曾拟"文"于"天"云:

> 或问天?曰:吾于天欤,见无为之为矣。或问雕刻众形者匪天欤?曰:以其不雕刻也。如物刻而雕之,焉得力而给诸?(《法言·问道》)

又拟"文"于"气"云:

> 玄之辞也,沉以穷乎下,浮以际乎上,曲而端,散而聚,美也不尽其味,大也不尽其汇,上连下连非一方也。(《太玄·告》)

又拟"文"于"水"云:

> 鸿文无范,恣于川。(《太玄·至昆》)

如此以文拟天、拟气、拟水,所表达的宗旨是一致的,即"作者贵其有循而体自然"的文学主旨。据此,扬雄又提出与前述"准绳规矩"法度相悖之论"鸿文无范,恣意往也"(《太玄·文》)。这种法与无法的冲突,表现了扬雄文论中隐含的矛盾心理,即他论文道关

---

① 扬雄师事严(庄)遵事详见《汉书·王贡龚鲍列传》与扬雄《答刘歆书》。唐人李华《隐者赞七首》之一《严君平》云:"先生冥冥,隐于卜肆;宗师老氏,精究易义。爱衣爱食,止足非利;垂帘燕居,默养真气。诲人不倦,人悦其风;皦皦刚柔,在我域中。心与世远,事与人同;不臣大君,不友上公;在贵反贱,齐明若蒙。辽哉远哉,微妙玄通;弋者何为,仰慕飞鸿。"由此赞誉亦可见严遵对扬雄自然观、人生观的影响。又,严遵事迹尚见晋人皇甫谧的《高士传》。

系时所明之"道",既有儒家政教伦理意识,以偏重文学的教化作用,对后世文以载道思想有促成意义;又具道家宇宙生成意识,偏重文学的发展规律,对后世自然审美的趣味有极大影响。扬雄关于华实相副、事辞相称的文质观也具有这两方面的互为矛盾、互为一体的意义。他提出的"事胜辞则伉,辞胜事则赋,事辞称则经"(《法言·吾子》),"文以见乎质,辞以睹乎情","质干在于自然,华藻在乎人事"(《太玄·莹》),"玉不雕,玙璠不作器;言不文,典谟不作经"(《法言·寡见》),"阴敛其质,阳散其文,文质班班,万物粲然"(《太玄·昆》)等一系列关于文质的命题,其中和思想中无不蕴含着文艺注重人与社会的关系(儒)与文艺注重人与自然的关系(道)的双重基因。扬雄文学观在天地阴阳对立统一于"玄"的哲学思想指导下,既赞"文质彬彬"(《论语·雍也》),又赞"原天地之美而达万物之理"(《庄子·知北游》)。有此两种审美观的制约,决定了扬雄文质思想中儒、道的交融。这双重思想一直贯串着扬雄论赋之"讽与劝"、"雕虫与神化"、"爱美与尚用"等对立命题和论屈之矛盾心态。

由此,我认为扬雄文学思想由早年"心好沉博绝丽之文"到后期"女恶华丹之乱窈窕也,书恶淫辞之淈法度也"的悔赋之变,只是交战于他思想中的矛盾的表面,而其深层,则无疑是双重主旨,如同交响乐中两个主旋律(文以载道与文道玄览)在扬雄意识中的反复出现。试据扬雄双重主旨的文学思想体系的渊源、派生简列如下图式:

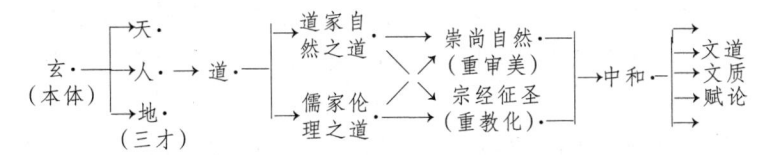

```
           ┌→天·         ┌道家自    ┌→崇尚自然      ┌→文道
玄·        │             │然之道    │ (重审美)      │
          →│人·→道──┤          ╳            │→中和→文质
(本体)    │             │儒家伦    │→宗经征圣      │
           └→地·         └理之道    └ (重教化)      └→赋论
            (三才)
```

207

通过对扬雄文学思想双重主旨的剖析,其文论中一些具体矛盾便迎刃而解。倘择其要,扬雄文论中"尚简"与"艰深"的矛盾,以及"艰深"风格与"玄静神化"境界的矛盾,实为解开其文学思想体系奥秘之重点。

关于"尚简——艰深"的矛盾命题,我们在论述扬雄创作时曾述及,但若予以理论观照,则不难看出这层矛盾主要由宗经、征圣的文学思想派生,并渗透了崇尚自然的文学思想。在宗经征圣问题上,扬雄一面认为"圣人之经"和"君子之道"是"简易"的,一面又以"大音希声"为"艰深"文风辩护。对"简易"说,只要结合扬雄论文之法度与论文重自然的思想,其意自明;唯"艰深"之说,有乖中和思想,[①]与扬雄文学思想主旨形成对抗态势。《法言·问神》:"或问:圣人之经不可使易知欤?曰:不可。天俄而可度,则其覆物也浅矣;地俄而可测,则其载物也薄矣。大哉!天地之为万物郭,五经之为众说郛。"便以深奥莫测为圣人作文不凡的造诣。这种文必艰深的理论在其《解难》中得以阐发:

> 若夫宏言崇议,幽微之涂,盖难与览者同也。昔人有观象于天,视度于地,察法于人者;天丽且弥,地普而深;昔人之辞,乃玉乃金,彼岂好为艰难哉?势不得已也!……是以宓牺氏之作《易》也,绵络天地,经以八卦,文王附六爻,孔子错其象而象其辞,然后发天地之藏,定万物之基,典、谟之篇,雅、颂之声,不温纯深润,则不足以扬鸿烈而章缉熙……是以声之渺者,不可同于众人之耳;形之美者,不可混于世俗之目;辞之衍者,不可齐于庸人之听。……孔子作《春秋》,几君子之前睹

---

① 从扬雄中和为美的审美观看,无论来自儒家的对称和谐为美,还是来自道家的自然和谐为美,或是强调主体情思的平和或强调性情自然的平和,其主张平和的情绪,简易的文风,显然是相同的。

也;老聃有遗言,贵知我者希:此非其操欤!

在这里,扬雄以圣人之文,孔、老之说为"文必艰深","曲高和寡"理论佐证,是有时代深意的。扬雄所云前贤"彼岂好为艰难哉?势不得已也"可谓警策之语。这说明,是一种历史时代之"势",推其于"艰深"之境。此客观之"势"反映到主体精神中,又成为扬雄一生未曾摆脱的"忧患意识"。观扬雄平生"忧患",可分为三:一为政治忧患,即面临"一跌将赤吾之族"的社会环境,他陷于仕、隐矛盾;二为哲学忧患,使他远取圣人,反西汉儒学传统,以隐词晦语寄"忧"于"玄",锐意独造,自创体系;①三为艺术忧患,使他对汉大赋艺术假象尽辞、敷陈其志产生怀疑,并悔其"劝百讽一",对自持的中和文艺观产生逆想而转入艺术的深奥探求。这三重忧患意识,集中表现了扬雄处于衰世的文化心理的变态。② 由此可见,扬雄"文必艰深"的理论与"言渺而趋深"的创作风格,并非"摹拟复古的保守思想",而是"穷变"思想的曲折反映。这种理论给后世造成的"艰涩"文风,实为扬雄变而未通,"好奇而卒不能奇"的一大历史悲剧。有幸的是,堕入自设的"艰涩"陷阱的扬雄,却在另一方面得到超拔,此即他文学思想中一种以道家艺术观为主体,追求和谐自由的玄静神化境界。

扬雄文学中玄静神化境界,本节在论太玄系列创作时已稍及之,但如进一步将他"执玄静于中谷"的文学自然美与其学术思想

---

① 《汉书·扬雄传》谓:"哀帝时丁、傅、董贤用事……雄方草《太玄》,有以自守,泊如也。"为雄寄"忧"于"玄"之一证;又本传云:"诸儒或讥以为雄非圣人而作经,犹春秋吴楚之君僭号称王,盖诛绝之罪也。"为雄独造自创学术体系之一证。

② 与司马相如的创作心态不同,扬雄的创作心态是于进取与补衮的矛盾中并不以个性屈服于专制;而是在理想与现实的冲突间寻求如《反骚》吊屈式的怀旧心理,以求取慰藉;在现实忧患与自全个性的冲突间潜入如太玄神境般之隐逸心理,以归其旨趣。

整体联系而加以认识,则不难发现扬雄"爱清爱静,游神之廷"(《解嘲》)的文艺观与他"人君以玄默为神,淡泊为德"(《长杨赋》)的政治观、"玄生神、象"(《太玄·告》)的哲学观的一致性。换言之,扬雄的"玄静神化"思想,正是其自然哲学观中作为宇宙本体之"玄"在艺术论上的显现。试析扬雄《太玄》学说中"玄——神"关系的艺术内涵,分两组图解如下:

一、玄生阴阳、文质、神。

玄·⟶ 阴·⟶ 质 ⟶ 内·⟶ 阴·
　　　 阳·⟶ 文 ⟶ 外·⟶ 阳· ⟶ ·神(玄宫)

这一图式有四步演进式:1. 玄生阴、阳二气,此宇宙生成层次;2. 阴、阳生文、质:"阴敛其质,阳散其文"(《太玄·昆》),呈内质外文状(弸中彪外),此宇宙派生文艺层次;3. 变换文质内外之关系,"袷襘何缦,文在内也"(《太玄·昆》),呈内文外质状,阴阳、文质、内外形成交叉现象,此文艺观深化之"重文"层次;4. "阴怀于阳,阳怀于阴,志在玄宫"(《太玄·晦》),此复归自然态,以寓其文艺观中文质交汇所达神化境界层次。

二、玄生神,象二。

玄·⟶ 神· 　"神战于玄,其陈阴阳。"(《太玄·测》)
　　　 象· 　"玄者,神之魁。"(《太玄·告》)

这一图式有两步演进式:1. 玄生神、象,取《周易·系辞传》"圣人立象以尽意……鼓之舞之以尽神"意,因"象"(物质的)得"神"(精神的);2. "神战于玄,其陈阴阳"亦取《系辞传》"阴阳不测之谓神"意,所不同者,扬雄以玄为神之"魁"(本根),可见神亦含于玄中;他又认为"神战于玄"方生阴阳,结合前述玄生阴阳说,可见"神"又是"玄"之"几"(精神内核和运动契机)。

综上两组图式可得两点结论:一、玄为本根,神为境界,其间包含阴阳、文质、刚柔等;二、玄为整体,神为内力,化生阴阳、文质、刚柔等。因此,扬雄以"神化"为艺术之最高境界时,"神"也就具备了自然哲学之"玄"的主要特征。归纳有以下三点:

一、有包罗万象的范围。《太玄·摛》云:"玄者幽摛万类而不见形者也。资陶虚无而生乎规;挪神明而定摹;通同古今以开类;摛措阴阳而发气。一判一合,天地备矣;天日回行,刚柔接矣;还复其所,终始定矣。……故玄卓然视人远矣,旷然廓人大矣,渊然引人深矣,渺然绝人眇矣。"

二、有通变因革的思想。《太玄·莹》云:"天道有因有循,有革有化。因而循之,与道神之;革而化之,与时宜之。"

三、有内推的认知方法。《太玄·晦》云:"君子视内,小人视外;测曰:小人视外,不能见心也。"又《太玄·养》云:"藏心于渊,神不外也。"再如《太玄·文》云:"圣人仰天则常穷神,掘变极物穷情。"

正因为"神"有包罗万象、通变因革、内推认知等特征,所以扬雄在论赋时通过"存神索至"的方法对汉赋艺术"宇宙"进行考察,而提出"赋神"说。他赞美相如赋云:"长卿赋不似从人间来,其神化所至邪。"(《答桓谭书》)便以最高的神化境界扬举相如赋艺,其关键在抓住了汉赋"苞括宇宙"、"敷演万方"的艺术特点。这一评价正是扬雄文学思想中"神化"境界的具象化。如果我们再结合前述两图式和玄(神)三特征,并明白玄(神)内涵的"儒家政教"与"道家自然"两重意义的"道",那么,对扬雄重赋的典则之美谓"孔氏之门用赋也,则贾谊升堂,相如入室"(《法言·吾子》),重赋之尚用之质谓"文丽用寡,长卿也"(《法言·君子》),重赋的艺术境界则赞其"神化",以及悔赋之"雕虫小技,壮夫不为"等奇异的心理现象,就不会遽称"谬言欺人"(王世贞《艺苑卮言》卷二评扬雄语),而应是将其放在扬雄复杂的、多元的文学思想体系中去辨识其内在矛盾和自存价值。扬雄将自然之"神"移植到评骘文艺的时代价值还在于:第一,组成了"宇宙→人事→艺术"的结构系统;第二,在我国古代思想领域中首次将"神"用于纯文学批评。"①

概观扬雄文学思想的内在矛盾,关键在于对其矛盾的双重主旨的认知,这样,我们对他的文学思想整体的理解和评价,就不致因"摹拟"而忽略其反思精神,因"保守"而忽略其忧患意识,因"艰深"而忽略其通变思想,因"复古"而忽略其艺术精义。

四 对东汉文学思潮形成的积极影响

与西汉相比,东汉思潮、风尚的变迁和文学艺术的发展,明显昭示了文学艺术的独立、文学题材的扩大、文士地位的提高;而达到这一些,又是经过由西汉末到东汉时期儒学衰落、老庄复兴的学术思潮的演变而来。因而扬雄在西汉末年的文学思想对东汉文学思潮的影响,是颇多积极面的。这些也是两汉之际文学变革思潮的主要特征。

(一)以著述企求立名,破西汉儒门师法章句传统之学以成一家之言,寓文学思想于学术著作,是扬雄自立文学观并对东汉文学深有影响的重要方面。

据《汉书》本传载,扬雄"少而好学,不为章句","博览无所不见","好为精湛之思",作《太玄》《法言》,意在"欲求文章成名于后世"。这与司马迁发愤著《史记》,"欲以究天人之际,通古今之

---

① 浦铣《复小斋赋话》上卷谓"作赋贵得其神",实承扬雄滥觞之"赋神"理论。

变,成一家之言"(《报任安书》)的精神相同,表现出与西汉正统儒学的相异处,因此在当世也必然受到"宣费精神"、"诛绝之罪"的谴责。而在东汉,这种著述精神却受到理论界有识者的赞扬。首先,通倪博学的桓谭于其《新论》中盛誉扬雄"丽文高论","才智开通",并在非《太玄》讥"覆瓿"声中,预言"《玄》经数百年,其书必传";强调其"义至深,而不诡于圣人"(《汉书·扬雄传》)的价值。继后,以"疾虚妄"、倡"实诚"、反"奉天而法古"为廓清两汉神学迷雾与复古思潮做出积极贡献的东汉思想家王充,居然自诩《论衡》与《太玄》"同一趋"(《对作》),谓"文与扬雄为双,吾荣之"(《自纪》)。这绝非表象夸誉,而是王充对扬雄敢于破传统、自成一家在本质上的肯定。在《论衡》中,王氏评扬近二十处,仅有两处批评其辞赋"言奢有害"(《谴告》)、"无益于弥为崇实之化"(《定贤》),而推举之词,则如"扬子云作《太玄经》,造于眇思,极窈冥之深,非庶几之才,不能成也"(《超奇》);并美司马迁、扬雄在汉世地位"司马子长、扬子云,河汉也;其余,泾渭也"(《案书》)等,代表了王充对扬雄的基本评价。尤其值得玩味的是,王充反"好珍古不贵今"的复古之弊恰举雄著述为革新之例,"世俗之性,贱所见,贵所闻也。……扬子云作《太玄》、造《法言》,张伯松不肯一观……使子云在伯松前,伯松以为金匮矣"(《齐世》)。王充断言,俗儒所弃,当世不显的革新之作,"使在百世之后,则子政、子云之党也"(《案书》)。这些评价既说明王充对扬雄文学思想中"摹拟""复古"的复杂性的理解,也表明二人之间的相承性。此外,东汉科学家张衡深谙宇宙之学,对扬雄《太玄》亦未敢轻忽:"吾观《太玄》,方知子云妙极道数。"(《与崔瑗书》)晋世葛洪更赞"扬雄通人,才高思远"(《抱朴子·外篇·酒诫》)。这种不因扬雄有"复古"思想而忽视其学术、文学反传统、主变革、以求立名后世的"通人"品格,是东汉以及后世进步思想家、文学家的共识。

可以说,扬雄独特的文学思想体系的形成在很大程度上决定于他借著述立名这一点,而东汉及以后思想家、文学家如桓谭、王充、张衡、王符、葛洪、陆机、刘勰等对扬雄诸多文学观点的继承,又首先表现为汲取其自创体系的著述精神。这是促进东汉文风转变的一个明显标志。

(二)扬雄立"玄",于开东汉学术玄远旨趣的同时,亦开东汉文风中崇尚自然的思想情趣和达观玄览的艺术境界。

在扬雄之前,汉代文学的发展经历了两个重要阶段:前一阶段文学作品所表现之情绪多为忧患淡泊,后一阶段文学作品所表现之情绪多为矫情夸饰、郁勃亢奋。而东汉文学作品,虽远绍汉初淡泊情绪,但却更多地表现出崇尚自然的意趣;虽沿习西汉中期铺张扬厉之声貌,但却更多地通过个性情感的发泄达到玄览之境。这种转机与深化,正是扬雄对两汉文学的重要贡献。因为,自扬雄创作中表现出死生、穷达"是事之变,命之行也"的道家思想和"物我一体"的自然同化境界,东汉文人多受影响,以老庄为旨归,"达生任性,不拘儒者之节"(《后汉书·马融传》);自扬雄立玄旨创太玄系列作品以降,东汉文人创作竞相言玄,如《玄根》(刘騊駼)、《思玄》(张衡)、《玄表》(蔡邕)、《玄达》(潘勖)等,渐开魏晋文学依玄托旨,因玄显志,以玄达趣的风尚。从文学创作心态看,扬雄《太玄赋》首次将"大易之损益"、"老氏之倚伏"的哲学理趣融于文艺作品,创造了一种"荡然肆志"的个性形象和一种寓飞动于玄静的超越时空的艺术神化境界。如果我们将东汉文人如桓谭作品中"乘凌虚无,洞达幽明"(《仙赋》)的骋思,冯衍作品中"游精神于大宅兮,抗玄妙之常操;处清静以养志兮,实吾心之所乐"(《显志赋》)的理趣,班彪作品中"朝发轫于长都兮,夕宿瓠谷之玄宫"(《北征赋》)的想象,张衡作品中"仰先哲之玄训"、"欲神化而蝉蜕"的意境等与扬雄的艺术玄境相比较,足见这种寓玄于艺的心理与空灵自然的神思,正与东汉文学变革思潮同向,其流风及于建安以后,遂成玄学、文学交融状态。从两汉理论视角的变化看,扬雄融儒道制太玄是重要的。由于魏晋"玄学"(新学)生成的要素即为对《周易》、《太玄》的研究,从而产生新的天道观、人生观、文艺观,所以在这种新思潮蕴蓄发展的东汉,对太玄学说的继承则更为直接,尤其是扬雄倡导的"鸿文无范,恣意往也"的自然文艺观,无疑促成了东汉文人逐渐使文学摆脱经学的框围而与自然共脉的审美意识。东汉学者桓谭、张衡、王充、王符、蔡邕、仲长统等文学理论观的发展明示了这一点。以王充文论为例,他嫉伪求真、革新废古的文艺观的哲学本体是"天道自然"(《论衡·命禄》),他论文反对"辞出溢其真,称美过其善"(《艺增》),但却视"艺增"、"准况"为艺术的自然现象而予审美评价。这种审美倾向到仲长统,则形成一种新的超然不羁的道家人生观的思想,这既是汉末哲学思想的变化,也是文艺思想的更新。

通过从扬雄到汉末的时代纵览,可见东汉文学思潮形成的重要因素之一就是东汉文人不断发展扬雄文学思想中"崇尚自然"的一面,而与之矛盾的另一面,即因"复古"而出现的极端宗经、征圣思想,则被时代新潮所抛弃。

(三)扬雄在时代变革期对儒学传统与辞赋艺术的反思,促进了东汉文学观念的演变。

在我国文学史上,两汉是文学发展经历了艰难曲折的时代,也是文学由蒙昧渐次走向觉醒的时代。而文学作品作为独特的艺术受到重视、鉴赏、品评,不仅为东汉(主要是后期)政治斗争和文化心理所决定,还应上溯到西汉学术与文学关系之历史矛盾的微妙潜存。基于这层矛盾,有充分理由说明处于西汉末年的扬雄对辞赋由创作的摹拟到理论的反思,本质上是对西汉整体文化的反思,其间包含了对儒学的反思。因其反思而生发出求变心理,使得他

对文学艺术的利用和构想具有时代转化意义。对此,可概括在三个具体方面:

其一,个性意识的觉醒与沉沦于西汉经学氛围的先秦人本位思想的复苏,使扬雄开在子书中以文学笔触品藻人物之风。这集中在扬雄《法言》之《重黎》、《渊骞》两卷中。如果说《重黎》所品评的人物多居政界,其意义在于作者通过对历史上真伪美恶成败存亡教训的回顾表达对理想化的清平盛世的憧憬,那么,《渊骞》则是对历史上各类人物的品藻,其描写也充分表现出文学化倾向。如评东方朔:

> 或问:东方生名过实者,何也?曰:应谐不穷,正谏秽德;应谐似优,不穷似哲;正谏似直,秽德似隐。请问名?曰:诙达恶比。曰:非夷齐而是柳下惠,戒其子以尚容,首阳为拙,柱下为工,饱食安坐,以仕易农;依隐玩世,诡时不逢,其滑稽之雄乎!

对东方氏这位"依隐玩世"的"滑稽之雄"的夸誉与对那种"诡时不逢"的心理挖掘、情态描写,使一个历史人物的形象情趣充盈、栩栩如生。扬雄对历史人物冷嘲热讽的讥刺和生趣洋溢的颂扬,显示出个性情感的历史价值,也衬托出作者蕴蓄于心灵奥区的个性意识。这种对历史或当世人物的品藻至东汉后期而大畅其风,并由书面品藻转化为清议品藻。汤用彤《魏晋玄学论稿·读〈人物志〉》谓魏初清谈上接汉代清议,逐渐演变为玄学清谈,并认为"正始以后之学术兼接汉代道家(由严遵、扬雄、桓谭、王充、蔡邕以至于王弼)之绪",是清谈品藻原因之一。需要补充的是,在西汉儒学崩坏之际,扬雄著作中出现的人物品藻文学化倾向,实为东汉清议品藻、魏晋清谈品藻风气之滥觞。①

---

① 在扬雄人物品鉴与汉末清议品藻之间,王充《论衡·定贤》对各种经生、文士的品评,是其发展过程中的一个环节。

其二,扬雄文质副称说改变了西汉重质轻文观,为东汉重文思想创造了转机。关于文质问题的讨论,并非儒家独有,其中渗合了先秦道家、法家、名家诸观点,这使汉代文质观内涵驳杂,议论迥异。略述其要,可以董仲舒用儒家文质观兼融道家"文灭质、博溺心"(《庄子·缮性》)、法家"以文害用"(《韩非子·外储说左上》)诸说,提出"先质而后文"的思想为第一阶段,其理论依据是"礼之所重者在其志。……志为质,物为文。文著于质,质不居文,文安施质。……宁有质而无文"(《春秋繁露·玉杯》)。这充分显示其神学目的论的美学思想。以扬雄融合儒、道的文质观的出现为第二阶段,其观点在强调"文质班班"的文质并重思想时已出现"言不文,典谟不作经"的重文倾向。这种重文倾向到王充、张衡、蔡邕好文重文理论的出现,发展至第三阶段。这一阶段文质观的理论依据如王充《论衡》"大人君子以文为操"、有"好文之声"(《佚文》)、"人无文德不为圣贤"、"物以文为表,人以文为基"(《书解》)等观点即是。① 这是汉代文质观的发展过程,扬雄文质副称说又是由重质到重文的中转。东汉以扬雄文学为式的崔骃,"年十三能通《诗》《易》《春秋》,博学有伟才,尽通古今训诂百家之言,善属文。……时人或讥其太玄静,将以后名失实。骃拟扬雄《解嘲》作《达旨》以答焉。"(《后汉书·崔骃传》)此亦扬雄以通人重文形象对后世的影响。

其三,扬雄思想中萌发出一种自觉艺术观对东汉艺术观念的演变有一定作用。试举一例:《法言·问神》云:"言,心声也;书,心画也;声画形,君子小人见矣。声画者,君子小人之所以动情

---

① 王充在发展扬雄"重文"思想的同时,也发展了扬氏"弸中彪外"的内质外文提法。如《论衡·超奇》云:"实诚在胸臆,文墨著竹帛,外内表里,自相副称,意奋而笔纵,故文见而实露也。"然王氏又忽略了扬氏文质观内文外质的一面,以及派生于"玄"的整体意义。

乎。"他认为"心"达其情,"言"状其物,是自然文艺观的具论;而他提出"书"为"心画"的命题,显然摆脱文字"象物"的实用阶段,使之作为自觉的艺术与主观情感的表现联结起来。在东汉,继扬雄艺术情感论的有如王充论绘画,有批判"虚妄之象"与"实事"相符的客观性,也有偏重纯真的主观情感性;蔡邕《笔论》论书法艺术云:"书者,散也。欲书,先散怀抱,任情恣性。"此明示了书法艺术抒散情怀,表现个性的内观审美。这种对艺术美的自觉追求和纯艺术观念的逐渐强化过程,对我国书、画艺术能够在魏晋以后渐臻成熟有着必然的推动作用,也与汉代文学观念转变发展的过程相适应。

五 桓谭的"丽文""新声"

桓谭是两汉之际稍后于刘歆、扬雄的古文经学家和反图谶的无神论学者。他在学术上的成就以及其倡"通儒"的思想,求"实诚"的精神,上继扬雄,下启王充,而具殊绝的历史地位。[①] 在文学思想方面,桓谭所显示的时代特征也是处于由扬雄到王充这一发展过程,属于两汉之际变革思潮中的一个环节;然其所倡之"丽文"、"新声"的审美观,则又具有特异性。

桓谭的"丽文"思想是从摹习扬雄文学创作发论的。《新论·祛蔽》记载了这一看法:

[①] 桓谭在《新论·启寤》中指出"孔子匹夫耳,而卓然名著",并认为"子云亦东道孔子也"。此既打破神化孔子的思想,又赞美了扬雄的时代地位。而桓谭所著《新论》,更受到王充《论衡》的推崇,如谓桓谭"作《新论》,论世间事,辨照然否,虚妄之言,伪饰之辞,莫不证定"(《超奇》),"世间为文者众矣,是非不分,然否不定,桓君山论之,可谓得实矣"(《定贤》)等皆是。按:桓谭《新书》亡佚,仅存残章断句于类书或后世辑注中,清人严可均校辑成卷,并按语云:"其书汉时早有定论,惜久佚失,所得见者仅此。然其尊王贱霸,非图谶,无仙道,综核古今,価偻失得,以及仪象典章、人文乐律,精华略具,则虽谓此书未尝佚失可也。"

> 余少时见扬子云之丽文高论,不自量年少新进,而猥欲逮及。尝激一事,而作小赋,用精思太剧,而立感动发病,弥日瘳。子云亦言,成帝时,赵昭仪方大幸,每上甘泉,诏使作赋,为之卒暴,思精苦,赋成,遂困倦小卧,梦其五脏出在地,以手收而内之。及觉,病喘悸大少气。病一岁。由此言之,尽思虑,伤精神也。

这段话含有两方面内容,一是作者意欲仿效扬雄之"丽文",此与昔日扬雄仿效相如有文学史的内在联系;二是作者由自身的创作"苦思"逆推扬雄的创作"苦思",得出了"尽思虑,伤精神"的结论,从而说明文学创作应顺适自然的道理。这里,桓谭并非否定扬雄的创作,而是对西汉以来"丽文"的怀疑,因而他在另一处又指出:"予见新进丽文,美而无采;及见刘、扬言辞,常辄有得"(《文心雕龙·通变》引《新论》补遗),可见其对"丽文"的态度与扬雄"悔赋"思想一致。但是,桓谭对"丽文"的怀疑也不等于完全否定"丽文",相反,他正是从"丽文"的不足推阐其美文思想的。首先,桓谭并不反对文辞之美,而是要求文章于华美的外表中有内含的风采,这种风采主要又表现于作者的志向、情感和实诚。就志向而言,桓谭继承司马迁"发愤著书说",倡导"失志而后文采发"的思想,认为"贾谊不左迁失志,则文采不发。……扬雄不贫,则不能作玄言"(《新论·求辅》),强化了文章之"志"的核心作用。就情感而言,桓谭盛誉司马相如《吊二世赋》"其言恻怆,读者叹息;及卒章要切,断而能悲也"(《文心雕龙·哀吊》引《新论》补遗),这与他在《新论·琴道》中有关圣贤玩琴以养心,心悲而引悲的情感表现论观点相同。就实诚而言,桓谭又认为"文家各有所慕,或好浮华而不知实核,或美众多而不见要约"(《文心雕龙·定势》引《新论》补遗),这既是他怀疑"丽文"的思想根源,也是其"文采"必须表现"真美"的思想结穴。如果能达到志向、情感、实诚的统一,则即如"小说家"言,桓谭认为亦有"可观之辞"(《文选》江文通《杂诗·李都尉从军注》引《新论》)。其次,桓谭强调"丽文"之实诚,包含了文章必须有丰富内容这一意向,且能不拘泥于美刺而显出豁达的充实美文观。这种充实美有两个获取途径:一是反复学习。《新论·道赋》记云:"扬子云工于赋,王君大习兵器,余欲从二子学。子云曰:'能读千赋,则善赋。'君大曰:'能观千剑,则晓剑。'谚曰:'伏习象神,巧者不过习者之门。'"前述桓谭反对"苦思",是唯恐精工雕琢丧失天然真美,而欲得文章"充实"之美,则又需这种"习千赋"式的对艺术执着追求的精神。二是博取。在桓谭创作思想中,虽仍以儒家圣贤之论为美的标准,但他对先贤的继承,却建筑在"前圣后圣,未必相袭"(《新论·正经》)的通变观上。所以他好屈骚之缠绵,爱贾谊之文采,慕淮南之广富,赞史迁之独创,习扬雄之赋章,尤其对庄周之"虚诞",也以为"当采其善",未可"尽弃"(《新论·本造》)。可见其文学思想融通而充实的审美境界。

如果说桓谭对"丽文"的怀疑和要求与扬雄文学思想有较多相似,那么其对"新声"的赞美则尤具"独晓"之明。①《新论·离事》:

> 扬子云大才,而不晓音。余颇离雅乐而更为新弄。子云曰:"事浅易善,深者难识,卿不好《雅》、《颂》,而悦郑声,宜也。"

这里,扬雄批评桓谭"不好《雅》《颂》,而悦郑声"正反证了桓谭"离雅乐""为新弄",对包括"先圣"孔子在内所反对的"淫声"的审美追求;而桓谭批评扬雄"不晓音",更明示其对"新声"之追求

---

① 《新论·离事》云:"唯人心之所独晓,父不能以禅子,兄不能以教弟。"

的坚定性,内含脱离礼教羁縻的艺术鉴赏趣味。爱好郑、卫之音,先秦有魏文侯,而在理论上对淫声"新弄"的肯定,却是桓谭的独造之想。如果透过现象对桓谭倡导"新声"之内涵做理论观照,我们就能清晰地感到这是两汉之际文学艺术变革中的一朵奇葩。从文化发展大势来看,经汉儒精心设置和建造的礼乐制度在西汉后期经学颓波流逝下崩坏现象极为严重,汉哀帝"诏罢乐府"是一种措施,而桓谭扬举"新声"也是一种措施,这种对"新声"防范和倡导的截然对立的观念在同一历史机缘中的结合,是颇有意味的。可以认为,前者是一种守旧心态,后者是一种先进意识。由于时代的影响,桓谭所谓"新弄"又不仅是郑、卫之音的传袭,而是具有特定的历史审美内容的。撇开音乐自身的艺术流变与审美价值,仅就这种"新声"的思想意识观之,我认为至少有以下三层意义:其一,桓谭"新声"并非凌跨社会的空想艺术,而是同样内含汉代文学所共同表现的政教意识。这在他通过"晋师旷善知音"的故事阐发"亡国之音"(《新论·琴道》)和"言行在于美善,不在于众多。出一美言善行,而天下从之"(《新论·言体》)的论述中极明显,其中寄托了他对当时政教松弛、礼乐漫涣的忧虑。其二,桓谭"新声"有着深层的历史积淀因素,那就是郑、卫之音属民间歌谣并有大胆抒发情感的特征。在这层意义上,桓谭倡扬民间歌谣之"新声"表现的民本思想与其文学真美思想的结合,正是戳指西汉乐府制度在建立发展中愈来愈明显的名曰采风,实扼民情的虚伪现象。其三是审美层次。这里包含了心悲而引悲的感发之情,妙曲遗声的音响与"雅乐"典重庄严的节奏相比,"新声"以自然轻松的旋律对人心的陶冶更具有感染之力,此亦寓示了桓谭对声乐自身规律的把握和对自然审美的欣羡。

从桓谭对"丽文""新声"的认识,可以看到他对两汉之际变革思潮中重"文"倾向的发展;尽管这种先进思想很快又消沉于东汉兴盛期儒教文化中,但其潜存的审美因子却在东汉文学思潮的衍变中起着巨大的催化作用。

第四节　汉赋流变与儒道思想

汉代文学发展到两汉之际,进入了一个重要的转折时期,作为汉代文学之主体的辞赋艺术,也同样迈进了一重要阶段,而以此阶段为基点纵览整个汉代赋体文学之流变,又可见其与一代哲学之主线——儒道演变形成异质同构的联系。

一　汉赋流别与儒道渊源

汉赋流别论源于《七略》、《汉志》总七十八家赋系于"屈原赋"、"荀卿赋"、"陆贾赋"、"杂赋"的四类分法,其中除去"杂赋",另三类赋皆各有特色。刘师培云:"盖屈平以下二十家,均缘情托兴之作也,体兼比兴,情为里而物为表;陆贾以下二十一家,均骋辞之作也,聚事征材,旨诡而词肆;荀卿以下二十五家,均指物类情之作也,侔色揣声,品物毕图,舍文而从质。"(《汉书艺文志书后》)又云:"有写怀之赋,有骋辞之赋,有阐理之赋。……写怀之赋其源出于《诗经》,骋辞之赋其源出于纵横家,阐理之赋其源出于儒、道两家。"(《论文杂记》)既示渊源,又辨学术影响。章炳麟亦曾说:"屈原言情,孙卿效物,陆贾赋不可见,其属有朱建、严助、朱买臣诸家,盖纵横之变也。"(《国故论衡·辨诗》)①刘、章所代表的历代类似见解,仅注重汉赋源于先秦之流别,却忽视了其流别形成的时代性。因为,汉志"屈原赋"二十家便有汉赋家十六,"陆贾赋"

---

① 顾实《汉书艺文志讲疏》承刘、章之说,也分赋体为主抒情、主说辞、主效物三种。

二十一家皆汉赋家,"荀卿赋"二十五家有汉赋家二十三,由此观之,流别论纵向导源已包含了横向研究,这是探讨汉赋流别与儒道渊源的双重途径。

从纵向导源看汉赋流别的形成,其受到先秦文学如《诗经》楚辞、纵横家散文、寓言谐语等方面的影响极明显,然从文化史的广角度做哲理审视,则可以说汉赋艺术的形成正是熔铸先秦南北文化的结果,汉赋中写怀、骋辞、阐理诸风格又无不反映南北文化中的哲学主潮——儒道思想的作用。大体说,系于屈原赋后的偏重缘情托兴、抒发心志的汉代骚体赋多源于南方泽国文化,其遗弃尘寰、渺视宇宙的胸襟,任性达情、自然应化的风格,既得老庄归真之心,又取屈宋厌世之情,是以道家思想为旨趣。系于荀卿赋后的偏重指物类情、述行阐理的汉代散体大赋,又多源于北方山地文化,其修身力行、夸誉人生的胸襟,踵事增华、描摹万物的风格,既得孔门仁义之心,又取"诗无邪"之意,是以儒家思想为旨趣。而骋辞之赋,虽系于陆贾之后,实为汉赋创作风格,其纵横开合的气势,既抒儒道心志,又兼得两家理趣。正因为汉赋艺术本身形成兼容南北文化的态势,所以其表现儒道哲学思想有时泾渭分明,有时交叉模糊。就其分明而言,汉大赋多以儒家思想为主体表现出积极入世的精神;汉骚赋多以道家思想为主体表现出隐身遁世的精神。就其模糊而言,汉大赋中既有对人生珍视的情志,亦有对宇宙渺视的气度;骚赋中既有道家遗弃尘寰、归真返朴之性,又有儒家耿介廉正、缠绵悱恻之志。当然,也有一些抒情赋、哲理赋,一篇之内,儒道杂糅难辨,但其反映儒道思想对艺术的作用仍然一致。

从横向研究看,汉赋流别的形成无疑又受到社会思潮之时代性和个人情志之特异性的制约与影响。由此概观汉赋诸风格,又无不处于汉代学术与汉代文学关联之中,因而,汉赋作家"阐理"则多儒道哲理,"骋辞"亦多儒道旨趣,"写怀"尤多儒道情致。而汉赋艺术发展到两汉之际,扬雄等赋家的作品所表现的融合儒、道思想的倾向,既是汉赋艺术内在机制的一种兼综,也是汉赋与学术的一次融通。这决定了东汉辞赋文学的基本审美意趣。

二 汉赋二体与儒道绌补

二体论源于班固"贤人失志"之赋(《汉书·艺文志》)与"润色鸿业"之赋(《两都赋序》)的提法,经陆机《文赋》"缘情""体物",[①]刘勰《文心雕龙·诠赋》"体物""写志"的划分而逐渐形成。二体内涵,正如今人何沛雄所述:"体物者,偏于骋词;写志者,偏于抒情。……汉赋名家,多备二体,如司马相如有《子虚》、《上林》,亦有《长门》、《哀二世》……"(《赋话六种·读赋零拾》,香港三联书店1982年版)二体辨义,继承了流别论,溯汉体物大赋之源于北方文化,表现了儒家入世精神与美刺传统;溯汉写志骚赋之源于南方文化,表现了道家的隐世意识和睥睨现实的传统;二者的冲突,促进了汉赋艺术的嬗递发展。同时,二体辨义又改变了流别论,认为"体物""写志"并非因其流别不同而处于始终对抗状态,相反,二体兼综于一作家的现象却是汉赋发展的主流。由此我们可以发现,汉赋二体艺术的冲突与兼综,正表现了汉代哲学的儒道绌补,这也是基于汉代文化融合先秦南北文化的共识。

两汉时代是儒道思想不断绌补并趋合流的重要阶段。而代表汉赋风貌的"二体",正是其学术思想在文学艺术中的反映。鸟瞰汉代哲学,虽经初年崇尚黄老,末叶老庄复归,而中期儒教独尊的阶段,但两种思想的对垒与互渗,却通贯一朝。即如"独尊儒术"

---

① 章炳麟《国学讲演录·文学略说》:"士衡缘情、体物二语,实作诗造赋之要。……盖体物者,铺陈其事,不厌周详,故曰浏亮。缘情者,咏歌依违,不可直言,故曰绮靡。然赋亦有缘情之作,如班孟坚之《幽通》,张平子之《思玄》、王仲宣之《登楼》,皆偶一为之,非赋之正体也。"

的董仲舒,他的学术亦呈儒道兼综倾向。汉赋作家亦复如此,有专一体(贾谊之写志,枚乘之体物)、有兼二体(如相如、扬雄),前者偏于一种审美观,后者则表现两种审美倾向的冲突与兼综。

写志赋主要嗣响楚辞,代表了汉赋中以道家意识为主体的艺术观。这类赋的代表作品有贾谊之《惜誓》、《鹏鸟》,严忌之《哀时命》,淮南小山之《招隐士》,王褒之《九怀》,刘向之《九叹》,扬雄之《反骚》,冯衍之《显志》,班固之《幽通》,张衡之《归田》等。在这里,有对宇宙永恒的惊惧,有对人生无常的惆怅,有对社会现实的避离,有对个性灵感的抒发,这股纵贯两汉的艺术思潮,几乎影响了所有的汉赋作家。汉代骚体赋(素称别派)作品绵延不绝,充分展示了汉初兴盛的道家思想及其审美意识是始终隐显于一代文学之中的。当然,从汉代骚体赋的发展历程看,又绝非仅是楚骚余绪,而是具有时代特征的。如相如之《哀二世赋》、《长门赋》,在繁富浑厚的大赋形成期别开浅显清丽一境,又不全同楚骚绵延意趣。而与汉初骚体相比,扬雄之《太玄赋》、刘歆之《遂初赋》,更趋向于道家的空灵境界。

体物赋以散体大赋为形式,以枚乘《七发》为肇端,至相如《子虚》、《上林》完成,成为汉赋正宗。其后有王褒之《洞箫》、扬雄之《羽猎》、班固之《两都》、张衡之《二京》等创作。在这里,有天人合一的规模,有征服自然的气概,有巍峨宫阙的描绘,有生灵汇聚的场面,这股艺术思潮奠定了汉赋正宗不拔之基,显示了儒家思想对汉代文学的巨大影响力。准确地说,是儒家思想为主的汉代大文化在汉赋艺术上的投影。

综观"体物""写志"二体,是汉赋艺术的主体构成。汉赋作家兼擅二体并能娴熟地驭驶两种艺术风格的合流时期,正是儒道互补现象突出的阶段;同样,汉赋二体并存这一艺术史实本身,又反映了两种审美观的冲突,汉赋作家于特定历史氛围独擅一体或以一体为主的二体分流现象,亦为汉代儒道互绌之特征。

三 汉赋分期与儒道演变

对汉赋流变的认识,还在于对其阶段性发展的把握。关于这一点,历代文学史家大同小异,基本主张四分法,即创始期(汉初至武帝初年)、全盛期(武、宣、元、成时期)、摹拟期(西汉末至东汉中叶)、转变期(东汉中叶至魏初)(参见刘大杰《中国文学发展史·汉赋的流变》)。然而通过对儒道思想的演变与汉赋发展关系的研究,尤其是对两汉之际文学变革思想的发掘,我以为划分五阶段较适宜,这与整个汉代文学思想的发展基本同步。

从汉初至文景之世为骚体创作期。这一时期学术思想以"君臣俱欲无为"的道家(黄老)为主体,表现了"天下晏然,刑罚罕用,民务稼穑,衣食滋殖"(《汉书·高后纪赞》)的社会现状。然而汉赋作家却通过对秦汉之际战乱的回忆,对汉初制度松弛、仕途凄寒的感慨,表现出悲观痛世的情绪,并以"无为"为标的,倡养生保真的人生观和返朴归真的审美观。

汉武帝至元、成年间为大赋创作期。这一时期儒道思想经激烈冲突归于"独尊儒术",道家思想作为附属被潜移于新儒体系。此时的汉赋作家从历史记忆的深思中,从个人情绪的郁积中挣脱出来,面对当世繁荣,写出时代强音。大赋作家以天人合一的宇宙观取代汉初养生保真的人生观,以总览人物的气势取代虚无缥缈的思虑,这是汉赋艺术审美的巨变。

成、哀、平三朝以至新莽是西汉王朝衰亡期,也是汉赋艺术反思大赋,复归骚体的创作反省期。这一时期的学术思想表现出一种深沉的反思,其中包含了儒家正统思想的重建与道家异端思想的滋生。在此双重思想影响下,汉赋作家一面继续创作以儒家审美意识为主体的大赋,表现出文为经世、学以致用的精神;一面大量复归汉初骚体赋形式,以寄寓道家自然审美情感,表现出轻禄傲贵、淡泊自守的精神。

东汉光武中兴,儒家再居统治地位,以宏扬大汉声威的大赋作品蜂出,又开一时盛况;然经明、章、和三代,大赋渐随儒学衰竭而成强弩之末,以道家思想为主体的骚体赋亦得以发展,形成了汉赋二体兼综期。这一时期的学术是既有儒学振兴,又有道家复起。汉赋作家的审美意识亦在儒道之间徘徊。

桓、灵以降,迨及建安,汉赋艺术在汉代政治的废墟上诞育出大批作品,其创作盛况既是回光返照,又孕育新变,似可谓变革期。这一时期的学术与盛汉儒学形成鲜明对照,出现了儒学体系崩毁、道家思想中个性意识抬头的局面。受其影响,一种以衰世为背景、以道家意识为主体的小品赋出现,取代了以盛汉为背景、以儒家意识为主体的大赋,从而显示出王朝由盛而衰,赋艺由正而变的演进轨迹。

综此五期发展,可用下图表示:

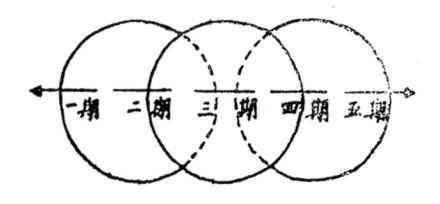

一期 二期 三期 四期 五期

根据图示,可见汉赋发展一期至三期形成第一个圆圈,二期至四期形成第二个圆圈,三期至五期形成第三个圆圈。第一演进圈的形成,正是汉代儒道思想冲突、融合的一个周期,其间经历了由汉初道家思想遭西汉中期儒家思想的否定后重新复现的过程;而汉赋艺术则由汉初以道家意识为主体的骚体赋被散体大赋否定后重新复现,贾谊《吊屈》之哀怨情绪、《鹏鸟》之达生观念到扬雄笔下《反骚》《太玄》中重现,意味着这种审美意识的回环发展。第二演进圈的形成,是对前者的否定,它表现了汉代正统儒学思想体系建立并持续的统治地位,该体系虽经中衰(三期),然仅是短暂插曲(虚线指示),随着东汉王朝的重建,儒家思想统治又得以巩固。在此圈中,以儒家意识为主体的大赋创作出现持续繁荣期,代表了汉赋新体的巨大成就;而作为对第二期持怀疑否定态度的第三期,一面在儒学中废的时代空隙中寻求道家思想填补,一面继续大赋创作,如扬雄《长杨》《羽猎》,无疑为第二期至第四期汉大赋两度昌盛起了传导作用,昔人以马、扬并美,班、张并雄,正着意于此。然而,三期虽处二、四期间,但毕竟以怀疑的态度看待正统赋学和盛汉大赋,因此,三期在复现一期道家意识与骚体创作时,出现了汉赋再次演变的契机(虚线指示),这一演变至五期完成,形成了汉赋艺术中否定之否定的第三演进圈。第三圈既是第二圈的离异、否定,又是第一圈的继承、发展。其在较高艺术层次的发展又表现在这样几方面:其一,自扬雄作《太玄赋》,经刘骃骆《玄根》、张衡《思玄》、蔡邕《玄表》、潘勖《玄达》的发挥,道家的玄远意识取代了汉初的无为意识,在艺术上显示出一种更为旷放、空灵的审美情绪;其二,道家意识不限于骚体而渗合于大赋创作之中,这里内涵了对第二圈中汉赋艺术辉煌成就的继承;其三,个性在艺术中的显露已不仅是怨天尤人的自省,而是对人的尊重和人的觉醒;其四,汉赋艺术的小品化、抒情化、哲理化,说明了辞赋艺术多元性要求,也为魏晋辞赋的变革奠定了雄厚的基础。由此可见,值两汉之际文学思想转折期的汉赋艺术,并非简单的摹习,而是在深沉的反思中起着极为重要的变革作用。

四　儒道思想与汉赋审美

由于儒道思想的相异与对文学艺术作用的相异,汉赋作家的审美观念、审美判断、审美趣味均有所不同,而分辨其异,即能发现汉赋艺术本身兼容儒道的审美价值。

儒家审美观念是理性主义的,多从政治、伦理、道德、风俗角度强调美与善的统一,在这一点上,汉赋作家思想与汉代诗学"言志"说并无差异,所谓"诗人之赋丽以则"(扬雄《法言·吾子》)以及汉赋"讽谏"观,都是汉代儒学经典化在艺术上的反映。而汉赋与汉诗所不同的是,汉赋作家在对王朝政治持彰善瘅恶态度的同时,摆脱了汉诗隶属儒经的模式,通过接受道家审美观中非理性主义的成分,以自然之"道"为最高范畴、逻辑起点,反对雕琢精工,倡导自然"大美",从而淡化了政治色彩,在"大象无形"与"妙机其微"中获得了自然与艺术之美。枚乘、相如的赋作,是与儒学体系交契的,其审美观念主要是理性的善恶美刺,中经西汉王朝覆灭、东汉王朝复兴,一批汉赋作家如班固、马融、张衡等已在儒家审美观念中渗合了道家审美观念,其赋作既有沿习美(颂扬)刺(讽谏)传统的《两都》、《二京》,又有探究宇宙人生奥秘的《幽通》、《思玄》。至于马融之大赋《长笛》,更体现了儒、道审美观念的互补。这种以道化儒的创作现象在东汉后期的不断出现,正是汉赋审美观念嬗变的趋势。两汉之际是这一嬗变的中环。

缘于观念牴牾,汉代赋家审美判断也在儒、道间徘徊。大体说,儒家审美判断偏重仁义道德,表现出维护封建礼教的情志思想,道家审美判断则偏重直观精神,表现出心通天地,物我同化的境界。持儒家审美判断标准的作家,其创作实践于两汉盛世为极致:在武帝朝,赋家司马相如与经师董仲舒皆以维护王朝利益为其审美标准。持道家审美判断标准的作家,情况有所不同:在汉初骚体赋创作中,道家审美观念处于一种朦胧的状态,作家的怨思多属楚骚情结,其对美的认识渗合了一定的儒家道德因素,因此,道家审美判断在汉赋艺术中真正占有地位,是在西汉末到东汉末这一阶段。扬雄《太玄赋》的"玄静神化"经张衡《髑髅赋》的咏颂庄周到王粲《游海赋》的天人一体,逐渐强化了道家以直观精神求达物我同化的审美判断。这种以道化儒的渐变过程,一是因为"回归老庄"思潮的作用,一是因为道教神仙思想、创造神仙系统的思维方法的出现。汉赋艺术亦由此产生了深刻的转机。

儒道审美趣味的相异在汉赋作家笔下出现了两种不和谐的倾向:一是尚实用、讲理知、好人工、重现实的审美趣味;一是尚虚无、讲任性、崇自然、重幻想的审美趣味。受儒家审美趣味的影响,汉赋作家的创作(主要是大赋作品)所追求的是一种理知的实用精神,尊重客观现实的人工修饰美。这类作家虽欲将丰饶之物汇聚笔端,以夸张手法尽人工奇构之巧,然其趣味旨归,仍在面对现实,曲终奏雅,"以极众人之所眩曜,而折以今之法度"(班固《两都赋序》)。反之,追求道家审美趣味的汉赋作品却很少理性与实用,而是崇尚自然,凭虚构象,以含蓄冲淡的风格见长。这类绝少华丽文采和物质堆砌,更多的是任性适情、自然应化特征的赋作,正是对汉赋艺术重雕琢的偏狭境界的反思与新变。

总之,从两汉之际文学转折期看汉赋艺术的思想演变,其一缘于儒家审美观念、判断、趣味的影响,汉赋表现出囊括万物、繁类成艳的风格,奏响了时代艺术的强音;其二缘于道家审美观念、判断、趣味的影响,汉赋表现出强烈的个性情感,产生了玄览虚幻的境界,开启魏晋辞赋文学先声;而这两种审美现象的取长补短、异同分合,无疑对建构完整的汉赋审美价值体系起了不可低估的作用。同时,这一创作现象,也为两汉文学思想之异同递变提供了一条极为重要的理论线索。

第四章 中兴期

(光武建武中至和帝永元中)

汉光武帝刘秀统合四方豪强定都洛阳,建立了东汉王朝,完成了重振刘汉的大业,而建武五年,初起太学,修明礼乐,又开启了文化复兴的历史新篇章。自此经明、章二代迄和帝初年,系东汉盛世,亦为汉代文学思想之中兴期。

汉王朝由西而东,经历了较大的历史变迁,故其文学思想亦因潜隐着的深层文化原因而表现出相异之处。对此,明人冯时可《雨航杂录·两汉文章》云:"西汉简质而醇,东京新艳而薄,时之变也。"此论文风之异。章学诚《文史通义》内篇《文集》论汉代文体云:"两汉文章渐富,为著作之始衰,然贾生奏议,编入《新书》,相如辞赋,但记篇目,皆成一家之言,与诸子未甚相远。初未尝有汇次诸体,裒焉而为文集者也。自东京以降,讫乎建安、黄初之间,文章繁矣,然范、陈二史,所次文士诸传,识其文笔,皆云所著诗、赋、碑、箴、颂、诔若干篇,而不云文集若干卷,则文集之实已具,而文集之名犹未立也。"甚明文学之发展实际。这种由简质到新艳的文风变迁和文体的渐次繁富独立,均显示了"文"的扬升。① 而这一现象,又与东汉立国伊始儒士文化的兴起并由此对文章之士的重视有着极大的联系。但是,因为这一时期儒士文化的兴起是

---

① 刘师培《论文杂记》云:"东京以降,论辩诸作,往往以单行之语,运排偶之词,而奇偶相生,致文体迥殊于西汉。"此从文体论言两汉文章之异。

缘于最高统治者的倡导,所以东汉文学复兴之初,就带有强烈的政治目的,而在其时王权与神灵结合的时代特征下形成的国教化的谶纬神学思想体系,又笼罩了文学的致用性。与此同时,王充《论衡》以"疾虚妄"之创作主旨,发出震聋发聩的强音,冲击了谶纬氛围中的神学与文学。然其真美思想本身,却显示出当时特定的历史价值。作为其时正统文学思想代表的班固,他一方面是神化王权的倡导者,使文学附会于神学,纳入王权统治轨道;一方面又以其史学巨著《汉书》和丰盛的文学创作,成为东汉文学思想家中的巨擘。

这是一个文学与神学相联而又矛盾的时期,因其相联,文学沉浸于神学的虚诞之中;因其矛盾,又揭示了文学自身的繁荣和潜伏了历史的衍变。

第一节 儒士文化与文学的复兴

东汉文学是在西汉末年摹拟文风和变革思潮的矛盾激荡中复兴的,所以在承袭文学摹拟之风,尤其是辞赋创作的图案化、类型化倾向日益严重的情况下,又受到变革精神的启迪,滋生出重文思想。然究其主要特征,关键在于接受西汉礼乐崩坏的历史教训,于摹拟与变革的矛盾中重建符合王朝利益的礼乐制度。因而在整个汉代文学思想发展流程中,中兴期文学与鼎盛期文学又有着后先辉映、桴鼓相应的声势,形成汉代文学政教意识最浓厚的两个时期。所不同的是,前者表现的是汉文化形成期的宏肆,后者表现的是汉文化复兴期的纯熟,而此纯熟的文学政教意识的完成,又首先反映于东汉政权与儒士文化、儒士文化引发东汉文学繁荣这一基本点上。

一　儒士文化昌盛之背景

儒士文化的崛起在于儒学政治的确立,这是东汉政权建立与西汉政权草创思想之殊异处。赵翼《廿二史札记》卷四"东汉功臣多近儒"条云:

> 西汉开国功臣多出于亡命无赖,至东汉中兴,则诸将帅皆有儒者气象,亦一时风会不同也。光武少时,往长安受《尚书》,通大义,及为帝,每朝罢,数引公卿郎将,讲论经理。故樊准谓帝虽东征西战,犹投戈讲艺,息马论道。是帝本好学问,非同汉高之儒冠置溺也。而诸将之应运而兴者,亦皆多近于儒。……盖一时之兴,其君与臣,本皆一气所钟,故性情嗜好之相近,有不期然而然者,所谓有是君即有是臣也。

东汉兴儒固然有光武帝个人"投戈讲艺,息马论道"[1],群臣与之性情相近、意气相孚的因素,但这并非主要原因。因为在汉代,儒士的兴起有漫长的文化演变过程和社会历史背景。以光武中兴为基点,回溯汉代政治与儒士文化的形成线索,大略经历了以下三个阶段:

从汉初陆贾、郦食其倡儒,叔孙通定朝仪到武、宣之世以"独尊儒术"为标帜的大文化的完成,是汉代政治由乱而定,儒士文化初步形成的第一阶段。在此阶段,完成了以儒学取代黄老的政治文化形态。而儒士文化经武、昭、宣三世之发展,又出现了两种趋向:其一,士人数量的增加,在文化结构上强化了儒学政治。据《汉书·儒林传》载,武帝时"为博士官置弟子五十人,复其身",昭帝时"举贤良文学,增博士弟子满百人"到"宣帝末增倍之"。而武

---

[1] 《后汉书·光武帝纪》载其于"王莽天凤中之长安,受《尚书》,略通大义",说明刘秀本人就是士人出身。

帝接受文翁入蜀兴学的经验,令天下郡国皆立学校官,又为儒学培养了大量人才。其二,士子由汉初的"游士"身份向士与宗族结合之整体意义的"士族"初步转化。这既显示了西汉公私学校兴盛和强宗大族子弟入学诵诗书的情形,又是通经为利禄之阶政策的结果。

　　武、宣之后至王莽兴亡,是儒士文化在极强烈的内在矛盾中发展的第二阶段。这时,儒士文化首先面临的是士族兴儒以维护政权与士族损民以危害政权的矛盾。就士族兴儒而言,这一时期学校设置已遍及乡壤,而士人数量之激增尤为明显,特别是私人教授兴盛发达,开启了家法传学之风,使儒学进一步渗透于政治机制,催促着封建社会的成熟。至于士族损民之举,早在武帝时丞相公孙贺"兴美田以利子弟宾客,不顾元元"(《汉书·刘屈氂传》)已见初端,至元帝贡禹上书谓"居官而置富者为雄杰,处奸而得利者为壮士。……求士不得其贤,相守崇财利"(《汉书·贡禹传》),哀帝时鲍宣上书谓"群臣幸得居尊官,食重禄,岂有肯加恻于细民,助陛下流教化者邪?志但在营私家,称宾客,为奸利而已"(《汉书·鲍宣传》),士族侵蚀百姓现象日酷,所引起的严峻的社会问题,直接导致了西汉王朝覆亡。而王莽兴儒,又在这个矛盾的基础上生出新的矛盾,即依附士族与打击士族的矛盾。王莽以外戚身份欲立新朝,必须依附经历史发展而日益壮大的士族大姓的支持,他"奉羊酒劳遗其师,恩施下竟同学"的行为和"外交英俊,内事诸父"的策略(详《汉书》本传),正取此招术。可是在王莽建立政权后,面临的是经多年政治腐败发酵空前强烈的社会忧患,所以他的新政重要措施之一就是限制士族大姓在经济上的扩张,这主要表现在"复井田"和"禁奴婢"两方面。如此经济限制同样是政治打击,因而又成为士族大姓反莽的根本原因。由此可见,王莽依附士族打击士族的矛盾,决定了他在政治上的兴亡,这一方面揭示了士族与政治结合的黑暗面,一方面又说明了儒士文化的巨大潜力。

光武帝于群雄并起之际,举兵定鼎,制礼作乐,大畅儒风,是儒士文化发展中士族与政治结合已臻成熟的第三阶段。光武出身士族,兼文治武功济成大事,其成功经验,关键在汲取王莽败亡教训,而将政治建筑于士族集团基础上。首先,刘秀利用士族集团的力量攫取政权。《汉书·叙传上》记当时形势云:"世祖即位于冀州,时隗嚣据垄拥众,招辑英俊;而公孙述称帝于蜀汉,天下云扰,大者连州郡,小者据县邑。"于此"瓜分豕切"①的割据情状下,各军事集团多为士族集团,因此欲行统一大业,唯有依附士族一途。刘秀在建立政权过程中得到各地士族集团的广泛支持,致使他于建武三年己酉诏中深感"先帝玺绶,归之王府。斯皆祖宗之灵,士人之力"(《后汉书·光武帝纪上》)。这也是东汉立国之初,牵就士族大姓,放弃西汉"强干弱枝"政策的原因。② 当政权稳定后,刘秀又实行了儒学政治的第二个步骤,即以怀柔与分化的策略,对一些拥兵自重的士族大姓进行约束和摧毁,使士族集团在潜移默化中消解。范书本纪记建武十六年"郡国大姓及兵长群盗处处并起",光武"徙其魁帅于它郡,赋田受禀,使安生业"事,即为怀柔策略平定士族大姓骚扰之明例。在此基础上,东汉统治者采取了强化皇权,倡建礼乐,振兴文治

---

① 袁宏《后汉书·光武纪论》:"世祖以渺渺之胤,起于白水之滨,身屈无妄之力,位举群竖,并列于时,怀玺者十余,建旗者数百;高才者居南面,疾足者为王公。茫茫九州,瓜分豕切,泯泯苍生,尘消鼎沸。……数年之间,廓清四海,虽曰中兴,与夫始创业者,庸有异乎?"

② 《资治通鉴》卷四十"建武二年"条下云:"庚辰悉封功臣为列侯。梁侯邓禹、广平侯吴汉皆食四县。博士丁慕议曰:'古者封侯不过百里,强干弱枝,所以为治也。今封四县,不合法制。'帝曰:'古之亡国,皆以无道。未尝闻功臣地多而灭亡者也。'……帝令诸将各言所乐,皆占美县。"

方略,从而完成了汉代儒士文化的进程。汉末傅干在《王命论》中指出:

> 世祖之兴有四:一曰帝皇之正统,二曰形象多异表,三曰体文而知武,四曰履信而好士。……言语、政事、文学之士咸尽其材,致之宰相;权勇毕力于征伐,搢绅悉心于左右。此其所以成大业也!

如果说傅干所云"体文而知武"、"履信而好士"是其儒士文化的重要表现,那么,司马彪称颂光武"武功既备,抗文德,修经术,勋绩宏矣"(《续汉书·光武纪论》),则说明了礼乐制度的建立对保证儒士文化施行的作用。班固《东都赋》夸饰其武功文治云:

> 于是圣皇乃握乾符,阐坤珍,披皇图,稽帝文,赫然发愤,应若兴云。霆击昆阳,凭怒雷震,遂超大河,跨北岳,立号高邑,建都河洛。绍百王之荒屯,因造化之荡涤。体元立制,继天而作。

这种儒士文化中的文德精神至章帝建初四年会群儒于白虎观讨论《五经》异同,尤臻极致。① 而在此时经学与谶纬结合的神学氛围中,儒士文化自身对儒生、文士地位的扬升,又与东汉文学的复兴有必然的内在联系。

二 儒士与文学的复兴

东汉初,儒行与文学结合展示个人的品德、才情、风貌、成就,

---

① 唐人李程《汉章帝白虎殿观诸儒讲五经赋》云"宏辩者愦愦俳俳,博议者云萃风趋";"鸿儒四会,擅古今之美,为皇王之最";"既理贯于中,亦声闻于外,实钩深而索隐,况致远而情高";"观其环林森森,璧池浩浩,鸿儒硕生,旦夕探讨,曲尽庶汇,旁流圣造,则知儒者,可为帝王之师保"。是对当时儒风盛炽的赞美。

成为时代特征;其所谓文学,已具有诗、赋、铭、诔等文体内涵的专指性。① 范书立《文苑传》,共收录后汉作家二十二人,其中五人属中兴期文章之士,兹分录其人生行事大略如次:

> (杜笃)少博学,不修小节,不为乡人所礼。……会大司马吴汉薨,光武诏诸儒诔之,笃于狱中为诔,辞最高,帝美之。

> (王隆)建武中,为新汲令。能文章,所著诗、赋、铭、书凡二十六篇。

> (夏恭)习《韩诗》、《孟氏易》,讲授门徒常千余人。……善为文,著赋、颂、诗、《励学》凡二十篇。

> (傅毅)于平陵习章句。……建初中,肃宗博召文学之士,以毅为兰台令史,拜郎中,与班固、贾逵共典校书。……由是文雅显于朝廷。……永元元年,车骑将军窦宪复请毅为主记室,崔骃为主簿。及宪迁大将军,复以毅为司马,班固为中护军。宪府文章之盛,冠于当世。毅早卒,著诗、赋、诔、颂、祝文、《七激》、连珠凡二十八篇。

> (黄香)家贫,内无仆妾,躬执苦勤,尽心奉养,遂博学经典,究精道术,能文章,京师号曰"天下无双江夏黄童。"……所著赋、笺、奏、书、令凡五篇。

在儒士文化形态中,重文倾向不仅限于《文苑传》所列人物,而且是一时之企向和风尚。再以范书为例,其对当时诸多文采蓁茂之士,虽未列名文苑,然亦能记其大概。如记述冯衍谓"幼有奇才,年九岁,能诵《诗》,至二十而博通群书"(《冯衍传》);记述崔骃谓"年十三能通《诗》、《易》、《春秋》,博学有伟才,尽通古今训诂百

---

① 《史记·儒林传》认为自武帝诏准经学博士及子弟可择优进官,自此"公卿大夫士吏彬彬多文学之士矣"。按:这里的"文学"仍是当时"贤良文学"、"文学掌故"的泛称,并不专指擅诗赋艺术的文章之士。

237

家之言,善属文"(《崔骃传》);记述贾逵谓"著经传义诂及论难百余万言,又作诗、颂、谏、书、连珠、酒令凡九篇,学者宗之,后世称为通儒"(《贾逵传》);记述王充谓"博通众流百家之言"(《王充传》);记述班彪、班固父子文采灿然谓"二班怀文,裁成帝坟。比良迁、董,兼丽卿、云"(《班彪传》);皆以文章垂范史册。在儒士笔下文学创作的繁荣现象,不仅揭示了这一时期儒士文化对文学的包容,同时也说明了儒士在重振大汉雄风的思想支配下对受西汉后期颓废思潮冲击后的文学所恢复的自信心。班固在《汉书·艺文志》中指出:"六艺之文:《乐》以和神,仁之表也;《诗》以正言,义之用也;《礼》以明体,明者著见,故无训也;《书》以广德,知之术也;《春秋》以断事,信之符也。五者,盖五常之道,相须而备,而《易》为之原。"这种将"六艺"与"五常"相配,固然延承了汉代文学观中庸俗政治社会思想,可是在当时重提这一点,则是仿效西汉隆盛时代的礼乐秩序,有赈衰起废的历史意义。特别是班固在《两都赋序》中盛夸西汉武、宣之世"崇礼官,考文章,内设金马石渠之署,外兴乐府协律之事,以兴废继绝,润色鸿业",孝成之世,辞赋家"奏御者千余篇,而后大汉之文章炳焉与三代同风",尤为其重振文学雄风之信心的表现。

从这一时期文学创作来看,与儒士文化的关系又可分为两个阶段。班彪和冯衍属新、汉之际的赋家,二人先后归汉,又使他们的创作思想既有中兴的情态,却未浸染浓厚的儒士文化色彩。如班彪《览海赋》,是我国文学史上第一篇以海为描述对象的赋作。赋首起势,以"览沧海之茫茫"的旷视,"悟仲尼之乘桴"的道理阐发了作者的创作思想,赋中有关海上神仙传说的描写,意想游仙的骋思,都是围绕主旨,从"失意"者的角度以寄托对汉代政治文化中兴的希冀。《北征赋》记录了班彪避难途中所见,全篇文辞雅炼,情韵含蓄,然其感慨之深,悲怆之情,又溢于楮墨间。如赋中出现的萧条莽荡的旷野,云雾杳遥的景观,抑压着游子怀乡的怆恨心怀,激发起作者哀民生多艰的抑郁情怀。然而,倘若透过赋文间流溢的情采,这里又无疑透射出作者一种处乱世的自信和对治世的企盼。与班彪赋有异曲同工之妙,冯衍的《显志赋》虽为晚年家居失志之作,缺少企盼希冀的治世之心,然其抒写牢落遭际,亦能曲尽其情。在《显志赋》中,作者所披示之"独于邑而烦惑"的孤独感、"迷不知路之南北"的迷惘状、"怜众美之憔悴"、"独清静以养志"的自洁心,又于愁绪深情中显其儒士风操,这又从一个侧面契合于时代文化思潮。

在第二个阶段,儒士文化蔚然成风,班固正是以文学形式表现这种风气的大手笔。他创制的《两都》(《西都赋》、《东都赋》),不仅在敷陈状物上极尽描绘夸张之能事,而且将当时东、西都之形胜、制度、文物以及宫室、人物纵横对比,较《子虚》、《上林》、《长杨》、《羽猎》,更为繁富广阔。必须看到,班赋摛文敷藻,"以极众人之所眩曜"的目的,还在于"折以今之法度",符应当时的文化精神。当然,文学创作所表现的儒士文化精神又是多方面的。如杜笃之《论都赋》,以反对建都洛阳,主张返都长安为旨,取去奢节俭之意;其犀利之笔锋,婉曲之词情,表现了作者直面君主、抗颜进谏的儒士风度。再如傅毅的《洛都赋》,颂东都洛阳,赞光武帝业;《七激》以玄儒意识,主入世精神,又表其儒士积极致用的态度。尤其是傅毅的《舞赋》,构思奇异,创制灵妙:其描写独舞之姿,则有"翾鹢燕居,拉揩鹄惊"之美;其描写队舞之状,则有"蜲蛇姌袅,云转飘曶"之神;而作者又通过对变幻无穷的优美舞姿的描写,阐发"气若浮云,志若秋霜"的情操,这同样是儒士精神在文学中的映现。曹丕《典论·论文》谓傅毅文学才华与班固"伯仲之间",甚是。而崔骃之《博徒论》,以择题新颖,寓意刻挚取胜;黄香之《九宫赋》以境思广阔,想象神奇为美,皆儒士文化中重文思想在文学创作上的投影。

三 中兴期文学思想倾向及内在矛盾

如果说汉武帝置五经博士、讲科对策,汉宣帝诏诸儒会议石渠阁、讲五经异同,均由皇帝称制裁决,既使儒学定于一尊,又因其神学化、谶纬化孕育了儒学内部的纷争;那么,从汉光武帝置十四博士至汉章帝会议白虎观、论五经同异,则是士族豪门阀阅的家学与封建皇权的结合,这一方面因重视儒学思想钳制和潜化的作用,显出儒士的兴盛,一方面则因士族家学之"累世经学"的强化,导致了东汉中叶以后的朋党之争和东汉王朝覆亡的政治危机。中兴期文学思想正是在儒学政治危机尚未完全显露,儒士文化异常兴盛的情况下,以儒士群体的形象和士族阶层的审美企向展示其特征的。

政治教化仍是这时文学思想的重要倾向之一。但值得注意的是,其时文学教化观又不同于鼎盛期文学思想具有普遍的人文精神和对各种学说的囊括态度,而是士族集团政治下醇儒思想的一种表现。这种儒士思想与文学教化观,在当时帝王的诏令中已十分明显。光武帝和章帝先后下《四科取士诏》,一重德行,二重学行,虽不及文学,却异常重视对儒士形象的塑造和要求。缘此重儒好士的风尚和心态,章帝于建初元年三月己巳《地震举贤良方正诏》中既重"明政无大小,以得人为本",又以有"文章可采"为得人标准。汉明帝《诏班固》文中评司马迁与司马相如之优劣,也是出于政教德化思想的。他认为:"司马迁著书,成一家言,扬名后世。至以身陷刑之故,反微文刺讥,贬损当世,非谊士也。司马相如洿行无节,但有浮华之词,不周于用。至于疾病而遗忠,主上求取其书,竟得颂述功德,言封禅事,忠臣效也。至是贤迁远矣。"①其说以文章颂述功德为是非褒贬之鹄,殊为帝王固己之谬见;与之相比,早于明帝的班彪所撰《史记论》对司马迁文章的评价,则更切合于儒士文化下的文学精神。其论云:

> 至于采经摭传,分散百家之事,甚多疏略,不如其本。务欲以多闻广载为功,论议浅而不笃。其论术学,则崇黄老而薄五经;序货殖,则轻仁义而羞贫穷;道游侠,则贱守节而贵俗功。此其大敝伤道,所以遇极刑之咎也。然善述序事理,辩而不华,质而不野,文质相称,盖良史之才也。

班彪所重"本"即"五经"、"仁义"、"守节",批评史迁"多闻广载"、"分散"、"疏略"和"崇黄老"、"贵俗功"等,都是醇儒思想的表现;而其赞美《史记》"文质相称",则又是因为《史记》符合他所处时代崇尚儒雅温馨的文学审美观。张奋《请定礼乐疏》谓:"圣人所美,政道至要,本在礼乐,五经同归,而礼乐之用尤急。"这句话虽没有创见,但却反映了当时定礼制乐任务的迫切,而儒士文化与文学教化思想的兴起,也同样具有这种"尤急"之"用"的时代性。因此,在其时繁荣的文学创作中,无不以政教之典雅、心志之和美为思想准则。如班固《幽通赋》奢想"穷宙而达幽",为的是"复心弘道"、"保身遗名",兼得儒行儒名,是儒士文化精神的高标,也是文学教化意识的两美之境。

以征实求致用,又是中兴期文学思想的另一倾向。这可在当时辞赋创作以城市为题材之作品的涌现中取证。城市题材创作始自扬雄《蜀都赋》,至东汉初年则有杜笃之《论都》,班固之《西都》《东都》,傅毅之《洛都》《反都》,崔骃之《反都》,并启张衡之二京,

---

① 诏语见班固《典引序》的记载。

成一时之盛。对此创作现象,论者多美班固《两都》,或赞其"规模长卿,胎息子云,然笔势雄劲,姿态丰腴,固已出其藩篱"(陆葇《历朝赋格》),或赞其"《两都》雅赡,裁密思靡"(何沛雄《读赋零拾》);①然均未论及东汉赋风趋向征实的思想特征。试以班固《两都》与相如《子虚》《上林》比较,尽管二者都具"体物写志"的艺术征实风貌,然其区别也是明显的。概言之,相如之赋,天地四方,洋洋洒洒,多作远景描绘,是征实有夸张,显示出浪漫遐想;而班氏之赋,一缘于杜笃《论都》之实事而作,二重在有目可睹之近景的描写,三以现实之奢侈引起具有明确针对性的讽劝之意。有关第一点,前人论列甚详。② 至于第二点,明显表现了班氏对辞赋艺术征实性的发展。如其对西都的夸饰渲染,虽词采飞扬,情意飘动,或空灵妙语,神思超逸,但终不脱离对以建章宫为主体的建筑群的描摹刻画;也正因此目见之实况写照,才显出班赋裁密思靡的构想技巧和符合儒士风度的赡雅典丽。而班氏文化之征实,关键在致用,故其于描绘都城之丽、推阐宫室之用后,又以简括之语作结:"光汉京于诸夏,总八方而为之极。是以皇城之内,宫室光明,阙庭神丽。奢不可逾,俭不可侈。"这是该赋创作的第三层意蕴,也是文学艺术征实风格的思想旨归。

儒士文化下的重文特点,同是中兴期文学思想的一种趋向。从儒士文化的整体形态考虑,这一时期儒行与艺文是统一的。若

---

① 刘勰《文心雕龙·诠赋》云:"孟坚《两都》,明绚以雅赡。"李兆洛《骈体文钞》叙班固《典引》篇云:"裁密思靡,遂为骈体科律。"按:何氏评语本此。
② 何焯《义门读书记》卷四十五"班孟坚《两都赋序》"条云:"此赋盖因杜笃论都而作。笃谓:存不忘亡,安不忘危。虽有仁义,犹设城池,盖以都洛,尚非永图。特以葭萌不柔,未遑论都,国家不忘西都也。故特作后赋,折以法度,前赋兼戒后王勿效西京末造之侈。又包平子《两京》之旨也。词藻不如相如,其体制自足冠代。"

从发展的眼光看待这一问题,儒士文化孕育文学繁荣的本身,又决定了文学对其所产生的文化土壤的超越;这种超越在中兴期文学思想中已见端倪。兹以班固论屈原为例。班固《离骚序》对屈原的评价,除祖述前人如刘安、司马迁的部分,有两段话出自己意。一是评屈原其人:"露才扬己,竞乎危国群小之间,以离谗贼,然责数怀王,怨恶椒兰,愁神苦思,非其人,忿怼不容,沉江而死。……谓之兼诗风雅,而与日月争光,过矣。"二是评屈原其文:"弘博丽雅,为辞赋宗,后世莫不斟酌其英华,则象其从容。自宋玉、唐勒、景差之徒,汉兴枚乘、司马相如、刘向、扬雄,骋极文辞,好而悲之,自谓不能及也。虽非明智之器,可谓妙才者也。"显然,班固于此将对人的评价与对文的评价分开,故其评屈原之人生行事,固多偏颇,然评屈子之文却十分精到,表现了重文的审美取向。这种重文取向在冯衍骈词丽语的美文创作中,其超越性尤为明显。王世贞《艺苑卮言》卷三继"西京之流而东也,其王褒为之导乎"语谓"东京之衰也,其始自敬通乎",此诋其文词靡丽。而张溥《汉魏六朝百三家集题辞》则云"孟坚详雅,平子渊博,高步东汉,若言豁达激昂,鹰扬文囿,则必首敬通。"又赞其美文贡献。二说虽立论悬隔,然冯衍萌生于儒士文化中的重文企向,又是东汉文采滋繁的大势所趋。

然而,在文学中兴期的主导思想中也存在诸多矛盾现象,这同样是东汉儒士文化内在矛盾的表现。

一是儒、道审美观的矛盾。儒士文化的兴起在表象上减弱了两汉之际儒道思想的矛盾,然探其思想深层,儒家经学内部的矛盾又是孕育儒、道矛盾新变的催化剂。东汉初年儒学一方面在"累世经学"的家学传统中表现出循规蹈矩、谨守章句的倾向,另一方面则受到西汉末造经学变革思潮影响,今、古文之争愈演愈烈。①从儒学内部调解这种争端,是为"通儒'意识;②而此矛盾激化并衍射于整个思想界时,道家意识也就参与了改造。王充《论衡》之自然真美观与傅毅《七激》之玄儒思想,正是其时儒、道绌补的表现。这种潜隐于儒士文化中的道家审美因子,在儒学体系的变革和离析中将起越来越大的作用。

二是文学观之典雅与艳美的矛盾。如果说在汉大赋兴盛时文学观之"讽刺"与"尚美"的主要矛盾表现于艺术思想上,则中兴期文学观之典雅与艳美的矛盾更倾向于艺术风格,是儒士文化重文的结果。从文学创作来看,这种矛盾有时表现于一个作家。如傅毅所写的《洛都赋》,歌颂汉光武定鼎弭乱之功,通篇风格雍容华贵,庄穆典雅;而其《舞赋》,却极陈艳丽,如称"郑女"之舞姿谓:"姣服极丽,姁媮致态。貌嫽妙以妖蛊兮,红颜晔其扬华;眉连娟以增绕兮,目流涕而横波;珠翠的砾而炤燿兮;华袿飞髾而杂纤罗。顾形影,自整装,顺微风,挥若芳,动朱唇,纡清阳。亢音高歌,为乐之方。"轻灵妖冶,飞媚扬美。有时一篇作品内即表现出这种矛盾。如杜笃之《祓禊赋》,在残存之短幅中尚可见作者同时塑造的两种艺术形象:一是"窈窕淑女,美媵艳姝,戴翡翠,珥明珠,曳离袿,立水涯,微风掩盖,纤縠低回,兰苏盉肸,感动情魂";二是"鸿生俊儒,冠高冕,曳长裾,坐沙渚,谈诗书,咏伊吕,歌唐虞";这两

---

① 汉哀帝朝刘歆争立古文经学,至平帝时始立《毛诗》、《左传》、《逸礼》、《古文尚书》四博士,是经学博士建置的重大变化。东汉初光武帝亦曾立古学于学官,后因传统势力反对作罢。尽管如此,古文学兴盛已为东汉经学的特征,此亦与西汉今文经学占统治地位的迥殊之处。

② 《后汉书·杜林传》注引应劭《风俗通义》:"居则玩圣哲之词,动则行典籍之道,援先王之制,立当时之事,纪纲国体,原本要化,此通儒也。"又《意林》引同书云:"章帝时,以贾逵为通儒,时人语日:问事不休贾长头。"按:此通儒偏向古文经学,且有有用于世之意。与之相比,王充所倡"通儒",则又明显渗入了道家自然观意向。

种形象的同存，揭示了作者审美观中儒雅与艳美企向的矛盾、统一。同样，杜笃在另一篇《书槴赋》以"丽容"喻"淑德"，也是通过两种审美企向的叠合显出当时文学风格的。

三是征实之真诚与神学之虚妄的矛盾。在儒士文化下，文学以征实求致用是其主要特征之一。但由于经学本身的谶纬化而导致的儒学神学化，又使文学的征实作用往往寄附于虚妄的神体神喻上，这也就在本体论的意义上消弭了文学征实的真美价值。在这一时期出现的神学虚妄审美，既带着远古神话意识的沉积和自汉以来思想界天人感应、阴阳五行理论对文学艺术表现自然、体察事物的钳制，又有明显的文学附属于神权、王权的时代性，其与文学征实致用的矛盾，也更主要地体现于儒士文化的内在矛盾方面。由此观照王充的文学真美观，其中无论是对历史神话虚妄意识的驱除，还是具有时代针对性的廓清，仍属于儒士文化内在矛盾的产物，是诞育于这一时代土壤上的新观念。

第二节　谶纬氛围中神学与文学之关系

汉代谶纬学之兴起，章炳麟认为"伏生开其源，仲舒衍其流。……以推验火灾，救旱治雨。……以经典为巫师豫记之流，而更曲《春秋》，云为汉民制法，以媚人主而梦政录"，故"谶纬蜂起，怪说布彰……则仲舒为之前导"（《文录》卷二《驳建立孔教义》）。如果从文化史的角度冷静地看待汉代谶纬学在西汉末年哀平之世的兴起，经王莽矫用符命到光武帝"宣布图谶于天下"（《后汉书》本纪）、"及显宗、肃宗因祖述焉。自中兴以后，儒者争学图纬，兼复附以妖言"（《后汉书·张衡传》）的发展，则可见董仲舒之"前导"作用与后来之谶纬学既同是经学与神学结合的产物，又具不同的特征：前者表现的是文化兼综期的兴盛景象，后者表现的是文化分化期的衰落景象。因此,从谶纬学的影响看汉代文学思想中兴期神学与文学的关系,本身又包含了衰落的文化因素;而这种中兴与衰落的矛盾,一方面强化了礼乐教化思想对文学的笼罩,另一方面则预示着巨大的衍变。

一 经学的衰落与神学、文学的合流

汉代文学思想受神学之虚妄审美观的影响到谶纬之学兴盛的时代尤为突出。① 具体而言,这种影响一则遥承远古神话巫术色彩,一则显出当世的强烈政治意识,而后者正是神话传说失去雄夸气势、浪漫情采后谶纬思潮集中表现的方面。辨析谶纬神学对文学思想的影响,又必须首先了解汉代神学与文学关系之大背景,亦即远古巫术神话作用于汉代文学所出现的泛神倾向。

神学与汉代文学艺术的关系,可追溯于巫风盛隆的楚文化和神仙传说风行的滨海方术文化,这是汉代文学中存留如伏羲神龙、女娲炼石、黄帝唐虞、奇禽异兽以及龙凤呈瑞、羽人升天类的远古神话题材,并构成天庭与人间、神灵与现实统一的重要因素。缘于顽强的远古神话传统的影响,汉代文学的征实风格因神灵仙氛的引导出现了飞动的意趣和浪漫的情思,同时也使文学承受了蒙昧虚妄观念的遮盖。因而,从汉代世俗文学被涂上一层超世俗的神秘色彩这一点看,神学与文学之关系在泛神氛围中所显示的虚妄审美又集中于这样几个方面。

首先,原始宗教信仰是汉代神学与文学关系的历史积淀因素,它大量保留在汉代民间俚俗文艺(祭祀活动之歌舞)和宫廷雅颂文学(宗庙礼仪活动之颂赞文学)中。尤其是在汉代墓葬艺术画

---

① 谶纬之学是对经学的解释。《四库全书总目提要》说:"谶者预决吉凶"、"纬者经之支流,衍及旁义。"而纬书"弥传弥失,又盖以妖妄之词,遂与谶合而为一"。按:谶纬合流系西汉末事,至东汉初极盛。

像石上,那些"人首鸟身"、"兽首噬蛇"类的图案,清晰保存了这种原始宗教中图腾、神话的概貌。

其二,原始神话经汉代文人创作的心理转换而成为具有政治意味的理想图景,这又是汉代神学与文学关系中存在着的理想性因素。试以汉景帝时鲁恭王刘馀所建造的鲁灵光殿上之壁画为例,其绘画艺术构思带有浓厚的宗教神话色彩和空灵奇妙的仙游情趣;① 而此图景在王延寿《鲁灵光殿赋》描写下,又于思想上做了这样的结构安排:

> 神仙岳岳于栋间,玉女窥窗而下视,忽瞟眇以响像,若鬼神之仿佛。图画天地,品类群生,杂物奇怪,山神海灵,写载其状,托之丹青,千变万化,事各缪形,随色象类,曲得其情。上纪开辟,遂古之初,五龙比翼,人皇九头,伏羲鳞身,女娲蛇躯,鸿荒朴略,厥状睢盱,焕炳可观。黄帝唐虞,轩冕以庸,衣裳有殊,下及三后,淫妃乱主,忠臣孝子,烈士贞女,贤愚成败,靡不载叙。恶以诫世,善以示后。

这种光怪陆离的荒诞神意落实于现实的道德训诫,构成了神话、历史、现实、政治浑融一体的理想境界。

其三,神话与现实的同构联系决定了神学与文学关系的比附性,这是汉代虚妄审美观中连结神人的主要倾向。从渊源看,神人比附在文学思想中的反映是来自原始宗教的"物占"思想,从而衍生出歌颂清平的祥瑞说和针刺昏惑的灾异(谴告)说。但从文学"推得失,考天心"(《汉书·翼奉传》录翼奉评《诗》语)的作用而论,这种关系又无疑包含着强烈的政治致用意识。所以在泛神思想中,汉儒之神学观仍是人世间政治、道德、伦理的涂饰,只是在儒家思想体系的倾颓的情势下,现实内涵中积极精神的丧失才使这

---

① 汉代墓葬帛画亦多与此相同,如山东金雀山九号汉墓帛画中人神以和、灵魂升天的情形,即为一典型例证。参见王伯敏《中国绘画史》的记述。

种涂饰又转换为对人之主体的凌压,显出虚妄审美的蒙昧性。

其四,娱乐性是神学与文学关系的又一特征,当然这主要是就文士以娱神之趣取悦帝王而言的。司马相如《大人赋》借"大人"之神游将皇帝与神仙同化,其所描述"载云气而上浮","驾应龙象玙",以及入帝宫,载玉女,偕王母,游四极的浮艳虚华之境,是邀神娱乐的典型。虽然后世评述此赋或谓"阿谀上意",或谓"旨归讽喻",然唯其"尚美"中的神趣娱嬉使汉武帝"大悦,飘飘有凌云之气,似游天地之间意",则是无疑的。由此可见西汉文学作品对"神"的描绘也并非完全是经院式的严肃主题。

根据上述理由,远古巫术神话对西汉文学的影响并未能笼罩和消融其人文精神和征实风格,而仅是在文学政教意识间起着助化或涂饰的作用。与之不同,西汉中叶以降自儒经颓废思潮滋生至东汉初极盛的谶纬神学,与文学的关系则发生了较大的变化。这主要表现了谶纬神学在继承神话传统之虚妄审美的同时,遗弃了原始宗教的因素,消释了人神娱乐的特征,而在现实的政治理想图式中极度强化了人与神的比附性,并在一定意义上达到了神人合流(神对人的笼罩)的境地。在此情况下,文学也就自然成为传递神灵意旨的工具。如《孝经援神契》载:"孔子作《春秋》、制《孝经》既成,使七十二弟子向北辰星磬折而立,……天乃虹郁起,白雾摩地,赤虹自上下化为黄玉长三尺,上有刻文。孔子跪受而读之曰:宝文出,刘季握卯金刀在轸北,字禾子,天下服。"将孔子订《春秋》、《孝经》本事转换成为刘姓天下寻求神旨的政治工具。由于文学创作思想感兴于诞妄离奇的编造,谶纬学家解《诗》则是"王者德化充塞,照洞八冥,则神鸾臻"(《诗纬含神雾》)似的神话;论《乐》则是"非金石之声,管弦之鸣,谓阴阳和顺也"(《诗纬推度灾》)似的臆断。文学沦此"天生神物,以应王者"(《后汉书·明帝纪》)的自欺之神氛,必然出现大量的"宝鼎出"、"甘露降"、"黄龙见"、"凤皇集"、"致麒麟"、"醴泉涌"等"祥瑞"和"天人合应,以发皇明"(班固《西都赋》)、"嘉祥阜兮集皇都"、"彰皇德兮侔周成"(《东都赋·白雉诗》)的虚妄礼赞。虽然谶纬神学在曲解诗、乐,歌吟"祥瑞"之时,对"人主自恣"、"后党擅权"、"女谒乱公"、"佞臣持位"等政治社会现象亦予以无情揭露,然因这种揭露又完全依附于天的意志,所以还是表现了神对人的控制。自谶纬学肇兴到章帝时编纂《白虎通》,完成了汉代神学政治化、制度化的过程;①在此过程中,神学与文学的关系经历了"神"对"文"的涂饰到"神"对"文"的笼罩的转化。而此转化的原因又有以下几点:

一是谶纬神学产生于封建社会多重矛盾的危机之中,有明显的衰世文化象征,反映到文学思想领域,也就失去了盛世的娱乐性,而表现出严肃的社会性。对谶纬初起的哀平之世,《汉书·孔光传》记录其时情势云:"阴阳错缪,岁比不登,天下空虚,百姓饥馑,父子分散,流离道路,以十万数。而百官群职旷废,奸轨放纵,盗贼并起,或攻官寺,杀长吏。"这种状况在纬书中也有诸多反映,如"月行太阳,天下乱。……天下有大灾祸,不可禁"(《河图帝览嬉》),"君臣无道,不以孝德治天下,乌云蔽日,茫茫滉滉,四方凄惶"(《孝经内事图》)等,均寄托了一种衰世忧患。因此,从经学的角度来看,谶纬学的兴起是对汉代儒学正统思想的离异;从神学与文学的关系来看,谶纬学失去了原始神话传统的浪漫与玄奥,而将神学与文学统合于世俗的社会危机和现实的政治意识之中。

二是自光武帝宣布图谶于天下,谶纬学即成为上层文化意识,这又形成了迥异于历史神话的虚渺信仰的立足于政治之上的当世神学

---

① 东汉初至汉章帝时,儒家经学有三大派系,一是古文经学,二是主要产生于今文经学的谶纬之学,三是企图创立新的经学体系的《白虎通》学派。三派之中,除了古文学家多不言谶纬,《白虎通》虽欲兼综古、今文,同时也删汰了谶纬神学中粗糙的灾异、符命内容,但其理论本质,却与谶纬学一致,是更纯熟的国教化的神学思想体系。

精神。这样,谶纬之学成了超凡神学与世俗经学的二重组合,它一方面具有将一切现实虚幻为神的特点,一方面又包含着三纲、五常、天文、地理以及儒家政治思想的社会内容。这种神学思想反映于文学,已失去了民间神话巫风的饱满情趣,剩下的只是皇权政治的化身。

三是神学国教化的形成,使文学隶属于政治的同时亦隶属于神学,文学终于沦为神灵降氛的工具。如汉章帝召集白虎观会议称制临决五经异同,以至出现其"在位十三年,郡国所上符瑞,合于图书者数百千所"(《后汉书·章帝纪》)的现象。[1] 这在班固《典引》中有更全面的思想推阐:"夫图书亮章,天哲也;孔猷先命,圣孚也;体行德本,正性也;逢吉丁辰,景命也。顺命以创制,定性以和神。……是时圣上固已垂精游神,包举艺文,屡访群儒,谕咨故老,与之乎斟酌道德之渊源,肴覈仁谊之林薮,以望元符之臻焉。"[2]于此可窥在国教化神学威势下被"苞举"之"艺文"所表现的寒伧地位。

二 礼乐教化意识的笼罩

神学与文学在礼乐教化意识上的联姻,是中兴期文学思想的重要特征。概观谶纬思想精神,是按照地上的统治秩序和等级名分建立了天上的星官体系,而这种神的体系又钳制了人的行为,成为构建礼乐教化制度的原则。《白虎通》引《春秋纬感精符》云:"三纲之义,日为君,月为臣",是为君臣秩序;又引《礼纬含文嘉》谓"天子立明堂者,所以通神灵,感天地,正四时,出教化,宗有德,重有道,显有能,褒有行者",是以天子与神灵意趣通合之地"明

---

[1] 《后汉书·章帝纪》载章帝下诏云:"凤皇、黄龙所见亭部无出二年租赋。加赐男子爵,人二级;先见者帛二十匹,近者三匹,太守三十匹,令、长十五匹,丞、尉半之。《诗》云:'虽无德与汝,式歌且舞。'它如赐爵故事。"
[2] 侯外庐《中国思想通史》卷二认为班固《典引》可谓一部《白虎通》之序言。

堂"显彰人世间礼乐制度的神圣。从此神秘观念出发,纬书作者特别强调制礼定乐与神灵仙旨的微妙关系。如《乐纬动声仪》云:圣王"制礼作乐,所以改世俗,致祥风,和雨露,为百姓获福于皇天者也。"这既是人世间的教化思想,又是神灵的授意。所谓圣王建立礼乐制度,并不限于"礼乐"自身,而是祈求神灵的降临和祥瑞征兆的出现。《乐纬协图徵》所云"五音克谐,各得其伦,则凤凰至,冠类鸡头,燕啄蛇头,龙形麟翼,鱼尾五采,不啄生虫",为其例证。从"制礼作乐,得天意,则景星见"(《礼纬稽命徵》),反之"则玉衡不明,菖蒲冠环,雄鸡五足"(《春秋纬运斗枢》)的神学观看,其时礼乐教化的施行必须符合神的意旨;而在此神力的沉压下,文学的创造性势必消退。换言之,当神学与文学关系密契时,神的崇高在表象上"升扬"着文的作用,如其评《诗》则谓"《诗》者,刻之玉版,藏之金府,天地之心,君德之祖,万物之户也。集微揆著,上统元皇,下序四时,罗列五际"(《诗纬含神雾》);解《尚书》名号则谓"《尚书》篇题号尚者,上也,上天垂文象,布节度;书者,如也,如天行也"(《尚书纬璇玑铃》);然其在俨然奉之若"天书"的同时,也就消解了诗书的应有价值。

具有神学虚妄性的礼乐教化思想,同样笼罩着这一时期的文学创作。在诗歌方面,班固作《东都赋》附《明堂诗》之"普天率土,各以其职;猗欤缉熙,允怀多福",《辟雍诗》之"于赫太上,示我汉行;洪化唯神,永观厥成",显示的是政教观中的神学虚妄审美意识。而汉明帝时东平王刘苍所作《武德舞歌诗》,则尤为其虚妄审美的典型。其诗云:

> 于穆世庙,肃雍显清,俊乂翼翼,秉文之成。越序上帝,骏奔来宁。建立三雍,封禅泰山。章明图谶,放唐之文。体矣唯德,罔射协同。本支百世,永保厥功。

251

这种体现神学观的诗歌创作与西汉鼎盛期神学色彩浓郁的诗歌《郊祀歌》相比，其广祀祈祝、神灵降临、颂赞承平是一致的，但西汉神学反映在诗歌创作中的那种雄阔的气势、放荡的语词和浪漫的骋思，在这里已销声匿迹，剩下的只是政治附会神学的说教和平板滞重的风格。再以汉章帝时古歌《上陵》为例。诗中描述"上陵"之景、事云："山林乍开乍合，曾不知日月明。醴泉之水，光泽何蔚蔚。芝为车，龙为马，览遨游，四海外。甘露初二年，芝生铜池中，仙人下来饮，延寿千万岁。"有关《上陵》诗题，《古今乐录》云："汉章帝元和中，有宗庙食举六曲，加重来上陵二曲为上陵食举。"逯钦立辑校《先秦汉魏晋南北朝诗》汉诗卷四有按语云："《古今乐录》所疑非也。此题'上陵'与本文'山林'，殆皆'上林'之误。"逯说甚是。由此，我们将无名氏作《上陵》（上林）诗与司马相如《上林赋》比照，很显然《上林赋》中有关神的描绘是一种外在的涂饰，其政教思想是由征实的风格和排宕的气势铺陈而出，《上陵》诗作者的思绪则为神的气氛所笼罩，其政教思想也正在这种笼罩中表现出来。这两篇同题作品明显的思想方法的差异，说明了汉代神学与文学的关系的演变。

　　这种神学威势下的礼乐教化观在班固撰集的《白虎通》中展现得更为扩大、整饰、纯熟。[1] 如前所述，《白虎通》并非谶纬神学的延承，它在某些地方还抛弃了纬谶的见解，表现出核五经异同的兼综性。[2] 但是，就礼乐教化观而言，《白虎观》虽一方面继承了先秦诗书礼乐思想传统和西汉王朝兴盛期的礼乐思想，意欲取得汉

---

[1] 《后汉书·章帝纪》载，建初四年，章帝召儒生于白虎观"讲议五经同异"，"帝亲称制临决，如孝宣甘露石渠故事，作《白虎议奏》"。又《后汉书·班彪列传》："天子会诸儒讲论《五经》，作《白虎通德论》，令固撰集其事。"据此，则《白虎通》系诸儒"讲议五经"的记录，并经班固撰集整理而成。

[2] 关于《白虎通》思想的兼融性，可参阅钱穆《东汉经学略论》（《中国学术思想史论丛》第三册，台湾东大图书公司1985年版）。

文化的正统地位;而另一方面又明显地带着谶纬神学的深深印记,或可谓谶纬神学中粗糙礼乐观的细密化和理论化。《白虎通·天地篇》对文章的产生做了这样的神奇渲染:

> 精者为三光,号者为五行。行生情,情生汁中,汁中生神明,神明生道德,道德生文章。

这一派生图式是由纬书《乾凿度》有关"太初""太始""太素"的论述而来的。又如《性情篇》阐述人之"性情"原因:

> 情性者,何谓也?性者阳之施,情者阴之化也。人禀阴阳气而生,故内怀五性,六情。情者静也,性者生也。此人所禀六气以生者也。

又本纬书《钩命决》"情生于阴"、"性生于阳"之论,将人之性情屈服于具有神意性质的阴阳之气。而对此神意下的礼乐教化作用,《白虎通》专设《礼乐篇》做了推阐。首先,《礼乐篇》崇尚"雅乐",反对"郑声",强调"安上治民"、"移风易俗"的社会教化作用。如谓:"乐在宗庙之中,君臣上下同听之,则莫不和敬;在族长乡里之中,长幼同听之,则莫不和顺;在闺门之内,父子兄弟同听之,则莫不和亲。故乐者,所以崇和顺比物饰节;节奏合以成文,所以和合父子君臣,附亲万民也。"这种"礼乐和合"的伦理化审美观基本上承袭了《荀子·乐论》和《礼记·乐记》的教化思想。然而,《白虎通》礼乐教化观的深层意义还在神化,亦即通过神化确立礼乐制度的权威性。《礼乐篇》云:"故乐者,天地之命,中和之纪,人情之所不能免焉也。"又云:"乐以象天,礼以法地。人无不含天地之气,有五常之性者,故乐所以荡涤反其邪恶也,礼所以防淫佚节其侈靡也。"此以天地比附礼乐和王者"功成作乐,治定制礼"的思想与董仲舒《春秋繁露》中"明天命""见天功"的礼乐观一致,同具人格神意义;但由于《白虎通》对《春秋繁露》的继承是在汉代儒经颓废思潮冲击之后,其重建的礼乐制度已失去了草创期所表现的普遍的人文精神,因此其礼乐思想又脱离了汉代采民风制礼乐的传统,而是沉陷于上层意识的宗庙文化圈中皈依"鬼神"。《白虎通·郊祀篇》云:"祭天作乐者何?为降神也。"《礼乐篇》云:"降神之乐在上何?为鬼神举也。"又对"五声""八音"做怪诞解释,毕露其空疏虚妄的审美心态。受此审美心态的支配,汉代神学观中的"谴告"思想也变得惨白无力。如其谓:"为人臣不显谏,纤微未见于外,如《诗》所刺也。若过恶已著,民蒙毒螫,天见灾变,事白异露,作诗以刺之,幸其觉悟也。"(《谏诤篇》)这不仅将汉代《诗》学的美刺思想纳入谶纬神学的轨道,而且剔除了以"刺"言诗的抗颜直谏的可贵精神。

三 神人悬惑中的文论走向

谶纬氛围中神对人的压抑和礼乐教化观对文学的笼罩,既吞噬了文学自身的审美意识,又引发了中兴期典雅文学的衍变。如果说董仲舒神人以和的观念是立足于人,创造了神,构成了囊括天人的大文化思想,而随着汉代大文化的衰颓,神对人的束缚才愈来愈明显,则谶纬氛围中的神学却相反,其兴起之初就从神意出发笼罩、同化世俗(人),至神对人的控制达到极限时,人又从神学的困境中觉醒,从而抛弃了神学自身。东汉文学逐渐觉醒的走向,正是步趋人的觉醒履迹;而这种觉醒的初萌,又恰酝酿于神对人奴役最酷虐的谶纬神学体系的内在矛盾之中。谶纬神学内部神人悬惑之矛盾反映于文学思想,有两点值得注意:第一,谶纬神学在被封建统治者利用取得政权和巩固政权后,文士多依此讴颂皇权,蔚然成风。但是,在这一片对神权、皇权的淫妄的赞美声中,谶纬神学机制内存在着那种产生于衰危的忧患意识,经社会政治腐败现象的发酵,又发出惊人心魂的震撼。如斥责"人主自恣"则云"人主自恣,不循古,逆天暴物,祸起,则日蚀"(《春秋纬运斗枢》);斥责"后党擅政"则云"主势集于后族,群妃之党横僭为害,则月盈"(同上);斥责"佞臣持位"则云:"挠弱不立,邪臣蔽主,则白虹刺日。为政无常,天下疑,则蜺逆行"(《诗纬推度灾》)。如此愤激之情,虽经以《白虎通》为代表的奉皇权为核心的纯熟神学思想的主观消弭,其结果反而导致神学体系的崩毁,人的精神力量随着至尊之神被历史扬弃而强烈宣露出来。这不仅是神人悬惑中人离异于神的趋势,也是中兴期文学思想中神学与文学关系隐变的新走向。第二,在谶纬氛围中,神学与政治的高密度结合,极端强化了自董仲舒以来神学附会政治的倾向,将文学沦入神灵控制下的政教意识中。这种政治与神学的同化本身,既压抑了人的个性的发展,又阻碍了文学沿着自身规律的前进,其以虚妄审美渗合于东汉初年的儒士文化,成为中兴期文学思潮的一股强大逆流。然而我们同样不应忽略,神对人的控制必然导致人对神的突破,神学与政治的同化又决定了文学突破神学的同时也就冲破了政治教化的捆束,而达到一种新的人文境界。在当世,王充自然审美观的出现已意味了这一点,东汉中叶以降,尽管封建文人不断在理性上强化礼乐教化思想,但其自身的人生行事和文学创作已无时不在突破这种文学正统观念。可以说,文学在新的历史条件下摆脱神学羁绊的同时,也必然出现疏离政治的态势,而文学衍变期的人格美的塑造,正是这一发展的结果。

第三节 疾虚求真:《论衡》文学思想的主旨

在神权与皇权携手,谶纬迷信弥漫于文坛之际,出身寒门细族的王充在远离京师的江南会稽奋笔著成《论衡》一书,成为汉代文学思想中兴期的一朵奇葩。关于《论衡》创作意图,作者在书中

《佚文篇》总括其义云：

> "《诗》三百,一言以蔽之,曰:思无邪。"《论衡》篇以十数,亦一言也,曰:"疾虚妄。"

综观《论衡》全书,疾虚妄与求真诚的统一,实为王充思想整体中纵贯之主脉,也是其文学观的主旨。

对王充《论衡》的评价,当世就有"饰文偶辞,或经或迂,或屈或舒;谓之论道,实事委瑣,文给甘酸。谐于经不验,集于传不合"的批评和王充自己的答辩。① 后世如范晔《后汉书·王充传》谓其人"好博览而不守章句",其书"始若诡异,终有理实"。又范书李贤注引谢承《后汉书》云:"充之天才,非学所加,虽前世孟轲、孙卿,近汉扬雄、刘向、司马迁,不能过也。"刘知几《史通·序传》则斥其"盛矜于己",若"责以名教,实三千之罪人"。是从史学角度发出的龃龉之见。而对《论衡》之文章及文学观,其评价亦有"烦猥琐屑"②和"汉得一人"③之轩轾。任何一个思想家,其成就必然是时代智慧的结晶,因此,对王充文学思想的研究,必然立足于特定的历史基点;而作为《论衡》思想主旨的"真美"观,正是于此历史基点透射时代光采的。

一 王充文学思想的文化基础

谶纬氛围中神学与政治的合流,使儒士文化之征实精神隐没

---

① 详见《论衡·自纪篇》。
② 胡应麟《少室山房笔丛》卷二十八《九流绪论·〈论衡〉》云:"王充《论衡》八十四篇,其文猥冗荣沓,世所共轻,而东汉晋唐之间,特为贵重。"又云:"读王氏《论衡》,烦猥锁屑之状,溢乎楮素之间,辨乎其所弗必辨,疑乎其所弗当疑,允矣其词之费也。"
③ 章炳麟《检论·学变》云:"作为《论衡》,趣以正虚妄,审向背。怀疑之论,分析百端。有所发摘,不避上圣。汉得一人焉,足以振耻。至于今,亦鲜有能逮者也。"

于虚妄审美之中,这是王充作《论衡》的首要文化原因。王充《论衡》以"考之以心,效之以事"的方法体验事理,是偏重知识的、经验的,而这正是针对当时神学偏重冥想的、感应的虚妄思潮而来的。如批判汉代儒学中天尊地卑、阳善阴恶思想:"夫天,体也,与地无异"(《变虚》),"天下万物,含太阳气而生者,皆有毒螫。……毒螫之生,皆同一气,发动虽异,内为一类"(《言毒》);批判神仙方术之驭气升天长生不死:"夫人,物也,虽贵为王侯,性不异于物。物无不死,人安能仙"(《道虚》);批判世俗迷信鬼神禁忌:"衰世好信鬼,愚人好求福",而求福之法,当"在人不在鬼,在德不在祀"(《解除》)。综述王充所批判的虚妄迷信,无不是谶纬神学发展到极致,因此他的着眼点无疑在当世社会。① 有人认为王充对神学思想的批判是对汉代文化传统的彻底离异,殊为偏执;因为这种批判在更多的方面是继续和宏扬了先秦、汉代文化思想中的理性精神。同样,也正因为王充思想诞育于谶纬氛围之中,所以在批判之中往往又受其影响,陷于以命定论取代天命论的思想矛盾的漩涡。

王充虽生在汉代儒学的中兴时期,然其时思想之实质,正处于剧烈衰落、分化和包容的变动过程。在此变动过程中,学术文化明显表现出四股潮流的交叉、碰撞和汇合:一是博士学术系统之儒家今文经学派生的谶纬神学思潮;二是以私学身份不断壮

---

① 《后汉书·第五伦传》载:建武二十九年,伦为会稽太守,"会稽俗多淫祀,好卜筮。民常以牛祭神,百姓财产以之困匮,其自食牛肉而不以荐祠者,发病且死先为牛鸣,前后郡将莫敢禁。伦到官,移书属县,晓告百姓。其巫祝有依托鬼神诈怖愚民,皆案论之,有妄屠牛者,吏辄行罚。民初颇恐惧,或祝诅妄言。伦案之愈急,后遂断绝,百姓以安。"按:是时王充正在该县任职。据此可知:一、世俗迷信盛烈处,民财困乏,而反神思想亦厉;二、王充反神学思想中以破除迷信为旨,这显然受到第五伦的影响;三、当时反神学迷信思想并非孤立的。

大的儒家古文经学在西汉末至东汉初的隆起；三是不囿于师法传统，不拘于今、古文之争的儒家"自由学派"（徐复观语）的新兴，其代表人物是扬雄、桓谭，其思想已从儒经而汇通诸子；四是道家自然观、人生观的复苏。王充思想主旨是反对谶纬神学，故后三种潮流皆汇合于王充思想，此亦为《论衡》重博通反专狭，重义理反章句，重诸子学反经学师法的原因。① 他讥刺当世儒生是"经不载而师不说也"的"盲瞽"（《谢短》），其大咎在"坐守师法"，不知"古今之义"，"不颇博览"，"不览古今，论事不实"。这种博通思想，使《论衡》冲开了当时神学与文学合流的封闭体系。同时，王充家世的任侠传统和世代微贱之特点，②又在他思想中留下深刻的印记，因此，他对文学的认识也表现出与当时世代显贵、家学传承的宫廷文人相异的心态，其中最突出的就是社会下层意识和人文思想。

随经学颓废思潮出现的文学摹拟之风，虽经扬雄创作在摹拟中求变的转化，东汉初年文学仍多承袭旧制，而对此摹拟复古习气从理论上予以驳正，则是王充的突出贡献。王充文学革新意识是由反对经生师法传统而来的。《论衡·定贤》篇云："传先师之业，习口说以教，无胸中之造，思定然否之论，邮人之过书，门者之传教也。封完书不遗教，审令不遗误者，则为善矣。传者传学，不妄一言，先师古语，到今具存，虽带徒百人以上，位博士文学，邮人门者之类也。"虽然哲学思想上的反神学与文学思想上的反摹拟在逻辑意义上并无必然联系，但就王充文学创新思想而言，又确实发轫于哲学思想之"疾虚妄，归实诚"；因此，在王充思想中疾神学之虚

---

① 除此之外，王充《论衡》之《薄葬》、《实知》篇又继承了墨家思想，其类比推理的方法也与墨家逻辑学有联系；同时《论衡》在兼涉天文、气象、生理、生物等学科知识方面，又汲取了汉代自然科学的成果，这又是其"博览"的结果。

② 详见《论衡·自纪篇》有关"世祖勇任气"和"充，细族孤门"的记述。

妄与反文学之摹拟构成的逻辑联系,又反证了以神灵为光环的经学颓废思潮与以复古为高标的文学摹拟思潮的历史结合,正是《论衡》产生的不可或缺的文化基础。

明乎此,方能进一步探究《论衡》廓除虚妄的实际意义。

二 多层次虚妄的廓清

《论衡·对作篇》云:"是故《论衡》之造也,起众书并失实,虚妄之言胜真美也。"据此以真为美的特征,他对文坛"空生虚妄之美"(《书虚》)的现象,既有"世人不悟"之悲,又有"岂吾心所能忍哉"之愤。这种悲与愤激发了他对神学迷信所造成的文学虚妄的廓除力量。根据历史的线索,我认为《论衡》对"虚妄"之"象"的廓清包含了远古的、近古的、汉世的、当下的这样四个层次。

"破往古之妖妄"[①],是《论衡》疾虚战线拉得最长的一个思想层次,这主要指对神话蒙昧的驱除。神话是先民对自然现象敬畏而产生的幻想与恐惧交织的文化现象,表现了原始人类体察身外事物的思维方式。这种思维方式随着社会文化的进展,经受了理性精神的冲击而逐渐丧失其现实的意义和原有的魅力。在先秦孔子"不言怪力乱神",荀子《天论》对自然的探讨和对人力的自信,均是以理性瓦解神话的典型。然而宗教神话意识并没有在先秦理性精神中全然消解,它在孔、老、庄、列以及邹衍等学派思想中都有不同程度的映现;到了汉代,儒学与阴阳五行、神仙方术的结合,道家扩大思想中虚妄成分向宗教化的迈进,又无不显示出原始神话文化因子的作用。因此,王充以经验的态度、理性的精神对远古神话蒙昧的廓清,既是历史的,又是现实的。如《论衡》中《书虚篇》辩延陵季子呼披裘而薪者拾遗金故事之虚,《变虚篇》辩宋景公荧

---

① 臧琳《经义杂记》卷十六《论衡》。

惑守心故事之虚,《感虚篇》辩尧时十日并出,羿射落其九故事之虚,《福虚篇》辩楚惠王食寒菹而得蛭故事之虚,都是对采自旧籍的远古巫术神话观念的批判。而《道虚篇》纯辩神仙家之讹,《龙虚篇》《雷虚篇》专辩民间迷信之谬,《儒增篇》专斥儒生借助神话"书增其文",皆具驱除蒙昧的本始意义。

《论衡》对先秦以降(近古的)著述中不符合实知精神的虚夸现象的驱除,是其思想的又一层次。宋人杨文昌《〈论衡〉序》谓其"订百氏之增虚,诘九流之拘诞",可置此层次理解。《论衡》订虚诘诞,以《问孔篇》尤著。原因有二:一是王充与西汉大儒董仲舒一样,是非常尊孔的,而在尊孔的大前提下敢于订孔氏之虚,足见其有虚必辩的胆识;二是在汉代思想界订百氏之虚易,订孔子之虚难,因而王氏订孔,既尽精思,又具订虚之代表性。试举三例如次:其一,孔子曰:"贫与贱,是人所恶也,不以其道得之,不去也。"《问孔》云:"夫言不以其道得富贵,不居可也。不以其道得贫贱,如何？富贵顾可去,去贫贱何之？"王充认为一"得"一"去",殊为虚误。其二,孔子对"宰我昼寝"责以"朽木不可雕也;粪土之墙不可杇也。"《问孔》云:"人之昼寝,要足以毁行？毁行之人,昼夜不卧。"以辩"昼寝"与"毁行"关系之"虚"。其三,子贡问政,子曰:"足食足兵,民信之矣。"曰:"必不得已而去,于斯三者何先？"曰:"去兵。"曰:"必不得已而去,于斯二者何先？"曰:"去食。自古皆有死,民无信不立。"《问孔》云:"夫去信存食,虽不欲信,信自生矣;去食存信,虽欲为信,信不立矣。"此言民以食为生,辩去食存信之虚。仅此已足见王充不容纤毫之"虚"的实知思想。

《论衡》中对自汉代大文化形成以来的神学目的论和神学化经学认知方法、虚妄观念的驱除,是针对今文经学博士系统神学观的层次。这里,王充疾虚思想的重点在于用元气自然论驳正神学目的论,以清除汉代思想中君权天授和人格神意象。本于"天地合气,万物自生"(《自然》)的物质性原则,王充从多方面阐述如"雷者,太阳之激气也"(《雷虚》),"虫,风气所生"(《商虫》),"阴阳之气,凝而为人"(《论死》)等一系列物生于气和确立人之实体性的观点,作为批判鬼神意念的根据。所谓"人死不为鬼,无知,不能害人","人死血脉竭,竭而精气灭,灭而形体朽,朽而成灰土,何用为鬼"(《论死》),抽去了鬼神实存的思想基础,也从根本上排除了汉儒圣贤崇拜的神化观。儒书中的一切圣贤"感生"说均被王充视为"失实离本"予以扬弃。而从"圣者不神"到经书不神,又是《论衡》思想的精深处,并作为反对儒经承师法、循章句和倡导诸子学、推崇扬雄、桓谭之博学通才的思想动因。

《论衡》疾虚妄最具体的思想层次,是对当下谶纬神学的驱除。王充对当时神学虚妄的横向廓除,其基本观点与对汉代博士体系神学思想的批判一致,只是在对"灾异说"和"世俗迷信"两方面的批判尤为深刻,具有强烈的当世精神。关于"灾异说",王充认为祸福不由天,吉凶乃"自然之道,适偶之数"(《偶会》),因而"恶人之命不短,善人之年不长"(《福虚》),否定了天之降灾谴告人君的作用。虽然在这一点上王充的论点往往由反天命论而转入命定论,①但其立论本身对批驳当时政治谶纬神学化有巨大的现实意义。而对"世俗迷信"的批判,《论衡》中《四讳》《訋时》《讥日》《卜筮》《辨祟》《难岁》《诘术》《解除》诸篇,既对历史传承的迷信禁忌起了摧枯拉朽的作用,又明确表现出以破除当下迷信为旨归的精神。从王充对当下谶纬神学之批判着眼,既可以看到他对汉代的、近古的、远古的虚妄之廓除,又无不是从当世经验出发,阐发其实知实证思维的。

根据王充廓清虚妄之见的四层次意义,我们可以通过对其理

---

① 如《论衡·异虚篇》云:"国之存亡,在期之长短,不在于政之得失。"《偶会篇》云:"命当贵,时适平。期当乱,禄遭衰。"皆有命定论倾向。

论价值的思考做出以下结论:王充真美观的文化氛围是当下的谶纬虚妄,故其认识最为深切;而对汉世博士系统今文经学虚妄的批判,则由驱除当下虚妄延伸出来,一方面以自然论理性精神打击天人感应的神学目的论,一方面又徘徊于命定论的推演中,陷入了受时代限制的两难之境。《论衡》对近古诸家的批判,虽以实知求真知,然往往因在文字、义理的辨述上兜圈,而对前人著述的原文本义缺乏深层的理解。① 同此,《论衡》对远古神话的批判,作为民族思维的发展和王充个人才智、理性的发挥,无疑是值得肯定的。但是,在王充时代对神话的理解虽不存在文学艺术的概念,然神话本身的幻想性、象征性对先秦、两汉文艺发展已起巨大的作用。② 如屈原楚骚的产生,已出现了对原始神话进行两种转换的苗头,一是把巫术神话中的审美趋向转换为导向于文学,如《离骚》即是;二是把巫术神话的蒙昧转换为导向于有限的理知,如《天问》即是;而此转换本身,也构成了汉代"文尚楚风"的积极意向。因而王充对神话实质进行批判时忽略了神话产生的时代意义以及神话对文学艺术创造的客观影响,又是一种缺憾。

总之,《论衡》对多层次虚妄的清除所显示的理性精神的价值和经验思维的局限,既代表了时代文化的征象,亦有着王充个人的独特贡献;其对文学思想的巨大影响,又深深地渗透于他的"真美"观内涵之中。

三 "真美"内涵之解剖

以真为美的审美观在先秦儒、道两家思想中已有不同角度、不

---

① 对此,徐复观《两汉思想史》卷二《王充论考》中有关批评是有道理的。
② 先秦原始思维下诸系神话巫术萎缩后因赖楚国辞赋艺术得到长足的演进发展。由此很难想象以屈原为代表的楚辞创作如果缺少了神话所赋予的浪漫情思,其本身的艺术价值和对后代浪漫主义文学的影响有如此巨大。

同层次的表现,而汉代以《诗》学思想为主体的文学批评,求真致善也是其主要的精神与目的。① 因而可以说在历史的纵向坐标上,《论衡》以真为善为美思想也是我国审美结构体系中的一环。《论衡·书虚篇》云"《春秋》采毫毛之善,贬纤介之恶",《别通篇》云"策既中实,文说美善","古贤文之美恶可甘",不仅嗣响孔子"尽善尽美"(《论语·述而》)、董仲舒"玉出于璞,而璞不可谓玉;善出于性,而性不可谓善"(《春秋繁露·实性》)之说,而且其思想中"虚妄之语不黜,则华文不见息;华文放流,则实事不见用"(《对作》)之深蕴,则又与道家审美观之"五色令人目盲,五音令人耳聋"(《老子》十二章),"灭文章,散五采,胶离朱之目"(《庄子·胠箧》),"人失其情性,于是乃有翡翠犀象黼黻文章以乱其目"(《淮南子·齐俗训》)有内在联系。然而,因为王充疾虚求诚思想之镞矢直指当世俗儒神学观之诞妄,故《论衡》特别强调一"真"字;所以"美"附"真"的结合,既是《论衡》文学观的核心,又是其文学思想的整体。换言之,王充有关文学艺术的认识无不围绕"真美"主旨,又无不包容于"真美"结构中。

(一)天道自然的宇宙论派生自然审美思想,是《论衡》"真美"观的本始意义。王充是以"怀百家之言"的通人胸臆,"无所不包"的广博之才追求文化学术真谛,而其宇宙论思想中对生成与本体两大问题的探讨,又显然是融合儒道并经自我选择而成就其思想的。在宇宙生成论范畴,王充"天地合气,万物自生;犹夫妇合气,子自生矣"(《自然》)的提法渊承先儒在《易传·系辞》中建构的"天地纲缊,万物化醇;男女构精,万物化生"思想;而在宇宙本体论范畴,他又"试依道家言之"(《自然》),提出一系列"自然

---

① 王褒《四子讲德论》云:"诗人感而后思,思而后积,积而后满,满而后作。"所谓诗人之"感",正是感于物而动的真实感情。这也不仅属于诗人,汉代辞赋家的创作动机亦多同此。

无为,天之道也"(《初禀》),"天道自然,自然无为"(《寒温》)的天道本性与自然化生的哲学命题。由"天道"至"人道",《谴告篇》指出:"夫天道,自然也,无为。如谴告人,是有为,非自然也。黄老之家,论说天道,得其实矣。"其针刺天人合一之"谴告"说之虚,已内含了对文学之实诚要求。缘此本体论思想,《论衡》从自然观到真美观,多取于道家的审美意趣。① 而对道学自然艺术精神的汲取,又主要表现于自然大美的认识方面。关于这一点,王充在回复时人对《论衡》"不能纯美"的责难而作的辩解中有段表白:

  夫养实者不育华,调行者不饰辞。丰草多华英,茂林多枯枝。为文欲显白其为,安能令文而无谴毁?救火拯溺,义不得好;辩论是非,言不得巧。入泽随龟,不暇调足;深渊捕蛟,不暇定手。言奸辞简,指趋妙远;语甘文峭,务意浅小。稻谷千钟,糠皮太半;阅钱满亿,穿决出万。大羹必有淡味,至宝必有瑕秽;大简必有不好,良工必有大巧。然则辩言必有所屈,通文犹有所黜。(《自纪篇》)

这种刊落浮华、不避瑕秽,追求"大羹"大美,显然源于道家自然哲学对"道"的解说。由老子"大音希声"的审美观经庄子"淡然无极而众美从之"(《庄子·刻意》)的发挥,成为我国文艺美学中崇尚自然冲淡的审美原则,而后世那种"自然妙者为上"(谢榛《四溟诗话》)、"百炼功成始自然"(张问陶《论诗》)的自然美和"文多拘忌,伤其真美"(钟嵘《诗品序》)、"一语天然万古新,豪华落尽见真淳"(元好问《论诗》)的真淳美,在汉代已初萌于王充的文学思

---

① 《宋文鉴》卷十五晏殊《列子有〈力命〉、王充〈论衡〉有〈命禄〉,极言必定之致,览之有感》诗云:"大钧播群物,零茂归自然。默定既有功,不为智力迁。御寇导其流,仲任派其源。智愚信自我,通塞当由天。"此言《论衡》承续列子自然命数思想,似可参考。

想机制中,理应值得重视。虽然王充对自然美的追求没有达到如德国大诗人歌德在《诗与真》中所倡导的"用热爱的心情摹仿自然,并在这摹仿中追随自然"①的主体自觉的艺术审美境地,但他"疾虚妄,求真美"的思想主旨是由法自然到求实诚的逻辑推演而来,其对当时神学氛围中伪饰虚美的廓除,却具有不可轻忽的时代价值。

(二)文章求实诚,是王充"真美"观的思想本质。《论衡》针对谶纬氛围中文章之士"著文垂辞,辞出溢其真,称美过其善,进恶没其罪"(《艺增》),"好奇怪之语,说虚妄之文。……实事不能快意,而华虚惊耳动心也"(《对作》)之积弊而提出"求实诚"、"疾虚妄"、"精诚由中"的"著文"原则,并通过"文由胸中而出,心以文为表"的艺术表现过程展示其文实思想。《超奇篇》云:

> 有根株于下,有荣叶于上;有实核于内,有皮壳于外。文墨辞说,士之荣叶皮壳也。实诚在胸臆,文墨著竹帛,外内表里,自相副称,意奋而笔纵,故文见而实露也。人之有文也,犹禽之有毛也。毛有五色,皆生于体。苟有文无实,是则五色之禽,毛妄生也。

这包含了他对文学构思过程和文学传达过程的深切体悟。王充所谓"实诚在胸臆,文墨著竹帛","意奋而笔纵,故文见而实露"。既显示了文学构思与传达的双重途径,也揭示了由作者的内在思想感情经外在文采的表现再达到由文见实的艺术回环效果。这种实诚思想在《论衡》中表现出两条选择途径:一是对前世实诚文学观的继承发扬;二是对当世虚妄文学观的揭露扬弃。先述其一。章炳麟《与人论文书》云:"《易》曰:修辞立诚;子曰:辞达而已;又曰:

---

① 引自上海译文出版社1979年版伍蠡甫主编《西方文论选》(上卷),林同济译文本。

言之无文,行之不远;三者乃文章正轨。"由是观王充对文与实关系的理解,确为对此"三者"的整合与阐发。王充云"《论衡》者,所以铨轻重之言,立真伪之平,非苟调文饰辞为奇伟之观也"(《对作》),是立诚之说;再云"心思为谋,集札为文,情见于辞,意验于言"(《超奇》),是辞达之谓;又云"贤圣定意于笔,笔集成文,文具情显"(《佚文》),是言文之意。所不同的是,先儒传统观之实诚偏重伦理角度的人格要求,表现于道德情感的真诚,而王充所云"精诚由中,故其文语感动人深"(《超奇》),则又包含了作者抒发感情的真诚,颇有独到之处。王充在《对作篇》借孟子"予岂好辩哉,予不得已也"语抒其心志云"今吾不得已也。虚妄显于真,实诚乱于伪……岂吾心所能思哉",则又是他针对当世为文虚妄现象阐扬先贤文论的卓异建树。① 再述其二。六经是儒家思想的经典,又是汉代定于一尊的大文化象征,因此,对六经的神化也成为汉儒政教意识中神学色彩极为浓厚的组成部分。董仲舒就认为儒经是孔子"奉天而法古"之作,而这种观点到《白虎通》,又完成了圣人象天、体察天意作经的理论体系。对此,王充掊击"天意"之虚妄,谓"失先圣人之意,违古今之实"(《正说》),得出"圣贤不能性知,须任耳目以定情实"(《实知》),"圣人不能神而先知"(《知实》)、"《六经》之作皆有据"(《书解》)的求实之论。这种"圣人之言,与文相副"(《问孔》)的无神论和"圣人作经,贤者作书,义穷理竟,文辞备足"(《正

---

① "实诚"与"虚妄"是我国文学思想史上一个永恒的矛盾对立体,而这种矛盾往往又随时代学术风潮的变迁时而缓解,时而激烈,王充所处时代正是谶纬虚妄盛行的时代,故其矛盾则尤为激烈,从这个意义上,王充能够擎起汉代文学"疾虚妄"的大旗,也是时代观念的集中表现。在承接六朝浮靡文风的唐代,倡导古文运动的韩愈、柳宗元又成为以"实"疾"虚"的文论家。如韩愈《答尉迟生书》云:"所谓文者,必有诸其中。是故君子慎其实,实之美恶,其发也不掩。"柳宗元《报袁君陈秀才避师名书》云:"大都文以行为本,在先诚其中。"均反映了时代文学的审美要求。

说》)的文学观,正是以征实之真扬弃神学之虚浮的。

发掘《论衡》文学实诚思想之内涵,尚有这样两层意义:第一是发现情性。《礼乐篇》云:"情性者,人治之本,礼乐所由生也。故原情性之极,礼为之防,乐为之节。性有卑谦辞让,故制礼以适其宜;情有好恶喜怒哀乐,故作乐以通其敬。礼所以制、乐所以作者,情与性也。"这种属于儒家传统礼乐观的性情在汉代与董仲舒的性情大本说、《毛诗序》情志观基本一致。然而,这种具有民本意识的情性在儒家诗乐思想被沉埋于神灵伪饰中时,王充以疾虚的争锋精神对它的重新发现,又有着特殊的时代功用。而此功用非仅历史的复现,因为王充对文学情性之发现本身已启东汉文学个性、才情思想之新声。第二是摹写事实。王充是汉代最坚决的以写实精神评估文学创作价值的人。他明确指出文章当"考之以心,效之以事,浮虚之事,辄立证验",才能"实虚之分定,而华伪之文灭,华伪之文灭,则纯诚之化日以孳矣"(《对作》)。循此批评标准,王充贬抑"长卿之赋,如言仙无实效,子云之颂,言奢有害"(《谴告》),誉扬桓谭"文由胸中而生,心以文为表"(《超奇》)。这里,王充虽沿袭了诗教思想之"讽谏"观和扬雄"劝百讽一"的说法,对汉赋艺术之闳丽壮阔浪漫神奇缺乏美的观照,但其黜伪存真思想,则又于理论上反映了汉代文学征实之特征。因实证观之确立,王充对文章的夸张(增)与想象(准况)也基本依事实之真的标准加以衡量,①其思想主流是反对"言事增其实"、"辞出溢其真"的虚妄之美。当然,王充在《艺增篇》中于反对以"曼衍其辞"(庄子语)至"以辞害意"(孟子语)现象的同时,对"诸子之文"中"犹或增之"予以宽容,这也就在限制夸张适度时承认了文学夸张手

---

① 对此,《论衡》专设《语增》《儒增》《艺增》三篇加以探讨,并构成了王充疾虚思想的重要组成部分。清人汪中《释三九》对王氏"三增"现象的分析可供参考。

法和艺术想象存在的相对合理性。但是,由于在王充思想中,一切艺术审美均屈承于实证思想,因而对文学夸张、想象的理解虽对后世"夸而有节,饰而不诬"(《文心雕龙·夸饰》)的和美观有直接启发,然其思想深层,仍反映了文学艺术处于不自觉状态的时代局限。①

(三)对创作情感与创作个性的要求,是王充"真美"观主体心态的表现。《书解篇》云:"《易》曰:'圣人之情见乎辞。'出口为言,集札为文;文辞施设,实情敷烈。"强调了充满个性情感的实诚。这种内在真情的外观,在客观上又产生了增强效用的审美愉悦性。《佚文篇》载:

> 陆贾《新语》,每奏一篇,高祖左右,称曰万岁。夫叹思其人与喜称万岁,岂可空为哉?诚见其美,欢气发于内也。

由此可见,蓄积于作者胸中的深情,发而为颂扬,则以"欢气"见诚美,发而为怨愤,又以"悲音"见诚美,这也是王充在《超奇篇》以"鲁连飞书"则"燕将自杀","邹阳上疏"则"梁孝开牢"为例说明"书疏文义,夺于肝心,非徒博览者所能造,习熟者所能为也"的道理。在此意层上,王充的情真思想又是文学情性大本的个性化,此虽不具司马迁"发愤著书"说那样深广的悲剧意义,可是在谶纬神学虚妄审美甚嚣尘上的时代,却有一定的思想深度。而且这一思想方式本身,也是刘勰审美主客关系理论之先声。

---

① 王充对文学艺术的看法是囿于他实证思想的。如《论衡·别通篇》论当时绘画云:"人好观图画者,图上所画,古之列人也。见列人之面,孰与观其言行?置之空壁,形容具存,人不激劝者,不见言行也。古贤之遗文,竹帛之所载粲然,岂徒墙壁之画哉?"此以画不能表人言行之善恶而责其蹈虚之意。唐人张彦远《历代名画记·叙画之源流》斥其说若"以食为耳,对牛鼓簧",虽不免误解王充思想重心,然就艺术而论,王充之说被文艺发展规律淘汰,也是历史的必然。

创作情感依托于创作个性,没有个性的创作很难表现真实情感,是王充"真美"观主体心态之价值所在。这种个性之"真"与王充追求道家自然思想的生命之"真"形成自然与人的同构联系,并作为汉代神学天人感应之对立面显示出自然之真在人格上的投影。他认为:"饰貌以强类者失形,调辞以务似者失情。……美色不同面,皆佳于目;悲音不共声,皆快于耳。"(《自纪》)正因这种对自我个性的扬举在某一侧面冲击了温柔敦厚的诗教中和美,王充才遭致后世"露才扬己,好为物先"(《四库全书总目提要》)、"小人而无忌惮者"(钱大昕《潜研堂文集》卷二十七《跋〈论衡〉》)和"僄庋"而"与圣贤之旨悖"(赵坦《保甓斋文录》卷上《书〈论衡〉后》)的诋毁。如果撇开人品是非之议,仅就其为文主张而言,可以说王充倡扬个性人格与自我情感在政治伦理方面为东汉后期才性说的发展提供了早期的理论因素,①在文学思想上促进了才情观的出现,于当世,则更多表现了文学的创新精神。

(四)文学创新精神又是《论衡》"真美"观中反对由经学颓废而来之复古思想、摹拟文风的理论内涵。汉代每一次文学意识变革的前奏都是对人格要求的变革,王充对理想人格的向往和要求又突出表现于变章句之儒而为通儒的思想。汉代通儒思潮是惩于经学师法、家法传统锢陋之习而来,自西汉后期到东汉已蔚然成风。王充"通儒"观正是在此学术气候下清醒地汲取儒家理性精神,博取当世的文化思想,抗击经学愚昧与神学虚妄的。因其不拘师法的博通,王充称许扬雄作《太玄》"造于眇思,极窈冥之深,非

---

① 《论衡·定贤》列举了自"仕宦得高官"到"为弘丽之文"各类人物进行品鉴,冲击了当世的道德伦理思想,尤其对"孝悌"、"名节"、"尚经"、"阀阅"等观念掊击尤甚,为后世重个人才性的品藻之风有先导作用。而就品鉴方法言,王充又是上承扬雄《法言》之《重黎》、《渊骞》两卷对各类人物的品评,下启汉末清议之风。

庶几之才,不能成也"①;赞扬桓谭作《新论》"论世间事,辩照然否,虚妄之言,伪饰之辞,莫不证定"(《超奇》),表现其超拔流俗,精思独造的思想境界。同时,他鼓励"好学勤力,博闻强识"(同上),"文辞施设"、"实情敷烈"(《书解》),又显示出他对"通儒""鸿才"的要求包含了学识、情感、个性等多方面素质,尤其是宏阔的才识和独创的精神,构成理想的人格。这种理想人格反映到文学批评,表现于两个层次:一是反对文章褒古毁今,与沿袭之摹拟文风正面对抗。《案书篇》指出:

> 夫俗好珍古不贵今,谓今之文不如古书。夫古今一也,才有高下,言有是非,不论善恶而徒贵古,是谓古人贤今人也。

汉代复古思潮自董仲舒"奉天而法古"提法肇端,至西汉后期弥烈,而王充对"珍古不贵今"文学退化思想的驳斥,是基于历史观的反拨。同时,他对当世"述事者好高古而下今,贵所闻而贱所见。辩士则谈其久者,文士则著其远者。近有奇而辩不称,今有异而笔不记"(《齐世》)的复古之怪异现象的批判,又揭示了文学创造"各有所禀,自为佳好"的发展规律。但是,王充反古并非一味贵今,而是衡以"善才有浅深,无有古今,文有真伪,无有故新"(《案书》)之标准,可见其以"真"疾"伪"才是反因袭的深层意蕴。二是提倡造作新文,从根基上廓除文学复古理论。王充认为,如果文士仅述圣人之言,守经艺轨辙,那也只是"读诗讽术,虽千篇以上,鹦鹉能言之类也"。反之,"能精思著文连结篇章者"才是真正"鸿儒"(《超奇》)。因此他激赏韩非、董仲舒、司马迁、桓宽、扬雄、桓谭能"造论著说为文",又在理论上扬弃了扬雄"舍五经而济乎道者末矣"(《法言·吾子》)的观念,从而突破以"六经"为文的

---

① "眇思"原本作"助思",据孙诒让说改。

藩篱。不过,激发王充造作新文思想的直接原因是尊古卑今的摹拟文风,所以王充又以积极的当世精神使其文学观显出两种倾向:第一,在对文学内容的要求上提倡歌颂当世,以张皇明,对抗"古圣优于今"的历史复古主义文学观,这也是他于《论衡》书中专列《宣汉》、《恢国》、《齐世》诸篇倡扬"周不如汉"、"汉高于周"、"汉在百代之上"之目的。第二,提倡浅显的文章风格以适时用,显示出与复古思潮下"深迂而难睹"文风截然相反的"形露易见"、"口则务在明言,笔则务在露文"(《佚文》)的审美趣味。这对汉代经学复古思潮带来的摹拟艰涩文风的廓除,有着巨力惊人的贡献。

(五)文为世用是《论衡》"真美"观的旨归。在王充文论体系中,其对自然、诚实之美的追求,对情感、个性的扬举,对"华伪之文"的剔除,对尊古卑今的批判,目的都在于文为世用。概述其要,又集中于劝善惩恶的文学教化功用和歌功颂德的文学修饰功用两方面。

劝善惩恶是我国文学"尚用"思想传统,[1]王充继承这一传统意在驱时风虚妄,以彰"崇实之化"。《佚文篇》云:"夫文人文章,岂徒调墨弄笔为美丽之观哉?载人之行,传人之名也。善人愿载,思勉为善;邪人恶载,力自禁裁。然则文人之笔,劝善惩恶也。"而对"为世用者百篇无害,不为用者一章无补"的劝善惩恶、崇实之化思想的文学取向标准,《效力篇》所作之"化民须礼义,礼义须文章"的诠解,又表明了王充文学尚用观与汉世儒者礼乐思想的一致性。也就是说,王充是在推崇"仲舒之言道德政治,可嘉美也"

---

[1] 这种文学"尚用"观自孔子"事父事君"、"兴观群怨"(《论语·阳货》),墨子"为其国家邑里万民刑政者"(《墨子·非命》),荀子"移风易俗"(《荀子·乐论》),韩非"以功用为之的彀"(《韩非子·问辩》)到董仲舒论六艺"《诗》道志"、"《春秋》正是非"(《春秋繁露·玉杯》),司马迁言《春秋》"拨乱世,反之正","补敝起废",一脉相承,未曾中断。

(《案书》)的"礼义"观上确立其"文德"思想的。① 在这层意义上,王充云"足蹈于地,迹有好丑,文集于札,②志有善恶。故夫占迹以睹足,观文以知情"(《佚文》)。而此文情之情,又是符合于道德政治礼义规范的真诚之"志"。

王充文学观之尚用思想与其贵今思想是紧密相连的。这突出体现于他一方面继承自司马迁以来汉代赋论重"讽谏"和扬雄悔赋之"劝百讽一"论批评汉赋艺术"言奢有害"(《谴告》)、"无益于弥为崇实之化"(《定贤》),而另一方面又赞美诗赋对当世的颂扬修饰功用。如论诗谓"表德颂功,宣褒主上,《诗》之颂言,古臣之曲也"(《须颂》);论赋谓"臣子当颂"汉德之盛,而"孝明之时,众瑞并至,百官臣子,不为少矣,唯班固之徒称颂国德,可谓誉得其实矣。颂文谲以奇,彰汉德于百代,使帝名如日月,孰与不能言,言之不美善哉"(同上)。这种"颂国德"、"彰汉德"的文学功用,《超奇篇》做理论推阐云:

> 周有郁郁之文者,在百世之末也。汉在百世之后,文论辞说,安得不茂?喻大以小,推民家事,以睹王庭之义:庐宅始成,桑麻才有,居之历岁,子孙相续,桃李梅杏,菴丘蔽野,根茎众多,则华叶繁茂。汉氏治定久矣,土广民众,义兴事起,华叶之言,安得不繁。

王充以积极乐观精神对待文学创作"恢论汉国"的作用,与当世摹拟文风下复古倒退思想相比确有明显的历史进化意义。但是,我们也不能因为这种文学的致用精神而掩盖王充由于过分强调当下

---

① 章炳麟《国故论衡·文学总略》云:"文德之论,发诸王充《论衡》,杨尊彦依用之,而章学诚窃焉。"
② "文集于札"原本作"礼"。吴承仕考证:"礼当作札,札讹为礼。传写者又改作礼,遂不可通。"

经验之实用导致的文学批评的矛盾和庸俗化情态。首先,王充从历史观对诗、赋文学的要求主"讽谏"说,然在《宣汉》、《恢国》诸篇言诗、赋如何对待当朝皇权政治,又主"尚美"说,而后者从现实需要出发之谀美,①反而丧失了诗赋艺术本身的民本思想。其次,王充所谓的"文论辞说,安得不茂","华叶之言,安得不繁",主要指以颂扬为重心的宣汉之美,而不是对文学艺术自身内涵本质的界说。因此,他一则在批评汉赋艺术无益"崇实之化"而廓除华伪之虚时抛弃了汉赋敷采摛文、闳衍博丽的艺术价值,一则又因过分宣扬当朝文人班固同样具有"华伪之虚"的大赋创作为"誉得其实",削弱了他文学思想中的疾虚妄价值。再者,王充因对当世圣德的极度夸誉,②以至用"众瑞所至"之祥瑞说附会其事;特别奇异的是他在《讲瑞篇》中刚刚贬斥昔时凤凰祥瑞虚伪("凤凰骐麟难知"),倏又陷入"永平以来,迄于章和,甘露常降,故知众瑞皆是,而凤凰骐麟皆真"的求实返虚之思想怪圈。

(六)王充的"尚文"观是由"尚用"观延伸而出,同属"真美"观思想范畴。王充重通儒,尤重文儒,而所称文儒之特点在于擅长"文章",故《论衡》书中"文章"概念的出现也极频繁。例如:"学士有文章,犹丝帛之有五色之巧也。"(《量知》)"长生家在会稽,生在今世,文章虽奇,论者犹谓稚于前人。"(《超奇》)"夫文人文章,岂徒调墨弄笔,为美丽之观哉。"(《佚文》)"汉世文章之徒,陆贾、司马迁、刘子政、扬子云,其材能若奇,其称不由人。"(《书解》)综上所列,第一例重文章文采之巧;第二例重文章奇伟之状;第三例重文章经世致用;第四例重文章博通之识。从对"文章"的定义

---

① 钱大昕《潜研堂文集》卷二十七《跋〈论衡〉》云:"《宣汉》、《恢国》诸作,谀而无实,亦为公正所嗤。"

② 详见《论衡·须颂篇》的论述。

看,王充的见解还是兼含各种文体的"博学"之义;①而作为语言表现艺术的"文章",王充的论点又显然兼含内容(质)与形式(文)两方面。《书解篇》在回答"士之论高,何必以文"的提问时阐述其文质副称思想云:

> 夫人有文质乃成。物有华而不实,有实而不华者。……夫文德,世服也。实书为文,实行为德,著之于衣为服。故曰:德弥盛者文弥缛,德弥彰者人弥明。大人德扩其文炳,小人德炽者文斑,官尊而文繁,德高而文积。

这便是王充倡导的文质统一的文德思想。王充惩于"轻文"思想,提出了"繁文之人,人之杰也"(《超奇》),"蹂蹈文锦于泥涂之中,闻见之者莫不痛心;知文锦之可惜,不知文人之当尊"(《佚文》)的崇文观,又惩于"丽文"思想,批评"文丽而务巨,言眇而趋深,然而不能处定是非,辩然否之实"(《定贤》)的现象,说明王充思想是在经学家之"尚用"与辞赋家之"尚文"之间,②灌注了求真之当世精神的。不过,王充文质观因其当世性,同具文用论中存在的庸俗面,这便是他派生于对当世皇权谀美的"官尊而文繁,德高而文积"的观念。就此而论,王充的尚文观又不及司马迁、扬雄对"文"的理解通倪、精深。

四 "真美"观的渊承及影响

从对"真美"观内涵的剖析,我们看到了王充文学思想的时代性,而从王充文学思想的时代性,则又可以看到其"真美"观的渊

---

① 按:在汉代代表文学之文的"文章"与"博学"之义的"文章"虽已有区别,但王充主要仍从广义着眼的。如《论衡·佚文篇》分"文"为五种云:"五经六艺为文,诸子传书为文,造论著说为文,上书奏记为文,文德之操为文。"
② 参见罗根泽《中国文学批评史》第四章《王充的文学批评》。

承及影响。

就渊承而言,王充虽然"独抒己见,思力绝人",①其对文学的批评奇创激切与正统学者的雍容风度和典雅文风有较大差异,但却不能超越时代意识,因此在他的真美思想中,同样有对前人和当世文学观念的汲取。我国文学思想之真,在大量的创作和理论中早已鲜明体示。孔子之"言忠信,行笃敬"(《论语·卫灵公》)和老子之"信言不美,美言不信"(《老子》八十一章),从不同角度确立人生行事与文辞创造的真诚标准。孟子之文,千变万化,"只说从心上来"(杨时语),是一种心灵至诚、纯真的外观;而庄子"寓真于诞,寓实于玄"(刘熙载语)之创作和"以重言为真"(《庄子·天下》)之理论的统一,又揭示真美的深层意蕴。② 降及汉世,代表先秦理性精神的真美思想并未衰绝,而在汉初简朴守真的文章风格中,在《诗》学遗意的美刺致用中,在董仲舒以情性为本的文学尚用观念中,在汉乐府感于哀乐的宣泄中,在司马迁发愤著书的情绪中展露力量。即如在摹拟文风猖獗,虚妄审美喧器的西汉末、东汉初,扬雄、桓谭、班彪诸人亦能超拔俗流,以真诚为文学创作理论之旨归。王充以扬雄创制《法言》"不为财劝",班彪创制《续太史公书》"不为恩挠"为典范,以立《论衡》"疾虚"主旨(《佚文》),正说明其创建中的承续性。③ 而稍幼于王充的班固在《汉书·司马迁传赞》中大肆颂扬其"不虚美"的"实录"精神,又从旁佐证了王充

---

① 刘熙载《艺概·文概》云:"王充《论衡》独抒己见,思力绝人,虽时有激而近僻者,然不掩其卓诣。"
② 《庄子·渔父》载孔子与客问答:"孔子愀然曰:'请问何谓真?'客曰:'真者,精诚之至也,不精不诚,不能动人。……真悲无声而哀,真怒未发而威,真亲未笑而和。真在内者,神动于外,是所以贵真也。……故圣人法天贵真,不拘于俗。'"先秦道家言真虽与儒门略异,然求真之心一也。
③ 正因为王充文学思想具有我国古代真诚之美的普遍性,所以后世封建文人在反对其"毁圣""诞妄"时仍肯定《论衡》中"时有平正之辞,足以矫俗祛伪"(陆以湉《冷庐杂识》卷五)。

真美观的当世性。

特别值得一提的是王充与扬雄的关系。从表象看,王充真美观中反对文风之复古、摹拟,恰与扬雄创作思想相对;然仔细推敲其思想内涵,扬、王思想在本质上又是一致的。王充自诩其《论衡》与扬雄《太玄》"同一趋"(《对作》),谓"文与扬雄为双,吾荣之"(《自纪》),反"好珍古不贵今"之弊以当时人不解《太玄》《法言》为例,均说明了他对扬雄文学思想深层意趣的了解。王充真美观中自然美思想、对人格才性的肯定以及重文倾向,亦同扬雄文学思想同趋,有极明晰的渊承。至于扬雄创作思想艰深玄奥与王充创作思想浅明晓畅之异,既显示了扬雄文章"变而未通"的弊端和王充宣露真情的优势,同时,又可从扬雄故作艰奥之"势不得已"的深层忧患中感受到前者代表的是颓废时期转折中的文学变革思想,而后者是以鲜明的真情实象展示文学复兴期的姿容。

从此渊承意义看王充真美观的当世价值,主要在于:一、对谶纬神学下文学虚妄审美的廓清;二、建立了具有丰富内涵的真美思想体系。

由于王充完成了以真为核心的文学思想体系,故在东汉以迄魏晋儒经神学日趋衰微的情况下显示出越来越大的影响力。考其大要,似有两端:

第一,以批判虚妄的精神求取现实的审美真谛。这种思想在与神意吞噬世俗的撞击中向两方面扩展:一是重新重视文学摹写客观现实,二是个性人格的复苏。从文学摹写现实的意义来看,王充的思想带有明显的儒士文化求实色彩。班固文学对当世的颂扬,张衡文学对当世的描写,以及汉末社会批判思潮的兴起,贯串了这股求真征实的文学思潮。然亦有不同,王充、班固之文学求实充分表现于对现世的颂扬誉美,而汉末批判思潮下的文学求实却是对现实的愤懑与揭露,此亦时代悬隔使然。从个性人格的复苏看东汉文学思潮的发展,王充真美观对沉埋于神学虚妄的人文发现,深刻地启示了汉末魏晋逐渐强化的摆脱政治羁縻的文人才情。当然,根据历史发展线索,这些影响本身亦有时代差距,如王充所称颂的个性是融入现实客体中与时代起着共时作用的(如颂扬当朝盛世),而汉末文人对人格的重视却以主体个性离异于腐败社会为基础,显出对现实客体的一种超越,仲长统"逍遥一世""睥睨天地"的意趣最为典型。在这一点上,王充真美观对汉末的影响又不及扬雄文学思想中的玄远意识,此亦扬雄与汉末文人同处文化衰落心态的共通意义。

第二,对文士与文的重视。王充与汉代经学博士体系重世儒的观念相反,称颂"文儒"胜"世儒",认为"文儒之业,卓绝不循";尤其是尊重文章,显现于"贵今"、"文德"、"文采"方面。这种具有创新精神的"重文"观不仅与东汉文学文体大备的繁盛创作现象同趋,而且成为一种具有极强生命力的文学理论现象,催促着东汉魏晋文学思想的新变。曹丕《典论·论文》赞文章大业,反对"常人贵远贱近,向声背实",葛洪《抱朴子》的"贵今"意识(《钧世》)和"文德"观念(《尚博》),皆此佐证。但有一现象应注意:汉末魏晋对王充"重文"思想的继承很大程度是在观念上的抽象嗣徽,因为他们宏扬其"重文"思想时已遗弃了王充论文时拘泥于当世现实的"礼义之化"和对统治者颂扬的"德行之美"。领悟于此,方能进一步理解与王充"重文"思想有紧密关系的魏晋以降"重文"思想下崛兴的反儒教传统的华美艳丽创作,正是当日被王充奋力疾除之"华伪"篇制有紧密关系的产品这一文学思想史演进历程中的矛盾现象。①

---

① 对照王充对司马相如、扬雄辞赋的批评和葛洪《抱朴子·钧世》"《毛诗》者,华彩之辞也,然不及《上林》《羽猎》《二京》《三都》之汪秽博富"的说法,亦可略窥其理论渊承之变异。

第四节　班固论文尚雅崇实的理论建树

班固是东汉史界巨擘和文坛翘楚,他的文学观于其浓厚的神学虚妄氛围中尤重尚雅崇实的审美倾向。

班固生于世代显贵传承有素的博学之家,既得儒学之真传,又薰陶于老庄之思想。[①] 因此,他在幼年即"能属文诵诗赋,及长,遂博贯载籍九流百家之言,无不穷究"(《后汉书》本传)。缘其学术博通,班固文学思想显示出巨大的包容性;然探究其思想主流,仍倾注于文学与政治关系的贵今与致用。也因为班固文学思想充斥极现实的致用性,又使其深深陷入儒士文化和谶纬神学中之神意与人文的矛盾圈。

一　文学与尊汉

文学与政治的关系,是缠绕汉代文学思想发展的一个重要问题,而文学意识与皇权政治结合最密切的又是汉代文学思想之鼎盛期与中兴期。但在同为皇权政治服务基点上,这两个时期的文学又有明显差异:前者在讴歌大汉一统政治时以广远的历史文化遗意,即《春秋》"贬天子,退诸侯,讨大夫"的思想和《诗》学美刺(尤其是刺)之微言大义要求,规范汉代创立的政治、礼乐制度,为其注入了强烈的民本意识和为公精神;后者在正统观确立的"尊汉"思想大纛下产生对当世政治颂扬的文学"贵今"精神,然却淡化和消解了《诗》《书》遗意中的激情和讽谏。依此差异稽考文学

[①] 班固《汉书·叙传》载其大伯祖班伯通晓《诗》、《书》,二伯祖班斿"博学有俊才",与刘向同校群籍;斿子嗣以多才显示,尤"贵老、严(庄)之术"。父班彪"幼与从兄嗣共游学,家有赐书,内足于财。好古之士,自远方至,父党扬子云以下,莫不造门"。

"尊汉"思想的形成,有三个原因:其一,我国封建社会政治经济体制完成于汉代,却成熟于东汉初年皇权至尊思想的确立。其二,汉祚经两汉之际王莽新朝之中衰,一断一续,为东汉统治者提供了完善政治的经验,将皇权与士大夫的利益结合起来,催发了士阶层依附刘汉王朝的感情。其三,文学与政治在皇权下的联系,既修饰了王朝中兴气象,又提高了文士社会地位。

基于上述认识,班固文学思想之尊汉首先反映于《汉书》撰著目的。《汉书·叙传》自述其意云:

> 固以为唐虞三代,《诗》《书》所及,世有典籍。故虽尧舜之盛,必有《典》《谟》之篇,然后扬名于后世,冠德于百王;故曰:巍巍乎其有成功也,焕乎其有文章也。汉绍尧运,以建帝业,至于六世,史臣乃追述功德,私作本纪,编于百王之末,厕于秦项之列。太初以后,阙而不录。故探纂前记,缀辑所闻,以述《汉书》。

如果说这里是从史学观出发表尊汉思想,那么班固所作《两都赋序》则是文学思想之尊汉观念的具体表现。作者在序文中历述武、宣、孝成之世奏御赋颂盛况,确认"大汉之文章,炳焉与三代同风"后,言归《两都》创作之用心云:

> 臣窃见海内清平,朝廷无事,京师修宫室,浚城隍,起苑囿,以备制度。西土耆老,咸怀怨思,冀上之睠顾,而盛称长安旧制,有陋洛邑之议。故臣作《两都赋》,以极众人之所眩耀,折以今之法度。

此已暗含辞赋文学的重心由讽谕转向颂扬当世"圣德"的尊汉贵今意识。他认为:"大汉之开元也,奋布衣以登皇位",虽"创万代"之基,却有"六籍所不能谈"之憾,倘与东都光武事业相比,后者"披皇图,稽帝文","体元立制,继天而作"(《东都赋》),更得文武

279

之美,超轶前代。这是班固文学创作与文学评论围绕的时代主题。刘良评班氏《两都赋》云:"先作《西都赋》,极陈奢丽,后作《东都赋》,盛陈法度以折之。"①何焯《义门读书记》卷四十五亦云:"前篇极其眩耀,主于讽刺,所谓抒下情而通讽谕也。后篇折以法度,主于揄扬,所谓宣上德而尽忠孝也。二赋犹雅之正变。"皆明《西都》惩于西京奢丽而寓讽意,《东都》则盛赞"中兴"之美,以表"王者之风"。在这一点上班固的辞赋创作恰与反对辞赋艺术"言奢有害"的王充之理论合拍,所以赢得王氏《论衡》"文善,非奇而何"(《佚文》),"颂功德符瑞,汪秽深广,滂沛无量,逾唐、虞,入皇域,三代隘辟,厥深洿沮"(《宣汉》)的夸誉。

从文学的致用性出发,班固概述了辞赋创作的"或以抒下情而通讽谕,或以宣上德而尽忠孝"双重作用,然囿于尊汉意识,"宣上德"以"润色鸿业"、"雍容揄扬"见著,"抒下情"则不甚了然。从班固文学创作观其理论现象,其大量有冠裳佩玉、清庙明堂气象的赋颂创作之扬美倾向自不待述,即如抒写个人情志之篇,也改昔人之"讽谕"而为当世颂赞。试以班固效法东方朔《答客难》、扬雄《解嘲》之《答宾戏》为例。这种解嘲答难类的文章,一般是寄托士子的牢愁和悲哀以通讽谕之作。如东方寓士子"不遇"之怨,扬雄蓄一腔愤懑,皆意归讽世。班固不然,他虽"自以二世才术,②位不过郎"(《后汉书》本传),寓不平之意,但其文旨归,却在对"汉德"之鲜明彰扬:

> 方今大汉洒扫群秽,夷险芟荒,廓帝纮,恢皇纲,基隆于牺农,规属于黄唐。其君天下也,炎炎如日,威之如神,函之如海,养之如春。是以六合之内,莫不同原共流,沐浴玄德,禀养

---

① 高步瀛《文选李注义疏》卷一注引。
② 李贤注:"二代谓彪及固。"

> 太和,枝附叶著,譬犹草木之植山林,鸟鱼之毓川泽,得气者蕃滋,失时者零落。参天地而施化,岂云人事之厚薄哉!

所谓"失时者零落"的悲哀与作者渲染之盛世情态相比,已微弱到令人难以感触的地步。这种张皇圣德的尊汉思想同是《汉书》创作的文学主体情态。司马迁《史记》多为"畸人"立传,如称颂游侠的行为,即有"贬损当世"倾向,因而为班固不取。相比之下,《汉书》为汉代"圣贤"立传,若游侠之辈,则视为"罪已不容于诛"之尤物,其为刘汉服务之正统观念至明。① 同样,《史记》之《礼》《乐》分篇,而《汉书》合为《礼乐志》,思想重心明显转向完整的礼乐制度之建设和对当世礼乐教化之颂美,皆出尊汉意图。

由于文学与尊汉紧密维系,班固文学思想尚雅崇实的审美要求和现实功利的致用精神也就自然统摄于一时特定的社会文化心理范围。

二 尚雅崇实与现实功利

程伊川评班马之文,谓司马迁"微情妙旨,寄之文字蹊径之外","必越浮言者始得其意,超文字者乃解其宗";谓班固则"情旨尽露于文字蹊径之中",虽"亦称博雅,但一览之余,情词俱尽"。② 据此文章创作风格之异认知二人文学思想之殊,正反映了司马迁是在兼取历史文化审美趣味之上显出汉文化形成期草创性态势,班固则立足于现实文化典雅的审美趣味而显出汉文化纯熟期的崇

---

① 当然,班固作《汉书》亦受到封建政治之压抑。《后汉书》本传载:"固以彪所续前史未详,乃潜精研思,欲就其业。既而有人上书显宗,告因私改作国史者,有诏下郡,收固系京兆狱。"这确是班固后来成汉史称帝业,述功德的重要原因之一。但是从整个文化思潮来看,班固正统思想仍是时代的投影。
② 引自焦竑《笔乘》卷二"伊川评班马"条。按:焦氏谓历代评《史》《汉》不同,"独此语为核"。

实精神。

班固以史学眼光客观对待文学现象的演变发展而阐发其尚雅崇实文学观。《汉书》探讨诗歌艺术之产生、性质、作用云：

> 夫民有血气心知之性，而无哀乐喜怒之常，应感而动，然后心术形焉。……音声足以动耳，诗语足以感心，故闻其音而德和，省其诗而志正。(《礼乐志》)

> 《书》曰："诗言志，歌咏言。"故哀乐之心感，而歌咏之声发。诵其言谓之诗，咏其声谓之歌。(《艺文志》)

是以历史——现实的精神发挥先儒诗歌言志说和"应感而动"的审美观念的。这点在他对乐府诗的审美评价中尤臻成熟：

> 自孝武立乐府而采歌谣，于是有代、赵之讴，秦、楚之风，皆感于哀乐，缘事而发，亦可以观风俗，知薄厚云。(《艺文志》)

"感于哀乐，缘事而发"，是班固通过对乐府诗发生理论的探究以涵盖整个诗歌艺术性质的历史定义。在此历史意层上，班固非常重视"抒下情"的"刺诗"传统。他认为国家昏乱、政治腐败、民生凋敝的时候，文学的作用应表现出怨刺讽谕，所谓"周道始缺，怨刺之诗起"。他在《食货志》中引《诗·豳风·七月》"四之日举止，同我妇子，馌彼南亩"，"十月蟋蟀，入我床下，聿为改岁，入此室处"数语为例云："男女有不得其所者，因相与歌咏，各言其伤"。此虽未明言"刺"字，①然却以伤民怨思表其"感于哀乐"之情。但

---

① 王先谦《汉书补注》卷二十四："各言其伤，盖各述其忧劳之思，所谓歌也有思，田家作苦，歌咏写怀，虽不得所，亦未必皆怨刺。輶轩美刺并录，似不容过泥为刺诗。"

是,班固对"抒下情"中之怨刺意的肯定基本上是限于诗歌产生的历史认知范畴,而对当代文学或有微词,那仅是怨其礼乐未备或衰世郑声而已。① 至于对他所处的"明、章之世",文学的现实功用主要是"宣上德"之颂,亦即歌颂汉德之内容和雅赡明绚之文风在审美意义上的结合。可以说,班固强调的"周道始缺,怨刺之诗起"之"刺"、西汉乐府"感于哀乐"之"情"和"明、章之世"吟颂上德之"美",在思想整体的相对的矛盾中(抒下情与宣上德)又形成了由"刺"而"美"的历时性结构。而仅就班固对诗学产生、性质、作用的历史认定以及在当世精神的观照中改变《诗》之隐曲意象而倡文学之典雅绚丽、通畅明达的风格,正显示了这一文学观念的演进趋势。

对汉代辞赋艺术的评价也是班固集中表现其文学功利思想的批评范畴。他一方面因承《诗》之"讽谏"说论赋,反对汉赋之"虚辞滥说";一方面倡导文学的崇实致用,又赞扬其"润色鸿业"。持"讽谏"说论赋,应该是班固继承刘歆《七略》辞赋理论的基本思想。《艺文志·诗赋略》指出:

> 春秋之后,周道寖坏,聘问歌咏不行于列国,学《诗》之士逸在布衣,而贤人失志之赋作矣。大儒孙卿及楚臣屈原离谗忧国,皆作赋以风,咸有恻隐古诗之义。其后宋玉、唐勒;汉兴,枚乘、司马相如,下及扬子云,竞为侈丽闳衍之词,没其风谕之义。是以扬子悔之曰:"诗人之赋丽以则,辞人之赋丽以淫。如孔氏之门人用赋也,则贾谊登堂,相如入室矣,如其不用何!"

这里肯定了汉赋中的"古诗之义",并对宋玉及马、扬之赋"竞为侈

---

① 如《汉书·礼乐志》载成帝时"郑声尤甚";又谓"大汉继周,久旷大仪,未有立礼成乐,此贾谊、仲舒、王吉、刘向之徒所为发愤而增叹也"。

丽闳衍之词,没其风谕之义"予坚决否弃。也因为班固传录的这段话语中扬弃汉赋艺术的结穴在于因艳美繁缛的丽词而失去了"古诗之义",所以在同一思想支配下转换视角,他又于《司马相如传赞》中对扬雄批评相如文章之侈靡发出质疑:

> 相如虽多虚辞滥说,然要其归,引之于节俭。此与《诗》之风谏何异?扬雄以为靡丽之赋,劝百而风一,犹骋郑、卫之声,曲终奏雅,不已戏乎?

这种对一个作家近乎出尔反尔的龃龉评议,实质上都是派生于诗赋"讽谏"之说,未构成思想矛盾。而真正构成班固辞赋理论内在矛盾的,还是始终贯穿于汉赋艺术的"讽"(刺)与"颂"(美)的矛盾。在前述诗学思想中,班固肯定了乱世道衰时"刺"诗的积极作用,而这种作用引入班固赋论,又经过了一种微妙的心理转换。《两都赋序》称誉"武、宣之世"赋家"抒下情而通讽谕"、"宣上德而尽忠孝","抑亦雅颂之亚",正显示出汉赋思想由"风"《诗》之"讽谏"传统向"雅"、"颂"《诗》之温敦雅赡的转变。尽管这样,"下情"与"上德"还有着漫长的思想距离,"贤人失志"之赋与"润色鸿业"之赋在共时性意义上仍存在着不可忽略的冲突,因此,班固试图对由诗而赋的"讽谏"思想本身在崇实观念下加以调和折衷,以符合典雅明绚的审美趣味。《汉书·叙传下》尚有一则对相如赋的评说:"文艳用寡,子虚乌有,寓言淫丽,托风终始,多识博物,有可观采,蔚为辞宗,赋颂之首。"①将此与前引《艺文志》批评相如等人赋作"竞为侈丽闳衍之词,没其风谕之义"语相比,显然又增添了对其"有可观采"的颂意,于此亦可见班固反对"侈丽闳衍"并非尽弃文采华美,关键是在经世致用。《汉书·地理志》又载:

---

① "文艳用寡"语系承袭扬雄《法言·吾子》"文丽用寡,长卿也"句意。

景、武间,文翁为蜀守,教民读书法令,未能笃信道德,反以好文刺讥,贵慕权势。及司马相如游宦京师诸侯,以文辞显于世,乡党慕循其迹。后有王褒、严遵、扬雄之徒,文章冠天下。

很明显,班固要求"抒下情""通讽谕"而不失于"好文刺讥","宣上德""尽忠孝"而不失于"贵慕权势",是他处于宫廷雅文学的立场倡扬的"颂述功德"与"托风终始"合美的文学教化意识。如果从理论上分析班固以尚雅崇实思想对诗赋艺术"刺"与"美"的折衷调和,这仅是一种当世文学观的掩饰。因为,班固在对"风"诗本义的索解中所阐明的周道缺、怨诗起观念已不囿于他对"下情"之"刺"的弱化调和,同样,他对当世皇权所作的典雅明绚、铺张扬厉的"雍容揄扬",也绝非没有"贵慕权势"、阿谀逢迎的气息,所以,班固在调和汉代大赋"刺"(讽)与"美"(劝)的当世矛盾中,又陷入了历史审美意识(讽)与现实审美意识(颂)的深层矛盾之中。而随着社会文化的演进,班固所处时代中兴气象的消逝,他的现实审美意识之"颂"亦同其现实功利思想一道成为历史而被扬弃;反之,被他尽力弱化的历史审美意识之"刺"却在东汉后期文学的发展中起着更为现实、更为深刻的作用。

班固文学观之尚雅崇实所表现之功利倾向在对屈原《离骚》与司马迁《史记》之价值判断上亦表现明显。

对屈原《离骚》的评价,班固一方面以"法度之政,经义所载"的儒家正统观绳检屈原之人,从怀疑刘安、司马迁对屈原"忠而被谤"之"怨"的赞扬,认定屈原"忿怼不容"而"沉江而死"所具有的因果关系是其"露才扬己"、骋一己之意气的性格悲剧,到对《离骚》之文"兼《诗》风雅而与日月争光,过矣"[①]的评价,显出他人文

---

① 《离骚》兼《诗》之风雅,与日月争光,语见《史记·屈原贾生列传》。

观的"温敦"、"明智"和"典雅"。而另一方面,班固又于《离骚赞序》中做出与《离骚序》不同的评价:"屈原初事怀王,甚见信任,同列上官大夫妒害其宠,谗之王,王怒而疏屈原。屈原以忠信见疑,忧愁幽思,而作《离骚》。……屈原痛君不明,信用群小,国将危亡,忠诚之情怀不能已,故作《离骚》。……又作《九章赋》以风谏,卒不见纳,不忍浊世,自投汨罗。原死之后,秦果灭楚。其辞为众贤所悼悲,故传于后。"类似的评语,尚见班氏其他论述中。如"灵均纳忠,终于沉身","屈子之篇,万世归善"(《奏记东平王苍》),"谗邪交乱,贞良被害,自古而然。故伯奇放流,孟子宫刑,申生雉经,屈原赴湘,《小弁》之诗作,《离骚》之辞兴"(《汉书·冯奉世传赞》),又显出屈子其人其文对荒淫腐政的戟刺和作者对屈子其文其行的颂扬。如何解释上述相反评价,我认为一是缘于班固在中兴气象之颂声洋溢的思想中依然潜隐着时刻萌发的在封建专制政体压抑下士子的悲哀、愤懑,而更为重要的原因仍是他折衷"刺"与"美"之理论思想的矛盾。概言之,他以典雅现实审美意识强加于对历史人物的评价,故否定了屈原的狂狷和过激;同时,他自己认可的代表衰世风刺的历史审美意识对其现实理论思想的必然积淀、渗透,通过现实的偶然机遇的催化,又使他自觉或不自觉地肯定了屈原的偏执言行。这种深层的理论矛盾,实际上又表明了班固奉行"古《诗》之义"与其现实功利思想的内在冲突。

对《史记》的批评,班固所云:"是非颇谬于圣人,论大道则先黄老而后六经,序游侠则退处士而进奸雄,述货殖则崇势利而羞贱贫,此其所蔽也"(《司马迁传赞》),[1]显然是取法汉儒"依经立义"

---

[1] 刘知几《史通》外篇《忤时》又依此说分《史》《汉》之异和不足。其云:"《史记》则退处士而进奸雄,《汉书》则抑忠臣而饰主阙。"甚合实际。又,葛洪《抱朴子》内篇卷十《明本》批斥班固谓史迁"谬于圣人","先黄老而后六经"云:"固诚纯儒,不究道意,玩其所习,难以折中。"

的正统史学观。而其思想之渊承又来自两方面：一是承袭了扬雄论《史记》"是非颇谬于经"（见《汉书·扬雄传》）和班彪《史记论》的观点；二是屈服于封建统治者的思想压力。尤其后者，早在汉成帝时，东平王上疏求诸子及《太史公书》遭大将军王凤驳斥，①至东汉明帝，更断然指斥《史记》"微文刺讥，贬损当世"②。这种代表了皇权的意旨，对班氏撰史的压力是未可轻视的。但是，班固在对《史记》史学观、文学观的具体评述中，并未完全服从学术与政治的双重压力、影响，而是发扬了扬雄评《史记》的"实录"观赞其"文直"、"事核"、"不虚美、不隐恶"；又通过对史迁"既陷极刑，幽而发愤，书亦信矣"的同情和崇敬，赞颂其"发愤著书"的文学表现情感的思想。这种不同的评价，既表明班固文学崇实观的现实功利性，又反映出他的文学思想本身包含着历史、现实的深层矛盾。

三　史学批评的文学透视

班固文学思想主要集中在史学巨著《汉书》中。由文学观读《汉书》，可看到"以文传人"的特色；从史学批评的角度观之，又可窥其"依史传文"的优势，而这也正是班固文学思想之崇实理论的基础。

由于依史传文，班固对文学艺术的发生、发展及渊源、流变皆贯以明晰的史的线索。如《礼乐志》，虽合礼与乐为一，意在传史之绪端，惩史之兴废，建立合乎当世统治需要的礼乐制度，但其对"乐"之发生、发展的考察、认知，却能注意到"乐"作为艺术的流变意义。试以汉前古乐的起源与发展为例，班固做了三个阶段的阐

---

① 《汉书·宣元六王传》载王凤语："《太史公书》有战国纵横权谲之谋，汉兴之初谋臣奇策，天官灾异，地形阨塞，皆不宜在诸侯王。不可予。"
② 《汉书·叙传下》亦谓："乌呼史迁，薰胥以刑！幽而发愤，乃思乃精，错综群言，古今是经，勒成一家；大略孔明。"

述:首先,囿于"圣人作乐"的思想,班固从"黄帝作《咸池》"到"周公作《勺》",历述"九圣"作"九乐",①以明古乐顺延之初史;而对古乐之作用,班氏又逆向取值,从周公之乐到黄帝之乐,追述其意云:"《勺》,言能勺先祖之道也;《武》,言以功定天下也;《頀》,言救民也;《夏》,大承二帝也;《招》,继尧也;《大章》,章之也;《五英》,英华茂也;《六茎》,及根茎也;《咸池》备矣。"其说虽穿凿不可信,然对古乐发展的线状研究,却具有"史"的价值。而这种叙述历史的顺延线和思想取值的回归线的交互现象,又决定了班固对"乐"采取的复古意识和基本态度。因此,当班固对"自夏以往,其流不可闻已,《殷颂》犹有存者"产生庆幸和悲凉之情时,已转入"乐"史发展的第二阶段,这便是:"自《雅》《颂》之兴,而所承衰乱之音犹在,是谓淫过凶嫚之声,为设禁焉。世衰民散,小人乘君子,心耳浅薄,则邪胜正。……夫乐本情性,浃肌肤而藏骨髓,虽经乎千载,其遗风余烈尚犹不绝。至春秋时,陈公子完奔齐。陈,舜之后,《招》乐存焉。故孔子适齐闻《招》,②三月不知肉味,曰:'不图为乐之至于斯美之甚也!'"这里记载了春秋时期声乐流传情况,其中将"淫过凶嫚之声"与雅乐"遗风余烈"的对照,以及对"设禁"淫声和孔子对《韶》的颂扬,均披示了作者具有历史意蕴的正统审美观念。而随着"周室大坏,诸候恣行,设两观,乘大路","八佾舞廷","桑间、濮上、郑、卫、宋、赵之声并出",以"至于六国,魏文侯……谓子夏曰:'寡人听古乐则欲寐,及闻郑、卫,余不知倦焉。'子夏辞而辨之,终不见纳,自此礼乐丧矣",这又是班固论古乐的第三阶段的记述。综此三阶段,可见班固对汉以前古乐之产

---

① "九圣":黄帝、颛顼、帝喾、尧、舜、禹、汤、武王、周公;"九乐":《咸池》、《六茎》、《五英》、《大章》、《招》、《夏》、《頀》、《武》、《勺》;并以"九乐"依次分属"九圣"。

② "《招》乐"即"《韶》乐","招"通"韶"。

生、演化、沦丧过程做了清晰的勾勒。也正因为是通过系统的历史批评,班固具有文学起源意义的"乐"艺思想才得以较完整地显现。这一乐论的文学思想价值又在于:其一,深层的历史审美积淀决定了班固文艺观中的复古意识,这集中表现于他对正统雅乐的追踪发微。其二,在班固文艺观中同样存在于复古中蜕变的思想因子,所以他对上古雅乐的玄赏只是一种理想与象征,其意在与现实结合,并惩于西汉雅乐未恢、世风日颓的教训,以重振雍雅典则的礼乐制度。其三,由于班固文艺思想之雅赡明绚的审美情趣是通过历史的回归线向上古雅乐的索取,因而在他经营建立有补于世的当代文学思想体系时,已包含了违反历史顺时发展规律的文化因素,所以又表现出极大的保守性;这与两汉之际思想家桓谭所倡之"新声"相比,实成鲜明对垒。

关于诗赋文学的研究,班固《汉志·诗赋略》可谓一部简明的文体小史,其对辞赋渊源流变的探讨有着以史学批评的态度透视文学现象的优胜之处。班撰《艺文志》既多二刘遗存,亦表班氏见解。[①] 章学诚云:"《汉志》最重学术源流,似有得于《太史叙传》及庄周《天下篇》、荀卿《非十子》意。"(《校雠通义·补校汉书艺文志第十》)而对照《艺文志》与班氏其它论述,虽论点或偶有异同,然其重学术渊源探考之基本方法,则如出一辙。《诗赋略》云:

《传》曰:"不歌而诵谓之赋,登高能赋可以为大夫。"言感物造耑(端),材知深美,可与图事,故可以为列大夫也。古者诸侯卿大夫交接邻国,以微言相感,当揖让之时,必称《诗》以

[①] 《艺文志序》言传承《七略》云:"今删其要,以备篇籍。"颜师古注云:"删去浮冗,取其指要。"近人顾实《汉书艺文志讲疏》云:"班《志》岂尽《七略》之旧哉!"

谕其志,盖以别贤不肖而观盛衰焉。

如果说这是班固从历史的角度对赋体产生于诗的认识,那么下述孙卿、屈原、宋玉、唐勒以及汉兴枚乘、相如、扬雄诸家创作本义与风格,又显然是通过赋史的考索而表现的文学批评倾向。同此,《两都赋序》云:

> 或曰:"赋者,古《诗》之流也。"昔成康没而颂声寝,王泽竭而诗不作。大汉初定,日不暇给。至于武、宣之世,乃崇礼官,考文章,内设金马、石渠之署,外兴乐府协律之事,以兴废继绝,润色鸿业。……故言语侍从之臣,若司马相如、吾丘寿王、东方朔、枚皋、王褒、刘向之属,朝夕论思,日夜献纳。而公卿大臣:御史大夫倪宽、太常孔臧、太中大夫董仲舒、宗正刘德、太子太傅肖望之等,时时间作。……孝成之世,论而录之,盖奏御者千有余篇,而后大汉之文章,炳焉与三代同风。

辞赋艺术流传之统绪、演变之源流,均因班固"将文化学术拥抱于史学中"(徐复观语)之方法勾稽而出,其赋论思想又因此史学批评得以系统完整地展示。首先,班固从探源的层次上确认赋体与《诗》的关系,这一观点虽来自《国语》《左传》诵诗、作诗之意,①并受司马迁对赋之源流探讨的影响,但他简明的提法和系统的认识,却开启了挚虞"赋者,敷陈之称,古诗之流也"(《文章流别论》),刘勰"然赋也者,受命于诗人,拓宇于楚辞"(《文心雕龙·诠赋》)的理论。其次,班固根据《诗》《骚》到赋的历史线

---

① 杨伯峻《春秋左传注》隐公三年注云:"赋有二义,郑玄曰:'赋者或造篇,或诵古',是也。此'赋'字及隐元年《传》之'公入而赋'、'姜出而赋',闵二年《传》之'许穆夫人赋《载驰》'、'郑人为之赋《清人》',文六年《传》之'国人哀之,为之赋《黄鸟》,'皆创作之义;其余赋字,则多是诵古诗之义。"

索,肯定了汉赋同于《诗》之"六义"的作用,这种观点尽管在他有关"下情""上德"的讽、颂关系中显出矛盾,但其对赋之社会功用的评价本身,亦予后世文论家正面评价辞赋以较大影响。①尤其是对汉大赋之颂美作用,是班固对"汉家炽盛"时期文学的积极认知,其与扬雄"劝百讽一"思想相比,又显示出盛世与衰世审美观的相异之处。再次,班固在称述赋之"抒下情"、"宣上德"双重作用的同时,又分赋为"贤人失志"与"润色鸿业"两类,显然异乎《诗赋略》以赋家为纲,主师承流变的四类分法。这种划分虽在艺术上不及汉宣论赋"大者与古诗同义,小者辩丽可喜"之成就,在内容上不及扬雄区分"诗人之赋"、"辞人之赋"的理论深度,然其内涵之审美意向,与刘勰分赋为"鸿裁"、"小制"亦不无历史关联。当然,刘勰是站在更高的理论层次划分辞赋艺术形式,即以事义为纲分"鸿裁"、"小制"两类,再以事象配属,义经象纬,纳象于义,既汲取扬弃了汉人有关辞赋的划分(其中包括《诗赋略》以赋家为纲分类),又超过了《文选》以赋象为纲的繁琐划分,形成了较完整的辞赋艺术理论结构体系。②

就批评方法而言,班固之史学观同样适合其文学观。这主要表现在两方面:一是知人论世。就"知人"来说,如其《扬雄传》将雄一生的文学创作与性格、遭际结合起来,看到他创作辞赋弘博深奥与其学识修养之"博览无所不见"的有机联系;同时对扬雄文学之摹拟复古的特征,又能置于社会思潮中加以认识。尽管其评价

---

① 挚虞《文章流别论》云:"前世为赋者,有孙卿、屈原,尚颇有古诗之义;至宋玉则多淫浮之病矣。"此承《汉志》意。又刘勰《文心雕心·诠赋》云:"赋者,铺也;铺采摛文,体物写志也。……刘向云明不歌而颂,班固称古诗之流也。"其意亦明。

② 赋之分类有三途:一以作家分,如《汉志》;二以题材分,如《文选》《唐文粹》《历代赋汇》;三以体类及风格分,如《古赋辨体》、《文体明辨》。刘勰《诠赋》,则不拘一途,有综合趋态,然其以事义为纲,对后世以风格分类影响尤巨。

缺乏特殊性的哲理思辨而不能发掘扬雄文学思想的内在机制,但其珍重历史的考察,基本上是可取的。就"论世"来说,班固又将个人的文学作品或某一文学现象与时代政治经济、社会文化思潮和文学整体风尚紧密相连。这样便能够既透过历史的政治风云,以观文士创作的"痛切""至诚"之情(如评屈原制骚、刘向谏君),又透过时代的文治武功,以观文士创作的繁暄鼎沸(如对武帝一朝文士蜂起的论述);既通过君王的好恶扬抑,以观文学之繁荣与衰落(如论景帝不好辞赋而武帝反之,文士先流藩国而后聚宫廷),又通过一时的审美风尚以评定具体作品的价值(如谓武帝时神仙方术风炽,相如作《大人赋》)。而"知人"与"论世"的结合,正是班固文学批评之探本求源,旁搜远绍的功绩。二是整体把握。如评司马迁,班固不限于前人的"实录"或"爱奇"类的抽象评述,而是在本传中既论其"文直"之美,又贬其"谬圣"之嫌,并于其他传记中和他的《叙传》中发表见解,以构成符合尚雅崇实文论标准的批评整体。特别是《汉书》中的人物传记形成了由生平介绍、作品著录到理论评价的模式,又提高了批评的逻辑性和综合性。此外,班固还采取比较研究方法以加强批评的整体意识,如对马(相如)、扬(雄)文学素养不同的比较,①对枚(皋)、马创作构思相异的比较,②既开文学比较批评风气之先,又为建构系统的批评体系做出可贵的尝试。可以说,班固以历史观照文学,拓展了文学批评结构形式,并由其形式显露出他以尚雅崇实的审美内涵通照历史

---

① 《汉书·叙传》评扬雄云:"渊哉若人!实好斯文。初拟相如,献赋黄门,辍而覃思,草《法》纂《玄》,斟酌《六经》,放《易》象《论》,潜于篇籍,以章厥身。"以此参照《司马相如传》中有关相如赋的评价,《扬雄传》中对其摹拟相如作四赋的评价,即可得此比较研究之整体意义。

② 《汉书·枚皋传》云:皋"为文疾,受诏辄成,故所赋者多。司马相如善为文而迟,故所作少而善于皋"。

文学的理论建树。班固以史论文,显示了超越前人的系统而完整的文学批评思想,虽然他的文论存在着深层的内在矛盾,其中密契于经典的、正统的文学教化意识,逢迎于当世的、皇权的文学颂美思想,将随着衍变期文学思潮的兴起而被冲淡、被遗弃,但是,他自身的文学创作素养和理论上的重文倾向,①却代表了儒士文化复兴的积极因素,对东汉后期文学意识渐趋觉醒的进程有着不可磨灭的历史贡献。

---

① 就文学素养而言,班固的辞赋创作与稍后之张衡形成"班、张并雄"盛况,是嗣响西汉"马、扬并美"的东汉辞赋文学高峰。此外,《汉书》之论赞,义尚兼符,文辞精美,萧统《文选序》云"若其赞论之综辑辞采,序述之错比文华,事出于沉思,义归乎翰藻",说明了史书文学化之程度。就班论上的重文倾向而言,《汉书》中已多次出现作为语言表现之"文章"一词,而在著作中使用由文字书记而成的作品总称之意的"文章",实至东汉初王充、班固始盛,并对魏晋以后文学概念的演化有巨大影响。

第五章 衍 变 期

(和帝永元中至桓帝元嘉初)

这是东汉王朝由盛而衰的过渡时期,社会政治文化都处于变动不居的状态,文学思想亦发生着意义重大的衍变。

汉代的文化学术之发展似乎形成了这样一种兴衰起伏的规律:自武帝确立以儒学为中心的汉文化新体系以降经历了三次文化振兴,一是宣帝会诸儒于石渠阁辨《公羊》《穀梁》异同,二是章帝征群儒于白虎观辨五经异同,三是灵帝置鸿都门学讲经论艺;而三次文化振兴换来的又是三次儒经思想低落的阶段:第一次是西汉末年的颓废思潮,第三次是汉末文化的衰落,第二次则是二、三次文化振兴间的东汉中期文化思想的变迁。其时文学思想之衍变,实亦因中兴幕落,而异响肇起,学士文人虽然在主观意图上仍欲振兴儒学,施行教化,但毕竟执拗不过政治明晦、经济盛衰、社会良窳、学术消长、风俗厚薄所形成的潮流之趋向,出现了突破儒学文化的"志慕鸿裁"(李尤)、"思洽识高"(马融)、"通赡"(张衡)、"博识"(王逸)的审美企向。概述文学思想衍变征象,一是因儒家经学思想的衰落出现的儒道思想明显对垒、交互,催发了这两种审美价值判断和审美鉴赏情趣的绌补;二是以王逸楚辞评论为代表的楚骚文学浪漫思潮之复兴,冲击了中兴期尚雅崇实的文学观;三是政治、宗教思想的影响,使文学出现了既针对现实又游离现实,既积极致用,又转而厌世的矛盾倾向。而作为过渡,这些直接影响着汉末人文的觉醒。

第一节　儒道绌补催发文学观的衍变

儒、道两家作为我国思想史上的两大显学,以各自的宇宙观、人生观以及审美观念、审美趣味对文学艺术的影响至为重要,而在汉代文学思想衍变期,这种影响又起了极大的催发作用。

在整个汉代思想中,固以"宣明旧艺"之儒学为主,但从汉初重黄老到汉末贵老庄,道家思想及其审美意识并未曾衰歇。于儒、道思想之异,《汉书·艺文志》探其源谓一"出于司徒之官,助人君顺阴阳、明教化者也",一"出于史官,历记成败存亡祸福古今之道,然后知秉要执本,清虚以自守,卑弱以自持"。而《刘子》卷十《九流》又做更明显的区分:

> 道者玄化为本,儒者德教为宗;九流之中,二化为最。夫道以无为化世,儒以六艺济俗;无为以清虚为心,六艺以礼教为训。若以礼教行于大同,则邪伪萌生;使无为化于成康,则氛乱竞起。何者? 浇淳时异,则风化应殊;古今乖舛,则政教宜隔。

由此"浇淳时异"、"风化应殊"的时代变化观之,在汉代形成独尊儒学之文化氛围中,道家思想的每次抬头都以儒家政治文化由兴而衰为历史阶梯,而老子的自然审美与庄子的自由审美,尽管在汉代没有成为支配势力取代儒学政教审美,然其渗透于儒学文化内在机制的审美因素,于此文学思想衍变期却尤为彰明。

一　进退交互的人文心态

东汉中后期思想界复归老庄,从现象上看是与汉初黄老之学构成哲学发展史上的一个圆圈,然妙机其微,二者又有极大的差异:汉初黄老是直接继承综合先秦黄学、老学而成,形成一时的文化主体,而东汉道家思想的复归,则始终伴随着儒经思潮,是在儒家政教意识鞭策羁縻之下出现的。因此在文人创作心态方面,其时亦不同于汉初文人是在进取心态支配下的政治行为受挫后而转入幽怨心态,而是儒家进取心态与道家退守心态的交互构成的矛盾统一的人文心态。

东汉文学到和帝后期,尤其安帝时邓后称制后,因政体的颓衰,儒风萎靡已不复有那种典雅的风格和誉扬鸿业的作用了。《后汉书·儒林传》载:

> 安帝览政,薄于艺文,博士倚席不讲,朋徒相视怠散,学舍颓敝,鞠为园蔬。……顺帝感翟酺之言,乃更修黉宇……试明经下第补弟子,增甲乙之科,员各十人,除郡国耆儒皆补郎舍人。本初(质帝年号)元年,梁太后诏曰:大将军下至六百石悉遣子就学。……自是游学增盛,至三万余生,然章句渐疏,而多以浮华相尚,儒者之风盖衰矣。

这说明当时儒风之衰并不意味着抛弃儒术,相反,却是为扬举儒学而形成的不自觉的衍变趋向。而道家审美心态正于此不自觉中渗透而入。试以其赫赫大儒胡广、马融为例。胡广"历事六帝,礼任甚优"(《后汉书》本传),其为人,持"中庸"之德;其为学,"博物洽闻,探赜穷理"。① 观其一生行事,既不堕其进取之心、汲汲于富贵之仕,又时时不忘饰情矫貌,有惴惴归隐之思。这种交织的心

---

① 《后汉书·胡广传》引京师谚:"万事不理问伯始,天下中庸有胡公。"李贤注:"庸,常也。中和可常行之德也。孔子曰:'中庸之为德,其至矣乎!'"又引史敞荐举文:"体真履规,谦虚温雅,博物洽闻,探赜穷理。《六经》典奥,旧章宪式,无所不览。柔而不犯,文而有礼。"

态反映于创作,正是其"箴谏之兴,所由尚矣:圣君求之于下,忠臣纳之于上"(《百官箴叙》)的文学致用性与"超越青云之上,德逾巢许之右","邈玄德,膺懿资,弘圣典,研道机"(《征士法高卿碑》)的文学塑造人格凤举之超然形象的统一。由此观照胡广《吊夷齐文》颂美历史人物的"抗浮云之妙志,遂蝉蜕以偕逝"的品性,既是儒者进取之心的一种矫饰和补充,又是道家人生观与审美趣味的自然参与。马融的人生行事与胡广颇类似。《后汉书》本传载:

> 融才高博洽,为世通儒,教养诸生,常有千数。涿郡卢植,北海郑玄,皆其徒也。善鼓琴,好吹笛,达生任性,不拘儒者之节。……尝欲训《左氏春秋》,及见贾逵、郑众注,乃曰:"贾君精而不博,郑君博而不精。既精既博,吾何加焉!"但著《三传异同说》。注《孝经》、《诗》、《易》、三《礼》、《尚书》、《列女传》、《老子》、《淮南子》、《离骚》,所著赋、颂、碑、诔、书、记、表、奏、七言、琴歌、对策、遗令,凡二十一篇。

于此可见,马融学术是由辨儒经古今文之异同而渐渍道家等思想的。范书本传又载融早岁应大将军邓骘召仕:"融既饥困,乃悔而叹息,谓其友人曰:'古人有言:"左手据天下之图,右手刎其喉,愚夫不为。"所以然者,生贵于天下也。今以曲俗咫尺之羞,灭无赀之躯,殆非老庄所谓也。'故往应骘召。"[1]这种以贵生、大智思想解释老庄,又以老庄补充儒家的入世观,正是这一时期士子的共有心态,而由此观照马融《长笛赋》等文学创作,其一方面寓讽

---

[1] 《太平广记》卷二百二·乐类"马融"条引商芸小说:"马融历二郡两县,政务无为,事从其约,在武都七年,南郡四年,未尝按论刑杀一人。性好音乐,善鼓琴吹笛,每气出,蜻蜓相和。"此故事颇能说明马融以道家无为行儒家之治。

谏、颂扬于大赋铺陈之中,一方面又感发心志,寄意玄圃,表现了时代新意。

可以认为,衍变期文人创作心态基本上并未脱离儒家政教意识,他们针对中兴期重建礼乐制度结果愈发"淳厚之风不宣,雕薄之俗未革"的教训,倡导"王道得则阴阳和穆"、"善赏不如善教"(李固《对策后复对》),是其思想中的现实精神。本此精神,张衡创制汉大赋体制之最的《二京》,虽因"文章卓然"(杨泉《物理论》评《二京赋》语)见奇,然其创作动机,却在"自王侯以下,莫不逾侈","乃拟班固《两都》作《二京赋》,因以讽谏"(《后汉书》本传)。① 所以在《东京赋》中,张衡写道:"故相如壮上林之观,扬雄骋羽猎之辞,虽系以隟墙填堑,乱以收置解罘,卒无补于风规,只以昭其愆尤。"这种有补于世的创作目的,又是中兴期儒士文化致用思想的延续发展。当时擅作铭文的"文章之杰"(张溥评语)李尤,制《明堂铭》《太学铭》等八十余篇,亦多"体则天地","崇兴六艺"。如《琴铭》云:"琴之在音,荡涤邪心;虽有正性,其感亦深。存雅却郑,浮侈是禁;条畅和正,乐而不淫。"其文艺之感化力量,皆源于用世之心,归于雅正之道。这种理论心态在许慎撰文字学专著《说文解字》也有反映。他说"言文者宣教明化于王者朝廷",而文字亦"经艺之本,王政之始"(《说文解字叙》)。当然,其时文士对儒学信奉已非思慕经典,而是在通儒意识空间既有"游心于六艺,留情于五常"的情愫,又有"空虚为本,清净为心"的修养。倘从美感心理的深层结构把握这一点,

---

① 《艺文类聚·居处部》引张衡《西京赋》曰:"昔班固观世祖迁都洛邑,慎将必逾溢制度,不能遵先圣之正法也。故使西都宾盛称长安旧制,有陋洛邑之议,而为东都主人折礼衷以答之。张平子薄而陋之,故更造焉。"高步瀛《文选李注义疏》卷二按:"今《西京赋》无此语,且与赋不类,殆是《西京赋序》,恐亦非平子为之。"引语虽与"赋不类",然亦可观其对讽谏主旨的确认。

又明显地表现出《庄子》思想中"游"的艺术精神的渗透。

老、庄哲学从《老子》之"虚静"自然态到《庄子》"心斋"之自由态,成为我国艺术精神中最活跃的文化因子和自由象征。文学史家一般认为,庄子"游"的精神经过汉代文学之功利教化思想的笼罩沉沦,而到魏晋时代"独驰思于云天之际"(曹植《七启》)的发现,至刘勰有关"神思"的系列论述,宗炳"澄怀味象","万趣融其神思"的观照,才承续了这种"游"的精神,衔接起一条文艺精神的主线。其实,尽管汉代文学密契于政教意识,然其精神之"游"并未停断,此从贾谊之"释智遗形兮超然自丧,寥廓忽荒兮与道翱翔"(《鵩鸟赋》)、王褒之"登九灵兮游神,静女歌兮微震"(《九怀》),到扬雄之"鸾凤高翔,戾青云兮"、"荡然肆志,不拘挛兮"(《太玄赋》)的文学游神观均有显现。值得注意的是,"游神"观念蔓延到汉代文学思想衍变期,极突出的现象就是已非超升于文学政教意识之上的理想主义的空幻审美,而是落实于文学现实精神之中,出现了现实政教与游神高蹈思想交互的征象。这种交互征象,表现于人格美即是玄儒风度,表现于艺术美即是至和境界。就玄儒风度而言,崔瑗对张衡之人品心性、学术文章的赞扬,可谓当世人格美之典则。其《河间相张平子碑》云:

> 君天姿浚哲,敏而好学。如川之逝,不舍昼夜。是以道德漫流,文章云浮;数术穷天地,制作侔造化。瑰辞丽说,奇技伟艺;磊落焕炳,与神合契。然而体性温良,声气芬芳,仁爱笃密,与世无伤,可谓淑人君子者矣。

这里所描绘的"磊落焕炳,与神合契"、"仁爱笃密,与世无伤"的入世而又超世,超世还本入世的人格,正揭示了张衡晚岁信奉老庄和时人心态结构之深蕴。就至和境界而言,其时文人一则继承了庄子将"游"统合于"和",①一则使道家审美境界之"大和"与儒家审美境界之"中和"融通,试图达到符合现实精神的至和之境。张衡《思玄赋》之创作构思发始于先儒玄训,旨归于现实致用,然其既倡扬六艺文章灿烂之纯美,又骋思于尘外之境而得神游妙趣,实为双重心态之交互的审美风范。黄侃于《文心雕龙札记》中云:"文章之事,形态蕃变,条理纷纭,如令心无天游,适令万状相攘,故为文之术,首在治心。"通过衍变期文人心态的研究,可见那种虽未脱离汉儒政教意识但却与玄儒意趣俱来的旷放人格和高蹈心理,对魏晋文学审美主体的形成有很大的启迪。

二 立足廊庙而企望山林

与西汉鼎盛期文学思想相比,东汉文学之中兴因受儒士文化影响,一改西汉之雄夸矜张文风而为廊庙颂讴之作。在这一点上,东汉文学复兴既提高了文学在宫廷的地位,也改变了西汉文学仅属少数御用文人(倡优畜之)的局面,使文学普及于中下层文士。所以在整体上,这种为宫廷服务的廊庙文学普及、扩大的现象,同时意味了廊庙文学面临的危机,这也就产生了在专制政体衰弛情况下文士立足廊庙而企望山林的审美意向。

立足廊庙,倡导儒化,仍是衍变期文学思想的基本取向。从偏重于宫廷文学的创作来看,张衡早年作《二京赋》基调是承响班固

---

① 徐复观《中国艺术精神》第二章《中国艺术精神主体之呈示——庄子的再发现》指出:"世人之所谓'用',皆系由社会所决定的社会价值。人要得到此种价值,势须受到社会的束缚。无用于社会,即不为社会所拘束,这便可以得到精神的自由。但由无用以得到精神的自由,极其究,仍是'不蕲乎樊中'(《养生主》)的消极条件。仅有此一消极条件,则常易流于逃避社会的孤芳自赏,而不能涉世,不能及物;于是'游'便依然有一种限制。较无用更为积极的,是庄子所特提出的'和'的观念。'和'是'游'的积极的依据。老、庄的所谓'一',若把它形上的意义落实下来,则只是'和'的极至。"

《两都赋》思想倾向。① 这在其对东京壮丽进行的颂扬赞美,接受先代奢侈亡国之教训批评马、扬大赋无补风规的赋论思想中得到证明。王逸所云:"含苞六艺,游览百家,用道德为弓弩,□仁义为铠甲"(《折武论》),虽不是对廊庙文学社会作用的理论肯定,但其所表现的思想,却完全符合汉世正统文学观的要求。从地域文学观来看,廊庙文学的正宗思想也起着巨大的作用。如崔瑗的《南阳文学颂》极言"圣人制礼作乐"之"统天理物,经国序民","以和邦国,以谐万民,以序宾旅,以悦远人"的功能。李固《临荆州辟文学教》从新的角度谓"欲采名珠,求之于蚌;欲得名士,求之文学。……蚌乃珠之所藏,文学亦士之场矣"。以重"文学"之名,而行教化致用之实,又是统一的。然而倘限于对其时廊庙文学观的认识,那也仅是中兴期文学的延续,而于其延续中阐发衍变,其时文学又突出表现于对山林的企望,此亦显示了道家审美趣味的参与。②

一是隐逸的企向。在当时政教松弛,社会危机四伏的状况下,士子的仕途充满了艰辛苦楚,因此,他们一方面在尚未丧失的"尊汉"意识下为挽救政体颓废和世道浇漓做出种种努力,包括以文学形式进行的讽劝颂举;一方面又在反思历史、面视现实之斑剥漫漶的忧患中寻找自护身心、保全清誉的方法,以求取心理平衡。所以这一时期的文士,不管是居庙堂之上,还是处江湖之远,文学创作中都不时地流露出一种隐逸企向。③ 而这种心灵间的隐逸企向

---

① 据陆侃如《中古文学系年》、张震泽《张衡诗文集校注》附"年表",《二京》作于张衡20—30岁之间。
② 按:这种文学审美现象在具体作家身上或可见到历时性的变化,如张衡早年创作思想偏于儒家正统观,中岁以后明显表现出儒、道绌补现象。但从这一阶段的整体审美意识来看,这种变化基本上还是共时同步的。
③ 张衡曾两度出任史官,他将其入仕戏称"聊朝隐于柱史"(《应间》),较为典型。

难以吻合于儒教群体意识时,自然倾向于老庄人生观中的自我意识在山林中的实现。《庄子·天下篇》云:"芴(寂)漠无形,变化无常。死与生与,天地并与,神明往与。芒乎何之? 忽乎何适? 万物毕罗,莫足以归。古之道术有在于是者。"系世俗人格的升华,一种艺术化人格的独白。当然,庄子所谓的"游"心天地,并不是一味超越,而是强调与世俗的浑融,亦即超越后的"混冥"。① 故后世山林隐逸之士多从庄学渊源汲取养料。而东汉中期学士立足廊庙、企望山林的隐逸之思,在主观意图上也正是对"混冥"境界的追求。② 从社会文化心理来看,这种追求又来自两方面:其一,对人格的塑造。如胡广《吊夷齐文》所表现的浮云之志即为一例。而崔琦《七蠲》托"玄野子"之言曰:"爰有梧桐,产乎玄谿,传根朽壤,记阴生危。激水澡其下,孤鸟集其枝。罔双偶而特立,独飘摇而单离……"亦假梧桐之树,兼寓庄子有关"无何有之乡"的渺藐之思和世俗忧患之情,从而于危难倾颓的意识中澡雪精神,衬托高远孤介人格。其二,失意者的心灵补偿。如张衡《髑髅赋》借庄周故事,设想出一种"与阴阳同其流,与元气合其补。……合体自然,无情无欲,澄之不清,浑之不浊……与道逍遥"的"混冥"状态,并于"为之伤涕"的悲"庄"情绪中,从思想深层揭示他在顺帝时选择引退的悲哀。这在生死问题上的哲理思考,不仅说明了当时文学隐逸企向的社会意义,也预示了文学之隐逸意识与政教意识的逐渐分离。

---

① 《庄子·天地篇》:"万物复情,此谓之混冥。"又《寓言篇》对"舍者与之争席"的阳子居精神的塑造,尤以一往之超越到混冥于世俗之中为艺术之人格高标。
② 余嘉锡《世说新语笺疏》之《栖逸篇》疏引《文选集注》四十二引公孙罗《文选钞》:"隐有三种:一者求于道术,绝弃喧嚣,以居山林。二者无被征召,废于业行,真隐人。三者求名誉,诈在山林,望大官职,召即出仕,非隐人也,徼名而已。"这种隐逸行为分类虽与东汉士子隐逸心态不尽同,然其或弃喧嚣,或求名誉,亦可在胡广、张衡、马融等人隐逸之思中得到一些印证。

二是尚朴的企向。这种企向是出于驱除浮虚的求真审美心理对廊庙文学雅赡繁缛的检讨。如前所述,中兴期文学思想最本质特征即是真实美与虚妄美的搏斗,而张衡以真实观批判虚妄美,[①]正继承了王充、班固的文学征实思想。但由于王、班的征实思想运用于当世文学的建设,主要表现于对大汉功德的极端颂美,因此从历史的观点来看,其中包含着不少浮夸和虚伪,所以衍变期文学从道家思想汲取尚朴观念,又是对颂扬誉美文学的反思驳正。作为人之"本心"的真朴观,早在《老子》有关"天之道损有余以奉不足"天人夷和的理想与对统治者骄奢纵欲造成的"人之道损不足以奉有余"(七十七章)悖逆现象之批判中即树立了一种"见素抱朴"(十九章)的本色美。这种惩于"五色令人目盲"的本色美始终伴随着汉代儒家政教意识,成为盛世的清醒药剂和衰世的批判精神。汉代文学之批判虽然到汉末方炽其焰,但在张衡《二京赋》较前人更注重对君臣昏惑、社会阴暗之揭露的创作现象中,业已起了促进文学思想衍变之作用。与大赋相比,张衡抒情小篇《归田赋》却同现实拉开距离,其意入山林,潜隐田园之情,又是当时含茹儒道真情至性之作,可称时代风候的信标。这种尚朴归真的企向,在崔瑗五言诗体之《座右铭》中又以另一方式加以表现:

> 无道人之短,无说己之长。施人慎勿念,受施慎勿忘。世誉不足慕,唯仁为纪纲。隐身而后动,谤议庸何伤。无使名过实,守愚圣所臧。柔弱生之徒,老氏诫刚强。在涅贵不淄,暧暧内含光。

在自诚、自主、自信中糅合了儒家的仁义之美和道家的朴拙之美,

[①] 张衡《请禁绝图谶疏》云:"律历、卦侯、九宫、风角,数有征效,世莫肯学,而竟称不占之书。譬犹画工,恶图犬马,而好作鬼魅,诚以实事难形,而虚伪不穷"。

树立起"在涅不淄"的融现实与理想为一的人格美,显示了一种游离于廊庙氛围的高蹈心胸和山林逸趣。

三是抒情的企向。在以大赋体文学为代表的摹拟文风中觉醒的文学创作的真情,是衍变期文学思想的一个重要特征,张衡《归田赋》正是开启这一时代新声的杰作。① 从汉赋艺术的发展历程来看,《归田赋》标志着抒情赋演进至一转折点,它不仅在艺术形式上表现了句式多样化、辞意骈偶化、结构小品化的创新,而且在艺术内容上在发扬宫怨赋、纪行赋寓情于景的表现方法基础上,开拓了田园隐居之乐的题材,为汉末魏晋抒情小赋崛兴导夫先路。而从汉代文学思想的发展历程来看,《归田赋》取意道家"就薮泽,处闲旷"(《庄子·刻意》)之田园闲情,向往"谅天道之微昧,追渔父以同嬉,超埃尘以遐逝,与世事乎长辞"的超俗逸趣,倾慕"感老氏之遗诫,将回驾乎蓬庐,弹五弦之妙指,咏周孔之图书。……苟纵心于物外,安知荣辱之所如"的精神陶养,均具有一种新的审美象征。而这种审美象征消融于作者对道德与艺术之构想和自我与忘我之境界中,又无疑映示了廊庙文学向山林文学,儒者布施教化的仁人之心向道家"与物为春"、"与物有宜"的自然之心演变的轨迹。

王国维《文学小言》云:"客观的知识,实与主观的情感成反比例。"倘稍变其意,以群体政教意识与个体自我意识的反差和其特异的交互来说明衍变期文学的思想特征,也是恰当的。

三 自然为本与政教为用

文本与文用的矛盾统一,表明了衍变期文学思想自然与政教

---

① 按:张衡也是摹拟、变革两兼的人物,如《二京》摹拟班固《两都》;《南都》摹拟扬雄《蜀都》;《应问》摹拟东方朔《答客难》;《七辩》摹拟枚乘《七发》等;而《归田》、《髑髅》等作,又多出创意。尤其是《归田赋》,可谓启后世隐逸文学之发展端绪。

的矛盾、交互。

　　文学思想之自然为本,实质上是一个自然审美的问题。若从形而上的天道观看自然审美,先秦道家对"道"本体的追寻是其发端;从形而下的人生观看自然审美,又包含了先秦儒、道两家对人生体悟的共有意趣:从老聃"知雄,守雌"、"涤除玄鉴"到庄周"心斋"、"坐忘"、"物化",从孔丘"智者乐水,仁者乐山。智者动,仁者静"到颜回"物我两忘"、孟轲"养气"、荀卿"虚壹而静"的两条叠合线索之以虚静为表现的自然美系统。在汉代文学思想演变过程中,这两条叠合的线索发生着巨大的离异,自然美内涵中儒道思想的瓦解又引申为自然与政教的体用矛盾。这一点在文学思想衍变期的自然为本(偏于道家)和政教为用(偏于儒家)的对立状态中极为明显。但是,从其时的文学现象均能兼综表现自然、政教两种审美思想而使之交互来看,又是一种打破历史传统的尝试,也可以说是扬雄双重主旨之矛盾的文学思想的进一步交融。而其中文本和文用在以创作为媒介的交互中所呈示的儒道渗透,不仅是衍变期的文学思想一大特征,而且是向魏晋玄学——文学观转化的历史跳板。

　　试以马融《长笛赋》和张衡《思玄赋》为例,对这一时期文学自然为本、政教为用交互之理论现象做一阐释。

　　马融是当时治儒经的学者中"达生任性,不拘儒者之节"(刘珍《东观汉记》卷十二·列传七)的典型。他不仅以通博的修养治经致用,而且还多与"隐遁山谷"之士交往,企慕玄远,①此亦受时代风尚影响,与人生遭际联系的孕育于儒学致用观的一种思想超升。据《后汉书》本传载,马融于安帝时上《广成颂》以讽,意欲炫

---

① 皇甫谧《高士传》卷下载:矫慎"少慕松乔导引之术,隐遁山谷,与南郡太守马融、并州刺史苏章,乡里并时。然二人纯远,不及慎也。"此马融与隐士之可即可离的关系。

才求售;后又因忤邓太后,滞东观,遭禁锢,使其深陷社会政治忧患和个人心理忧患中,而表现出仕隐选择的困惑。他在顺帝永建元年作《长笛赋》,正为此困惑之心绪缠绕而寻求的一种思想超脱。严可均《全后汉文》卷十八载马融《长笛赋序》:

> 融既博览典雅,精核数术,又性好音律,鼓琴吹笛。而为督邮,无留事,独卧郿平阳邬中。有洛客舍逆旅,吹笛,为气出,精列相和。融去京师逾年,暂闻,甚悲而乐之。①

而在赋中,作者通过去国之思和既悲且乐的情绪,表明了寓政教于自然,畅自然于政教的整体观念。如描绘笛声之变化体现思古之感情时云:

> 故论记其义,协比其象,彷徨纵肆,旷瀁敞罔,老、庄之概也;温直擾毅,孔、孟之方也;激朗清厉,随、光之介也;牢剌拂戾,诸、贲之气也;节解句断,管、商之制也;条决缤纷,申、韩之察也;繁缛骆驿,范、蔡之说也;勞桗挑懘,晢、龙之惠也。

这里以笛声变化之众声以逆古贤众学之义理,显示了马融言艺术喻世事的文与政通之深层心态。然而在众说之中,作者又以"老、庄之概"与"孔、孟之方"为思想主构,通过笛声"旷瀁敞罔"的自然之本和"温直擾毅"的致世之用,以表达从"安翔骀荡,从容闿缓,惆怅怨怼"的笛声包裹着的创作心态到"通灵感物,写神喻意,致诚效志,率作兴事,溉盥汙秽,澡雪垢滓"的自然与政教交互的艺术旨归。

与《长笛赋》相比,张衡《思玄赋》在当时尤为一熔"儒"通"道"的艺术整体。关于《思玄》的创作动机,《后汉书·张衡

---

① 《文选》卷十八李善注:"《汉书》:右扶风有郿县。平阳邬,聚邑之名也……《歌录》曰:古相和歌十八曲,气出一,精列二,"可知马融兹赋作于家乡扶风。

传》载：

> （衡）后迁侍中，帝引在帷幄，讽议左右。尝问衡天下所疾恶者，宦官惧其毁己，皆共目之，衡乃诡对而出。阉竖恐终为其患，遂共谗之。衡常思图身之事，以为吉凶倚伏幽微难明，乃作《思玄赋》以宣寄情志。

又《文选》卷十五李善注：

> 顺和二帝之时，国政稍微，专恣内竖。平子欲言政事，又为阉竖所谗蔽，意不得志；欲游六合之外，势既不能，义又不可。但思其玄远之道而赋之，以申其志耳。

从此两则记录，可见张衡《思玄》是针对宦竖擅权，君主蔽暗的现状而发，具有强烈的现实忧患感；然其赋中透过忧患之"玄思"，又于作者之深层情志揭示了这一时代的人生境界和审美境界。如果采用文学批评之结构方法来分析《思玄赋》所展示的人生模式，可以从其赋作整体形态中划分出这样几个层次：一、首标先哲"玄训"，其中包括"伊中情之信修兮，慕古人之贞节"的"不群而介立"之孤高人格和"唯天地之无穷兮，何遭遇之无常；不抑操而苟容兮，譬临河而无航"的人生无常之忧患。二、由此人格和忧患浮生出尘外之思、神游之想，"凭归云而遐逝"以达致"神化而蝉蜕"的"精粹""脱俗"之境，一切明暗、吉凶、是非、荣辱，皆纷沦于九天尘埃。三、经过天外逸游而进入"载太华之玉女兮，召洛浦之宓妃"的神话境界，在同众仙侣"咏诗而清歌"的"雎鸠相和，处子怀春"的吟讴声中，又使神游之"精魄回移"，落入理想化的既虚且实的恬静幽雅之童话般世界。四、"回移"的"精魄"在"廓荡荡其无涯"、"乘飙忽兮驰虚无"的漫游中带着浑茫的神氛、灵气和强烈的返归意念，休止于"文章焕以粲烂兮，美纷纭以从风；御六艺之珍驾兮，游道德之平林；……墨无为以凝志兮，与仁义乎消摇；不出户而知天下兮,何必历远以劬劳"的当下"仙境"。综此四层次的递进演化,我们看到《思玄》发轫于玄本而旨归于致用的思想。然而,在整个演化历程的游返渟蓄之中,我们又可以看到作者处于群体意识与个体意识、喜剧意识与悲剧意识、现实意识与虚幻意识之间的矛盾而复杂的人生观。更以审美视角,《思玄赋》在艺术人生的勾画过程中,审美判断和审美趣味始终徘徊于儒、道之间,形成既重仁义道德,维护礼教之情志思想,又重直观精神、心通天地之物我同化境界的矛盾;既重致用、理知、现实之趣味,又重虚无、任性、幻想之趣味的冲突。正是这种矛盾、冲突决定了张衡文学思想没有超脱以自然为本,以政教为用的时代审美共识。而于此审美共识中,《思玄》之"游道德之平林"、"与仁义乎消摇"的老庄精神与孔颜乐处的合璧之美,又形成了儒道艺术思想深蕴的交互。

从发展的眼光看,衍变期文学思想之政教为用所包含的具体内容不可避免地被历史抛弃,而自然为本的审美趣味却经此演渡,将进入新的艺术畛域。

四　玄儒文风和艺术主体

儒、道绌补形成了玄儒思想,玄儒思想又形成了玄儒文风。

从时代的发展看,玄儒思想肇端于扬雄,发展于王充,基本形成于张衡,而以张衡为代表的文学衍变期的文士创作审美所具有的多元化倾向,[1]又充分表现了玄儒思想对文学的渗透力。从玄儒文风的基本特征看,关键是从儒经思潮中脱颖而出的高蹈情怀和玄远意识,这种情怀与意识在一定程度上显示了人对儒教防限的突破和儒节对人拘约的松解,从而直接影响到文学的真情表现

---

[1] 今人何沛雄《读赋零拾》云:"张衡艳发,文以情变,绝唱难踪。《两京》宏富,《归田》标举,《思玄》飘渺,《髑髅》伤情。虑周而藻密,才高于世者也。"此说综述前贤之论,可资参考。

和人格塑造。因此,在玄儒文风中,文学创作思想也就出现了游离于儒经政教的艺术鉴赏为主体的审美趋向。

玄儒文风下的个性情感是通过文学创作表现出来的。这种情感主要表现于两点:一是人格高蹈之逸情,这在前面已颇多论述;二是描写美女之艳情,如张衡《定情赋》所述"夫何妖女之淑丽,光华艳而秀容,断当时而呈美,冠朋匹而无双",成为蔡邕《检逸赋》、陶渊明《闲情赋》之丽情刻画的蓝本。虽然这两种情感有较大的距离,但从文学思想发展的历史转变意义来看,又同呈内旋趋向:由京殿游猎的外部世界的描写转向心性情感的抒发,由以帝王为目的转向以个体胸襟为旨归;其实现个性情感是一致的。①

个性情感催进艺术主体的自觉,是玄儒文风下文学创作的潜在企向。这时的文学创作继承汉大赋文学内含之艺术美的特色,进而与个性情感结合,达到一种为人生而艺术的境界。这种为人生而艺术的境界,就历史观而言,又是孔子寄情山水,庄子自然审美的一种统摄复现,构成了艺术审美的意境。如张衡文以情变的《归田》、《髑髅》,一抒田园自适之情,表现出不拘世俗的审美愉悦;一寄逍遥玄远之思,展示出合体自然的艺术情致。与此相适应,崔瑗《草书势》②文不附会政治教化思想,而是以草书自身艺术为标的,重视其"俯仰有仪,方不中矩,圆不副规"的艺术形象,赞美其"志在飞移,狡兽暴骇,将奔未驰"、"蓄怒怫郁,放逸生奇"的艺术神采,以展示出"纤微要妙,临事从宜"的符合自然的艺术审美。这种对书法艺术自身美的观照所呈示的艺术个性,开启了汉

---

① 沈约《宋书·谢灵运传论》云:"若夫平子艳发,文以情变,绝唱高踪,久无嗣响。至于建安,曹氏基命,三祖陈王,咸蓄盛藻,甫乃以情纬文,以文被质。"极端重视张衡之"文情"对汉魏文学递变的艺术作用。

② 文章见《晋书·卫恒传》引;又见《初学纪》二十二引两则。

末蔡邕以及魏晋以后的书法理论。此亦玄儒文风下艺术主体觉醒的前奏。

也正因为衍变期文艺审美主体的自觉仅是玄儒文风中的一种企向，故仍处于历史政教意识沉压下的模糊状态。概述其因，略有三端：

其一，天人感应思想残存的作用。汉代文学的觉醒是从对儒经神学体系之天人感应思想禁锢的突破起步，然而在极力反对图谶之学的张衡头脑中，仍残留着天人感应的思维方式。如其于阳嘉二年《京师地震对策》开篇即谓"臣闻政善则休祥降，政恶则咎征见"，表现出对天意的依附。马融阳嘉二年《举敦朴对策》、李固《对策后复对》，又都是以"王道得则阴阳和穆，政化乖则崩震为灾"为理论依据，探讨现实问题。这与他们文学思想中对个性人格的弘扬形成的巨大反差，无疑阻碍了艺术主体的独立。

其二，中和为美思想的作用。文学的觉醒必须以自我突破政教之中和美，可是这一时期能够于创作中崭露艺术主体精神的作家，却基本上仍沉浸于中和美理想。如李尤的《文履铭》、马融的《广成颂》，是强调中和为美的典型。即如张衡较有特色的作品《七辩》，虽有奇思妙语，其旨归还在"穆如清风"的和美。再拿性格孤怪的边韶来说，他作《老子铭》固有脱俗玄化的妙想，可是其为《河激颂》，又全然一派雅正和美之音。赵岐论《孟》，以为孟子其人"有风人之托物，二雅之正言，可谓直而不倨，曲而不屈"（《孟子题辞》），孟子其文"佐明六艺之文义，崇宣先圣之指务，王制拂邪之隐括，立德立言之程式"（《孟子篇叙》），掩饰了孟子其人其文处衰世的一腔激愤之情，亦消解了文学的独立意识。

其三，礼教思想束缚的作用。在这一时期，无论文学作品表现出如何强烈的情绪,在思想上总是曲终奏雅,以适度于"礼"。如张衡《同声歌》颇有缱绻之情,《四愁诗》发抒郁抑之志,然一"丽而不淫",一"远摹正则"(张溥《汉魏六朝百三家集·张河间集题辞》)。许学夷《诗源辩体》卷三论张衡《四愁诗》"兼本《风》《骚》,而其体浑沦,其语隐约,有天成之妙,当为七言之祖",可谓兼括内容、形式、影响而言,尤重其"风人之致"。而张衡的《定情》之赋,虽"淑丽"、"华艳"、"秋草"、"美人",思虑远荡,却归"闲邪"、"正则",并且成为后世效仿的典范。①

第二节　王逸与汉代楚辞学

王逸是东汉中期文学思想家,《后汉书·文苑传》对其生平著述有简略记载:

> 王逸字叔师,南郡宜城人也。元初中,举上计吏,为校书郎。顺帝时,为侍中。著《楚辞章句》行于世。其赋、诔、书、论及杂文凡二十一篇。又作《汉诗》百二十三篇。

概观王逸的文学创作与理论,皆围绕《楚辞章句》表现之思想核心,与楚辞结下不解缘。② 对此楚骚情结,昔人多从文学传承观之,如张溥历数汉代贾谊、刘安、淮南小山、东方朔、严忌、王褒、刘向仿骚之制及"东京班固、贾逵各作《离骚章句》","至王逸复作十六篇章句,又续为《九思》,取班固之序附之,为十七篇"(《汉魏六朝百三家集·王叔师集题辞》)。而刘师培《南北文学不同论》却

---

① 陶潜《闲情赋序》云:"初张衡作《定情赋》,蔡邕作《检逸赋》。……始则荡以思虑,而终归闲正。将以抑流宕之邪心,谅有助于讽谏。……余园闾多暇,复染翰为之。虽文妙不足,庶不谬作者之意乎!"
② 《楚辞章句》是王逸根据刘向所编十六卷《楚辞》本,加上自作《九思》一卷而成(共十七卷),是现存《楚辞》注本中最早的一部。

发挥《九思序》"逸与屈原同土共国,悼伤之情与凡有异"语,①言其地域特色云:"盖东汉文人,咸生北土,且当此之时,士崇儒术,纵横之学,屏绝不观,《骚经》之文,治者亦鲜。故所作之文,偏于记事析理,而骋辞抒情之作,嗣响无人。唯王逸之文,取法《骚经》。"言东汉初"士崇儒术"、疏于楚骚,尚颇合时风;然谓北地文人不治楚骚,则东汉初班固、贾逵述骚何以有成?再谓唯王逸取法《骚经》,其时张衡等作家之抒情辞赋又何多楚骚缠绵悱恻之意?因此,如果绾合纵横两种取向,方可见王逸楚辞研究之成,又揭示了东汉中期楚风复炽与文学思潮衍变的逻辑联系。

一 汉代楚辞学大势鸟瞰

汉人之于楚辞文学,有两个系统,一是创作系统,二是理论系统。创作系统自汉初拟骚诗到通贯一代屡出未穷之骚体赋,虽多流于形式上的摹仿盗袭而不胜餍饫,但其嗣响楚情却亦颇多艺术思想建树。与创作不可断割的理论系统,尤以屈原及其《离骚》为研究核心,而形成我国楚辞学之初阶。② 关于汉代楚辞学大势,刘勰《文心雕龙·辨骚》简述云:

> 昔汉武爱骚,而淮南作传,以为国风好色而不淫,小雅怨

---

① 按:此语或以为王逸自注语,或以为其子王延寿为之。洪兴祖《九思补注》谓"逸不应自为注解,恐其子延寿之徒为之尔"。《四库全书总目提要》谓"未可遽疑为延寿作也"。又李详《媿生丛录》持逸自注说,俞樾《俞楼杂纂》又疑而辨之。
② 楚辞别为一学,自汉人辞赋创作分"二体"肇端,到刘勰《文心雕龙》在理论上专设《辨骚》篇而定型。清人吴景旭《历代诗话》卷七"评骚"论前人称"骚"为"经"云:"以余论之,此正所谓扬之过实,抑之损真者矣。经之后,赋之先,天地间忽出此一种文字,自是别具一体,以骚命之可也。"其实,称"骚"为"经"虽始于汉人,然纯属当时以诗教论骚之原因,其以"骚"别为一文体,还是明确的。

312

诽而不乱。若离骚者,可谓兼之……班固以为露才扬己,忿怼沉江;羿浇二姚,与左氏不合;昆仑玄圃,非经义所载;然其文辞丽雅,为词赋之宗,虽非明哲,可谓妙才。王逸以为诗人提耳,屈原婉顺,离骚之文,依经立义:驷虬乘鹥,则时乘六龙;昆仑流沙,则禹贡敷土。名儒辞赋,莫不拟其仪表。所谓金相玉质,百世无匹者也。

据此大要,汉代楚辞研究经历了三个演变发展阶段。

自贾谊"过湘水,投书以吊屈原"(《史记·屈原贾生列传》),抒发"遭世罔极"之心声,屈原的形象人格即崇立汉人脑海。[①] 这种通过屈原之历史形象反映的被摧残而又敢于抗争的人格美,经刘安《离骚传》的弘扬,到司马迁为其立传,构成汉初楚辞学以人格美为主的特征。刘安推屈原之志可"与日月争光",司马迁谓《离骚》"文约"、"词微"、"志洁"、"行廉","其称文小而其指极大,举类迩而见义远",皆推崇其人格,而宣达其文章。尤其是司马迁所云"屈平之作《离骚》,盖自怨生"的一个"怨"字,既沟通了评论家与创作者的心灵,又标示出浑噩之世的独立的人格力量。这种倾向直到汉宣之世仍为文士评屈思想主流。桓宽《盐铁论》载御史和文学论辨:"大夫曰:淑好之人,戚施之所妬也;贤知之士,阘茸之所恶也。是以上官大夫短屈原于顷襄"(《非鞅》),"文学曰:夫屈原之沉渊,遭子椒之谮也"(《讼贤》)即此取向。当然,这一阶段文人评屈亦因各自的遭遇、修养、气质相异而显出不同趣味,如贾谊寄托"不遇"的情致,刘安兼抒道家"浮游尘埃"的玄想,司马迁更重因"穷"而"怨"的嫉世精神;然其共同对"方正倒植(置)"之社会的愤怒,对"蝉蜕浊秽"之人格的颂扬,却作为思想主题起

[①] 《文心雕龙·哀吊》:"自贾谊浮湘,发愤吊屈,体同而事核,辞清而理哀,盖首出之作也。"

着震撼千古的心灵伟力。

从心灵感受向理性批评的转化,是汉代楚辞研究的第二阶段。这一阶段的主要理论现象是扬雄、班固论屈。① 扬、班论屈,有同有异;概述其同,约有两点:一是继承汉初吊屈心态,从对浊世的厌恶,对屈原遭际的同情表现出对屈原人格美的肯定。如扬雄《反骚》"隐病幽愤","言虽反而实痛";②班固因"灵均纳忠,终于沉身",而赞"屈子之篇,万世归善"(《奏记东平王苍》)。二是持理性批评的态度。这是扬、班与前此诸家评屈之不同处。质言之,扬、班评屈,多参以当世文化哲学和文学批评思想。如扬雄处于自身文化哲学之忧患意识对屈原的敬仰、同情、肯定和怀疑、惋惜、责怪,以自身兼综儒道之双重主旨的文学思想对屈原其人其文的评价和由此升进于"玄静"的艺术境界,班固持正统政治文化观批评屈原之人"非明智之器",持文学发展观评屈原之文"可谓妙才",都是这种当世理性精神的反映。因此精神的体现,扬、班评屈又显出两大迥殊:第一,扬雄立足西汉末年的衰危之世,以其忧患心绪评价屈原,故其读《离骚》而"悲其文","未尝不流涕"(《汉书·扬雄传》),表示对屈原行为的深深赞美。而又谓"屈子慕清,葬鱼腹兮","我异于此,执太玄兮"(《太玄赋》),表现对屈原之行为所导致的结果产生怀疑。由此心理矛盾上升到理论矛盾,正应合扬雄文化思想和文学批评始终存在的双重主旋律的矛盾交互。然探其思想之本质,还是崇屈心态的理性化。与之不同。班固是以东汉初年儒士文化下的正统尊汉观为评屈基点,故对人与文的要求是

---

① 稍前于扬雄的刘向编辑《楚辞》,开启了有关楚辞的编注之学;与班固同时的贾逵,亦撰《离骚经章句》,然均失传。
② 方苞《书朱注楚辞后》语。又,晁补之《鸡肋集》卷三十六《变离骚序上》云:"扬雄为反离骚,反与变果异乎? 曰:'反离骚非反也,合也。'盖原死,知原唯雄。雄怪原文过相如至不容而死,悲其文未尝不流涕也。……则是离骚之义待反离骚而益明。"殊为知言。

现实的、群体的、经典的,这也是他心中现实的思想观念与历史的屈原个性(倨傲、狂狷)发生巨大错位的根本原因。因此,他从现实之生存观出发批评屈原不能"全命避害,不受世患",从群体的文化观出发斥责屈原"露才扬己",从征实的和符合经典的文艺观出发抑弃屈文中"虚无之语","非法度之正"。这与扬雄吊屈之深心、评屈之理论悬隔甚远。第二,扬雄评屈先崇其人,如《法言·吾子》:"或问:屈原智乎?曰:如玉如莹,爰变丹青,如其智,如其智。"①而论其文甚少,且有亵词,如"或问:屈原、相如之赋孰愈?曰:原也过以浮,如也过以虚。过浮者蹈云天,过虚者华无根。"②在这一点上显出以重人为主的倾向。反之,班固在激烈批评屈原为人的情况下,却盛赞其文"弘博丽雅,为辞赋宗"。虽然,班固对屈子的评价仍不脱离儒教正统文学观,但其通过扬举屈文显示的重文倾向,亦有东汉文学地位渐隆之时代原因。

而解决扬、班评屈之重人与重文矛盾的任务,又历史地提交到汉代楚辞学第三阶段(集成期)的楚辞研究家王逸面前。

二 王逸的楚辞评论

王逸楚辞评论之崛起,意味着汉代楚辞学的理论完成。然从最切实的意义来看,王逸楚辞评论又是班固评屈的驳论,他的楚辞研究的思想、审美价值,正由此反思过程展示。

王逸针对班固贬低屈原"露才扬己"说再度扬举屈原人格之美,是其研究之第一特征。《楚辞章句叙》指出:

> 今若屈原,膺忠贞之质,体清洁之性,直若砥矢,言若丹青,进不隐其谋,退不顾其命,此诚绝世之行,俊彦之英也。而

---

① 汪荣宝《法言疏证》谓:"爰当作奚,形近之误。"按:奚变丹青,即渝久不变意。
② 《文选》卷五〇《宋书·谢灵运传论》李善注引《法言》佚文。

> 班固谓之露才扬己,竞于群小之中,怨恨怀王,讥刺椒兰,苟欲求进,强非其人,不见容纳,忿恚自沉,是亏其高明,而损其清洁者也。昔伯夷叔齐让国守志,不食周粟,遂饿而死,岂可复谓有求于世而恨怨哉?且诗人怨主刺上曰:"呜呼小子,未知臧否。匪面命之,言提其耳。"风谏之语,于斯为切。然仲尼论之,以为大雅。引此比彼,屈原之词,优游婉顺,宁以其君不智之故,欲提携其耳乎?而论者以为露才扬己,怨刺其上,强非其人,殆失厥中矣。

这里以古之贤哲与诗之大义烘托屈原的人格、文品,反驳同出于诗教观而歪曲理解屈原"忠贞之质"、"清洁之性"的班固,既明其历史审美力量,又显其现实审美精神。在对屈原人格美的基本认识上,王逸一方面继承了刘安、司马迁等人的评屈心态,一方面又发扬了扬雄、班固评屈的理性精神,使其对屈原人格美的认知付诸系统的理论阐释。

王逸楚辞研究的第二个思想特征就是将屈原其人其行与历史、社会、政治结合起来,以倡导志士之行来反对班固"全命避害"的生命意识。《楚辞章句叙》又云:

> 人臣之义,以忠正为高,以伏节为贤。故有危言以存国,杀身以成仁。是以伍子胥不恨于浮江,比干不悔于剖心,然后忠立而行成,荣显而名称。若夫怀道以迷国,伴愚而不言,颠则不能扶,危则不能安,婉娩以顺上,逡巡以避患,虽保黄耇,终寿百年,盖志士之所耻,愚夫之所贱也。

对"忠正"、"伏节"、"成仁"之士的讴歌,对"婉娩以顺上,逡巡以避患"之徒的贬斥,是王逸由赞美屈原之生命意识到爱慕其文章真美的思想根据。他指出:"屈原执履忠贞而被谗邪,忧心烦乱,不知所愬,乃作《离骚经》。"(《离骚经序》)又谓:"屈原放于江南之野,思君念国,忧以罔极,故复作《九章》。"(《九章序》)皆明其文章有所为而作。屈原这种与浊世抗争的精神和王逸对其抗争精神的理论高扬,又说明了王逸立足于东汉王朝溃散边缘对东汉初年以班固为典型代表的颂汉德之人文思想的反思,其中寄寓着历史文化的深蕴。

班固批评屈原文章"多称昆仑冥婚宓妃虚无之语,皆非法度之正,经义所载"(《离骚序》),是出于儒家正统文学观依托经义思想的;而王逸在这方面对班固的反批评,亦恰以依托经义之文学观扬举屈文。这是王逸楚辞评论的第三个思想特征。在这一点上,王逸思想有局限,亦有深意。就局限而言,王逸楚辞评论不仅依托经义,而且"依诗取兴",致视一篇悱恻感人,情采披纷的《离骚》为义兼《诗》《书》的经本,此在貌似抬高屈原地位的同时,实质上降低了屈文的审美价值。[①] 就其深意而言,王逸提出"夫《离骚》之文,依托五经以立义焉","屈原履忠被谮,忧悲愁思,独依诗人之义,而作《离骚》,上以讽谏,下以自慰",是为反驳班固,以维护屈原在文学史上的崇高地位。这种与班固思想的争锋,又不限于历史之是非,更为重要的是显露了两人文学思想之相异:其一,王逸强调屈原文学依托经义,是赞扬其如经义之正视社会,直面人生的讽谏意识,重点在"刺";班固认为屈原不能依托经义,是贬抑其桀骜不驯,超群离俗,不符合经义之温柔敦厚,其对经义的理解又暗合于他对当世的歌颂,重点在"美"。而此"美""刺"之异,既表现了中兴期与衍变期文风的差异,又说明了王逸对经义的理解是褪去盛世虚象而更接近于风、雅之本义的。其二,王逸赞誉屈文同于《诗》之"讽谏",并不主张解释为一味的"刺"或"怨",而是如他在

[①] 《四库全书总目提要》:"洪兴祖考异,于《离骚经》下注曰:'《释文》第一无"经"字。……则逸所注本,确有'经'字,与《释文》本不同。"

《楚辞章句叙》中所说的"屈原之词,优游婉顺",在《离骚序》强调的"其辞温而雅",这不仅弱化了《离骚》的激愤之思,而且充分揭示了王逸同样囿于儒家诗教观对屈文的理解。此视《离骚》为优婉之讽的理论,一方面是欲从与班固思想同一出发点抽去其抑屈理论根基,一方面又渊承了《毛诗序》"主文而谲谏"思想,以"依诗取兴"观为楚骚浪漫艺术表现手法腾出既符合经义、又表达情感的空间。

从审美的角度肯定、颂扬屈原创作之"文采",是王逸楚辞研究的又一重要部分。首先,从屈原"金相玉质"之人格引申出钦慕屈原文学具有鲜明个性之强烈的抒情性,是王逸楚辞审美的主导意向。王逸追述屈原在当时"楚人高其行人,玮其文采"(《楚辞章句叙》),并将"行义"与"文采"合成屈原创作之有机整体。他在《远游序》中剖析屈原之"行义"与"文采"结合而焕发其情感之光辉道:

> 屈原履方直之行,不容于世。上为谗佞所谮毁,下为俗人所困极。章皇山泽,无所告诉,乃深惟元一,修执恬漠;思欲济世,则意中愤然,文采秀发;遂叙渺思,托配仙人,与俱游戏,周历天地,无所不到。然犹怀念楚国,思慕旧故,忠信之笃,仁义之厚也。是以君子珍重其志而玮其辞焉。

从"仁义之厚"观其由"方直之行"、"意中愤然"而"文采秀发",正是屈原创作之个性情感骚动喷薄的过程;这在东汉政教严切状态下引起了王逸的深心感喟,又显示了其审美观与刘安之"愤中形外"、司马迁之"发愤著书"情感理论的渊承。其次,王逸对屈原"文采"的艳羡并不意味着放弃他的依经立义思想,如其试图将"经义"与"文采"统摄于他对屈原《离骚》的赞美即为一例。《离骚经序》云:

> 《离骚》之文,依诗取兴,引类譬喻。故善鸟香草,以配忠贞;恶禽臭物,以比谗佞;灵修美人,以媲于君;宓妃佚女,以譬贤臣;虬龙鸾凤,以托君子;飘风云霓,以为小人。其词温而雅,其义皎而朗。凡百君子,莫不慕其清高,嘉其文采,哀其不遇,而愍其志焉。

这段评论一方面注重屈原运用大量的比兴、象征的浪漫手法抒发情志,一方面又将屈骚之比、兴纳入汉儒解《诗》体系。虽然,王逸这种牵合"经义"与"艺术"的楚辞评论对后世起了附会窒碍的不良影响,也受到了来自不同侧面的批评。[①] 但他从屈骚"优游婉顺"之"风谏"而对其比兴瑰奇、象征虚妙的楚辞美学传统的体认,却具有不可忽略的文艺理论价值。

由此可见,王逸的评论从思想上驳正班固到艺术上肯定屈原,已构成他的楚辞研究之大致轮廓;将王逸楚辞研究置于汉代楚辞学范畴加以认识,其贡献又可归纳为以下三个方面:

一是完成了汉代楚辞学"依经立义"的思想系统。在汉代楚辞研究初期,文士对楚辞的评论多表现于切身的感受和心灵的传递,没有构成理论批评形态,然在贾谊、刘安、司马迁对屈原所寄寓之深切同情和理解中,亦显出与汉初《诗》之美刺相通的批评思想。这种思想到扬雄立足于当世忧患"依经立义"予屈骚以颂美,

---

① 刘勰在《文心雕龙·辨骚》中从文学创作的特点出发,指出屈骚有"典诰之体"、"规讽之旨"、"比兴之义"、"忠怨之辞"、"观兹四事,同于风雅者也";又有"诡异之辞"、"谲怪之谈"、"狷狭之志"、"荒淫之意":"摘此四事,异乎经典者也"。由此,他批评王逸等汉代楚辞学家"褒贬任声,抑扬过实,可谓鉴而弗精,玩而未核者",而提出屈原"虽取熔经义,亦自铸伟词"的观点,其立论显然在较高的艺术层次上。与之不同,尚有从对屈骚浪漫手法的怀疑而批评王逸"依诗取兴"的观点。如明赵南星《离骚经订注·自序》驳王逸解骚云:"以为屈子欲得贤智,与之事君。夫人臣面令媒妁求母后,以比于共事君者,岂不悖哉!"其说对王逸艺术深心毫无所察。

班固立足于当世升平"依经立义"予屈骚以贬抑的同构矛盾现象得以强化。王逸又是站在相对的历史高度,观前人品评之得失,将屈子之"怨情"与"经义"结合起来,从理论上创建了完整的"依经立义"的楚辞评论系统。这一思想特征不仅在当世有巨大的统摄作用,而且对整个封建时代的楚辞研究灌注了主体精神。即如曾批评王逸、洪兴祖论屈"未尝沉潜反复,嗟叹咏歌,以寻其文词指意之所出"的朱熹,其对屈原文学的基本评价仍是"其志行虽或过于中庸而不可以为法,然皆出于忠君爱国之诚心"和"增夫三纲五典之重"(《楚辞集注》)的"依经立义"思想。

二是楚辞美学传统与儒经思想在艺术上的积极结合。从复兴楚骚审美意识来说,王逸纠正了班固依经贬骚的谬误;从建立"依诗取兴"理论思想来说,他又超越了刘安、司马迁等人依情述骚的局限。而在二者结合的层次上,王逸极为重视楚辞研究的现实意义,这在他对《离骚》的思想精神和艺术风格的分析中已窥阃奥。[1]同时,他也不是为迎合现实危言耸听,而是同样珍视历史审美的理论探考。如其在《九歌序》、《天问序》中对屈原作品的浪漫色彩与楚地民间乐舞、绘画等艺术之关系的论证,[2]均表现出他的理论修养和认知态度。还值得一提的是,汉代神仙思想对文学的渗透,儒经中天人思想对文学的牢笼,形成了泛滥一时的虚妄审美思潮,而楚骚浪漫审美在这种文化氛围下往往成为文学脱离现实的催化剂。由此反观王逸楚骚审美与儒经大义的结合,可见他所谓的经

---

[1] 清人朱冀《楚辞辩·凡例》云:"楚辞中最难读者莫如《离骚》一篇,大夫毕生忠孝,全副精神,俱萃于此。"研究王逸的楚辞学,亦当以《离骚经序》为重镇。
[2] 《九歌序》云:"昔楚国南郢之邑,沅、湘之间,其俗信鬼而好祀。其祠必作歌乐鼓舞以乐诸神。屈原放逐,窜伏其域,怀忧苦毒,愁思怫郁,出见俗人祭祀之礼,歌舞之乐,其词鄙陋,因为作《九歌》之曲。"《天问序》云:屈原"见楚有先王之庙及公卿祠堂,图画天地山川神灵,琦玮僪佹,及古贤圣怪物行事,周流疲倦,休息其下,仰见图画,因书其壁,呵而问之,以渫愤懑、舒泻愁思。"

义是征实的讽谏思想，其汲取的楚骚审美不是诡谲虚妄的怪诞之美，而是内含着深层的人格美和现实美的艺术精神。所以，王逸又是以真情与理性的优势屹立于汉代楚辞学之巅顶。①

三是从研究的理论结构来看，王逸也是汉代楚辞学的集成者。如果说汉初楚辞研究还处于一种单纯的情感与灵感的阶段，到中期又以理性批评改变了单纯的心灵体悟，则王逸复兴楚骚审美与强化理性精神，又是对上述两阶段理论思想和方法的汲取、扬弃、集成。换言之，王逸楚辞研究是以现实理性弥补心灵体悟存在时代隔膜的缺憾，②又以心灵体悟矫正现实理性对历史审美的歪曲，并在此回环互补中建立其文学思想体系。

三　楚风复炽的时代意义

楚文化与汉代文学思想的关系极为深远而复杂。汉初兴隆的楚声随着汉文化的演进，至西汉中期文体、文风、文思的蜕变而衍解后，其创作情感、意态在汉文化中的影响、作用始终处于一种矛盾的状态。一方面，一种文化形态的衍解并不意味内在精神的寂灭，就楚文化而言，它也在汉代文学思想内因创作的传习而延其余脉，因理论的研究而不断转换。而另一方面，以儒经思潮为主体的汉代文化在汲取楚文化之内在精神时，却对代表楚文化的楚辞文学的主要艺术特征有着较大的排拒力，要言之，楚辞艺术中鲜明的政治抗争倾向、强烈的个性情感、瑰奇的浪漫想象，均为温厚和实的文学观所难容，这也就造成了楚文化精神在漫长岁月中的相对

---

① 按：虽然王逸以楚辞统合经义的牵强附会理论已受到刘勰等后世文学批评家的反拨，但在汉代，王逸的思想与方法，不仅是合理的，也是比较高明的。

② 司马迁被人称为屈原的知音，但他也不可弥合作者与研究者之间的时空距离。因此，蒋之翘曾谓："若夫原情阐旨，则太史公犹未相知也"（《七十二家评楚辞》），是不无道理的。

沉寂。正缘于此,楚辞文学及其理论思潮在王逸文学思想中的复兴,不啻是对沉寂的儒经文化的一声清新叩击。从广泛的意义来看,这一表征又是衍变期文学思想的时代印记。

首先,从文学反映现实观之,楚骚艺术的变风变雅之历史审美特征揭示了楚风复兴时期之现实审美特征的变革意义。刘勰《文心雕龙·辨骚》开宗明义即谓:"自风雅寝声,莫或抽绪,奇文郁起,其离骚哉!"这里意在说明文章代变,①但却已暗寓楚骚之于《诗》之"风""雅"为变的历史意识。有关《诗》之变风变雅,《毛诗序》已有明白的阐解:"至于王道衰,礼义废,政教失,国异政,家殊俗,而变风变雅作矣。"从这层历史意义上考虑,楚骚又是继变风变雅之绪,显出更为强烈的衰世意识的。正是这种衰世意识,使屈原《离骚》等创作充满激切愤情。而此忧患心态下的特异审美,又与儒士文化下的文学中兴思想扞格不入;因此,至中兴思想衰颓的文学衍变期,王逸对屈文"忧悲愁思"、"不胜愤懑","直若砥矢,言若丹青"倍加赞叹,且"慕其清高,嘉其文采,哀其不遇,而愍其志",恰恰反映了当时的文人心态和情绪。这在马融《琴赋》的失志之悲,张衡《四愁诗》仿屈骚之美人香草,尤其是王逸《九思》之"逢尤"、"怨上"、"疾世"、"悯上"、"遭厄"、"悼乱"、"伤时"、"哀岁"、"守志"的九曲回肠间可窥其意。洪兴祖《楚辞补注》云:"忠臣之用心,自尽其爱君之诚耳。死生毁誉,所不顾也。故比干以谏见戮,屈原以放自沉。"一语道破屈原处衰世的忠贞决绝之心。移此评述东汉中期文人对楚骚的偏嗜之情,同样可以揭示楚风复炽现象内的一种深沉的政治文化因素。

其二,从文学艺术境界与学术思想境界交通的审美层次观之,

---

① 顾炎武《日知录》二十一"诗体代降"条云:"三百篇之不能不降而《楚辞》,《楚辞》之不能不降而汉魏,势也者。"

儒道绌补思潮中道家艺术精神的复兴和楚骚艺术情感的复炽有着同构联系；可以说，庄、骚浪漫思潮中瑰奇而玄远的审美趣味，正是这一时期文学思想突破儒士文化的一个重要现象。历史上庄子、屈原思想之异同比较，论辩甚多，概述其要，在对待政治和人生的态度上，庄子偏于虚幻、怀疑，泯合是非，屈原则偏于现实、执著，明判是非，①这是其相异之处的主要特征。而从文艺思想的发生意义考虑，二者均表现出衰世意识，在文艺思想的审美意义上，二者皆以浪漫瑰奇的艺术手法宣泄其深心的哀乐至情，②此又为重要的相同之处。《四库全书总目提要》卷一三四评清初钱澄之《庄屈合诂》云："盖澄之于明末造，发愤著书，以《离骚》寓其幽忧，而以《庄子》寓其解脱，不欲明言，托于翼经焉耳。"此一寓幽忧，一寓解脱，既说明了庄、骚趣异而情通，又揭橥庄、骚审美意识在社会"末造"对文化衍变和文人心态之影响的共同作用。由此观照东汉经学昌盛时期班固诸家以楚骚悖经之谬，正是历史上儒经正统思想批评庄文诡于大道，屈文小疵风雅的反映；反之，王逸对楚骚艺术绚丽多姿之形象，浪漫神奇之手法，恢宏邈远之意境的肯定，又深契了文学思想的内在变革心理。同此，张衡创作《归田赋》、《髑髅赋》，其于儒道交融的审美心态和与道逍遥的审美境界中，那种内含的现实意义和所表现的炽热情感、浪漫想象、执著追求，使我们又不能否认楚骚美学的历史积淀意义和衍变催发作用。③ 尽管当

---

① 按：明末黄汝亨曾分辨庄、屈之文云："庄子游世之外，故清浊一流，醉醒同状，寄幻于寰中，标旨于象先。而屈子以其独清醒之意，沈世之内，殷忧君上，愤懑溷浊，六合之大，万类之广，耳目之所览睹，上极苍苍，下极林林。摧心裂肠，无之非是，譬之深秋永夜，凄风苦雨，郁结于气，和畅于声，皆化工焉。"
② 明人陈继儒《文奇豹斑》云："古今文章无首尾，独庄、骚两家。盖屈原、庄周皆哀乐过人者也。哀者比于阴，故《离骚》孤沉而深往；乐者比于阳，故《南华》奔放而飘飞，哀乐之极，笑啼无端；笑啼之极，言语无端。"可谓深切之论。
③ 明人何孟春《余冬诗话》云："庄之文，以玄而奇；屈原之文，以幽而奇。"庄、屈共一"奇"字，实蕴文学艺术精神之"变"。

时文人创作造境对庄骚艺术精神的汲取或处于不自觉的状态,然而"就屈子文学之形式言之,则所负于南方学派者抑又不少,彼之丰富之想象力,实与庄列为近"(王国维《静庵文集续编·屈子文学之精神》)的历史意义,"文如云龙雾豹,出没隐见,变化无方,此《庄》、《骚》、太史所同"(刘熙载《艺概·文概》)的审美意义,特别是刘勰论"文之枢纽"中"变乎骚"(《文心雕龙·序志》)的时代意义,又充分显示了衍变期文学思想融通庄、骚的文化精神。

其三,从衍变期文学思想重视楚骚之个性情感观之,这意味着沉沦于经学思潮的审美个性、创作情感的复苏。刘熙载《艺概·文概》云:"屈子之文,取诸六气,故有晦明变化,风雨迷离之意",乃言其形上之意境;而刘禹锡曾于《寄李翱书》中谓"骚人之文,发愤之文也,雅多自贤,颇有狂态",又从最贴切的人生意义探其旨趣。正是楚骚文学之狂放的情感和自贤的个性,不仅在汉代正统文学观念中难以存身,即使在后世文学艺术独立性已成熟期,仍受到不少文学批评家的责难。如颜之推《颜氏家训·文章》篇诋斥屈原陷于"轻薄",白居易《与元九书》评屈文"于时六义始缺矣"。可见,王逸在当时采取"依经立义"、"依诗取兴"的思想方法评价楚辞,不仅可以理解,而且具有文学观之进化意义。在王逸依经评骚的艺术机制中,一种变世心态和个性情愫正在萌蘖。王世贞《艺苑卮言》卷一曾论及汉代文学中骚体与大赋之不同时云:"拟《骚》赋,勿令不读书人便竟。《骚》览之,须令人裴回循咀,且感且疑;再反之,沉吟歔欷;又三复之,涕泪俱下,情事欲绝。赋览之,初如张乐洞庭,褰帷锦官,耳目摇眩;已徐阅之,如文锦千尺,丝理秩然;歌乱甫毕,肃然敛容;掩卷之余,彷徨追赏。"由此"骚"与"赋"艺术特征之异,我们可以通过历史线索看到西汉盛期汉大赋变骚自立,东汉中期骚体复兴之内在的艺术变换规律;而着眼于骚体复兴这一文艺史实,其最本质的特征又是楚骚之个性、情感的扬举。

第三节　政治、宗教对文学思想的影响

在政治教化意识极为浓厚，儒学与神学携手联袂的汉代，文学与政治、宗教的关系具有普遍意义；而到了东汉中期以后，政治势力趋向集团化，政治集团间的争锋异常激烈时，宗教思想经长期潜兴默移至此形成有教义的宗教文化形态时，这种关系则尤为明显。

一　政治集团与文学

汉代政治发展至东汉和帝时，最突出的问题就是阉宦骋势，外戚专宠，且引起朋党之兴，党锢之祸，延绵数代，直至亡汉。据载，汉和帝初年尚"能折外戚骄横之权"（司马彪《续汉书·和帝纪论》），但也就在诛灭窦宪兄弟党徒之时，又生宦寺之难。此即王夫之《读通鉴论》卷七所云："窦宪之党，谋危社稷，帝阴知而欲除之，莫能接大臣与谋，不得已而委之郑众，宦寺之亡汉自此始。"而朋党之兴，始于窦宪之诛，及至安帝"委政太后，十有余年"，"阉宦用事，宠加私爱"；"遂树奸党，摇动储副"；到"桓帝继之以淫暴，封殖宦竖，群妖满侧，奸党弥兴，贤良被辜。政荒民散，亡征渐积，逮至灵帝，遂倾四海"（引自薛莹《后汉纪》之《安帝纪》《桓帝纪》）。虽然，宦官与外戚曾交替擅政，且有冲突，然二者同生于内宠，其与三公朝臣的争锋又是一致。对后汉内宠祸患之源，仲长统《昌言》有段论述：

> 光武皇帝愠数世之失权，忿强臣之窃命，矫枉过直，政不任下，虽置三公，事归台阁。自此以来，三公之职，备员而已。……而权移外戚之家，宠被近习之竖……至如近世，外戚宦竖，请托不行，意气不满，立能陷人于不测之祸，恶可得弹正

者哉!①

这里阐明了东汉外戚、宦官势力强大的政治原因和这些势力经权力膨胀而集团化的历史原因,是十分精到的。然而,探考有汉内宠之源,早在汉初诸吕篡政,外戚问题即相当严重,陆贾《新语·慎微》所指出的"夫建功于天下者,必先备于闺门之内",正是针对当时帝王好色宠内,养痈贻患的谏词。以此为例,汉代文学思想之直谏精神或委宛讽喻,在很多地方突出了这样一个政治侧面。如《三家诗》言《关雎》主刺,意在内宠之祸;汉成帝时匡衡上《戒妃匹劝经学威仪之则疏》,亦借《诗》之微言大义匡正成帝,以达劝其"采有德,戒声色"(《汉书·匡衡传》)之目的。② 放言之,司马相如、王褒、刘向、扬雄等辞赋家创作中惩荒淫侈靡之习,戒声色犬马之劳,又何尝不暗含对内宠猥盛的非议。如果说在整个西汉和东汉初年,这些政治问题对文人的影响还属于局部的话,那么,到东汉中期以降外戚、宦官、朝臣等政治势力因其争权夺利而殃危社稷时,这种影响则在整体上笼罩了士子、文人的心灵、意志、行为、创作。由于这些政治集团操纵王朝的兴衰,其对当时文人创作思想的影响也是多方面的。从具体情况看,当时文人与政治集团势力以及由这种势力而产生的统治意识的关系,可分为这样四类:一是

---

① 这种观点被后世史学家认同。如方孝孺《逊志斋集》卷五《杂著·东汉》云:"故莽得恃太后之势而行篡窃之计,非以三公辅相委任之权太重而然也。光武过惩其弊,而力矫之,不任三公以事,而政归台阁,其后遂成宦寺之祸,而汉卒以此亡。"又,王夫之《读通鉴论》卷七云:"揆所自始,其开自光武乎!崇三公之位,而削其权,大臣不相亲也;授尚书以政,而卑其秩,近臣不自固也。故窦宪缘之制和帝不得与内外臣僚相亲,而唯与阉宦居。"

② 当然,在汉以前,"殷纣好色,妲己是出"类的内宠现象亦甚多,故先秦《诗》学也不乏此政治意蕴。清人梁章钜《退庵随笔》卷二十一"学诗"二论《诗》"所谓风也,声也,如丝桐之泛音也,言笃而语重,言近而旨远。夫近莫近于儿女之情,远莫远于周南之化,皆妇人也。故吾谓风骚之旨,不出闺房。"似有意于此。

谄媚之徒,望风举进,甚或赂遗中官,以取显位;这类人虽传文无多,然所表现的依附媚俗之风,多为士子不耻,如崔寔《答讥》所言,即含此讽意。二是骑墙之辈,颇具双重人格。如马融失志思隐时表纯粹脱俗之品貌,晋身仕途,又颇多曲行矫饰之举止。而马融之所以具双重人格,关键又在于他既为名士,又为外戚的双重身份。《后汉书·赵岐传》云:"岐少明经,有才艺,娶扶风马融兄女。融外戚豪家,岐常鄙之,不与融相见。"又《卢植传》"融外戚豪家"章怀注云:"融,明德皇后之从侄也。"于此可知马融党附梁冀,自谓"贵生",然实与其家世有关,故为当时清流大夫所不齿。① 又如胡广,也是曲士典型,其内心有浮云之志,外行则谄时君,附凶谗,多方善柔,保位持禄,以徼一时之名。② 这种内外言行的矛盾所造成的双重人格,实为政治矛盾使然。三是直谏君主,抗争权贵之士。这类人或忠以忘身,或激以召祸,既扬大节,又倡畸行;其为文声色俱厉,真切深挚,得风骚之精神,而去其优顺之婉词。如朱穆、李固堪称代表人物。四是在与黑暗势力抗争和退避的困惑中寻求一种解脱,企望在保全生命的同时又能完善人格,张衡创作思想中的玄境正为此既包含着现实人生的痛苦,又具有理想人生之愉悦的艺术珍薮。综上四类人物与其文学,前两类由于对政治集团的依附而缺乏独立的人格和个性,无何申述,而后两类却以其人格和个性与政治集团之黑暗势力的强烈反差,形成衍变期文学思想中

---

① 《后汉书·赵岐传》注引《三辅决录》:"岐娶马敦女宗姜为妻。敦兄子融尝至岐家,多从宾与从妹宴饮作乐,日夕乃出,过问赵处士所在。岐亦厉节,不以妹聟之故,屈志于融也。与其友人书曰:马季长虽有名当世,而不持士节,三辅高士未曾以衣裾襵其门也。"

② 唐人权德舆《两汉辩亡论》云:"言两汉所以亡者,皆曰莽、卓。予以为莽、卓篡逆,汙神器以乱齐民,自贾夷灭,天下耳目,显然闻知。静征厥初,则亡西京者张禹(成帝时大儒),亡东京者胡广(顺桓间巨儒),皆以假道儒术,得伸其邪心。"

文学与政治关系的主导倾向。

通过文学形式表达与政治集团的抗争精神,是其时文学与政治关系的第一种倾向。朱穆曾供职外戚权臣梁冀大将军府,后因惩办宦官僭越骄奢,反被征诣廷尉,险遭不测,①以至"不得意,居无几,愤懑发疸",不久卒亡。在当时"大臣欲诛宦官,必借宦官之力;宦官欲诛大臣,则不借朝臣力"(赵翼《廿二史札记》卷五"东汉宦官"条)的情状下,朱穆敢与之对抗,痛斥其"渔食百姓,穷破天下"的"恃势怙宠"(《上疏请罢省宦官》)丑行,无怪被蔡邕及门人议谥曰"文忠先生"。而由此观其文学,他的《郁金赋》假郁金之花述其"布绿叶而挺心,吐芳荣而发曜。众华烂以俱发,郁金逸其无双","超众葩之独灵"的个性、情感,寓意挚。又《与刘伯宗绝交诗》,尤寄作者政治怀抱。诗云:

> 北山有鸱,不洁其翼。飞不正向,寝不定息。饥则木榄,饱则泥伏。饕餮贪汙,臭腐是食。填肠满嗉,嗜欲无极。长鸣呼凤,谓凤无德;凤之所趣(趋),与子异域。永从此诀,各自努力。

这种对"饕餮贪汙"丑类的鞭笞,与一切恶势力决绝的心志,系一腔激愤无所罣碍而出。正因正直之士的抗争,才酿成了桓、灵时宦官、外戚、皇权共同打击士族和学者文人的"党锢之祸",②而身处顺、桓之世的李固,恰以其刚烈之性首罹此难。《后汉书·李固

---

① 《后汉书·朱穆传》李贤注引谢承书:"穆临当就道,(按:指诣廷尉事)冀州从事欲为画象置厅事上,穆留板书曰:'勿画吾形,以为重负。忠义之未显,何形象之足纪也!'"凛然大义,于此可见一斑。
② 明人方鹏《责备余谈》卷上"坑焚党锢之祸"条云:"独念所谓儒家者流,恣肆其说而不知忌惮,标榜其行而不知韬晦,身既戮辱,国亦随亡。使先圣之全经,不复可见;而后世之朋党,流毒无穷,为吾道之大厄,为善类之遗殃。"此一概抹杀士子抗争精神之积极性,大谬。殊不知"先圣"之"经义",亦多主抗颜直谏之气节,而轻蔑其丧节苟生之阿行。

传》载:"初顺帝时,诸所除官,多不以次,及固在事,奏免百余人。"李固由此积怨,又因忤外戚梁冀旨意,后被诬以"离间近戚,自隆支党"的罪名,下狱而死,种下党锢祸根。李固在《对策后复对》文中对"政化乖"之现实的怨怒,在《临荆州辟文学教》文中对文学之士的珍重,无疑含有深刻的政治性,是一种与外戚、宦官势力无情抗争的表现。这种文学与政治紧密相连而表现的积极致用思想,具有时代的进步意义。与此相同,崔琦的《外戚箴》历述"末嬉丧夏;褒姒毙周;妲己亡殷;赵灵沙丘;戚姬人豕,吕宗以败;陈后作巫,卒死于外;霍欲鸩子,身乃罹废"诸内宠酿灾之丑行,对当世外戚集团发出"日不常中,月盈有亏;履道者固,仗势者危"的警告,虽终亡身外戚之手,然文传后世,却丹心炳耀。可以说,衰世政治集团恶势抑压下的文学抗争精神,改变了东汉初年文风之温厚、啴缓、雅赡,而转向汉末之激切、峻急、暴露。

在与政治集团的矛盾关系中寻求身心的解脱,抒发离俗情怀和塑造清高人格形象,是其时文学与政治关系的第二种倾向。对此,我们在儒道绌补对文学思想之影响中有关文人的隐逸企向里论述详备,而这里仅补充一点,即这时文人隐逸高蹈的心理企向的出现,关键在文学与政治的关系,也就是说,在文学作品玄境的艺术思想深层潜伏或涌动着的仍是社会政治的忧患。以张衡《思玄赋》为例,萧统《文选》题注云:

> 平子名衡,南阳西鄂人也。汉和帝时为侍中。顺、和二帝之时,国政稍微,专恣内竖。平子欲言政事,又为阉竖所谗蔽,意不得志,欲游六合之外。势既不能,义又不可,但思其玄远之道而赋之,以申其志耳。

这揭明了张衡的创作情致和思想意旨,"为阉竖所谗蔽"是其政治现实;"欲游六合之外"是其隐遁之思;而"势既不能,义又不可"则充分表现出作者处于既难以摆脱政治昏惑势力,又不能弃置直谏匡正责任的矛盾现实和矛盾心态。这样,再玩味赋中人生无常、脱俗精粹、仙境神游、文章灿烂的描写,就不难理解其"思其玄远之道""以申其志"的道理了。再说张衡《归田赋》,其在创作思想上融合儒道,在创作意境上首开田园文学幽趣,诚为当世艺术精品。然探其创作动机,同样出于与政治势力不苟合的离俗情怀和隐避思想。李调元《赋话》卷七引《避暑录话》:

> 张平子作《归田赋》,意兴虽萧散,然所序怀,乃在仰飞纤纤,俯瞰清流。吾谓钓弋亦何足为乐,人生天地间,要与万物各得其欲,不但适一己也。

于此可见《归田》有"感老氏之遗训"的道家玄静之思,有"追渔父以同嬉"的屈子脱俗之怀,其思想深处却非为"适一己"之身心,而是于"俯瞰清流"的情境玄想间从反面暴露出政治昏乱的社会危局,以矗立起人格高标。① 汉末祢衡作《吊张衡文》,在赞美其"下笔绣辞,扬手文飞"的同时,又谓"苍蝇争飞,凤凰已散;元龟可羁,河龙可绊;石坚而朽,星华而灭;唯道兴隆,悠永靡绝",其间寄寓了偌多对东汉自张衡以来政治之转移、人生之迁逝的深心感喟;而"唯道兴隆",既是祢衡处末世的自珍之词,又是对张衡文学创作思想中政治意识的反思。

二 宗教信仰与文学

宗教在汉以前处于一种原始状态,宗教信仰主要表现于自然崇拜和神祇敬畏意识,流行于秦汉间并延续至东汉初的神仙方术,

---

① 关于当时政治集团中宦官集团之乱政害民情况,可参见赵翼《廿二史札记》卷五"宦官之害民"条的记载。又范书立《独行列传》,考其独行之人,又多出避祸之心,由此亦可见当时之政治黑暗与民心浇漓。

仍属神话巫术文化范畴,缺乏具体的宗教意义。具体的宗教制度的建立,是以东汉中期佛教教义的输入、道教理论的创立为标帜的。出于这种考虑,文学思想受宗教信仰影响在东汉中叶方明显,而此影响本身又意味着儒经思潮下文学观的衍变。

东汉中期宗教制度与宗教理论的初兴,除了渊承原始宗教之神话巫术、迷信,还主要表现出以下三方面思想的汇集:

一是儒教神学谶纬思想经变化发展而趋向宗教化。这种趋向是谶纬神学在政治、哲学领域受到扬雄、桓谭、王充等无神论思想家的驳斥廓除后视宗教为逃薮,而继续发挥其天人感应思想的。其于道教理论著作《太平经》"以奉天地阴阳五行为本"(《后汉书·郎𫖮襄楷传》)和发挥"易纬""京房易学"的思想观念中尚窥其概。

二是汉初黄老思想向道教的转化。道教的形成是继承黄老思想并渗合神仙方术思想而成,显出由政治性(形下)向宗教性(形上)的演变。出现于当时的道教典籍《太平经》、《老子想尔注》,①集中反映了这种思想。

三是佛教思想的传入。② 当时原出小乘经典的《四十二章经》虽与汉代流行道术颇多可通处,然其中佛学教义,亦非完全中夏之学。关于《四十二章经》的译出,《高僧传》以为出自汉明帝时洛阳白马寺僧摄摩腾,此后众家考说纷异,但是根据《后汉书》桓帝时

---

① 据《后汉书·郎𫖮襄楷传》:"顺帝时,琅邪宫崇诣阙,上其师于吉于曲阳泉水上所得神书百七十卷,皆缥白素朱介青首朱目,号《太平清领书》。其言以阴阳五行为家,而多巫觋杂语。有司奏崇所上妖妄不经,乃收藏之。后张角颇有其书焉。"可知《太平经》成书于顺帝时,其教义之流传或更早。《老子想尔注》似较《太平经》后出,然其教义,亦出自东汉后期。对此,可参考饶宗颐《老子想尔注校笺》。

② 关于佛教传入华夏中土时间,说法甚多,汤用彤《汉魏两晋南北朝佛教史》有评述和分析,可参阅。

襄楷得读此经的记载,可知其教义至迟在东汉中后期即已流行。

综此三点,可见东汉中叶宗教兴起(中国宗教制度化的开端),正是儒、释、道三种学术思潮的一次交汇。在此交汇中,三教虽然具有各自的一些特征,甚至三教之间发生了剧烈的教义之争,如起源于汉代的就有"老子化胡说"和"因果报应"之争,①但于汉代强大的政教意识中初萌的宗教思想,又不可能对世俗文化有较大的抗拒性,因此在这一基点上,三教的融通则更为突出。如儒教谶纬神学中阳尊阴卑、三纲维系的政治思想渗透于道教,而道教之摆脱尘世痛苦的念头又成为谶纬向宗教转化的标志;同样援佛入道,援儒入佛以及以老解佛的理论现象也是其时宗教思想的主要特征。② 由于其时宗教思想是立足儒经衰颓、时局纷扰和学术争锋的文化基础,所以对文学思想的影响亦非仅如神仙黄白之术对《淮南子》之文论和司马相如《大人赋》之创作的影响那样单纯,而具有充满矛盾的内涵。

首先,强烈的政治进取意识和摆脱尘世痛苦之消极意识的矛盾,是当时宗教信仰自身的矛盾,也是宗教意识对文学思想影响最大的一个方面。当时道教代表著作《太平经》一方面讲"天、地、

---

① "老子化胡说"初见桓帝时襄楷上疏中所言(《后汉书》本传);而老子与胡、释之学术联系,可参见王应麟《困学纪闻》卷二十"杂识"之"老庄学盛召胡及释"条。"因果报应说",袁宏《后汉纪》谓之:"归于玄微深远,难得而测,故王公大人,观生死报应之际,莫不矍然自失。"范乎《西域传论》载:"(佛)好大不经,奇谲无已,虽邹衍谈天之辩,庄周蜗角之论,尚未足以概其万一。又精灵起灭,因报相寻,若晓而昧者,故通人多惑焉。盖导俗无方,适物异会,取诸同归,措夫疑说,则大道通矣。"

② 这种三教互解特征又表现了我国宗教思想相对统一的形态。如东晋孙绰《喻道论》抒写援儒入佛观云:"周孔即佛,佛即周孔。"以老解佛云:"夫佛也者,体道者也。道也者,导物者也。应感顺通,无为而无不为者也。无为,故虚寂自然;无不为,故神化万物。"(《弘明集》卷三)由此亦说明我国宗教在理论上门户之见较淡,学术交融特征较强。

人"三者合一广嗣兴国的统治术,一方面又讲"精、气、神"三者混一长生不死的神仙术,正集中表现了这重矛盾。从其广嗣兴国思想来看《太平经》中倡导"兴善止恶"、"尊重道德"的政治企向和"均财"、"均化"、"济穷"的太平理想,是对衰世政治危机的一种拯救意识,这在当时文学创作所表现的进取情感、真实审美中均有曲折的映示。从另一方面来看,由于世俗政治意识向超俗宗教意识的升进,那种充满神奇的宗教想象和由此创造的长生之境,却较政治进取性更具魅力而启迪文思,成为文士调节政治感压抑下之精神、行为的"圣地"。再以道教为例,在《太平经》、《老子想尔注》等著作中,最突出的思想现象是以离世遁处、修陶心性淡化黄老之学原有的政治功利性。如和帝时居高官的任隗"少好黄老,清静寡欲","义行内修,不求名誉";而黄老学者矫慎,则更是"隐遁山谷,因穴为室,仰慕松乔导引之术";这些都是在混浊的政治漩涡中独善其身的表现,也是道教之形上构想达致的理想境界。这种独善长生观不仅突现于道教教义,而且与当时之儒学"玄儒"化、佛释浮屠厌世观相通合。由此宗教的神幻境界看当时的文学创作思想,如桓麟《七说》所表现的那种"挥沫扬镳,倏忽长驱;轮不暇转,足不及骤;腾虚逾浮,瞥若飙雾。追荒忽,逐无形,速疾影之超表,捷飞响之应声;超绝壑,逾悬阜,驰猛禽,射劲鸟;骋不失跌,满不空发;弹轻翼于高冥,穷疾足于方外"的想象、境界,则易于把握其宗教性与艺术性的统一。当然,以道教为代表的"精气神"合一的神仙长生思想真正移置于文学理论,是以后的事,[①]但

[①] 黄子云《野鸿诗的》云:"导引之术,曰精气神,诗之理亦然。"此移之论诗例。戴名世《答张伍两生书》云:"余昔尝读道家之书……盖其说有三:曰精,曰气,曰神,此三者,炼之凝之,而浑于一……乃窃以其术而用之于文章。……夫神仙之事,荒忽诞漫不可信,得其术而以用之于文章,亦足以脱尘埃而游于物外矣。"此移之论文例。

东汉文学思想衍变期之创作大量出现景慕神仙之迷离奇幻的审美趣味,又不能在理论上将其与宗教意识断开。

其次,这一时期宗教信仰以老子为主要敬畏祝颂对象,故对文学思想的影响又表现为现实批判与自然虚静的统一。从统治者的思想倾向来看,光武帝之子楚王刘英即"喜黄老,学为浮屠",至桓帝更"立黄老、浮屠之祠","亲祠老子于濯龙"。从下层人士的反抗意识来看,汉末农民大起义也是奉黄老而行义事的;而从属于士阶层之文人来看,则尤以"娱心黄老,游志六艺"为美境。将老子其人教主化,其说宗教化,在边韶《老子铭》中已极明显。他认为:"老子离合于混沌之气,与三光为终始,观天作谶,□降斗星,随日九变,与时消息。……道成身化,蝉蜕渡世,自羲农以来,□为圣者作师。"其为神化老子,又肇道教神思进入文学创作之端。正因如此,在其时诸家宗教教义中,对现实政治和人生修养的最深明的要求就是省欲去奢与恬静淡泊。这种去奢欲和守淡泊的统一企向又出于不同的作用:一是进取心态下的批评意识,如《四十二章经》所云"爱欲之大者为财色,""人怀爱欲,不见道";二是退守心态下的隐逸意识,如《太平经》向人们提供的五种摆脱尘世痛苦,成为"神人"的方法,其主旨是无为、虚静。① 综此两种心态而塑造一符合时代矛盾特征的完整人格,又正是这时文学之士在立足廊庙、政教为用中以自然、山林为理想的审美意趣。《后汉书·逸民列传》美隐士法真"恬静寡欲"、"蹈老氏之高踪"之行,对当世逸民能够"江海冥灭,山林长往。远性风疏,逸情云上。道就虚全,事违尘枉"高度评价,正以历史眼光捕捉了东汉思潮走向,同时也体悟到宗教的作用。当时文士桓俨在其《遗陈业书》中描绘了这样的隐

---

① 《太平经》卷七十一《真道九首得失文诀》载五种摆脱尘世痛苦之方法是:"一事名为元气无为";"二为凝靖虚无";"三为数度分别可见";"四为神游出去而还反";"五为大道神与四时五行相类"。

处乐境:"爰适乐土,侧闻高风,饥渴话言,知乃深隐,邈然终时,求仁斯得,勤而无憾,齐踪古贤,何其优哉!"其中忧世、厌世,自清、自高的心境、情绪、理趣,是与宗教信仰有深密关系的。

再者,由于东汉宗教思想中存在着神秘性与自然性的矛盾,① 其对文学审美的影响又在政教与自然的矛盾上增添了一层神秘与自然的矛盾,这同样体现于当时文人思想之"玄境"中。尤其是这种神秘意识经王充"真情"文学观的肃除,又通过宗教性质复现,一方面仍显示出汉代神学虚妄审美的延续,而另一方面则可以看到这种神秘性又不完全同于蒙昧期神话巫术之神怪意识,其中包含了某种人格的超升和神灵的自觉。因此,宗教神秘性对文学艺术的影响并不仅是消极和虚妄,而是可从宗教信仰之神奇想象和悟性睿智极为接近人之思维中活跃的艺术因子的关系中,看到宗教之"神"对文学神思的影响、启迪。如果说汉灵帝末期出现的牟子《理惑论》是汉代佛教依附道教神仙方术到魏晋佛教雅尚《老》《庄》的中转,那么,上述宗教思想的神秘性与自然性的矛盾又从一个侧面暗示了汉代文学思想向魏晋文学新思潮的有趣过渡。

---

① 如《太平经》卷九十八《为道败成戒》云:"是故天之为象法也,乃尊无上,反卑无下,大无外,反小无内。包养万二千物,善恶大小,皆利祐之,授以元气而生之。……故能为天,最称神也。"此倡神秘之人格神;又卷一百一十九《三者为一家阳火数五诀》云:"天地未分,初起之时,乃无有上下日月三光,上下洞冥,洞冥无有分理。"又承道家气一元论思想。

第六章 觉醒期

（桓帝元嘉初至献帝建安末）

东汉自桓、灵之世到献帝"建安"，是刘汉王朝因腐败而覆亡的时期，也是文学思潮随着皇祚转移而变迁的文学意识趋向觉醒的时期。从历史变迁的特征来看，东汉文化学术之转移又非如献帝延康元年（魏文帝黄龙元年）将龟鼎"禅让"曹魏那样明显，而是具有继续性的渐变。汤用彤曾说："文化学术虽异代不同，然其因革推移，悉由渐进。魏晋教化，导源东汉。王弼为玄宗之始，然其立义实取汉代儒学阴阳家之精神，并杂以校练名理之学说，探求汉学蕴摄之原理，廓清其虚妄，而折衷于老氏。于是汉代经学衰，而魏晋玄学起。"①此说亦甚合汉末文风之变迁。陈寅恪在《王国维挽词序》中认为："凡一种文化值衰落之时，为此文化所化之人，必感痛苦。其表现此文化之程量愈宏，则其所受之苦痛亦愈甚。"此既为专指，又带有普遍意义的论述，同样适合汉末政治文化衰落下的文人心态；而"痛苦"二字，又是汉末"世积乱离"现实催压下的文学之深层情绪。

汉末文风的变迁，虽包含着丰富的内涵，却明示了鲜明的走向。

桓帝后期和灵帝时代，文士群的兴起是当时最突出的文化现象。这些文士以治经为名，却抛开了炭炭就颓的儒学章句，以博通

---

① 引自《汤用彤学术论文集》中华书局1983年版第214页。

众艺的修养审美,昭示了文学的时代特征。在历史文化的意义上,这时的文士群体之博通众艺是远承东汉初年儒士文化下之通儒思想而更趋向文学艺术独立道路的发展;而这种发展又深深地嵌入了东汉中叶文学衍变思潮下的文化因子,同时进一步加深了传统观念和新思想的冲突,这主要表现于其时文人在理论上不能完全摆脱政教文学观之羁绊,而其文学的独立思想又自觉或不自觉地反映于创作实践中的矛盾现象。由于政治极度浑噩和空前腐败,汉末思想界崛起了社会批判思潮。在此思潮的激烈冲击下,文人处于社会的深层忧患中宣泄出明显的倾斜意识,亦即在政治黑暗的压抑下,在人生危难的恐惧中,文学的个性与情感的突现,从根基上动摇了汉代道德与艺术和合的思想整体。但是,在汉末人文意识逐渐觉醒的同时,汉代正统政教文学观并未泯没,甚至还具有一定的笼罩力和影响力,郑玄诗学对自《毛诗序》以来汉代诗学基本理论形态的继承,说明了这一点。然而,又正因为郑玄是处在汉末文学变革思潮下对传统的继承,因此其会通泯合经学之古今文之争本身又是一种拓展,并由此显示了传统思想也必然在时代演进的大潮中潜移默化。与之相比,汉末诗潮的情感表现和建安时代文人"梗概而多气"的创作倾向、"析辞必精,述情必显"的理论风格,对汉末人文觉醒则有更明晰的揭示。刘师培《中国中古文学史》论汉魏之际文学变迁云"汉之灵帝,颇好俳词,下习其风,益尚华靡;虽迄魏初,其风未革",勾画了当时文运转移的内在规律。

文的觉醒首先是人的觉醒,而汉末这种觉醒意识最明显的征象,就是个性与情感,这才是文风扭转的真正动力。

第一节 文士的兴起与文风的扭转

汉末文士的兴起,与东汉初年儒士文化下士阶层的崛起,既有历史的渊承意义,又分明表现出三大差别:其一,儒士文化的兴起是与皇权携手合作,抑或为皇帝亲自倡导的产物,而汉末文士群的出现却表现出与皇权的直接对抗;其二,儒士文化出现于汉代政治的中兴,而文士群的兴起却产生于汉末政治的腐败;其三,儒士文化下士阶层地位的提高是以为皇权政治服务为宗旨,故对文学艺术发展的促进表现于对当世颂扬的和雅审美意义上,而文士群的兴起对士阶层地位的提高是以连续两次的"党锢之祸"为代价,故对文学艺术发展的促进是基于士之个体自觉意识,从而显出充满个性情感的奇异审美意趣。缘此,汉末文士的兴起及其思潮风尚,又是文学思想衍变期文人审美心态、理想的延续与发展。

一 文士群兴起的思潮风尚

文士群体之兴起的社会文化原因有二:一是政治的,一是学术的;其中更重要的是政治的。从东汉中后期政治斗争的历史现状来看,士大夫阶层与上层政治集团的争锋,在桓帝前主要对象是外戚集团,而在桓帝以后,对象又是宦官集团,在某种意义上,宦官较外戚更代表汉末腐朽反动的政治势力。[①] 因此士大夫与阉宦泾渭分明的斗争,既导致了党锢之祸,又引起了士的觉醒。《后汉书·党锢列传序》云:

> 逮桓、灵之间,主荒政谬,国命委于阉寺。士子羞与为伍,故匹夫抗愤,处士横议,遂乃激扬名声,互相题拂,品覈公卿,裁量执政,婞直之风,于斯行矣。

[①] 在文学思想衍变期有关政治对文学之影响的论述中,我们已看到士大夫与外戚集团之斗争以及二者所具的不同之社会集团的意识。然而在后期,士大夫在与宦官的斗争中又有同外戚联盟之处,如窦武即为具外戚与士大夫双重身份的人物,他不仅善待"太学诸生",而且与陈蕃共定蒯除阉丑之策。

这种"国命委于阉寺",是自东汉初以来皇权与士族联姻后不断分离,不断对抗的必然结果,或可谓士族阶层在同皇权的对抗中表现出"匹夫抗愤"、"激扬名声"的不屈不挠的精神,引发了皇权与宦官努力结合对士族知识层人物的空前迫害。《党锢列传》记载第一次党锢祸云:

> 时河内张成善说风角,推占当赦,遂教子杀人。李膺为河南尹,督促收捕,既而逢宥获免。膺愈怀愤疾,竟案杀之。初,成以方伎交通宦官,帝亦颇谇其占。成弟子牢修因上书诬告膺等养太学游士,交结诸郡生徒,更相驱驰,共为部党,诽讪朝廷,疑乱风俗。于是天子震怒,班下郡国,逮捕党人,布告天下,使同忿疾,遂收执膺等。

所谓风起于青苹之末,皇权联合宦势以微渺之借口大兴党锢,诛杀士子,只是汉末政治斗争由隐而显的序幕。至灵帝当朝,这种对士阶层的打击也就接踵而来,以"共为部党,图危社稷"为由,捕戮党人,至"死徙废禁者,六七百人"。[①] 而于此党锢之狱兴起的同时,那些被抑压的士子反而获得了更高的清誉和更多的社会支持,以至"海内希风之流,遂共相标榜,指天下名士,为之称号",出现了"三君"、"八俊"、"八顾"、"八及"、"八厨"之美称。缘于当时交游结党之风盛行,[②]文士清议、人伦鉴识,成一时风势,尤其是政治评论,充分表现了党锢诸子膺天下重任的群体自觉意识。袁宏《后汉纪》卷二十一"延嘉二年"条云:

> 李膺风格秀整,高自标持,欲以天下风教是非为己任。后

---

① 《资治通鉴·汉纪》四十八:"天下豪杰及儒学有行义者,宦官一切指为党人。"
② 按:当时俗世交游之风炽盛,颇为清士所不齿,如朱穆之《绝交论》,刘梁之《破群论》以及汉末徐幹《中论》卷下《谴交》均多贬斥之词;然交游之风,实为当世思潮,清士亦不免,且以此转变汉魏士风、学风。

339

进之士有升其堂者,皆以为登龙门。

范书《陈蕃传》载:

> 蕃年十五,尝闲处一室,而庭宇芜秽,父友同郡薛勤来候之,问蕃曰:"孺子何不洒扫以待宾客?"蕃曰:"大丈夫处世当扫除天下,安事一室乎!"勤知其有清世志,甚奇之。

又《世说新语·德行》云:

> 陈仲举言为士则,行当世范,登车揽辔,有澄清天下之志。

由此数例,可见当时士行的基本特征。顾炎武论"两汉风俗"谓:"朝政昏浊,国事日非,而党锢之流,独行之辈,依仁蹈义,舍命不渝,风雨如晦,鸡鸣不已。三代以下风俗之美,无尚于东京者。"(《日知录》卷十三)[①]说明了在政治昏浊沉压下士之群体意识的自觉。而在暴力严酷打击下,士之自觉意识又向个体性转化,儒者文士化的倾向也愈为明显。

与政治斗争的直接干预略有不同,学术是以渐变之势影响文士群兴起的。在汉代,文化学术的演变都是在儒经衰落而又经统治者倡导重整的现象环中出现,汉宣帝之于"石渠阁",汉章帝之于"白虎观",汉灵帝之于"鸿都门",无不如此。因此,汉末文风丕变,实与灵帝光和元年"置鸿都门学"这一历史文化事件有重要联系。灵帝置鸿都门学之思想本义是继熹平四年"立《石经》于太学门外",欲重振汉代学术文化的一种措施。然而,在当时文化思潮

---

① 关于这段论述,可详参余英时《士与中国文化》六《汉晋之际士之新自觉与新思潮》。又,余著指出:"今仰其气象则皆国而忘家,公而忘私,吾国士大夫以天下为己任之传统在诸人实已有极显著之表现。其所以然者,虽不能不推原于两汉士族在政治、经济、社会各方面之发展及因之而生之群体自觉,然若贯通全部文化史而言之,则其根本精神实上承先秦之士风,下开宋明儒者之襟抱,绝不能专自一阶级之利害解释之也。"

的变迁中,他不自觉地改变了传统的经学取士方法,出于自身对书画辞赋的爱好以书画辞赋取士。① 这在他主观上是调和因党锢之祸引起的儒经的急遽式微,以造成一种虚假的文化繁荣现象,而在客观上却加速了经学的衰落,引起的只是文学艺术的空前兴盛。《后汉书·灵帝纪》李贤注云:"鸿都,门名也。于内置学。时其中诸生,皆勅州、郡、三公举召能为尺牍辞赋及工书鸟篆者相课试,至千人焉。"这里记载了鸿都诸生博通群艺、人数众多的盛况。② 而从史书记载时人所谓"诸生竞利,作者鼎沸"(《后汉书·蔡邕传》),"鸿都篇赋之文"、"浅短之书"、"方俗闾里小事"等褒词,完全可以从反面理解当世文学艺术在内容和形式上的变革。从鸿都文士群体兴起这一历史现象看,其对汉代文学思想蜕变与觉醒的重大意义主要表现在两方面:第一,文士社会地位的进一步提高。在这一点上,鸿都之士也与儒士文化下文士地位之提高有巨大差异:儒士文化下之文士地位的提高与经学同步,是豪门贵族娱心艺文的一种表现;鸿都诸生是来自社会低下层的士子,他们因擅长辞赋书画技艺方被"差次录第","超取选举",这与前者"文"附于"经"显然不同,而是在昭示"文"的独立性的同时昭示了"文人"的地位。也正因如此,在当时即引起了贵族阶层的强烈不满,轻诋之谓"招会群小,造作赋说,以虫篆小技见宠于时"(《后汉书·杨赐传》引杨赐书对语)。就连"好辞章、数术、天文,妙操音律",博通群艺的蔡邕,亦出于正统观念,对"鸿都之选"颇有微词。第二,鸿都文士的兴起实以经学的衰微为条件,但在当

---

① 汉灵帝"躬秉艺文",倡以诗赋取士。范文澜《中国通史简编》修订本第二编誉其为文学艺术的"有力的变革者","代表变革派担负起提倡的责任"。若就以诗赋取士本身来看,实为西汉以来献赋制度的发展,并成为唐代以诗赋取士之嚆矢。在此意义上,汉灵帝在文学史上的地位也是特异的。

② 《魏书·江式传》亦有"书画奇能莫不云集"鸿都门学的记载。

时诸生心中,虽揄扬文艺,却绝无诋弃经学之义,而是力求融通经学、文学,构成新的文化形态。所以在鸿都门学中,一面画孔子及七十二弟子像,一面又为鸿都门学士乐松、江览等三十二人画像立赞,在客观上提高了文学艺术的地位。这又招致酷吏阳球"案松、览等,皆出于微蔑斗筲小人,依凭世戚,附托权豪,俯眉承睫,徼进明时。或献赋一篇,或鸟篆盈简,而位升郎中,形图丹青"(《奏罢鸿都文学》)的怒谴。① 而王夫之《读通鉴论》卷八指出:"夫文赋亦非必为道之所赋也。……夫蔡邕者,亦尝从事矣。而斥之为俳优,将无过乎!"是从文学角度对以蔡邕为代表的上层士人批评鸿都文士之见的匡正。

如果孤立地看待与皇权抗争的党锢诸贤和依附皇权、且为皇帝本人倡导的鸿都文士同具促进人文觉醒的时代意义,显然有龃龉难入之感;如果将这些矛盾现象置于时代文化变革的大潮中观之,则党锢诸贤由批评时政、品鉴人物向文士清谈的转化,鸿都文士立足群艺、弘扬文学,又表现出符合时代发展的同一趋向。但是,无论党锢诸贤,还是鸿都诸生,文士群体兴起所具有的社会政治内涵本身决定了他们的群体意识又随政治的变迁而解体,从而形成了自党锢到建安文士之精神意态由"天下之志"的群体意识向自全身心的个体意识的转化,而文学的发展与觉醒亦随此进入一新境界。

二　文士个体自觉与文学觉醒意识

汉末士大夫从"澄清天下之志"到"大树将颠,非一绳所维"

---

① 赵翼《廿二史札记》卷五"倩代文学"条记述阳球上疏奏罢鸿都文学画像事云:"可见曳白之徒,倩买文字,侥倖仕进,汉时已然。毋怪后世士风之愈趋愈下也。"按:尽管鸿都门诸生中确有阿谀佞倖之辈,然其对文学艺术自身发展之推动作用,则卓著一时,功不可泯。

(《后汉书·徐稚传》)之转向,虽以党锢酷祸为中介,①然群体意识的觉醒与个体意识的觉醒之精神实质,却一脉相承。党锢祸前,郭林宗为儒林领袖,《后汉书》本传载其众望所归情势云:

> 归乡里,衣冠诸儒送至河上,车数千两(辆),林宗唯与李膺同舟而济。众宾望之,以为神仙焉。

蔡邕《郭泰碑》亦云:

> 绅佩之士,望形表而影附;聆嘉声而响和者,犹百川之归巨海,鳞介之宗龟龙也。

壮其气势,扬其清声。而党锢祸起,士子或"离俗为高",由群体精神转移,然实出于痛苦之世态与心态,其治世之情、修身品格未尝泯灭。《后汉书·陈蕃传赞》云:"陈蕃之徒,咸能树立风声,抗论惛俗,而驱驰险厄之中,与刑人腐夫同朝争衡,终取灭亡之祸者,彼非不能絜情志,违埃雾也;愍夫世士以离俗为高,而人伦莫相恤也。"褒贬之间,寓意良深。也正是在时代末造的困境中,士子自觉意识由群体向个体的转化,进一步催发了文学思想的觉醒。

首先,由通儒意识向老庄自然人生意识的演进,在文化学术方面形成了汉末士人以自然对抗名教的特征,而在文学艺术方面,则因众多文士"放浪形骸之外"作风的出现,文学创作倾向于表现人生与表现自然的统一。在汉末文学思潮中老庄自然观、人生观的

---

① 王懋竑《朱子年谱》卷一"乾道八年"条引朱熹《答刘子澄书》:"近看温公论东汉名节处,觉得有未尽处,但知党锢诸贤趋死不避,为光武明章之烈,而不知建安以后,中州士大夫只知有曹氏,不知有汉室,却是党锢杀戮之祸有以殴之也。……盖刚大方直之气,折于凶虐之余,而渐图所以全身就事之计,故不觉其沦胥而至此耳。"按:三国时人鱼豢《儒宗传序》云:"从初平之元,至建安之末,天下分崩,人怀苟且,纲纪既衰,儒道尤甚。"

抬头,同样灌注了文士群体兴起后的士之觉醒意识。如郭泰《答友劝仕进者》文云:

> 方今运在明夷之爻,值勿用之位,盖盘桓潜居之时,非在天利见之会也。虽在原陆,犹恐沧海横流。吾其鱼也,况可冒冲风乘奔波乎?未若崖岫颐神,娱心彭老,优哉游哉,聊以卒岁。

这里表现的自然与人生的统一情趣,是出自内心的自觉而感受到"幽居恬泊,乐以忘忧"的人生寄托,实为一时风尚。在当时的人物品鉴中,这又表现为既"外朗"又"内润"的人格理想。例如《后汉书·逸民传序》云:"观其甘心畎亩之中,憔悴江湖之上,岂必亲鱼鸟、乐林草哉?亦云性分所至而已!"这种性分所至,非可外求的内在自主性,在仲长统《乐志论》之"安神闺房,思老氏之玄虚;呼吸精和,求圣人之仿佛"的养生观中得到极度弘扬,已开魏晋旷达之习,玄虚之风。①《艺文类聚》卷二十三存录太学生高彪的一首《清诫》,亦颇能代表当时文士倾心老庄自然人生的文学审美思想。其诗云:

> 天长而地久,人生则不然。……饮酒病我性,思虑害我神。美色伐我命,利欲乱我真。神明无聊赖,愁毒于众烦。中年弃我逝,忽若风过山。形气各分离,一往不复还。上士愍其痛,抗志凌云烟;涤荡弃秽累,飘邈任自然。退修清以净,吾存玄中玄。澄清②蔪思虑,泰清不受尘。恍惚中有物,希微无形

---

① 《后汉书·仲长统传》引《乐志论》李贤注云:"老子曰:玄之又玄,虚其心实其腹。呼吸,谓咽气养生也。庄子曰:吹煦呼吸,吐故纳新。又曰:至人无己也。"以此溯源,颇得真谛。元人吴师道《吴礼部诗话》云:"仲长统《述志》诗,允谓奇作,其曰'叛散《五经》,灭弃《风》、《雅》'者,得罪于名教甚矣。盖已开魏晋旷达之习、玄虚之风。"

② 严可均《全后汉文》卷六十六云:"澄清之清,当作心。"

344

端。智虑赫赫尽,谷神绵绵存。

所谓"玄中玄",实为摒弃外物之累而求取内心自娱自乐之境;[①]其养生避世,取源于柱下自然谷神之思,而深契于漆园心斋坐忘之旨。这种自然审美深入于个性觉醒意识,自启内在独立之文学鉴赏境界。

其二,汉末文士多不拘检括,啸傲纵逸,"以遁身矫絜放言为高"(范书《陈寔传》评语),开游谈清言、达生任性之绪端。对此,后世颇多疾刺语,[②]殊未知此实汉末士之自觉的肇始风气,并由此激发起文学创作之强烈个性,而使汉代文学思想笼蒙多年的温情面纱被彻底揭破。从文化史观之,东汉清议之士的狂态畸行不仅影响了魏晋清谈之士的狂态畸行,而且对文学个性化的发展作用甚大。有畸行方有奇文,而畸行又正是汉末文士既注重容止,又骋

[①] 汤用彤《魏晋玄学论稿·魏晋玄学流别略论》云:"然谈玄者,东汉之与魏晋,固有根本之不同。桓谭曰:'扬雄作玄书,以为玄者天也,道也。言圣贤著法作事,皆引天道以为本统。而因附属万类王政人事法度。'亦此所谓天道,虽颇排斥神仙图谶之说,而仍不免本天人感应之义,由物象之盛衰,明人事之隆污,稽察自然之理,符之于政事法度。其所游心,未超于象数。其所研求,常在乎吉凶。魏晋之玄学则不然。已不复拘拘于宇宙运行之外用,进而论天地万物之本体。汉代寓天道于物理。魏晋黜天道而究本体,以寡御众,而归于玄极,忘象得意,而游于物外。于是脱离汉代宇宙之论而留连于存存本之真。汉代之又一谈玄者曰:'玄者,无形之类,自然之根。作于太始,莫之与先'。(张衡《玄图》)此则其所谓玄,不过依时间言,万物始于精妙幽深之状,太初太素之阶。其所探究不过谈宇宙之构造,推万物之孕成。及至魏晋乃常能弃物理之寻求,进而为本体之体会。舍物象,超时空,而研究天地万物之真际。以万有为末,以虚无为常。"此论东汉与魏晋"玄"义之异,一为"象数",一重"义理";一论"天道",一究"本体",殊为不刊。然其述仅限西汉末至东汉中期,未及汉末。拙意以为:汉末文士复归老庄,立足于士之个性自觉,颇有自娱之趣,如高彪所云"吾存玄中玄",实由自我心灵出发,其弃物求心,虚邈万有,绝无宇宙构造,万物孕成之意。故学术演变,其来有渐,汉魏文化嬗递,汉末士之觉醒意识当为不可或缺之环节,是信而有征的。

[②] 详参葛洪《抱朴子》外篇《疾谬》中有关对汉末士人交往之风的评述。

放个性的现象。《后汉书·逸民传》载戴良之言行:

> 良少诞节,母熹驴鸣,良尝学之以娱乐焉。及母卒,兄伯鸾居庐啜粥,非礼不行。良独食肉饮酒,哀至乃哭,而二子俱有毁容。或问良曰:"子之居丧,礼乎?"良曰:"然。礼所以制情佚也,情苟不佚,何礼之论!夫食旨不甘,均致毁容之实,若味不存口,食之可也。"论者不能夺之。良才既高达,而论议尚奇,多骇流俗。同郡谢季孝问曰:"子自视天下,孰可为比?"良曰:"我若仲尼长东鲁,大禹出西羌,独步天下,谁与为偶!"

这种敢与圣人比肩,贵生轻死,重情薄礼的高论狂行,在汉末文人中是极为常见的。如《后汉书·文苑传》载:赵壹"体貌魁梧,身长九尺,美须豪眉,望之甚伟。而恃才倨傲,为乡党所摈,乃作《解摈》",往访羊陟,值陟"卧尚未起",即"径入上堂","遂前临之,曰:'窃伏西州承高风旧矣,乃今方遇而忽然,奈何命也!'因举声哭,门下皆惊,奔入满侧。陟知其非常人,乃起,延与语,大奇之"。祢衡"尚气刚傲,好矫时慢物",其与孔融甚善,然却谓"大儿孔文举,小儿杨德祖。余子碌碌。莫足数也";以至裸裎羞辱曹操,无何拘忌。至于孔融,"虽家居失势",仍"宾客日盈其门"(姚之骃《后汉书补逸·张璠〈汉纪〉》);而其议论尚奇,尤惊骇流俗。① 由此观汉末文士的创作,其特异个性和激切情感,无不映示其"傲俗自放"心态。如赵壹《刺世疾邪赋》,其创作思想是对当世"情伪万方,佞谄日炽"之丑恶现象与无行之人"舐痔结驷"、"抚拍豪强"的诅咒、批判,而其艺术旨归,又是那种"贤者虽独悟,所困在群愚;且各守尔分,勿复空驰驱"的自

---

① 《后汉书·孔融传》载路粹枉奏融有云:"前与白衣祢衡,跌荡放言,云:'父之于子,当有何亲? 论其本意,实为情欲发耳。子之于母亦复奚为? 譬如寄物瓶中,出则离矣。'既而与衡更相赞扬。衡谓融曰:'仲尼不死。'融答曰:'颜回复生。'"

守境界。祢衡的《鹦鹉赋》，文藻精美，情韵隽永，通过对一珍禽的艺术描绘，暗抒自己的孤傲情怀。赋的开头写道：

> 唯西域之灵鸟兮，挺自然之奇姿。体金精之妙质兮，合火德之明辉。性辩慧而能言兮，才聪明以识机。故其嬉游高峻，栖跱幽深；飞不妄集，翔必择林。绀趾丹嘴，绿衣翠衿；采采丽容，咬咬好音。虽同族于羽毛，固殊智而异心。配鸾皇而等美，焉比德于众禽。

考衡之为人，可见其文之奇崛，正显其个性，绝非虚伪求誉之辈的矫揉造作，而是文士自觉意识深入内心的一种真情宣泄。

其三，由隐逸之思发展到山水怡情，是汉末文学情感表现艺术的进化，这同是个体自觉中的文学觉醒意识。试观《后汉书·仲长统传》录仲氏《乐志论》：

> 使居有良田广宅，背山临流，沟池环匝，竹木周布，场圃筑前，果园树后。……蹰躇畦苑，游戏平林，濯清水，追凉风，钓游鲤，弋高鸿。讽于舞雩之下，咏归高堂之上。安神闺房，思老氏之玄虚；呼吸精和，求至人之仿佛。与达者数子，论道讲书，俯仰二仪，错综人物。弹《南风》之雅操，发清商之妙曲。消摇一世之上，睥睨天地之间。

如果说张衡《归田赋》开田园文学先声，然其描述仍多限主观情感抒发，那么，仲长统《乐志论》则是客观景物描绘与主观情感抒发的相对统一，而其艺术思想的聚光点又在于怡情山水的审美观照。继仲氏之后，那种"同乘并载，以游后园。……乐往哀来，怆然伤怀"（曹丕《与朝歌令吴质书》），"结春芳以崇佩，折若华以翳日。弋下高云之鸟，饵出深渊之鱼"（应璩《与从弟君苗、君胄书》）的山水之美、哀乐之情，已在文学创作中蔚成审美风尚。至山水文学大家谢灵运，其作《山居赋》亦谓"昔仲长愿言，流水高山"；又自注引仲长统语以证其意，可见其追怀钦慕之深。而仲长统的几句怡情山水的话所以能够传世流芳，影响深远，关键还在于其中含有三大审美机趣：一是山水之美与哀乐之情的交织，形成情景融会的意态；二是于畅美孔门"舞雩"之乐的同时，尤深合于老庄之思想，故能有"凌霄汉，出宇宙"之神思；三是创写山水之境，全然出于自觉意识，《后汉书》本传谓其"优游偃仰，可以自娱，欲卜居清旷，以乐其志"，实肇魏晋文学自觉先声。在此审美机趣中，仲长统的个性自觉意识渗合以老庄审美，诚为其时代风尚。钱穆《读文选》有段耐人寻味的话：

> 文苑立传，事始东京，至是乃有所谓文人者出现。有文人，斯有文人之文。文人之文之特征，在其无意于施用。其至者，则仅以个人自我作中心，以日常生活为题材，抒写性灵，歌唱情感，不复以世用撄怀。是唯庄周氏所谓无用之用，荀子讥之，谓知有天而不知有人者，庶几近之。循此乃有所谓纯文学，故纯文学作品之产生，论其渊源，实当导始于道家。①

以东汉文学思想由衍变而觉醒视之，是大致不谬的。

其四，东汉中叶以降士大夫多博学能文，雅擅术艺，而此现象至桓、灵后尤甚，②且多着意于真正的文学艺术创造，这也是文学逐渐走向自觉的征象。从学术思想演变视之，汉末文士是由儒学分化出来，这从东汉以来重古文经学，而"治古学贵文章"（何休《春秋公羊传解诂序》）的学术风气中已见演进迹象。不过，自西汉末到东汉中期以来，治古学而贵文章者虽日众，然为文之自觉意识还很稀薄，所贵之文章仍多囿经学范畴；只是到了汉末士之自觉意识的强化，其为文才摆落羁縻，以发抒个人的思想情感。赵壹作

---

① 引自台湾东大图书公司1985年版钱著《中国学术思想史论丛》（三）。
② 按：范书《文苑传》著录东汉文人二十三人，其中十人是桓灵以后的汉末文士。

《刺世疾邪赋》以"舒其怨愤",侯瑾"以莫知于世"作《应宾难》"自寄",仲长统因"可以自娱",方为《乐志论》以荡涤情怀,都说明了人的自觉与纯文学的出现有着不可忽视的因果关系。从史书著录文学体裁观之,汉末文学作品比重的增大,显示了一时盛况。据《后汉书·文苑传》记载,当时文人的创作已包括诗、赋、颂、箴、碑、诔、笺、书、谒文等多种体裁。而文学体裁和作品的繁盛,其关键又在文士自身的文艺素质和修养的提高。范书《文苑传》记郦炎"有文才,解音律",《蔡邕传》记邕"妙操音律。……吴人有烧桐以爨者,邕闻火烈之声,知其良木。因请而裁为琴,果有美音",皆阐发其文艺素养和才华。从文士主体创作活动视之,汉末文士所体现的真正的艺术创造性,也表明了文学的自觉度。《后汉书·文苑传》曾记述祢衡一次击鼓、踏拍、奏乐艺术活动过程:

> 衡方为《渔阳参挝》,蹀躞而前,容态有异,声节悲壮,听者莫不慷慨。①

这里是一个艺术家在进入文艺创造时的精神意态,那种"容态"和"声节"产生的旁若无人的独立情感,表现了如痴如醉、如迷如狂的艺术境界。这种痴醉迷狂的艺术境界所显示的自我创造,并不属于某一文士骚客,而是汉末文学艺术思潮的整体趋向。② 延笃

---

① 张骘《文士传》作"《渔阳参搥》";"蹀躞"数句作"蹋地来前,蹑跛足脚,容态不常,鼓声甚悲"。

② 这种不重儒行而重文艺的趋向,到建安迄魏朝尤为明显。如《三国志·魏志·王粲传》裴松之注引《魏略》载曹丕、曹植争夺邯郸淳事云:"(淳)博学有文章……荆州内附,太祖素闻其名,召与相见,甚敬异之。会临菑侯亦求淳,太祖遣淳诣植。……植初得淳甚喜,延入坐,不先与谈。时天暑热,植因呼常从取水自澡讫,傅粉,遂科头拍袒,胡舞五椎锻,跳丸击剑,诵俳优小说数千言讫,请淳曰:'邯郸生,何如邪?'于是乃更著衣帻,整仪容,与淳评说混元造化之端,品物区分之意,然后论羲皇以来贤圣名臣烈士优劣之差,次颂古今文章赋诔乃当官政事宜所先后,又论用武行兵倚伏之势。"其人生艺术之境界,于此可见一斑。

在《与李文德书》中描述了一种人生境界:

> 朝则诵羲文之《易》,虞夏之《书》,历公旦之典礼,览仲尼之《春秋》。夕则消摇内阶,咏诗南轩,百家众氏,投间而作。洋洋乎其盈耳也;涣烂兮其溢目也;欣欣兮其独乐也。当此之时,不知天之为盖,地之为舆;不知世之有人,己之有躯也。虽渐离击筑,傍若无人;高凤读书,不知暴雨;方之于吾,未足况也。

其所表现的旷荡与浑忘,是摆脱外物烦扰的心灵净化,而其欣欣然的"独乐"之美,又是人生与艺术在自觉状态下的情感扬升。出于自觉创造,赵壹论书法方能道出"凡人各殊气血,异筋骨,心有疏密,手有巧拙,书之好丑,在心与手"(《非草书》)的艺术真谛。而荀悦"情者,应感而动","见情、意,心志也","情见乎辞,是称情也"(《申鉴·杂言下》)的重"情"思想,亦深契于此。

诚然,汉末由人的觉醒到文的觉醒,是基于当世政治腐败、学术衰落的文化氛围,故其反映于学术思想上,则不可避免地出现追寻儒学昌盛、政治清平之旧梦和抛弃旧模式、重建新体系的矛盾;而反映于文学思想上,汉末文士则处于是复归汉代诗教之中和美,还是追求个性情感之解放的徘徊状态。汉末文坛领袖蔡邕文学思想中的内在矛盾,以及经此矛盾必然导向于文学自觉意识,也正是其时踟蹰徘徊而又不可逆转的时代音响。

三 蔡邕文学观在当世的典型意义

关于蔡邕的文学地位,当世即有"文同三闾"(惠栋《后汉书补注》卷十四引《蔡邕别传》)之誉。曹丕《典论·论文》将蔡邕与张衡并列。刘勰《文心雕龙》亦谓"张衡通赡,蔡邕精雅;文史彬彬,隔世相望"(《才略》)。并赞其文云:"蔡邕铭思,独冠古今。自后汉以来,碑碣云起;才锋所断,莫高蔡邕。……其叙事也该而要,其缀采也雅而泽。清辞转而不穷,巧义出而卓立。察其为才,自然而至。"(《诔碑》)然因蔡邕政治上与"狼戾贼臣"董卓相从甚密,故又遭致后世因"人品"而鞭笞其"文品"的诋议。顾炎武《日知录》卷十三"论蔡"为此观点之代表:

> 东京之末,节义衰而文章盛,自蔡邕始。其仕董卓,无守;卓死惊叹,无识。观其集中滥作碑颂,平日之为人可知矣。以其文采富而交游多,故后人为立佳传。嗟乎!士君子处衰季之朝,常以负一世之名而转移天下之风气者,视伯喈之为人,其戒之哉!

因人品清节的损玷而贬其文为谀墓求利之类,①殊失公允。从蔡邕与董卓之政治关系来看,也并非一味依附,而是处于若即若离的矛盾心态中;同时,他对董卓的颂扬或支持,其性质亦应根据具体情况和内容按论。② 而观蔡邕的文学成就,固然有受政治的影响,但更重要

---

① 刘克庄《后村诗话·后集》卷一以蔡邕《荐董卓表》与扬雄《剧秦美新》同称;王世贞《艺苑卮言》论文章"九命",其中"嫌忌"、"玷缺"、"流贬"、"刑辱"、"无终"五条举邕以责过,并谓"蔡中郎之文弱",皆因"人品"鞭笞"文品"之证。

② 纵观蔡邕一生,主要活动于桓、灵、献三朝,处在汉末社会的衰亡期。据《后汉书》本传载:他在入仕之初,即有"称疾而归"之举,后因抗颜直谏,被"下洛阳狱,决以弃市",几丧性命;终致"亡命江海,远迹吴会"十二年之久。在此悲凉的境遇下,中平六年,董卓为司空而召擢蔡邕时,他确实处于矛盾心态之中:一方面,他畏惧仕途险患,而"称疾不就",一方面又因人生使命感的驱使和自身飘泊无依的窘困,接受了董卓之请,以致"三日之内,周历三台"。然蔡对董的知遇之恩,也非报以阿谀,而仍敢直谏,如"董卓宾客部曲议欲尊卓比太公,称尚父。卓谋之于邕。邕曰'……愚意以为未可',卓从其言"(《后汉书·蔡邕传》)等,系董爱蔡之才学,听其诤言之例,未可统谓"同恶"。而从两人的政治主张来看,确有一致之处。董卓固然"暴虐不仁","毒流四海"(《三国志·董卓传》),然其作为,则在"诛宦"与"废立"(废汉少帝刘辩,立陈留王刘协,即献帝)。仅就"诛宦"而言,殊为卓之一生功绩。因为宦官为祸,实为汉末大难,而董卓奋起,却能诛除多年难除之祸根,实为当世的壮举、快事。蔡邕《荐董卓表》赞其"靖乱整残,丕诞洪业","义勇愤发,奋击丑类","上解国家播越之危,下救兆民涂炭之祸",亦非全然昧心逢迎,而是根据史实对董卓早期功业的评价,且表其钦慕之情。这不仅可见蔡邕在卓受诛时叹息的原因,也能说明二人在政治上的关系不无时代的进步意义。

的是应从文学自身的发展规律和汉末文学思潮的递嬗演变出发，则顾氏所云"负一世之名而转移天下之风气"，是恰如其分的。

蔡邕是汉末"通达有隽才"的学者，尤其在文学艺术上"善属文，解音声，伎艺并术数之事无不精综"（袁宏《后汉纪》），所以唐代张彦远《历代名画记》称其"工书画，善鼓琴。……书、画与赞皆擅名于代，时称'三美'"。然而正是这样一位博通超群的文艺人才，其文学思想却残留着极为保守之处，这主要表现于他对鸿都门学士的抑弃态度（虽然他亦曾应诏鸿都门）和对辞赋艺术的"俗语"、"俳优"的讥刺方面。如此理论的表白不仅与当时文学发展趋向形成强烈的反差，而且也同蔡邕本人的文学创作错位，深刻地揭示了觉醒期文士的共同的思想矛盾：一方面必然处于时代新潮的冲击波中，感受到人之觉醒的情感力量，且由此推动着文学意识的觉醒；而另一方面又受历史意识的扯拽，处于复古的审美意态中寻求被时代遗弃的传统观念。如仲长统以极端发扬个性昭著于世，然其理论却常拘于"情无所止，礼为之俭"，"先王之所以纪纲人物也"（《昌言》）的政教意识，荀悦珍重个人之真情，而其审美心境则仍是"食和羹以平其气，听和声以平其志，纳和言以平其政，履和行以平其德"（《申鉴·杂言上》）的中和之美，皆此时代矛盾与困惑。如果我们从此矛盾与困惑中寻找文学思想发展的主流，可以说其时文士对传统观念的传承留给历史的只是一种虚假的理论表白，而文学主体意识的觉醒则在他们思想的个体自觉意识和文学创作的审美追求中得到雄辩的证明，从蔡邕的文学创作成就观其文学思想成就，亦当作如是观。

（一）渗合着汉末儒道互补的时代精神，蔡邕的"济众"和"贵生"两种人生观表现于文学思想中，既增强了文学反映现实的深度，又产生了一种超功利的艺术追求，这使汉代文学思想进一步由"尚用"向"爱美"转化。从文学之现实力量的加强来看，蔡邕面视大汉帝国的"鸿业"颓逝,已无复闲情去颂德歌功,而是凭一己之身心的感受,写出了一批内容刻挚、形式短小的文学作品。如作于延熹二年,感于桓帝昏庸、宦官徐璜恣肆的《述行赋》,即宣泄出一腔愤思:

> 余有行于京洛兮,遘淫雨之经时,涂迍邅其蹇连兮,潦汙滞而为灾。桑马踯而不进兮,心郁悒而愤思。

又如《霖雨赋》"中宵夜而叹息,起饰带而抚琴"之牢愁,《蝉赋》"声嘶嗌以沮败,体枯燥以冰凝"之喻意,心灵困顿,悲怆填膺。而在此现实愤思中,又充分显示了作者的个性力量。从文学的审美意识来看,蔡邕思想又深刻反映了儒道互补的特征,此又首先发自他在政治上一面积极求进,"旬日之中,登蹑上列"(《戍边上章》),一面又在"狂淫振荡,乃乱其情;贪夫徇财,夸者死权"的历史氛围中求取"乐天知命,持神任己"、"抱璞而优游"的"圣哲通趣"(《释诲》)。这种心境表现于他的人伦品鉴,则是性情如"含元精之和,应期运之数"(《陈寔碑》),操守如"如渊之清,如玉之素"(《范丹碑》),德行如"安贫乐潜,味道守真"(《被州辟辞让申屠蟠》),情趣如"弃世俗,飞神形,翔云霄,浮太清"(《王子乔碑》)的赞美。在文学思想上,蔡邕既保持儒家"文而不华,实而不朴"(《太傅胡广碑》)的中和思想,又倡扬道家"辞达川流,文章云浮"(《何休碑》)的审美观念,而在文学自身的价值取向上,尤强调"明珠不莹,不发其光;宝玉不琢,不成圭璋"(《劝学篇》)、"文彰彪缛"(《酸枣令刘熊碑诗》),则已由"尚用"向"爱美"转化。蔡邕文学创作如《检逸赋》、《青衣赋》、《短人赋》、《琴赋》、《团扇赋》,或描人情,或状物理,或抒男女之爱,或写艺术之神,对美感和艺术的追求,演示了这种理论的觉醒。如果说从横向考察蔡邕所处时代政治遭际、社会文化心理决定其文学创作揭露现实和逃避现实的深层矛盾,从而在一定程度上淡化了文学作为颂德工具的悲剧性,那么,从纵向观照,蔡邕又是汲取了扬雄(文道玄览)、王充(重文儒)、①张衡(文章灿烂)文论营养,使汉代文学观念的变革进入深刻阶段。譬如对书艺之发展,扬雄提出"言,心声也;书,心画也"(《法言·问神》),摆脱了文字象物实用阶段而连结以主观情愫;而蔡邕《笔论》则进谓"书者,散也。欲书,先散怀抱,任情恣性",无疑更加突出艺术个性和独立性。

(二)蔡邕对美文学体裁的偏嗜,表现了尚文爱美的理论倾向。刘勰《文心雕龙·丽辞》云:"自扬、马、张、蔡,崇盛丽辞,如宋画吴冶,刻形镂法,丽句与深采并流,偶意共逸韵俱发。"文体骈化,先秦西汉初露端倪,魏晋六朝渐臻完熟,而东汉居开启与完熟之间,众作家如班固、王充、张衡、仲长统等,文笔整饬,颇得骈偶体势,然形体走向成熟,则至蔡邕《郭有道碑》、《篆势》、《隶势》诸文纯以骈体主格而成。如其《篆势》以骈体形式骋词遣采,构成精妙美文特色:

> 体有六篆,要妙入神。或象龟文,或比龙鳞,纤体放尾,长翅短身。颓若黍稷之垂颖,蕴若虫蛇之棼缊。扬波振激,鹰跱鸟震,延颈胁翼,势似凌云……

其艺术美思由文学美文推致而出,颇能给人以唯美的鉴赏感受。他如《隶势》之"或穿窿恢廓,或栉比针列,或砥平绳直,或蜿蜒缪戾,或长邪角趣,或规旋矩折",音律铿锵,语意流转,既形成蔡邕的文风,又揭示其爱美意向。由于骈文发展至六朝,藻丽日甚,淫巧失实,遭致隋唐以后古文家的强烈抨击,而"东京文衰"以及"中

---

① 蔡邕受王充思想影响最为直接。范书《王充传》注引袁书:"后汉王充所作《论衡》,中土未有传者,蔡邕入吴始得之。恒秘玩以为谈助。"又葛洪《抱朴子》:"时人嫌蔡邕得异书,或搜求其帐中隐处,果得《论衡》。"

郎文弱"的批评也缘此而出,并形成了对骈体美文的历史偏见。当然,后世对蔡邕美文创作亦不乏公允的评价,如其《太尉杨公碑》,是兼有骈语之作,清末古文家吴汝纶评云:"文势劲直,中郎本色","忽入韵语","笔势奇矫"(《汉魏六朝百三家集选·蔡中郎集评语》),深识其意。① 文章由质趋华,非一朝一夕之故,汉末文学的华藻趋向,又是文学自觉的象征,因而在此意义上,蔡邕美文的创作实践所表现的创作思想,是应予充分肯定的。

(三)蔡邕文学创作情感炽热,表现了文学觉醒中的个性,而此情感与个性,又正是"人"与"情"受到社会政治压抑的结果。归纳起来,蔡邕文学创作思想中的情感因素主要表现于以下四个方面:

一是忧患意识的危惧心理对人的行为的迫压,使现实自我缩小的同时精神自我扩大,从而表现出心灵奥区之感情的大震撼。如其《伤故栗赋》借伤栗兴悲,寄人生慨叹,并透过对"嘉木"的"摧伤"悲剧,反衬出对自我情感的肯定。同样,他的《吊屈原文》所云:"鸱鸮轩翥,鸾凤挫翻;啄碎琬琰,宝其翎翩。皇车奔而失辖,执辔忽而不顾;卒坏覆而不振,顾抱石其何补。"也反映了心灵抑屈下的大悲怆。

二是对低层人物感情的肯定,从而表现出作者热爱生活的深情。如《青衣赋》塑造一位"产于卑微"的青衣女子,并描摹其美貌云:

> 盼倩淑丽,皓齿蛾眉。玄发光润,领如蝤蛴。修长冉冉,硕人其颀。绮绣丹裳,蹑蹈丝扉。盘珊蹴躞,坐起昂低。和畅善笑,动扬朱唇。都冶妩媚,卓铄多姿。

---

① 挚虞《文章流别论》评此文云:"其文典正,末世之美者也。"言其劲直一面,却忽略了形式美的一面。

不止于此,作者还将自己卷入缱绻恋情,以宣扬其真诚的友爱。如果说蔡邕对"青衣"女性美的刻画基本上延承了前人描写美人的传统手法,那么,他对"青衣"人格美的尊重则突破了传统尊卑观念,有着文学的创新意义。此外在《瞽师赋》中,作者与瞽师怀精美技艺、抒愤郁之悲的心灵共鸣,也显现了这种刻挚深浓的情感意识。

三是对女性美的艳羡和对爱情的追求,其描述之细密,恋情之缠绵,在汉世文人中殊为罕见。如对"青衣"女子的铭心相思,竟达"思尔念尔,怒焉且饥"(《青衣赋》)的境地。其描绘夫妇谐美之乐,不避艳浮,至谓"丽女盛饰,晔如春华","其在近也,若神女采鳞翼将举;其在远也,若披云缘汉见织女;立若碧山亭亭竖,动若翡翠奋其羽"(《协和婚赋》)。而其作《检逸赋》,虽祖述张衡《定情赋》,但其求爱的表白,又既显且露:

> 夫何姝妖之媛女,颜炜烨而含荣;普天壤其无俪,旷千载而特生。余心悦于淑丽,爱独结而未并;情罔象而无主,意徙倚而左倾;昼骋情以舒爱,夜托梦以交灵。

如此骋情舒爱、托梦交灵的自由,无疑开启曹植《洛神赋》、陶潜《闲情赋》中自我主体之爱的参与所表达的浪漫情思。

四是对艺术一往情深的追求。如《琴赋》、《弹棋赋》、《笔赋》等作品,都是蔡邕陶醉纯艺术之境而忘怀功利教化的明证。兹举《琴赋》的一段描写:

> 尔乃闲关九弦,出入律吕,屈伸低昂,十指如雨。清声发兮五音举,韵宫商兮动徵羽,曲引兴兮繁弦扶,然后哀声既发,秘弄乃开,左手抑扬,右手徘徊,指掌反覆,抑案藏摧。……于是歌人恍惚以失曲,舞者乱节而忘形,哀人塞耳以悁怅,辕马踯足以悲鸣。

寥寥数语,技艺之精湛,琴声之悠扬,弹者之妙姿,情感之移化,可谓神完气足,韵味无穷。

从蔡邕文学创作成就探其文学思想成就,可见其"尚用"与"爱美"的矛盾,而最终趋向于"爱美";"教化"与"言情"的矛盾,而最终趋向于"言情";斥辞赋为"俳优"与偏嗜偶意丽辞的矛盾,而最终成为汉末骈文大家,既为文学发展潮流所致,又说明了他由人生观而影响于文学观的内在矛盾以及包含于矛盾中的觉醒意识。回观史迹,"魏之篇制,顾慕汉风;晋之词章,瞻望魏采"(《文心雕龙·通变》),蔡邕对文学审美的肯定树立了汉末文学思想之界碑;启示来者,蔡邕文学创作劲直流丽,文学思想重情爱美,实为建安"三曹"、"七子"文学之津筏,尤其是"七子"中王粲、阮瑀及门受学,他人亦多宗仰,蔚为时风。

第二节　社会批判思潮下的文学倾斜意识

在文士群体兴起之际,汉末社会批判思潮的出现,尤以民本思想为主,对当时社会政治腐败现象进行了彻底的批判,因而对文学思想的影响,也就更侧重于文学的批判功用和理性精神。而在理性精神与现实社会的矛盾中,有关"名实"、"本末"、"才性"问题的讨论,又深化了文士个体的自觉性,并由此显示出与汉代文学正统思想相悖离的衰世文学倾斜意识。

一　文学的批判功用

汉末批判思潮与文学思想的倾斜,是王充疾虚求真文学观的发展,[1]而其思想内涵,则从政治与人性两方面发扬汉代刺诗传

---

[1] 范书以王充、王符、仲长统合传,其意在此。韩愈作《后汉三贤赞》,称颂王充"闭门潜思",王符"愤世著论",仲长统"倜傥敢言",也说明了三人共有的自创卓论的特征。

统,并以其强烈的批评性揭破了汉儒论诗之"主文而谲谏"的温情面纱。

王符的《潜夫论》是社会批判思潮兴起的早期代表著作。《潜夫论》约完成于桓帝后期,其对社会黑暗、政治昏惑的揭露,最深刻地集中于对当世人性虚矫伪饰的批判。他指出:"今世主之于士也,目见贤则不敢用。……众小朋党而固位,逸妒群吠啮贤",以至出现"以面誉我者为智,谄谀己者为仁,处奸利者为行,窃禄位者为贤"(《潜夫论·贤难》)的丑恶现象。缘此对衰世人心浇漓的愤情,他对文学的理解也渗透了强烈的社会批判意识。《潜夫论》论《诗》云:

忽养贤而《鹿鸣》思,背宗族而《采蘩》怨,履亩税而《硕鼠》作,赋敛重而"谭告"通,班禄颇而《倾甫》刺,行人定而《绵蛮》讽,故遂耗乱衰弱。(《班禄》)

这里对《诗》的理解兼含了现实的与历史的两层意蕴,以显现"刺"的作用。出于"虽有尧、舜之美,必考于《周颂》;虽有桀、纣之恶,必讥于《板》、《荡》"(《思贤》)的现实文学观,他对现实的批判又归结于抒"情志"明"教化"的实用审美价值。《潜夫论·务本》云:

夫教训者,所以遂道术而崇德义也。今学问之士,好语虚无之事,争著雕丽之文,以求见异于世。品人鲜识,从而高之,此伤道德之实,而或曚夫之大者也。诗赋者,所以颂善丑之德,泄哀乐之情也。故温雅以广文,兴喻以尽意。

由此可见,王符的文学观虽然具有极强的批判精神,但仍然处于发情止礼的矛盾中,尤其是受"民之所欲,天必从之"(《遏利》),"天道赏善而刑淫"(《述赦》)的今文经学之天人感应论限制,他的文学教化观又落入汉儒经学思想的窠臼。甚至对"赋颂之徒",概以

"苟为饶辩屈塞之辞"、"长不诚之言"(《务本》)视之,抹煞了文艺自身的价值。

成书于灵帝时的崔寔《政论》,与王符思想相比,是汉末社会批判思潮的一次进步。其反映于文学思想,又集中于以下两方面。一是通过对腐朽社会现状的批判,以重困顿幽愤之文的作用。《政论》指出:"贾生之所以排于绛灌,吊屈子以抒其幽愤者也。"正此以贾谊为例的"抒其幽愤"文思,强化了崔寔文章对社会"冤抑酷痛"之政治,"上下相匿"之经济的批判性,[①]尤其是对社会上一切虚伪现象的揭露,又表明了崔寔的尚朴求真思想。他认为:"夫人之情,莫不乐富贵荣华,美服丽饰,铿锵眩耀,芬芳嘉味。""故庸夫设藻棁之饰,匹竖享方丈之馔。"这种因"奢风"而恐"穷竭",完全出于衰世忧患的倾斜意识。二是面对"俗渐弊而不悟,政浸衰而不改"的社会残局,崔寔以中兴渺茫之悲观想法,企求一种超脱人生烦扰的怡静安适之审美趣味。他在《答讥》文中回复"客"之"今子游精太清,潜思九玄;励节缥霄,抗志浮云"提问云:

  子徒休彼绣衣,不知嘉遁之独肥也。且麟隐于退荒,不纤机阱之路;凤凰翔于寥廓,故节高而可慕。……若夫守恬履静,澹尔无求,沈缃濬壑,栖息高丘,虽无炎炎之乐,亦无灼灼之忧。余窃嘉兹,庶遵厥猷。

这种思想境界与汉末老庄复兴有关,但观崔寔之思想,又主要是文学批判精神的一种曲折反映。

仲长统文学思想中的审美情趣和精神境界,确有超越汉世而具魏晋中人的修养、风度,然其在《昌言》中立足于对两汉四百年

[①] 《后汉书·崔骃列传》引仲长统评崔寔《政论》云:"凡为人主,宜写一通,置之坐侧。"这既说明了《政论》对当世政治的指导意义,又表现了其批判思想对仲长统的直接影响。

历史之反思和对汉末社会糜烂状况之批判的文学观,同是一种倾斜意识的表现。仲长统对历史治乱的反思,击破了传统的循环论,以春秋至汉末漫长的历程为考察对象,提出了由"乱"到"小乱"再到"大乱"的悲剧性的结论。《昌言·理乱篇》云:"昔春秋之时,周氏之乱世也。逮乎战国,则又甚矣。秦政乘并兼之势,放虎狼之心,屠裂天下,吞食生人,暴虐不已,以招楚汉用兵之苦,甚于战国之时也。汉二百年而遭王莽之乱,计其残夷灭亡之数,又复倍乎秦、项矣。以及今日,名都空而不居,百里绝而无民者,不可胜数,此则又甚于亡新之时也。悲夫!"何焯《义门读书记》卷二十二评仲长统《理乱篇》之文云:"慷慨激昂,挟有悍气。此为乱世之文。"而此乱世之文,又是从现实之乱反观历史之乱,以挖掘社会动乱之深层原因的。他力斥汉儒之天命观,认为治乱之由在"唯人事之尽",汉末之乱,乃"君臣宣淫,上下同恶,荒废庶政,弃亡人物,澶漫弥流,无所底极"之故,所以尊奉"人事"成为他社会批判思想的核心。因此,在仲长统文学思想中表现的那种在极度痛苦压抑下的超俗境界,又深含社会的批判性与人格的自主性。试举《后汉书》本传载其《见志诗》为例,以观其概。其一:

飞鸟遗迹,蝉蜕亡壳。腾蛇弃鳞,神龙丧角。至人能变,达士拔俗。乘云无辔,骋风无足。垂露成帏,张霄成幄。沆瀣当餐,九阳代烛。恒星艳珠,朝霞润玉。六合之内,恣心所欲。人事可遗,何为局促。

其二:

大道虽夷,见几者寡。任意无非,适物无可。古来绕绕,委曲如琐。百虑何为,至要在我。寄愁天上,埋忧地下。叛散《五经》,灭弃《风》《雅》。百家杂碎,请用从火。抗志山西,游心海左。元气为舟,微风为舵。敖翔太清,纵意容冶。

如果说第一首诗所表现的"至人"、"达士"之通变超俗的人生理想是产生于人事的忧患,是在人事忧患中意欲遗弃人事("人事可遗")的变态追求,那么,第二首诗则进一步在"大道"陵夷的社会忧患中又以遗物("适物无可")存我("至要在我")为方式,并通过"寄愁"、"埋忧"的心灵净化和"叛散"、"灭弃"的知识扬弃,而达到"抗志"、"游心"、"敖翔"、"纵意"的主体精神自由。

文学的批判功用在汉末文人笔下极为常见,赵壹即为一位以文学为社会批判武器之典型。他不仅在明确的批判文章《刺世疾邪赋》中对"情伪万方,佞谄日炽"的社会现象和"舐痔结驷""妪嫣名势"的龌龊之徒进行了激烈的笔伐,而且在其抒发心志的作品中亦寄寓着批判精神。如《穷鸟赋》云:

> 有一穷鸟,戢翼原野。毕网加上,机阱在下;前者苍隼,后见驱者;缴弹张右,羿子彀左;飞丸激矢,交集于我。思飞不得,欲鸣不可;举头畏触,摇足恐堕;内独怖急,乍冰乍火。

作者自比"穷鸟",以天地为牢笼,以社会为陷阱,于情辞凄苦之中,蕴含着一腔愤懑。如果将赵壹《穷鸟赋》与汉初贾谊之《鵩鸟赋》相比,二者相同之处在共有"不遇"愁绪,不同之处却是《鵩鸟》旨归于"德人无累,知命不忧"的无为、旷达,而《穷鸟》感受的是困厄与绝望,前者偏重于隐刺,后者偏重于批判。

二 理性与现实的矛盾

汉末社会批判思潮是冲击汉儒天命思想之认识障碍的一种理性的复兴,然反映到文学思想上,其理性中保存的儒家政教意识又与文学抒写现实、批判现实所表现的强烈情感发生了矛盾。这种矛盾在衰世文学倾斜意识中主要表现出理论与创作的距离。

在理论上,由于受衰世文化心理的影响,汉末文人对文学的要求或企向于新的审美趣味,以自全其个性,但其表现形态则又往往是一致的,即同受汉代传统的政教文学观的羁绊而显出以"德"制"艺"的特征。就企向新的审美趣味而言,汉末文学个体意识的觉醒毕竟处于初始阶段,没有成熟的理论体系,因而在自全文学个性的同时也就必须借助传统的道德与文艺结合的观念,以旧有框架掩包新的思想。就企向于盛世文学教化意识而言,这在汉末文人思想中实质上是在复古中蜕变的征象,然而由于蜕变的新思想同样掩包于复古的旧观念中,故其理论特色仍具有浓厚的传统性。但是,我们不应忽略这样一个基本事实,那就是不管是企慕传统(内含变革)还是企慕新潮(借助传统),其所表现的都是一种理性,而这种具有先儒思想精神的理性,又正是针对腐败颓废的现实起着批判作用的。

在创作上,汉末文人同样受着衰世文化心理的影响。然而,由于文学创作自身的特性是情感的表现,因此在对现实的批判上较少理性的反思和政教思想的羁绊,这也就决定了当时文人的文学创作批判在激情的冲击下与文学理论批判拉开了距离。蔡邕在他有关文艺的论述中强调"文德",甚至认为"书画辞赋,才之小者"(《上封事陈政要七事》),然其文学创作,却有《青衣赋》所追求的缱绻恋情,有《述行赋》所抒泄的婉曲悲情,有《检逸赋》所刻摹的媛女丽姿,有《琴赋》所表现的恬淡清音,正是这种距离而形成的思想矛盾。在仲长统的文艺思想中,同样存在"情无所止,礼为之俭","道德仁义,天性也,织之以成其物,练之以致其情,莹之以发其光"(《昌言》)类的政教思想,然其创作,《见志诗》中真挚激切的情感,《乐志论》[①]中"睥睨天地"的纵情傲物的形象,又显示出突破政教限囿的个性的觉醒。这种文学创作的自觉与理论的羁

---

① 按:仲长统《乐志论》虽名曰"论",实为一篇小赋。

縻,在徐幹思想中也有深刻的表现。他一方面于其理论著作《中论》认为"艺"附于"德",一方面又在其《室思》、《情诗》以及《七喻》等文学创作中激荡着愤思和深情,这同样是当时社会文化心理的自身矛盾形成的理论思想与创作情态的巨大反差。在一定意义上,可以说汉末文人理论的表白是一种难以立足于时代的理想性的亏辞,而真正的文学艺术追求却自觉或不自觉地反映于创作实践中。

由于理论与创作的距离,汉末文人的文学思想结构本身也就处于新、旧矛盾的交互中。譬如在仲长统的文学思想中,这种矛盾表现于"情无所止,礼为之俭"的以礼法为情欲之防的传统思想模式和"疏瀹胸臆,澡雪腹心","英辞雨集,妙句云来","快惬以志,人之所欲也"(《昌言》)的重文重情之新思潮的交互。徐幹《中论》有关文艺的论述也处此新、旧思想混杂的矛盾圈中。他面视倾斜溃散的汉末社会,对文学艺术的认识一方面设置儒家之道德伦理规范,以强调政治需求、人生修养对文学艺术的制约力量,另一方面,他又承认文艺为圣人所必备和文艺相对独立于道德论之外,显示出改变文艺作为经学附庸的时代要求。《中论·艺纪》论"艺"与"德"关系云:"艺者,德之枝叶也;德者,人之根干也",此以艺附德。次云:"木无枝叶则不能丰其根干……人无艺则不能成其德",此德依艺而成。又云:"艺能度乎德行,美在其中,而畅于四支,纯粹内实,光辉外著",此论德艺并美。这里明显表明了徐幹文艺观中"德"与"艺"的内在矛盾,而这种代表时代倾斜意识的矛盾在徐幹思想中的糅合,又主要体现于对文与质、情与实的探讨。他依据"盛德之士,文艺必众"的原则,认为"既修其质,且加其文,文质著然后体全";"通乎群艺之情实者,可与论道;识乎群艺之华饰者,可与讲事"。所谓"情实",是艺之质;所谓"华饰",是艺之文;"情实"与"华饰"副称,正是文艺内容与形式的统一。这又与"道"和"事"既融合又分离。因此,虽然徐幹声称"君子兼之则贵"的文与质、道与事的统一,但其以政教之"德"规范审美之"艺",以审美之"艺"突破政教之"德"的矛盾,却仍是最本质的文化内涵。

但是,如果从汉末文化思潮之整体情态来看,这种文人思想中的创作与理论之距离、新旧观念间之冲突,均又因受衰世文化心理的支配而显出深层的一致性。如徐幹在《中论》中塑造出符合儒教传统之"内智"的理想化人格,正是现实的人在历史、社会沉压下达到极限的自我扩大,是与王朝衰世荒淫的人欲、卑污的人性形成强烈比照、对抗,激发出的理性与现实的矛盾与冲突。因而在徐幹的文学创作中,如《序征赋》所描述的"观庶士之缪殊,察风流之浊清","及中区以释勤,超栖迟而无依",《哀别赋》"秣余马以俟济兮,心僤恨而不尽;仰深沉之掩蔼兮,重增悲以伤情"的怅恨与自伤,在特定意义上正是他的《中论》大倡儒教审美的潜在意识。徐幹流传至今的几首诗歌创作,同以饱蘸悲哀的笔触,写理想境界与人生不幸的心灵矛盾。如其代表作《室思》六章,有"良会未有期,中心摧且伤"(一章)之时空隔绝,心魂丧落的幽愤;有"人生一世间,忽如暮春草"(二章)之宇宙永恒,人事无常的感慨;有"人离皆复会,君独无返期"(三章)的怅恨心绪;有"自恨志不遂,泣涕如涌泉"(四章)的痛苦情态,无不沉埋于现实人生与理想人生的矛盾的迷惘境界。这种寄寓了衰世人生忧患意识的理性精神和现实感受,充分说明现实否定人生所引起的逆反心理是人生否定现实,而此"否定"的批判,又正是汉末文人共有的自我意识与无情现实碰撞下倾斜的心迹显影。

三 名实、本末、才性与文学自觉

汉末学术思想中有关"名实"、"本末"、"才性"问题的讨论,同以社会批判的形态促进文学思想趋向自觉。

名实范畴的出现是汉末名理学中的重要问题。在社会批判思潮下,王符"名理者必效于实"(《潜夫论·考绩》),仲长统"天下之士有三可贱。慕名而不知实,一可贱"(《昌言》)等崇实观的出现,正是针对当时名教危机,因"尚名"而"求贡不相称,名实不相符"风气而来。基于崇真实、弃虚名的思想,汉末学人从汉儒崇天道、抑人事的意志中解放出来,废弃了那种逐渐僵化、虚化的"天人合一"的思想模式,重建起以"人"为本体的理论体系。并由此"本末"范畴的理论探讨达到"情性者,心也,本也"(《潜夫论·德化》),"人事为本,天道为末"(《昌言》)的人性自觉的境界。① 有关"才性"问题的讨论,正在以人为本的思想基点上展开的。汉末"才性"问题的提出,与名理学方法之运用有着因果关系,②然其直接的导源,却是文士之人物品鉴。如果说桓、灵时郭泰"人伦鉴识"为汉末人物才性评论之嚆矢,而其具体评论又以重性过于重才为特征,③那么随着汉末崇实思想的强化与人性个体的进一步自觉,到建安时徐幹"独智"观的出现,则表明了对人物品鉴之"重才"观的弘扬。《中论》指出:"人性之所简也,存乎幽微;人情之所忽也,存乎孤独。"(《法象》)又谓:"明莫大乎自见,聪莫大乎自闻,睿莫大乎自虑。"(《修本》)这种重视"才情"的自我意识的强化,是对先儒"独善"思想和老庄"自我"修炼的发挥,表明了汉代

---

① 汉末"崇本抑末"观点直接开启了王弼《老子》五十七章注"夫以道治国,崇本以息末"的思想理论。
② 近人牟宗三于《才性与玄理》(台湾人生出版社1963年版)中将魏晋名理学的发展分为"才性名理"和"玄学名理"两个阶段,甚为中肯。事实上,汉末有关"名实""才性"的讨论,已开启了"才性名理"阶段。
③ 试举郭泰人伦鉴识一例:《后汉书·郭林宗传》:"黄允字子艾,济阴人也,以隽才知名。林宗见而谓曰'卿有绝人之才,足成伟器。然恐守道不笃将失之矣。'"可见郭氏虽重性胜重才,然其对才的重视也是明确的。

大群体思想的倾斜、解体。

　　由名实问题而产生的"崇实"观,由本末问题而产生的"人本"观,由"才性"问题而产生的"才情"观,实为汉末社会批判思潮之三大理论支柱,对人文的觉醒起着巨大的推动作用。可以说,缘于"崇实"观的确立,汉末文学思想以征实为主,只是这种征实因时代之异,已不像汉代社会文化昌盛期那般汇聚众物,誉扬众美,而是以直接的切肤感受对当世社会的严厉批判。缘于"人本"观的确立,汉末文士多从心灵的体悟和心志的感发来认识文艺作用,所谓"艺者心之使也"(《中论·艺纪》),即为其明确表述。而"才情"思想的发挥,则使我们看到汉末文学创作的情感色彩和由此体现的个性解放特征。概言之,"崇实"、"人本"、"才情"虽属三个不同的理论范畴,但在汉末文学思潮中却是一个整体思想结构。由此进而观汉末文学思想之理论结构,因征实而奠其基础,因人本而扬其个性,因才情而泄发情感。而通过汉末文人之创作观其理论,又可因其情感而求其个性,因其个性而把握衰世文学之征实的批判精神。试以徐幹《室思》诗第四章为例:

　　　　惨惨时节尽,兰叶凋复零。喟然长叹息,君期慰我情。辗转不能寐,长夜何绵绵。蹑履起出户,仰观三星连。自恨志不遂,泣涕如涌泉。

作者辗转悱恻之情填积胸膺,对茫茫长夜,莫测星云,化作如泉之恨,宣泄而出。这种因感受宇宙渺冥、人世纷繁、生命短促、际合难会之多层沉压形成的心理恐惧,在文学作品中引发出情感爆炸,而被现实阻扼、扭曲的感情意志,又在此一瞬间冲破忧患和危机,表现了文学思想的自我个性。《中论·亡国》评述王莽擢士用才云:"莽之爵人,其实囚之也;囚人者,非必著之桎梏而置之囹圄之谓也,拘系之、愁忧之之谓也。"此拘系愁忧,可谓汉末文人在大厦崩塌之瓦砾中挣扎徘徊之心态的真实写照,亦即汉末文学批判意识之征实心理的必然反映。

日人稻畑耕一郎论述汉赋艺术的小品化问题时指出:小品赋"表现基点已从囊括宇宙、鸟瞰世界,转为以表现者自我为出发点感受到的天地,赋的表现形式,也就因而得以更多地抒发个人内心的细腻的感情。"(引自《杭州大学学报》1980年第2、3期《赋的小品化初探》文)文学表现形式之变缘于文学思想内容之变而来,而从赋之小品化现象缘于个性情感之觉醒为个例,亦可窥探出汉末文风扭转之契机。因此,在汉末社会批判思潮冲击下文学思想之个性与情感的突现,就汉代文学之整体机制而言,无疑是一种倾斜,然其倾斜本身却意味着觉醒。

第三节 诗学的会通与拓展

文学思想的发展并非一帆风顺,而是既有汹涛涌浪,又有潺湲回流。假如说汉末文士个性的觉醒与文学的社会批判犹如浪涛汹涌,冲除陈滓,激起新声,则出现于其时的郑玄诗学,却像盘旋于巨浪中的回流,一方面以融通的态势拥抱着顺潮而下的历史文化,一方面又必然受到时代大潮的激发而于回旋的水流中宕出异响。

如果说马融是东汉文化变革期破一家之师法章句,倡通儒博识的转折人物,郑玄则是在汉末风云激荡的社会现实中兼综前人,以广博学识融合汉代今古文之争的经学文化之集大成的殿军。[1]

---

[1] 汉末今古文经学的融合,也是当时思潮风尚所致。如今文学家范宁,亦主博通,其《穀梁传序》云:"凡传以通经为主,经以必当为理,夫至当无二,而三传殊说,庸得不弃其所滞,择善而从乎?……《左氏》艳而富,其失也巫;《穀梁》清而婉,其失也短;《公羊》辩而裁,其失也俗。若能富而不巫,清而不短,裁而不俗,则深于其道者也。"

《后汉书·郑玄传》载:

> (玄)造太学受业,师事京兆第五元先,始通《京氏易》、《公羊春秋》、《三统历》、《九章算术》。又从东郡张恭祖受《周官》、《礼记》、《左氏春秋》、《韩诗》、《古文尚书》。以山东无足问者,乃西入关,因涿郡卢植事扶风马融。……玄所注《周易》、《尚书》、《毛诗》、《仪礼》、《礼记》、《论语》、《孝经》、《尚书大传》、《中候》、《乾象历》,又著《天文七政论》、《鲁礼禘祫义》、《六艺论》、《毛诗谱》、《驳许慎五经异义》、《答临孝存周礼难》,凡百余万言。

可见郑玄师事之广、著述之盛。其中对《诗》的笺释研究及其所撰《诗谱》,①系统地反映了他的文学思想成就。

一 诗学的会通与政教理论系统

郑玄诗学以古文学之《毛诗》为主,融今文三家诗说,既围绕汉代政教诗学观这一中心轴,又以其会通精神自成政教理论体系。

交互性是郑玄诗学会通精神的表现之一。郑玄博注群经,往往引证《诗》说,而于引证之中,又兼取众家,从而形成了一种交互。在群注间,其中最具代表性的是《三礼注》多引四家《诗》以证其义,且与其《毛诗传笺》出现牴牾、矛盾现象。这种矛盾现象诚如皮锡瑞所云"其所著书先后不合,并非有意矛盾,故示参差之迹"(《郑志疏证自叙》),表现其学术的交互特征。至于郑氏"学与年俱进,常有欿然不满之意"(同上),又说明了郑玄诗学出入三

---

① 按:郑玄《诗谱》自《后汉书》本传记载,隋、唐史志皆著录。至北宋《崇文总目》则无之。欧阳修《诗本义·诗谱补亡后序》考其因由,并谓偶得《诗谱》残本,做了补亡工作。而后世又在欧阳修所修葺《诗谱》基础上又做了辨伪补订。亦或有谓"残本欺人,芜不足据"(胡元仪《毛诗谱序》),然终非信谳。

家,择善《毛诗》的思想。郑玄诗学交互证义不仅表现为《三礼注》兼采四家诗说,而且还体现在《毛诗传笺》本身参合今文三家诗说方面。

首先从《三礼注》观其兼采四家诗说。兹各举一例:一、《礼记·曲礼上》:"很毋求胜,分毋求多。"郑《注》:"很,阋也,谓争讼也。《诗》云:'兄弟阋于墙。'"此据《毛传》训"阋"作"很"而为互训例。二、《礼记·缁衣》:"《诗》云:'人之好我,示我周行。'"郑《注》:"行,道也,言示我以忠信之道。"此引《小雅·鹿鸣》诗据《齐》说之例。三、《周礼·考工记·近人》:"凡任索约大汲其版,谓之无任。"郑《注》:"约,缩也。《诗》云:'约之格格,椓之橐橐。'"此引《小雅·斯干》诗据《鲁》说之例。四、《礼记·经解》:"(天子)升车则有鸾和之音。"郑《注》:"鸾、和皆铃也,所以为车行节也。《韩诗内传》曰:'鸾在衡,和在轼前,升车则马动,马动则鸾鸣,鸾鸣则和应。'"此从《韩》说之例。

其次从《毛诗传笺》观其以《毛诗》为主兼取三家诗说。再各举一例:一、《诗·大雅·烝民》:"德𬨎如毛,民鲜克举之。我仪图之,维仲山甫举之,爱莫助之。"《毛传》:"仪,宜也。爱,隐也。"郑《笺》:"𬨎,轻。仪,匹也。爱,惜也。"此采《齐》说而异于《毛传》之例。二、《诗·小雅·鹿鸣》:"人之好我,示我周行。"《毛传》:"周,至;行,道也。"郑《笺》:"周行,周之列位也。"此采《鲁》说而异于《毛传》之例。① 三、《诗·秦风·驷驖》:"𬨎车鸾镳。"郑《笺》:"置鸾于镳,异于乘车。"此采《韩》说而异于《毛传》解《小雅·蓼萧》"和鸾雝雝"为"在轼曰和,在镳曰鸾"

---

① 陈乔枞《齐诗遗说考》:"郑君《诗笺》以'周行',为'周之列位'……用《鲁》训也。"按:郑《笺》与《礼记·缁衣》郑《注》释义予盾,此亦郑氏诗学的"参差之迹"。

之例。

综合性是郑玄诗学会通精神的表现之二。在郑玄诗学中,他一方面为《毛序》、《毛传》作内涵丰富的笺释,以明其训诂、义理,一方面又作《诗谱》,从理论上对汉代诗学进行系统的综合研究。而探究郑玄对诗学之综合研究的主要思想,我以为正是针对汉世齐诗末流堕天人感应之虚,而重振孟子诗学,以恢宏其"知人论世"和"以意逆志"的治诗思想与方法。

先观其"知人论世"。郑玄《诗谱》及其有关笺释中无不贯串着"知人论世"的批评原则,具体而言,其方法又包括明时代之限,定地理之位,说正变之义三方面。其一,为明时代之限,郑玄综合四家诗纷纭之说,通过考证以确定风、雅、颂之产生时代。而于风、雅、颂各类诗种,郑玄均划分其创作年代。如将"雅诗"分为西周昌盛与周室衰微两个时期,从而为其"正变"说奠定理论基础。同时,对每首诗时代的考定,又明显表现了郑玄诗具有的超越前人的历史观照能力。譬如《毛序》言《无将大车》诗,仅云:"大夫悔将小人也。"而郑《笺》则既诠释内容,又著明时代:"幽王之时,小人众多,贤者与之从事,反见谮害,自悔与小人并。"又如对鲁颂《駉》诗创作时代的认定,郑玄《诗谱》云:"僖二十年,新作南门,又修姜嫄之庙,至于复鲁旧制未遍而薨。国人美其功,季孙行父请命于周,而作其颂。"此说既不同于三家,亦略异于《毛序》,表现了他以自己的研究方法得出的结论。其二,定地理之位,是郑玄对古人采诗众国之材料的广泛搜寻和取舍整理。如《诗谱》以邶鄘卫合谱云:"邶鄘卫者,商纣畿内方千里之地。其封域在《禹贡》冀州太行之东,北逾衡漳,东及兖州,桑土之野。"又云:"周武王伐纣,以其京师封纣子武庚为殷后。庶殷顽民被纣化日久,未可以建诸侯,乃三分其地,置三监,使管叔、蔡叔、霍叔尹而教之。自纣城而北谓之邶,南谓之鄘,东谓之卫。"这一考证虽基本取义于《汉书·地理志》,①然观二者间存在的区别,却可见郑玄对产诗之地理方位所作的精慎的厘定工作。缘于方位的确定,《诗》所表现的风土人情,亦得以昭示。其三,说正变之义,从郑玄诗学的综合研究方法而言,是在明时代、定地理基础上的诗义阐释,而从汉代诗学的整体意义来看,又显然是继承《毛诗序》"王道衰,礼义废,政教失,国异政,家殊俗,而变风变雅作"思想的结果。因此,只有通过对郑玄综合研究的了解,才能进一步辨识其正变说对汉代诗学的贡献、发展。郑玄对《诗》之时代、方位的细密考定,使他对《诗》之正变的认识更为精密,如其把除"鲁颂"、"商颂"之外的二百九十六篇周诗皆纳入正变之说,并在《诗谱》中对每一篇或正或变之诗义作理论界定,又使《毛诗序》以及前人《诗》论有关正变的笼统说法成为完整而系统的理论体系。

再观其"以意逆志"。如果说"知人论世"在郑玄诗学中的运用主要表现于研究面的开拓,那么"以意逆志"方法则加深了他对《诗》之义理的认识。王国维序张采田《玉溪生年谱会笺》云:"及北海郑君出,乃专用孟子之法以治《诗》。其于《诗》也,有《谱》有《笺》。《谱》也者,所以论古人之世也;《笺》也者,所以逆诗人之志也。"(《观堂集林》卷二十三)甚能统摄郑玄诗学方法之整体。譬如郑氏《诗谱》以"论世"的方法定雅诗于西周昌盛与周室衰微两时期,《毛诗传笺》则与此符应,以深契诗意,逆诗人之志。以《十月之交》为例,《毛序》云:"大夫刺幽王也。"而郑《笺》则以明时代之法,将其诗与《节南山》、《正月》二诗作比照,以追溯诗人作诗之本意:

---

① 《汉书·地理志》:"河内本殷之旧都,周既天殷,为其畿为三国,《诗》风邶鄘卫国是也。邶以封纣子武庚,鄘管叔尹之,卫蔡叔尹之,以监殷民,谓之三监。"

> 当为刺厉王，作诂训传时，移其篇第，因改之耳。《节》刺师尹不平，乱靡有定，此篇讥皇父擅恣，日月告凶；《正月》恶褒姒灭周，此篇疾艳妻煽方处；又幽王时司徒乃郑桓公友，非此篇之所云番也，是以知然。

这不仅可见郑玄异于前人的潜研、训考之功，而且表明了他对诗意的诠释所包含的于时代与人生之深层的感受。赵岐《孟子题辞》云："孟子长于譬喻，辞不迫切，而意已独至。其言曰：'说诗者不以文害辞，不以辞害志，以意逆志，为得之矣。'斯言殆欲使后人深求其意，以解其文，不但施于说诗也。今诸解者往往撷取而说之，其说又多乖异不同。"赵氏之讥，显然是对当时治学存在的务虚之风的反拨，而由此看待郑氏会通孟子的治诗方法，亦可见其会通历史与现实之意义。就历史而言，郑学是对前代诗学研究的反思，就现实而言，又是衰世诗学观中治世精神的自我表现；合此二者，正构成郑玄诗学的政教思想系统。

关于郑玄的政教诗学观，他的《六艺论》有段推述：

> 诗者，弦歌讽谕之声也。自书契之兴，朴略尚质，面称不为谄，目谏不为谤。君臣之接如朋友然，在于恳诚而已。斯道稍衰，奸伪以生，上下相犯，及其制礼，尊君卑臣，君道刚严，臣道柔顺，于是箴谏者希，情志不通，故作诗者以诵其美而讥其过。

此观点与《毛诗序》之"美教化，移风俗"，班固之"诗以言志，义之用也"（《汉书·艺文志》），王符"诗赋者，所以颂善丑之德，泄哀乐之情"（《潜夫论·务本》）是相通的。而相比之下，郑玄的理论尤重历史的线索而显出完整性和系统性。《诗谱序》认为，诗于文武周公之时，光熙前绪，政教盛美，有"颂声兴焉"；而至懿王之后，周室大坏，政教衰废，故乃"刺怨相寻"。此既为郑玄对诗经史的认识,抑或谓对汉世诗歌变化与政教意识结合之理论思想的阐扬。

本着诗教纲领,郑玄对《毛诗序》"六义"说进行了符合政教意志的理论发挥。其注《周礼·春官·大师》云:

> 风,言贤圣治道之遗也;赋之言铺,直铺陈今之政教善恶;比,见今之失,不敢斥言,取比类以言之;兴,见今之美,嫌于媚谀,取善事以喻劝之;雅,正也,言今之正者以为后世法;颂之言颂也,容也,诵今之德,广以美之。

就赋、比、兴而言,在郑玄思想中,无论铺陈之、比类之或喻劝之,其理论核心是"诗教"当无疑义。虽然,郑玄之前的王逸论《离骚》之文"依诗取兴,引类譬喻"(《离骚经序》),郑众谓"比者,比方于物也;兴者,托事于物"(《周礼注疏》引),皆有着眼于比兴艺术自身因素,然其思想本质,仍未超越当时的文化基础和汉代诗学教化观。[①]

二 诗学的拓展表现了当世文学观

在诗学畛域中,郑玄于会通前人思想方法之同时,也表现了一种自我企向而具拓展意义。这显示了他的诗学符合汉末文学思潮的当世审美价值。

在诗的社会作用方面,郑玄以所处之衰世的审美意识,对《诗》的笺释研究发挥汉初诗学重"刺"传统,突破了多数汉儒奉行的"哀而不伤"、"怨而不怒"的诗教理论。《诗谱序》论周室政坏,刺诗兴起云:

[①] 应劭《汉官仪》上记云:"古者诸侯卿大夫交接邻国,以微言相感,当揖让之时,必称时(诗)以喻其志,别贤不肖而观盛衰焉。"亦为汉末政教诗学观之表现。而后世文艺批评家如刘勰、钟嵘有关"比、兴"的论述,实未出政教系统。至清人陈沆著《诗比兴笺》,"以笺古诗之法,笺汉、魏、唐之诗,使读者知比兴之所起,即知志之所之也"(魏源《序》语),仍延用汉代毛、郑诗学思想与方法。

> ……自是而下,厉也,幽也,政教尤衰,周室大坏。《十月之交》、《民劳》、《板》、《荡》,勃尔俱作。众国纷然,刺怨相寻。五霸之末,上无天子,下无方伯,善者谁赏?恶者谁罚?纪纲绝矣。故孔子录懿王、夷王时诗,讫于陈灵公淫乱之事,谓之变风、变雅。以为勤民恤功,昭事上帝,则受颂声,弘福如彼。若违而弗用,则被劫杀,大祸如此。吉凶之所由,忧娱之萌渐,昭昭在斯,足作后王之鉴,于是止矣。

如果说郑玄所倡"刺过讥失"、"匡救其恶"之刺诗具有普遍的历史意义,那么其所谓"足作后王之鉴"、"为法者彰显,为戒者著明"的刺诗作用,又有着深刻的现实意义。所以在郑玄列举的刺诗中,处处潜隐着衰世的幽怨和惩俗的作用。在《毛诗传笺》中,郑玄对刺诗作用做了广度与深度的宣扬、发掘。如《诗·小雅·正月》之"父母生我,胡俾我瘉":

> 《毛传》:"父母谓文、武也。我,我天下。瘉,病也。"《郑笺》:"天使父母生我,何故不长遂我,而使我遭此暴虐之政而病?"

同言为"刺",然《毛传》刺隐而《郑笺》刺显,表明了郑氏逆诗人之志而感受的愤怨之情。尚有许多《毛传》未言诗意而《郑笺》主刺诗说。如《诗·小雅·小旻》之"旻天疾威,敷于下土":

> 《毛传》:"敷,布也。"《郑笺》:"旻天之德,疾王者以刑罚威恐万民,其政教乃布于下土,言天下遍知。"

其采用三家诗说变《毛》意,虽未必得诗之正解,但其揭明刺诗之意,却显出衰世的忧患之思。他如《诗·邶风·柏舟》之"日居月诸",《郑笺》云:"今君失道而任小人,大臣专恣,则日如月然";《诗·邶风·雄雉》之"雄雉于飞,泄泄其羽",《郑笺》云:"兴者,喻宣公整其衣服而起,奋迅其形貌,志在妇人而已,不恤国之政事"①;《诗·卫风·芄兰》之"虽则佩觿,能不我知",《郑笺》云:"此幼稚之君虽佩觿,与其才能实不如我众臣之所知为也。惠公自谓有才能而骄慢,所以见刺。"这种面视"劫杀"、"大祸"而主"刺"的诗学思想,正与郑玄所处汉季政治黑暗、君主昏惑、外戚擅权、宦官当道、党争蜂起的社会现实紧密相连。②

在诗的表情艺术方面,郑玄并不因诗教思想而忽略诗之情感,相反,他的诗学明显地将《毛诗序》在诗歌发生意义上的情志合一观更广泛地应运于有关诗之社会功用,而于我国古典文论普遍存在之情志关系的矛盾中表现出汉末思潮特有的"缘情"企向。在汉代诗学中,始终存在"讽谕教化"和"吟咏情性"的消长制约关系,郑玄对诗之情感的重视,也是在会通汉代诗学基础上游离于诗教而又不脱离诗教的一种理论建树。对诗之表情作用,郑玄诗论突出于两方面:一是广泛的人之常情;二是自我的个性情感。就人之常情而言,其意包括"诗发乎情"与"诗长人情",且与"政教善恶"思想构成有机整体。如《礼记·孔子闲居》,子夏问诗于孔子,孔子答曰"五至"(志之所至,诗亦至焉;诗之所至,礼亦至焉;礼之所至,乐亦至焉;乐之所至,哀亦至焉),郑玄注云:"凡至言者,至于民也。志谓恩意也,言君恩意至于民,则其诗亦至也。诗谓好恶

---

① 夏炘《读诗札记》本朱熹《诗集传》意云:"毛意此二句为妇人触物起兴之辞。以为禽鸟尚得其远,而我之所怀者乃从役于外,而自贻伊阻也。"黄焯《毛诗郑笺平议》二《雄雉》按云:"此诗前三章皆诗人托为妇人念夫之辞,与《小弁》'雉之朝雊,尚求其雌'语意正同。故《传》云:'雄雉见雌雉,飞而鼓其翼泄泄然。'《笺》强《经》以就《序》,语言迂曲之极。"二说甚是。然若探究郑《笺》"迂曲"之深意,我以为与汉世外戚之祸患有密切关系,由此亦可见郑氏解《诗》有不拘前人而拓展发挥之处。
② 严可均《全后汉文》卷八十四辑录郑玄《自序》文云:"遭党锢之事,逃难注《礼》。党锢事解,注《古文尚书》《毛诗》《论语》。为袁谭所逼,来至元城,乃注《周易》。"亦略可窥其人生忧患及笺注之学得孔子述《春秋》之意。

之情也。"又注孔子"三无"(无声之乐,无体之礼,无服之丧)以及子夏问"何诗近之"云:"于意未察,求其类于诗。诗长人情。"这种诗表人之"好恶之情"的作用是"诗教"赖以推行的保证,而这又正是汉末社会被扭曲的人情所难以达到的境界,所以"诗长人情"的作用又在这层意义上显示出诗的理想性和崇高性。由于"人情"之理想性与现实性的矛盾,激起了个人内在的自我情感,郑玄诗学则于此心灵契穴处生发出刺诗怨思,展露《诗》的表情意义。他在笺注《诗·邶风·燕燕》"之子于归,远送于野"揭破其意谓:"妇人之礼,送迎不出门,今我送是子乃至于野者,舒己愤,尽己情。"这里所扬举之"己愤"、"己情",清晰地表现出郑玄依情解诗,按情索义的进步的审美意识,其中包涵的情感对礼防的超越,个性向群体的挑战,意味着文学觉醒过程中的价值观的潜变。郑玄在解诗中,特别点明那些至亲至爱之深情,所谓"极之以尽情"、"义之至,情之尽"(《诗·唐风·葛生》笺),发掘那种感伤缱绻之至情,如"尤苦"之"归士之情"(《诗·豳风·东山》笺),均说明了他重视《诗》的"述时其情"的作用,从而构成其诗学理论重表情之特征。清人钱泳《履园丛话》卷八《谭诗·总论》云:"古人以诗观风化,后人以诗写性情。性情有中正和平,奸恶邪散之不同,诗亦有温柔敦厚,噍杀浮僻之互异。……国风、雅、颂,夫子并收,总视其性情之偏正而已。"事实上,诗之"风化"与"性情"是难尽以古今分断的两端,而"性情"之"偏正",既兼综古代诗学,又随时代之变迁交互消长。汉末郑玄提倡《诗》中广泛的"人情"表现了"政教善恶"的治世理想;然其发扬"变风变雅"之怨刺,并赋予古诗以强烈的个性与情感,又显示了衰世的倾斜意识,从此意义上来看,他对诗学的拓展本身又是一种会通。

在诗的形象构造方面,郑玄思想也有异乎传统诗学之处。关于形象构造问题,郑玄的认识首先表现于他的易学研究上。郑玄注《易》在一定程度上突破了汉儒经验思想与象数模式,贯之以理性精神,而于理性思维之中,又对易卦之"象"做了具体的描述和精详的分析。如其注"离下坤上"之"明夷卦"云:"夷,伤也。日出地上,其明乃光,至其入地,明则伤矣,故谓之明夷。日之明伤,犹圣人君子有明德而遭乱世,抑在下位,则宜自艰,无干事政,以避小人之害也。"(引自李鼎祚《周易集解》)此借卦象发明义理,已启王弼"象生于意,故可寻象以观意"(《周易略例·明易》)的思维方法,而在发挥义理之过程中不拘于本卦卦象的构思,又蕴含了超乎物象的艺术形象的因子。这在郑玄诗学中表现尤为显明。郑玄诗学虽对比、兴做了曲就政教善恶思想的解释,因而受到后世的轻诋,①然综观其对兴诗含义的笺注,又可见他在政教义理中透露出对艺术形象化的重视。试观郑玄对《诗·召南·摽有梅》:"摽有梅,其实七兮;求我庶士,迨其吉兮"的阐释:

> 兴者,梅实尚余七未落,喻始衰也。谓女二十春盛而不嫁,至夏则衰。

此《笺》承《毛传》"兴也。则,落也。盛极则堕落者,梅也。尚在树者七"之主"兴"说,并加以"喻"意,形象则更为具体生动,义理亦因之而明豁。又如《诗·周南·葛覃》:"黄鸟于飞,集于灌木,其鸣喈喈":

> 《毛传》:"黄鸟,抟黍也。灌之,藂木也。喈喈,和声之远闻也。"《郑笺》:"葛延蔓之时,则抟黍飞鸣,亦因以兴焉。飞集藂木,兴女有嫁于君子之道;和声之远闻,兴女有才美之称,达于远方。"

此《笺》以"兴"解诗,已补《毛传》之疏阔;而其一"兴"嫁娶之道,

---

① 黄侃《文心雕龙札记》批评郑玄释"比、兴"云:"以善恶分比兴,不如先郑(众)注之确。"朱自清《诗言志辩·赋比兴通释》亦谓其"以美刺分释比兴,但他笺兴诗,仍多是刺意,他自己先不能一致,自难教人相信"。

377

二"兴"女才之美,对《诗》之本象"黄鸟"的发挥,无疑产生了既寓义理,又明形象的艺术效果。① 从文学思想的递演现象看,陆机《文赋》倡"诗缘情"之说,对传统政教诗学实有重大的突破意义;然而若从文化大范围窥视这一诗论现象的出现,则既包含着历史文化的审美积淀,又有着诗的艺术逐渐独立的过程,这又必须注重在汉末人文觉醒思潮中郑玄诗学营构形象的贡献。

第四节　汉末诗潮的情感表现

如果说刘勰《文心雕龙·明诗》所云"人禀七情,应物斯感,感物吟志,莫非自然"是对诗歌创作动因之合理表述,而在汉代浓厚的诗教氛围中又以"发乎情""止乎礼义"对人情加以限制,并在很大程度上束缚了诗情的表现,那么,中国诗歌创作发展到汉末,以《古诗十九首》为代表的文人五言诗潮的出现②则意味着诗歌艺术

---

① 王先谦《诗三家义集疏》引郝懿行云:"其鸣声和调而圆亮,故《葛覃》云'其鸣喈喈'。"马瑞辰《毛诗传笺通释》:"诗盖以黄鸟之有好音,兴贤女之有德音。"皆渊承郑《笺》,以明"黄鸟"形象。

② 关于《古诗十九首》的作者和创作时间,历来众说纷纭,莫衷一是。但若胪述昔人之论,占绝大多数的见解是古诗非一人之辞。如蔡居厚《蔡宽夫诗话》"十九首,盖非一人之辞"(《苕溪渔隐丛话·前集》卷一引);严羽《沧浪诗话·考证》"非止一人诗";刘履《古诗十九首旨意》"十九本非一人之词";胡应麟《诗薮·内编》卷二《三百篇》,非一代音也;十九首,非一人作也";沈德潜《说诗晬语》"《古诗十九首》,不必一人之辞,一时之作";钱大昕《古诗十九首说序》"作者非一人,亦非一时";刘光蕡《古诗十九首注》"《古诗十九首》作非一人一时一地"等。十九首作于何时,昔人考证偏于东汉之世或东汉之末,较可信。如《文选》卷二十九李善注:"词兼东都。"皎然《诗式》"李少卿并《古诗十九首》条":"十九首,词精义炳,婉而成章,始见作用之功,盖东汉之文体。"饶学斌《月午楼古诗十九首评解·总说》"意此君(按:饶氏主古诗出于一人之作说)殆汉末党锢诸君子之逃窜于边北者",以及俞正燮《癸巳存稿》卷十二《古诗十九首跋》有关十九首中多东汉人语的论述,均细绎诗之词语情意,言之成理。

中人生情感的一次大曝光。而作为一种具有时代意义的独特的文学更新力量,汉末诗潮不仅在创作上使东汉中期以来的文人的个性情感意识从潜滋暗长发展到汪洋恣肆,从而迎来"建安之初,五言腾踊"的文学兴盛局面,而且在思想上也与汉儒说诗重教化之风相悖,形成了初具规模的以"情"为主体的表现理论。

一 人生情感的曝光

沉湎于汉代道德境界的诗学,发展至王朝末年,已在政治动荡、经济凋敝、士才不展①、民不聊生的现实面前震颤,而五言诗潮情感意识则应运而生,且推进了理论的觉醒。元人陈绎曾《诗谱》云:"《古诗十九首》情真、景真、事真、意真,澄至清,发至情。"准确把握了汉末诗潮兴起的审美内质,而此内质的外现,正是人生情感的大曝光。

中国古典诗歌的发展在汉末之前,自《诗经》言志,楚骚情结,到汉乐府"感于哀乐",事实上无不言情,所谓"饥者歌其食,劳者歌其事"(《春秋公羊传·宣公十五年解诂》),"哀乐之心感,而歌咏之声发"(《汉书·艺文志》)。然而由于这种感于哀乐之"情感"始终没有摆脱政教思想的束缚,所以处处显出个性屈服于群体、情感依附于教化的限囿。关于诗三百篇的创制,早在《尚书·舜典》中即有"诗言志"之说,这种"志""是与礼分不开的,也就是与政治、教化分不开的"(朱自清《诗言志辩》)。此不仅反映于古代"献诗"以观王政之兴衰的意义上,而且还溶注于作者的主观创作意图中。如"夫也不良,歌以讯之"(《诗·陈风·墓门》),"家

---

① 有关士子才华得不到施展这一点,十分突出地表现于因汉末察举制度中贿赂公行,裙带关系盛炽的情况,在古诗中由伤时失意而引发的悲愤,大多缘于这一社会现实。《抱朴子·审举》引汉末民谣云"举秀才,不知书;察孝廉,父别居",诚为实录。

父作诵,以究王讻"(《诗·小雅·节南山》),"王欲玉女,是用大谏"(《诗·大雅·劳民》)的"忠厚恻隐之心",皆具"陈善闭邪之意"(朱熹《诗传集序》)。与《诗》相比,《楚辞》固然表达了个人的苦闷情感,但其"惜壅君之不昭"的"离谗忧国"的创作宗旨,和不出"恻隐古诗之义"的美刺之讽,致使个性之情仍融合于某种"礼"的范畴之中。而两汉乐府诗,虽多半来自民间,然经过乐府官在"厚人伦、美教化"审美思想指导下的加工,只能使读者在政教帷幕之中感受到那种"缘事而发"的普遍的人文精神,因此也不可能有个性情感的凸现。① 真正以表现为艺术特征,以抒发诗人真实情感为旨归的诗歌,只有在"文变染乎世情,兴废系乎时序"(《文心雕龙·时序》)的汉末,才显示了强大的、具有更新意义的审美力量。尽管汉末诗潮中的情感表现必然受到诗、骚艺术性情的影响,以至后世诗论家评其"推人心之至情"仍以"悲欢含蓄而不伤,美刺婉曲而不露,要有《三百篇》之遗意方是"(元·杨载《诗法家数》"五言古诗"条)定其价值,但是,汉末诗歌指向生生不息的情感生命和变动不居的现象世界,皆出于自我对现实苦闷的哀伤,对人生享乐的追求,对内心悲愤的宣泄,又具表情艺术的划时代转变意义。

一是由叙事为主向抒情为主的转变。诗歌的叙事与抒情,是客观现象和主观感受的艺术整合。然在我国古典诗歌的发展初期,显然以叙事诗为主,无论《诗经》或《楚辞》,抒情的因素都通过

---

① 从广义来看,汉末古诗本为乐府。清人冯班《钝吟杂录·古今乐府论》云:"《文选》注引古诗多云'枚乘乐府',则《十九首》亦乐府也。"然从具体的艺术风格而言,汉代经"乐府"加工之诗与文人创作之诗又有明显的不同。明人钟惺《古诗归》云:"乐府能着奇想,着奥辞,而《古诗》以雍穆平远为贵。乐府之妙,在能使人惊;《古诗》之妙,在能使人思。"甚有见地。又,清人纳兰性德《渌水亭杂识》卷四云:"汉人乐府多浓漓,十九首皆高淡,而《文选》注亦有引入乐府者,不知何故?"按:此疑因未知乐府、古诗声律之同所致。

事件的描述而来，未构成真正的抒情诗。东汉以前的乐府民歌，虽有较强的抒情成分，但所表现的人物性格与情感，又无不依附自然事件的线索，其主体仍是叙事。而至以《古诗十九首》为代表的汉末诗潮的涌现，叙事方转为表情之需要，诗人感情作为一种突出的主体现象，使诗中事件、景物均成为向心的依附，从而达到以情融事、指事写怀的境界。例如《凛凛岁云暮》诗，从寒夜梦境写出，委婉曲折地抒写了因相思而坠入迷离惆怅的情网。全诗虽然也做了与梦前相思、梦后伤感相关的事件描写："锦衾遗洛浦，同袍与我违"，"愿得常巧笑，携手同车归"，然其以事为虚，以情为实，则是非常明显的。又如《西北有高楼》，诗人描写了一个女子高楼弹琴和作者听琴的事件，可是叙事之中，真正的主旨是"上有弦歌声，音响一何悲"、"一弹再三叹，慷慨有余哀"的人生情感。因为这曲感心之作给予读者的审美感受绝非弹琴听曲之事本身，而是通过这种琴声的交感唤起人生心灵的挚爱与悲哀。对此，陆时雍评曰"空中送情，知向谁是？言之令人悱恻"（《古诗镜·总论》），真一语破的。"空中送情"之"情"，是汉末古诗艺术的基因，也是其"惊心动魄，一字千金"的深意。

二是由触景生情向借景言情的转变。"景"与"情"是诗歌创作中一对不可或缺的艺术表现对象。谢榛《四溟诗话》论诗之情景说"夫情景相触而成诗，此作家之常也"，"作诗本乎情景，孤不自成，两不相背"，"诗乃模写情景之具，情融乎内而深且长，景耀乎外而远且大"，极有见地。情景交融固是诗人的审美理想，然在汉末之前为数不多的纯粹抒情诗中，有关情景的表述基本上是触景生情，其前提是"景"；而到《古诗十九首》的创制，则显然是借景言情，其前提是"情"，"景"在这里只是一种表饰。白居易《与元九书》论《三百篇》之景、情关系云："设如'北风其凉'，假风以刺威虐也；'雨雪霏霏'，因雪以愍征役也；'棠棣之华'，感华以讽兄弟

381

也;'采采芣苢',美草以乐有子也。"皆取触景而兴情之意。以白氏列举之《采薇》诗为例,其"昔我往矣,杨柳依依;今我来思,雨雪霏霏",即明因触景而生情之义:见其杨柳垂条,而起人生韶华易逝之感;见其雨雪,而生矜愍征役艰辛之情。然而,汉末古诗表现情景虽然在某些篇章存在写情弃景和掩情绘景之悬惑色彩,但就整体而言,是以表情为主体的。以《明月皎夜光》为例,诗中写景,有"明月""众星"之光,有"促织""秋蝉"之鸣,有"白露""野草"之状,有"玄鸟""盘石"之异,然这些景物形象,流转变动,非触目所存,而是玄思所取,统摄于诗人主观情感中,构成凄清失意、孤独惆怅的人生悲哀之意象。沈德潜《古诗源·例言》云:"言情不尽,其情乃长。……读《十九首》,应有会心。"汉末以"情"为诗心的艺术精神,表现了由触景生情到借景言情的转变,当然,这也只是诗歌艺术思想发展中的一个过程,因为随着魏晋以降由汉末社会动荡所造成的人生迁逝感的淡退,叙景之作又渐滋而繁,此亦诗歌流变之必然。对此,吴乔《答万季野诗问》有段论述:"《十九首》言情者十之八,叙景者十之二。建安之诗,叙景已多,日甚一日。至晚唐,有清空如话之说。……但能融景入情,如少陵之'近泪无干土,低空有断云';寄情于景,如严维之'柳塘春水漫,花坞夕阳迟',哀乐之意宛然,斯尽善矣。"由此反思汉末"诗潮"之"言情",虽未逮"融景入情"或"寄情于景"的娴熟之境,然其所表现的"重情"的文学思想,却具有当世"化景物为情思"(范晞文《对床夜语》卷二引《四虚序》)的审美意义。

三是由描写英雄之情感向描写凡人之情感的转变。汉末诗潮对汉儒诗教思想之超越在一定程度上取法楚骚之情,可以说,对理想爱情的渴望,对忠贞信念的崇拜以及爱国怀乡,落拓失意,感叹时逝的情感,古诗与楚骚是相同的,并由此形成二者共有的扬举个性与悲观主义的特征。然而基于这种个性情感,二者又有明显的不同。概言之，楚骚塑造英雄，谱写的是英雄悲剧，给人以凄壮；古诗思摹凡人，谱写的是凡人悲剧，给人以伤感。前者表现的是"众女嫉余之蛾眉"(《离骚》)的超群悲哀和"举世皆浊我独清，众人皆醉我独醒"(《渔父》)的离俗自信；后者的悲哀情绪则来自文士最切实的现实遭际和生存感受。这种遭际、感受主要有伤时失意与游子思妇两类。① 在伤时失意类诗中，有对豪门世族、王侯第宅之"极宴娱心意，戚戚何所迫"(《青青陵上柏》)的愤怒谴责；有对摆脱贫困，企慕富贵之"何不策高足，先据要路津！无为守穷贱，辗轲长苦辛"(《今日良宴会》)的功利追求；而更多的是"人生天地间，忽如远行客"，"人生寄一世，奄忽若飙尘"(依次同前)，"所遇无故物，焉得不速老"(《回车驾言迈》)的人生短促之悲哀。如果说诗中有关不甘贫贱的追求有"庸俗而粗野"的思想，"浪漫而颓废"的气质，"但其中却蕴藏着一种现实的，积极的因素"(马茂元《古诗十九首初探》)，那么，其所表现的人生短促的悲哀则一方面是这种"积极的因素"的曲折反映，一方面又是在政治、人生意识压抑下的情感升华。吴淇《选诗定论》评《回车驾言迈》谓："此诗反将一片艳阳天气，写得衰飒如秋，其力真堪与造物争衡，焉得不移人情！"这里所谓的"移人情"的力量，显然出于诗人主体情感的作用。作为表现艺术，诗人又能使产生于政治的情感游弋于社会政治之外，通过审视人生，锤炼情感，烘托出具有普遍意义的悲剧气氛。在游子思妇类诗中，诗人所思所想是种象征与寄托。然而暂撇开象征与寄托的深层意蕴，我们可以看到这类诗中描述的"弃捐勿复道，努力加餐饭"(《行行重行行》)，"荡子行不归，空床难独守"(《青青河畔草》)，"以胶投漆中，谁能别离此"(《客从远

---

① 沈德潜《说诗晬语》云：古诗十九首"大率逐臣弃妻，朋友阔绝，游子他乡，死生新故之感。或寓言，或显言，或反复言。"又《古诗源·例言》云："反复低徊，抑扬不尽，使读者悲感无端，油然善入。"

方来》)诸多思恋,确是凡人的情感和凡人的悲哀。而这些凡人的情感与悲哀汇集成一个完整的形态,又是汉末颓废思潮下人生无常的时代的情感与悲哀。缘此时代的大悲哀,才使这股诗潮的感人力量达到"人同有之情"(陈祚明《采菽堂古诗选》卷三),"可以泣鬼神,动天地"(胡应麟《诗薮·内编》卷二)的程度。

二 表情理论的构成

汉末诗潮中人生情感的突现,在我国诗学表情理论的发展中呈示出连续与破裂的态势:因其连续,它具有风人之旨,骚人之情;因其破裂,①它又成为一大转关,指向"缘情"理论。

从理论上观照《古诗十九首》的表情艺术,可分为三个层次:一是如叶燮《原诗·内篇上》所云"《十九首》止自言其情";而自言其情,又往往因"情动于中,郁勃莫已,而势又不能自达,故托为一意,托为一物,托为一境以出之"(陆时雍《古诗镜·总论》)。二是人同其情,这说明了古诗之情所表现的时代性、现实性和普泛性。陈祚明《采菽堂古诗选》卷三谓《十九首》:"人人读之皆若伤我心者,此诗所以为性情之物,而同有之情,人人各具,则人人本自有诗也。但人人有情而不能言,即能言而言不能尽,故特推《十九首》以为至极。"由于《十九首》道出"人人各具"的"同有之情",所以在表情艺术上又达到第三层次,也就是"至极"层次。王国维胪举其诗句"生年不满百,常怀千岁忧。昼短苦夜长,何不秉烛游?""服食求神仙,多被药所误。不如饮美酒,被服纨与素"云:"写情如此,方为不隔"(《人间词话》)。所谓"不隔",也就是发于自我而人心相通之"至情"的表现。

---

① 刘熙载《艺概·诗概》云:"《十九首》凿空乱道,读之自觉四顾踌躇,百端交集。诗至此,始可谓其中有物也已。"对其反传统意体味甚精。

《古诗十九首》的表情艺术,在创作上有融《诗经》之浅淡自然、《楚辞》之发愤抒情并达致"深衷浅貌,短语长情"(陆时雍《古诗镜·总论》)的特色;但在理论思想上,这种表情艺术又是以其创作审美经验成为汉末文学走向自觉的重要组成部分。而汉末诗潮自身的表情理论,又寓含于诗歌创作的当世性、自然性与形象性三方面。

　　先言当世性。汉末诗歌创作之当世性表现出强烈的人生迁逝感,而此迁逝感又缘于汉末社会倾斜的忧患意识和弥漫着的感伤思潮。有忧患,才有感伤;有感伤,才有怨愤之情。据《后汉书·灵帝纪》载:"(建宁)三年春正月,河内人妇食夫,河南人夫食妇。"在京城附近居然发生如此惨状,无疑造成社会的骚动,而文士(游子)生活流徙之悲哀,亦可展露其社会心态之一斑。如"寒风日已厉,游子寒无衣"(《凛凛岁云暮》)之萧索,"出户独彷徨,愁思当告谁"(《明月何皎皎》)之凄楚,"思还故闾里,欲归道无因"(《去者日以疏》)之困惑,表现的是彷徨苦闷,进退渺茫的情绪。这种情绪在古诗中更多地通过时间与自我的交互予以深刻揭示:"昼短夜苦长,何不秉烛游"(《生年不满百》),以一昼夜时间之轮转寄寓自我感受,表现出痛苦中的向往:"四时更变化,岁暮一何速"(《东城高且长》),以一年四季之迁移寄寓自我感受,表现出恍惚中的伤情,"思君令人老,岁月忽已晚"(《行行重行行》),又以一生时光的迅迈寄寓自我感受,表现出时空错位于无限与有限、现实与追忆间的悲哀。所谓"人生天地间,忽如远行客"(《青青陵上柏》)、"人生寄一世,奄忽若飙尘"(《今日良宴会》)的人生短暂无常之慨叹,既是一种难以捉摸的虚影,又是一种深沉悲哀的具象,而在此以虚体实之间,所产生的正是捶迫读者心魄的具有当世意义的情感力量。由于诗人的主观感受自觉或不自觉地灌注到时空变化、客观景物之中,这样所产生的一种反作用力势必沉压其心灵,因此为了解脱心灵的过度的当世沉压,诗人在深沉的忧伤之中也就自然形成了符合特定时代的自我消释方式,在汉末诗潮中,这种消释方式便表现为"秉烛夜游"、"斗酒相娱"类的及时行乐观。在本质上,这仍是人的个性之情在巨大的人生迁逝感中的作用。

次言自然性。汉末诗人对悲情的消释虽导向于一种颓废意识,但这种颓废意识本身,又是于衰亡中孕育新变的征兆。具体说,汉末诗人对伤逝情绪的及时行乐的消释方式,尽管经建安之后"渐尚通侻"①到魏晋以降玄言诗兴起而改观,并随着人生迁逝感的淡退,内心深沉感荡的减弱,一种以玄远哲理为基础的人生情感的消释方式诞呈出新的诗歌审美境界,②然从汉末到玄言之兴,也有着相承的内在机制,那便是古诗在情感消释过程中已出现的自然美意识。王夫之云:"'采采苤苢',意在言先,亦在言后,从容涵咏,自然生其气象。即五言中,《十九首》犹有得此意者。"(《姜斋诗话》卷上)正是这种"从容涵咏"的自然气象,意味着古诗作者深心的悲哀和抑郁的情怀通过思绪情感的流动与回环复沓的表现方法向审美意境的升进。在这里,有"荡子行不归,空床难独守"(《青青河畔草》)的天真情意,有"相去日已远,衣带日已缓"(《行行重行行》)的自然情思;有"同心而离居,忧伤以终老"(《涉江采芙蓉》)的人伦之伤,有"盈盈一水间,默默不得语"(《迢迢牵牛星》)的蕴蓄之谊;而囊括古诗全貌,如《行行重行行》之思妇,《明

---

① 刘师培《中国中古文学史》云:"迨及建安,渐尚通侻;侻则侈陈哀乐,通则渐藻玄思。"
② 檀道鸾曾云:"及至建安,而诗章大盛。逮乎西朝之末,潘、陆之徒虽时有质文,而宗归不异也。正始中,王弼、何晏好庄、老玄胜之谈,而世遂贵焉。至过江,佛理尤盛,故郭璞五言始会合道家之言而韵之。"(《世说新语·文学》注引《续晋阳秋》)沈约亦云:"有晋中兴,玄风独振,为学穷于柱下,博物止乎七篇,驰骋文词,义殚乎此。自建武暨乎义熙,历载将百,虽缀响联辞,波属云委,莫不寄言上德,托意玄珠,遒丽之辞,无闻焉尔。仲文始革孙、许之风,叔源大变太元之气。"(《宋书·谢灵运传论》)二说皆明其演变之迹。

月何皎皎》之思归,《驱车上东门》之荡情,《明月皎夜光》之即兴,皆气象浑沦,自然贴切。昔人论《古诗十九首》之构思,或谓"自然悟入"(严羽《沧浪诗话·诗辨》),或谓"自然过人"(谢榛《四溟诗话》卷四),或谓"浑然无迹"(胡应麟《诗薮·内编》卷一),或谓"无缝天衣"(王士禛《带经堂诗话》卷三),或谓"浑沦磅礴,纯乎元气"(宋长白《柳亭诗话》卷十三),或谓"无题之作",有"天籁"之工(袁枚《随园诗话》卷七)。然于其"天籁"中,古诗之"相去万余里,各在天一涯"(《行行重行行》)、"四顾何茫茫,东风摇百草"(《回车驾言迈》)的情感仍在时间延长和空间扩大的消释中显出更凝重、更深厚的生命意识。黄子云《野鸿诗的》谓《十九首》气敛神藏,自然平淡是"非绚烂之极,未易到此",体察甚深。① 我以为,《十九首》寓含于自然境象中的情感表现,与其说是受到儒家诗教之"温厚"思想的影响,毋宁说是汉末老庄复现、道家的平远审美趣味使然;尤其是庄子那种"独与天地精神往来,而不敖倪于万物"的超然神态中的乱世意识和人生苦痛,可谓古诗"寓悲怆于和平"的理论滥觞。

再言形象性。《古诗十九首》情感的表现也是一种形象的塑造,因为诗中形象是从自然与人生中来,故具有独特审美境界中的典型性。马茂元指出:"《十九首》里所描写的固然是人生最现实的哀愁,但诗人并没有把它窒死在狭隘的空间与局促的时间里。内在心情与客观世界的契合,在诗歌中不可遏止地飞翔着极其丰富的、空阔无边的诗人的想象。这样,就使得诗歌的形象无限制地扩大,突破诗人所明确认识到的思想领域。"(《古诗十九首初探》)换言之,在古诗中典型性的形象已不拘囿于诗人对一事一物的歌

---

① 胡应麟《诗薮·内编》卷二亦曾云:"诗之难,其《十九首》乎。蓄神奇于温厚,寓感怆于和平;意愈浅愈深,词愈近愈远;篇不可句摘,句不可字求。"

咏和其歌咏所明确包含的创作思想,而是属于其表情理论思想的一个重要方面。古诗构造形象以抒写情感,主要采用了传统的比、兴方法。如《迢迢牵牛星》一篇,作者以一神话故事起兴,描写了在现实生活压抑下的人生苦闷;然因作者没有局限于景、事的阐述,所以在其将诗灵寄寓星空之际,意度中的"河汉女"形象正以其"泣涕零如雨"的感伤,召唤起人同其情的大苦楚。① 又如《冉冉孤生竹》,全诗以比兴手法借一女子之诉说寓双重比喻:首以"孤生竹"、"兔丝"自喻,以"泰山阿"、"女萝"喻夫君,构成了"喻妇人托身于君子"(《文选》李善注)的夫妇好合的缠绵感情;次以"伤彼蕙兰花,含英扬光辉"之"花"比人,突出了"过时而不采,将随秋草萎"的情感主题,而在喻相和本相结合而成的形象整体中,表现的正是"思君令人老"的人生无常的怨思、深情。② 刘勰云:"观其结体散文,直而不野,婉转附物,怊怅切情,实五言之冠冕也。"(《文心雕龙·明诗》)"婉转附物,怊怅切情",是古诗运用比兴的特色,标示了汉代比兴理论的重点由"比德"转向抒情。如果说在中国诗论史上,"言志"说和"缘情"说均以"兴"为重要的艺术表现方法,而汉代以《毛诗序》为代表的诗论认为"兴"的表达是"志",魏晋缘情思潮兴起后则认为"触物以起情谓之兴"(杨慎《升庵诗话》卷十二)、"情无定位,触感而兴"(徐祯卿《谈艺录》),那么,汉末诗潮因"兴"构象表情,可视作以其创作审美经验成为

---

① 孙𬭎评此诗"意合则千里同心,情乖则觌面万里,不说正意,却深"(孙批《文选》)。沈德潜亦云:"相近而不能达情,弥复可伤。此亦托兴之词。"(《古诗源》)皆探隐之说,深会其意。
② 陈沆《诗比兴笺》卷一《冉冉孤生竹》笺云:"孤竹托根泰山,自植之高也。生有时,会有宜,宜以礼也。阳不倡则阴不和,上不求则士不往。轩车不来,则会好无期。《楚辞》曰:'恐鹈鴂之先鸣兮,使之百草为之不芳。'又曰:'唯草木之零落兮,恐美人之迟暮。'过时不采,将随草萎之谓也。怨思切矣。"陈氏依古诗教论诗,虽或偏颇,然笺此诗以比兴归于"怨思"。甚是。

这种理论的转机。

第五节　建安文学——汉代文学思想的终结

在汉代政治、文化落幕之际,以"三曹"(操、丕、植)"七子"(孔融、陈琳、王粲、徐幹、阮瑀、应玚、刘桢)为中心的邺下文人集团的形成,和以其创作为代表的建安文学的崛兴,[①]既是即将来临的新时代的旭日朝霞,又是掩卷一朝的晚晴暮彩。因此,可以说建安文学思想是汉代文学思想的终结。

关于建安文学的时代及特色的界定,说法甚多,而这里仅依据建安时代文人的创作理论思想,兼顾其对汉代正统文学观的传承、变异与对魏晋文学新潮的影响,作几点说明。

(一)慷慨任气,磊落使才,是建安文学的主要风格,并由此构成后世评论家概述"建安风骨"理论的核心。钟嵘《诗品序》云:"降及建安,曹公父子笃好斯文,平原兄弟郁为文栋,刘桢、王粲为其羽翼。……爰至江表,微波尚传,孙绰、许询、桓、庾诸公诗,皆平典似《道德论》,建安风力尽矣。"此谓"建安风力",是"建安风骨"的最初表述。而至刘勰《文心雕龙》,其对"建安风骨"的研究已具体、深入。首先,《风骨》篇对"风骨"作了理论界定:"怊怅述情,必始乎风,沉吟铺辞,莫先于骨。……结言端直,则文骨成焉;意气骏爽,则文风清焉。"突出了文章表情达意之俊爽生气和行文造词之直练精神。其次,《明诗》篇对建安文学作了这样的评价:"暨建安之初,五言腾踊,文帝、陈思纵辔以骋节,王、徐、应、刘望路而争驱;并怜风月,狎池苑,述恩荣,叙酣宴,慷慨以任气,磊落以使才。"尽

[①] 钟嵘《诗品序》称许其时文学局面是"彬彬之盛,大备于时"、刘勰《文心雕龙·时序》谓之"俊才云蒸",甚是。

管建安文人因其创作视野开阔，题材多样，其中有"怜风月"、"叙酣宴"类的闲适酬酢之作，然慷慨任气，磊落使才，却为其创作的主要风格，此既可谓"风骨"的形象诠释，又可视为建安文学风格的表现。再次，《时序》篇对建安文学产生之时代文化背景又作了阐述："观其时文，雅好慷慨，良由世积乱离，风衰俗怨，并志深而笔长，故梗概而多气也。"由此可见刘勰对建安风骨较全面系统的思索。反过来，从时代、创作再到理论，又是建安风骨理论的整体结构，而作为此结构中环的创作，尤为其表现主体。就三曹文学创作而言，在具体风格上他们虽有"悲凉慷慨、雄健苍劲"（曹操），"便娟婉约"、"洋洋清绮"（曹丕）与"骨气奇高、词采华茂"（曹植）的区别，然曹操《蒿里行》"生民百遗一，念之断人肠"的悲痛伤感，曹丕《杂诗》"向风长叹息，断绝我中肠"的怅惘情思，曹植《野田黄雀行》"高树多悲风，海水扬其波"的任气激昂，又以其共有的逸兴奇想和遒壮气骨，表现了时代的基本精神。[①] 这种因时代之乱离而引发的慷慨文风，在七子中也极明显。王粲《登楼赋》的自我感怆，《七哀诗》的慷慨悲凉，陈琳《饮马长城窟行》的乱离情怀，刘桢《公讌诗》的人生咏叹，以骏发焱忽之气，骋感时激越之悲。由于创作产生于时代，所以建安文学对乐府民歌古朴的风格、纯厚的性情，汉大赋磅礴的气势、瑰丽的意境的继承，一并融入动荡悲壮的社会文化心态之中，形成特有的壮大、奇异的文学风貌。陈琳《答东阿王牋》文形容道："焱绝焕炳，譬犹飞兔流星，超山越海，龙骥所不敢追"，可谓对当时文人任气使才、个性自由骋放的描述。由创作上升于理论，曹丕根据建安文人的创作经验，于《典论·论

[①] 李白《宣州谢朓楼饯别校书叔》诗云："蓬莱文章建安骨，中间小谢又清发。俱怀逸兴壮思飞，欲上青天揽明月。"以"逸兴壮思"解"建安风骨"。又，《苕溪渔隐丛话》前集卷一引《诗眼》云："建安诗辩而不华，质而不俚，风调高雅，格力遒壮。"其"格力遒壮"，亦为"风骨"之一解。

文》总结出"文以气为主"的审美标准。而其具体论述对"体气高妙"、"有逸气"的赞赏,对舒缓之气(齐气)的微词,亦表明曹丕倡扬的是刚健俊逸、遒劲壮大的文章之气。沈约评"子建、仲宣以气质为体,并标能擅美,独映当时"(《宋书·谢灵运传论》),钟嵘论曹植"骨气奇高",论刘桢"仗气爱奇",亦曹丕文气说之嗣响。至于正始文学中的"汉魏气格",①晋宋文学之"左思风力",②显然又是建安文学创作精神的传续。因此,对"风骨"这一理论范畴的认识,既可结合"世积乱离,风衰俗怨"的时代特征,以睹汉末文学思想之雄姿,也可超越时代,以观其遒文壮节、流誉百世之精神。

(二)诗赋欲丽,抗思文藻,是建安文人于骨峻气遒的创作审美要求之外的创作理论企向。而从刘勰"若风骨乏采,则鸷集翰林"(《文心雕龙·风骨》)与陈绎曾"凡读建安诗,于文华中取真实"(《诗谱》)的论述观之,风骨和文采构成了建安文学的整体艺术。诗赋欲丽,是曹丕创立其文体论时提出的。《典论·论文》云:"夫文本同而末异:盖奏议宜雅,书论宜理,铭诔尚实,诗赋欲丽。此四科不同,故能之者偏也,唯通才能备其体。"这不仅对汉代文体论有较大的发展,而且以"雅"、"理"、"实"、"丽"四字概言四体理论风格,已具文学形式美特征。"丽"作为一审美范畴,诚属汉人的普遍观念,也是其审美情趣的简练表述;然而这一审美范畴发展到建安时代,在"华丽"意向上虽基本传承汉世,但更多地表现于文藻奇丽、词采艳丽和意境新丽,却已有别于汉大赋与汉乐府中"崇丽"、"博丽"、"富丽"、"靡丽"的岁月。究其本质,"丽"的

---

① 严羽《沧浪诗话·诗评》云:"黄初之后,唯阮籍《咏怀》之作,极为高古,有建安风骨。"方东树《昭昧詹言》卷三评阮籍《咏怀》"词旨雄杰壮阔,自是汉魏人气格"。
② 钟嵘《诗品》谓左思"其源出于公幹。"胡应麟《诗薮·外编》卷二云:"太冲以气胜者也。"

审美观也随着时代的衍变由群体意识转为个体意识,而且有了新的内蕴。试以曹丕文学创作为证,如《善哉行》其二"淫鱼乘波听,踊跃自浮沉",辞采工丽;《芙蓉池作》"惊风扶轮毂,飞鸟翔我前。丹霞夹明月,华星出云间",精丽清奇;吴质评其"摛藻下笔,鸾龙之文奋矣"(《答魏太子笺》),曹植言其"抗思乎文藻之场圃"(《魏德论》),殊为的论。至于"声名三国最,文藻一家工"①的曹植,则尤能取汉赋文采华丽之长,更化其事类敷陈、艰深奇僻而为"俨乎若高山,勃乎若浮云,质素也如秋蓬,摛藻也如春葩,泛乎洋洋,光乎皓皓"(曹植《前录自序》)的融勃郁情感、凌霜气质、清新辞藻于气势壮美、光焰璀灿的境界。如"罗衣何飘飘,轻裙随风还。顾盼遗光彩,长啸气若兰"(《美女篇》),既华丽,又洒脱;"瑰姿艳逸,仪静体闲,柔情绰态,媚于语言"(《洛神赋》),则于娇媚淑丽之中透出精艳动人的光彩。在文学发展过程中,建安文学对文采精美的重视也是由两汉诗赋艺术逐渐演化而来,即如建安文学本身,亦有前期偏重风骨、后期偏重文采的转变;然就"诗赋欲丽"审美观在特定时期产生的理论思想而言,却有着崭新的时代意义。

(三)以情纬文,以文被质,是沈约在《宋书·谢灵运传论》中对建安文学创作思想的整体描绘,而在此"情""文""质"三位一体的结构中,又显示出建安文学以情为主的艺术特征。在建安时代文人创作思想中,情感的表现是极为突出的。概述其要,有两个方面:一是现实生活的刻挚真情。如王粲《从军诗》之二"哀彼东山人,喟然感鹳鸣。日月不安处,人谁获恒宁",于生计煎迫、前景焦灼中表现的征夫之苦况恋情;又如陈琳《游览诗》之一"高会时不娱,羁客难为心"、"惆怅忘旋反,歔欷涕沾襟",表现出对人生离别情状的哀伤感喟,现实的自我个性与自然、宇宙的变迁缔结一

---

① 《曹集考异》卷十二引清人刘嗣绾语。

起,显出既壮阔又凝重的情感。黄侃《诗品讲疏》论建安诗风云:"文采缤纷,而不离闾里歌谣之质。故其称物则不尚雕镂,叙胸情则唯求诚恳,而又缘以雅词,振其美响,斯所以兼笼前美,作范后来者也。"是为建安文学创作理论"以情纬文"的表述。二是理想中的浪漫情感。这又可以分为两类:第一类为通过波澜壮阔的描绘以激发建功立业的豪情,曹操的《观沧海》、曹植的《白马篇》似为典型;第二类为通过神灵仙氛的虚幻描绘以激发沉掩于心灵间的艳情,王粲的《神女赋》、曹植的《洛神赋》当属明例。尽管上述两类理想化的浪漫情感于其思想之深蕴仍是现实人生的情感;然这种在主体性被抑制、通过意象世界予以奇异发挥之情,正是汉末个性自觉思潮推动所致,其审美价值取向对汉代礼法思想的捶击,奏响了魏晋文学情感理论的先声。

(四)"盖文章,经国之大业,不朽之盛事"语虽出自曹丕《典论·论文》,从理论上开启了魏晋"文学的自觉时代",但从理论源于创作实践的观念出发,这种文学理论的自觉同样是汉末文学创作催促下文学观念觉醒的结果。曹丕的文学价值观,可归结为两点:一是把文章(含文学)提到与立德、立功并论的高度,以引起人们对文章自身价值的重视。他说:"年寿有时而尽,荣乐止乎其身;二者必至之常期,未若文章之无穷。"这样视文章跨越人生、超凌世俗的作用,动摇了文学对政治、经学的附庸性,使文学在理论上得以独立。二是反拨前人因人论文的习气,主张人因文见,使人附文以至不朽。此即"是以古之作者,寄身于翰墨,见意于篇籍,不假良史之辞,不托飞驰之势,而身名自传于后"的人文评价。值得注意的是,曹丕对文章价值的高度评估,一方面继承了前贤"三不朽"思想和汉代通儒扬雄、桓谭、王充、张衡等人珍视学术著作成一家之言的精神,一方面因他的文章观念对诗、赋、章、表等纯文学作品的更多包容,又呈示出文学意识进步的新气象。特别是曹丕对诗赋艺术的重视,既受汉末士之个体自觉促进文学观念演变之影响,同时也混合了汉末文人在文学创作中表现出审美主体觉醒,而于理论中又批评文学"书画辞赋,才之小者"(《后汉书·蔡邕传》),批评文人"虫篆小技,见宠于时"(《后汉书·杨赐传》)的思想矛盾,以廓除其理论虚伪,发扬其创作精神。① 这种文学观的独立,在曹氏兄弟"好文学"多指以诗文为中心的文章和曹丕任五官中郎将时下设"文学"职位,招致徐幹、应场等文士的举动中得到证明。

建安文学理论是在社会大动荡中觉醒的。如果借用昔人评曹操文学"收束汉音,振发魏响"来概述这一阶段文学思想的历史作用,也是恰当的。

汉代文学思想的历史意义和审美价值,亦至此而闻金声玉振之音。

---

① 曹丕对汉代政教文学观的突破,对魏晋文学思想的自觉均有着划时代的卓越贡献。但同样不能忽略,建安时代文学之自觉也是有限度的,尤其是受儒学传统的制约,文学宗经思想仍起着强大的作用,在曹丕执政以后,他便强调"儒通经术"(《取士勿限年诏》),使"诸儒撰集经传"(《三国志·魏志·文帝纪》),而其时创作也出现了平庸的贵族化倾向。同时汉末文人创作理论的矛盾,在曹植身上亦有明显体现:一方面,曹植以其"粲溢今古,卓尔不群"的文学创作成为"建安之杰",一方面他在《与杨德祖书》中认为"辞赋小道,固未足以揄扬大义,彰示来世"。这种矛盾虽已属魏晋时代初期的文学理论现象,然其与汉代文学思想的关联,以及文学观念衍变的多元性特征,也于此可见。

参考书目

《贾谊集》(汉)贾谊撰。上海人民出版社1976年校点本。

《晁错集》(汉)晁错撰。上海人民出版社1976年注释本。

《董仲舒集》(汉)董仲舒撰。(明)汪士贤辑《汉魏诸名家集》万历刊本。

《司马长卿集》(汉)司马相如撰。同前。

《东方先生集》(汉)东方朔撰。同前。

《枚叔集》(汉)枚乘撰。(清)丁福保辑《汉魏六朝名家集初刻》宣统3年排印本。

《司马子长集》(汉)司马迁撰。同前。

《褚先生集》(汉)褚少孙撰(明)张溥辑《汉魏六朝百三家集》，清光绪十八年长沙谢氏翰墨山房刊本。

《王谏议集》(汉)王褒撰。同前。

《刘中垒集》(汉)刘向撰。同前。

《扬侍郎集》(汉)扬雄撰。同前。

《刘子骏集》(汉)刘歆撰。同前。

《冯曲阳集》(汉)冯衍撰。同前。

《班兰台集》(汉)班固撰。同前。

《崔亭伯集》(汉)崔骃撰。同前。

《张河间集》(汉)张衡撰。同前。

《李伯仁集》(汉)李尤撰。同前。

《马季长集》(汉)马融撰。同前。

《荀侍中集》(汉)荀悦撰。同前。

《蔡中郎集》(汉)蔡邕撰。同前。

《王叔师集》(汉)王逸撰。同前。

《孔少府集》(汉)孔融撰。同前。

《诸葛丞相集》(汉)诸葛亮撰。同前。

《魏武帝集》(汉)曹操撰。同前。

《魏文帝集》(魏)曹丕撰。同前。

《郑康成集》(汉)郑玄撰。(清)丁福保辑《汉魏六朝名家集初刻》宣统三年排印本。

《曹集铨评》(魏)曹植撰。(清)丁晏纂。人民文学出版社1957年校订本。

《汇刻建安七子集》(明)杨德周辑。(清)陈朝辅增。清乾隆二十三年刊本。

《文选》(梁)萧统编。(唐)李善注。世界书局影印嘉庆十四年刊本。

《文选李注义疏》高步瀛撰。中华书局1985年校点本。

《文选评点》黄侃撰。黄焯编次。上海古籍出版社1985年版。

《玉台新咏》(陈)徐陵选。(明)袁宏道批注。明天启二年刻本。

《古诗源》(清)沈德潜选。《四部备要》排印本。

《乐府诗集》(宋)郭茂倩编。摘藻堂《四库全书荟要》本。

《古谣谚》(清)杜文澜辑。中华书局1958年排印本。

《全上古三代秦汉三国六朝文》(清)严可均校辑。中华书局1958年影印本。

《先秦汉魏晋南北朝诗》逯钦立校辑。中华书局1983年版。

《汉魏六朝百三家集选》(清)吴汝纶评选。都门书局1917年排印本。

《古诗笺》(清)王士禛选。闻人倓笺。上海古籍出版社1980年排印本。

《诗比兴笺》(清)陈沆撰。中华书局1958年版。

《汉魏乐府风笺》黄节笺释。人民文学出版社1959年校订本。

《古诗十九首集释》隋树森编著。中华书局1955年版。

《古诗十九首初探》马茂元撰。陕西人民出版社1981年版。

《古文苑》(宋)章樵注。《惜阴轩丛书》光绪本。

《西汉文纪》(清)梅鼎祚编。文渊阁《四库全书》本。

《东汉文纪》(清)梅鼎祚编。同前。

《历代赋汇》(清)陈元龙等辑。同前。

《楚辞补注》(汉)王逸注。(宋)洪兴祖补注。《四部丛刊初编》影印江南图书馆藏宋刊本。

《楚辞集注》(宋)朱熹撰。上海古籍出版社1979年排印本。

《周易正义》(魏)王弼、韩伯康注。(唐)孔颖达正义。重刊宋本《十三经注疏》点石斋石印本。

《毛诗注疏》(汉)毛亨传。(汉)郑玄注。(唐)孔颖达疏。同前。

《周礼注疏》(汉)郑玄注。(唐)贾公彦疏。同前。

《礼记正义》(汉)郑玄注。(唐)孔颖达正义。同前。

《尚书正义》(汉)孔安国传。(汉)郑玄笺。(唐)孔颖达正义。同前。

《春秋左传正义》(晋)杜预注。(唐)孔颖达正义。同前。

《春秋公羊传注疏》(汉)何休注。(唐)徐彦疏。同前。

《春秋穀梁传注疏》(晋)范宁注。(唐)杨士勋疏。同前。

《论语注疏》(魏)何晏注。(宋)邢昺疏,同前。

《孟子注疏》(汉)赵岐注。(宋)孙奭疏。同前。

《黄帝四经》1973年长沙马王堆三号汉墓出土帛书本。

《老子注》(晋)王弼注。世界书局《诸子集成》本。

《庄子集解》(清)王先谦撰。同前。

《列子》(晋)张湛注。同前。

《荀子集解》(清)王先谦撰。同前。

《吕氏春秋》(秦)吕不韦撰。(汉)高诱注。同前。

《新语》(汉)陆贾撰。同前。

《淮南子》(汉)刘安等撰。(汉)高诱注。同前。

《申鉴》(汉)荀悦撰。同前。

《韩诗外传集释》(汉)韩婴撰。许维遹校释。中华书局1980年版。

《春秋繁露》(汉)董仲舒撰。(清)凌曙注。中华书局1975年排印本。

《尚书大传》(汉)伏生撰。《四部丛刊初编》影印左海文集本。

《京氏易传》(汉)京房撰。(吴)陆绩注。《四部丛刊初编》影印天一阁刊本。

《盐铁论校注》(汉)桓宽撰。王利器校注。古典文学出版社1958年版。

《说苑校补》(汉)刘向撰。刘文典校补。云南人民出版社1959年版。

《新序》(汉)刘向撰。《四部丛刊初编》影印江南图书馆藏明翻宋刊本。

《太玄经》(汉)扬雄撰。(晋)范望注。四部丛刊初编影印明万玉堂翻宋本。

《法言义疏》汪荣宝撰。中华书局1987年校点本。

《新论》（汉）桓谭撰。上海人民出版社 1977 年排印本。

《论衡集解》刘盼遂撰。中华书局 1959 年版。

《风俗通义校注》（汉）应劭撰。王利器校注。中华书局 1981 年版。

《汉官仪》（汉）应劭撰。（清）孙星衍辑。《平津馆丛书》光绪本。

《潜夫论》（汉）王符撰。（清）汪继培笺。上海古籍出版社 1978 年排印本。

《太平经合校》王明整理。中华书局 1979 年版。

《说文解字》（汉）许慎撰。《四部丛刊初编》影印日本岩崎氏藏宋刊本。

《白虎通德论》（汉）班固纂集。《四部丛刊初编》影印江安傅氏双鉴楼藏元刊本。

《中论》（汉）徐幹撰。《四部丛刊初编》影印江安傅氏双鉴楼藏明刊本。

《史记》（汉）司马迁撰。（刘宋）裴骃集解。（唐）司马贞索隐。张守节正义。中华书局 1982 年校点本。

《史记会注考证》（日）泷川龟太郎撰。东方文化学院东京研究所昭和七年版。

《汉书》（汉）班固撰。（唐）颜师古注。中华书局 1962 年校点本。

《汉书补注》（清）王先谦撰。商务印书馆 1959 年排印本。

《后汉书》（刘宋）范晔撰。（唐）李贤等注。中华书局 1965 年校点本。

《后汉书集解》（清）王先谦撰。商务印书馆 1959 年排印本。

《东观汉记》（汉）刘珍等撰。武英殿聚珍版书木活字本。

《八家后汉书辑注》周天游辑注。上海古籍出版社 1986 年版。

《续后汉书》(元)郝经撰。《丛书集成初编》本。

《汉晋春秋》(晋)习凿齿撰。(清)王仁俊辑。《玉函山房辑佚书续编》本。

《西汉会要》(宋)徐天麟撰。中华书局1955年校点本。

《东汉会要》(宋)徐天麟撰。同前。

《三国志》(晋)陈寿撰。(刘宋)裴松之注。中华书局1982年校点本。

《汉书艺文志拾补》(清)姚振宗撰。开明书店1937年辑印《二十五史补编》本。

《补后汉书艺文志》(清)顾櫰三撰。同前。

《高士传》(晋)皇甫谧撰。《四部备要》本。

《高僧传初集》(梁)慧皎撰。金陵刻经处光绪十年刻本。

《资治通鉴》(宋)司马光编撰。(元)胡三省音注。中华书局1956年校点本。

《西京杂记》(晋)葛洪编撰。《四部丛刊初编》影印江安傅氏双鉴楼藏明刻本。

《文章流别论》(晋)挚虞撰。《关陇丛书·挚太常遗书》本。

《古今注》(晋)崔豹撰。《增订汉魏丛书》大通书局石印本。

《抱朴子》(晋)葛弘撰。世界书局《诸子集成》本。

《世说新语》(刘宋)刘义庆撰。(梁)刘孝标注。同前。

《诗品注》(梁)钟嵘撰。陈延杰注。人民文学出版社1958年版。

《文心雕龙注》(梁)刘勰撰。范文澜注。人民文学出版社1962年版。

《文心雕龙札记》黄侃撰。中华书局1962年版。

《颜氏家训》(北齐)颜之推撰。《四部丛刊初编》影印明刊本。

《弘明集》（梁）僧祐编撰。同前。

《文章缘起注》（梁）任昉撰。（明）陈懋仁注。《学海类编》道光刊本。

《续文章缘起》（明）陈懋仁撰。同前。

《古今乐录》（陈）智匠撰。（清）马国翰辑。《玉函山房辑书》娜环馆本。

《乐府古题要解》（唐）吴兢撰。《津逮秘书》汲古阁本。

《艺文类聚》（唐）欧阳询等撰。上海古籍出版社1965年排印本。

《经典释文》（唐）陆德明撰。《四部丛刊初编》影印通志堂刊本。

《意林》（唐）马总撰。《四部丛刊初编》影印武英殿聚珍版本。

《诗式》（唐）皎然撰。《学海类编》道光本。

《史通通释》（唐）刘知几撰。（清）浦起龙释。上海古籍出版社1978年校点本。

《全唐文》（清）董诰等编。扬州官本。

《诗集传》（宋）朱熹集注。上海古籍出版社1980年校点本。

《朱文公文集》（宋）朱熹撰。《四部丛刊初编》影印明刊本。

《苕溪渔隐丛话》（宋）胡仔纂集。人民文学出版社1984年校点本。

《诗人玉屑》（宋）魏庆之编。上海古籍出版社1978年校勘本。

《困学纪闻》（宋）王应麟撰。（清）翁元圻注。商务印书馆1959年校点本。

《文则·文章精义》（宋）陈骙、李涂撰。人民文学出版社

1962年校点本。

《容斋随笔》(宋)洪迈撰。《洪氏晦木斋丛书》本。

《黄氏日钞》(宋)黄震撰。文渊阁《四库全书》本。

《考古编》(宋)程大昌撰。《丛书集成初编》本。

《郡斋读书志》(宋)晁公武撰。《续古逸丛书》本。

《直斋书录解题》(宋)陈振孙撰。武英殿聚珍版。

《吕氏家塾读诗记》(宋)吕祖谦撰。《金华丛书》光绪本。

《沧浪诗话》(宋)严羽撰。《丛书集成初编》本。

《诗论》(宋)程大昌撰。《学海类编》道光刻本。

《后村诗话》(宋)刘克庄撰。《适园丛书》本。

《嘉祐集》(宋)苏洵撰。《四部丛刊初编》影印无锡孙氏小渌天藏影宋本。

《经进东坡文集事略》(宋)苏轼撰。《四部丛刊初编》影印宋刊本。

《欧阳文忠公集》(宋)欧阳修撰。《四部丛刊初编》影印元刊本。

《杨龟山文集》(宋)杨时撰。清乾隆刊本。

《临川先生文集》(宋)王安石撰。《四部丛刊初编》影印无锡孙氏小渌天藏影宋本。

《咸平集》(宋)田锡撰。文渊阁《四库全书》本。

《野客丛书》(宋)王楙撰。广陵古籍刻印社《笔记小说大观》重刊本。

《太平广记》(宋)李昉等编。中华书局1961年排印本。

《文镜秘府论校注》(日)弘法大师原撰。王利器校注。中国社会科学出版社1983年版。

《古赋辨体》(元)祝尧辑。文渊阁《四库全书》本。

《诗谱》(元)陈绎曾撰。宛委山堂《说郛》本。

《吴礼部诗话》(元)吴师道撰。《知不足斋丛书》道光本。

《汉魏六朝百三家集题辞注》(明)张溥撰。殷孟伦注。人民文学出版社1960年版。

《艺苑卮言》(明)王世贞撰。《历代诗话续编》本。

《四溟诗话》(明)谢榛撰。《海山仙馆丛书》本。

《诗镜总论》(明)陆时雍撰。《历代诗话续编》本。

《谈艺录》(明)徐祯卿撰。《学海类编》道光本。

《文章辨体序说・文体明辨序说》(明)吴讷、徐师曾撰。人民文学出版社1962年校点本。

《升庵诗话》(明)杨慎撰。《历代诗话续编》本。

《诗薮》(明)胡应麟撰。上海古籍出版社1979年校补本。

《少室山房笔丛》(明)胡应麟撰。《明清笔记丛刊》本。

《焦氏笔乘》(明)焦竑撰。《粤雅堂丛书初编》本。

《逊志斋集》(明)方孝孺撰。《四部丛刊初编》影印明刊本。

《麓堂诗话》(明)李东阳撰。《知不足斋丛书》道光本。

《古微书》(明)孙㲄辑。《守山阁丛书》道光本。

《榖山笔麈》(明)于慎行撰。广陵古籍刻印社《笔记小说大观》重刊本。

《藏书》(明)李贽撰。中华书局1959年整理本。

《焚书》(明)李贽撰。《中国文学珍本丛书》本。

《余冬诗话》(明)何孟春撰。《学海类编》道光本。

《千百年眼》(明)张燧撰。广陵古籍刻印社《笔记小说大观》重刊本。

《诗源辩体》(明)许学夷撰。人民文学出版社1987年校点本。

《汉诗总说》(清)费锡璜撰。《昭代丛书》道光本。

《经学历史》(清)皮锡瑞撰。《师伏堂丛书》本。

《读赋卮言》(清)王芑孙撰。《国朝名人著述丛编》本。
《复小斋赋话》(清)浦铣撰。《槜李遗书》本。
《文史通义》(清)章学诚撰。中华书局 1961 年排印本。
《论文偶记》(清)刘大櫆撰。人民文学出版社 1962 年校点本。
《昭昧詹言》(清)方东树撰。人民文学出版社 1961 年校点本。
《十七史商榷》(清)王鸣盛撰。《广雅书局丛书》本。
《原诗》(清)叶燮撰。人民文学出版社 1979 年校点本。
《说诗晬语》(清)沈德潜撰。《四部备要》本。
《四库全书总目》清乾隆四十七年敕撰。武英殿聚珍版书广雅书局本。
《骈体文钞》(清)李兆洛辑。光绪八年江苏绿荫堂刊本。
《古文辞类纂》(清)姚鼐编。《四部备要》本。
《义门读书记》(清)何焯撰。中华书局 1987 年校点本。
《二十二史札记》(清)赵翼撰。《四部备要》本。
《日知录集释》(清)顾炎武撰。黄汝成集释。清同治八年广州述古堂刊本。
《三家诗遗说考》(清)陈寿祺撰。陈乔枞述。《皇清经解续编》蜚英馆石印本。
《述学》(清)汪中撰。《四部丛刊初编》影印无锡孙氏藏汪氏刻本。
《鲒埼亭集》(清)全祖望撰。《四部丛刊初编》影印原刊本。
《读风偶识》(清)崔述撰。崔东壁遗书亚东图书馆排印本。
《赋话》(清)李调元撰。《函海》光绪本。
《退庵随笔》(清)梁章钜撰。广陵古籍刻印社《笔记小说大观》重刊本。

《方望溪先生全集》(清)方苞撰。《四部丛刊初编》影印戴氏原刊本。

《青溪集》(清)程廷祚撰。《金陵丛书》本。

《履园丛话》(清)钱泳撰。广陵古籍刻印社笔记小说大观重刊本。

《渌水亭杂识》(清)纳兰性德撰。同前。

《冷庐杂识》(清)陆以湉撰。同前。

《带经堂诗话》(清)王士禛撰。张宗柟纂集。人民文学出版社1982年校点本。

《牧斋有学集》(清)钱谦益撰。《四部丛刊初编》影印康熙甲辰初刻本。

《曝书亭集》(清)朱彝尊撰。《四部丛刊初编》影印原刊本。

《揅经室全集》(清)阮元撰。同前。

《渊鉴类函》(清)张英等编。中国书店1985年影印同文书局石印本。

《钝吟杂录》(清)冯班撰。何焯评。《借月山房汇钞》影嘉庆本。

《纪文达公遗集》(清)纪昀撰。清嘉庆刊本。

《毛诗稽古篇》(清)陈启源撰。《皇清经解》点石斋石印本。

《援鹑堂笔记》(清)姚范撰。道光十五年刊本。

《诗古微》(清)魏源撰。《皇清经解续编》蜚英馆石印本。

《四六丛话缘起》(清)孙梅撰。《二余堂丛书》本。

《毛诗郑谱疏证》(清)马征麟撰。《马钟山遗书》本。

《采菽堂古诗选》(清)陈祚明评选。康熙丙戌刊本。

《诸子评议》(清)俞樾撰。中华书局1959年影印本。

《越缦堂读书记》(清)李慈铭撰。由云龙辑。商务印书馆1959年校点本。

405

《读通鉴论》(清)王夫之撰。中华书局1957年排印本。

《十驾斋养新录》(清)钱大昕撰。商务印书馆1957年排印本。

《癸巳存稿》(清)俞正燮撰。同前。

《历代诗话》(清)吴景旭撰。吴兴丛书本。

《艺概》(清)刘熙载撰。上海古籍出版社1978年校点本。

《诗三家义集疏》(清)王先谦撰。1915年虚受堂家刻本。

《两汉三国学案》(清)唐晏撰。《龙谿精舍丛书》本。

《左盦集》刘师培撰。1936年武南氏校印《刘申叔先生遗书》本。

《观堂集林》王国维撰。中华书局1955年影印本。

《检论》章炳麟撰。上海人民出版社《章太炎全集》编印本。

《魏晋玄学论稿》汤用彤撰。《汤用彤学术论文集》。中华书局1983年版。

《汉文学史纲要》鲁迅撰。人民文学出版社1973年《鲁迅全集》本。

《两汉思想史》徐复观撰。台湾学生书局1985年版。

《汉代思想史》金春峰撰。中国社会科学出版社1987年版。

《两汉经学今古文平议》钱穆撰。台湾东大图书有限公司1971年版。

《汉晋学术编年》刘汝霖撰。商务印书馆1935年版。

《中古文学系年》陆侃如撰。人民文学出版社1985年版。

《士与中国文化》余英时撰。上海人民出版社1987年版。

《毛诗郑笺平议》黄焯撰。上海古籍出版社1985年版。

《汉代美学思想述评》施昌东撰。中华书局1981年版。

《神话与诗》闻一多撰。上海古籍出版社1956年版。

《诗言志辨》朱自清撰。开明书店1947年版。

《美的历程》李泽厚撰。文物出版社1981年版。

《诗经学纂要》徐澄宇撰。中华书局1936年版。

《中国绘画史》王伯敏撰。上海人民美术出版社1982年版。

原 版 后 记

《汉代文学思想史》，经长期含茹揣摩，终于脱稿，时历一载，笔重千斤，感岁月之相催，觉文任之尤重。偶一回眸，则撰写是书之动机、过程、结果，无一不引起心灵振荡。

中国古代文学思想史之研究尚处初始阶段，而我对研究汉代文学思想之兴趣，又缘于两点原因：其一，汉代经学昌盛，文学笼罩于经学氛围，故使后代研究家囿经学之迷障，而忽略其文学思想之审美价值；其二，目前文学批评多重魏晋时代人之觉醒、文之自觉，而视汉代为先秦至魏晋一过渡，故其文学思想之时代特征与历史贡献，均隐而未闻。基于此，笔者方不揣学殖疏浅，作此草创。在撰写思想上，本书一则力求给有汉四百二十六年文学思想予以较全面之推阐与较中肯之评价，一则以重新评价西汉中叶经学隆盛期之文学思想、两汉之际转折期之文学思想与东汉末年变革期之文学思想为重点，以显其隐奥，以示其流变。在撰写体制上，本书改变一般文学史和文学批评史按时间排列作家（著作家）作品（理论著作）之方法，而为"史"（线）与"专题"（点）之结合研究，以企在广度、深度上适应"文学思想史"研究之要求。同时，本书在试图兼顾汉代思想、文学理论批评、文学史、文学创作之综合研究方面所作的努力，亦意欲以"汉代"为典例，为今后文学思想研究体系之建立略效微劳。

在成书过程中，曾受到先哲时贤研究成果之滋养启迪；并承前辈学者之指导鼓励,程千帆先生惠予题签,南京大学出版社诸先生之垂青协力,在此一并致谢。

1989年冬至许结记于金陵

重版后记

　　三十年前,中国人经历了一段由"思想缺失"到"思想解放"的过程,这一来自政治领域的思想解放思潮,也必然地影响到文学界,包括古典文学的研究,"思想"被凸显,"文学思想"作为一个似新实旧的课题也被凸显,于是有了上世纪八十年代中叶罗宗强先生的开荒之作《隋唐五代文学思想史》。几年后,我秉其旨趣而追其风潮,写了本《汉代文学思想史》,由南京大学出版社出版,至今已是二十年前的事了。而这部书作为我治学生涯的第一本著述,也随着岁月的流逝与学术的变迁,在自己的"思想"中渐行渐远。未始料及,二十年后承蒙人民文学出版社古典部诸先生垂青,欲将此旧著重版,并相商于我,这一下仿佛唤醒了自己的学术记忆,在欣慰是书尚未被人遗忘的同时,又产生了一点困惑。当然,这不是思想的,而在技术层面,那就是重新修订还是保持原样。

　　这两种选择都有理由。如果重新修订,我想至少有外在的和内在的两重理由。就外在而言,二十多年学术研究的进展,已非我当年的眼光所能预及,仅说"汉代文学思想",此书虽亦可谓"开荒"第一部,然继作甚多,同题同类,后来居上。就内在而言,我虽鲁钝,然二十年来,虽无尺蠖求伸之志,亦有驽马跬步之行,略有所成,自当增益。尤其这本书的内在不足,如缺乏对汉代诏命奏议之文的研究,缺少对汉赋作为一代文学形成的背景及与乐府制度等关系的探究,《毛诗序》的形成与古辞《陌上桑》的创作时间,均有进一步商榷与思考的必要。

另一种选择是保持原样。这使我想起清代学者汪中告诫孙星衍的话："学问观其会通，性行归于平实。"又联想到梁简文帝萧纲的说法："立身之道与文章异。立身先须谨重，文章且须放荡。"此论为人立身与治学为文，自是精当，然亦有可商量者二：一是"人"与"文"有相对的统一性，太"平实"的人能否为学"会通"？太"谨重"者为文安能"放荡"？另一是人生的"时间差"，随着年龄的增长，不仅学识在增长，文风也会起变化。这也是前贤常有"悔其少作"之叹的原因。而我自觉年轻时为文"放荡"，年长后渐入"谨肃"：谨肃见学养，却失去了往日激情；放荡有激情，却似乎缺少些学养。这使我又念及当年写这一"处女作"时，全凭满腔热情，乃读书所得，兴之所至，不自觉而宣发于笔端，其间既无"工程"之约制，也无"项目"之规范，更无"利益"之驱使，虽或放言蹈虚，则不乏天真浪漫。

于是，我选择了后者，就是保持原样。因此，这次重版，我仅仅做了文献校对与改正错字这两项工作，余则一仍其旧。

保持原样就是保持记忆。而我重新校对这本旧著的过程，也是在重温往日那段难以忘怀的记忆。我总是想，记忆的闸门是不能轻易打开的，因为那里有太多的感念与艰辛。我难以忘怀的是程千帆先生听说我写这本书，主动借有关书籍给我，并为该书题签；难以忘怀书成后得到前辈学者周勋初、傅璇琮、卞孝萱、罗宗强、王运熙、郭维森诸先生的奖掖与鼓励；难以忘怀好友张伯伟、胡晓明、左健、张强诸教授的品评与推介。当年，先父允臧先生尚目明体健，我每写一章，他都要仔细阅读，点评指示，而书成出版后，又欣然赠诗云："大汉天声万国惊，文风郁郁政风成。爬梳剔抉熔斯史，一卷新书谁与京！"其舐犊深情与诗教鼓舞，于斯可见。一恍父亲已返归道山五载，虽天人悬隔，我仍虔诚地希望这本旧著新书的出版，能让我再一次感受到那温暖的胸怀与真切的慧眼。

写至此,情不自禁,因步先父赠诗元韵书成两绝句,录如次:

一卷心声旧梦惊,爬梳剔抉几回成。蹉跎岁月经年过,古国文明望汉京。

忆昔叨陪惧若惊,修身治学孰为成?年轮二十人伦事,诗教恩深几兆京。

这本书稿二十年后得以再次重版,要特别感谢责编胡文骏君的辛劳与帮助。

2010 年初春许结于南京龙江寓所